I0646511

www.ingramcontent.com/pod-product-compliance
Lightning Source LLC
Chambersburg PA
CBHW061521050726
47503CB00015B/2260

* 9 7 8 1 7 3 9 0 3 0 2 0 9 *

قصه گو

لذت بی کرانه

لیدا رادان

لذت بی‌کرانه

نویسنده: لیدا رادان

ناشر: انتشارات قصه‌گو

امور فنی: آتلیه قصه گو

ویرایش دوم، تابستان ۱۴۰۲-کانادا

شابک: ۹۷۸-۱-۷۳۹۰۳۰۲-۰-۹

Lezzate Bikaraneh
Author: Lida Radan

Publisher: Ghesehgoo
Second Edition- July 2023- Canada
ISBN: 978-1-7390302-0-9

Ghesehgoo.com

به همسر و دخترم، پوریا و دریا خورشیدی

با عشق بی‌کران...

این اثر، اثری است بی‌ادعا برای همه‌ی کسانی که خودشان را واقعاً دوست دارند. نوشته‌ای برای منِ بی‌گناهمان، منِ بی‌گناهمان که می‌خواهد آزاد باشد، دوست بدارد، عشق بورزد و زندگی کند و ما نمی‌گذاریم که نمی‌گذاریم. این داستان سفری است تا منِ حقیقیِ‌مان، با تمامیِ دغدغه‌های بودن و ماندن.

لیدا رادان

فصل اول

☆ ساکت... گوش کن... می‌شنوی؟ خوب گوش کن!

☆ برف‌ها دارند کم‌کم آب می‌شوند، شاید خدا دربیاید!!

☆ نمی‌دانم کِی و کجا شنیده‌ام که عشقِ واقعی هر کاری می‌تواند بکند...هر کاری!!

☆ صدای آب شدن برف‌ها می‌آید. دلم غریبیِ عجیبی می‌کند، سرگردانیِ داغی دارد. دلم را در میانه‌یِ سینه‌ام احساس می‌کنم، شبیه قلبِ نقاشیِ بچه‌ها، سفتِ‌سفت خودش را گرفته، خودش را جمع کرده، محکم تمامِ حجمِ قلبی شکلش را منقبض کرده‌است، انگار نخواهد چیزی از آن فروبیفتد.

☆ نمی‌دانم... یک حالِ غریبی دارم، از خودم فاصله گرفته‌ام. از یک طرف، همانند تخیلاتِ نوجوانی، همان‌وقت‌ها که آدم حرف همه‌ی کتاب‌ها را باور می‌کند، دلم گرم است و مطمئن، و از بس فریاد کشیده «راست است.»، «حقیقت دارد.»، خسته شده‌است؛ از طرف دیگر مدام درگوشم می‌آید و می‌رود: «بعد از یه عمر خواندن و فکر کردن، دوباره خواندن و دیوانه شدن، تازه بهتر شده‌بودی، تازه داشتی آدم می‌شدی!»

☆ اما مگرمی‌شود؟ مگر می‌شود حس نکنم که راست است؟ مگر می‌شود حس نکنم که حقیقت دارد؟ در تمامیِ تنم، سلول‌سلولِ جسم و روحم، مدام باور سبز می‌شود، باور جوانه می‌زند، باور... باور به آن حسِ غیرقابل‌باور!

☆ می‌دانم شاید هرگز برنگردد، خوب می‌دانم. اما می‌خواهم برگردد. می‌خواهم با این باور زندگی کنم که برمی‌گردد، که برخواهد گشت.

☆ وقتی با آن سرعت رفت، تمامِ مطب تکان سختی خورد، هوا یک‌دفعه جابه‌جا شد و بوی خاصی روی تمامِ دیوارها، پنجره، تک‌تک قاب‌های افتخاراتم، میزم، قلمم، روی همه چیز... حتی روی تمامیِ من نشست کرد و ناگهان همه چیز، رنگ طلاییِ مایل به نقره‌ای به خود گرفت، نمی‌دانم چرا!

☆ ابرسنگینِ پر از غم رفتن و شادی وجود داشتنش جلوی چشمانم را تار کرد. آن‌وقت من در آن همه مِه، کورمال‌کورمال، در حالی که چشم‌هایم بال‌بال می‌زد پر از غم و شادی، پر از باور و ناباوری... خودم و تمام مطب را وجب به وجب گشتم... شاید چیزی جا گذاشته‌باشد، کیفی، دستکشی، نمی‌دانم... شاید چتری...

☆ اما همه چیز را برده‌بود... من و همه چیز را!

☆ هیچ‌چیزی یادش نرفته‌بود... هیچ‌چیز... جز خودش!

☆ می‌خواهم برگردد، اما... اما می‌دانم که شاید هرگز برنگردد. چرا برگردد؟ نه، برنمی‌گردد. از چشم‌هایش پیدا بود برنمی‌گردد.

☆ چشم‌هایش مدام می‌پرید، مثل دو گویِ جیوه تکان‌تکان می‌خورد، بی‌تاب شده‌بود، چه آتش‌بازی‌ای بود در چشم‌هایش و چه آتشی افتاد در من و مطبم... و سوزاند و سوزاند و هنوز هم می‌سوزاند...

☆ روحش سنگین شده‌بود و داشت از لبه‌ی پایینی چشمانِ مرطوبش، از لابلای مژه‌های درهم و سیاهش چکه می‌کرد.

☆ تمامیِ بودنش ریش‌ریش شده‌بود و همه را ناگهان در میانه‌ی دستانم فروریخت! هول شده‌بودم، دستانم گرم شده‌بود و می‌لرزید، همه‌اش در دستانم بود، «همه‌ی خودم» که خودش فکر می‌کرد «همه‌ی خودش» است! و ناگهان با آن دو چشم، که خودِ شعله‌ورم به وضوح درآنها پیدا بود، در نگاهم زل زد و گفت: «حالا چه کارش کنم؟» فقط و فقط توانستم نگاه کنم! فقط نگاه کردم... به خودِ

شعله‌ورم، به نارنجی‌های تابان که بینابین سیاهی‌های تند و مبهم، گم می‌شدند، به هم‌آغوشی نارنجی و سیاه که درست مثلِ آن شب بود... آن شبی که من باورم نمی‌شد و فقط نگاه می‌کردم. آن شبی که نمی‌توانستم باور کنم که چگونه می‌شود در دل دریا، آتش بیفتد. بابایی دلیلش را می‌دانست و با حوصله برایم توضیح می‌داد. اما من فقط نگاه می‌کردم و مست آن همه سیاهیِ درخشان دریا و نارنجی رقصان آتش بودم. حال دوباره همان سیاهی، همان آتش، شورِ آتش و عشقِ دریا... و من فقط و فقط نگاه می‌کردم. به خودم، خودم در میانه‌ی سیاهی‌ها و نارنجی‌ها... به خودم... و زیادی شباهت‌ها!

☆ در همان‌وقت بود که برای اولین‌بار درعین ناباوری شنیدم... شنیدم که چگونه او با تمام وجود با دهان بسته فریاد کشید: «با تو هستم!» زبانم بند آمده‌بود. ناخودآگاه این‌طرف و آن‌طرف را نگاه کردم. باورم نمی‌شد این موجِ صدای بلند از این دهان بهم‌فشرده‌ی قلبگون برآمده‌باشد. اما در اوج گم‌گشتگی، از چشم‌هایش فهمیدم که باید حرفی بزنم. پس فقط گفتم:

- بله... بله

☆ و او ادامه داد... یعنی فکر کنم ادامه داد، یعنی باید ادامه می‌داده‌بود، نمی‌دانم، من از تهاجم دو صدایی وجودش داشتم دیوانه می‌شدم، لب‌هایش با چشم‌هایش یک چیز نمی‌گفتند، اما با هم می‌گفتند... و... و من هیچ‌کدام را درست نمی‌فهمیدم. من فقط صدای تاپ‌تاپ قلبش را تندتند پلک می‌زدم و بس!

☆ روحش بی‌تابانه در آن دو گویِ سیاه دو دو می‌زد و می‌پرید و بازگونه می‌شد: از چشم‌هایش به چشم‌هایم می‌آمد و سرمی‌خورد در دستانش و دوباره فواره می‌زد در نگاهش و باز موج‌موج می‌زد در نگاهم و دوباره می‌چرخید در چشم‌هایش... تا اینکه چشم‌هایم‌تر شد، لب‌هایم جمع شد، پلک که زدم بوی تری آمد، بوی نَم... مثل بوی آن لحظه که کاهگل آب را می‌مکد... نمی‌دانم، بوی عجیبِ خوبی بود، آن‌وقت نفهمیدم چه شد و چه بر سر چشم‌هایم آمد، اما بعد در آیینه دیدم، از نهال

هم پرسیدم و او هم تأیید کرد که ترکیب مشکیِ مشکی با سبز و قهوه‌ای و کمی مشکی، می‌شود سبز-مشکی.

☆ حالا می‌توانم ببینم، می‌توانم با چشم‌های سبز-مشکی‌ام به خوبی حس کنم که دیوار مطب بوی او را می‌دهد، صندلی جلویم بوی او را می‌دهد، لبه‌ی میز بوی فشار دست‌های ناآرامش را می‌دهد، انگار... همه‌ی نگاهم بوی همه‌ی حضورش را می‌دهد. گویی جلوی چشم‌هایم ابری از حضور او گذاشته‌باشند، دیگر فرقی نمی‌کند نگاهم روی چه بلغزد، او با چشم‌هایم می‌لغزد... می‌رقصد... به خواب می‌رود و در خواب می‌ماند تا با چشم‌هایم بیدار شود و من زندگی می‌کنم.

☆ نمی‌خواستم با خودش بگوید: «نباید می‌آمدم.» نمی‌خواستم بگوید: «چه اشتباهی کردم.» اما گفت... نزدیکی‌های رفتنش گفت، وقتی ایستاد و قلبم داشت می‌ایستاد. خیلی هم غمگین گفت، با همان لب‌های فشرده و بی‌صدا. گوشه‌ی لبِ پایینش را گزید، انگشتانِ پایش را در کفشش جمع کرد، پابه‌پا شد، بند کیفش را سفت فشرد، ناخن‌هایش رو به سفیدی زد، رگ‌های بنفشِ پوست لطیف دستش به خوبی نمایان شده‌بود، آری کاملاً پیدا بود که بی‌تاب شده‌بود...

☆ اصلاً نشنید من لحظه‌ی آخر چه گفتم. برایش هم مهم نبود. فقط می‌خواست برود که برود. نمی‌دانم چرا... اما از او توقع نداشتم که فکر کند اگر برود، واقعا می‌رود. اما او فکر کرد با رفتن، واقعاً می‌شود رفت... و رفت!

☆ رویش را در لحظه‌ی آخر برنگرداند، حتی لحظه‌ای که در را باز کرد. فقط یک ثانیه مکث کرد و با خودش گفت: «فکر می‌کنه برمی‌گردم.»، اما نمی‌دانست من اصلا فکر نمی‌کردم که او دارد می‌رود!

☆ آخر نمی‌دانست که او از آن پدیده‌هایی بود که نمی‌توانست برود، چطور می‌خواست برود؟ مگر می‌شود؟ اما او فکر کرد می‌رود، و رفت. با تمامِ حسِ ماندنش در تمامِ وجودم، رفت!

☆ رفت و من ماندم! هیچ‌کاری نمی‌توانستم بکنم، هیچ‌کاری! در میانه‌ی یک چهاردیواریِ کِرِمی رنگِ سنگین که داشت خفه‌ام می‌کرد، مبهوت ایستاده‌بودم و به ناآگاه در کمال ناباوریِ خودم و خودم، های‌های گریه کردم!

☆ فقط گریه می‌کردم و در ذهنم هزاران پرسشِ بی‌پاسخ می‌چرخیدند: واقعاً چه شده‌بود؟ آیا مرا دید؟ ندید؟ چطور مرا ندید؟ چرا؟ منِ به این واضحی، سرتابه‌پا پُر از خودش! چطور مرا ندید؟ مگر می‌شود؟ مگر می‌شود مرا ندیده‌باشد؟

☆ احساس می‌کردم باید پیداتر از این باشم، اما گویا نبوده‌بودم. حتماً پیدا نبوده‌ام که ندید، اگر پیدایِ پیدا بودم که حتماً می‌دید. آری پیدا نیستم، تقصیرِ خودِ مشکوکم است، وقتی پُر از شَک باشی خوب معلوم است اگر هم بخواهی پیدا شوی شَک‌آلوده خواهی بود. تقصیر خودِ مشکوکم است که مدام شک می‌کند و با اینکه بارها دیده‌است که چطور برف‌ها آب می‌شوند اما باز هم شک می‌کند. شاید هم مرا دیده! نکند مرا دیده، اما به روی خود نیاورده‌است. شاید هم فرد دیگری را اینجا دیده و از او ناامید شده و فکر کرده هم او، منم. اما هر چه بود منِ مرا ندید که ندید. مطمئنم؟ بله... مطمئنم. آخر مگر می‌شود مرا دیده‌باشد و برود؟ شاید هم مرا دیده، اما باور نکرده‌است. آری شاید اصلاً تقصیر منِ شک‌آلود و ناباوریِ سمج او باشد.

☆ اما من که او را دیدم و... و با همه‌ی اینها، حس می‌کنم منِ مرا هم دید. دید؟ پس چرا رفت؟ نه نرفته‌است. واقعاً رفته‌است؟! آری... رفته‌است. آری باید باور می‌کردم... گویا رفته‌بود، این‌طور می‌نمود. فقط گریه می‌کردم. گریه نمی‌کردم، اشک می‌ریختم، اشکِ مبهمی بود، دقیق نمی‌دانستم از چیست؟ از خوش‌اقبالی‌ام است که او هست، یا از بداقبالی‌ام است که بدون هیچ نشانی رفته‌است؟ نمی‌دانستم... فقط اشک می‌ریختم.

☆ خانم جمشیدی وارد مطب شد، چیزهایی گفت که اصلاً نفهمیدم، من را روی صندلی نشاند، برایم آب‌قند آورد، بیرون رفت، دوباره برگشت و من هنوز اشک

می‌ریختم. ماهی را خبر کرده‌بود، ماهی آمد، مرا برد، تمام راه... در ماشین تا خانه حرف زد و من اشک می‌ریختم. من!! منی که هیچ‌گاه نگذاشته‌بودم اشک‌هایم را ببینند. دیگر برایم مهم نبود... هیچ‌چیز مهم نبود... او بود... او بود... و دیگر هیچ‌چیز مهم نبود!

◄

- کاش آفتاب بود، اقلاً می‌تونستم عینک دودیمو بزنم.

این را با خود گفت، لب‌هایش را به درون جمع کرد، اخم کرد و به راه رفتن ادامه داد.

«تارا خانمم... تارا خانمم... آخه اونجا رفتی که چی؟! این چه کاری بود؟! چرا باید به حرف یه آدم دیوونه‌ای مثل پرگل اعتماد کنی؟ چرا خودتو مسخره دست مردم می‌کنی؟ حالا هم مهم نیست که آفتاب نیست، این عینک دودیو بزن تا تمومِ عالم و آدم نفهمیدن داری برا خودت عزاداری می‌کنی. همیشه مایه‌ی آبروریزی هستی، حالا آبروی بابا، مامان یا آبروی تارا جونم... آبروی یکی رو باید ببری، اگه نه آروم نمی‌گیری»

تارا دنبال عینکش گشت. کیفش مرتب بود، زود عینکش را پیدا کرد و یک دستمال کاغذی هم برداشت. عینکش را بر چشم نهاد، شالش را جلوتر کشید، موهایش را پوشاند، اشکش را آرام از زیر عینک پاک کرد.

«تارا خانمم چرا تا وِلت می‌کنم دوباره شروع می‌کنی؟ هر سوراخی پیدا می‌کنی که به دیوونگیات رنگ تعقل بدی. می‌فهمی؟ دقیقاً داری این کارو می‌کنی! چرا نمی‌خوای قبول کنی افکار و اندیشه‌هات احمقانه است؟ اگر احمقانه نبود که الان به یه جایی رسیده‌بودی، این دیگه خیلی واضحه... اگه چیزی احمقانه نباشه بالاخره بعد از این‌همه تلاش به یه نتیجه‌ای می‌رسه. اما افکار تو بعد از این‌همه وقت، بعد از این‌همه تلاش، فقط درجا می‌زنه. هیچ‌جوری راه خودشو پیدا نمی‌کنه. می‌دونی چرا؟ چون از وَهم میاد. چرا نمی‌خوای قبول کنی که دیگه بسه. واقعاً بسه. چرا نمی‌خوای بفهمی تو هم داری مثل اون‌هایی که مدام نقدشون می‌کنی فقط سر خودت کلاه می‌ذاری؟ حالا کلاه تو فرار از بارِ مسئولیته، مسئولیت زندگی یه آدم معمولی!»

خودش را هرطوری بود کنار رودخانه رساند و نشست. عینکش را برداشت و خیره به آب نگاه کرد. باد سردِ زنده‌رود به چهره‌اش خورد، گریه‌اش بند آمد. گونه‌هایش سردیِ زنده‌ی زنده‌رود را گرفت و گل انداخت. چشم‌هایش را بست، نفس عمیقی کشید و فقط به صدای آب گوش داد، وجودش سبک و سبک‌تر شد، دلش می‌خواست بیشتر بماند اما دیر شده‌بود... عمیق‌تر نفس کشید و با تمام وجود صدای آب را به خاطر سپرد. دیر بود، باید آماده می‌شد، آماده می‌شد برای رفتن به خانه، رفتن به دیگری شدن، برای زندگی کردن با دیگران... دیگرانی که زیاد دوستش می‌داشتند. لبخند زد... مزه‌ی لبخندش را چشید..گس بود... گسِ گس.

■

☆ وجودش طوری بود که گویی پیوسته می‌لغزید، مدام می‌خواست تمامی‌اش روی زمین بریزد و پخش شود... می‌خواست همه‌اش آب شود. پاهایش پر از تشویش بود و همه‌ی دریای متلاطم وجودش موج‌موج در چشمانش بالا پایین می‌رفت. از صدایِ موج نگاهش پیدا بود که توفانی برپاست. دریایی بود که گویی می‌خواست همان لحظه همه‌ی همه‌اش تبخیر شود و به آسمان رود، یا همان‌وقت کولاک کند و تمام دنیا را فرا بگیرد!

☆ نمی‌دانم... همه چیز در تلاطم بود... در گردش، در دَوَران، در موج، اما من به چیزی شبیه یک ریسمان استوار، محکم بند بودم. آری من با آن انتهای مردمک چشمانش، از لحظه‌ای که وارد شد، حتی قبل از اینکه بگوید: «درود آقای دکتر»، آشنا بودم. خیلی آشنا... اما گنگ... دور... و من همان لحظه‌ی اول گره‌گیر آن سیاهی تند و گستاخ ته چشم‌هایِ سبز سال‌های دورخودم شدم.

تارا آهِ کش‌داری کشید.

- خوبِ‌من... حالا که گذشت. این‌بار هم گذشت. تو هم بگذر. مدام غُرغُر نکن. دیگه حرف گوش می‌کنم و واقعاً کارای احمقانه نمی‌کنم. «چی بگم، باشه تارا خانمم، خُب البته اون‌قدرا هم بد نشد. پیش این روان‌پزشکه هم رفتی... بالاخره از یه نظرایی جالب بود. حرفای خودتو بلند شنیدی. بلند شنیدنش شاید باعث بشه بهتر متوجه بشی که واقعاً چی می‌گی و واقعاً چند ساله که داری همینا رو می‌گی و مدام دورِ خودت و کتابات می‌چرخی. باید حرفات را که بلندبلند می‌زدی یادت بمونه و همیشه جلو چشمات باشه تا حداقل یه فایده‌ای از این وقت تلف کنی و آبروریزی برده‌باشیم» تارا سعی کرد خودش را تجسم کند: رفتارش، حرف‌هایش...

- وای نه، نمی‌خوام یادم بمونه، اصلاً نمی‌خوام تجسم کنم. خیلی بد شد... چه آبروریزی‌ای!

«به‌هرحال تارا خانمم به قول خودت حالا که گذشت. فقط قول بده دیگه از این کارا نکنی. اصلاً هم نباید یه مدتی اون‌جاها آفتابی بشی. روان‌پزشکِ بدبخت وحشت کرده‌بود. اصلاً

بعضی وقتا انگار داشت می‌رفت تو حالت اغما! یه جوری بود. به‌هرحال باید همه چی یادش بره، همه چی!!»

تارا یک دستش را زیرِ چانه‌اش گذاشت و دست دیگرش را در انبوهِ دکمه‌ها فروبرد. دستش پیدا نبود. به دکمه‌ها نگاه کرد: رنگ‌وارنگ، ریزودرشت، شکل‌های مختلف. انگشتانش را تکان داد و به صدای دکمه‌ها گوش کرد. دستش را مشت کرد، بالاتر آورد، حجم دکمه‌ها خیلی بیشتر از مشتش بود، انگشتانش را دانه‌دانه باز کرد و دانه‌دانه دکمه‌ها از دستش فروافتادند و لغزیدند روی هم. خیره‌خیره به دکمه‌ها نگاه کرد. لب‌هایش را جمع کرد و سرش را با ناامیدی به چپ و راست تکان داد.

«می‌دونی تارا خانومم... الان می‌تونی باهاشون یه طرحِ جالب درست کنی. مثلا یه آدم. مسخره‌ست، مسخره... نمی‌دونم کی می‌خوای تمومش کنی»

ناگهان صدای مادر مثل یک رعد و برق شبانه او و تمام دکمه‌ها را لرزاند. تارا سریع درِ کِشو را بست.

- تارا...

مادر با عجله وارد شد. خیلی جوان‌تر از سنش می‌نمود و می‌خواست همیشه جوان بماند. چهره‌ای شاداب داشت با چشمانی عسلی، که به قولِ پدر همیشه خوشحالیِ خاصی را در خود پنهان کرده‌بودند.

- عزیزم... دوباره شب مهمونی شد و تو مه‌ومات جلوی این آینه نشستی؟! خوب شد اومدم، می‌دونستم... پاشو عزیزم... پاشو... وای باید زودتر میومدم بالا!

مادر در حالی که وسط اتاق تارا ایستاده‌بود به اطراف نگاه دقیقی انداخت و گفت:

- گلی... گلی کجایی؟ خیلی دیر شده، الانه که همه بیان. اتاقو کاملاً مرتب کن. به تارا جان کمک کن لباسشو بپوشه، و موهاشو سشوار کن.

گلی ریز اندام بود و حرف گوش کن. هیچ اعتراضی نمی‌کرد. فقط حرف مادر را می‌شنید و هر چه مادر می‌گفت تمام و کمال انجام می‌داد تا بتواند ماهیانه‌اش را با انعام دریافت کند.

مادر در حالی که لباسی را که در دست داشت برانداز می‌کرد گفت:

- وای با این ماه می‌شی. خواهش می‌کنم خانم کوچولوی مامان همکاری کن... پاشو، دیره عزیزم.

- چشم.

تارا از خطاب خانم کوچولو نه خوشحال می‌شد نه ناراحت... فقط لبخند می‌زد.

☆ مستقیم در صورتِ مشکوکم می‌نگریست...

☆ چهره‌اش وَهمِ عجیب و متفاوتی داشت، نه شاد بود نه غمگین، گویی فقط حیران بود! انگار از هیچ‌چیز خوشحالِ خوشحال یا غمگینِ غمگین نمی‌شد، مگر چیزی در رابطه با خدای خودش!

☆ انگار خدایِ خاصِ خودش را داشت و هیچ‌چیز مهم‌تر از او برایش نبود، هیچ‌چیز!

☆ به جز خدایش یا چیزی در رابطه با خدایش که به قول خودش موضوعات واقعی هستند، گویی هیچ‌چیز واقعی نبود، هیچ‌چیز جدی نبود. هر موضوعی، هر اتفاقی یا هر اعتقاد دیگری برایش مثل یک سراب بود، گویی اصلاً نبود... چه رسد به من و مطبم!

☆ هیچ‌کجای حرفش، چهره‌اش غمگینِ غمگین یا خوشحالِ خوشحال نشد. فرقی نداشت از جنگ صحبت کند یا صلح، از غم بگوید یا از شادی، چهره‌اش آن استحکام عمیقِ رمزآلود را از دست نمی‌داد.

☆ از اعتقادات و اتفاقات جدی و مهم بشری، از ادیان گرفته تا انقلاب‌ها، از همگی مثل قصه‌هایی با پایان‌های مبهم و بی‌فرجام یاد می‌کرد و می‌گفت هیچ‌کدام حقیقی نبودند و نیستند، هیچ‌کدام! می‌گفت: «همگی دروغی پنهان در دل دارند.» دلیلش هم این بود: «اگر حقیقی بودند، وضعیت بشر این نبود!»

☆ همین‌جا بود که آن مکثِ طولانی را کرد. تمام‌رخش را از من گرفت، من به همان نیمه‌ی ماه هم راضی شدم، مگر خون رگ‌هایم رنگین‌تر از زمین بود؟ پس سکوت کردم و قانع به سهم خودم، منی که تجربه‌ی قناعت نداشتم، در سکوتی

عجیب، حتی برای خودم، خرسند در نیمه‌ی سهم خودم شناور بودم که در همان سکوتِ خلسه‌آور، نگاهش را ناگهانی رویم انداخت و با لبان بسته گفت: «واقعاً این بود؟» زیرِ نگاهِ پرسشگرش خزیدم، نمی‌دانستم چه چیز را می‌گوید؟ نفسم گرفت. کدامین را می‌گفت؟ باور من به آب شدن برف‌ها را؟ وضعیت بشر را؟ تمامِ تلاش انسان‌های اعصار برای تغییر این وضعیت را؟ پرسش‌های حیرانِ شناور در امتداد قرون را؟ یا خودِ من را؟ سنگینیِ این پرسش را روی شانه‌های ظریفش می‌شد دید. من دیدم: برف‌های آب نشده را، منِ مبهمم را، پرسش‌های سنگین و پیر شده را، وضعیت بشر را، ازدحامِ تلاشِ همه‌ی انسان‌ها را، ظرافت شانه‌هایش را، حاشیه‌ی ریش‌ریش شال مشکیِ روی شانه‌هایش را، لبه‌ی آن موهای بی‌تاب و آرزویِ پروازشان را، بغض بازوانش را از تحملِ تنهاییِ این‌همه فشار... همه را دیدم... و... حیرانِ این استواری، منتظر صدای نگاهش ماندم.

☆ دیگر کم‌کم داشتم تفاوت صداها را تشخیص می‌دادم. تفاوت‌ها را می‌دیدم و شباهت‌ها را می‌فهمیدم. تفاوت آشکار رنگ‌های یک‌رنگ را می‌دیدم، مثل تفاوت فاحش رنگ مشکیِ قابِ دورِ مَدارکم روی دیوار با رنگ مشکیِ موهایش، یا تفاوت عجیب پنجره‌ی مطب قبل و بعد از اینکه او نگاهش را به بیرون پَر دهد. شباهت عجیبِ متفاوت‌ها را هم می‌فهمیدم، مثل شباهت تکان‌دهنده‌ی صدای پلک‌هایش با صدای آشفتگیِ بال پرنده‌ها هنگام غروب، یا شباهت طلاییِ‌رنگِ اولین سپیده‌ی صبحگاه با رنگ نفس‌هایش یا... یا... شباهت شگرف عمقِ جنگل‌های شمال در شب و صدای سبز چشمانم در عمقِ مشکیِ نگاهش. عجیب بود! متفاوت‌ها چقدر شبیه بودند و شبیه‌ها چقدر با هم فاصله داشتند. آرام‌آرام احساس می‌کردم رنگ چشمانم تیره‌تر می‌شود و... نگاهم شفاف‌تر و... نمی‌دانم از کجا صدای آرامِ پاره‌پاره شدن پرده می‌آمد!

☆ اما تا به آخر، همان آخری که در را برهم زد و فکر کرد که رفته، یک چیز را ندیدم...

☆ تا آخر هم نه دیدم، نه فهمیدم، نه درک کردم. آری با تمامِ اینها آخر نه از آن صدای خاموشش، نه از لابه‌لای سکوتش، نه از هُرم گرم حضورش و نه از ماندنِ بعد از رفتنش... از هیچ‌کدام نفهمیدم من را چه دید؟!

☆ آیا من برایش حقیقت داشتم؟

☆ نمی‌دانم... آیا واقعاً حقیقت داشتم؟

☆ حتی گاه‌گاهی بین حرف‌هایش احساس می‌کردم من را اصلاً نمی‌بیند. اصلاً برایش مهم نبود که من هستم یا نه، چه فکری می‌کنم، چه کسی هستم. حتی در لحظه‌هایی اصلاً نگاهم نمی‌کرد، حتی نیم‌نگاهی. فقط حرف می‌زد... می‌گفت و می‌گفت. گاهی نمی‌شنیدم، اما می‌فهمیدم، خیلی خوب هم می‌فهمیدم... اما... اما می‌دانستم نباید بفهمم! نباید یادم بیاید!!

☆ اگر بفهمم چه؟ چه کسی کمکمان کند؟ من نباید بفهمم. آری من باید نمی‌فهمیدم و مثل یک پزشکِ ماهر او را درمان می‌کردم.

☆ اما... اما مگر می‌شد نفهمی. چه می‌کردم؟ چه باید می‌کردم!

☆ بعضی وقت‌ها نمی‌توانی نفهمی، دستِ خودت که نیست. حتی اگر نخواهی...

☆ نمی‌توانی نفهمی... چون فهمیدنت در حقیقت یادآوری است! یادآوریِ فهمی است که در تَه صندوقچه‌ی کهنه‌ای پنهان‌شده و یادت نمی‌آید کجا گذاشته‌ای‌اش.

☆ شاید بهترین راهش این است که نزدیک نشوی تا درگیر نشوی... اگر نزدیک بشوی دیگر نمی‌شود، دیگر نمی‌توانی... دیگر جاذبه‌ای سرشته‌شده با شیره‌ی جانت آنچنان می‌کشدت که خودت هم نمی‌فهمی از کجا کشیده شده‌ای!

☆ باید نروی، نزدیک نشوی، تا خوبِ خوب، هِی نفهمی که نفهمی... تا کلاً فهمیدن یادت برود که برود!

☆ آن‌وقت دیگر همه چیز آسان می‌شود... همه چیز! آن‌وقت دیگر تو با همه فرق می‌کنی و همه با تو. دیگر تو جدا هستی چون فقط تو سزاوار همه‌ی حق‌ها هستی، و بقیه هم حتماً همین حقشان بوده‌است. آن‌وقت است که کباب سفارش می‌دهی یا شاید بریان پُرچرب و اصلاً جایی نمی‌خوری که بیرون باشد یا حتی پنجره داشته‌باشد که بیرونِ نالایق پیدا باشد. یک جایِ بی‌دود و دَم و بی‌سروصدا که «مثلِ هم‌ها» را، راه بدهند. من داشتم به جایش فکر می‌کردم و... او می‌گفت و می‌گفت. تا اینکه بوی آب غوغا کرد... و... دیگر هیچ‌کاری از دست هیچ‌کس برنمی‌آمد! چشم‌هایم آب انداخت... تَریِ مژه‌هایم را حس می‌کردم... دیگر هیچ‌کاری از دست هیچ‌کس برنمی‌آمد!

☆ آری... بوی آب آمد... بیشتر و بیشتر... و حس کردم رگه‌های سیاهِ سیاه، درونِ سبز-مشکیِ چشم‌هایم جاری شدند، وَه چطور می‌دیدمشان... مگر می‌شود...!!

☆ بوی آب غوغا می‌کرد... ماهی گفت: «چرا به دریا نمی‌روی؟» گفتم: «هنوز نه... »

تارا از پشت میز بلند شد. همه جا مرتب و تمیز شده‌بود. روتختی مشکی با طراحی گل‌های آفتاب‌گردان طلایی روی تخت را پوشانده‌بود. دمپایی‌های مشکی‌اش مرتب پایین تخت جفت شده‌بودند. کتاب‌های کتابخانه‌ی کوچک سه طبقه‌ی کنار تخت مرتب شده‌بودند و مجسمه پینوکیو، که کنارِ چراغ خواب حصیری قرار داشت، و با دقت به پنجره نگاه می‌کرد، گردگیری شده و برق می‌زد. روبروی این دو جسم دوست‌داشتنی که بالای کتابخانه‌ی کوچک قرار گرفته و از دنیای کتاب‌ها کاملا بی‌خبر بودند، میز تحریرِ مهربانی بود که با صبوری، سنگینی کتابخانه‌ی شش طبقه‌ی پر از کتاب را پذیرفته، و سال‌ها بود خم به ابرو نمی‌آورد. جلوی کتاب‌ها، در کتابخانه، صدف‌های زیبایی به چشم می‌خوردند. کمد لباس روبروی تختِ خواب آنچنان قد برافراشته‌بود که میز آرایش و گل بنجامین کنار آن خودشان را کوچک‌تر از واقع فرض می‌کردند.

- اما دکترِ از یه نظرایی چه بامزه بود. پرگل دیوونه... این‌طور که می‌گفت خیلی خشن و جدی نبود، بیشتر گیج بود تا خشن، مه‌ومات بود تا جدی، فقط یه چیزی رو راست گفت... دکترِ خوشتیپی بود!

تارا لبخند شیطنت‌آمیزی زد و در دل به خود خندید.

- چه فکرایی می‌کنم خوب‌من... می‌بینی؟ «چی بگم تارا خانم؟ خُب آدمی دیگه... نیستی؟ بایدم از این فکرا بکنی... باید دست از حماقتات برداری و آدمای دورو برِتو ببینی. کِی می‌شه واقعاً زندگی کنیم تارا خانمم؟ مثلِ آدمای دیگه، بهتر از آدمای دیگه... » - دوباره شروع نکن خوبِ‌من. دارم زندگی می‌کنم... اینه‌ها... ببین چه خوشگل شدم. امشب کلی زندگی می‌کنم... مثل همه‌ی آدما، بهتر از همه‌ی آدما، حالا می‌بینی.

تارا در حالی که این فکرها را می‌کرد به پیروی از گلی که لباسش را به او می‌پوشاند دست‌هایش را بالا و پایین برد تا لباس بلندِ بنفش کاملاً روی تنش نشست. گلی تورهای پف‌دار روی لبه‌های آستین را که تا نیمه‌های بازوی تارا می‌رسید، پخش و متناسب کرد، بعد

سرویس سنگ آمیتیست را که به سفارش مادر ساخته شده‌بود به گردن، دست و گوش تارا آویخت و شروع کرد به شانه‌زدن و سشوار کشیدن موهای مشکی تارا که تا کمر می‌رسید.

– خُب گلی... سپاس... تمام شد دیگه تو برو.

آرایش ملایمی‌کرد، دو عدد دکمه از کِشو میز آرایشش در آورد، با چسب دکمه‌ها را در یک خط مستقیم با چشم‌هایش روی آینه چسباند و به سوی صدای ازدحام مهمان‌ها خود را کشاند.

☆ آخر کجا رفت؟ کجا بجویمش؟ بی‌نشان چه کنم؟ حتی نامش را نمی‌دانم تا صدایش کنم. تا فریادش بکشم. تا بخوانمش، بخواهمش. شاید نامش آب باشد یا آتش، یا آهو، یا آسمان یا هستی یا...

☆ نکند... نکند اسمش دریا باشد؟! نمی‌دانم... نه... دریا خودش به دیدنت نمی‌آید... مرامش نیست. دریا فقط می‌طلبدت. هفتاد خوان رستم را جلویت می‌گذارد، و بعد، با تمامیِ جاذبه‌هایِ آب و زمین می‌طلبدت... می‌خواندت... می‌خواهدت... و آن‌هنگام از دور تماشایت می‌کند تا نظاره‌گر اختیار و انتخابت باشد!

☆ می‌توانی خود را آزاد و حیران در نیروی جاذبه‌ی دیوانه‌کننده‌اش رها کنی و با جسارت خود را در هفتاد خان رستم فروبیفکنی و بگویی هرچه بادا‌باد... این من، و این تو... خودت بکشانم... برسانم! می‌توانی هم تا زنده‌ای بر خلاف این گرانش عظیم در پشت گونی‌گونی روزمرگیِ خوردشده پناه بگیری و از حسرت به ناله و زاری بیفتی و خمار بمانی و حتی ندانی که خمار هستی و این جلز و ولزت از حسرت است... حسرت!

☆ انتخاب توست! دریا تا محو شدنت خیره‌ات می‌ماند. یا در آغوشش محو می‌شوی... یا در حسرت آغوشش خشک می‌شوی! آری این مرام دریاست و هرگز کوتاه نمی‌آید... هرگز!

☆ پس... اگر این‌طور است... پس... حتماً... نکند... واقعاً نامش دریا باشد؟!

☆ اما... اصلاً... مگر چه فرقی می‌کند نامش چه باشد! مگر آدم‌ها را با نامشان پیدا می‌کنند؟ چه کسی گفته انسان‌ها را با اسم و رسمشان می‌جویند؟ آدم‌ها را اول پیدا می‌کنند، خوب که مطمئن شدند که خودشانند، بعد اسم و رسمشان را می‌پرسند. خوب، من هم اول پیدایش می‌کنم بعد... بعد آن‌وقت...

☆ بعد چه می‌کنم؟ بعد چه کنم؟! نمی‌دانم!

☆ نمی‌دانم؟! مگر می‌شود ندانم!؟

☆ چطور نمی‌دانم؟!

☆ شاید خودش بگوید چه باید بکنم... اول باید پیدایش کنم... بعد...

☆ اما حالا... اصلاً چطور ممکن است پیدایش کنم؟ کجا؟ چطور؟

☆ آه چقدر این دنیا بزرگ است. تا به حال هیچ‌وقت تا به این اندازه به وسعت این دنیایِ پر از آدم پی‌نبرده‌بودم... هیچ‌وقت تا به این حد حس نکرده‌بودم که چقدر این دنیا بزرگ است، چقدر کوچه پس کوچه دارد، چقدر آدم دارد، چقدر جا دارد... ای وای چه کنم!

☆ چه احساس کوچکی و ناتوانیِ خردکننده‌ای در برابر این دنیای بزرگ دارم!

☆ فقط یک راه دارد...

☆ خودش باید برگردد! این تنها راهش است! تنها راهش!!

☆ اما... یعنی برخواهد گشت؟

☆ برمی‌گردد؟

☆ چطور؟

☆ باید برگردانمش.

☆ اما چطور آنی را که نمی‌دانی کجاست و حتی شک داری چیست، برگردانی؟!

☆ همیشه از خودم توقع‌های احمقانه دارم. مگر می‌شود؟

☆ اما آخر راه دیگری نیست! باید برگردد، باید برگردانمش و می‌دانم این به من بستگی دارد. به چگونگی و چرایی آرزومندی‌ام!

☆ باید چگونه بخواهمش که برگردد؟

☆ باید بدانم.

☆ اما چگونه؟

☆ باید بلد باشم بخواهمش.

☆ واقعاً بلدم؟ بلدم چگونه از آن انتهایی‌ترین جای قلبم بخواهمش که برگردد؟

☆ آیا اصلاً از آن انتهایی‌ترین جای قلبم می‌خواهم که برگردد؟

☆ معلوم است که می‌خواهم...

☆ می‌خواهم؟

☆ آه ای دیوِ شک! نمی‌دانم. شاید می‌خواهم یا... شاید...

☆ آیا واقعاً می‌خواهم برگردد؟ نمی‌دانم. ای وایِ من... نمی‌دانم!؟! آن «نمی‌دانم» است، آن نمی‌دانمِ بی‌جا، نه آن نمی‌دانمِ به‌جایِ مستانه. آن نمی‌دانمِ بی‌همتِ بی‌فرجام که ریشه در شک دارد، نه در ایمان، آن نمی‌دانم شَک‌زاده‌ی ترس بنیاد. ای وایِ من تا شک هست، خواستن واژه‌ای پربهانه است!

☆ آری می‌ترسم و شک جولان می‌دهد و خواستن دروغی کثیف است و آمدنش خیالی وَهم‌آلود.

☆ می‌ترسم... می‌ترسم. اگر برگردد و تا دست جلو بَرَم معمولی شود چه کنم؟ آن‌وقت دیگر همان یک دانه شمع روشن شده‌ام را هم خاموش کرده‌ام.

☆ یا... یا که نه... اگر برگردد و اصلاً نتوانم نگاهش کنم چه؟

☆ یا... اگر برگردد و من خوب ببینمش و خودِ خودش باشد، اما... اما من سریع هول شوم و ناخواسته روی برگردانم و او برود چه؟ آن‌وقت دیگر حتی بهانه‌ی خوب و شیرین «کسی نیست» را هم از دست خواهم داد!

☆ یا اگر توانش را نداشته‌باشم چه؟ اگر به محضِ اینکه نگاهش کردم، خیره‌اش شدم و مدام چشمانم آب آمد و آب آمد و همه فهمیدند دریا بوده‌ام چه؟

☆ آن‌وقت چه؟

☆ ماهی را چه کنم؟

☆ چگونه بگویم «کور شوم اگر دروغ بگویم»، اگر واقعاً کور باشم!

☆ اما... آیا بینا و مشکوک بهتر است یا کور و بی‌شَک؟

☆ اما... آخر... حیفِ این چشمانم است، ماهی همیشه می‌گوید چشم‌هایم را خیلی دوست دارد، چون یادگارِ پدربزرگش است.

◀

شب از نیمه گذشته‌بود، هنوز عده‌ای وسط مجلس رقص بودند. نمی‌رقصیدند... صحبت می‌کردند، می‌خندیدند و گویی دلشان نمی‌آمد به ساعت نگاه کنند تا باور کنند که وقت رفتن است. پرگل دستی به موهای قهوه‌ای روشنش کشید، دستش را در انبوه حلقه‌های موهایش فشرد و آنها را بیشتر پف داد، نگاهی به یاسمن کرد و با خنده گفت:

- خیلی بدجور نگاه می‌کنی، ولشون کن!

یاسمن خندید، رویش را به طرف پرگل برگرداند.

- بدجور نگاه نمی‌کنم، خیلی هم عادی نگاه می‌کنم. کاریشون ندارم که!

پرگل ادامه داد:

- به چی فکر می‌کردی، این‌قدر عمیق میخ شده‌بودی؟

یاسمن آهی کشید و گفت:

- هیچی... چه می‌دونم. به اینکه تارا کی می‌خواد اعتراف کنه که کوهیارو دوست داره، یا کِی کوهیار می‌خواد بیاد خواستگاری تارا و قضیه رو تموم کنه. مثل راز سرگشاده شده، همه می‌دونن، هیچ‌کسم رو خودش نمیاره. نگاه کن یه جوری داره بدرقه‌ش می‌کنه، انگار می‌خواد بره سفر قندهار. حالا پس‌فردا دوباره همین‌جاست.

پرگل خندید ابروهایش را بالا داد:

- نمی‌دونم... آره... تقریباً همه می‌دونن، اما هیچ‌وقت کسی بهش اشاره هم نمی‌کنه... شاید به خاطر دایی همایون و پروین خانومه...

پرگل پابه‌پا شد. یک قُلپ از نوشیدنی‌اش را سرکشید. به تارا نگاه کرد.

- رابطه‌ی بین آدما خیلی پیچیده‌ست. چون خودِ آدما خیلی پیچیده‌ن و بیشتر وقتا خودشونم نمی‌دونن چی می‌خوان. هر وقت از تارا می‌پرسم، می‌گه دوستش داره، اما بیشتر مثلِ برادرش، یا مثلِ یه دوست. نمی‌دونم شاید خودشم گیج شده... شایدم راست می‌گه. نزدیکه پنج، شش سال باهم تو یه خونه بزرگ شدن، همه‌ی ما به شکل فرزندخونده‌ی دایی به کوهیار نگاه می‌کنیم. تا هیوا ایران بود، واقعاً مثل برادر، همیشه با هم بودن. حالام درسته خونه‌ش عوض شده، اما انگار همش اینجاست. نمی‌دونم... شایدم احساس متفاوتی داره ولی نمی‌تونه قبول کنه، به‌هرحال به نظر من هر دو نیاز به زمان دارن... خودشونم گویا هیچ عجله‌ای ندارن. برام جالبه... بعدِ اون تصادف وحشتناک زندگی کوهیار انگار بهتر شد. کی فکرش را می‌کرد. بعد از اینکه پدر و مادر و برادر کوچیکش تو اون تصادف کشته شدن، دایی همایون نذاشتن آب تو دلِ کوهیار تکون بخوره.

یاسمن خندید:

- به این می‌گن دوست. واقعاً چقدر آدم باید دوستش را دوست داشته‌باشه که این‌طور بخواد از بچه‌ش مراقبت کنه. می‌گم مگه کوهیار فامیلِ دیگه‌ای نداشت؟

- پدربزرگ، مادربزرگ نداشت. پیش بقیه‌ی فامیلم نمی‌خواست بره، اونام انگار می‌خواستن کوهیار خودش راضی باشه. خودش خواست با دایی اینا بمونه، آخه با هیوا از بچگی خیلی دوست بود، چون دایی همایون با بهرام خان دوست ثبتی بودن... خیلی سال.

تارا از دور لبخندی به پرگل زد و از کوهیار خداحافظی کرد و به طرف پرگل و یاسمن آمد.

- چرا این‌طوری نگاه می‌کنین؟ دیوونه‌ها!

یاسمن خندید.

- منتظر بوسه خداحافظی بودیم.

تارا سرِ شانه‌ی پرگل زد.

- نمی‌خوای بهش هیچی بگی؟ مثلا دخترعمه‌م هستیا!!

پرگل به یاسمن رو کرد و جدی گفت:

- یاسی جون درست صحبت کن. مؤدب باش. تارا این کارا رو یواشکی انجام می‌ده نه جلوی چشم همه، این وسط، اینجا که اتاق خواب نیست!

یاسمن زد زیر خنده، تارا چشم‌غره‌ای به پرگل رفت و گفت:

- دستت درد نکنه پرگل جون... واقعاً که...

پرگل ادامه داد:

- ببخشید... بدت اومد؟ خُب اگه دلت پیشِ دکترِ گیر کرده دیگه سرِ کوهیار باهات شوخی نکنم.

تارا با ناامیدی سرش را تکان داد:

- هیچکی حریف زبون تو نمی‌شه... نه، سرِ همین کوهیارِ خودمون اذیتم کنی بهتره. دیگه هم حرف اون دکترِ گیجو پیش من نزن، یاسی تو هم همین‌طور. تو رو خدا به کسی هم نگین، هیچکی نباید بفهمه.

پرگل خندید.

- نترس، هیچ حرفی تا حالا از بین ما سه تا درز نکرده که این دومیش باشه. اما من تعجبم از اینه که تو چرا این‌قدر از این دکترِ بدت اومده؟ واقعاً من تعریفشو خیلی شنیدم. کاش اقلاً یه‌بار دیگه می‌رفتی. آخه با یه‌بار که نمی‌شه...

یاسمن با عصبانیت حرف پرگل را قطع کرد:

- اَه... بسه دیگه... خُب نمی‌خواد بره. اصلاً تارا چیزیش نیست. چرا باید بره دکتر... ای بابا... بیخودی موضوع را جدی کردین. اگه یه‌کم تفریح کنه یا مثلاً یه مسافرت خوب بره، کم‌کم خودش آروم می‌شه، شاد می‌شه، بعدشم خودش قشنگ می‌تونه تصمیم بگیره با زندگیش چی کار کنه. یا یه رشته تو دانشگاه انتخاب می‌کنه می‌ره می‌خونه، یا می‌ره پیش هیوا اونجا برا خودش، هر کاری خواست می‌کنه، اصلاً هی کتاب بخونه... چه اشکالی داره؟

پرگل لب‌هایش را گزید، نگاه نگرانی به تارا و بعد به یاسمن کرد و آرام گفت:

- هی بخونه؟! اصلاً مهم اینه که بتونه دیگه نخونه!

تارا ساکت بود. آهی کشید، سرش را زیر انداخت و زمین را نگریست.

☆وقتی زمین را می‌نگریست چشم‌هایش می‌خواستند فروبریزند... چشم‌هایش سنگینی عجیبی داشتند، شاید اسمش آهو باشد...

☆ یک‌بار هم چشمانش را خیلی سنگین کرد، تا آنجا که از چشمانش فقط و فقط یک ردیف مژه‌ی بلندِ مشکی که داشت چشمانش را خواب می‌کرد چشم‌هایم را پر کرد، آن‌وقت خیلی آرام، با صدایی که فقط با نفس نکشیدن توانستم بشنوم، گفت:

- شما فکر می‌کنید خدا هست؟

☆ آن‌قدر ساده گفت که یک لحظه فکر کردم خودم دارم با خودم حرف می‌زنم! خیلی ساده گفت، ساده و صمیمی. بعد مکث کرد، نفس آرامی کشید، من هم نفس کشیدم، آرام‌تر. هیچ نگفتم، چون نمی‌خواست چیزی بگویم. تمام خواستن آن لحظه‌ام شنیدن صدایش بود. دوباره با همان صدا ادامه داد:

- تا حالا بهش فکر کردید؟

☆ باز هم نمی‌خواست من حرف بزنم. انگار داشت با خودش فکر می‌کرد و بعضی از فکرهایش را بلند می‌گفت. نمی‌خواست کسی مزاحمش شود. من فقط نگاه می‌کردم. لب پایینش را گزید... آن‌قدر محکم که دردم آمد. صدای نفس‌های آن لحظه‌اش هنوز در گوشم است... سنگین، عمیق، نزدیک و آرام.

☆ نگاهش را لغزاند تا پنجره... نگاهش بیرون پرپر زد تا سرو پشت پنجره، نگاهش را روی شاخه‌ی سرو نشاند و آرام‌تراز قبل، گویی زمزمه می‌کرد، ادامه داد:

- شاید زیاد براتون اهمیت نداشته... حالا باشه یا نباشه، زندگی پیش می‌ره.

☆ من فقط ساکت بودم. ساکن و ساکت، همان نفس آرام را هم دیگر نمی‌کشیدم، که ناگهان گرمم شد. چشم‌هایم تا سقف مطب کشیده شد... گویا از وجودش شعله‌ای بلند شد... خیلی بلند، تا سقف مطب. دست‌هایش را روی میز گذاشت، ایستاد، مستقیم نگاهم کرد... چشم‌هایم سوختند، باید پلک می‌زدم...

پلک زدم، فقط پلک زدم و او با صدای مستحکمی که با صدای قبلی‌اش خیلی فرق می‌کرد گفت:

- پیش می‌ره؟

☆ نفس کشیدم، باید چیزی می‌گفتم. سیاهی چشمانش به سرخی می‌زد، یک سرخیِ وحشیِ داغ که نباید مستقیم نگاه می‌کردم. نگاهم را با زور از نگاهش باز پس گرفتم، تا دیوار کشاندم، به دیوار خیره شدم و تا خواستم بازدم فراموش شده‌ام را بیرون دهم، و چیزی بگویم... نشست... و صدای نگاهش گفت: «نمی‌خواد جواب بدید، خیلی واضحه که پیش می‌ره. شما اون‌طرفِ میز نشستید تو مطبتون و من در جایگاه بیمار جلوی میزتون... خوب پس معلومه خوب پیش می‌ره.»

☆ آه... چطور می‌شنیدم!! چطور واضح صدای نگاهش می‌آمد... و فقط من و خودش می‌دانستیم که چقدر اشتباه می‌کند. هنوز ساکت بودم. در حالی که خودش را روی صندلی جمع و جور می‌کرد لبخند مصنوعی زد که می‌گفت: «ای کاش نمی‌آمدم.» غصه‌ام شد. بعد رو به من گفت:

- ببخشید.

☆ می‌دانستم دیگر باید حرفی می‌زدم... اما... تنها کاری که توانستم بکنم این بود که گره ابروانم را بیشتر کنم که وانمود کنم دارم فکر می‌کنم... و دوباره نگاهش را شنیدم: «فکر می‌کنی چه دارویی برام بنویسی؟ یا فکر می‌کنی چه پروسه درمانی را باید برام در نظر بگیری؟ یا شاید فکر می‌کنی این‌بار دست به سرم کنی... تا دفعه‌ی بعد؟» ولی واقعاً اشتباه می‌کرد، من آن موقع اصلاً فکر نمی‌کردم، اصلاً تا آن‌وقت نمی‌دانستم می‌شود اصلاً فکر نکرد، و فقط بود!

☆ نمی‌توانستم هیچ‌کاری کنم، حتی فکر هم نمی‌توانستم بکنم. نگاهش ادامه داد: «قطعاً آرام بخش را که برام می‌نویسی... یا... » مدام می‌گفت، می‌گفت بی‌صدا، و من می‌شنیدم بلند و واضح... تا اینکه لب‌هایش باز شد:

- فکر می‌کنید خیلی دیوونه‌ام؟

☆ لبخند تلخی زد. سرش را زیر انداخت.

- آره دیگه. خوب قطعاً یه چیزیم می‌شه که اومدم اینجا رو این صندلی نشستم. حداقل شما باید این‌طور فکر کنید... اما به‌هرحال...

☆ پاهایش را روی هم انداخت لبه‌ی پالتو خزش را تا روی زانویش کشاند، پالتو کم آمد، لبه‌های پالتو را آرام نوازش کرد... دست‌هایش را روی هم گذاشت و ادامه داد:

- حالا... به‌هرحال، چیزی باشه یا نه... پرسشم را که می‌تونید پاسخ بدید، مگه نه؟ منظورم اینه... جُدایِ از این حرف‌ها، شما خودتون، واقعاً چی فکر می‌کنید؟ فکر می‌کنید خدا هست؟ نمی‌شه نباشه، می‌شه؟ نمی‌تونم باور کنم هست، نمی‌تونم قبول هم کنم که نیست. اما اگه هست این چه وضعیتیه؟ نمی‌بینید؟ می‌بینید؟ واقعاً می‌بینید؟ اگه نیست چرا...

☆ ... و ادامه داد... تمام مطب پر از کلمات شد... کلماتی که مثل کبوترهای سفید کوچک، آرام‌آرام در فضا پخش می‌شدند و شروع به پرواز می‌کردند... هنوز هم صدای بال و پرشان همه جا به گوش می‌رسد... تا به امروز! حرف‌های سفیدِ پاکِ معصوم، حرف‌هایی که شاید همه داریم اما آزادشان نمی‌کنیم، حرف‌هایی که می‌نشانیمشان کنج قفس دلمان و دانه برایشان می‌ریزیم و برایشان از پرواز نکردن‌ها، قصه‌ها می‌سراییم، از خوب بودن‌ها می‌گوییم و نوازششان می‌کنیم تا خوابشان ببرد، و به محض اینکه خوابشان بُرد، بال‌های پروازشان را آرام‌آرام با محبت می‌چینیم تا باور کنند همه‌ی آرزوهایشان، فقط یک رویا بوده‌است... فقط یک خواب! آری حرف‌های ساده‌ی گفته‌نشده‌ی پنهانِ خاک‌خورده... اما همیشه تازه!

☆ همه را گفت... همه را!

☆ دیگر صدایش بلند بود و کم‌کم فقط یک صدا آمد، یک صدا که معلوم بود آخرین تلاشش را برای شنیده شدن می‌کرد، و من خوب می‌شنیدمش... خوبِ خوب. هجوم دو صدایی دیگر نبود. یک صدا بود: ساده، قاطع، رُک، مستحکم و

بی‌پرده، بدون هیچ ایهامی، هیچ ابهامی، هیچ استعاره‌ای، خالصانه و پر قدرت... و من می‌شنیدمش، خیلی خوب می‌شنیدمش تا هنوز هم می‌شنومش. صدایش را زیارت می‌کردم و حیران اقبال خودم بودم. محوِ صدای آن روزها بودم، صدای آن روزها که تا به امروز آمده‌بود. آن روزها که اگرچه آشفته‌تر از این روزهایم بودند، اگرچه بهم‌ریختگی خاص خودشان را داشتند، اما گرم‌تر بودند، مطمئن‌تر بودند، «بودنشان» بیشتر بود، من‌بودنشان ملموس‌تر بود.

☆ من می‌شنیدم و آن روزهایم لِی‌لِی بازی می‌کردند، صدای آن روزها می‌آمد، به همان استحکام، اما ابریشمین‌تر، سیمین‌تر... صدای آن روزهایم، امروزچقدر شنیدنی‌تر و آشناتر بود.

■

پرگل دستش را زیرِ سرش گذاشت و به پهلو خوابید، لبخندی از روی خرسندی زد:

- تو هر چی می‌خوای بگو... معلومه دکتر خوبی بوده، دو ساعت و نیمِ کامل باهاش حرف زدی، دکتر روان‌پزشک کِی تا حالا این‌قدر وقت برا مریضش می‌ذاره!؟ پشیمون نیستم که زوری فرستادمت!

تارا چشم‌هایش را بست. پتو را روی سرش کشید. بوی پتوهای مهمان را دوست داشت. هر وقت پرگل شب می‌ماند، هر دو با هم از لحاف تشک مهمان استفاده می‌کردند.

- لطفاً پشیمون باش، آبروم رفت. اگه تو خیابون ببینمش چی؟ یا اگه... چه می‌دونم یه جایی ببینمش، یا آشنای کسی باشه، دیگه هیچی آبرو برام نمی‌مونه.

- اسم و فامیلتو که نمی‌دونه. بعدشم، دکتر که راز بیمارش را فاش نمی‌کنه. اگه این‌طور بود که هیچکی دیگه پیش روان‌پزشک، روانشناس و مشاور نمی‌رفت. نه... از اون نظر نترس. امکان نداره. اما... یعنی منظورت اینه اصلاً دیگه نمی‌ری؟ چرا؟ به‌هرحال این‌همه حرف زدی، خُب برو بازم حرف بزن، تو برا خودت برو، گور باباىِ اینکه اون چی فکر می‌کنه. حالا که تونستی باهاش حرف بزنی، بازم برو.

- اصلاً!! دیوونه شدی؟ می‌گم خودش یه چیزیش می‌شد... گیج بود!

- خُب می‌خوای یکی دیگه برات پیدا کنم؟ یا اصلاً می‌خوای این‌بار بری پیش مشاور یا روانشناس ؟

- واااای نه... تازه یکی دیگه همـ

- پس... همینو برو، اصلاً چه اهمیتی داره، خُب گیج باشه، بنگ باشه، مهم چیزِ دیگه‌ایه، چرا نمی‌فهمی؟ مهم اینه تو تونستی باهاش این‌همه حرف بزنی.

پرگل پتو را از روی صورت تارا کشید، با خنده اضافه کرد:

- حالا خفه نشی... بیا بیرون از این زیر، می‌فهمی چی می‌گم؟

تارا پتو را پس زد.

- خُب حرف بزنم که چی؟ برم حرف بزنم چه فایده؟

- خیلی مهمه... چرا متوجه نیستی. خیلی مهمه آدم بتونه با یکی واقعاً، از ته دل حرف بزنه... حتی اگه اون آدم یه کلمه هم حرف نزنه. مهم تویی... واقعاً احساسِ بهتری نداری؟ به قولِ خودت حرفاتو زدی. بالاخره آدم خالی می‌شه... چه می‌دونم... سبک می‌شه...

- نمی‌دونم... اون لحظه خوب بود، یعنی جالب بود. اما بعدش خیلی احساسِ عجیبی داشتم، یه جور دلشوره و استرس گرفته‌بودم... حتی الانم که بهش فکر می‌کنم آشوب می‌شم. چطور بگم، انگار یکی لختِ عور آدمو دیده‌باشه! اصلاً نمی‌دونم چرا این‌طوری حرف زدم، وای اصلاً نمی‌خوام حتی بهش فکر کنم. جدای از این، خودشم یه جوری بود، نمی‌دونم... آخه اصلاً هیچ حرفی نزد. نمی‌دونم... یه طورِ عجیبی حرف نمی‌زد، آخه مگه اون دکتر نیست، بالاخره باید یه چیزی می‌گفت.

- واقعاً هیچی نگفت؟ یعنی هیچی.

- واقعاً هیچی، به جز یه‌بار که داد زدم اون‌وقت گفت: «ببخشید چرا بلند صحبت می‌کنید؟» عجیبم گفت، کلاً همه چیز عجیب و غریب بود.

تارا دیده‌بود که چشم‌های آقای دکتر گاه‌گاهی پر از اشک شده‌بود. اما به پرگل هیچ نگفت.

- اِاِاِ... هاها... پس سرش دادم زدی، معلومه شُک شده، ترسیده. چرا سرِ پسر مردم داد زدی؟ آخرش چی؟ وقتی پا شدی چیزی نگفت؟

- فقط گفت: «لطفاً وقت بگیرید برای جلسه‌ی دیگه.»

- خُب بعدشم گفته دوباره برگرد، پس منتظرته!! خُب شاید تمومِ دو ساعت و نیمو تو یه ریز حرف زدی، اونم بعد از تو مریض داشته، گفته حالا جلسه بعد اگه این دخترِ گذاشت منم حرف می‌زنم.

تارا خندید، روی پهلو به طرف پرگل غلتید.

- شاید... نمی‌دونم. آره... واقعاً بی‌وقفه حرف زدم، شایدم اصلاً فرصت نکرده جوابمو بده. نمی‌دونم... هر چی که بود تموم شد. تمومِ تموم.

پرگل نگاهِ پر مهری به موهای لخت و مشکی تارا که پهنای بالش را پوشانده‌بود کرد.

- اما حرف زدی. می‌دونی، من تو رو می‌شناسم، خیلی حرفِ جدی بزنی، ده دقیقه، اونم مثلاً با منی که دیگه چی بگم... باهات بزرگ شدم. حالا آخرِ دست، تو چی گفتی؟

- هیچی... چیزی نگفتم. یه‌دفعه دیدم دو ساعت هم رد شده. خودم بلند شدم به ساعت نگاه کردم، دیگه فهمید می‌خوام برم...

☆ «رفت... ؟» گریه‌کنان پرسیده‌بودم: «قهر کرد که رفت؟... حالا چه کنیم؟» و بابایی گفته‌بود: «مگه می‌شه بره؟ غروبه... غروب! فردا دوباره در میاد!» اما گریه‌ام آرام نشده‌بود. هر بار با ماهی به تماشای غروب می‌نشینیم این داستان را برایم می‌گوید. اما نمی‌داند من هنوز هم هنگام غروب در اندیشه‌ام... آیا رفت که رفت؟!

◀

- همین لباس‌ها را بر تن می‌کنی عزیزه دل؟

ماهبانو به پسرش نگاه کرد. چشم‌های مادرانه‌اش این روزها نگران بود. نمی‌خواست پسرش را آزار دهد، نمی‌خواست مدام او را سؤال‌پیچ کند. هیچ‌گاه از این کارها نکرده‌بود و راه و رسمش را هم نمی‌دانست، اصلاً بلد نبود. اما نگران بود. نگرانِ چیزی که نمی‌دانست چیست. با احتیاط و آرام ادامه داد:

- الان بیشتر از یک هفته است همین لباس را می‌پوشی.

نادر نیم‌خیز نشست، آرام سرش را زیر انداخت و بند کفش‌هایش را بست.

- تازه شستمش، تمیزه... چه اشکالی داره.

- هیچ اشکال نداره عزیزه دل... باشه فردا هم جمعه است خودم می‌شورمش.

نادر ایستاد. لبخند زد، نگاهی به چشم‌های نگرانِ مادرش کرد.

- ممنون.

نفسِ عمیقی کشید.

- ماهی... نگران نباش.

ماهبانو لبخند مهربانی روی لب نشاند، بغضش را قورت داد.

- نگرانِ چه باشم. تو خودت بهتر به صلاح کارِ خودت آگاهی عزیزه دل. فقط... اگه کاری ازم برمیاد بگو بدانم.
نادر می‌دانست که ماهی نگران است. اما... چه بگوید؟ چه می‌توانست بگوید؟ نگاهش شرمنده شد. سرش را زیر انداخت.
- باشه می‌گم... خدانگهدار.
- مواظب خودت باش. ساغ آمان بار![1]

☆ چرا باید به مطب بروم؟ چرا؟

☆ چرا همه چیز باید مثل قبل ادامه پیدا کند... تا بلکه دوباره به حالتِ «معمولیِ» قبل، برگردد؟

☆ چرا همیشه همه فکر می‌کنند که بهتر است و باید، هر اتفاقِ متفاوتِ تجربه‌نشده و دور از انتظاری را، که به نظر نمی‌آید به سوی «خوب»های تعریف‌شده پیش می‌رود، نادیده انگاریم یا سریع به روال معمولی برگردانیم، وگرنه «بد» است، اما... چرا؟

☆ شاید چون «متفاوت»ها دیده نشده‌اند، تجربه نشده‌اند و به نظر نمی‌آید در جهت همان خوشبختیِ تقلیدیِ تحمیلی باشند؟

☆ شاید چون همیشه باید همه چیز به روال معمولیِ تجربه‌شده‌ی دیده شده‌ی «خوب» پیش رود تا خوب پیش رود، تا ضمانت داشته‌باشد، تا بدون ترس و هراس، اَمن و ایمن، صاف و مستقیم رو به سوی خوبِ تجربه‌شده پیش رَوَد... و پیش رَوَد... باشد که بهتر و بهتر و بهترین شود!

☆ همان «خوب» که نبودنش کمبود است، فاجعه است و بدبختی و بیشتر داشتنش اقبال است و خوشبختی. همان معمولیِ دلنشینِ همیشگی، که همگی دست جمعی باید به آن اعتقاد داشته‌باشیم و دست کودکانمان را بکشیم تا قدم در

---

[1] زبان ترکمنی: به سلامت

راهش بگذارند و بدانند برای رسیدن به آن است که آمده‌اند، بدانند که باید «خوب» باشند، «خوب» زندگی کنند، بخصوص جلوی خودِ سودجو، حساب‌گر و توهمی‌شان و آن «همه‌ی» دوست‌داشتنی که بسیار دوستشان می‌دارند، و به آنها یاد بدهیم «خوب» دقیقاً چیست و چه سطحی دارد. سطحِ خوبِ معمولی مشخص است. هرچه بالاتر از آن بروی خوشبختی، پایین بیفتی بدبخت. هیچ چپ و راست و جهتِ دیگری ندارد. اگر نمی‌توانی بالاتر بروی حداقل خوب و معمولی باش و مایه‌ی دردسر نباش.

☆ حال به چشمِ همان خودِ حسابگر و «همه‌ی» دوست‌داشتنی، من در قسمت خوشبخت سِیر می‌کنم. از خوبِ معمولی بالاتر رفته‌ام، و اگر درست و با دقت و حساب‌شده ادامه دهم، بالا و بالاتر هم خواهم رفت، پس باید ادامه دهم...

☆ آری... پس باید به مطب بروم و بیایم... بروم و بیایم. دوباره باید شروع کنم به سعی کردن در راهِ فراموشی. بروم سرِ کار و «زندگی خوبم» را ادامه دهم. تا دوباره ماهی بخندد و شب تا صبح در کمال آرامش بخوابد، و نگران نباشد و استرس و افسردگی نگیرد، فشارش پایین نیفتد. سیا لبخند بزند و قلبش درد نگیرد، و فشارش بالا نرود. نارین اخم نکند و زیر لب ناسزا ندهد، و حواسش به درسش باشد تا مثل برادرِ بزرگش به جایی که باید برسد، با موفقیت برسد. نهال در یک گوشه‌ای پنهان نشود و دست به دعا نشود و گریه و زاری، برای برادرش که این‌قدر دوستش دارد، نکند و حواسش از درس و دانشگاهش پرت نشود. آرش آشفته و نگران نشود و مدام سؤال نکند و دم‌به‌دقیقه تلفن نزند. بیمارانم از من ناامید نشوند، منی که پزشکشان هستم، امینشان هستم، و «خوب» شوند و بروند پیِ زندگیِ «معمولی‌شان»، باشد تا زندگی آنها هم رو به بالا سیر کند، ترقی کنند و آنها هم خوشبخت شوند.

☆ بله... تمامِ دانه‌دانه‌ی انگورهای قرمز زندگی را باید خوشبخت و خوب زندگی کنم تا مبادا انگورهایم لِه شوند، که اگر لِه شوند خراب می‌شوند، می‌گندند، و از دست می‌روند... و خوشبخت بودنم از دهان می‌یفتد!

☆ آری همه و آن خودِ حسابگرم اصرار دارند، که منِ باهوشِ خوش تیپِ خوش شانس که دیگر بزرگ شده‌ام و خدا را شکر دیگر عاقل شده‌ام و از صدقه سرِ نذز و نیازها دیگر چسبیده‌ام به زندگی‌ام، همان‌طور مثل قبل بروم سرِ کار و بیایم تا دختری که همانی است که باید باشد، که خوب‌تر است اگر تحصیلات عالی و خانواده‌ی بی‌دردسر هم داشته‌باشد، بیاید و تا دیر نشده، سریع، عاشق شویم و ازدواج کنیم و خانه‌ی خودمان را بخریم و محلِ کارم را در جای خیلی خوب‌تری برپا کنم، صاحب دو فرزند شویم، که باز هم خوب‌تر است اگر یکی دختر و یکی پسر باشد، و تمام تعطیلات به مسافرت برویم و حتماً به هرکسی هم که به نظر بدبخت‌تر است و بیشتر در چشمست و پیداست و باعث می‌شود حس خوب‌تری به ما دست دهد و قضا بلا دور شود، صدقه دهیم و کمک کنیم و کم‌کم پیر شویم و پسر و دخترمان هم حتماً یا تحصیلات عالی داشته‌باشند یا پول، و با کسی که مثل خودشان یا تحصیلات عالی دارد یا پول ازدواج کنند و ما نوه‌های خوشبختمان را ببینیم که چطور همانند ما برای بهترین شدن تلاش می‌کنند و خوشبخت می‌شوند... تا... بمیریم!!! باشد تا نسل اندر نسل همین‌طور، درست مثل ما، خوشبخت زندگی کنند!!

☆ پس برای تحقق تمام این خوب‌های درخشنده و چشم‌گیرِ از پیش تعیین شده، همین الان باید من، نادر سپندار، حتماً به سرِ کارم بروم و هیچ‌کس و هیچ‌چیز نباید سد راهم شود مبادا از آن راه خوشبختیِ تحمیلیِ تقلیدی منحرف شوم.

☆ نباید فراموش کنم که چقدر در گذر زمان تلاش برای منحرف نشدنم از این راهِ خوشبختی انجام گرفته‌است. کوچک بودم، نصفِ‌نصفِ یک موج هم نمی‌شدم، هوا گرم بود، گرمیِ دم‌کرده‌ای داشت. لباس آستین کوتاه سفیدی پوشیده‌بودم،

خوب یادم است... یقه‌دار بود، خیلی دوستش داشتم. دستم در دست سیا بود، چشم‌هایم خیره به دهان بابایی: «بله آقا سیا شما درست می‌گی، اما... خوب شاید بخواد کارِ دیگه‌ای کنه... کسی چه می‌دونه... باید دید خودش چی می‌خواد.»

☆ خوب یادم است چگونه آن روز سیا با آن احساس مسئولیت معصومانه و پدرانه نگاهم کرد و به بابایی گفت: «بله... اما... نباید گذاشت حیف بشه، بالاخره باید مواظب بود حروم نشه... آخه... » و شروع کرد به توضیح دادن برای بابایی که من چقدر با بقیه فرق می‌کنم و نباید حیف شوم، نباید حرام شوم و باید حتماً به جایی برسم. اصلاً شاید این‌همه سال نسل آدم و حوا و سیاها و ماهی‌ها تلاش کرده‌اند که ما حیف نشویم!!

☆ آری نباید حیف شوم. آدم که این‌قدر بی‌چشم‌ورو نمی‌شود. پس باید به مطب بروم همان‌طور که بارها خودم را جمع و جور کرده‌ام و دوباره به مطب رفته‌ام، این‌بار هم... این‌بار هم، هر چه بود دیگر گذشت... تمام شد و رفت...

☆ تمام شد و... رفت... ؟

☆ اما...

☆ دروغ چرا...

☆ آه... دروغ چرا!؟ نه گذشت، نه تمام شد و... نه... رفت!

☆ چطور رفت! در مطب را محکم به هم زد و رفت!

☆ آخر چگونه به مطب بروم در حالی که «او» در مطب نیست. چگونه؟ منم که نیستم. پس چه کسی باید به مطب برود؟

☆ شاید همان کسی که باید مراقب قدم‌هایش در راه خوشبختیِ تقلیدیِ تحمیلی باشد! اما... همان کس کو؟ انگار دیگر «آن کس» هم نیستم، آخر وقتی هیچ‌کس نیست چه کسی آن راه خوشبختی را طی کند؟

☆ واقعاً نیستم! حتی وقتی با تمامِ وجود سعی می‌کنم، باز هم نیستم. به طرز عجیبی نمی‌توانم. هیچ‌گاه این‌گونه سعی کردنِ بیهوده را لمس نکرده‌بودم. در میانه‌ی سعی کردن و با خودم حرف زدن و تلاش کردنم، «نمی‌توانم» می‌رقصد و به تلاش واهی‌ام می‌خندد!

☆ نمی‌توانم... نه... نمی‌توانم ادامه دهم...

☆ اما... آخر... نمی‌شود که... نه... باید ادامه دهم... خیلی وقت‌ها شاید بهتر باشد در بیرون ادامه بدهی، تا بتوانی حقیقتاً خودت ادامه ندهی. وگرنه خودِ توهمی تقلیدی حسابگرت، همراه با آن «همه‌ی» دوست‌داشتنی با تمام قوا و با محبت بی‌کران سعی می‌کنند تو را به ادامه دادن مجبور کنند. آری باید وانمود کنی داری ادامه می‌دهی... داری می‌روی... در حالی که خودت را در زمانی که دوست داری جا می‌گذاری. همان لباست را می‌پوشی، همان ادکلنت را می‌زنی، سرِ همان‌وقت به ساعت نگاه می‌کنی... تا... شاید... آن اتفاق که باید بیفتد، بیفتد.

☆ اما... دنیا ادامه می‌دهد، دنیا می‌رود... حتی بدونِ همراهیِ تو. نه خورشید، نه ماه، نه گردش زمین، نه هیچ‌کدام از خانواده‌ی بزرگِ طبیعت، هیچ‌کدام نه تنها با تو صبر نمی‌کنند و جا نمی‌مانند، بلکه دست تو را می‌گیرند و تو را با خود می‌کشانند... می‌کشانندت به بستر زمان... زمانی که از تو جدا نمی‌شود، خودِ توست... و باید با او بمانی، زندگی کنی... و این یک باید است. گریزی نیست، گزیری هم نیست. پس من هم باید، درهرصورت، به مطب بروم، حتی اگر نیستم... و نیست!

☆ باید وانمود کنم هیچ اتفاقی نیفتاده‌است. باید وانمود کنم که من واقعاً آنجا هستم. شاید چون همیشه وانمود کردن، آسان‌تر از زندگی کردن است. آه... ای تنبلیِ پر ترسِ سستِ چهره عوض کن، می‌دانم تو هستی!

☆ باید بنشینم، لبخند بزنم، مریض ببینم، حرف بزنم، نسخه بنویسم و مدام معمولیِ خوشبخت باشم و باشم تا توسط تقلیدها و توهم‌ها و خودِ حسابگرم

بازجویی نشوم، حسابرسی نشوم. نمی‌دانم... شاید هم این آسان‌ترین راهِ در زمانِ خودم ماندن است... آسان‌ترین!

☆ آری... ای تنبلیِ سستِ چهره عوض کن، یک‌بار لباسِ ترس می‌پوشی، یک‌بار لباسِ عجز. من که می‌دانم تویی... می‌شناسمت. اما به روی خود نمی‌آورم... به روی خود نمی‌آورم که زیر قدم‌های توست که دارم اینچنین جان‌می‌کنم و وانمود می‌کنم... وانمود می‌کنم که بیچاره‌ام، هیچ چاره‌ای ندارم و به دنبال چاره‌ام به ساعت چنگ می‌زنم، به ساعتِ خَش‌خَشی شده‌ی مطبم، همان ساعتی که هر کارش کنم هنوز برای من همان ساعت را نشان می‌دهد و مرا در دنیای چهار تا شش و نیم باقی نگاه می‌دارد. چهار تا شش و نیمِ عصر روز سه شنبه.

◀

کوهیار به ساعتش نگاه کرد. دیر نکرده‌بود، اما ای کاش زودتر می‌آمد. آهی کشید و با خود گفت: «ببینم امروز چه حال‌وهوایی داره.» در ذهنش صدای هیوا چرخید: «تارا مثل بهارمی‌مونه، روح ناآرومی داره، یه‌دفعه بارونی می‌شه، طوفانی می‌شه، دقیقه‌ی بعدش هم صافِ‌صاف. کاراش قابل‌پیش‌بینی نیست، حواست بهش باشه» آهی کشید و دوباره به ساعتش نگاه کرد.

تارا در حالی که داشت دنبال شالِ سورمه‌ای‌اش می‌گشت گوشی تلفن را با شانه‌اش گرفته‌بود.

- واقعاً نمی‌دونم چرا با تو حرف می‌زنم. هنوزم نتونستم بفهمم.

- چون من حقیقتو بهت می‌گم.

- حقیقت! تو به من حقیقتو می‌گی؟ یه کاری می‌کنی آدم از خودش بدش بیاد.

- اِااِ... مگه تو از خودت خوشت میومد؟ نمی‌دونستم... مطمئنی؟ من فکر کنم تو تنها کسی باشی که از تارا خوشش نمیاد.

- احساس می‌کنم اسمی رو که می‌گی، نمی‌شناسم. چه برسه خوشم بیاد یا نیاد.

- دوباره نرو تو فازِ حرفِ عمیق و معنی‌دار، حال ندارم. داشتیم یه حرفه دیگه می‌زدیم. داشتم می‌گفتم پس کی میای اینجا؟ قرار بود یه‌بار امتحان کنی، من واسه خودت می‌گم، روحیه‌ت

عوض می‌شه. دیگه از این فکرای صدمن‌یه‌غاز نمی‌کنی. تو چقدر تو کارِ فکر و حرفی. ما تو کارِ حرف نیستیم، تو کارِ عملیم.

- اشکان شروع نکن.

- ای بابا تا پایِ عمل میاد، تُرش می‌کنی. همش فکر، همش حرف... فکرای صدمن‌یه‌غاز، حرفای کهنه و صنارسه‌شاهی. من می‌گم یه‌بار بیا ببین چطوره... امتحان کن. می‌ترسی؟ هاها... کاریت که ندارم. این‌همه وقت، هنوز اطمینان نمی‌کنی یه سر بیایی اینجا. دیگه الان، بعد از این‌همه وقت، می‌دونی که نمی‌خوام گولت بزنم. دیگه تو که دوست دختر منو می‌شناسی، نمی‌گم دوست دخترم بشو و حالا هِی بیا اینجا و با هم باشیم و این‌طور اراجیف، نه، می‌گم بیا اینجا با هم خوش می‌گذرونیم، واقعاً بهت لذتو نشون می‌دم، زندگیو نشون می‌دم. دلم می‌سوزه این‌طور هِی تپیدی تو این کتابا. حیفه، دختر سنِ تو، با این بَر و رو، نه دوست پسری، نه حالی، نه هیچی، نمی‌دونم والا... گوش که نمی‌کنی.

- وقتی می‌دونی گوش نمی‌دم، خواهش می‌کنم دیگه نگو.

- نمی‌دونم اطمینان نمی‌کنی... چیه...

- نه. موضوع اطمینان نیست. چه گیری دادی امروز. این‌طوری نبودی. حالا ببینیم چی می‌شه.

- هیچی نمی‌شه. تا خودت نخوای هیچی نمی‌شه.

- خُب الان نمی‌خوام، الان اصلاً نمی‌دونم چی می‌خوام.

- چون فرصت بهت ندادن بیشتر از دو ثانیه چیزی رو بخوای... تو دو ثانیه فراهم شده. چون هر چی خواستی همیشه بوده.

- چقدر امروز متلک می‌گی. یعنی چی... ؟ تو از کجا می‌دونی من چی می‌خوام؟ بوده یا نبوده... چته امروز؟

- هیچیم نیست. متلکم نمی‌گم. مگه این‌طور نیست؟ خودت می‌گی نمی‌دونم چی می‌خوام. کلاً مقصود اینه مثل ما نیستی که باید به این فکر کنیم که چیو می‌تونیم بخوایم، بعدش بخوایم.

- تا جایی که برا من گفتی تو هر وقت هر دختریو که خواستی، بهش رسیدی.
- من منظورم دختر نبود... اما اونکه آره... نه حالا همشون، اما خُب دخترای زیادی به من پا دادن.
- هیچ حسِ گناهی هم نمی‌کنی، جالبه.
- نه، خودشون می‌خوان. زور که نیست.
- گولشون می‌زنی.
- نه، اون‌وقتی که می‌گم دوستشون دارم، واقعاً دارم. مشکل دخترا اینه که نمی‌تونن قبول کنن که آدم می‌تونه یه مدتی یه نفرو دوست داشته‌باشه، نه تا ابد. من همیشه اون‌موقع که باهاشونم، خدا وکیلی دوستشون دارم. مشکلات از اون‌وقتی شروع می‌شه که می‌خوان تا ابد بمونن. منم مجبور می‌شم شروع کنم به دروغ گفتن و دیگه قضیه بد جور می‌شه.
- حالا خوبه به من نگفتی دوستت دارم و عاشقتم و این‌طور چیزا.
- انگار اون اولا گفتم، اما کار نکرد. خُب، البته بعدشم قضیه یه جور دیگه شد. حالا به‌هرحال، داشتیم یه حرف دیگه می‌زدیم... من اصلاً منظورم فقط دختر نبود.
تارا پوزخندی زد.
- اِاِاِ... جدی؟
- نه... هیچی دیگه نمی‌خوام از زندگی! من که مثل تو روشنفکرِ دماغ گنده نیستم. راست می‌گی، چی بخوام؟ زندگیم وسط پاهام خلاصه می‌شه. نه... لوس خانوم، ما هیچی نمی‌خوایم از زندگی. فقط تو هستی که تو این دنیا آرزوهای بزرگ و اهدافِ بلند مرتبه داری. چون می‌تونی داشته‌باشی.
- خُب حالا... همین‌طوری یه چیزی گفتم. حساس نشو.
- حساس نیستم. این احساس همیشگیته. حالا گاهی از دستت در می‌ره یه چیزی می‌گی، رو می‌شه، وگرنه تو کلاً این‌طوری فکر می‌کنی. فکر می‌کنی فقط تو هستی که تو این دنیای به این بزرگی، به ذهنش رسیده «از کجا آمده‌ام»... بقیه یه مشت بَبو!

- ای بابا ول کن اشکان. یه چیزی گفتما... هیچم این‌طور نیست، من هیچ‌وقت این‌طوری فکر نمی‌کنم. چرا بی‌خودی قضاوتم می‌کنی. من فکر نمی‌کنم فقط من هستم. اما تعجب می‌کنم که چطور خیلیا از کنارش به این آسونی رد می‌شن... اون عده‌ای هم که کمی صبر می‌کنن زود با هر پاسخی راضی می‌شن.

- چون گشنه‌ن!

- شایدم چون تنبلن... گرسنگی نمی‌تونه فقط...

- نه... گشنه‌ن. همه مثل تو بدون اینکه بفهمن چطوری، شیکمِشون سیر نمی‌شه. تازه جَوگیرم می‌شی که من تَکَم تو دنیا و از روشنفکری دارم می‌تِرکم و هیچکی دَرکم نمی‌کنه و... ای وای مامان... تنهایی چه سخته و...

- بس کن... من کِی این حرفا رو زدم... من کی همچین چیزایی گفتم، من منظورم اینه راحت‌ترین راه فرار از پرسشای بزرگ می‌تونه تنبلی هم باشه... اصلاً... ببینم واقعاً همچین تصویری از من داری؟

- نه فقط از تو... از همتون... همه شماها مثل همید...

- کدوم همه؟

- همه‌ی این... چه می‌دونم این شکلیا... روشنفکرنماهای شکم سیر، واقعاً شماها به یه آدم که صبح تا شب دنبال یه لقمه نون می‌دوه تو خیابونا چطور نیگاه می‌کنین؟ الان خودت گفتی دیگه... تو با خودت تعجب می‌کنی که این احمق چرا دنبال نون می‌دوه، چه طور نمی‌ره فکر کنه ببینه «از کجا اومدیم»؟

- اولاً من خودمو جزو اون گروه که تو گفتی نمی‌دونم... و هیچ‌وقتم نگفتم من فلانم و بهمانم... دوماً من گفتم تعجب می‌کنم چرا همه آسون از اون سؤال رد می‌شن. گرسنه و سیر نداره. گرسنه هم می‌تونه از کنارش به آسونی رد نشه... بالاخره براش مهم باشه. شاید اگه بفهمه، بتونه تو قضیه‌ی نون درآوردنشم کمکش کنه. به‌هرحال تو ذهنت معلوم نیست چه تصویری از من درست کردی، که کلاً هر حرفی می‌زنم نمی‌تونی منطقی بحث کنی، سریع

می‌خوای خودتو خالی کنی، این‌طوری نمی‌شه حرف زد. اصلاً چرا با من حرف می‌زنی؟ تمومش کن! باشه... هر فکری می‌خوای بکن.

- خُب حالا... قهر نکن، منم به طور کلی حرف زدم. خُب کلاً آدمای مثلِ تو... یعنی اونایی که ظاهراً مثل تو هستن... خیلیاشون این‌طوری فکر می‌کنن.

- گفتم این بحثو تمومش کن.

- باشه باشه... پیداش کردی؟

- چی رو؟

- شالِ سورمه‌ای رو.

- بله.

- زود باش. پسر مَردم دلش هزار راه رفت.

- نگرانِ اون نباش.

- چطور نگران نباشم. من خودم پسرم، درکش می‌کنم.

- هنوز که دیر نشده، تازه سرِ وقتِ... خوب، من رفتم... بدرود.

- به من بدرود نگو... دلم می‌ره.

- وای چقدر بی‌مزه‌ای تو.

- هاها. باشه برو.

از دور دیدش... شال سورمه‌ای‌اش را، کیف سفیدش با راه‌راه‌های سورمه‌ای، پالتو سورمه‌ای‌اش با خزهای سفیدِ دور گردن و آستین‌هایش. مثل همیشه در لحظه‌ی اول که می‌دیدش یک سؤال در ذهنش دوباره و هزارباره موج می‌زد: «کِی و چطور بگویم؟» کوهیار لبخند زد و در ماشین را برای تارا باز کرد.

☆ چقدر روزها کند پیش می‌روند، مریض‌ها می‌آیند با دردهای مشابه، من هم حرف می‌زنم حرف‌های مشابهِ تکراری، داروهای تکراری هم تجویز می‌کنم، اشتباه هم نمی‌کنم. طبابت برایم کاری شده از روی عادت، و درست هم انجامش می‌دهم، بدون اینکه دقت یا توجه کنم. مریض‌ها هنوز هم راضی هستند. شده‌است مثل آن فریضه‌ها که پدر تعریفش را می‌کرد: می‌خوانی، سر وقت هم می‌خوانی، درست، مرتب، طبق عادت و دقیق هم می‌خوانی... به امید اینکه هم خدا راضی، هم بنده‌یِ خدا راضی... اما...

- نادر...

آرش نزدیک‌تر نشست. دست روی شانه‌ی نادر گذاشت. احساس ناتوانی و نگرانی کلافه‌اش کرده‌بود. بعد از مدت‌ها اولین‌بار بود او را این‌گونه پریشان می‌دید و احساس می‌کرد هیچ‌کاری نمی‌تواند برایش بکند.

- چیه... ؟؟ بهترم... بهترم.

آرش لبخندِ تلخی زد. نادر راست نمی‌گفت. بهتر نبود. اما دیگر بی‌تابی هم نمی‌کرد و همین، آرش را آشفته کرده‌بود. آرش سکوت کرد. دستش را از روی شانه‌ی نادر برداشت.

- بهتر نیستی... خیلی بدتری.

- نه، آرومم. نگران نباش... خوب می‌شم.

آرش نگاهش کرد. راست می‌گفت. آرام بود... خیلی آرام. به طرز بدی آرام بود و انگار آرام‌آرام اشک‌هایِ نامرئی می‌ریخت که آرش به خوبی می‌توانست ببیند. آرامِ بی‌تاب بود... چه حالِ بدی داشت. آرش ساکت شد. صدای آب می‌آمد و گاهی صدای پرنده‌ای. هنوز سرد بود. همه‌ی طبیعت، دسته جمعی منتظر بهار بودند... که نمی‌آمد.

- بعضی وقتا بهار با تقویم نزدیک نمی‌شه. چقدر سرده... اصلاً انگارنه‌انگار قراره یه ماه دیگه بهار بشه.

آرش این را گفت و ایستاد. خودش را کشید. نادر ساکت بود. به چشم‌های آرش نگاه کرد.

- ماهی فرستاده‌بودت برا تحقیق؟ از خانم جمشیدی چی می‌پرسیدی؟ فکر کردی همه حرفایی که بهت زدم تَوَهم بوده؟ فکر کردی اصلاً اون روز کسی نیومده تو مطب؟ چیو می‌خواستی مطمئن بشی؟

آرش سرش را پایین انداخت. نگاهش را روی سنگ‌فرش کنار رودخانه دواند.

- به چیزی شک نداشتم که بخوام مطمئن بشم. من فقط اون کاریو که ماه‌بانو ازم خواستن براشون انجام دادم. ماه‌بانو خیلی نگرانتن. فقط می‌خواستن بدونن اون بیمار کی بوده؟ مشخصاتش چی بوده؟ تنها چیزی که ماه‌بانو می‌دونن اینه که تو بعد از رفتن یه بیمار یه‌دفعه اون‌طوری شدی. همون روز که حالت بد شد و خانم جمشیدی بهشون زنگ زد که بیان دنبالت، خودِ همون روز خودشون اینو فهمیده‌بودن، خانم جمشیدی براشون توضیح داده‌بود، اصلاً کاری به من نداشت، همه را می‌دونستن. فقط می‌خواستن من بیشتر با خانم جمشیدی حرف بزنم تا شاید چیزِ بیشتری دستگیرمون بشه، که منم حرف زدم و خانم جمشیدی هم که... هیچی فقط همون یه فامیلو ازش می‌دونست.

☆ همان ابتدای آمدنش بود، هنوز ننشسته بود. ابتدایِ حیرانی‌ام بودم. هنوز نمی‌دانستم که اتفاقی که باید می‌افتاد بالاخره در حال افتادن است. همان‌وقت بود که سرش را پایین انداخت و گفت:

- ببخشید... آقای دکتر... خواستم بگم...

☆ هزاران فکر در سرم چرخیدند، در همان نیم ثانیه مکثی که کرد، که یعنی چه می‌خواهد بگوید. تا ادامه داد:

- ببخشید... من اسمم را به خانم منشی نگفتم، فامیلم را هم فامیل واقعی‌ام نگفتم، دفترچه هم نداشتم، آزاد حساب کردم، فقط خواستم شما بدونید، واقعاً ببخشید... اما این‌طوری راحت‌ترم.

- من که گفتم اون فامیل واقعیش نیست.

- می‌دونم... خُب... منم همینا را برا ماه‌بانو می‌گم. همینایی که خودشون می‌دونن، همین. ما که چیزِ اضافه‌تری نمی‌دونیم، بعدشم خود ماه‌بانو از اول، قبل از من در جریان بودن... این‌طور نبود که حالا من بخوام چیزِ جدیدی در مورد این بیمار...

☆ بیمار... بیمار... چگونه به «او»یِ من بیمار می‌گویند. هستیِ من، تو را بیمار خطاب می‌کنند. «تو»یِ من را. اگر تو بیماری پس من خود را چه بنامم؟ پزشک؟ درمانگرِ بیمار؟ کسی که بیمار نیست؟ خوب... مگر نه اینکه کسی که روان‌پزشک است باید بیمارانش را مداوا کند؟ پس یعنی من نباید بیمار باشم تا بتوانم بیماران را درمان کنم. یعنی من بیمار نیستم؟ و... تو بیماری! پس من دیوانه‌ام!

☆ اصلاً چه کسی واقعاً بیمار است؟ کسی که درد می‌کشد؟

☆ یا کسی که دردش دادیم؟

☆ یا کسی که قضاوتِ ما متفاوتش می‌کند و بر اخلاقش مُهر درد می‌گذاریم تا دردش دهیم؟

☆ آری... دردش می‌دهیم که «خود»ش را برداریم، با محبت هم می‌دهیم، دردی را که ندارد... دردی را که پیش از قضاوتِ ما نداشت. تفاوتِ زیبای سالمش را درد نام می‌نهیم تا مثل ما باشد. تا هیچ تفاوتی بینمان نباشد و همه‌مان مثل هم تندتند از پله‌های تَوَهُمی ترقی بالا برویم و به آن خوشبختی که برایمان تعریف شده نزدیک و نزدیک‌تر شویم... همان سرابِ نازنینِ شیرین.

☆ واقعاً چه کسی بیمار است؟

☆ هیچ‌کس یا همه کس!

☆ همه‌ی ما بیماریم و از دردِ نهفته‌ی تفاوت‌های زیبا و ظریفِ خلقت، رنجِ مرموزی می‌بریم. رنج‌هایی که کم‌کم زخم می‌شوند، عمیق می‌شوند، چرک می‌کنند و خدا می‌داند تک به تکشان کجای زندگی خودمان و اطرافمان را دم‌به‌دم آلوده می‌کنند و چه کسی دیگر باور می‌کند که اینها همان تفاوت‌های زیبا و

بی‌مانندِ خاصِ خودمان هستند که اینچنین بیرون و درونمان را به عفونت کشانده‌اند!

☆ تفاوت‌هایی که چه به‌جا و چه نِکو بر پاره‌پاره‌ی جسم و جانمان می‌رقصند و ما بی‌رحمانه دردشان می‌کنیم و می‌کِشیمشان، هِن‌وهِن در تمام طول زندگی می‌کشانیمشان، درد می‌نامیمشان و دربه‌در دنبال دوا به شباهت‌های زمختِ بی‌رحمِ پنهان‌شده در پوست بره، دست به گریبان می‌شویم تا همانند شویم و مسخ!

☆ غافل از اینکه روزی سر برون می‌آورند و می‌درندمان... و ما هم می‌دریم...

☆ می‌دریم بدون آنکه بدانیم هر چه بدریم و هر چه بخوریم سیر نمی‌شویم. همه‌اش بادِ شور است... بیشتر می‌خواهیم و پر از هوا می‌شویم و رودل می‌کنیم و درد دوباره می‌چرخد... و می‌چرخد... آه... همین درد که از روح در دلم می‌پیچد و از دل در قلبم می‌چرخد... و می‌چرخد.

☆ چه دردِ عجیبِ مرموزی دارم، نمی‌فهممش! انگار روحم در همه جایم گیر کرده‌است... و می‌خواهد بیرون بزند، درد در همه جایم می‌پیچد... در تک‌تکِ اعضای بدنم، می‌پیچد و وِل می‌کند، هیچ‌جا نمی‌ماند که بدانم چه دردیست... از هیچ‌جا سر نمی‌زند که ببینم چیست. مریض شده‌ام، مریض. شاید همانندِ همه‌ی بیمارانِ بی‌گناهم!

☆ هیچ‌کس مثل من خوب نمی‌داند چقدر بیمارانم بیمار نیستند! هیچ‌کس نمی‌داند... حتی منِ پزشک! بیماران دوست‌داشتنی‌ام، متفاوتان خوبِ سالمِ معصوم... چه زجری می‌کشند!

☆ چه زجری می‌کشم، مریض احوالم. چه می‌شود مرا؟ احساس می‌کنم حتی شکلم هم عوض شده‌است. آیینه‌ام کو؟

☆ آیینه‌ام کو؟ چرا این‌قدر سردم است؟

- خیلی سردمه.

آرش کاپشنش را درآورد و روی دوش نادر انداخت.

- ای بابا دکتر جون چه به روزِ خودت آوردی؟! بلند شو! بلند شو تا خونه راه بریم. هم گرم می‌شی، هم زودتر می‌رسیم. جمعه شبی تاکسی گیر نمیاد.

نادر ایستاد. کاپشن آرش را به او پس داد. دست‌هایش را در جیب شلوارش فروبرد. قوز کرد و ساکت... فقط سعی کرد گام‌هایش را با گام‌های آرش همراه کند تا بیراه نرود. آرش کاپشنش را دوباره پوشید. آهی کشید و گفت:

- پیداش می‌کنیم. حداقل می‌دونیم تو این شهرِ. یعنی... امیدواریم.

☆ مبادا مسافر بوده‌باشد؟ اگر مسافر بوده‌باشد چه؟ یک‌بار بینابین من و بی‌منیِ من، شنیدم که گفت: «پرواز را دوست دارم.» نمی‌دانم حرف قبل و بعدش چه بود و آیا با زبانش گفت یا با نگاهش... همین را که شنیدم ترس بر جانم افتاد... نمی‌دانم چرا؟ شاید ترسیدم که بپرد. یادم است تا این را گفت، رد نگاهش را با ترس تا پنجره پاییدم. به طرف پنجره رفتم تا مطمئن شوم پنجره سفت بسته است و دوباره دقیق نگاهش کردم تا مطمئن شوم که هست... و بود!

☆ بود؟

- آخر خانم جمشیدی چی گفت؟ یعنی منظورم اینه دیگه چی گفت؟... یعنی گفت که اون ساعت یکی اومده‌بوده تو مطب؟

- منظورت چیه؟ خوبی؟ خودتم به خودت شک داری؟ بله، خانم جمشیدی گفت ساعت چهار عصر روز سه شنبه یه دختر وارد مطب شده، دو ساعت و نیم هم مونده. سرِ ساعت شیش و نیمه عصر هم اومده بیرون و رفته. خوبه؟ اطمینان پیدا کردی؟ نگران نباش... واقعاً اون دختر، واقعیه، وجود داره و پیداش می‌کنیم!

☆ پس دختر بوده. دختر... شاهزاده خانم تمامیِ قصه‌های عالم بوده. زیبارویِ چشم سیاهِ ممنوعه‌ی تمام افسانه‌ها بوده. گل رز سرسبدِ همه‌ی داستان‌ها و شعرهای عاشقانه‌ی دنیا بوده. آهو خانم گریزپای دشت و صحرا بوده. آه... پس دختر بوده. دختر... دختر که در طول تاریخ با افسون چشم‌هایش شعرها گفته‌شده و با برق نگاهش سرزمین‌ها و قلعه‌ها و قله‌ها فتح شده‌است. دختر که همراه و همراز

خداوندگار می‌آفریند و جان می‌دهد... آری... هستی می‌بخشد... راست می‌گویند حتماً دختر بوده!

☆ اما... اما اگر دختر بوده چگونه چشم‌های مرا درون چشم‌هایش داشت؟ پس چگونه چشمانِ من در چشم‌هایش آن‌قدر پیدا بود؟ منِ پسر! خودِ من آن روزها!

☆ خودم دیدم... با آنکه چشم‌هایش پرفکر بود، پر آب بود و تودرتو و به سختی می‌شد دید، آن منِ فراریِ سیال را، اما من دیدمم. بعد از این‌همه سال، بعد از دریا... خوب خودم را شناختم!

☆ آه... خودِ خودم بودم. خودِ منِ آن روزها بود، جا مانده‌بود، در آن ته چشم‌هایش جا مانده‌بودم. انگار از آن‌وقت‌ها دیگر با من نیامده‌بودم، گم شده‌بودم. برای همین بود همیشه از آن روزها به بعد، این حسِ غربتِ عجیب هیچ‌وقت رهایم نکرده‌بود. چه حسِ غربتی دارم. گویی از همیشه با من بوده، انگار دیگر خودِ من بود.

☆ تازه فهمیدم این حسِ عجیبِ ناآرامِ همیشه آشوب، غربت است. این تنهایی عمیق و بی‌کسیِ کهنه‌ی مانده در من، غربت است... غربت از بی‌منيِ من! تازه دیدمش... دیدمم... چگونه در چشم‌هایش جا خوش کرده‌بود. در آن انتهایش بودم... منِ گریزپای... فکر می‌کرد هرگز پیدایش نمی‌کنم!

- سردمه.

- ای بابا... بیا از تو خیابون بریم، یه چیزی هم بخوری، بلکه بهتر بشی. کلاً سیستم بدنت عوض شده‌ها!؟ اون از روده دردِ جدیدت، اینم از سرمایی شدنت، تو که سرمایی نبودی. حالا که می‌دونی این‌طوری شدی، پس چرا هیچی نمی‌پوشی؟ کاپشن منم که نمی‌پوشی، با یه لا پیرهن دمِ آب! خوب معلومه سرده. اصلاً می‌خوای بریم سرِ چهارراه تاکسی بگیریم؟

- نه.

- پس بیا از آب فاصله بگیریم. بریم بالا راه بریم، گرم هم می‌شی... بیا...

☆ از آب فاصله بگیرم؟ بروم بالا؟ بالاتر از آب؟ اصلاً مگر می‌شود از آب بالاتر رفت؟ مگر می‌شود از آب فاصله گرفت؟

☆ آه... یادم آمد، می‌شود! گرچه نباید بشود.

☆ از آب فاصله گرفتم که حال به این روز افتاده‌ام. هرچه از آب فاصله گرفتیم پایین‌تر و پایین‌تر رفتیم. از آب که فاصله گرفتیم، پای در مرداب گذاشتیم و فرورفتیم. آری یادم آمد، شاید آن‌وقت هم فکر می‌کردیم که اگر از آب فاصله بگیریم گرم می‌شویم. خوب یادم است... آن‌وقت که ماهی مدام گریه می‌کرد و من مدام غمگین می‌شدم، روزهایی بود که فکر فاصله گرفتن از آب در ذهنش آمده‌بود و من نمی‌دانستم که قرار است چه شود. نمی‌دانستم که قرار است چه بر سرمان بیاید. نمی‌دانستم... نمی‌دانستم «زنده ماندن» بهتر از، «از آب فاصله گرفتن» نیست! اما ماهی می‌گفت هست، و مدام چیزهایی را با بغض تعریف می‌کرد و توضیح می‌داد که اصلاً به صورتش نمی‌آمد، به صدایش نمی‌آمد. چیزهای جدی و منطقی، چیزهای خشک و بی‌روح، که آن‌ها را «دلیل» می‌نامید. «دلیلِ» این که دیگر باید از آب فاصله می‌گرفتیم. دلیل‌های پر از بادِ قدرت، بی‌ریشه و دردآلوده، آه... دلایلی که دردش هنوز در دلم مانده، همان‌هایی که به ظاهر همیشه حق با آن‌هاست، حرفشان را پیش بُردند و ما از آب دور شدیم!

☆ آن روزها ماهی مثل ماهی‌هایی بود که فکر می‌کنند که دیگر وقت پریدن است، فکر می‌کنند وقتش است که بال در بیاورند و پرواز کنند و حال دیگر باید عاشق آسمان شوند، همان ماهی‌هایی که در آب به آسمان نگاه می‌کنند و فکر می‌کنند دریا آن بالا بالاهاست.

☆ آه آن روزها... آن روزهای پر از دلیل و تصمیم. آن روزها من اطمینان داشتم اگر از آب فاصله بگیریم، حتماً خواهیم مُرد. حتماً خواهم مُرد. حتی شک نداشتم. اما... گویی نمردم.

☆ نمرده‌ام؟

☆ نمی‌دانم...

☆ نه... نمرده‌ام، زنده‌ام... تازه فهمیده‌ام که هنوز زنده‌ام! آنی که در چشمانش بود همان زنده‌ی گمشده‌ی من بود!

☆ ای زنده‌ی من... خوب یافتمت!

نادر لبخند زد. یک لبخند کش‌دار. نگاهی به آرش کرد: در خودش فرورفته‌بود، ناامیدانه، حتی منتظرِ جوابی از نادر نبود. با آرنج به پهلویش زد.

- راست می‌گی. باشه... فعلاً بریم بالا، بالا گرم‌تره... یه چیزی هم بخوریم.

آرش لبخند نادر را گرفت، چشم‌هایش خندید. لبخند زد.

- به‌به دکتر جون، آره، موافقم... یه چیزی هم بخوریم. می‌خوای بریم شکلاتِ داغ بخوریم. گرم و شیرین... هم گرم می‌شی، هم اگه ضعف کرده‌باشی برات خوبه.

- باشه، اونم خوبه.

☆ آه... چه خوب... هنوز زنده‌ام. همیشه انگار یک گوشه‌ای در ذهنم می‌دانستم جایی زنده‌مانده‌ام. آخر... زنده‌ی انسان که نمی‌تواند از آب فاصله بگیرد... بعضی چیزها دیگر دست خودم آدم نیست!

- به‌به... عجب شکلات داغی... بزن روشن بشی دکتر جون!

☆ وقتی که گفت: «من خیلی شکلات دوست دارم، شکلاتِ ساده.» هیچ نگفتم. فقط انگشت‌هایم را به هم گره زدم و سرم را تکان دادم و او بدون اینکه انتظارِ پاسخی از من را داشته‌باشد، اضافه کرد:

- شکلاتِ خیلی سفت.

☆ آن‌وقت دستانش را بالا آورد و وانمود کرد دارد شکلاتی را می‌شکند و من خوبِ خوب دستانش را دیدم: ناخن‌هایش را که اصلاً بلند نبود و از بس زیادی کوتاهشان کرده‌بود سرش به سرخی می‌زد، دو انگشتر نقره‌اش را، دستبند بی‌خیالش را، انگشت‌هایش، که چیزی شبیهِ شاخه‌های نهال کوچک و ظریفی بود که به آسمان اشاره می‌کردندت، نه کشیده و بلند و نه کوچک و کوتاه... دقیق اندازه بودند... آری همه را دیدم...

☆ و... عجیب بود، اصلاً شبیهِ انگشت‌های آن روزهای خودم نبودند. ناگهان گفت:

- تق... می‌شکنه.

☆ تکان سختی خوردم... شکلات خیالی در دستانش تکه شد. ادامه داد:

- بعدش تا میاد تو دهن نرم و شیرین می‌شه... اگه کسی ندونه شکلات چه مزه‌ای می‌ده... اصلاً از قیافش نمی‌شه فهمید قراره نرم بشه وشیرین... منظورمو می‌فهمید؟!

☆ آن‌وقت بود که به دیوار پشت سرم نگاه کرد، و در دل با همان صدای شگرفِ نگاهش گفت: «می‌دونم فکر می‌کنید صددرصد دیوونه‌ام و دارم اراجیف تحویلتون می‌دم، یا در نهایت فکر می‌کنید از بس کتاب خوندم دارم اراجیف فلسفی را در نماد کنایه و استعاره تحویلتون می‌دم.» اما من در آن زمان در اندیشه‌ی دستانش بودم و در دنیای پرسش‌های خلسه‌آور آن روزهایم غوطه می‌خوردم، پرسش‌های بی‌گناهِ پاسخ‌نیافته، پرسش‌های سرگردانِ انکار شده، پرسش‌های عزیزم... که هیچ‌وقت در آغاز آمدنشان نمی‌شد فهمید چه در سر دارند و می‌خواهند به کدامین سو بکشانندم و چه بر سرم بیاورند!

☆ آن‌وقت من در بُهت آن روزهای خودم و اکنون او مانده‌بودم. پس فقط سرم را به نشانه نفی تکان دادم که جواب صدای نگاهش را داده‌باشم. هنوز هم نمی‌دانم چه چیز را به شکلات تشبیه کرده‌بود: پرسش‌هایمان؟! پاسخ‌هایش؟! شعر؟! خدا؟! فلسفه؟! من؟! زندگی؟! عرفان؟! درد؟! علم؟! شاید هم خودِ شکلات... نمی‌دانم.

☆ آن‌وقت فقط مدام در مغزم، فکرهایم تُلپ‌تُلپ تکان می‌خوردند و خودم هم نفهمیده‌بودم، نگو از چشم‌هایم پیدا شده و مردمک چشم‌هایم تُلپ‌تُلپ تکان خورده‌بودند، چون ناگهان ساکت شد. بدنم کرخت شده‌بود... با تلاش زیاد توانستم بگویم:

- بله می‌فهمم.

☆ و چشمانش با هشدار عجیبی نگاهم کرد و شنیدم که نگاهش گفت: «تو می‌فهمی؟ چه را می‌فهمی؟» پس دیگر تکرار نکردم می‌فهمم فقط گفتم:

- می‌فرمودید.

☆ و صدای نگاهش دوباره گفت: «چقدر بگم؟ به کی بگم؟ خودت را می‌بینی؟ می‌بینی؟ چرا خودت را مداوا نمی‌کنی؟»

☆ نه، خودم را نمی‌دیدم. خودم را نمی‌بینم. چطور ببینم. آخر در مطب که آینه نمی‌گذارند!

☆ چه توقعی از من داری؟ مردم چه می‌گویند؟!

☆ ساکت شد. ساکت شدم. دیگر هیچ‌چیز برای گفتن نداشتم. هیچ نگفتم... و صدایِ بیرون از خودمان زیاد و زیادتر شنیده شد. حتی نگاه بی‌تفاوتش را هم از من گرفت، و عزم رفتن در ذهنش جرقه زد... نمی‌دانم چرا، اما دیگر فکر نکردم چه بگویم که نرود، یا چه نباید می‌گفتم تا بیشتر بماند!

☆ آن‌هنگام که به او گفتم وقت بگیر تا دوباره برگردد تا برگردانَدَم، خوب می‌دیدمش... کاملاً هوشیار بودم، اما مست... مثلِ مستی که کاملاً می‌فهمد مست است، خیلی هم مست... ! اما هوشیارانه از مستی‌اش لذت می‌برد.

☆ احساس می‌کردم روی آب شناور شده‌ام، آرام شده‌بودم. انگار یک اطمینانِ عجیبی داشتم که آمده‌است... دیگر آمده‌است... نمی‌تواند برود. دیگردستِ هیچ‌کس نیست... نمی‌تواند برود. عجیب است اما هنوز هم در آن کنج روحم، همین فکر را می‌کنم!

- چقدر چسبید... مثل چسب دوقلو بود.

آرش این را گفت و قلپ دیگه‌ای از شکلات داغ را سر کشید. نادر لبخند زد. نگاهی به آرش انداخت. چه خوب بود آرش بود. انگار تازه دیده‌باشدش، چقدر خوب بود آرش بود. حتی اگر هوا این‌قدر سردِ بی‌موقع باشد... باز هم آرش بود.

شب ریخته شده‌بود، روی زمین، در رودخانه، در باغچه، در آسمان، حتی در دلِ ماه... و لبخند سفید ماه بر پهنه‌ی سیاه-نقره‌ای آسمان می‌درخشید. بیست شب مانده‌بود به بهار، دل در دل غنچه‌ها نبود، بوی نفس‌های گرم و تازه‌ی بهار کم‌کم می‌خواست خودش را به همه جا برساند اول خورشید، بعد باغچه، آن‌وقت دیگر همه می‌فهمیدند.

پنجره‌ی اتاق بیش از همه مطمئن بود هنوز مانده تا بهار و خودش را به روی سرمایِ نرمِ سرانگشتانِ شاخه‌هایی که اندیشه‌ی شکوفه در سرداشتند و با وزش باد رویش می‌خزیدند، بسته بود و منتظر. اگرچه آباژورِ خاموشِ اتاق، پشتِ روبنده‌ی حصیری‌اش غرورِ نورافشانی نداشت، اما خواب نبود، به صداهای مبهمی که در اتاق می‌لغزید گوش می‌داد، صدای دور آب، صدای نزدیکِ نفس... و صدای چند ضربه که بلندتر از همه در اتاق پیچید.

- تارا بابا خوابی؟

پدر بیشتر گوش داد، پاهایش را جابه‌جا کرد، دستی به سرِ سفید-خاکستری‌اش کشید، با خود اندیشید: «هنوز خیلی زود است که بخوابد.»

- تارا بابا جون.

و چند ضربه دیگر، «باید بیشتر مواظبش بود.» پدر در دل گفت و دوباره پابه‌پا شد «شام هم که پایین نیامد، پروین بعضی وقت‌ها سهل‌انگاری می‌کند. باید بیشتر مواظبش بود.» دودل بود «شاید چراغ مطالعه‌اش روشن مانده‌باشد، شاید روی کتابش خوابش برده‌باشد... » و یک دل شد، آرام در را باز کرد... اتاق تاریک بود، اما درخت‌ها با نفس‌های نزدیک باد و صدای دور آب، نرم‌نرم تکان می‌خوردند و مهتاب را در اتاق از این‌طرف به آن‌طرف می‌لغزاندند، روی کتاب‌ها، کاغذها و دفترها، روی تخت و فرش و روی دختر سفیدپوشِ کف اتاق.

- تارا... تارا بابا!

پدر شانه‌های تارا را، که نیم‌خیز در میانه‌ی اتاق افتاده‌بود، گرفت و او را بلند کرد. چشمش به کتابی آشنا افتاد. رطوبت تازه‌ی گونه‌ی تارا روی جلدِ سیاه-قهوه‌ای کتاب برق اندوهناکی زد، ماه دلش گرفت، مهتاب کم شد... تارا تکانی به خود داد، چشم‌هایش را گشود، اما

نمی‌توانست چیزی بگوید، ضعف شدیدی داشت. چشم‌هایش را بست و خود را آرام در آغوش پدر رها کرد.

☆ وَه... چقدر خدا را دوست داشت! عجیب خدا را دوست داشت. دوست داشتنِ عمیقی که در تمامیِ پیکرش هویدا بود!

☆ در مقایسه‌ی با او انگار نه تنها من، بلکه هیچ‌کس اصلاً خدا را دوست نداشت!

☆ به یک روش متفاوتی خدا را دوست داشت... احساسی فراتر از دوست داشتن... حتی فراتر از...

☆ آه... برف‌ها دارند کم‌کم آب می‌شوند، شاید خدا در بیاید. نمی‌دانم کجا شنیده‌ام که عشقِ حقیقی هر کاری می‌تواند بکند... هر کاری! من همیشه فکر می‌کنم شاید منِ آن روزهایم آن‌قدر که باید، عاشق نبود. شاید عاقل بود، اما عاشق نبود.

☆ آه... منِ آن روزها، با آن عصای استدلالِ موسی... که فکر می‌کردم می‌تواند هر اقیانوسی را بگشاید.

☆ اما «او»یِ من چه؟ هستیِ من که گویی هم عاشقِ عاشق بوده، هم عاقلِ عاقل. هم پُر از چرا و چرا و چرا... هم پر از گرما و گرما و گرما. از گرمایی که از وجودش برمی‌خواست خوب پیدا بود که این آتش، آتشی کهنه است... آتش سالیان سال! اما... باز هم... شاید کم بوده... یا مدتش کوتاه بوده... نمی‌دانم اما ای کاش مدت بیشتری عاشق می‌ماند...

☆ اما... چطور می‌گفت همه چیز را به بوته‌ی امتحان کشانده، حتی عاشقِ چشم و گوش بسته ماندن را!؟ اصلاً چطور آن چشم‌ها همان سال‌هایی که خودش می‌گفت بسته‌مانده‌بودند؟ خیلی بعید است... من باور نمی‌کنم، خدا می‌داند و چشم‌هایش! مگر دستمال سبزی، چیزی رویش بسته‌باشند وگرنه آن دو گداخته‌ی آتش که من دیدم و همین‌طور هم دارم می‌بینم، چیزی نبود که بتوانی به او بگویی نبین! اصلاً توانایی ندیدن نداشت. اما...

☆ اما... یک چیز را ندید. فکر کنم ندید... آری... گمان نمی‌کنم چشم‌هایِ مشکیِ تندش از آن چشم‌هایی بود که بتواند درونِ منِ چشم سبز-مشکی را ببیند. شاید هم تقصیر خودم بود. اما... نه... ربطی به من نداشت...

☆ داشت؟

☆ نمی‌دانم... درهرصورت من خیلی تلاش کردم. اما... انگار از همان تلاش‌های بی‌هوده بود. چون فایده‌اش فقط این بود که صدای نگاهش گفت: «بیچاره خودش مشکل داره مدام چشماش را می‌گردونه!»

☆ آری همان‌وقت‌ها بود که در دنیای دایره‌ها گرفتار بودم و نمی‌دانم کدام منم، از کجای وجودم، بین کدام یک از حرف‌هایش، ناگهان نگرانِ بیرون از خودمان شد و گفت: «نمی‌بینید اینجا مطبه، آروم‌تر صحبت کنید!» و صدای نگاهش فوراً جواب داد: «نه... نمی‌بینم کورم!» به خودش سوگند اگر دو چشمانش در چشم‌هایم نبود صددرصد، درجا کور شده‌بودم!

☆ اما حالا کور نیستم، می‌توانم ببینم، دنیای دایره‌ها را: شب، مردمک چشم. روز، دورتادورِ مردمکِ چشم...

☆ و دنیا گردِ گرد است و دور خودش می‌چرخد مثل من، من احمقِ در دایره‌ها افتاده، منی که با این که می‌دانستم و می‌دیدم و با تمامِ وجود می‌فهمیدم برف‌ها دارند آب می‌شوند، باز هم شک کردم و نتوانستم خودم باقی بمانم. حالا هم حَقم است، کارم همین شده که دقیقه‌هایی را بشمارم که بین من و دوباره، دانه‌دانه، مدام در فضا پخش می‌شوند.

☆ آه... هیچ‌چیز نمی‌تواند زمان را برگرداند... هیچ‌چیز!

☆ هیچ‌کس نمی‌تواند زمان را برگرداند... هیچ‌کس!

☆ و منِ دور از دریا، دستم به هیچ‌چیز و هیچ‌کس بند نیست... مگر یک مشت تصویر و صدا و بو و خاطره. تصویرِ دایره‌های آب، صدای پوف‌پوف موج‌های دورانی، بویِ یک نارنجیِ گرد که بین سبزهای تازه‌ی صبح تکان‌تکان می‌خورد و...

یک روزی یک بابایی بود و یک نادری، بابایی که خیلی بعدها فهمیدم چه کسی بوده‌است. آن‌وقت‌ها فقط بابایی بود و خوبی‌اش این بود که همیشه هم بود. بابایی که نه پدر بود، نه پدربزرگ بود، نه عمو و نه دایی... بلکه یک دوست بود! دوستی که برای ما هم پدر شد و هم پدربزرگ، هم عمو و هم دایی. چرا که هم پناه شد و هم سقف، هم همراز شد و هم همدل. بابایی از آن درهای پنهان بود. از آن درهایی که وقتی خدا همه‌ی درها را می‌بندد آن‌وقت بازش می‌کند. آن درِ پنهان، بابایی بود! دری که باز شد... به سوی تمام بی‌پناهی و بی‌کسی ما... ما شدیم همه کس او... و او شد تنها کس ما!

☆ آن روزها، هر زمان غصه دلِ ماهی را می‌گرفت، به جای اینکه بنشینم و به دست‌هایم که، مثل همین حالا، خیلی کوچک بودند نگاه کنم، می‌رفتم پیش بابایی و می‌گفتم: «مامانم داره گریه می‌کنه.» بابایی بغلم می‌کرد، با هم روی قایقش، که خیلی دوستش داشت و توی ماسه‌ها فرورفته‌بود، می‌نشستیم. بابایی برایم حرف می‌زد، یادم نیست چه می‌گفت، اما خوب یادم است چند دقیقه بعد خوشحال بودم. بعد می‌گفت: «بیا برای مامانت یک گردنبند خوشگل درست کنیم تا دلش باز بشه.» آن‌وقت دوتایی شروع می‌کردیم به جمع کردن گوش‌ماهی.

☆ وقت‌هایی هم بود که بابایی می‌خواست با قایقش برود دریا، از آرزوهایم این بود که مرا هم با خودش ببرد، اما بیشتر وقت‌ها نمی‌برد، مگر ماهی آنجا بود که با او برویم، که تقریباً همیشه نبود و من دور شدن بابایی در قایق را نگاه می‌کردم. می‌ایستادم در ماسه‌ها، دو موج مانده به دریا، گاهی دمپایی‌هایم را در نمی‌آوردم، پاهایم را در دل دمپایی‌هایم که برایم بزرگ بود فشارمی‌دادم، تا پنج انگشتم از جلوی دمپایی بزند بیرون، بعد پاهایم را با فشار در ماسه‌ها فرومی‌کردم و پنج انگشت پایم را مدام در ماسه‌ها می‌چرخاندم، وقتی لبه‌ی موج روی پاهایم می‌ریخت، انگار زیر پایم خالی می‌شد، اما تکان نمی‌خوردم و دور شدنِ بابایی را نگاه می‌کردم...

☆ چشم‌هایم عاشق موج‌سواری روی موج‌ها بود. یادم نیست، اما این‌طور که ماهی می‌گوید انگار همان‌وقت‌ها بوده که چشم‌هایم کم‌کم شروع به تیره شدن کردند... از سبزِ زیتونی به سبزِ لجنیِ تیره...

☆ چقدر چشم‌هایم روی موج‌ها سوار شدند و مرا با خود بردند. به چه جاهایی... ساعت‌ها و ساعت‌ها، روزها و شب‌ها، نگاهم می‌غلتید، می‌غرید، فرومی‌رفت و بالا می‌آمد و با او من هم. آن روزها، آبِ سفید و آبی، گاهی تیره، گاهی روشن، مثل همیشه هر کاری می‌توانست بکند. دلم را می‌برد، غم‌هایش را می‌خورد، نازش را می‌کشید و برایم پس می‌آورد. گاهی هم اصلاً نمی‌آوردش... درست مثل چشم‌هایت!

☆ آه... هستیِ من، اگر بیایی، لبِ چشمانت می‌نشینم به تماشا... ساعت‌ها و ساعت‌ها، روزها و شب‌ها، باور کن خوب بلدم... تو بیا... خواهی دید دروغ نمی‌گویم. آخر انصاف است، یک‌دفعه پیدایم می‌کنی سرِخود، حالا هم گُمم می‌کنی سرِخود. مگر گناهم چه بود؟؟

☆ گناهم خیرگی‌ام بود؟ ماهی می‌گفت: «چقدر به دریا زل می‌زنی؟ خیره می‌شوی و پلک برهم نمی‌زنی؟ این‌همه خیره می‌شوی مراقب چشم‌هایت باش!» نبودم... مراقب نبودم. خیره شدم، حالا هم باید تاوانش را پس بدهم. تقصیر من چه بود؟ ای کاش عینک زده بودی هستیِ من، عینک دودیِ سیاه. اما... اما باز هم بی‌فایده بود. باز هم می‌شناختمت... از بویت!

☆ با بویت چه می‌کردی؟ بویی که نمی‌رود... بویی که هنوز مانده‌است. بویت... که هر بار که موهایت تکان می‌خوردند اوج بیشتری می‌گرفت.

☆ وقتی یک‌دفعه برخاستی و به طرف در رفتی، لبه‌ی پالتویت موج بلندی زد، موهایت پشت پالتویت تکان خوردند، افشان شدند، روی هم و روی من لغزیدند و آن بو بیشتر آمد. گویی «بو» می‌خواست مطمئن شود تا در من و مطب ماندگار خواهد بود.

☆ بویِ خوبِ مخصوصت... بویی که فقط مال توست! بوی دریا، بوی بامدادِ جنگل، بوی آب آمیخته با یاس، بوی درخت‌های پرتقالِ آغشته به شبنم دمِ صبح... بوی آن روزها... آن روزهای دورِ خوبِ ممنوعه. روزهایی که حتی نباید زیاد به خاطرشان بیاورم... مبادا هوس دریا به سرم بزند. بویی که در هیچ عطری پیدا نمی‌شود. بوی غریبِ روزهای «باورمند»، بوی خوبِ خاصِ «تو می‌توانی»، بویِ شادی‌آورِ «کسی هست» و بویِ خوبِ قدرتمندِ «آرامش»، «اعتماد»، «ایمان»...

☆ آری هستیِ من با بویت چه می‌کردی؟ آخر که می‌شناختمت!

دست‌های نادر در انبوه موهای مشکی‌اش، که در زیر نورِ کم‌رنگِ خورشیدِ عصرِ اسفندماه، برق نقره‌ای به خود گرفته‌بودند، گم شدند. دست‌هایش را مشت کرد، دو طرف سرش برآمده می‌نمود. آرنجش را به میز تکیه داده و چشم‌هایش را بهم فشرده بود. بادِ خنکِ رودخانه از آستینِ کوتاهِ بلوزِ سرمه‌ای‌اش رد شد، تمام بدنش را لرزاند، اما نفهمید، یا فهمید و روی خود نیاورد. تصویر نارنجی-نقره‌ای چراغ‌های کنار زنده‌رود کم‌کم داشتند خودشان را در آب پیدا می‌کردند، هوا می‌خواست آبیِ آب را بخواباند و شبِ مشکی را آرام‌آرام در زنده‌رود بریزد.

سرش را رها کرد، چشم‌هایش را گشود، به ساعتش نیم‌نگاهی انداخت و نگاهش کشیده شد تا آب... تصویر چراغ‌ها در چشمانش قطره اشک سبزِ ته چشمش را میشیِ براقی کرد... چشم‌های پف‌دارش را بهم فشرد، با پشت دست اشکِ رهاشده‌اش را گرفت، لب‌هایش را جمع کرد، دست‌هایش را بهم گره زد و سنگینی سرش را روی شَست‌هایش انداخت، نگاهش دوباره تا آب دوید.

☆ چرا نباید همه بفهمند این اشکم بود که داشت می‌ریخت؟ مدام گریه‌ام می‌آید، چه کنم؟ بگذار از مردی‌ام کم شود، بگذار همه بفهمند...

☆ این‌بار اگر بیایی هستیِ من، بیشتر خیره می‌شوم به رویت، به صدایت، به مویت، به بویت، به دست‌هایت و... به چشم‌هایت!

☆ به همگی‌شان خیره می‌شوم. خیره می‌شوم و چشم بر نمی‌دارم. بالاتر از سیاهی که رنگی نیست، فوقش کور می‌شوم... اما در چشمانت مستقیم نگاه

می‌کنم و گریه می‌کنم... یک دلِ سیر گریه می‌کنم. بگذار همه و هردویمان ببینند و بفهمند.

☆ این‌بار اگر بیایی می‌دانم دیگر دستِ خودم، خودت و هیچ‌کس نخواهد بود... در تمامی برف‌های آب شده قدم می‌گذارم، دیگر پاچه‌های شلوارم را بالا نمی‌زنم... بگذار تر شوند، خیسِ خیس، بگذار پاچه‌هایم مرا لو دهند و به همه بگویند که من کجا فرار کرده‌بودم، بگذار ماهی دعوایم کند و بگوید آن جمله همیشگی‌اش را «آخر دریا تو را با خود خواهد برد!»

نادر چشم‌هایش را باز و بسته کرد. با تعجب اخم کرد.

- کِی اومدی؟

آرش خندید و با شیطنت گفت:

- سه، چهار ساعتی می‌شه...

- چرا هیچ صدایی از خودت نمی‌دی؟

- اووو، دورت رقصیدم، آواز خوندم...

- ول کن... حوصله داری...

- معلومه حوصله دارم. اولین شاگرد سنتورم پیدا شد! یه بچه پول‌دار که فرقی نمی‌کنه تو چند جلسه... فقط می‌خواد سنتور یاد بگیره و بس.

- چه خوب... عالی.

- چی «چه خوب»؟ چی «عالی»؟

- همین سنتور...

- کجا رو نگاه می‌کنی؟ تو اصلاً صداها رو می‌فهمی؟ قیافشو.

- ای بابا... می‌فهمم، شاگرد پیدا کردی دیگه، فهمیدم چی گفتی. گیج که نشدم. حواسم کار می‌کنه.

- اِاِ... خُب اگه حواست کار می‌کنه باید بدونی که چقدر الان این برا من مهمه... اگه این کارِ تدریسم بگیره و تعداد شاگردام زیاد بشن عالی می‌شه... پولش اگرچه کم، اما بالاخره یه

کمکی می‌شه که کم‌کم بتونیم با دکتر بهداد اونجا رو که برات گفتم برا کارِ سُنتی‌مون می‌خوایم، بگیریم. خُب... البته باید خیلی بیشتر شاگرد داشته‌باشم... هنوز هنوزا نمی‌شه... اما... بالاخره... ببینم کجایی؟ گوش می‌دی؟

- بله...

- آره... اصلاً بی‌خیالِ من، حال و روزِ تو رو ببین... اوه اوه تو آیینه نگاه کردی؟

نادر دستی به گونه‌اش کشید، زبر بود، دو سه روزی می‌شد اصلاح نکرده‌بود.

- بله... فقط اصلاح نکردم.

- فقط همین؟ به اندازه یه سَله کلاغ، مو رو سَرِته.

- گیر می‌دی!

- خواب هم که نداشتی انگار؟ چشماشو... داری چه به روزِ خودت میاری؟

☆ با نگاهی که خسته‌تر از صدایش بود نگاهم کرد:

- خسته‌ام آقای دکتر.

☆ راست می‌گفت خسته بود. خیلی هم خسته بود. نگاهش حتی از خسته‌ترین مریض‌هایم خسته‌تر بود. حتی خسته‌تر از مریض‌هایی که نمی‌دانستند مریض نیستند، بلکه فقط خسته‌اند، خیلی خسته...

- خیلی خسته‌ام. خسته از گشتن، احساس می‌کنم گم شدم.

☆ آه عمیقی کشید، ته دلم سوخت، سوزشش را در تمام طرف چپم حس کردم.

- آقای دکتر من می‌دونم که... مطمئنم که عاشقش بودم... یعنی هستم. مطمئنم... پس چرا...

☆ دوباره آه کشید، مکث کرد، نگاهش را تکان نداد. خیره به رد نورِ کجِ عصر، که از گوشه‌ی پنجره در مطب افتاده‌بود، نگاه می‌کرد، ذرات غبار و هوا زیرِ ردِ نور می‌رقصیدند. انگار از ادامه‌ی حرفش پشیمان شد... شاید هم واژه کم آورد. ادامه‌ی حرفش را خورد و گویا از اول ادامه داد.

- لیاقت چیه؟ اراده‌ی تصمیم را چه کسی قسمت می‌کنه؟ اراده‌ش را می‌گم... نه خودش را. از روی چه حسابی قسمت می‌شه؟ عدلِ آزاد یعنی چی؟ نفس عدل. خسته‌ام آقای دکتر... از همه چیز، از گشتن، از خوندن. باور کنید این خودِ منم... تحت تأثیر هیچ شاعر یا نویسنده‌ی خاصی قرار نگرفتم...

☆ ناگهان سه انگشت وسط دستش را بالا آورد و ادامه داد:

- در کلاس شعری که فقط سه جلسه تشکیل شد، به شعر هر نفر یه چیزی می‌بستند. استاد طوری به شعرِ هرکسی گوش می‌داد که فقط انگار می‌خواست جای پای یه شاعری را اونجا پیدا کنه و بگه بله، خوبه، تأثیرگرفته از فلانی. طوری حرف می‌زد انگار هیچ‌کس نمی‌تونست از خودش تأثیر گرفته‌باشه. حالا هم شما می‌خواهید ببینید من تأثیر گرفته از چی و کی هستم. یا دارید تو ذهنتون حرفا و رفتارم را با تئوری‌هایی که خوندید تطبیق می‌دید تا اسم مریضیم را حدس بزنید و...

☆ می‌گفت از منِ دکتر... چه خوب من دکتر را می‌دانست. اما قسم به آن لحظه‌یِ آخری که برف‌ها دارند آب می‌شوند، من فقط شَک کرده‌بودم. یک شکِ احمقانه‌ی بی‌جا... و محو آن سه انگشتِ وسطِ دستش شده‌بودم، که هیچ‌کدام شبیه هم نبودند. شاید راست می‌گفت، عدل آزاد... ؟! بدون توجه به من و چشم‌های مبهوتم ادامه داد:

- تاحالا گم شدید آقای دکتر؟

☆ گم شده‌ام؟! از من می‌پرسی گم شده‌ام؟! من گمشده به دنیا آمدم. اکنون هم دلم می‌خواهد در آن دالان‌ها گم شوم!

☆ آه... چقدر چشم‌هایش تو در تو بود...

☆ تا به امروز همیشه می‌خواستم یافته‌شوم، همیشه می‌خواستم خودم را پیدا کنم، اما از امروز می‌خواهم گم شوم...در آن دالان‌های تو در توی سیاهِ مطلق، با آن بوی عجیب، تا هیچ‌کس پیدایم نکند، حتی من... حتی تو... !

☆ و من برای خودم آن‌قدرگم‌شده بمانم و برقصم و بچرخم تا چشم‌هایش آب بیفتند و نفهمد برای چه! آن‌وقت با هم می‌بینیم... با هم!

☆ و اگر دیدمان یکی شود، سرتاسر کهکشان، آسمان و زمین، همگی دورتادور چشمانش، که منم، می‌چرخند و می‌چرخند تا... به دیدن برسیم! تا... ببینیم آنچه را که حقیقتاً باید از اول می‌دیدیم... نور را... خود نور را! همه‌اش را که فروافتاده در آن دو حفره‌ی جادویی سیاه مطلق!

☆ خودِ نور را... همان نور را که خودِ پاسخ است!

☆ همان نوری که روشن می‌کند، حل می‌کند، آب می‌کند.

☆ و من می‌گویم ببین... ببین برف‌ها را! و تو نگاه می‌کنی و او می‌خندد.

☆ آن روز هم دریا داشت می‌خندید، ریزریز...

☆ همان‌هنگامی که کمی بزرگ‌تر از کودکی‌هایم شده‌بودم. وقتی می‌رفتم کنارِ دریا، گاهی نهال را با خود می‌بردم. او دنبال صدف و گوش‌ماهی می‌گشت، یک‌بار آرام گم شد! برای خودش هی دورتر و دورتر شده‌بود و تا اینکه فهمیدم گم شده، خودش آرام پیدا شد!

☆ خوبیِ بعضی از گم شدن‌ها این است که بهتراست ندانی گم شده‌ای، یا روی خودت نیاوری تا بی‌خود تَقَلای عوضی نکنی، فقط آرام بگیری و ساکت، حیرانِ گم‌گشتگی‌ات بمانی تا بلد پیدا شود. فکر کنم نهال هم همین کار را کرده‌بود.

☆ آن روز، خوب یادم است، شب قبلش خواب دیده‌بودم یک فرشته می‌خواهد بال‌هایش را به من بدهد، اما من در قبول بال‌های فرشته تردید داشتم! خوابش درست مثل حقیقت بود... انگار واقعاً اتفاق افتاده‌باشد. هنوزهم آن خواب یادم است. آن روز داشتم به آب نگاه می‌کردم و فکر می‌کردم که می‌شود من واقعاً یک فرشته را ببینم؟ فرشته‌ها برای من در آب بودند و هستند، با بال‌هایی از دو موجِ سپیدِ پف‌دار، شاید پری دریایی بالدار...

☆ خیلی از بچه‌های کنار آب می‌گفتند پری دریایی واقعاً وجود دارد... اما من وقتی مطمئن شدم که: «معلومه که هست جانِ بابا، در میانه‌ی دریا، آن دورها... آن وسط دریا که از هیچ طرف تا دوردست خشکی دیده نمی‌شه، در اعماق دریا جاییه که تاریکِ تاریکه و همه چیزش با بالای دریا فرق می‌کنه... دنیای دیگه‌ایه. پری دریایی و شاید خیلی موجوداتِ دیگه اونجا خونه دارن. اونجا فقط نورِ سیاهِ مطلق وجود داره و تا نورِ آدم معمولی به اونجا می‌رسه همه‌ی اون دنیا غیب می‌شه! آدمای خاصی دیدن و تعریف کردن... آره جانِ بابا... آدمای خیلی خاص... »

«اما... اما... پری دریاییِ خوابِ من بال هم داشت؟»

☆ مکثی طولانی کرد سرش را آرام تکان داد و با جدیت گفت: «اونی که تو می‌گی فرشته‌ی دریاییِ، شاید اون هم هست، اما هنوز کسی ندیده، تو شاید اولین نفری باشی که ببینی!»

☆ سرم را زیر انداختم و گفتم: «اگه وجود نداره که منم نمی‌بینمش.»

☆ بابایی نشست دستش را روی شانه‌ام گذاشت خوب یادم است دستش سنگین بود، بدنم کج شد، در چشمانم نگاه کرد و گفت: «اگه تو مطمئن باشی که هست، هست می‌شه! وجود پیدا می‌کنه، اما باید خیلی مطمئن باشی. هر چیزی را که مطمئن صددرصد باشی که هست... هست می‌شه! حتی اگه تا قبل از تو نباشه، تو می‌تونی واقعاً هستش کنی! می‌فهمی جانِ بابا... ؟ اینو خوب به گوش بگیر!»

☆ بعدها که از دلِ پرجوش و خروشِ دریا به ساحلِ دریا، کویر، آمدیم، می‌نشستم کنار پاره‌ی تن دریا، رودخانه، و در دنیای کتاب‌ها غرق می‌شدم، آن‌وقت دیدم درهیچ کتابی پیرمردی شبیه بابایی نبود. آن‌وقت بود که گاهی فکر می‌کردم نکند خودِ بابایی همان آدم خاصِ همه‌ی قصه‌هایش بوده. همانی که آن اعماق مشکیِ مطلق میانه‌ی دریا را دیده؟!

☆ آن‌وقت بود که فهمیدم بعضی انسان‌ها آن‌قدر حقیقی آدمند، که شاید نویسنده‌ها عاجز از توصیفشان باشند و ترجیح می‌دهند به نگارش درنیاورندشان تا متهم به خیال‌بافی نشوند!

☆ چقدر دوستم داشت!! از آن دوست داشتن‌ها که به نگاه و حس در می‌آید... نه به کلام.

☆ از آن دوست داشتن‌ها که به محض اینکه باشد حسش می‌کنی، گاهی حتی قبل از اینکه چشم‌هایت بدانند...

☆ چقدر دوستش داشتم! حرف‌هایش در وجودم می‌نشست، چشیده می‌شد، هنوز هم مزه می‌دهد. دانه‌دانه حرف‌هایش را می‌شد زندگی کرد، نه اینکه هی گفت و پس گفت و تکرار کرد و یا قاب کرد و به دیوار زد و هر روز گردگیری کرد و آه کشیدش...

☆ همیشه هم می‌خنداندم. آواز می‌خواند، سربه سرم می‌گذاشت تا بخندم. یک‌بار که خیلی کوچک‌تر از فکرهایم بودم، دو دختر زیبای ترکمن را نشانم داد که با لباس‌های محلی سوار بر اسب، از کنار ساحل رد می‌شدند. نمی‌دانم به شوخی یا جدی گفت: «تو خیلی شبیه اینها هستی می‌دونی؟ ببین مثل تو می‌خندند.»

☆ یادم هست، خیلی دقیق نگاهشان کردم. اما در ذهن آن روزم، آن دخترهای زیبای ترکمن هیچ شباهتی با من نداشتند، اصلاً شبیه من نبودند! آن‌وقت با خودم گفتم شاید جایی در قبل‌ترهایم من مثل اینها بوده‌بوده‌ام و بابایی یادش مانده، چون می‌دانستم جایی که زندگی می‌کردم به دنیا نیامده‌بودم.

☆ سال‌های سال حتی نمی‌دانستم کجا به دنیا آمده‌ام، فقط می‌دانستم در ساحل دریا بوده و ماهی همیشه می‌گفت: «تمامِ خشکی‌ها ساحل دریاست!»

☆ این را می‌گفت و من را در یک ابهام خوب فرومی‌برد، نمی‌دانستم اهل کجایم و دلبستگی به هیچ‌جا نداشتم به جز دریا... چه ابهام خوبِ خلسه‌آوری بود. ماهی همیشه می‌گوید: «شناسنامه‌ی آدما هیچ‌چیز را نشون نمی‌ده... »

☆ همیشه هم اینجای حرفش که می‌رسد مکث می‌کند، ودوباره تکرار می‌کند: «هیچ‌چیز!»

☆ ابتدا باورم نمی‌شد تا اینکه یک روز بابابی گفت که شناسنامه ندارد، آن‌وقت مطمئن شدم.

☆ ماهی می‌گوید: «هرجا دل آدم می‌گیرد، اهل آنجا نیست.» آه... هستیِ من... با من چه کردی، یعنی الان من اهل کجایم؟!؟

☆ حالِ عجیبی دارم، دلم باهام عجیب غریبی می‌کنه، یه سرگردونیِ داغی داره.

- راه بریم؟

- راه بریم.

آرش برخاست، نگاهش، نگاهِ خسته و پرفکرِ نادر را گرفت و نگران شد. دست بر شانه نادر گذاشت، خواست چیزی بگوید اما پشیمان شد. دستش را پایین انداخت، نفس عمیقی کشید و به دنبال نادر راه افتاد.

در امتداد رودخانه نسیمِ سردی می‌وزید، پل‌خواجو دامنِ پرچینش را روی آب پهن کرده و از زنده‌رود عاشق، موج‌موج دلبری می‌کرد. شبِ آرامِ اسفندماه، با بوی چمنِ تازه و سردیِ آب، جای غروب را گرفته‌بود. دو دوست در امتداد سنگ‌هایی که زنده‌رود را از آنها جدا می‌کرد، جایی بین چمن و آب، سایه‌های لرزان و متفکرشان را دنبال خود می‌کشاندند.

- می‌دونی آرش... برف اینجا زودتر از هر جا آب می‌شه... برف تا برسه کنار آب، دوام نمیاره.

آب کمی سردش شد، موجِ کوتاهی انداخت، چشم‌های نادر کشیده‌تر شد، ادامه داد.

- کشیده می‌شه به طرفش... هر چقدر هم دلش یخ‌زده باشه، نرم می‌شه، آب می‌شه، می‌ره باهاش یکی بشه.

☆ کاش آن روز کنارم نشسته بود. نه آن همه دور، روبرویم.

- نادر.

- چیه؟

- می‌خوای چه کار کنی؟ تا کی؟

اگرچه هنوز سرمای اسفندماه به مهمان‌های بهاری‌اش اجازه‌ی پهن کردن سفره‌های پر از بوی غذا روی چمن‌ها را نمی‌داد، اما گوشه به گوشه، مردمانی بودند که فکر می‌کردند با یک چای داغ، هر سرمایی قابل چشم پوشی است و قدر آب را خوب می‌دانستند.

- تو بودی چی کار می‌کردی آرش؟ بگو تا منم بکنم.

ماهِ تازه وارد می‌خواست کامل شود؛ اما هنوز تکه‌ای از کبود آسمان در دلش جا مانده‌بود.

- پیداش کن نادر اگه نه ویرون می‌شی... از زیرِ سنگم شده پیداش کن نادر.

نادر به سنگ‌های کف‌آلودِ میانه‌ی رودخانه، که دو طرف رودخانه را مثلِ نقطه چینی بهم وصل می‌کردند، نگریست. آب موجِ بلندی انداخت، سرش سفیدِ سفید، وسطش سفیدِ کمی سبز و انتهایش شفاف... رنگِ خود زنده‌رود. نگاهش غلتید، چرخید، غرید و گِرد شد و دوباره در خود فرورفت... حباب شد، رنگین‌کمان را بغل گرفت و دوباره چرخید... به هوا رفت و دوباره به زمین نشست تا ترکید... یکی‌یکی، دانه‌دانه بادکنک‌ها دورش چرخیدند، غریدند، غلتیدند و گرد شدند و به هوا رفتند و دوباره به زمین نشستند گرفته شدند و ترکانده شدند... صدای ترکیدن از پیِ هم... دوباره...

- چه خبره؟ چی شده؟ تارا... تارا... تویی؟ دوباره چی کار کردی؟ این چه صدایی بود؟

تارا نشنید. هیچ‌وقت به موقع نمی‌شنید.

«آخه تارا خانمم چرا نمی‌خوای قبول کنی حرف‌های تو چه زده بشه چه زده نشه به جایی نمی‌رسه. چون کاری نمی‌تونی بکنی. خسته شدم از دستِ حماقتات. چرا نمی‌فهمی هیچ‌کاری نمی‌تونی بکنی. این یه حقیقته... اصلاً مگه خود خدا و پیغمبرا و چه می‌دونم... فعالان سیاسی و انقلابای مختلف تونستن حقیقتاً کاری برای بشریت بکنن؟ واقعاً تونستن؟ به الانِ بشریت نگاه کن... ببین... به کجا رسیده؟ کجا؟ مگه هیچ‌کدوم تونستن راه حلِ واقعی بِدن؟ اگه تونسته بودن الان این وضعیتِ بشرِ امروز بود؟ این وضعیت تو بود؟ مثلاً تو می‌خوای چه کار کنی که هیچ‌کدوم نکردن؟ نمی‌تونی!! چرا نمی‌فهمی هیچ‌کاری نمی‌تونی بکنی. اون‌ها هم نتونستن. اگه تونسته بودن، تو الان با این‌همه خوب بودن و خوندن و فکر کردن و تلاش کردن، خودت را به یه روان‌پزشک تحویل نمی‌دادی و بعدش از حماقت خودت

گریه کنی. خواهش می‌کنم تارا خانمم بس کن» - خوبِ‌من چرا تو همیشه این‌قدر دردناک حرف می‌زنی؟ اما... آخه... شاید... مشکل از خودِ ماست... می‌دونی... یعنی تک‌تکِ...

مادر با سرعت پله‌ها را طی کرد و درِ اتاق تارا را باز کرد، در همان‌وقت صدای ترکیدن بادکنک، مادر را تکان سختی داد. تارا با حوله‌ی حمام و موهای خیس، روی تخت نشسته بود و بادکنک‌های ترکیده شده یا باد نشده دورش ریخته‌بودند. تارا مادر را بهت‌زده در آستانه در دید.

مادر دوباره یادش آمد... نمی‌دانست چرا هیچ‌وقت برایش عادی نمی‌شد. نه... هیچ‌وقت برایش عادی نمی‌شد. دوباره و صدباره ازکارهای عجیبِ دختر دردانه‌اش شگفت‌زده شده‌بود. بادکنک ترکاندن، باد کردن بادکنک و رها کردنش در آسمان، دکمه به آیینه چسباندن، درخت بغل گرفتن، ساعت‌ها روی چمن‌ها با پای برهنه راه رفتن و خیلی کارهایِ دیگری که مادر نمی‌توانست «عادی» بنامدشان!

مادر فقط سکوت کرد، تارا سرش را پایین انداخت. نگاهش روی دمپایی‌های حمامش ثابت مانده‌بود. مشت‌هایش بادکنک را در خود فروبرد. مادر با محبت نگاهش کرد. داشت سخت فکر می‌کرد، به دمپاییش نگاه می‌کرد و سخت فکر می‌کرد، مثل همیشه فکر می‌کرد، انگار یادش رفته‌بود مادر آنجاست. مادر خواست چیزی بگوید... اما... چه می‌توانست بگوید؟ چقدر بگوید؟ بچه که بود هم همین‌طور بود، تمام وسایل خانه، اسباب بازی‌هایش را می‌ریخت و زیر و رو می‌کرد، کند و کاو می‌کرد و سخت فکر می‌کرد. ویران می‌کرد، دوباره می‌ساخت، برهم می‌پیچاند، گره می‌زد، گره را باز می‌کرد، دوباره گره می‌زد، گره را کور می‌کرد، با قیچی می‌برید، دوباره گره می‌زد و دوباره فکرمی‌کرد. آرام نمی‌گرفت، هیچ‌وقت آرام نمی‌گرفت.

☆ می‌دانستم با حرف‌های من آرام نمی‌گیرد، چه می‌توانستم بگویم؟

☆ پس هیچ نگفتم... و او در دل، به ریش من، با آنکه سه تیغه شده‌بود، خندید. به اینکه هیچ نمی‌دانم خندید. به این که هیچ نمی‌گویم خندید. اما من می‌دانستم، می‌فهمیدم، همه‌ی آن سال‌ها را در چشمانش دیده‌بودم، من می‌دانستم آرام نمی‌گیرد، با هیچ حرفی آرام نمی‌گیرد...

☆ به سکوتم لبخند زد، لبخندش زوری بود. نمی‌خواستم در دل به خودش و خودم ناسزا دهد. اما او در دلش ناسزا داد... به خودش، به خودم، چه فرقی می‌کرد؟ موهایش لرزید، قلبم درد گرفت، نگاهش کردم... مَحو تمامِ سال‌هایم، روحم را می‌دیدم. در همه جایش بود... در چشم‌ها، مژه‌ها، ابروها، تمامیِ رخسارش... دست‌هایش... حتی در همان دو تکه مویی که از دو طرف، چهره‌اش را قاب‌گرفته و از شالش بیرون آمده‌بودند، دو تکه گیسویِ موزونِ کمی چین‌دار که معلوم بود از خرمن گریخته‌اند...

☆ معلوم بود موهایش را از پشت بسته... همگی موهایش را، و فقط همین دو پاره‌ی گریزانِ سرکش، خود را رهانیده بودند. معلوم بود اصلاً برایش مهم نبود موهایش بلند باشد، از پشتِ شال سیاهش بیرون آمده‌باشد و روی پالتو قهوه‌ای‌اش ریخته شده‌باشد، حتی برایش مهم نبود چطور هر لحظه شبیه یک نقاشی می‌شود... مطمئنم که حتی نمی‌دانست چه زمان شبیه خورشید خانمِ روی کاشی‌ها می‌شود، یا چه وقت شبیه آن مه‌رویان فریبنده‌ی نگارگری‌های ایرانی می‌شود. برایش هیچ اهمیتی نداشت در آن‌هنگام که به چکمه‌های قهوه‌ای‌اش خیره شد، چقدر شبیه به یکی از نقاشی‌های پیکاسو شده‌بود. اصلاً هیچ‌کدام از اینها برایش مهم نبود...

☆ آنچنان با بی‌اعتناییِ راسخی آمده‌بود، که خودم هم باور کرده‌بودم که نقشِ تَرَک دیوار را برایش را دارم!! آمده‌بود حرفش را بزند و برود، همین...

☆ اما نفهمید چه احساس کند که از قبل گم بوده، چه احساس کند به تازگی گم شده... من می‌دانم، خوب هم می‌دانم، او از قبل از تولد گم بوده‌است. چون مطمئنم من زودتر از او به دنیا آمده‌ام، پس او درونِ روحِ منِ گم شده، گم بوده‌است.

☆ حالا هم چه بخواهد، چه نخواهد؛ چه اکنون بفهمد، چه سال‌ها بعد از آغازِ این قیامت، حقیقت برای من این است: روی صندلی مطبم، همین صندلیِ قهوه‌ای

سوخته‌ی چرمی، پیدا شدیم، پیدا شده، باید بیاید بردارد‌مان، باید بیاید بردارد‌ش.
باید بیاید... این یک باید است!

☆ اما... اگر نیاید چه... ؟ اگر...

☆ شاید... شاید نخواهد بردارد‌ش... اصلاً شاید دیگر نخواهدش.

- پیداش کن نادر، از زیرِ سنگم شده پیداش کن نادر... می‌فهمی چی می‌گم؟ باید پیداش کنی... به‌هرحال تو این شهرِ، یعنی به احتمال نود و نه درصد اینجا زندگی می‌کنه.

نادر اخم‌هایش را در هم کشید، ابروان پرپشتِ مشکی‌اش در هم گره خورد. قدم‌هایش آرام‌تر شد.

- شاید اون نمی‌خواد.

نفس عمیقی کشید و ادامه داد.

- شاید... شاید برای اون همه چی تموم شده. واقعیتش هم همینه... یعنی اگه واقع‌بین باشی... همه چی تموم شده. خودتم می‌دونی... اصلاً هیچ امکانی، هیچ امیدی، نیست. حتی اگه مسافر هم نبوده‌باشه، تو این شهرِ درآندشت، بین این‌همه آدم، بدون هیچ مشخصاتی...

نادر ساکت شد. ایستاد.

- آخه بدون هیچ مشخصاتی چطور ممکنه پیداش کنیم؟ اصلاً غیرِممکنه... نه اسمی، نه رسمی... هیچی نمی‌دونیم. تو خودتم می‌دونی... اصلاً منطقی نیست.

نادر احساس می‌کرد دیگر نمی‌تواند به راه رفتن ادامه دهد. روی چمن‌های سرد، همان‌جا نشست، سرش را در دستانش گرفت. دیگرشبِ شب بود، از ماهِ دل‌نازک کاری بر نمی‌آمد، شب زیادتر از این حرف‌ها بود که بشود راضی‌اش کنی که خودش را کمتر روی همه جا بریزد، تاریکی‌اش را به رخ همه و همه می‌کشاند.

آرش جلوی نادر ایستاد، لب‌هایش را به هم فشرد... چشم‌هایش پر از خشم و اندوه و مهربانی بود.

- نادر چی می‌گی؟ کی نمی‌خواد؟ نخواد! اون نخواد. تو می‌خوای. تو می‌خوای و باید نهایت تلاشتو بکنی. چه منطقی؟ مگه این حالِ تو منطقیه؟ کجاش منطقیه؟ خیلی چیزا منطقی

نیست، اما ممکنه! می‌فهمی؟ خیلی چیزا. هر چیزی راه حلی داره. باید فکر کنی. باید درست فکر کرد تا راه حلو پیدا کرد. مثلاً باید تمرکز کنی رو حرفایی که زده، شاید بتونی جاهایی که امکان داره بره رو حدس بزنی... درست فکر کن... دقت کن!

☆ ای کاش بیشتر حرف‌هایت را نیوشیده بودم، نفس کشیده بودم... به خاطر سپرده بودم، ای کاش بیشتر مکث بین حرف‌هایت را، نفس‌های بین حرف‌هایت را، زیر و بم صدایت را... ای کاش همه را خوب‌تر نوشیده بودم...

☆ ای کاش خوب‌تر نگاهت کرده‌بودم هستیِ من. ای کاش بیشتر نگاهت کرده‌بودم هستیِ من... خیلی بیشتر، خیلی بهتر!

☆ ای کاش بیشتر به دانه‌دانه‌ی مژه‌هایت خیره شده‌بودم. نکند مژه‌هایت قهوه‌ای تیره بوده و سیاهی تند چشم‌هایت سایه بر آن زده و من سیاه دیدمشان؟

☆ ای کاش با دقت بیشتری نگاهت کرده‌بودم...

☆ انگار به دانه‌دانه‌ی مژه‌هایت ستاره‌های بسیار کوچکی آویزان بود که برق‌شان آن مشکی تند شب چشم‌هایت را روی تمامِ بودنم می‌ریخت، و من تمام می‌شدم... و چشم‌هایت آغاز...

☆ آه... ای کاش خوب‌تر نگاهت کرده‌بودم هستیِ من، ابروهایت را، گوشه‌ی دهانت را همان یک‌بار که خندیدی... یادت هست خندیدی؟ به چه خندیدی؟ نمی‌دانم، اما خندیدی و من خوب دقت نکردم، من خوب دقت نکردم به گوشه‌ی چشمانت وقتی می‌خندی، من حتی دقت نکردم که وقتی می‌خندی با انگشت‌هایت چه می‌کنی؟ من خوب دقت نکردم، به خیلی چیزها. ای کاش به همه چیز بیشتر دقت کرده‌بودم.

☆ یعنی موهایت دقیقِ دقیق چقدر بلند بود؟ کاش خوب‌تر به موهایت، که از پشت شالت بیرون آمده‌بود، دقت کرده‌بودم. فقط یک لحظه دیدمشان... همان لحظه که عزم دور شدن کردی...

☆ آه... چقدر فرصت‌ها کوتاه است و چقدر زمان لجوج. چگونه پیدایت کنم؟ انگار هر دو گم شده‌ایم. تو اول پیدایم کردی هستیِ من، تو را به آن تازگی عطرِ نارنجِ گونه‌هایت، دوباره پیدایم کن... خودت پیدایم کن!

نادر لب‌هایش را به درون جمع کرد، چشم‌هایش دوباره تر شد، سرش را زیر انداخت. آرش کنار نادر روی چمن‌ها نشست. نفس عمیقی کشید. چه باید می‌کرد؟ با دوستی که نمی‌توانست رهایش کند به حالِ خودش، با دوستی که دلش در چشم‌هایش بود و مدام نگاهش را از او برمی‌گرفت. با دوستی که دست دوستی داده‌بود، چه باید می‌کرد؟ به دست‌هایش نگاه کرد، شرمنده شد، آری... دست داده‌بود... باید کاری می‌کرد.

– ببین اگه دقیق فکر کنی حتماً یه چیزی دستگیرمون می‌شه. خوب فکر کن. مثلاً...جایی کار می‌کنه؟ اسمی از محلِ کارش نبرد؟ دانشجوست یا می‌خواد کنکور بده؟ حرفی از کلاس درسی نزد؟ همه‌ی اینا می‌تونه کمک کنه، یا... مثلاً اهل هنره یا نه؟ یا... اگه هنره خاصشو بدونی که عالیه... می‌تونیم جاهایی که امکان داره باشه رو حدس بزنیم. مثلاً تو چه هنریه؟ نقاشی؟ موسیقی؟ خطاطی؟ مثلاً اگه نقاشی دوست داره می‌تونیم نمایشگاه‌های نقاشیو پیدا کنیم و بریم همه‌ی نمایشگاه‌های نقاشیو سر بزنیم... یا نمی‌دونم اگه اهل موسیقیِ می‌تونیم بریم جلوی ورودیه همه‌ی کنسرتا رو بگردیم... تو دقیق فکر کن. باور کن می‌تونی به یه نتیجه‌هایی برسی. دو ساعت و نیم حرف زده... فکر کن!

☆ هنر... اهل چه هنری بود؟

☆ خودش هنر بود...

☆ بودنش در هر لحظه تجلیِ یک هنر بود. رخساره‌اش، جلوه‌گر واقعی‌ترین نقاشی‌ها بود. از آن نقاشی‌ها که تحریف نشده‌اند، از آن نقاشی‌هایی که معلوم است نقاش پرتره‌اش را دوست داشته... خیلی هم دوست داشته، و نخواسته هیچ‌چیز را در نقاشی‌اش کم یا زیاد کند. از آن نقاشی‌ها که خوب کشیده شده... خوب به معنای حقیقی‌اش، آن‌قدر خوب که می‌توانی شکوهِ درونی‌اش را بینی.

☆ موهایش... چگونه در چین و قوسِ همان‌قدر مویی که می‌شد ببینی، اشعار کهن خطاطی شده‌بود، معلوم نبود کدامین شیفته‌ی خطاطی در آن چین و قوس، معنی و وزن را به نستعلیق درآورده‌بود... وه... چگونه شعر موهایش را می‌شد بخوانی!

☆ تمامیِ حرکات وجودش رقص بود... حرکات آسمانیِ دو حفره‌ی سیاه چشمانش، بالا و پایین رفتن دستانش، باز و بسته شدنِ پلک‌هایش... و بی‌تابیِ مژه‌هایش... همانند رقص ظریف پروانه‌ای روی شبنم گل...

☆ اما هیچ‌کدام را خودش نمی‌فهمید، نمی‌دید.

☆ حتی... صدای حضورِ خودش را نمی‌شنید، آن آوازِ ژرفِ پرهیاهویِ سکوت را، صدایِ حضورش که واژه در آن بی‌معنا بود، صدایی بدون حرف، صدایِ آرامشِ عمیقِ خلسه‌آوری که خیلی خیلی نزدیک حس می‌شد، شنیده نمی‌شد، فقط حس می‌شد.

☆ و... داستانِ چشم‌هایش که هرگز نه نوشتنی است و نه گفتنی... فقط چشیدنیست.

☆ آه... تک ستاره‌ی نمایشنامه‌ی این روزهای من بود...

☆ چگونه بدانم خودِ «هنر» اهلِ چه هنری است... وقتی هر هفت هنر، هر هفت شهرِ عشق را، یک جا در هر لحظه بهم پیوند می‌داد، معنا می‌کرد و همگی‌اش را رویم می‌ریخت. چگونه از من توقع دارند در میانه‌ی این هفت دایره‌ی ابریِ وَهم‌آلوده‌ی رنگین‌کمانی، عاقل بمانم و بدانم اهل چه هنری بود!

- یا اگه کلاً خودت حدس می‌زنی اهل هنره، می‌تونیم بریم تو مراکز هنری سر بزنیم... مثلا نمایشگاه‌ها... یا تأترها... یا مثلاً بریم خانه‌ی سوره، اونجا بالاخره اهل هنر رفت و آمد دارند، یا انجمن‌های شعر... می‌دونی چی می‌گم؟ کلاً می‌تونیم تو این فضاها بیشتر بریم یا اگه فکر می‌کنی از اون کتابخون‌های خفنه، جمعه بازار کتاب هم خوبه یا مثلاً خیابون آمادگاه، روبروی هتل شاه‌عباس...

☆ وقتی گفت: «همه را خوانده‌ام... همگی را، اما هیچ‌کدام واقعاً و حقیقتاً دستم را نگرفتند، هیچ‌کدام!»، به دست‌هایش نگاه کردم. راست می‌گفت، گرفته نشده‌بود! قشنگ معلوم بود!

تارا به کتابخانه‌اش نگاه کرد. همه‌شان را دوست داشت... خیلی زیاد. با هر کدامشان دنیای متفاوتی را تجربه کرده‌بود. از روی تخت برخاست، گوشی را با شانه‌اش گرفت، تا درعین‌حال که به صدای اشکان گوش می‌داد، کاغذهای روی میز را مرتب کند.

- اما من ترجیح می‌دم کتاب داشته‌باشم.

- آره... خُب کتابم می‌تونی داشته‌باشی... اون جُدا. کلاً می‌گم پول که داشته‌باشی همه چی داری، هر چقدر دلت بخواد کتاب، خدا، پیامبر، مردم، آخرت، بهشت... همه و همه رو داری.

- همه اینا رو که شمردی با تعاریف خودت شمردی. خدا به تعریف تو، آخرت به تعریف تو، بهشت به تعریف تو رو می‌تونیم با پول داشته‌باشیم، حتی مردم با ویژگی‌هایی که تو می‌خوای رو می‌شه داشت. هیچ‌کدوم از اینایی که شمردی رو اگه با پول داشته‌باشی حقیقی نیست، واقعی نیست... چطور بهت بگم... دیگه ارزشی نداره... اشکان... تو دوباره پول پولو شروع کردی... در هر بحثی دوست داری پای پولو وسط بکشی.

- تو هم دوباره حساسیت مسخره‌تو نشون دادی. خیلی مفهومِ ساده‌ایه، چرا تو هی دوست داری نفهمی؟ واقعاً انگار عمداً جلوی فهمیدنتو می‌گیری، دوست داری در مورد پول منفی فکر کنی. چرا تو فکر می‌کنی هرکی فکر کنه پول مهمه، احمقِ و هرکی پول براش مهم نباشه یعنی خیلی آدمه... و...

- نه... من در مورد پول منفی فکر نمی‌کنم! من اصلاً نمی‌گم پول منفیه، و واقعاً هم نمی‌گم پول مهم نیست، معلومه که مهمه! من فقط می‌گم کافی نیست. تو هم نمی‌تونی اینو بفهمی. بله... پول لازمه... اما کافی نیست!

- آره اما می‌تونه کافی هم باشه. نمی‌تونه؟ می‌تونه دیگه... تَه حرفِ من اینه پول قابلیت کافی بودنو بیشترِ همه چیزای دیگه داره. مثلاً با پول می‌تونی خیلی کارِ خیر انجام بدی، سرپرستی

کودکان بی‌سرپرستو به عهده بگیری، می‌تونی خرج جراحی هزارتا کودک بیمار و محرومو بدی که زنده بمونن. اوه... خیلی کارا...

- اما اگه صد تا کار خیر هم انجام بدی و سرپرستی صد تا کودک بی‌سرپرست هم به عهده بگیری اگه با نیت‌های مادی باشی، منظورم هر نیت مادی، حتی نیت رفتن به بهشت، نیت حس خوب کردن، نیت دور کردن قضا و بلا... این‌طور نیت‌ها هیچ فایده‌ای نداره. اساساً نیکی رو وارد سیستم کل جهان نمی‌کنه... چیزی رو عوض نمی‌کنه... موقتی عمل می‌کنه... مثل داروهای مسکن عمل می‌کنه. این‌همه پول‌دار داریم و این‌همه به ظاهر خیرخواه پول‌دار هم داریم اما هیچ‌وقت هم این مشکلات حل نشده. هر چی از یه طرف حل می‌شه از یه طرف بیشتر زاییده می‌شه. چون درونش، منظورم از درون، درست نیست... کل تاریخ هم همینو نشون می‌ده...

- شاید به حد کافی خیرخواهِ پول‌دار نداشتیم... یا پول‌دار نیت پاکه خیرخواه نداشتیم. حالا من کاری به تاریخ ندارم، من قابلیت ذاتیِ پولو می‌گم. منظورم اینه... به‌هرحال با پول می‌شه خیلی کارای انسانیِ بزرگ کرد که بی‌پول نمی‌شه. اینو که می‌تونی بگیری... یه بچه دبستانی هم می‌تونه اینو بفهمه...

- بله... معلومه اگه بچه دبستانی بودم کاملاً می‌فهمیدم و قانع می‌شدم و قبول می‌کردم. اما الان بچه دبستانی نیستم! و می‌گم... نه... و همیشه نه... چرا بخوایم بریم سراغ تاریخ، همین الانم دور و بر خودتم همین‌طوره، پول محدود عمل می‌کنه. پول زمان داره.

- اصلاً خوبیش به همینه... خُب همون مگه بده؟ خُب همه‌ی ما تو زمان زندگی می‌کنیم. ما می‌خوایم تو همین زمان خوشحال و راحت باشیم... به ما چه صد سال بعد یا قبل یا اون‌ور دنیا یا این‌ور دنیا چی میشه و خوبی تو کجای سیستم طبیعت گم می‌شه و پیدا می‌شه. با پول می‌شه الان خوشحال و راحت زندگی کرد... بقیه‌ش... به ما چه!

- پول برا همین خود تو هم در محدوده‌ی زمان عمل می‌کنه... همیشگی نیست... اون حس که می‌خوای رو نداره... اون حس شادی عمیق و آرامشِ حقیقی که...

- اِاِاِاِ خیلی خوبم داره... تو نمی‌فهمی. مثلاً ببینم تو اصلاً تا حالا آدم فقیر از نزدیک دیدی؟

- اوه... اشکان دوباره شروع نکن. داشتیم مثل آدم حرف می‌زدیم... حالا دوباره اومدی سرِ بزمِ خودت... حالا می‌خوای بگی من اون دختر ناز پرورده‌ی پول‌دارم و هیچی از فقر نمی‌دونم. خیلی کلیشه‌ای حرف می‌زنی. حالا برای من مثال از فقر میاری و محرومیت و این‌طور چیزا، بحث اصلاً اینا نیست، منظورمو نمی‌فهمی... مدام بحثو سطحی می‌کنی.
- تویی که می‌گی پول محدود عمل می‌کنه، پول زمان داره، حالا هم می‌گی این بحث سطحیه. گرسنگی به نظر تو سطحیه؟ تو تا حالا خونه‌ی یه فقیری که خونواده و زن و بچه داره رفتی؟ منظورم اینه رفتی باهاشون بشینی، پاشی، بیایی، بری، غذا بخوری، یا از ته دل باهاشون حرف بزنی تا ببینی سطحی یعنی چی؟
- نه خونشون نرفتم. ما داریم کلی بحث می‌کنیم، نه جزیی و سطحی. اما بله می‌دونم سطحی یعنی چی و بله اینا که گفتی صددرصد سطحیه. همین آدم اگه از ته دل می‌دونست همین قضیه‌ی فقرش یا هر چیز که خودش محدودیت فیزیکی یا اجتماعی می‌نامه در واقع سطحیه و معنیه دیگه‌ای داره... و محدودیت نیست اون‌وقت یه طور دیگه عمل می‌کرد، یا زن و بچه‌ی این آدم اگه خیلی چیزا رو می‌دونستن، و خیلی چیزا رو که بهشون یاد دادن، فراموش می‌کردن، شاید زندگی این خونواده عوض می‌شد. بعدشم مدام به من نگو پول‌دار، اگه هم کسی پول‌دار باشه بابامه نه من، و اونم جزو همون آدمایی که خیلی کمک می‌کنه... نمونه‌ش همین مستخدممونِ که...
- اولاً اون تویی که داری تو پولِ بابات شنا می‌کنی و رو آب کتاب می‌خونی. دوماً «کمک می‌کنید!» بنده‌نوازی می‌فرمایین خانم، اما درکشون نمی‌کنین... می‌دونی بنده‌نوازی یعنی چی؟ شما پول‌دارها بنده‌نوازی می‌کنین، حِسشون نمی‌کنین...
- تو همیشه فقط جواب یه قسمتایی از حرف منو که به نفعته می‌دی، بحث کردن با تو فایده‌ای نداره...
- جواب چی رو ندادم... ؟ همه رو دادم... منظورتو می‌فهمم، اما قبول ندارم.
- نه... درست گوش نمی‌دی. من می‌خوام تو متوجه بشی که من می‌گم فقر و مریضی و بدبختی و جرم و جنایت و نمی‌دونم ظلم و جهل، هیچ‌کدوم به طورِ اساسی با پول حل

نمی‌شه. این چیزا خیلی زیاده همه جای دنیا هم هست بدتر از این که تو فکر می‌کنی هم هست. این چیزا با پول ریشه‌کن نمی‌شه، همون‌طور که گفتم پول مثلِ یه داروی مسکن، در یه بُرهه‌ی زمانی یا مکانی، شاید کمک انسانی هم بکنه، اما هیچ‌وقت این بدبختیا رو ریشه‌کن نمی‌کنه... کافیه یه‌کم تاریخو بخونی، یه‌کم عمیق...

- اون‌وقت چی ریشه‌کنش می‌کنه؟ هان؟ لابد می‌خوای اینا رو لابه‌لای کتابات پیدا کنی؟ اقلاً تو که این‌قدر باهوشی، یه کاره‌ای می‌شدی چه می‌دونم دکتری، مهندسی، مخترعی، میلیونرِ خَیری... یه چیزی می‌شدی! تو در حد توانایی خودتم به هیچکی هیچ کمکی نمی‌کنی.

- همه‌ی اینا به حد کافی هست. لازم به من نیست.

- پس چی؟ چی به حد کافی نیست؟! تمومه کتابای دنیا رو خوندن و هِی فکر کردن کمک به چی می‌کنه؟ همه چیزِ این دنیا را داری. زیبایی، پول، خونواده‌ای که این‌قدر دوستت دارن... حیف! تمومه اینا رو داری حروم می‌کنی. خدایا قربونه مرامت... آخه پولو به کی می‌دی؟!

- اولاً من اعتقاد ندارم که خوندن تموم کتابای دنیا می‌تونه مشکلی رو حل کنه، هیچ‌وقتم همچی چیزی نگفتم. دوماً من هیچ‌کدومو حروم نمی‌کنم، تازه من دارم بهترین استفاده‌ی ممکنو از شرایطم می‌کنم. چرا از امکاناتم استفاده نکنم... چه استفاده‌ای بهتر از اینکه اون کاری رو که فکر می‌کنم برا خودم بهترینه انجام بدم؟ چرا فکر نمی‌کنی همین خدایی که صداش می‌زنی این شرایطو برا من فراهم کرده که من همین استفاده رو ازش بکنم؟ این بهتر از هر کاریه...

- چه کاری دقیقاً؟ هی خوندن و فکر کردن بهتر از چی می‌تونه باشه؟ هر کار کنی بهتر از اینیه که الان داری می‌کنی... اگه خدایی هم باشه واقعاً دلش می‌خواد تو ولش کنی بری پی زندگیت... خره... همه چی داری... چند بار برات بشمارم که ببینیشون؟

- برای من این چیزا که هی می‌شماری چیز نیست. من اینایی که تو ردیف کردی نیستم و برام اینا مهم نیستن... بفهم و دیگه نشمار.

- همینایی که می‌گی «هی می‌شمارم» چیزایه که تقریباً همه‌ی انسان‌ها، تمومه عمرشونو سگ‌دو می‌زنن تا داشته‌باشن، تو خودت مجموعه‌ای از همینایی... اون قصه‌ی «تن آدمی شریف است به جانِ آدمیت» و نمی‌دونم «جان آدم» و این حرفا برا شما بی‌دردهاست. آره... برا من، تو همینایی هستی که گفتم... چون ندارمشون. هیچ‌کدومشونو ندارم. اینا همه برا تو حرفه، برای من زندگیه!

اشکان خنده‌ی تلخی کرد و ادامه داد.

- تو فشار بدبختی رو حس نکردی هی کُرکُری می‌خونی خوشگله... حالا هم قهر کن و گوشی رو قطع کن و برو تو دلِ «جانِ آدمیت» آره... ما آدمایی هستیم که دغدغه‌ی «تن آدمیت» رو داریم. چرا قطع نمی‌کنی؟ برو... برو تو دنیای خودت عروسک خانمِ آسمونی... که منم باید برم قاطیِ آدمای زمینی خدانگهدارِ شما!

اشکان گوشی را قطع کرد. منتظر هیچ پاسخی از تارا نماند. باید می‌رفت. تارا نه دوست دخترش بود، نه دوستش بود. هردو و هیچ‌کدام. برای بردن یک شرطِ به قول خودش احمقانه به تارا شماره تلفن داد و در کمال ناباوری تارا به اشکان تلفن کرد و اشکان شرط را برد و شامِ مفصلی مهمان دوستش شد. از آن روز شاید یک سال می‌گذرد اما کار به دوستیِ نزدیک نینجامید. گاه‌گدار تلفنی بود، حرفی و نقلی...

تارا روی تخت نشست، آهی کشید.

- دوباره تکرار می‌کنه... متوجه‌ی حرفم نمی‌شه. تو هر بحثی فقط می‌گرده یه پدیده‌ی منفی پیدا کنه... یه بدبختی، یه فلاکت، یه چیزی دستش بگیره و برنده بشه... فقط همین. من هر چی سعی می‌کنم به زبون خودش هم حرف بزنم... نمی‌شه. یا... می‌فهمه اما اعتقادی نداره. مثلاً چرا نمی‌شه به همین جان آدمیت زنده شد و واقعاً تونست دغدغه‌ی تن آدمیت را با استفاده از همین جان نیرومند آدمیت حل کرد؟ حالا با پول یا با علم یا با هر چی... نمی‌شه؟ اصلاً تضادی بین حرفایی که من می‌زنم با... «هِی... تارا خانمم... تارا خانمم این حرفا رو ول کن... حالم بهم خورد. برا چی به حرفای این پسره‌ی هرزه فکر می‌کنی. اصلاً این پسره‌ی گستاخِ بی‌ارزشِ بی‌شعور چرا با من این‌طوری حرف می‌زنه... غلط کرده. این آدم اصلاً لیاقت

نداره که تو بخوای جواب حرفاش را بدی، معلومه که می‌تونی جوابشو بدی، ولی نباید باهاش دهن‌به‌دهن بشی، چه برسه که بحث کنی. نمی‌دونم چرا با این پسره حرف می‌زنی؟ اصلاً نمی‌دونم چرا هِی به حرف این پرگل و یاسمن خُل و چل گوش می‌دی... اون از اون دکتره گیجِ منگ. اینم از این پسره‌ی بی‌شعور. تقصیرِ خودته. اصلاً مگه ما این‌همه با هم حرف نزدیم؟ مگه قرار نذاشتیم که دیگه این‌طور حرفا و فکرا و بحثا، چه با خودت، چه با بقیه دیگه ممنوعه؟ مگه با پرگل قرار نذاشتین که این پسره فقط برا خوش‌گذرونی باشه... حالا دیگه با من دهن‌به‌دهن می‌شه؟ اصلاً مگه قرار نشد بحث‌های عمیق نکنی، چه با خودت چه با بقیه؟ قرار شد با این نکبت حرف بزنیم که حال کنیم... حالا تازه این خودش بحث می‌کنه!؟ هان؟ با توام؟ دوباره که داری شروع می‌کنی!!... مگه... »

باید برمی‌خواست... الان بود که پر گل بیاید.

غرولند کنان، در حالی که تندتند با خودش حرف می‌زد، شروع به مرتب کردن اتاق کرد. کاغذها را جمع کرد، کتاب‌ها را سرِ جایش در کتابخانه گذاشت، تا کم‌تر پرگل سؤال و جوابش کند.

- بیاااا... هنوز حاضر نشدی؟ خوبه صدبار تأکید کردم. تازه یه ساعت پیشم زنگ زدم.

در آستانه‌ی در بود. در یک نگاه به چشم تارا، انگار در ابرها بود، سرتاپا سفید و خندان... تارا لبخند زد. نگاهش نرم شد. صورتش مهربان شد، از جدّیت درآمد. پرگل با روپوش سفید که تکه‌های دایره‌ایِ کرمی داشت، روسری سفید و کرمی، موهای قهوه‌ای روشنِ حلقه‌حلقه که از اطراف روسری‌اش بیرون ریخته‌بود، با چشمانی پر از برقِ شیطنت و شادی در آستانه‌ی در ظاهر شد.

- وای چقدر خوشگل شدی، مثلِ این فرشته‌ها. چقدر نازی. واقعاً رنگِ فرشته‌ها هم هستی. خُب خوبه دیگه کسی به ما حتی نگاهم نمی‌کنه... واقعاً چشم‌گیر شدی!

ناگهان چشم‌های تارا حالت ترس به خودش گرفت، انگار چیزی یادش آمده‌باشد، ادامه داد:

- وای پرگل زیادی خوشگلی... خیلی تو چشمی... باور کن دوباره می‌گیرنمون.

- معلومه، و دوباره ولمون می‌کنن. این‌قدر بگیرن و ول بکنن تا...

- وای نه، حوصله داری. اقلاً روسری سیاهِ منو سرت کن تا از تو ماشین تو چشم نباشی.

- چقدر ترسویی، دوباره شروع کردی. تو که مثل قورباغه‌ی سیاه نشستی عقب ماشین. کسی کاری باهات نداره. خوبه یه ماشین سواری می‌آیی، وای چقدر غُر می‌زنی. خوبه هیچ‌جا با خودم نمی‌برمت.

- حالا چرا قورباغه‌ی سیاه؟ بعدش هم... خودم هیچ‌جا باهات نمیام، اگه به تو بود که همیشه بیرون بودم. این ماشین سواری هم می‌خوام یه گشتی بزنم. یه‌کم هوا بخورم.

پرگل یادِ حرفِ دایی‌اش افتاد، تارا نمی‌دانست که پرگل می‌داند. پرگل می‌داند که آن شب چه اتفاقی برایش افتاده و چگونه پدر او را در حال حیرانی یافته‌است. تارا نمی‌دانست پدر از پرگل خواسته بود تا جایی که می‌تواند تارا را تنها نگذارد و او را شاد و سرگرم نگه دارد.

- حالا کم‌کم بیشتر می‌برمت این‌ور، اون‌ور. مثلاً چی بهت بگم خوبه؟ موش سیاه؟ خُب بیشتر شبیه قورباغه‌ای تا حیوون دیگه‌ای. همیشه هم که تو ماشین سواری سیاه می‌پوشی و قوز می‌کنی، می‌شینی اون عقب ماشین، صداتم که در نمیاد... خُب چی بگم بهت. همچی کز می‌کنی... مثل این بدبختا... یه چیزیت می‌شه به خدا... راستی در مورد رفتن پیش اون دکترِ فکر کردی؟

- نه.

- اصلاً؟

- نه... فکر هم نمی‌کنم. فکرِ چی؟... همون شبم گفتم بهت... واقعاً و صددرصد نمی‌رم دیگه... به کسی که نگفتی؟

- نه... این چه حرفیه... اما... کاش می‌رفتی.

- چه گیری دادی... می‌شه دیگه اصلاً هیچ‌وقت حرفشو هیچ‌جا نزنیم؟

- باشه... باشه... فعلاً زود باش دیر شد.

- تو برو پایین تا ماشینو روشن کنی من اومدم.

- مطمئنی داری می‌آیی؟

- بله. برو دیگه.

تارا دکمه‌هایش را برای امشب انتخاب کرده‌بود. آنها را از کمد در آورد، روبروی چشم‌هایش در آیینه چسباند. شال مشکی‌اش را بر سر انداخت و بدون اینکه به خود اجازه‌ی فکرکردن بدهد، از پله‌ها پایین دوید.

فصل دوم

☆ ساکت... نگاه کن... می‌بینی؟ خوب نگاه کن!

☆ برف‌ها را نگاه کن، ببینشان... رنگ به رویشان نمانده، دلشان را آب کردی. ببین چه کسی دارد پادرمیانی می‌کند... آب!

☆ ببین... دیگر وقتش است، آب را خون مکن! دیگر باید بیایی. باور کن وقتش است. فقط خودت هم می‌توانی بیایی... هیچ‌کاری از دست من برنمی‌آید، مگر خواستن...

☆ خواستنت با تمامیِ بودنم...

☆ می‌خواهم که بیایی. خیلی هم می‌خواهم که بیایی. این خواستن از آن خواستن‌هایی نیست که راضی شود. از آن خواستن‌هایی نیست که بشود با او حرف بزنی، نازش را بکِشی، برایش دلیل بیاوری، از آن دلیل‌های پر منطق و پر تجربه، تا دست بردارد!

☆ نه... این خواستن از آن خواستن‌هایی نیست که قولِ خواستن‌های دیگر را به او بدهی، قولِ خواستن‌های قشنگ و خوشمزه‌ی دمِ دست، همان خواستن‌هایی که نزدیکند، خیلی نزدیک و با یک قدم حسِ خوبِ «زود رسیدن» به جای حسِ صبوری‌طلبِ «انتظار» برایت می‌رقصد.

☆ نه... این از آن خواستن‌ها نیست... راضی نمی‌شود که نمی‌شود. می‌دانم که اینچنین می‌گویم، امتحان کرده‌ام که می‌گویم...

☆ این خواستن از آن خواستن‌هاست که فقط «می‌خواهد» مثل کودکی که فریاد می‌زند و می‌خواهد. فرقی نمی‌کند بزرگ‌ترها چه بگویند، حرف بزرگ‌ترها سرش نمی‌شود، نمی‌فهمد، فقط می‌خواهد و بس. منم می‌دانم که منطقی نیست. می‌دانم اصلاً قابل قبول نیست. اما... می‌خواهم که بیایی هستیِ من...

☆ باید بیایی هستیِ من. من نمی‌دانم چطور، کجا و چگونه فقط باید که دیگر بیایی. دیگر وقتش است. این بی‌تابیِ لگام‌گسسته را دیگر نمی‌توانم مهار کنم...

☆ نمی‌توانم...

☆ تا حالا رسیده‌ای به نقطه‌ای که بگویی دیگر نمی‌توانم؟ من هم دیگر نمی‌توانم...

☆ دیگر حتی نمی‌دانم قبل از تو، به جز دریا، به چه چیزِ دیگر همیشه‌ی همیشه می‌اندیشیده‌ام، شاید به همه‌ی چیزهایی که حالا می‌فهمم چقدر بی‌اساس بوده‌اند. آه... وقتی که خورشید نباشد ستاره‌ها چه جولانی می‌دهند در آسمانِ شب!

- وای... بسه... دیگه داره غروب می‌شه، بیا بریم دیگه.

یاسمن با کلافگی این را گفت و دستِ تارا را کشید. دیگر صدای پای بهار به خوبی می‌آمد. روپوش سبزِتیره‌ی تارا با سرآستین‌های کرباس سفید، جای پالتویَش را گرفته‌بود، و شالِ بهاریِ سبز با لبه‌های راه راه سفید، به جای شال زمستانی‌اش، موهای سیاهش را می‌پوشاند. حتی قدم‌هایش هم فهمیده‌بودند تا بهار چند قدم بیشتر نمانده و از لابه‌لای نیم‌چکمه‌های چرمی‌شان صدای نفس‌های بهار را دانه‌دانه انتظار می‌سرودند. یاسمن اما مثل همیشه به قول پرگل: «قراردادش را با شرکت لی حفظ کرده» شلوار، روپوش و کفش لی‌اش را رها نکرده‌بود. فقط کاپشن روی روپوشِ لی‌اش را درآورده‌بود. این مدل همیشگی‌اش بود. بنا بر سردی و گرمی هوا، کاپشن‌های روی روپوشِ لی‌اش را عوض می‌کرد.

- تارا با تو هستم. بیا بریم. چه گیری دادی... حالا آبی یا خاکستری... چیزی تو همین مایه‌ها... مگه مهمه؟

- مهم نیست... گیر ندادم... داریم حرف می‌زنیم. اما برام جالبه که تو چطور تونستی ببینی؟ می‌خوام بدونم چطور تو این یه ثانیه تونستی بفهمی چشماش آبیه؟

- آبیِ آبی که نه... یه طور آبیِ قاطی... نمی‌دونم اصلاً...

- ببین چقدر دقیق دیدی... خنده‌داره!

- حالا تو چرا لجت گرفته... به چی گیر دادی... اون‌وقت که می‌خواست از خیابون رد بشه یه لحظه برگشت ببینه ماشین میاد یا نه، اون‌وقت چشماشو دیدم. حالا اصلاً چه فرقی داره؟

- لجم نگرفته... مهم نیست. من تعجبم از اینه که تو این یه لحظه!

- حالا بیا بریم... گیرم دلشون بخواد حالا حالاها بشینن... ما هم باید هی تو این کتاب‌فروشیا بچرخیم؟

- ببخشید... تو اصلاً با من اومده‌بودی آمادگاه چه کار؟ که تو کتاب‌فروشیا بچرخیم... مگه نه؟ خُب حالا چرا هِی غُر می‌زنی؟

- باشه... اما دیگه دیره... بسه... خسته شدم.

- من می‌خوام بدونم این کیه؟ چرا رفتن تو هتل شاه‌عباس؟ یه کم صبر کن دیگه. بذار ببینیم بعدش کجا می‌رن؟ چه کار می‌کنن؟

- بوس.

- مسخره... جدی می‌گم.

- هاها... خُب رفتن یه چیزی بخورن دیگه، نرفتن با هم بخوابن که... اصلاً کوهیار اهل این حرفاست؟

- می‌دونم... اما... آخه کوهیار با این دخترِ چی کار می‌تونه داشته‌باشه؟ من بیشترِ دوستا و فامیلای کوهیارو می‌شناسم، همچین کسی رو تا حالا ندیدم. یعنی کیه؟

- عجب تیکه‌ای هم بود! مثل این مُدل‌ها.

- خُب... حالا تو هم...

- هاها... سر به سرت می‌ذارم... اما خُب واقعاً معمولی نبود... نمی‌دونم یه طوری خاص بود.

- چه خاصی؟... اتفاقاً معمولی بود... فقط یه‌کم قدش بلند بود.

یاسمن خندید... موهای فردارش را زیرِ روسریِ کرد.

- هاها... قدش... موهاش... چشماش... هیچیش معمولی نبود! اصلاً چون معمولی نبود تو گیرِ سه‌پیچ دادی.

- گیر ندادم... فقط می‌خوام بدونم کیه.

- حالا هرکی! واقعاً به نظر نمی‌یومد با هم رابطه‌ی خاصی داشته‌باشن. به نظر همسن خودِ کوهیار میومد، معلومه از ما بزرگ‌تره... به‌هرحال فکر نمی‌کنم دوست دخترش باشه... از حالتش پیدا بود.

- اِا... واقعاً می‌گی؟

- آره، نگران نباش... یه جورایی معلوم بود.

- نگران نیستم...

- رفتن یه چیزی بخورن، لابد همکاری، چیزی هستن... گفتم که... نمی‌رن که اتاق بگیرن.

- بریم تو؟

- نمی‌دونم والا... من می‌گم بیا بریم خونه... بعداً از کوهیار بپرس. بگو از دور دیدمت، اون خودش همه چیزو برات توضیح میده.

- دیوونه شدی.

- خُب... پس باشه، بیا بریم تو، صاف می‌ریم جلوشون بعد وانمود می‌کنیم یه‌دفعه دیدیمشون، بعد سلام می‌کنیم و کوهیار هم معرفی می‌کنه و تموم... طوری که نیست.

- نه... یه‌کم دیگه صبر کن. شاید بیان بیرون.

- نگران نباش... کوهیار فقط تو را دوست داره. به خدا دوست دخترش نیست.

- دوباره شروع کردی.

- آخه واقعاً همین‌طوره. همه عالم و آدم می‌دونن. اینم شاید قرارِ کاریه... باور کن... خیلی پیدا بود... بیا بریم.

تارا کتابی از جلوی یه کتاب‌فروشی برداشت، و شروع به ورق زدن کرد، بدون اینکه به یاسمن نگاه کند گفت:

– بسه دیگه... نمی‌خواد توضیح بدی. غُر هم نزن. یه‌کم دیگه صبر می‌کنیم، بعد می‌ریم. فعلاً حواست به درِ هتل باشه تا من یه نگاه به این کتاب بندازم.

☆ چه کتابی؟ بس است دیگر، بگذار بروم قهوه‌ام را بنوشم و فقط به قهوه‌ام نگاه کنم، یک قهوه‌ی تلخِ داغ...

☆ چقدر به این کتاب‌ها نگاه کنم؟ به چه چیزشان نگاه کنم؟ گویی دیگر هیچ‌چیز به جز تو برایم آشنا نیست. حتی این کتاب‌ها...

☆ به خاطرشان می‌آورم، اما گویی خیلی دورند و تخیلی. انگار همگی متعلق به دورانِ کودکی‌ام بوده‌اند، حتی آن‌هایی که تازه قبل از تو خوانده‌ام...

☆ دوستشان دارم، اما گویی حقیقی نیستند...

☆ دوستشان دارم، اما انگار حالا می‌دانم خیلی از آن‌ها شاید پاره‌هایی از زندگیِ آدم‌هایی بوده‌اند با دغدغه‌های متفاوت، هر کسی دغدغه‌ی خود را با زبان خاصِ خود نوشته و گذاشته و رفته...

☆ الان دغدغه‌ی من دغدغه‌ی هیچ‌کدامشان نیست...

☆ دغدغه‌ی من، تو هستی... تو... تویی که نیستی!

☆ دغدغه‌ی من تو هستی که با نبودنت به چالش می‌کشانی تمامیِ بودن این کتاب‌ها را...

☆ نبودنت قد علم می‌کند و من، منی که روزها و روزها در سایه-روشن این زیر زمینِ پُرکتاب، دنبال چکه‌ای آب می‌گشتم، حال فقط به همه‌ی این کتاب‌ها نگاه می‌کنم، یک نگاهِ بی‌نیاز دردآلوده‌ی دل‌آزرده...

☆ اگرچه هنوز هم برایم محترمند، اما نمی‌خواهمشان... نمی‌خواهمشان...

☆ بگذار بروم قهوه‌ام را تلخ بنوشم، بی‌کتاب...

☆ می‌خواهمشان چه کار؟!؟ رفیق‌های نیمه‌راهِ ناتمام من...

☆ نگاهشان کن... دوباره دلیل می‌آورند. حال برایم سینه سپر می‌کنند و دسته‌ای می‌گویند: «پله بودیم و تو مقصد نمی‌دانستی!» و گروهی می‌گویند: «انگشت اشاره بودیم و تو دیدن نمی‌دانستی!»

☆ هر چه بگویم، جوابی دارند... نگاهشان کن... انگار می‌خواهند دوباره بپیچانندم. همیشه می‌پیچانندم... به هر کدامشان نزدیک شدم و دل دادم، در همان دم که آمدم گره کوچکی را باز کنم، آرام‌آرام، پنهانی چندین گره کور بر گره‌هایم افزودند که به قول خودشان بگویند: «دل دادنی نبودیم، سوق دادنی بودیم و تو دل بستی!»

☆ آه... چه بگویم؟ که هر چه بگویم، جوابی دارند، این کار همیشگی‌شان بود و هست. اگر راست می‌گویید کجاست؟؟

☆ نگاهم کنید! همه‌ی‌تان را می‌گویم! هم آنهایی که دل‌نگرانی‌های کوچکِ بزرگ نمایِ یک مشت غریبه‌ی نارس بودید و هم آنهایی که دل‌گرمی و منظورِ نظر بزرگ‌مردان حقیقت بودید. او را می‌خواهم می‌فهمید؟ این همان «او» است... می‌فهمید؟

آمادگاه، روبروی هتل شاه‌عباس امروز هم، مثل بیشتر روزها، تب داشت... یک تَبِ عجیبِ پر از ضعف. دلواپس بود... تَنَش زیرِ پاهایی که ندانسته به یکدگر تعلق خاصی داشتند، پر تَنِش بود.

اما... فقط می‌توانست ساکت و پُرکتاب نگاه کند.

سالیان سال بود که دلش پر بود. چه تنهاهای جفتی را با چشمِ کتاب‌گونش دیده‌بود، این آمادگاهِ هزار چشم. آدم‌های تنهایی که به هر کتابی رو می‌انداختند، برای چکه‌ای از خودشان!

همتاهای تنهایی که هر کدام جداگانه یک کتاب را می‌خریدند و در راهی جداگانه گام برمی‌داشتند... یکسان، عین هم جداگانه می‌رفتند و پس از مدتی، دوباره دست از پا درازتر برمی‌گشتند...

او چه می‌توانست بکند؟؟

دست‌انداز سرِ راهشان درست کند؟ مگر نمی‌کرد؟ می‌کرد. شاید می‌افتادند اما سرشان را برنمی‌گرداندند، حتی یک نگاه سرسری هم نمی‌کردند!

آمادگاه، روبروی هتل شاه‌عباس هنوز هم نمی‌دانست چرا آدم‌ها وقتی نزدیک کتاب‌ها می‌افتند، به همه طرف خوب نگاه نمی‌کنند؟! شاید بدانند واقعاً به دنبال چه آمده‌اند!

آمادگاه، روبروی هتل شاه‌عباس، قدمتی به اندازه‌ی حرصِ خوبِ آب خوردن هنگام تشنگی را داشت، اما با یک تفاوت، چشمانش شور بود. اگر می‌چشیدی تا زنده بودی می‌نوشیدی و عطشی دیوانه‌وار بر جانت می‌افتاد. او هر کار برای آرام کردنت می‌کرد، اما نمی‌شد که نمی‌شد! تقصیرِ او نبود، این خاصیتش بود، دست خودش نبود... چشمانش شور بود! آمادگاه، روبروی هتل شاه‌عباس اما... خوب می‌دانست چقدر آسان و ساده می‌شود دست داد.

دستش را به نشانه‌ی دست دادن جلو آورد. دختری بود با چشمانِ آبیِ لجنی، نگاهِ مضطرب، اما مستحکم... و گیسوان قهوه‌ای شنی.

- سلام، نیلا هستم. ببخشید، واقعاً عذر می‌خوام می‌شه سرِ میزِ شما بشینیم. می‌دونم اصلاً ما را نمی‌شناسین... اما... همین الان به کمکتون احتیاج داریم. می‌شه بهمون کمک کنید. خواهش می‌کنم. می‌شه اگه الان نیروهای انتظامی وارد شدند بگید من همسرتون هستم و این آقا دوستتون...

- سلام... کوهیار هستم. ببخشید. واقعاً به کمکتون احتیاج داریم. خیلی ضروریه، بحث مرگ و زندگیه...

☆ گاهی وقت‌ها بی‌دلیل اعتماد می‌کنی. اعتمادِ بی‌دلیل، واژه‌ی غریبیست... عقل نمی‌شناسد، عشق را هم. دین هم ندارد. مفهومِ عجیبیست... از عقل نمی‌آید چون منطق ندارد. از عشق نمی‌آید چون شناخت قلبی نمی‌داند. با دین غریبه است چون عاقبتش را نمی‌دانی.

☆ اعتمادِ بی‌دلیل مرامِ خاصِ خودش را دارد. فقط مرام دارد و بس! همانند اعتماد به آبگونیِ عجیبِ آسمان، با آنکه می‌دانی آبی نیست! آنگاه که رُخ در آینه‌ی

دریا می‌نهد و با ناز آبی فشانی می‌کند، تو اعتماد می‌کنی و آسمان را آبی نقاشی می‌کنی!

☆ چه آبیِ عجیبِ نگرانی بود و چه اعتمادِ بی‌فکرِ لذیذی کردم. اعتمادی از جنس خوابِ ابر و ابهام، از جنس آبی، شیرین و بی‌اندیشه... در دل اکنون... دستم را جلو بردم.

- بله... بفرمایید.

☆ به یکدیگر نگاه کردند. نشستند سرِ میزم. خودِ غافلگیر شده‌ام، در دو جفت چشمِ پریشان، قدرتمندتر از واقع می‌نمود. برایم سریع و دقیق شرح دادند. هرآنچه که گفتند انجام دادم، و به بهترین نحو ممکن به انجام رساندم. همان‌طور که باید انجام می‌شد.

- سؤالی ندارین؟

- نه.

- چرا؟ چطور... ؟!

- نمی‌دونم.

- همون‌طور که گفتم اسمم نیلاست. دنبالم بودن. بازم ممنون. ممنون که این‌طور در مورد من صحبت کردید، کارتتون را نشون دادید و... خلاصه ممنون از همه چیز. خیلی مدیونتونیم آقای دکتر سپندار. من باید سریع برم. این شماره تلفن منه. امیدوارم بتونم جبران کنم. شما هم بهتره زودتر از اینجا دور بشید. ببخشید.

- خواهش می‌کنم. باشه.

☆ هر دو خداحافظی کردند و رفتند. به همین سادگی... نمی‌دانستم چرا این اتفاق افتاد؟ چه بود؟ چه شد؟

☆ مثلِ یک خوابِ دورِ خوبِ عجیب بود. زود تمام شد، و گویی هیچ اثری به جای نگذاشت، به جز اینکه چه ساده بعضی وقت‌ها می‌توانی این‌قدر خوب و مفید باشی. به طور ناگهانی و عمیق یک احساسِ خوبِ «بودن» بهم دست داد!

یاسمن تارا را تکان سختی داد.

- هی... اومدن بیرون.

- باشه فهمیدم... صبر کن یه‌کم دور بشن بعد می‌ریم دنبالشون.

- چقدر قیافه‌هاشون جِدّیه. چقدر هم تندتند راه می‌رن. از هم جدا شدن اِااِ... نگاه! دارن می‌رن پیش تاکسیا.

تارا خندید.

- این‌همه وایسادیم... ببینا هر کدوم جدا سوار یه تاکسی شدن و رفتن.

- واقعاً که... اما خُب دیگه الان مطمئن شدیم دوست دخترِ کوهیار نبوده.

- آره... واقعاً به دخترِ نمیومد... اما کی بوده یعنی؟

- من که از اولم گفتم یه قرارِ کاری بوده...

- آره... مهم نیست.

- حالا که مطمئن شدی دوست دخترش نیست، دیگه حالا مهم نیست کی باشه! فقط می‌خواستی همینو بدونی.

- دوباره شروع کردی.

- نه دیگه، تموم شد... حالا می‌شه بریم؟

- باشه می‌ریم دیگه. چقدر غر می‌زنی!

- حالا چرا به همه جا این‌طوری نگاه می‌کنی؟! انگار داره برای آخرین بار خداحافظی می‌کنه! آه می‌کشی؟ واااا! خوبه هفته‌ای یه‌بار داری اینجا رو گز می‌کنی!

- اذیت نکن یاسی! می‌گم پنج دقیقه صبر کن یه چرخی همین بالا بزنیم، نمی‌ریم طبقه‌ی پایین، بیا... تو چقدر هولی... تازه غروبه...

☆ خودش بود!؟! نه... بله...

☆ خودش بود!! خودش دوباره آمده‌بود!!

☆ خودش هم آمده‌بود!! جلوی همین چشمانم بود!!!

☆ نمی‌دانم زمان بود ایستاد؟ یا من؟ یا آمادگاه روبروی هتل شاه‌عباس!؟

☆ بعضی زمان‌هاست که زمان را در خودش گم می‌کند، چون حجمش از خودِ زمانِ معمولی بیشتر است. آن زمان‌ها هیچ‌جای زمان معنی نمی‌شوند...

☆ وقتی از زمین، به اندازه‌ای که اندیشه‌ات خاموش می‌شود، رها می‌شوی و فاصله می‌گیری، دیگر زمانِ زمین معنا ندارد، دیگر زمان طول ندارد، اندازه ندارد، تعریف ندارد... تا نباشی در آن نمی‌فهمی‌اش، و اگر باشی در آن، دیگر برایت طول و تعریف زمان معنی نمی‌دهد تا بخواهی بگویی‌اش... اصلاً نمی‌توانی بگویی‌اش. چرا و چطورش را هم نمی‌دانی...

☆ آنجاست که می‌گویی شاید واقعاً وقتی برف‌ها آب شوند، قرار است خدا دربیاید! آنجاست که دور از چشمِ عقلکت، همان عقلِ حساب‌گر و پُرترس و دلیلت، دلت آرام می‌خواهد که به گوشَت بخواند: «مبادا دستی در کار است!؟» آنجاست که با وجود پافشاریِ خودِ لجوجت بر باورِ به «شانس و علم»، تو با دلت می‌مانی و پشت به همه‌ی داده‌های اکتسابی‌ات، دوباره با احتیاط زمزمه می‌کنی: «شاید... شاید واقعاً در دستانِ مطمئنی هستیم!»

☆ حال نمی‌دانم... نه تنها چرا و چطورش را، بلکه حقیقی بودنش را، اما مگر چه داشتم جز یه مشت حواسِ معمولی که واقعی بودن چیزی را بفهمم و آن یه مشت حواس هم می‌گفتند: «خودش است! واقعی است! جلوی چشمت است! همین‌جا... در آمادگاه، روبروی هتل شاه‌عباس!» و همان یه مشت حواس هم تأکید داشتند که حالا چرا و چطورش را رها کن... مگر نمی‌بینی؟!؟

☆ ... و من می‌دیدم... دیدم. «آن لحظه» را دیدم، و هیچ توانی در انکار کردنش نداشتم. از «آن لحظه‌ها» بود! لحظه‌هایی در زندگی هست که فقط می‌شود گفت: «از آن لحظه‌ها»، اسمِ خاصِ دیگری ندارد. هیچ توصیفی گویاترش نمی‌کند. آن لحظه از «آن لحظه‌ها» بود... لحظه‌هایی که مدت‌های مدیدی بود که تصورش خوشحالیِ دردآلودی به تو می‌داد، فقط تصورش! می‌شود گفت خوشحالیِ دردآلودِ «بهانه»، بهانه‌ی شیرین. می‌توانستی با حسرتش، با بهانه‌اش، با تخیلش، تمامیِ

فکرهای سرسام‌آورِ پُرپرسشِ حیرانی را بترسانی، همه‌شان را بگریزانی و همان‌جا در تخیلش جا خوش کنی، هیچ‌جا نروی فقط همان‌جا سفت بمانی و تکان نخوری...

☆ از «آن لحظه‌ها» بود... لحظه‌هایی که تجربه‌ی تجربه کردنش را به خاطر نداشتم. لحظه‌هایی که شاید هیچ‌وقت فکرش را نمی‌کردی که بیایند و حالا که آمده‌اند می‌ترسی! چیزی بین باور و ناباوری...

☆ حال... می‌ترسی. از حس کردنش، از واقعی بودنش، از نزدیک شدنش به تو!

☆ مبادا... مبادا همه چیز وهم بوده‌باشد!؟

☆ مبادا بهانه‌ی شیرینت، تنها بهانه‌ات بوده‌باشد و تو نفهمیده‌باشی و بپرانی‌اش... یا بپرد و تو بی‌هیچ تخیل و بهانه‌ای... تهی بمانی!؟

☆ مباداها، اگرها و شایدها امانت نمی‌دهد. چه خوب و شیرین هستند تخیل‌های دور و کامل و بی‌نقص. بهانه‌های ساده برای فرار از روبرو شدن، آنهم با که... با خودت! اما... من... روبرو شده‌بودم! پس... چرا... ؟!؟ آه... مرا چه می‌شود!؟

☆ به طرز عجیب و مبهمی می‌خواستم فرار کنم! هیچ‌کس آنجا نبود، هیچ‌کس حتی فکرش را هم نمی‌کرد من در میانه‌ی آمادگاه، روبروی هتل شاه‌عباس به «آن لحظه» دست پیدا کرده‌باشم... و دوباره روبرو شده‌باشم...

☆ هیچ‌کس نمی‌دید که چگونه... دیدمش... دیدمم! خیلی خوب می‌توانستم دور شوم و در خلسه‌ی «او هست» عمری خوش باشم. بنویسم، بسرایم، بنوازم، به تصویر درآورم... و سرخوش، هرآنچه را می‌خواهم به او نسبت دهم، همان چیزهایی که هیچ‌کس ندارد به جز او، و آن «او» تا ابد «او»ی خودم بماند برای خودم، بی‌هیچ بالا و پایینی، کامل، بی‌نقص، درست روی ابرها، همانی که همیشه می‌خواستم، همیشه می‌خواهم، و من فقط لذت حیرانیِ «کسی هست» را بنویسم، بسُرایم، به تصویر در آورم، بنوازم و... زندگی کنم.

☆ می‌توانستم؟

☆ مکث کردم، شَک کردم... یک شک خوب، یک تردید مستحکم، یک اندیشه‌ی مهارکننده. دور نشدم، ماندم. اندیشه‌ی چشیدن، اندیشه‌ی مزه‌مزه کردن حقیقت...

☆ اگر ترس پرده نیندازد، اندیشه‌ی چشیدن حقیقت، نیرومندترین اندیشه‌ی آدمیست و درعین شکاک بودنش، بر تمامیِ یقین‌ها غلبه دارد. آن لحظه حسش کردم و نترسیدم و دل دادم. باید دل می‌دادم، این تنها اندیشه‌ایست که دل می‌طلبد. دل دادم و شهامت آمدن به آن لحظه را چشیدم، مزه‌ی شوکران می‌داد، اما می‌ارزید. عظمم را جزم کردم و خوب نگریستم، با همین چشم‌های واقعیِ واقعی‌ام، که مشکی شدنش با سرعت باورنکردنی پیش می‌رفت و داشت همه جا را می‌گرفت، با همین چشم‌ها نگریستم...

☆ تخیل نبود. وهم نبود. همان «کسی» بود که باید می‌بود، همان کسی که باید خودش دوباره برمی‌گشت و طول و عرض همین چشم‌هایم پُرِ پُر شد...

☆ تصویرِ حقیقیِ وجودش بر همه‌ی هستی‌ام ریخته شد. نگاهم از سنگینیِ وجود پر از مَنَش نشست کرد... حتی پاهایم هم توان کشیدن آن دو چشمِ پُر را نداشت... پس فقط ایستادم و نگاه کردم... نه پیش رفتم، نه پس...

☆ تردیدِ پیش‌درآمد بود، همان شَکِ شومِ پرقدرت، آری خودش بود. شناختمش، با اینکه دیگر تا بهار به اندازه‌ی همین انگشتان دستم بیشتر نمانده‌بود، باز هم به آب شدن برف‌ها شک داشت!

☆ تردیدِ لجوجِ پرقدرت، تنها ضعفش این بود که به خودش هم شک داشت و من این را می‌دانستم، می‌دانستم که می‌توانم... فقط باید سکوت می‌کردم، نه پیش می‌رفتم نه پس. من هم فقط سکوت کردم و نگاه کردم. تا آب شود. اما... اما هنوز کمی سرد بود، بهارِ بهار که نبود. آه... سردم شد. نباید سردم می‌شد، بعد از این‌همه سال و تجربه نباید سردم می‌شد، اما... چقدر انسان با تمامیِ شکوهش، می‌تواند ضعیف باشد!

☆ سردم شد. و... و بیست‌ونه سالِ آزگار از فرصت استفاده کردند، سردِ سرد، تک‌تک ثانیه‌هایشان را در گلویم ریختند و بیهودگیِ تلاش‌هایم را به رخم کشیدند. هر تک‌دانه سال خودش خوب می‌دانست چه بُغضی بکارد، چه بگوید و چه برایم رو کند... راه گلویم بسته شد، بغض عجیبی داشتم، گوش‌هایم داغ شد... دست‌هایم یخ‌زده بودند...

☆ نه... نمی‌خواستم قدم جلوتر بگذارم... نمی‌خواستم!!

☆ شک لبخند زد... سرم را پایین انداختم و به بیست‌ونه سال آزگار چشم دوختم. بیست‌ونه سال، سال به سالش را همانند پتک بر فرقم می‌کوبید و من فرو و فروتر می‌رفتم... بیشتر و بیشتر. ای وای میخکوب شده‌بودم! ای وای... چه خوب می‌دانست چه بگوید و چه برایم رو کند: «آهای فِلِش‌شکسته، راه‌گم‌کرده، با تو هستم، پرسش را با پرسش نمی‌توان شُست. مگر توانستی جوابِ سبزِ سایه‌روشن را بدهی که دنبالِ سیاه تند شبِ دریا می‌روی؟! مگر نگریختی به دنیای روزها و شب‌ها و چرخش‌ها؟ پس تو را چه به این کارها؟ سیاهی خودش همیشه راهِ خودش را می‌داند، آن بالایِ بالایِ بالا دیگر روز و شبی نیست، سیاهیِ همیشه بی‌انتهایِ پُرخورشید است. بگذار پرواز کند، شاید او بتواند برای همه خبری بیاورد. دست درازی مکن! پیله‌اش را به بهانه‌ی خواستنش پاره مکن. شاید پروانه شود و برای همه از آسمان بگوید. رهایش کن. برگرد. با تو هستم، برگرد... برگرد!»

☆ خیلی سردم بود. دلم درد می‌کرد. نوک انگشتانم یخ‌زده بود. مشت کردم. می‌خواستم برگردم...

☆ نباید برمی‌گشتم... ! باید برمی‌گشتم... !

☆ برگشتم! آرام... و سپس تند... خیلی تند دور شدم... دورتر. آن‌قدر که دیگر پیدا نباشم، پیدا نباشد. لای گرگ و میش هوا خودم را دزدیدم...

☆ باید می‌دزدیدمش، دیگر بس است، مسخره‌بازی که نیست، یک‌بار به دنیا می‌آید این خودِ نگون‌بختم. باید زندگی‌ام را جمع می‌کردم. باید حواسم به کارم

بیشتر باشد وگرنه مریض‌هایم را از دست خواهم داد. باید حواسم خیلی به کارم باشد. باید جدی در فکر مطبی در همین آمادگاه باشم. اینجا خیلی بیشتر کارِ آدم می‌گیرد. باید به فکر یک جای مستقل برای زندگی هم باشم، باید پولم را جمع کنم، خیلی هم جمع کنم. اما... اما باید به فکر ماهی و سیا هم باشم... فعلاً به ماهی قول داده‌ام تابستان همه با هم به کیش برویم، همگی مهمانِ من. فقط می‌رویم مراکز خرید و رستوران‌های زیبا. آنجا برای ماهی و سیا هرآنچه که بخواهند می‌خرم، هرچه اراده کنند. بهترین هتل را برایشان می‌گیرم. بهترین رستوران‌ها می‌برمشان. همه‌اش مهمان من. تا ماهی و سیا، هِی بخندند و بخندند و دیگر نگران پولش نباشند. تا ماهی بخندد و با آن چشم‌های پف‌دارش با افتخار نگاهم کند. نهال و نارین را نمی‌برم، شلوغش می‌کنند، فقط ما سه نفر. آه... چقدر حالم بهتر است. همین حالا هم سر راه یک کیک می‌خرم، یک کیک شکلاتی، به ماهی می‌گویم: «به هیچ مناسبت» و می‌خندم. چقدر خوشحال می‌شود! و حتماً چای را در آن استکان‌های مهمان می‌آورد که همگی با کیک شکلاتی بخوریم، همین امشب هم قضیه‌ی کیش را دوباره مطرح می‌کنم، که بدانند یادم نرفته...

- درود.

- سلام.

راننده تاکسی با فریاد اشاره کرد.

- آقا برو پایین... درو ببند. خانم‌ها دربست گرفتن. برو پایین آقا... ماشین پُشتمه باید برم.

یاسمن نگاهی به تارا کرد.

- می‌شناسیش؟! سلام کردی؟!

تارا سَرَش را به نشانه‌ی موافقت تکان داد.

یاسمن رو به راننده تاکسی گفت:

- اشکالی نداره. آشنا هستن. اگه مسیرشون می‌خوره می‌تونن سوار بشن. اما ما خیلی دیرمونه، اول ما رو برسونین.

راننده تاکسی با فریاد اضافه کرد.

- آقا ما تا آخرای آبشار می‌ریم. اول باید خانوما رو برسونم، اگه میای بپر جلو سوار شو. درِ عقبو ببند.

- ممنون.

نادر این را گفت و روی صندلی جلو نشست. در را بست...

آمادگاه، روبروی هتل شاه‌عباس، نفس عمیقی کشید... نسیم نیمه‌بهاری از پنجره‌ی پشتِ تاکسی، گونه‌های تارا را نوازش کرد. آمادگاه، روبروی هتل شاه‌عباس لبخند زد، شبِ نو را روی خودش کشید و خوابید...

سیاوش در حالی که لب‌هایش می‌خندید اخمش را در هم کشید و گفت:

- نگرانِ چی هستی؟

- یعنی تو خودت نمی‌دانی؟

- می‌تونم حدس بزنم. نگرانِ من؟

- سیاوش...

مثل سی سالِ قبل گفت. مثل سی سالِ قبل، شاید کمی بیشتر، دلِ سیاوش لرزید. شاید چون حالا کمی بیشتر از قبل دیوانه‌اش بود و مثل همیشه حاضر بود به خاطر او زیر همه چیزِ این دنیا بزند، همان‌طور که آن روزها زد. حالا او همه چیزش بود. چیز دیگری نبود، فردِ دیگری هم نبود، او بود و ثمره‌های بودن با او.

- می‌خوای چی بگم خانم.

- نظرت را. می‌دونم که می‌دونی. چرا حرفش را نمی‌زنی؟

- از زندگیِ با من ناراضی هستی؟

- چه ربطی داره به نادر؟ آزار مده. دل‌نگرانشم، نمی‌دونم چه کنم.

- ربط داره. می‌گم از زندگیِ با من ناراضی هستی؟ اگه دوباره زمان به سی سال قبل برگرده آیا بازم حاضری همین راهو انتخاب کنی؟

- ربطی به موضوع نداره عزیزه دل. اما حالا که اصرار می‌کنی. چه کنم، باشه می‌گم. از زندگی با تو راضی هستم. میام تا اینجایی که هستم، اما... اما شاید نه از این راه، سعی می‌کنم راه را تغییری دهم، سعی می‌کنم این‌طور پشتِ‌پا نزنم به همه چیز و چه بدونم... قوم و خویشم. سعی می‌کنم یه طوری دیگر، از یه جاده‌ای خوب‌تر بیاییم.

- خودت خوب می‌دونی که نمی‌شد. ما نخواستیم از این راه بیاییم. اونا راهی جز این برامون باقی نگذاشتن. خودتم خوبِ خوب می‌دونی.

- آره... شاید. چه می‌دونم.

- خودت می‌دونی ما هر کاری کردیم که کار به اینجا نکشه. حالا با همه‌ی اینا بهم بگو، با اطمینان به اینکه هیچ راهی به جز این نبوده و باید همین راهو میومدی، آیا راضی هستی؟ آیا بازم این راهو با من میومدی؟

ماه‌بانو لبخند زد. سیاوش با محبت نگاهش کرد. اگرچه روی صورتش جای مداد بی‌رنگِ زمان، دور از چشم سیاوش خط‌های باریکی کشیده بود، باز هم برای او زیباترین صورت دنیا بود، و اگرچه هُرم بی‌رحم زمانه، سفتی و طراوت پف‌آلوده‌ی دور چشم‌ها و گونه‌هایش را نرم کرده‌بود، باز هم دنیای سیاوش همیشه‌ی همیشه در آن چشم‌ها جا داشت.

- یعنی شک داری تو؟

سیاوش آهی کشید.

- نه. اتفاقاً مطمئن بودم به اینجا می‌رسه برا همین اصلاً پرسیدم.

- خُب... حالا که چه؟

- که این که چرا نگرانِ نادری؟ فکر می‌کنی عاشق شده؟ خُب چه بهتر. هان؟ مگه بهتر نیست؟ حالا که سالم و سرحالِ... دستش هم به دهنش می‌رسه. ما تا اینجا رسوندیمش. خُب دیگه از حالا به بعدش... چه بهتر که عاشق شده‌باشه. حالا دیگه باید بره دنبالِ خونه و زندگی خودش.

- آخه عاشقِ کی؟ مهمه. بعدش چرا این‌قدر این بچه پریشانه... چرا...

- ای بابا خانمم... همینه دیگه... عاشقی اگه پریشانی نیاره که عاشقی نیست! بعدشم هرکی هست، اگه عاشق شدن مالِ همن. مگه از من بدتر برای تو می‌شد؟ اما تو منو انتخاب کردی. ما مالِ هم بودیم، با اینکه هیچکی اون‌وقت نمی‌فهمید، هنوز هم هردوتامون مطمئنیم مال هم بودیم. پس چه فرقی می‌کنه کی باشه؟ هرکی! خودش می‌دونه. مهم اینه که عاشق شده‌باشه. اگه هم از اون عشق دوقرونیا باشه که وِل معطل، به جایی نمی‌رسه و زود تموم می‌شه، به‌هرحال نگرانی نداره، وقتشه دیگه... همینه. بگو ببینم کیک داریم؟ بیا با هم یه کیک و چایی بخوریم...

ماه‌بانو هنوز نگران بود. آرام بلند شد. ایستاد.

- بَچِم خیلی بی‌رنگ و ریاست سیا... خیلی ساده‌س... می‌گم فریب نخوره...
- اصلاً خوبیش به همینه... ساده که بد نیست. این‌همه سال بچه بزرگ کردیم با هزار فکر و خیال که انسان بشه، که بی‌رنگ و ریا باشه، که ساده باشه، تازه اگه ساده باشه اشتباه نمی‌کنه، چون خدا براش زیرکی می‌کنه، ساده خوبه خانمم، خیلی هم عالی که ساده است مگه غیر از این می‌خواستی؟ می‌خواستی یه شارلاتان باشه؟ بعدشم... الان که ما نمی‌تونیم دیگه کاری کنیم. الان دیگه اسمش می‌شه دخالت، نه تربیت. پس دیگه... همین قدری که می‌تونستیم و می‌دونستیم کردیم. تو هم این‌قدر جوش نزن، زمان خودش جوش‌هات را به اندازه‌ی کافی زدی. بسه... دیگه الان وقتش نیست. هر چیزی به وقت خودش درسته.

☆ پس کِی وقتش است؟ چه زمان؟ هیچ‌وقت؟! کاش می‌شد با اطمینان گفت: «هیچ‌وقت»

☆ این «هیچ‌وقت» تمامت می‌کند از این انتظار. از این انتظار دورِ دور، انگار که آن‌طرف دریاست...

☆ چه سهمگین است این دودلیِ سرد. ای کاش «هیچ‌وقتِ» من هم می‌آمد و تمامم می‌کرد، تمام می‌کرد این شروعِ توسری خورده را. کاش یکسره می‌شد این تکلیفِ نانوشته‌ام. می‌ترسم... اما نمی‌دانم از چه؟

- سردمه آرش.
- جدید نیست که، اما واقعاً دیگه مسخره است. مریضی چیزی نیستی؟ نکنه واقعاً مریضی؟ منو نگاه... آخه دو روز مونده تا عید، واقعاً هوا سرد نیست.

☆ راست می‌گفت. حتی برف‌ها هم دیگر سردشان نبود. اما من، منی که جلوی چشمم، چکه‌چکه برف‌ها دارند آب می‌شوند، هنوز هم باور ندارم و هِی سردم است. هنوز هم در دنیای شایدها، اگرها و اماها غوطه‌ور شده‌ام و به هیچ وجه نه غرق می‌شوم، نه می‌رسم. گویی یک چیزِ احمقانه‌ی تَرسپوش دوست می‌دارد این‌گونه بمانم. مدام بمانم و زجر بکشم...

☆ گاهی می‌بینمش... ! شاید از همین است که هی می‌ترسم... نمی‌دانم.

- لخت بشم پیراهنمو بهت بدم. والاااا چیزی که ندارم بهت بدم بپوشی. پاشو بریم اون‌ورِ آب، یه چایی، چیزی بخوریم گرم بشی. این‌طرف که مغازه‌ای هم نیست. نمی‌دونم چرا حالا گیردادی به این‌طرفا. طرف خودمون که بهتره، شلوغ‌تره... یه مغازه‌ای هست که اقلاً یه چیزی بخوریم. روزِ تعطیلی... ما رو آوردی تَه دنیا و هِی نشستی می‌لرزی. چه بدبختی گیر کردیم شبِ عیدی!

- خونشون همین‌جاهاست.

آرش آرام نشست. نمی‌دانست چه بگوید. هم هیجان‌زده بود، هم عصبانی.

- الان باید به من بگی؟

- داد نزن، تازه فهمیدم.

- کِی؟ چطور؟ دیدیش؟ کجا؟ حرفی هم زدی؟ ای بابا. ما را سرِ کار گذاشتی. بگو ببینم...

- می‌گم. پاشو راه بریم... واقعاً دارم می‌لرزم.

- خُب بگو... بگو ببینم چی شد؟ بگو...

نادر برخاست... آب چرخید... آمد اول خط. همه را گفت...

- پس که این‌طور... خُب... پس دیگه حلّه که... دیگه با من، من همه جا آشنا دارم. سه سوتِ پیداش می‌کنیم. گرم شدی؟

- بله.

- دیگه چرا عزا گرفتی شادوماد؟ الان باید با دُمت گردو بشکنی ما بخوریم. بیا یه شیرینی دیگه هم بخور. نگران اون موضوع هم نباش، اشکالی نداره... اون‌وقت هول شدی نتونستی بری جلو، آدمی دیگه. البته زیاد هم بهت نمیاد، یعنی قبلاً، سفت‌تر از اینا بودی، ولی خُب این اواخر کلاً عوض شدی. مثل همین که همیشه سردته... حالا درهرصورت قضیه حلّه... بریم تو فکر کت و شلوار.

- نمی‌خوام پیداش کنی. به ماهی هم هیچی نمی‌گی. اصلاً دنباله‌ی قضیه رو نگیر.

- ای بابا... حالا داستان داریم... باشه... حالا چاییتو بخور... تا بعد...

- نمی‌خوام پیداش کنی.

- بااااشه... بااااشه... پیداش نمی‌کنم... اصلاً یه حرف دیگه بزن.

- آرش... جدی می‌گم. نمی‌خوام پیداش کنی.

آرش جواب نداد. صدای آب آمد، صدای چایخانه‌ی رنگینِ سنتیِ زنده‌رود، صدای مردم، با اینکه همهمه بود اما اگر خوب گوش می‌دادی صدای تک‌تکشان می‌آمد... مردمِ رنگ‌وارنگ، صدای مردمی که هر کدام حکایتی داشتند و هر کدام داستانی. بویِ خاطره می‌آمد... صدای جیرینگ‌جیرینگِ استکان‌های چایی، پر و خالی، سکوتِ پر همهمه‌ای بود. هیاهوی درهمِ رنگارنگی بود. همه رنگ... حتی بیشتر از رنگ‌های رنگین‌کمان... در هم می‌چرخیدند، می‌غلتیدند و دور می‌زدند.

در هم چرخیدند، غلتیدند و دور زدند... تمامیِ دکمه‌های روی میز... و مُشتی دیگر... و مُشتی دیگر... مُشت‌مُشت روی هم. هر جفت حکایتی داشتند و داستانی. حکایتی جداگانه، خاطره‌ای گس و مبهم. گوشه‌ی پنجره باز بود، پرده تکان لطیفی خورد، صدای نسیم می‌آمد. نسیمِ ملایم کنجکاو گشتی در اتاق زد، بوی آب را روی همه‌ی دکمه‌ها پاشید و آرام بیرون خزید. باید به کارش می‌رسید. همه آماده‌بودند و منتظر. رهبری ارکستر عادتش بود، این نسیم نرم و پرغرورِ زنده‌رود. آب، تک‌نوازی آغاز کرد. هم‌اندازه‌ی نفس‌های زمین تمرین داشت، کارش را خوب می‌دانست. بعد نوبت تمامیِ درختان بود. چه اوجی گرفته‌بود سمفونیِ طبیعت و آب. اذان ظهر هم آواز سر داد و آخرین قطره‌های افکارش، از ذهنش روی دکمه‌ها چکیدند و به رقص درآمدند، قطراتِ سنگینِ سرسخت. نفس عمیقی کشید، گویی بخواهد از انتهایی‌ترین جای قلب و روحش چیزی را بیرون دهد. تمام بدنش لرزید، چشم‌هایش از تریِ ناخواسته‌ای پر شد. به انبوه دکمه‌هایی که هر جفت فقط یک‌بار جای آن سیاهِ تسلیم ناپذیرِ لجوج را در آینه برایش پوشانده بودند، نگریست. برخاست، سریع، گویی از فروافتادن در افکارِ مرداب‌وارش بگریزد، دستی به گونه‌های مرطوبش کشید، از صندلیِ جلوی کتابخانه بالا رفت، پاهایش سردی چوب شکلاتی‌رنگ میز را حس کرد. می‌دانست باز هم بلندایش کافی نیست، خیلی وقت بود می‌دانست. روی نوک پا ایستاد، بلندتر از همیشه، و موجود مستطیلی شکلِ سیاه-قهوه‌ایِ آشنایش را از بالاترین جایِ کتابخانه، جای همیشگیِ خودش، پایین

آورد. کوچکترین گرد و غباری نداشت. دانسته و نخواسته، شاید هم خواسته و نفهمیده، یا از روی عادتی همیشگی، گرم و مبهم، مثل صدها شب و روز قبل، بوسه‌ای بر پیشانی‌اش زد. اما سریع اخم‌هایش را در هم کشید دندان‌هایش را بر هم فشرد و او را از خود دور کرد. پایینش آورد با آرنج گروهِ انبوه دکمه‌ها را به کناری زد و او را جلوی میز آرایش گذاشت، وسطِ میز. جلوی آیینه پف‌کرده می‌نمود. جلدش، برگ‌برگ صفحاتش، واژه به واژه‌اش، حتی دانه‌دانه شماره‌ی صفحاتش، با خروشانی و شاید عجزِ مداومِ دریایِ افکاری که هم‌اکنون دور و از دست رفته می‌نمود، آشکین شده... موج انداخته بود.

موهایش را سفت پشتش بست. آستین‌های بلوز سفیدش را بالا زد. صفحه‌ی اول را باز کرد و تمامِ صفحه را آغشته به چسب کرد و دانه‌دانه دکمه‌ها را در صفحه چسباند، وسط صفحه، گوشه و کنار صفحه، هرجا که می‌شد، هر جا که می‌خواست. ورق زد، صفحه را محکم روی صفحه‌ی قبل فشار داد. تا خوب دو صفحه با دکمه‌های میانشان بهم بچسبد، حالا صفحه بعد، برگ‌برگ ورق می‌خورد، دانه‌دانه برگ‌های لحظه‌هایش... و دکمه‌ها اینجا و آنجا چیده می‌شدند، چسبیده می‌شدند و صفحات روی هم سفت می‌شد... و صفحه‌ی بعد... و صفحه‌ی بعد. سایه‌ها کم‌کم می‌خواستند دراز شوند، دیگر وقتش بود. دیگر دکمه‌ای نمانده‌بود و به سختی می‌شد باور کنی این کتابِ پُف‌کرده‌ی دهان باز، همان سوگولیِ نازدارِ شب‌های پر رمز و راز است. حالا نوبتِ کاغذ کادوی سیاه رنگ و روبان طلایی بود که روی میز تا آخرین صفحه، منتظر به صحنه‌های عجیب و باورنکردنی چشم دوخته بودند. آرام و با دقت شروع به کادوپیچ کردن کتاب کرد.

امروز آبِ بی‌رنگ غوغا می‌کرد. آب خروشانی بود نرسیده به پل، با سنگ‌های بزرگی که آدم‌هایی که موج و سفیدی را بیشتر از صافی و بی‌رنگی دوست داشتند، آنجا گذاشته‌بودند. خلوت بود و ساکت. نه می‌شد گفت عصر است، نه دیگر خورشیدِ بعد از ظهر گرمای چندانی برایش باقی‌مانده‌بود. چه می‌خواست، چه نمی‌خواست، دید که خودش آرام، پرغرور و مصمم به آب نزدیک شد. در دستش بسته‌ی سیاه-طلایی‌اش کمی می‌لرزید. به این‌طرف و آن‌طرف نگاه کرد و به آب نزدیک‌تر شد. باز هم نزدیک‌تر... خیلی نزدیک. او که لب به لبِ آب را به

خوبی می‌شناخت، می‌دانست اینجا بهترین مکان است. راست قامت‌تر ایستاد. سنگینیِ نگاهش را کتابِ ورم‌کرده‌ی ملتهب از زیر جلد کادوی سیاه و روبان طلایی‌اش توانست که ببیند، اما، تشخیصش آسان نبود. اخم‌هایش وزن دیوانه‌کننده‌ای را روی بسته ریخت. دیگر وزن بسته روی دست‌هایش سنگینیِ توان فرسایی داشت. بسته به نظر کوچک‌تر و او بزرگ‌تر می‌نمود. نفس عمیقی کشید، چشمانش را بست و با تمامِ وجودِ منقلبش بسته را پرتاب کرد. صدایی متفاوت از همهمه‌ی موج را تشخیص داد. چشمانش را باز کرد. همه چیز مثل قبل بود... کمی سفید و کمی آبی و بیشتر بی‌رنگ. رویش را از آب برگرداند به سبزی روبرویش نگاه کرد. لبخند زد... و دوید.

پرگل خندید... بلند و بلندتر. گازی به پیتزایش گرفت و ادامه داد.

- چه حسی هم گرفته و نوشته. آخی... چه زوری زد تا بالاخره، بعد از عمری، اعتراف کرد! کم مونده بود ملوک خانوم تو مهمونی قبلی بره بهش بگه: «هووی... همه عالم و آدم می‌دونن... جونت درآد بُرو بوگو دوسِت دارم، قالُ بِکِن.»

- بی‌گناه برا من نوشته... اگه روحش خبردار می‌شد قرارِ مسخره دست تو بشه، اصلاً این کارتو نمی‌داد.

- اینا رو وِلش کن. انگشترو بده ببینم. حالا چرا انگشتر عیدی داده. یعنی چی... یعنی مثلاً نامزدم شو.

- نه بابا... تو هم چه حرفا می‌زنی. اصلاً به مدل انگشترش نمیاد. نامزدم شو چیه... وا... به این زودی!

- طلای ماته... خوشگله.

- آره دوستش دارم.

- دستت می‌کنی؟

- آره... شاید بعضی وقتا.

- چپ؟

- نه بابا، مسخره.

- مگه نمی‌گی رسماً با بابات حرف زده؟

- آره... ولی بابام که نگفتن باشه. گفتن حالا با من حرف می‌زنن. منم گفتم فکر می‌کنم، فعلاً عجله‌ای نیست.

- ترسیده.

- کی؟ کوهیار؟

- آره. ترسیده تو رو از دست بده. هول شده. تا حالا که هَمَش کُنج اتاق و گوشه‌ی همه‌ی کتابخونه‌ها پلاس بودی، نگرانت نبود، هِی دست‌دست می‌کرد. از وقتی اومدی رو ترسیده. هول کرده مبادا دیر بجنبه.

تارا خندید.

- چطور می‌گی پلاس بودی.

- آره دیگه... چقدر همه رو حرص دادی. خدا رو شکر به هر دلیل، که به هیچکی هم نمی‌گی، بالاخره به این نتیجه رسیدی که تو هم مثل بقیه ممکنه بمیری، پس بهتره تا زنده‌ای... زندگی کنی.

تارا دوباره خندید.

- نه دقیقاً به این نتیجه... ولی خُب.

- درهرصورت عملاً این‌طور به نظر میاد. دلیلشم برا من مهم نیست. فقط خوشحالم...

- ممنون..

- پس این که می‌گفتی این‌قدر موس‌موس می‌کرد. کجاست پس؟ سرِ کار نباشیم؟

- هنوز که ساعت شش نشده. اشکانه دیگه، زودتر نمیاد.

- غلط کرده، جلبک! من که می‌شناسمش. هیچ خری نیست، بی‌خود کرده که دیر می‌یاد.

- جلبک دیگه چیه؟ گیر می‌دی!!. حتماً تا ساعت شش میاد.

دیگر بهار شده‌بود. روزهایِ نغمه خوانِ اردیبهشتِ اصفهان، با شادیِ خاصِ بی‌دلیل خود، به نوبت رونمایی می‌کردند. دانه‌به‌دانه‌شان بهشتی جداگانه را به ارمغان می‌آوردند و هر روز نفسی و عطری و رنگی و بودنی از بهشت را به نمایش می‌گذاشتند. عروس اردیبهشت، زنده‌رود، با تور سفید و نقره‌ای‌اش گویی در تمامی‌شهر جاری شده‌باشد، زرین و سیمین، نازک-قطره‌هایش را بر سرتاسر شهر می‌رقصاند و می‌رقصید. سفید و بی‌رنگ در آبِ روان و پویایش، درهم می‌غلتیدند و بازی گوشی می‌کردند. چه فرقی می‌کند چه رنگی باشد، آب... آب است و آب باقی می‌ماند. حالا بالا باشد یا پایین، آبی باشد یا سفید، بی‌رنگ باشد یا سیاه... هیچ رنگی که نمی‌ماند، لحظه‌به‌لحظه، نوبه‌نو به هم می‌دهند رنگشان را... جایشان را... و می‌چرخند در

دلِ زنده‌رودِ همیشه اکنون. آب است دیگر... همیشه خودش می‌ماند و نازِ خودش را دارد، معلوم است که باید دلبری‌اش را کرد... همه باید دلبری‌اش را کنند و رنگ‌های رقصان آب کارشان را خوب بلد بودند. اما سبز و مشکیِ چشم‌هایش با هم راه نمی‌آمدند. پیرامونِ خودشان و زنده‌رود از این‌طرف به آن‌طرف کشیده می‌شدند. ناخودآگاه به یک مکان کشیده می‌شدند و خودآگاه فاصله می‌گرفتند. حتی چکاوک‌ها هم فهمیده‌بودند، چه رسد به پُل‌ها...

☆ با خودت که رو راست نباشی همین می‌شود. انگار همه تو را بهتر از تو می‌دانند. آن‌قدر از خودم فاصله گرفته‌ام که دیگر هیچ‌چیز پیدا نیست. اما باز هم تو را می‌بینم. نمی‌دانم دیگر چه کنم؟ نباید تا بدین‌جا می‌رسید، اما رسید... چرا؟... آخر چرا؟ چطور رسید؟ چرا نمی‌توانم فرار کنم؟ پرواز کنم... دور شوم...

☆ وَه، چه پرپری می‌زد نگاهت آن آخرین لحظه‌ها! آن آخرین لحظه‌هایی که دوباره بخت به من رو کرده‌بود. آخرین لحظه‌های دوباره دیدنت... آن آخرین لحظه‌ها که هنوز هم نمی‌دانم چرا و چطور به سویم روان گشتند. آن آخرین لحظه‌ها چطور اخم کردی، سرت را کج کردی... انگار گلبرگ کوچکی بخواهد از غنچه‌ی لبت بیفتد. خیره نگاهت کردم. خودم فهمیدم نگاهم خیره است!

☆ گفتم این‌گونه تنبیه می‌کنی مرا؟ با ندیدنت؟ با دیدنت؟ با ندیدن و به ناگاه آمدنت؟ با این شک کشنده؟ با این ندانستگیِ آوارگون؟ با این آشفتگیِ خانمان‌سوز؟ بگو! مرا این‌گونه رها مکن! بگو تا دوباره به آن اعماق آبیِ مبهم پس نرفته‌ای بگو!

☆ احساس کردم دندان‌هایت به هم فشرده شد، یک ابرویت کمی بالا رفت... موج انداخت. آری... دیگر غروب بود. فهمیدم ماه نزدیک شده... آب بالاتر آمد، مَد شد و نگاهت آرام ولی برنده و بی‌رحم از بلوزم رد شد و بدن سردم را دونیمه کرد، یعنی: «گذشتی... !!» فریاد زدم: «من؟ نه... نگذشتم!» نفسم بالا نمی‌آمد با ترس گفتم: «اصلاً از چه گذشتم؟!» می‌دانستم اما پرسیدم. نگاهت پر از خشم شد و این آغاز طوفان بود! هر کسی که فقط یک‌بار درست دریا را دیده‌باشد، می‌داند... اول مَد

می‌شود و بعد... عزم رفتن کردی. دست و پایم را گم کردم گفتم: «خدانگهدار!»، «بدرود»ت را نگفتی، جوابم را ندادی. لب‌هایم را بهم فشردم و گفتم: «صبر کن... چیزی بگو... » اما نشنیدی، شاید شنیدی اما نخواستی گوش دهی. می‌دانم شنیدی. دیدم انگشتانت از دست دوستت بیرون لغزید و پاهایت ثابت ماند. شاید یک لحظه... ولی ماند، خودم دیدم با همین دو چشمم که حتی فکرش را نمی‌کرد از آن پس این‌گونه هم صحبت شب دریا باشد. کاش آن موقع شنیده بودی و چیزی گفته‌بودی. الان دیگر چه کنم... ؟!

☆ حقم است؟ آری... این من بودم که گذشتم، یعنی داشتم می‌گذشتم!... و... گریختم... اما... آخر...

☆ آه... چه توقعی از من دارد این خودِ من. اگرچه بوی دشنه می‌دهد صدایم اما می‌خواهم بگویم «ای کاش دوباره نمی‌دیدمت!» اما... حال چه کنم... ؟

☆ چرا باید این‌گونه دست کشید از همه چیز؟ چرا «باید»؟ چرا باید یا «تو» یا «همه چیز»؟ آخر چرا؟!

☆ تازه همین «همه چیزی» که همه‌شان دسته جمعی، دستی‌دستی خودشان مرا بسوی تو می‌رانند، مانندِ آمادگاه، روبروی هتل شاه‌عباس. همیشه کار دستم می‌دهد... همیشه! تا به حال نشده بعد از رفتنم همان آدم قبل از رفتن باقی‌مانده‌باشم!

☆ همه چیز از یک گردش معمولی در یک عصرِ بهاری شروع شد. تازه آمده‌بودیم، خیلی تازه. دست در دست سیا بدون آنکه بدانم، پای در دلِ آمادگاه، روبروی هتل شاه‌عباس گذاشتم. چه می‌دانستم چه منتظرم است! منِ کوچکِ آن روزها، پُر ز غصه‌ی دوری از دریا. در همان تاریک-روشنِ پر سایه، سر می‌دواندم. سیا دنبال کتابی می‌گشت و من مات و مبهوت دنبال چیزی که نمی‌دانستم چیست! نگاهم روی آجرهای کرمی-خاکی‌اش از این کتاب‌فروشی تا کتاب‌فروشی بعدی دو دو می‌زد. دهانم باز مانده‌بود و دلم تندتند می‌تپید، خوب یادم است... همه جا بوی

کتاب می‌آمد، بوی حرف‌های خوب، بوی آگاهی... و گاه‌گداری صدای موسیقی. آن‌قدر هول شده‌بودم که وقتی سیا گفت: «یک کتابی انتخاب کن تا برایت بخرم.» نمی‌دانستم چه کنم، صدایش را درست نمی‌فهمیدم، نفسم بند آمده‌بود... این‌همه لذت! آخر کجا آمده‌بودیم؟! این بو شاید بعد از بوی زنده‌رودم، بهترین بوی این شهرِ پر افسون برایم بود!

☆ حال همگی‌شان را ببین! پیش همه‌شان رفته‌ام... همه‌شان! ببین... چطور همگی دسته‌جمعی، دستی‌دستی خودشان مرا بسوی تو می‌رانند، و راندند... تا اینجا... انگار همه‌شان فقط از تو حرف‌شنوی دارند.

☆ چرا مرا حق انتخابی برای نیندیشیدن به تو نیست؟ کجا سکنی گزیده‌ای که همه گریزها در مسیر چرخان چشمان تو گرداب‌وار می‌چرخد؟ و می‌چرخد تا به خودت برمی‌گردد؟!

☆ چه می‌گویم؟! اصلاً چه گریزی؟! از چه کسی؟! به کجا؟! وقتی در دایره اسیر نگاه شوی هیچ‌کدام از اینها معنی نمی‌دهد! هیچ‌چیز دستِ من نیست که بخواهم زمامش را در اختیار گیرم... اصلاً چرا دیگر هیچ‌چیز مالِ خودم نیست؟ حتی درونی‌ترین احساسم... چرا؟! غریبه‌ای در من به جای مانده از من، که آن هم به تماشای تو نشسته‌است... حتی او! نگاهش کن! دکتر سپندار را می‌گویم. او که اگر می‌خواست، می‌توانست با استدلال، حتی بهار را در اردیبهشت اصفهان انکار کند!! حتی او هم دست‌هایش را زیرِ چانه گذاشته و به تماشا نشسته‌است. نگاهش کن. گویی لال شده، لام‌تاکام سخن نمی‌گوید... ببینش! تازه داشت جولان می‌داد... چه خیزی گرفته‌بود...

- ببخشید آقا داداش... اما... خجالت نمی‌کشی؟

دستش را به کمر گذاشت، النگوهای بدلی‌اش صدا داد. نادر سرش را از روی دفترش بلند کرد، قلمش را روی دفتر گذاشت. رویش را برنگرداند. چون صدا را می‌شناخت، و می‌دانست که تنها اوست که بدون در زدن وارد اتاق می‌شود و تنها اوست که با وجود تمام فشاری که به

خود می‌آورد نمی‌تواند حرفش را تمام و کمال نزند. با چشم‌هایی که هر کسی را یادِ برادرش می‌انداخت نگاه خشمگینش را به نادر دوخته بود. اخم‌هایش را بیشتر در هم کشید و صدایش را کمی بلندتر کرد.

- هر چیزی حدی داره. ببخشیدا!! اما واقعاً دیگه داری مامانو اذیت می‌کنی. من نمی‌تونم بشینم ببینم همین‌طور هر کار دلت می‌خواد بکنی. یعنی که چی؟ حالا خُب برادر بزرگ‌تر هستی و احترامت واجبه، بماند، اما به نظر من رفتارت واقعاً درست نیست.

نادر بدون اینکه به نارین نگاه کند آرام گفت:

- اگه خواستم خودم بعداً میام.

- بله فرمودین! بعداً هم نمیای. هر وقت می‌گی «بعداً» دیگه نمیای. می‌خوای ما رو دَک کنی می‌گی «بعداً» که باهامون بحث نکنی.

- اگه بخوام، میام. پس لطف کن برو، بذار تنها باشم.

سبزه‌رو بود با گیسوان مشکیِ انبوه و فردار، صورتِ زاویه‌دار و لب‌هایی قلوه‌ای. اگرچه سفیدی صورت برادرو مادرش را نداشت، چشم‌های پف‌دارو قد بلندش را همانند برادر از مادر به ارث برده بود. بر خلاف تصورِ هر بیننده، بیشتر از پانزده‌سال نداشت، اما هم قد خواهرِ بیست‌وسه ساله‌اش به نظر می‌رسید.

- نمی‌تونم برم. مامان که فقط مامان تو نیست که هر کار دلت خواست بکنی و بعدم تیریپِ دلشکسته و چه می‌دونم «تو خود رفتن» و این‌طور چیزا بگیری و بیای تو اتاق در رو خودت ببندی. تازه می‌گن این کارا مال چهارده ساله‌هاست... من که عمراً این کارا رو بکنم... زشته برا تو... الان دیگه با این سن‌وسال...

- الان من باید چه کار کنم؟

- با مامان حرف بزن، بگو مشکلت چیه. رُک و پوست کنده حرفتو بزن و خلاصش کن. تو که می‌دونی چقدر رو تو حساسه.

- باشه... حتماً باهاش حرف می‌زنم.

- کِی؟ بعداً؟ دوباره می‌خوای بگی بعداً؟ کِی دقیق حرف می‌زنی؟ می‌شه بگی کِی..

نهال وارد اتاق شد. نادر نفس راحتی کشید.

- نارین بیا بریم. همه تو ماشین منتظرن.

نهال دستِ نارین را کشید. نادر به هر دو خواهرش نگاه کرد. هیچ نگفت. چه داشت که بگوید. نارین با خشم دستش را پس کشید.

- اومدم ببینم چرا نادر نمی‌یاد. مگه ندیدی تا دوباره گفت بعداً میام چقدر مامان ناراحت شد. حالا اصلاً بهش خوش نمی‌گذره. مگه اینجا کی رو داره؟ نه خواهری، نه برادری، نه فامیلی... هفته‌ای یک‌بار خاله گوهرو می‌بینه، حالا همینم ایشون زهرِ مارش می‌کنه، اونجام هی غصه می‌خوره، هی تو فکر نادره. که چه می‌دونم حالا شام نداره، حالا چیز نمی‌خوره... حالا فلان، حالا بهمان... چرا هیچکی نباید هیچی به نادر بگه؟

نهال لب‌های کوچک و خطی‌اش را گاز گرفت. چشم‌های عسلی‌اش تُرش شد، گیسوان خرمایی رنگش را زیرِ روسری فشرد. گره روسری‌اش را سفت‌تر کرد و دستِ نارین را کشید.

- درست صحبت کن... بیا بریم. نخیر غصه نمی‌خوره، می‌ریم اونجا سرش گرم می‌شه... نادر خودش می‌دونه چه کار کنه. خواست میاد. خودش به فکر مامان هست.

- اِاِاِ؟ چطور؟ چرا؟ چرا خودش می‌دونه؟ مگه به دانشگاه رفتنه؟ مگه به دکتر و مهندس شدنه؟ به خدا نمی‌دونه. اصلاً هم نمی‌دونه. اگه نه که می‌کرد، به خدا هیچ‌کدوم از ما براش هیچ ارزشی نداریم که اصلاً بهمون فکر کنه!

☆ قسم به... قسم به... نامت را که نمی‌دانم، اما حتی به «حِس به تو» هم نمی‌توان قسم خورد. چقدر انسان‌ها خدا را کم دوست دارند که به نامش به این راحتی قسم می‌خورند.

☆ قسم به آن لحظه‌ای که «فکر آمدن در سرت درخشید»، من روان‌پزشک شدم که مرهم باشم. مرهمِ این زخمِ کهنه‌ی وامانده که هر کسی یک نوعش را دارد و همه فکر می‌کند مال خودشان ویژه است و با دیگری فرق دارد.

☆ خواستم مرهم باشم... برای همه‌ی آدم‌ها، که همه‌شان را دوست می‌دارم... خیلی زیاد، و نمی‌توانم دردشان را ببینم.

☆ می‌خواستم مرهم باشم... چه می‌دانستم اول باید خود «مرهم» شوم، تا بتوانم مرهم بقیه باشم. چه می‌دانستم زخم نمی‌تواند مرهم زخم باشد و زخم روی زخم گذاشتن درد را دو صد چندان می‌کند.

☆ آن روزهای دور چه می‌توانستم بکنم؟ در آن هیاهوی بهم‌ریخته، که حال می‌فهمم تنها تو می‌بایست می‌بوده‌بودی که ته نشین شده‌اش را هم بزنی و حَلّم کنی، چاره‌ای نداشتم. با این خودِ وامانده از دنیا و بی‌امیدِ فردا، چه می‌توانستم بکنم جز اعتماد به یک وهم خوب، «مرهم»!

☆ آخر بی‌بهشت سوی کجا دیگر مدام می‌دویدم. اگرچه کم‌کم فهمیدم، اگرچه دیر فهمیدم. اما دیگر نمی‌توانستم با بقیه، همانند بقیه به آن‌سو بدوم. حتی نمی‌توانستم با آن «غیرِ بقیه‌ها» هم بی‌خیالش شوم. در آن هیاهویِ پُر ز تردید و ملامت و نیاز و گداز، از همه‌ی تخیل‌های شیرین گریختم و به جهان زخم‌های چرکین و کهنه و سنگ‌های ترازو آمدم تا بلکه... تا بلکه بتوانم... اما...

نهال صدایش را بلندتر کرد. صورت سفیدش برافروخته شد.

- نارین! چی می‌گی؟ درست صحبت کن، بسه دیگه!

☆ دکتر سپندار، روان‌پزشک محبوب، انصاف داشته‌باش... حالا من ساکت شده‌ام و هیچ نمی‌گویم. اما تو این‌گونه با ما بی‌رحم نباش! تو نه تنها یک روان‌پزشک بلکه یک روان‌درمانگر، مشاور و یک دوست مهربان بودی، نبودی؟ این‌همه مریض مداوا کردی، یادت رفته؟ نجاتشان دادی. ندادی؟ این‌همه با مریض‌هایت از صمیم قلب همدردی کردی. این‌همه، همه‌شان توانستند خوب بخوابند، خوب به زندگی‌شان ادامه دهند، خوب آرام و قرار بگیرند... و این‌قدر تو را دوست داشتند و دارند. این‌همه محبوب همه شده‌ای. تازه کم‌کم داشتی مشهور می‌شدی که بیشتر به داد مردم برسی... چه می‌گویی؟! شاید تا کنون تنها زمان مفید بودنت برای این دنیا، زمان روان‌درمانی کردنت بوده‌است و هست. مگر دروغ می‌گویم؟

☆ مراقب باش! پس‌رفت نکنی. یادت باشد... دنیای بیمارانت به تو نیاز دارد. نمی‌بینی؟! یعنی واقعاً نمی‌فهمی؟! نمی‌فهمی داری دوباره در دنیای تخیلی و غیر واقعی و غیرمنطقیِ وَهم و خیال فرومی‌افتی؟ نمی‌بینی؟!

- چطور؟ یعنی می‌گی براش مهمه اطرافش چی می‌گذره؟ یعنی نمی‌بینه؟ مگه نادر داره تو غار، تنهایی زندگی می‌کنه؟ وااا؟! همه با هم زندگی می‌کنیم... هر کاری داداش می‌کنه به تمومِ زندگیمون ربط داره... هیچکی هم هیچی نمی‌گه. منم به اندازه تو داداشو دوست دارم. اما مامانو هم دوست دارم، سیا رو هم دوست دارم، خود تو رو هم... می‌فهمی؟! چرا هی مثل کبک سرتونو کردین زیر برف!

نهال نفس عمیقی کشید، شاید به یاد تجربه‌ی بحث‌های گذشته‌اش با نارین افتاد. نگاه پر مهری به نادر کرد و رو به نارین گفت:

- ما هم تو رو خیلی دوست داریم. بسه... باشه... بیا بریم بعداً حرفشو با هم می‌زنیم. حالا بیا بریم، بیا... بعد سرِ فرصت دوتایی با نادر حرف می‌زنیم.

☆ آری... شاید روان‌پزشک خوبی بودم. راست می‌گویی... نه... به نظر می‌آید دروغ نمی‌گویی. به نظر می‌رسد دکتر خوبی بودم، دکتر خوبی هستم.

☆ اما... اما آیا به راستی این‌طور بوده‌است؟ آیا آنهایی که می‌گفتند خوب شده‌اند، واقعاً خوب شده‌اند؟! یا... فقط... ؟!

☆ نمی‌دانم الان نمی‌دانم...

☆ آیا آن دسته‌های گل حقیقی بودند؟!

☆ آیا آن زمان که قفس مرغ عشقمان را تمیز می‌کنیم، و قفس را پر از بهترین دانه‌ها و آب‌ها می‌کنیم، آن پرنده‌ی زیبا نباید از ما تشکر کند؟ نباید برای این‌همه مراقبت و محبت و لطف ما سپاسگزار باشد؟!

☆ اگر مرغ عشق واقعی باشد، نه!

☆ یا آن‌هنگام که کودکی پیله‌ی کرم ابریشم را می‌گشاید تا کرم کمتر برای بیرون آمدن تلاش کند، آن کرم باید ممنون باشد؟!

☆ اگر آن کرم حتی فقط یک بار قصه‌ی پروانه شدن را شنیده باشد، نه!

☆ آیا آن دسته از بیمارانِ متفاوتِ من هنوز خودشان هستند؟! خودِ حقیقی‌شان؟! شاید نه آن‌هایی که تشکر می‌کنند!

☆ آیا آن‌ها حالا دارند کدام مسیر تکاملیِ حقیقیِ مخصوصِ خودشان را برای رسیدن به انسانیت طی می‌کنند؟!

☆ نمی‌دانم... تا سرحد ترس، نمی‌دانم!

☆ دیگران به کنار، برای خودم چه بودم؟! برای خودم چه؟

☆ این «دکتر خوبی بودن» برای من چه داشته؟ چه؟

☆ دکتر سپندار مثلاً چه می‌خواستی که نداشت؟ چرا ناشکری می‌کنی؟ همه چیز برایت داشت... این‌همه آدم را خوشحال می‌کردی و خودت از خوشحال شدن‌شان خوشحال می‌شدی. نمی‌شدی؟ مهم این است، بود و نبودت فرق می‌کرد.

☆ راست می‌گویی، بود و نبودم فرق می‌کرد اما آخر سؤال این است: «فرقِ خوب می‌کرد؟»

☆ دکتر سپندار ببین دوباره شروع کردی... ببین دوباره چطور داری خودت را دیوانه می‌کنی! تمام شد دوران آن دیوانگی‌ها... چگونه باید راضی‌ات کنم تو همه چیز بودی و هستی... قول داده‌بودی که دیگر سراغ این پرسش‌ها نروی... آخر من به تو چه بگویم؟! آخر این‌همه آدم اگر نیاز نداشتند که پیش تو نمی‌آمدند، چه می‌گویی؟ مرهم بودی... باور کن مرهم بودی... مرهم!

☆ باشد تو راست می‌گویی اما اصلاً چرا من می‌خواستم مرهم باشم؟! چرا می‌خواهم مرهم باشم؟! چرا باید مرهم باشم وقتی مرهمِ خودم نیستم؟

☆ اصلاً زخم دقیقاً چیست... ؟ مرهمِ کدام زخم؟!

☆ مرهم دقیقاً یعنی چه؟ بابایی می‌گفت: «وقتی از ته دل خوشحالی، هرکی می‌بیندت، هر درد و مشکلی هم داشته‌باشه، خوشحال می‌شه جانِ بابا»

☆ اصلاً مگر می‌دانستم دقیقاً زخم چیست که خواستم مرهم باشم؟! واقعاً می‌دانستم؟! می‌دانم؟!

☆ آیا من می‌توانم نیاز را تشخیص بدهم؟! که بدانم دیگران به من «نیاز» داشتند یا نه؟! مگر هر کسی بیاید به من بگوید نیاز دارم معنی‌اش این است که من بی‌نیازم و نیاز را توان برآورده شدن دارم.

☆ اما اصلاً شاید دکتر خوبی بودن، «بودنم» نبوده‌بوده‌باشد! مبادا به اصطلاح «دَرَش افتاده‌باشم»؟! یادت است آن روزها را؟! اصلاً نمی‌شد حدس بزنی دکتر خوبی می‌شوم! انگار به من نمی‌آمد.

☆ اصلاً چرا باید به روش کسانی که به ما نیاز دارند، به ما نزدیکند یا کسانی که دوستشان داریم، بودمان را تعریف کنیم؟ و هست شویم و دوست داشته شویم؟... و دوست بداریم.

☆ ای وای یادم آمد، ای وای... ماهی را چه کنم؟

☆ آیا من چه اندازه خوشبختم که ماهی و سیا و خیلی‌ها آن‌قدر مرا دوست دارند؟ حتماً خیلی! آری باید خوشبخت باشم، باید از این خوشبختی لذت ببرم... اما چرا نمی‌برم؟ چرا مدام احساس می‌کنم اشتباهی‌ام؟! نمی‌فهمم؟! گاهی می‌بردم... لذت را می‌گویم. گاهی می‌بردمش... اما مانند کف‌های روی دریا بود... وقتی خوب می‌گرفتیشان می‌دیدی یه قطره آب هم از آنها در نمی‌آید... کف‌های سپیدِ گول‌زننده!

☆ آه... دارم دیوانه می‌شوم، دیروزها و امروزها و نبودنت همگی بر سرم ریخته‌اند و... و... ماهی را چه کنم؟ بیمارهایم و بقیه به یک طرف، ماهی و دل‌نگرانی‌هایش را کجای دلِ بر آب داده‌ام بگذارم. اصلاً چرا باید دوست داشته شویم؟ شاید به دوست داشتن نیاز داریم، یا شاید چون دوست داشته شدن، نگین انگشتریِ روزمرگیمان است...

☆ آه هستیِ من، چقدر سخت است تو را و تردیدِ داشتنت را در زندگی روزمرگی کرد. ای وایِ من... از من چه می‌خواهند این مردمان؟! تو را روزمرگی کنم؟! تو را؟! چگونه؟! مگر می‌شود؟! ای وای... اما... ماهی را...

نادر نگاهی به هر دو خواهرش کرد... برخاست.

- الان کارامو می‌کنم میام. شما برین به ماهی بگین الان منم میام.

نارین نیم‌نگاهی به نهال انداخت و ابروهایش را رو به بالا پراند و پوزخندی زد و سریع از اتاق بیرون رفت.

- خُب آخرش که اومد.

تارا این را گفت و روپوشش را روی تخت انداخت و نشست. پرگل کنارش نشست.

- آره اومد ولی دیر اومد. منظورم اینه انگار زیاد مشتاق نیست.

- کلاً اخلاقش همین‌طوره... همینش خوبه. من همین‌طوری می‌خوام. من دقیقاً همینشو دوست دارم.

- می‌فهمم چی می‌گی... آره... خوب، گیر نمی‌خوای. آره... اشکان برا سرگرمی اینا خوبه... بالاخره... تیپ و هیکلش که خیلی خوبه، باحاله... برا خوش‌گذرونی خوبه، می‌گم... یه سؤالی... خونشون رفتی؟

تارا از روی تخت برخاست. روپوشش را برداشت، به چوب لباسی آویزان کرد. - چی می‌گی خوبِ‌من؟ آخه چی بگم؟ من که هیچ لذتی نبردم! چطور هیچ لذتی نبردم؟ چرا من هیچ لذتی نبردم؟ «تارا خانمم، نمی‌شه که... حتماً لذت بردی، خودت نمی‌فهمی. نگران نباش، کم‌کم لذت می‌بری... شاید... » - آخه خوبِ‌من، من که مشکل خاصی ندارم، پس یعنی چی؟! مگه می‌شه کسی لذت ببره خودش نفهمه! «شاید... شاید... فکر می‌کنی اخلاقی نیست، آره به احتمال زیاد همینه... ای وای تارا خانمم ول نمی‌کنی این اخلاقیات را. وای نکنه هنوزم فکر می‌کنی گناهه... » - نه... نه... اصلاً...

در کمد لباسش را بست. کنار پرگل نشست.

- پرگل... من هیچ لذتی نمی‌برم. یعنی هیچیِ هیچی.

پرگل برخاست. کنار تارا ایستاد. لب‌هایش را به هم فشرد و عصبانیتش را قورت داد.

- رفتی خونشون؟! چطور به من نگفتی؟ خاک بر سرت با این کارات... آخه الاغ، این نرمال شدنته؟! این خوب شدنته؟ پا می‌شی یک‌کاره می‌ری خونه پسر... تُویِ گاگولِ چشم و گوش بسته! می‌دونی این چه آشغالیه؟

پرگل تا کنار پنجره رفت، نفس عمیقی کشید. به بیرون خیره شد، ساکت شد... دوباره برگشت روی تخت نشست.

- من چی بگم به تو؟ حالا نترس، صدتا دلیل می‌تونه داشته‌باشه... مثلاً شاید دفعه اولت بوده، شایدم... چی بگم...

پرگل ساکت شد. بعد ناگهان گویی دوباره یادش آمده‌باشد با صدای بلندتر ادامه داد.

- آخه... چرا به من نگفتی؟ همین‌طور سرخود می‌ری!؟ آخه تو مگه چقدر می‌شناسی این کثافتِ گُه را؟! تو که فقط تلفنی باهاش حرف زدی. کلاس دفاع شخصی هم که نمیایی. ببینم فکر نکردی اگه نیاز بشه آیا می‌تونی از خودت دفاع کنی یا نه؟ همین‌طور پا می‌شی می‌ری خونه غریبه؟ اقلاً یه خبری، چیزی. دفعه اول... باید یکی در جریان می‌بود که منتظرت باشه... تو چرا نمی‌فهمی؟ شوخی نیست که...

پرگل ایستاد نفس عمیق دیگری کشید... دوباره ساکت شد. به نظر کلافه می‌آمد.

- نمی‌دونم چی بهت بگم... حالا که رفتی دیگه... گفتم که... شاید دفعه اولت بوده. هم ترسیدی، هم هول شدی. باید برام دقیق سیر تا پیاز بگی، شاید هنوز باهاش راحت نبودی... یا ازش خوشت نمیاد... دقیق بگو ببینم چی شده... تا کجا پیش رفتین؟ نکنه... !

- نه... نه... اصلاً تا هیچ‌جا پیش نرفتیم. اما... نه... فکر نمی‌کنم هیچ‌کدوم از این دلایل بوده. آخه هر دوبار همین‌طور بود. هیچ لذتی نبردم... هیچی...

- تارا... دو بار رفتی؟ چرا به من نگفتی؟! تارا چی کار کردی، آخه یه خرِ مه‌وماتی مثل تو که نباید... ای بابا... هر چی می‌خوام هیچی نگم...

- آه... پرگل نکن... دیگه شلوغش نکن، هیچی نبود. اون‌طوری که تو فکر می‌کنی نبود... اولاً پشت سرِ هم بود یعنی شنبه رفتم و دوشنبه، دوماً اصلاً نیم ساعت بیشتر نموندم، کارِ

خاصی نکردیم، می‌فهمی. بعدشم تو رو که از پنجشنبه ندیدم. دیگه هیچی... منم مثل تو فکر کردم حالا... چه می‌دونم دفعه‌ی اولمه و این حرفا، دوباره رفتم ببینم فرقی می‌کنه... ولی فرقی نکرد. من می‌خواستم فرق کنه می‌فهمی؟! اصلاً نترسیده‌بودم، اشکانو خیلی وقته می‌شناسم، باهاش راحتم و بهش اعتماد دارم... و تا اون حد که لذت ببرم ازش خوشم میاد. خودم دلم می‌خواست لذت ببرم... می‌فهمی؟! دلم می‌خواست... اما نشد...

- نمی‌دونم چی بگم... واقعاً نمی‌دونم. باید دقیق بگی چی شد... همشو...

☆ «چرا می‌زنی؟ چرا می‌زنی‌ام؟ منم... آب! از چه این چونان می‌گریزی و می‌ستیزی؟ آخر آب که روی آب دست بلند نمی‌کند! اصلاً مگر می‌شود!» آب گفت... دوباره و هزارباره گفت. صدایش چه به وضوح می‌چرخید...

☆ چه چرخش و گریزِ پی‌درپی و همیشگی‌ای دارد این موجِ بی‌تاب و سرکش، ببین چه می‌کند!

☆ موج می‌گریزد؟ یا...

☆ شاید می‌گریزد چون نمی‌داند چه سمتی رو به سوی اوست، و چه سمتی گریز از اوست!

☆ نه... موج که نمی‌گریزد!

☆ پس موج به چه سمتی می‌رود؟

☆ اصلاً چگونه به سمت چیزی بروی که از آن برآمده‌ای، که در آن حل شده‌ای؟

☆ اما... موج می‌داند... موج باید بداند چه می‌کند!

☆ چه شور و آشوب و غوغای عجیبی دارد!

☆ آری... او نمی‌گریزد که از آب بگریزد! موج از آب بگریزد!؟ مگر می‌شود؟! آب هرگز از آب نمی‌گریزد... هرگز!

☆ پس... ای وای هستیِ من، پس ما از چه جنس شده‌ایم و خودمان نفهمیدیم؟!

☆ راست می‌گوید... آخر آب که روی آب دست بلند نمی‌کند! اصلاً مگر می‌شود!

☆ ای وایِ من... چه جنسی در خودمان ریزانده‌ایم که این‌گونه روی خودمان دست بلند می‌کنیم و از خودمان می‌گریزیم!؟

☆ آری... موج می‌داند. موج از چیزی نمی‌گریزد... موج رمز رندی و سرندی را خوب می‌داند!

☆ موج، خوب می‌داند که تنها راهش دیدن است که با فاصله می‌آید! گریز موج... در حقیقت جان فشانی است برای فنا، نه فراری تا ناپیدا!

☆ اگرچه سخت است... اما موج‌هایی که به آسمان پرتاپ می‌شوند می‌دانند... آنها می‌دانند چگونه هر چه بیشتر در دل آسمان فرووری، و پر از فاصله شوی، ذره‌ذره می‌شوی، از همه‌ی چسبندگی‌ها و ناخالصی‌ها رها می‌شوی... خودِ خودِ آب می‌شوی و آنگاه فرود می‌آیی تا بی‌انتهای باشکوهِ عمیقِ بی‌موجِ دریا... و خاموش می‌شوی! خاموش!

☆ آن‌وقت می‌بینی... می‌بینی که می‌شود خود را چشید...

☆ و می‌چشی و حس می‌کنی که شاید آن‌قدرها هم که فکر می‌کردی، ترس نداشت.

☆ چقدر باید خیره شوی تا همچنین موج‌هایی ببینی... آن هم از دور! وگرنه عمری مدام بدونِ خود، زندگی می‌کنی و برای خودت فکر می‌کنی که این چه کاری است موج می‌کند؟ چه چرخش و گریز بیهوده‌ای.

☆ اما آن که باشد که از پرتاپ شدن به آسمان و ذره‌ذره شدن، از ترس، دق‌مرگ نشود!... تا... برسد به خاموشیِ دریا!

☆ آه... شاید آسان‌تر این است که بی‌دغدغه به زیر پتویی، قبای سبزی... چیزی بخزیم و این‌قدر به موج‌ها خیره نشویم... ! گرممان هم می‌شود، گرمای خوبِ گریز!

☆ آه دوباره چقدر سردم است. چرا خانه‌ی خاله گوهر این‌قدر زود کولر را روشن کرده‌اند، هنوز که تابستان نشده‌است.

- شنیدم می‌خواستی نیایی؟ گفتم شاید دیشب تو کوه صفه سرما خوردی...

- نه... سردم شد... اما سرما نخوردم. می‌خواستم دیرتر بیام، نه اینکه نیام. وسط یه کاری بودم. گفتم بعداً میام، که یه‌دفعه نارین شورش کرد.

- هاها... بلکه از نارین بترسی.

- تازه مگه تو امشب شاگردِ جدید نداشتی؟

- چرا داشتم اما عصر اومد و رفت. اینو همون شاگرد قبلیم معرفی کرده، همین‌طور پیش بره عالی می‌شه... حالا هر چی خدا بخواد، ببینیم چی می‌شه... خُب داشتی چه کار می‌کردی؟ حتماً داشتی می‌نوشتی که نمی‌خواستی بیایی؟

- هِی... همچین. می‌خواستم دیر بیام... نه اینکه نیام... میومدم...

- اگه نِوشتنو جدی بگیری خوبه... می‌دونی از وقتی یادمه داری می‌نویسی. اون روزا که برام می‌خوندی، یادمه خیلی خوب می‌نوشتی. حالا که نمی‌خونی... اما مطمئنم خوبه. اگه جدی بگیری، می‌تونی واقعاً نوشته‌هاتو چاپ کنی.

- که چی؟

آرش آهِ بلندی کشید، از پشت میز تحریرش بلند شد. نگاهش را از نادر برگرفت. به طرف در راه افتاد.

- که هیچی... که دورِ هم باشیم! یه چیزی بیارم اینجا بخوریم. یا میایی بریم پیش بقیه؟

- پیداش کردی؟

☆ چرا می‌پرسم؟ چرا... ؟! خیلی چیزها پیدا شده‌اند، شاید مدت‌هاست پیدا شده‌اند. اما... اما نمی‌توانی بچشیِ‌شان. مزه‌ی‌شان را نمی‌دانی. می‌دانی هستند اما نمی‌دانی واقعاً چه مزه‌ای هستند. مثل همین کوه. کوه صفه‌ی نزدیکِ دور. همیشه هست... همین‌جا. با دوستانت هم می‌روی، می‌خندی، چای هم می‌خوری. گاه‌گداری نفسی هم می‌کشی و می‌گویی: «به‌به». اما وقتی برمی‌گردی

یه دستمالِ پر خاطره با دوستانت آوردی و یه مشت غیبتِ به درد نخور. از کوه، انگار هنوز هیچ نچشیده‌ای. هیچ متوجه نیستی اینجا که گام نهادی کوه بود! کوه! پاره‌ای از زاگرسِ استوار! کوه... صبر و سکوتِ طبیعت، غرورِ زمین. تو نچشیدی‌اش، حتی یک قطره‌اش را!

☆ پیدایش کنی که چه شود؟ چه فایده؟ مگر با پیداشده‌ها چه می‌کنیم؟ مدام به ظاهر دور آنها، اما در خودمان می‌چرخیم. مگر واقعاً هیچ خبری از آنها داریم؟ می‌رویم، می‌نشینیم، برمی‌گردیم. با ابری بالای سرمان پر از خودمان و دغدغه‌های روزمرگی‌مان می‌رویم و برمی‌گردیم. ماایم و خودمان... آنها هم پیداشدگان!

☆ مگر پیدا نبود؟ به آن واضحی جلویم بود. من چه کردم؟ نگاه... و چرخشی و گریزی از سرِ ناگزیری! آه... من چه کردم که سزاوار تنبیه نباشم؟ چرا اصلاً باید پیدا شود؟!

- چی رو؟

- پیداش کردی.

- آهاان! اصلاً یادم رفته‌بود این‌همه اصرار کردی پیداش نکن. پیداش نکن. حالا می‌پرسی پیداش کردم؟

- پس پیداش کردی.

- دوباره سوزنت گیر کرد. مگه نگفتی پیداش نکنم. من اصلاً یادم رفته‌بود.

☆ هیچ‌کس راستش را نمی‌گوید، نه اینکه نخواهد، شاید نمی‌داند. نمی‌داند «راستش» چیست؟! حتی آینه‌ی بی‌گناهمان. آنهم نمی‌گوید. نه اینکه نخواهد، من بیشتر نمی‌فهمم. قد خودم نشانم می‌دهد... قد ظرفیتم. یا شاید می‌ترسد که اگر آن «راستش» را بدانم و ببینم، بترسم و بگریزم. چرا این‌قدر می‌ترسم؟! از چه می‌ترسم؟ ترس، وهم است یا حقیقت!؟!

- ازدواج کرده؟

آرش ساکت شد. دستش را روی دسته‌ی در چرخاند.

- آرش با توام...

نادر ایستاد... صدایش را بلندتر کرد.

- ازدواج کرده؟ پس چی؟ کیه اصلاً؟

- هیچکی. مگه نگفتی پیداش نکن. تصمیمِ خودت بود. چرا عوضش می‌کنی؟ وِل کن دیگه. اصلاً قضیه رو خودت همون وقت تموم کردی. پس سرِ حرفت باش. دیگه سَرِش نرو. اصلاً بیا بریم بیرون پیشِ بقیه... کم‌کم وقتِ شامِ.

کوهیار سعی می‌کرد لبخند زوری‌اش را حفظ کند، اما نمی‌دانست چرا نگران است. نتوانست بیشتر تعجبش را پنهان کند. در حالی که کامپیوتر را روی میز مخصوص کامپیوتر می‌گذاشت به این‌طرف آن‌طرف نگاه کرد و گفت:

- چقدر اتاقت جالب شده. چقدر همه چیز شاد شده. امسال چه سالِ نویی بود برا تو. نویِ نو. تابلوهای خطاطیتو هم که برداشتی؟ چرا؟

- همین‌طوری... تنوع.

کوهیار آرام زیر لب گفت:

- تو هیچ‌کاری رو همین‌طوری انجام نمی‌دی!

- این‌قدر همه چی رو جدی نگیر، بیا بریم پایین دیگه. ممنون از کامپیوتر. حالا بعداً راهش می‌اندازیم. بیا بریم پایین.

کوهیار با نگرانی و تعجب تارا را دنبال کرد. دلش می‌خواست بیشتر بماند. بیشتر حرف بزند. دوباره یاد هیوا افتاد و نگرانی‌اش بیشتر شد. بهار است دیگر، هر دم حالی دارد. باید بیشتر مواظبش بود.

◄

باید بیشتر مواظبش می‌بود. نباید به این واضحی می‌گفت. چرا گفت؟! این چه کاری بود کرد؟! آخر او که شرایط را می‌دانست... ای وای چرا گفت؟ چرا؟ کاش می‌شد زمان را برگرداند. کاش می‌شد حرف‌ها را پس خورد... ای کاش می‌شد!

- حالا راحت شدی بهت گفتم؟ همینو می‌خواستی؟ چرا ساکتی؟

آرش این را گفت تا نگرانی‌اش را کمی بیرون بریزد... اضطراب عجیبی داشت. نمی‌توانست سکوتِ سخت و تلخ نادر را تاب بیاورد. نمی‌توانست حتی بنشیند. مدام راه می‌رفت و حرف می‌زد. جملاتش بریده‌بریده شده‌بود. دوباره ادامه داد.

- حالا می‌خوای چه کار کنی؟ نباید بهت می‌گفتم... هان؟ تو جای من بودی می‌گفتی؟ هان؟ البته حالا دیگه می‌دونی، راحت شدی، خُب... آخرش که... بالاخره، می‌گفتم، یا خودت می‌فهمیدی... حالا هر چی زودتر، بهتر. البته... درهرصورت... تو که خودت اصلاً قضیه رو تموم شده فرض کرده‌بودی، تصمیمتو گرفته‌بودی... مگه نه؟ حالا راحت هم شدی. البته آنچنان هم قضیه‌ی مهمی نیست... منظورم اینه اگه آدم یکی رو واقعاً دوست بداره اصلاً چه اهمیتی داره... نیست؟

آرش دیگر راه نرفت... ایستاد... لب‌هایش را به درون جمع کرد و بهم فشرد... نمی‌دانست دیگر چه بگوید... احساس می‌کرد احمق‌ترین و بی‌احساس‌ترین رفیق دنیاست... اما مگر نباید در رفاقت صداقت داشت؟

- خوبی؟ زیادی ساکت شدی. آدم می‌ترسه.

- از همه چیزایی که می‌گی مطمئنی که؟

آرش آهی کشید... از ته دلش. نشست. سرش را با هر دو دست گرفت.

- نمی‌دونم... شاید نه. اما با مشخصاتی که تو دادی و خانم جمشیدی داد... تو اون محله... بین اون چندتا خونه که تو نشون دادی... فکر کنم آره... باید خودش باشه. مازیارو که می‌شناسی... چند بار دیدیش. اون می‌گفت صددرصد. دیگه... اون این‌طوری می‌گفت، نمی‌دونم. می‌گفت از اول تو جریانشون بوده... از همون اول. هی این پسره اشکان براش می‌گفته... این اشکان خیلی شِناسه... می‌دونی کدومو می‌گم همون که یه‌بار با هم رفتیم دم در خونشون...

- بله می‌دونم...

- حالا نمی‌دونم... می‌گم بیا بریم شمال... هان؟ نادر... خوبی؟ منو نترسون. می‌گم می‌خوای بریم شمال؟

- نه... خوبم.

- حتماً؟؟ حالا می‌خوای چی کار کنی؟ می‌گم بریم شمال، همیشه حرفشو می‌زنی، خُب بیا بریم دیگه؟ هان؟ چی می‌گی؟

- دیگه نگو بریم شمال! من خوبم.

- پس می‌خوای چی کار کنی؟

- می‌خوام برم بخوابم.

- الان که نمی‌شه! هنوز شام نخوردیم! می‌خوای بریم یه‌کم لب آب راه بریم و برگردیم شام بخور بعد برو یا می‌خوای...

- نه... می‌خوام برم...

- بابا این‌طوری که زشته... نمی‌شه. پس... بذار باهات تا خونه بیام...

- نه می‌خوام تنها برم.

- ببین صبر کن، می‌گم... می‌گم... اگه خواستی هر کاری بکنی اول به من بگو، خوب؟

- باشه. خدانگهدار.

- قراره فردا عصر یادت نره.

☆ صددرصد! چطور؟ من حتی به بودن خودم هم صددرصد اطمینان ندارم. حداقل آن‌قدر درس خوانده‌ام که بدانم حتی آن چیزی که چشمانم می‌بینند واقعی نیستند... حتی هیچ‌کدام از رنگ‌ها!

☆ آن‌قدر می‌دانم که چقدر پنج حسم اشتباه می‌کنند و چقدر عمر تمامِ تئوریها کوتاه است...

☆ و تو با من از صددرصد اطمینان سخن می‌گویی. اطمینان به چه؟ اطمینان به اینکه تمامیِ بکارت احساسم در بستری نامعلوم به لجن کشیده شده‌است؟ با خود چه می‌اندیشند این مردمان؟ مرا از بکارت می‌ترسانند؟ یا از احساس؟ یا از

فاحشگی؟ یا از خودِ لجن؟ منی که روزی همین چشم‌هایم لجنی بود، آنهم لجنیِ تند. مرا می‌ترسانند؟ مگر می‌توان دریا را آلود؟ مرا از چه می‌ترسانند. از اطمینان صددرصد! آن هم به چیزی که اصلاً چیز نیست؟

☆ آه... من فقط اطمینان دارم زمین و زمان می‌چرخند. این زمین خستگی ناپذیر چه تندتند می‌چرخد. چه چرخش تکراریی شده برایم این گردش شب و روز! دیگر واقعاً می‌فهمم زمین می‌چرخد، به هیچ سمتی نمی‌رود، به هیچ سمتی... فقط دور خودش می‌چرخد که مرا کلافه‌تر کند.

- خیلی وقتا از دستِ خودم کلافه می‌شم. واقعاً دلیل کارایی که می‌کنمو نمی‌فهمم... مثلاً همین الانم نمی‌دونم چرا اینجام... دیوونه‌ام... مریضم... شاید واقعاً مریضم...

- مریضه منی... دیوونه‌ی منی...

- ول کن...

- هاها... نه اون‌طوری. خُب می‌آیی اینجا چون بهت خوش می‌گذره... چون آدمی و دوست داری بهت خوش بگذره. حالا که اعتمادم می‌کنی، دیگه فکرت راحته... چرا نیایی؟ بالاخره یه چیزی می‌خوریم، یه چیزی می‌کشیم... هر حرفی دلمون می‌خواد می‌زنیم... برامونم مهم نیست چی می‌گیم... هیچ تعهدی هم نداریم... خیلی با حاله... ولی هنوز کمه!!

اشکان پُک دیگری به سیگارش زد، ایستاد به پنجره خیره شد.

- لاکردار یه طوری هستی آدم نمی‌تونه هیچ‌کاری باهات بکنه... هر دختری دیگه‌ای بود الان... نمی‌دونم چرا واسه تو نمی‌شه...

- دوستم نداشته‌باش تو رو خدا... اصلاً حالش را ندارم.

- نه بابا... بیکاری! دوست داشتن چیه... منظورم چیز دیگه‌ایه... هیچی اصلاً...

اشکان آرام کنار دستِ تارا نشست... و در چشمان تارا خیره شد:

- آخه خره... تو حیفی... چرا هی فکر می‌کنی چیزیته؟ تو هیچیت نیست...

اشکان زد زیر خنده و ادامه داد:

- هیچیت نیست. فقط چشمات سگ داره... و شیکمت زیادی سیره.

- هه‌هه... خوب شد فهمیدم... ممنون.

- نه جدی... هیچیت نیست... هیچی... فقط به دو تا چیز نیاز داری. یکی اینکه باید واقعاً اعتقاد پیدا کنی هیچ خدایی تحت هیچ عنوانی وجود نداره، واقعاً و از ته دل، نه همین‌طوری زبونی. باید واقعاً اعتقاد پیدا کنی فقط خودتی و خودت. دوم اینکه بچسبی به یه علاقه‌ت... سفت بچسبی بهش و بری پِی زندگیت. تمام شرایطم برات فراهمه... نباید معطلش کنی... همه آدمای موفق همین‌طور بودن.

- وای اشکان تو نمی‌خواد دیگه منو روان‌کاوی کنی... و راه زندگی بهم نشون بدی...

- خودت می‌گی نمی‌دونم مریضم... و کلافه‌ام. بیا و خوبی کن...

- ول کن... اومدم اینجا به هیچی و هیچ‌کس فکر نکنم، اصلاً اومدم فکر نکنم... تازه تو دوباره می‌خوای شروع کنی... می‌دونی چقدر گیجم... ول کن... تو اصلاً دغدغه‌های منو نمی‌دونی...

- بیا برات یه‌کم بریزم. باشه اصلاً ول کن... فقط بدون... هیچ مدل خدایی تو این دنیایِ بی‌صاحاب نیست، هیچ مدلی از خدا، خیالت تخت... فکرت راحت، بچسب به زندگیت. اگه فقط به این اعتقاد پیدا کنی راحت می‌شی. نمی‌دونی چقدر سبک می‌شی.

- من نگفتم هست یا نیست... نبودنش که تنبلانه‌ترین و آسون‌ترین راهِ ممکنه. می‌گی نیست و خلاص... بریم دنبالِ...

- زندگی... بریم دنبال زندگی...

- نه خیر، دنبالِ فرارِ محض...

- هه‌هه نترس... با زبون بگی نیست نمی‌کشدت. ببین... معلومه هنوز فکر می‌کنی هست... می‌خوای هی بگی...

- اشکان... تو مشکل اصلیت با خودته، تو خودت نمی‌فهمی، تو فکر می‌کنی هست... و از دستشم خیلی عصبانی هستی...

- من فکر می‌کنم هست!؟ کافر همه را به کیش خود پندارد... برو بابا...

- اصلاً هر چی. من نمی‌خوام با تو بحث کنم... بسه دیگه.

- اصلاً بحث نمی‌خواد. به نظر من آسون‌ترین قضیه‌ی دنیا اثبات وجود نداشتنِ خداست... یعنی از آسون‌ترین قضیه‌های ریاضی هم آسون‌ترِ... اصلاً بغرنج نیست. تو فقط حاضر نیستی حتی بزاری فکرش بیاد تو ذهنت... وگرنه اصلاً بحث نمی‌خواد. کافیه... چه می‌دونم... یه دور بری...

- خواهش می‌کنم شروع به مثال آوردن نکن. یعنی صدبار برام از این قبیل مثال‌ها آوردی... همشون یه شکلن و همشونو حفظم. ممنون دستت درد نکنه. یعنی تو واقعاً فکر می‌کنی من به اینا فکر نکردم؟! من کورم؟! نمی‌بینم؟!

- نه... نمی‌بینی! اگه می‌دیدی جواب داشتی...

تارا ایستاد...

- قبلاً جواب دادم... نمی‌تونی دوباره منو وارد بحث کنی...

- نمی‌تونی بحث کنی. آخه خره... اگه خدا نباشه که خیلی آبرومندتره. یه‌بار هم شده فکر کن خدا نیست و ایمان بیار که می‌تونی همه‌ی این مشکلاتو با پول حل کنی... ببین چقدر همه چی قابل فهم‌تر و ساده‌تر می‌شه...

- بسه... دوباره اومدی سرِ پول... من که گفتم با پول و معجزه‌ش در ذهن تو هیچ مشکلی ندارم. اما پول موقتی عمل می‌کنه... وای ببین دوباره دارم باهات بحث می‌کنم... اصلاً من قرار بود بحث نکنم... من رفتم.

اشکان دست تارا را گرفت و کشید:

- هاها... باشه... کجا بری؟! هنوز زوده. جوش نیار... ول کن.

اشکان دست تارا را بوسید.

- اصلاً به ما چه، به من چه. قربونِ این قیافت... هی بمون در این بَنگی!

- بذار برم.

- کجا بری، پیش این اشکان بمون. اشکان سطحی‌نگر و کوته‌فکر که فقط تا نوک دماغشو می‌تونه ببینه! هاها... آخه دلم برات می‌سوزه... منِ خر!

- دلت برا خودت بسوزه!

- می‌سوزه، خیلی هم می‌سوزه، اما من امکانات و شرایط تو رو ندارم. در مورد تو، هم دلم برات می‌سوزه، هم حیفم میاد. تو این دنیایِ نکبتِ بی‌صاحاب، تو چه شانسی آوردی و... افسوس! آخ لامصب اگه من جایِ تو بودم! اصلاً می‌گم یه سؤال، جلوی این خدایِ خیالیت ناشکری نیست این‌طوری می‌رینی به همه‌ی امکاناتت؟

- ول نمی‌کنی... من رفتم.

- بابا بشین... آخه لجم می‌گیره. نگاه کن قیافشو... مثل یه شاهزاده، ماهِ شب چهارده، همه چی تموم! بعد ببین حال و روزشو... خاک بر سرِ هر چی کتابه که...

تارا لبخند تلخی زد و آرام کنار اشکان نشست سرش را زیر انداخت.

- نگو این‌طوری، هیچ‌وقت این‌طوری نگو...

- چرا نگم؟ کی این بلا رو سرِ تو آورده؟ کی می‌تونست همچین بلایی سرِ تو بیاره؟ ببین چه به روزت آوردن...

- چه به روزم آوردن؟ می‌خواستن درستم کنن... درسته درست! اما اولاً همیشه باید بزنی بکوبی، ویروون کنی تا بتونی درست بسازی. بعدشم وقتی چیزی رو درست کنی ولی تو یه دنیای اشتباهی بندازی... خُب... خیلی سخته. تو دنیایی که همه چیزش اشتباهیه، اون درست به نظر...

تارا ادامه‌ی حرفش را خورد. ساکت شد. آه عمیقی کشید دستش را روی پیشانیش گذاشت.

- هر چی بودن... همیشه برا من قابل احترامن... اما حالا... حالا دیگه همه‌ی اون کتابا تموم شدن، هر چی بودن و هر چی کردن دیگه از من خسته شدن، تموم شدن، شاید من آدمش نبودم... ول کن دیگه... منم بالاخره خوب می‌شم، خوب که... چی بگم... بالاخره مثل بقیه می‌شم... کم‌کم...

- نه... خوب نمی‌شی... من می‌فهمم. داری خودخوری می‌کنی... اصلاً داغونی... الکی نشون می‌دی خوشی. تا صددرصد اون تخیل احمقانه رو از ذهنت نشوری... خلاص نمی‌شی...

- تو رو خدا ول کن... دیگه حرفشو نزن.

- باشه... باشه... اصلاً همه اینا رو ول کن. می‌گم ای روشنفکر، ای عمیق‌نگر، ای نجات دهنده‌ی همه‌ی ما سطحی‌نگرها... بیا با عمیق‌نگری و روشنفکریت یه پول قلمبه به ما بده، و یه پرستار برا ننَمون بگیر و بابای ما رو تو یه سرای سالمندان خوب بخوابون، تا ما هم بتونیم بریم پی زندگی خودمون.

- دوباره که شروع کردی به طعنه و متلک...

- هاها... دیگه تموم... این قسمت آخر مونده بود سرِ دلم.

- راستی بابات چطورن؟

- بابامو ولش کن... معلومه رفتنیه. مامانمو نمی‌دونم چی کار کنم. هی نق‌نق و غرغر و چه می‌دونم... پا درد و کمر درد و... بدبختی. سرشونو کردن زیر لاحاف هی پس انداختن، هی پس انداختن... ما هم از بد اقبالی شدیم ته‌تغاری، همه بدبختیشون سرِ ما افتاده... بقیه‌شون رفتن پی زندگیشون هر چند مدت یه‌بار میان اینجا با تخم جن‌هاشون یه قیل‌وقالی می‌کنن و همدیگه رو می‌بینن و می‌خورن و می‌ریزن و می‌پاشن و می‌رن. معلوم نیست میان ما رو ببینن یا دنبال خونه و سرویس می‌گردن. ته قضیه ما موندیم و این پیر پاتال‌ها... آدم هم که نمی‌تونه ولشون کنه بره. وجدان آدم راضی نمی‌شه... پدر مادرن بالاخره...

- حالا تو که هنوز خیلی جوونی... فعلاً باهاشون بساز... بعدش خارجم می‌ری خُب، دیر که نمی‌شه.

- باهاشون تا می‌کنم... همه کاری براشون می‌کنم. اگه به خاطر اینا نبود که صدباره تا حالا رفته‌بودم. فقط به خاطر ایناست که موندم.

- خُب می‌ری حالا، دیر نمی‌شه. مشکل پولی که نداری؟

- نه بابا... تو نگه‌دار برا خودت. نکنه می‌خوای صدقاتتونو بهم بدی؟ شنیدم بعضی از این پول‌دارا، از ترس قضا و قدر، صدقه‌های تپل میدن، نکنه شماها هم از اونایین؟ گفته‌بودی بابات از این ولخرجیا می‌کنن...

- صدقه چیه؟ چرا تو این‌طوری هستی؟ منظورم برا خارج رفتن و کارات بود، فقط سؤال کردم، گفتم اگه می‌خوای بهت قرض بدم. نمی‌تونی پنج دقیقه گوشه و کنایه نزنی.

- از راهِ هیوا اینا نمی‌تونم برم نه؟

- وای نه... اونا که از راه قاچاق رفتن. اونا مجبور بودن که اون‌طوری برن. اون راه خیلی خطرناکه... تو از راه معمولی می‌تونی بری، چرا قاچاق؟! تو برو پهلوی یه وکیلِ خوب، حالا بعد باهم مفصل حرفش را می‌زنیم. الان واقعاً دیر شد... من باید برم!

- آره... باشه... مامانم اینام دیگه کم‌کم پیداشون می‌شه. پس یه چند دقیقه بشین یا راه برو یه‌کم از سرت بپره... یه‌کم از این آب یخ بخور، بذار یه دور برم پایین ببینم اَمن هست. الان برمی‌گردم.

ساعت دو بعد از ظهر بود. هوا دیگر گرمش شده‌بود. خورشید داغ خردادماه، شهر را محکم بغل کرده‌بود. ماشین گشت دور سومش را هم زد. سرعتش را آرام‌تر کرد. ایستاد. در باز شد. سربازی چکمه‌پوش از ماشین بیرون آمد.

- کارت شناسایی! بلند شو آقا! روی زمین کنار کوچه ولو شدی که چی؟! معتادی؟ کارت شناسایی...

نادر سرش را بالا گرفت. سعی کرد سریع به خودش بیاید. ایستاد پشت شلوارش را تکاند.

- نخیر. منتظرم. زیاد ایستادم، خسته شده‌بودم. بفرمایید اینم کارت شناسایی. منتظر خواهرم هستم، خیلی دیر کرده. نگرانم.

سرباز نگاهی به نادر کرد، نگاهی به کارت شناسایی.

- آقای دکتر، ببخشید. یه طوری نشسته بودید که آدم شک می‌کرد. ببخشید. ما وظیفه‌مان را انجام می‌دیم.

- خواهش می‌کنم. ممنون. خدانگهدارِ شما.

- خدانگهدار.

نادر شروع به راه رفتن کرد... ماشین گشت آرام دور و دورتر شد.

☆ از همان خانه بیرون آمد؟ از همان خانه بیرون آمد. خودش است؟ خودش است. یعنی هرچه آرش گفت راست بوده؟ یعنی هر چه آرش گفت راست بوده. واقعاً راست بوده؟ واقعاً راست بوده. مرا چه می‌شود؟ مرا چه می‌شود؟ چه شد؟ او کیست

که آنچنان به طرفِ من می‌دود. جلویش را بگیرید. بگیریدش... بگیریدش... ای وای منم! خودِ من!

- تارا بهتری؟ بابات رفتن، حالا نمی‌گی چی شده؟ مُردم وقتی مامانت اون‌طوری پشت تلفن گفتن. هزار تا فکر اومد تو ذهنم. تو رو خدا یه چیزی بگو... دارم از دل‌شوره می‌میرم.

پرگل دست‌های تارا را در دست فشرد. تارا لب‌هایش را درهم کشید. دردش آمد. مزه‌ی خون را هنوز می‌توانست بچشد. بغضش را قورت داد. دستش را از دست پرگل بیرون کشید. اشک چکیده نشده‌اش را از گوشه‌ی چشم گرفت. توان صحبت نداشت.

- می‌گم... می‌گم. فعلاً وِل کن. گفتن امشب مرخصم می‌کنن؟

- نه... گفتن امشب می‌مونی فردا صبح می‌ری.

پرگل آه بلندی کشید.

- چه بلایی سرِ خودت آوردی؟ ما که دیشب با هم حرف زدیم. آخه...

«با خودت چه کردی تارا جونم؟» - ساکت خوبِ‌من... ساکت... هیچ صدایی رو نمی‌تونم تحمل کنم. حتی صدای خودمو. می‌خوام بخوابم... باید بخوابم. هیس...

تارا چشم‌هایش را بست، صورتش را برگرداند. پرگل ساکت شد.

در اتاق آرام باز شد.

- سلام... خوابه؟

- هیس... بیا تو...

یاسمن بود. گل را کنار تخت گذاشت، و به تارا نزدیک شد، نگاه مهربان و غمگینی به صورت تارا کرد و آرام گفت:

- خاک بر سرم، صورتِ ماهشو ببین، بمیرم الهی...

سپس با عصبانیت رو به پرگل کرد:

- می‌مردی یه زنگ به من می‌زدی؟ اگه خودم زنگ نمی‌زدم که معلوم نبود کی بفهمم. واقعاً که...

- برو بابا تو هم، تو این هیروویر بیام به تو زنگ بزنم!

- پس کی به من زنگ بزنه؟ دستت درد نکنه! حالا دقیق برام بگو چی شده؟ قطعاً اونی
نیست که مامانش به من گفتن.

- عملاً همونه... منم زیاد نمی‌دونم...

پرگل نفس عمیقی کشید و ادامه داد:

- از تو رودخونه کشیدنش بیرون و آوردنش بیمارستان، گویا همون لحظه که به قول خودش
«افتاده‌بوده»، دیده‌بودنش، سریع درش آورده بودن و آورده بودنش بیمارستان. اما...
نمی‌دونم... خودش که فقط می‌گه افتادم تو آب... همین! به همه همینو می‌گه، هنوزم به من
حرفی نزده... اما... مطمئناً این‌همه‌ی ماجرا نیست.

- معلومه که نیست.

پرگل از روی صندلی بلند شد. کیفش را برداشت.

- آره اون زخم کنار دهن و گونه‌شو هم می‌گه به سنگ‌های تو آب خورده. که اونم به نظر
نمیاد راست بگه... حالا دکتر عکس و آزمایش گرفته... گفته تا صبح صبر کنین بعد ببرینش...
که نتیجه‌ی آزمایشاش بیاد.

پرگل از تخت فاصله گرفت. صدایش را آرام‌تر کرد. به طرف در راه افتاد.

- دایی بیرونن... گفتن خودشون امشب پیشش می‌مونن. من دیگه می‌رم، گویا خوابش برده،
اینجا موندن فایده‌ای نداره... تو هم بیا بریم. ببینیم فردا چی می‌شه. اگه می‌خوای من
می‌رسونمت. من میرم با دایی حرف بزنم... کارشون دارم. تو یه ده دقیقه دیگه بیا... خوب؟
بیرون منتظرتم.

- باشه... می‌خوای چی بگی بهشون.

پرگل لب‌هایش را گاز گرفت. اخم کرد، نگاهش به نقطه‌ی نامعلومی خیره مانده‌بود. یاسمن
کنار پرگل آمد.

- خودت خوبی؟! رنگت پریده...

- آره، خوبم، نه چیزیم نیست... باید با دایی حرف بزنم.

- چی کار می‌خوای بکنی؟ چرا این‌طوری حرف می‌زنی؟ مگه چی می‌خوای بگی؟!

- بذار بهشون بگم. ببینم چی می‌گن... بعداً بهت می‌گم. باید یه کاری کرد، این‌طوری نمی‌شه.

یاسمن آهی کشید. نگاهش را آرام از پرگل برگرفت و با اندوه به تارا نگریست.

- باشه... آره... واقعاً باید یه کاری کرد. نگاش کن... ببین چه کرده با خودش.

☆ فرار، فرار است. گریز، گریز است. اگر جای خودت نباشی، مدام فرار می‌کنی. چه فرقی می‌کند به کجا، به چه چیز. به هر چیز که نزدیک‌تر باشد، به هر چیز که راحت‌تر راضی‌ات کند، مُسَکِنش قوی‌تر باشد: یکی به مادری می‌گریزد، یکی به معماری؛ یکی به روسپیگری پناه می‌برد، یکی به تجارت؛ پوشاندن، پوشاندن است، یکی در دزدی خود را پنهان می‌کند، یکی در زیر کلمات دیگران می‌خزد؛ نقش بازی کردن، نقش بازی کردن است، یکی همسرِ باوفا می‌شود، یکی نقشِ فرزند خَلَف را بازی می‌کند؛ به نمایش گذاشتن، به نمایش گذاشتن است، یکی نمایش نجات جامعه را می‌دهد و سیاستمدار می‌شود، یکی هم نمایش نجات خلق و پیشوا می‌شود؛ چه فرقی می‌کند؟! اگر جایِ تو نباشد، اگر جای خودِ خودت نباشی، دیگر چه فرقی می‌کند؟ جای تو نیست. فرقی نمی‌کند تا چه اندازه مدال قدردانی مردم را به سینه بزنی و چقدر فکر کنی که بهترینی، آخرِ دست فرار کرده‌ای! فرار کرده‌ای به جایی که مال تو نیست، مال تو نبوده و هرگز نخواهد شد!

☆ آری... مهم آن است که نفهمیدی. مهم پوشاندن است، مهم نقش بازی کردن است، مهم به نمایش گذاشتن است... آه... مهم نماندن است. مهم نیامدن به پیشِ خود است. گریختن، گریختن است، چه فرقی می‌کند به کجا و پیش چه کسی. گریزنده دیگر جای خودش نیست که نیست، حالا هر جایی دیگر باشد چه فرقی می‌کند؟

☆ حتی اگر لحظه‌ای، دقیقه‌ای، به جایت شک کنی، ترس تمام وجودت را می‌گیرد که مبادا عقب بیفتم، نکند دارم عقب می‌افتم، و آن‌وقت، تازه آن‌قدر تندتند می‌دوی که خودت هم واقعاً باورت می‌شود به این دنیا آمده‌ای که برنده‌ی

مسابقه‌ی دوِ «خود گریزی» شوی! و از ترس اینکه نفهمی، مخدرِ«بهترین‌ها» را به خود تزریق می‌کنی، بهترین می‌شوی... بهترین گریزنده!

☆ اما به سوی کجا؟!

☆ اصلاً یادت می‌رود!!

☆ حال به نسبت شرایط، هر کسی به روشی می‌گریزد: یکی با مدرک، کفش دوندگی می‌سازد و با سرعت می‌دود که بلکه جلوتر از بقیه افتد؛ یکی سوارِ دیگری می‌شود و می‌تازاند، یکی سواری می‌دهد تا بلکه بهتر بگریزد؛ یکی به ناز و کرشمه می‌خرامد تا افسون کند و بگریزد... آن دیگری خشن می‌شود و سبیل‌هایش را برمی‌گرداند تا با ابهت ظاهری اما سینه خیز بگریزد؛ یکی دولادولا یورتمه می‌رود، یکی صاف و سینه‌سپر؛ یکی سرخوش خودش را پرتاب می‌کند، یکی با عصا؛ یکی با عمامه بَزَک می‌کند، یکی با کراوات، یکی با کلاه گیس، یکی با چادر، آن یکی هم روپوش سفید می‌پوشد تا به ظاهر پاک و شناخته نشده بگریزد.

☆ چه فرقی می‌کند؟ اگر نیامدی دیگر چه فرقی می‌کند کجا رفتی، کجا هستی. نیامدن... نبودن است، با هیچ آمدنی دیگر درستش نمی‌توانی بکنی. هیچ‌کاریش نمی‌توانی بکنی. دیگر اشتباهی شده‌ای که شده‌ای!

☆ جای خالی‌ات هم آن‌طرف، خالیِ خالی چشمش به در سفید می‌شود و از ازل تا ابد دنیا همین‌طور خالی می‌ماند که می‌ماند و با هیچ‌کدام از اشتباهی‌های دیگر پر نمی‌شود... هیچ‌وقت!

☆ وقتی اشتباهی باشی، هرچقدر هم در جایِ اشتباهی‌ات، خوب باشی و «بهترین» و «مفیدترین» به خودت تزریق کنی، فرقی نمی‌کند... دیگر هیچ‌چیزت مالِ خودت نیست، همگی اشتباهی است... از تمامِ بیمارهای بهبود یافته‌ات و دعاهایشان گرفته... تا مدال طلا و افتخاراتت، هیچ‌کدام اندازه‌ات نمی‌شود که نمی‌شود. مال تو نیست. آن مال تو بود که انتخابش نکردی. مهم انتخاب کردن آن راه است که انتخاب نکردی. آن راه که همه از انتخاب کردنش می‌گریزند، آن راه

که همه و خودت گفتند و می‌گویند اصلاً راه نیست! چه رسد به اینکه راهی باشد قابل انتخاب!

☆ آری آن راهِ تو بود، آن راهِ تو است... با تمام ترس-پرده‌ها و شک-بتون‌هایی که درست کرده‌ای، باز هم... یک جایی در آن انتهایی‌ترین گوشه‌ی دنجِ شجاعتت، هنوز هم خوب می‌شناسی‌اش. همان راه که به نظر نه راهِ نگون‌بختان است، نه راهِ بلنداختران؛ نه راه روبه‌بالاروندگان است و نه راه لغزندگان!

☆ راهیست که هیچ‌جا برایت پررنگش نکردند و نیاموختی‌اش. اگرچه مبهم‌وار می‌شناسی‌اش، اما هیچ ویژگی‌ای از آن را نمی‌بینی، نمی‌شناسی، نمی‌دانی. اصلاً از کجا بدانی چیست وقتی هیچ نشانی را برایت پیدا نگذاشته‌اند، جز همین لحظه‌اش! که هیچ قدرتی توان پوشاندنش را ندارد!

☆ اما تو، همین لحظه را هم آنچنان با ترس پوشانده‌ای... که مبادا آسیبی به آینده و گذشته‌ی موهومی‌ات برساند. ولی باز هم بویش می‌آید، آن سوسویِ نورش می‌آید. آن راه که «باید» انتخابش کرد، با همه‌ی تردیدش، با همه‌ی ابهامش... و این شاید تنها «باید» زندگیِ خاصِ تو باشد!

☆ در حالی که تمام بیراهه‌های دیگر به یک جا می‌انجامند، که آن غلط‌آباد است. بقیه‌ی راه‌ها تنها گریز است، گریز است از آن تک‌دانه، دردانه راهِ پر از ابر و اکنون و آب و ابهام که باید دل در دست، با چشمان بسته، اما استوار و لبریز از ایمان قدم برداری...

☆ خیلی سخت است...

☆ چشم‌بسته خود را سپردن در دستان ابر و اکنون و آب و ابهام، سخت است...

☆ ندانی زیرِ قدم بعدی‌ات دره است یا چمنزار، سخت است...

☆ چگونه بروی؟ چگونه قدم برداری؟ چه رسد که قدمت استوار هم باشد. سخت نیست؟ معلوم است که سخت است.

☆ اگرچه توان رفتنش در همه هست، در همه! اما سخت است. ولی می‌شود خواست و توانست...

☆ می‌شود هم که... مدام تا آخر عمر، دل‌دل کرد و با هر چه دم دست است روی آن سوسویش را پوشاند و با هر چه آسان‌تر است و آشکارتر و رنگین‌تر و مورد تأییدتر است، عطر و عبیر ساخت و در درون بینی خود فروکرد تا مبادا حتی ذره‌ای از بویش، نه از درون و نه از بیرون به مشام برسد.

☆ آری می‌شود... همه چیز می‌شود، تا تو چه بخواهی... دست آخر، انسان است و اختیار! تا تو چه بخواهی...

☆ تو که... تو که نتوانستی...

☆ تو حتی نتوانستی به برف‌ها که جلویِ جلویِ چشمانت آب می‌شوند و خودِ آب می‌شوند، اعتماد کنی. توانستی؟

☆ نه... نتوانستی...

☆ تو که خودت نتوانستی در راه بمانی و به اکنونِ آن روزت فرصتی بدهی، و روی برگرداندی و تا اوج پله‌های ترقیِ اشتباهی‌ات، اشتباه پشت اشتباه، بدون توقف تاختی، تو اِدِعایت می‌شود؟

☆ تو سخن می‌پراکنی پُرمدعایِ گفتارگِرایِ لاف‌زن؟

☆ راه و چاه را فراموش کن... تو که اشتباه بودن را به کمال رساندی، تو از جا درمی‌روی؟

☆ تو که خودت را و همه‌ی هم‌خوابگی‌هایت با تمجیدها و تعریف‌های دیگران را، همه را، مغرورانه زیرِ آن قیافه‌ی به ظاهر شریف و متفکر، و آن کارتِ هُویت کزایی پنهان می‌کنی، تا هیچ‌کس، حتی خودت هم نداند شب‌ها همبسترِ غرور آفرینِ کدامین تملق بوده‌ای. تو کنترل خودت را از دست می‌دهی؟

☆ تو مهار از دستت در رفت؟

☆ تو با آن غرور، شجاعت کاذبت را فرصت‌طلبانه فریاد زدی... و زدی!؟

☆ تو، نه تنها هرگز شرمسار هیچ‌کدام از هم‌خوابگی‌هایت نیستی، بلکه مغرورانه روزها هم آنها را دوره می‌کنی و در خلسه فرومی‌روی.

☆ روزها و روزها قرص‌های خواب‌آورِ نگاه‌های پر از ستایش مردم، غرور کاذب تحسین‌برانگیزِ اَلقابت، تَوهمِ «مفید» بودنت و هزاران خواب‌آور دیگر را تندتند می‌خوری تا مبادا بیدار شوی!

☆ تو هرجاییِ افسارگسسته! که هرچه کنی تفسیری روشنفکرانه و تعبیری منطقی و دهان‌پرکن برایش پیدا می‌کنی...

☆ ای سراپا همه حرف‌های خوب و کتاب‌های پراندیشه و تخیلات پرمَنِش، ای بی‌مَنِش...

☆ تو می‌زنی؟ که را؟ چه را؟ دست مریزاد. همین دست راستت را می‌گویم، ببینش. همین دستت مریزاد!

- اصلاً نمی‌دونم چی بگم! منو نگا!... می‌گم اینجا رو نگا... با تو هستم!

چشم‌های قرمز و پُف‌آلوده‌ی نادر با سنگینی از روی دستش تا آرش کشیده شد. آرش تندتند، از چپ به راست، از راست به چپ... طول اتاق را می‌پیمود و بلندبلند و با حالتی آشفته دست‌هایش را در هوا تکان می‌داد و تکه‌تکه حرف می‌زد... گویا نمی‌توانست جملاتش را تمام و کمال ادا کند.

- واقعاً که... واقعاً که... اصلاً به تو چه؟! من نمی‌فهمم... به تو چه؟! تو تمومه عمرم اگه یه نفر قسم می‌خورد با چشم خودشم دیده تو این کارو کردی، باور نمی‌کردم. می‌فهمی؟ باور نمی‌کردم. خدایا... واقعاً زدی؟... یعنی واقعاً؟... واقعاً که... اصلاً تو که... اصلاً... مگه می‌شه؟... اصلاً این مرام تو نیست... تو این نیستی... چی شدی تو؟! حالمو به هم زدی... واقعاً نمی‌دونم چی بگم... یعنی تنها فکری که نمی‌تونستم بکنم! فکر می‌کردم می‌شناسمت که بهت گفتم. مگه قرار نبود هر کاری خواستی بکنی در جریان باشم؟ مگه قرار نبود با هم بیشتر در موردش حرف بزنیم؟ من دو دقیقه، دوتا جمله پریروز گفتم، مگه ما امروز عصر لبِ

آب قرار نداشتیم؟ مگه قرار نبود امروز حرفشو مفصل بزنیم، تو باید سریع تو این فاصله!؟ خدایا... من چی بگم به تو؟! کی هستی تو اصلاً؟

☆ چه سکوتِ سنگینی بود. چه شبِ بارداری بود. همه جا سنگین بود... وزن هوا زیاد شده‌بود. بعضی شب‌ها کاری به آسمان ندارد، کاری به هوا ندارد، کاری به فصلی که در آن هستی هم ندارد. بعضی شب‌ها داغ است... داغ و سنگین. طعم گسی هم دارد. هیچ فرقی ندارد که چه بخوری، یا چه نخوری... طعم شب گس است و داغ. فقط صدای همهمه‌ی دوری می‌آید که می‌فهمی انگار هنوز زنده‌ای. اگرچه زیاد برایت فرقی نمی‌کند... اما خوب، بد نیست بدانی که هنوز هستی...

☆ از آن شب‌ها که چشم‌بسته، ماه را می‌بینی که تب کرده‌است و نارنجی شده و داغ. هُرمش به صورتت می‌خورد، زبانت را آرام تکان می‌دهی، تلاش می‌کنی لب‌هایت را تر کنی شاید می‌خواهی ببینی آیا واقعاً می‌توانی جایی از بدنت را حرکت دهی؟ و آن‌وقت است که حس می‌کنی لب‌هایت خشکیِ صدساله‌ی بیابان را گرفته‌است. صورتت هم گویی هُرم ماه را گرفته... نه خوابی، نه بیدار. نمی‌دانی صداهایی که می‌شنوی یا چیزهایی که می‌بینی راست است یا تَوَهم!؟

☆ چهره‌اش نزدیک بود... نزدیکِ نزدیک. دو پری روی شانه‌هایش بودند، خودم دیدم... از نزدیکِ‌نزدیک. همان‌ها هستند که هنوز پری‌شانم می‌کنند... چون فکر کردند می‌خواهم بپرانمشان!

☆ وقتی صورتش به یک طرف رفت، دیدم... خودم دیدم موج پشتش بود!! موج!! برای همین بود پشتش گرم بود و هرکار می‌خواست می‌کرد... نگو پشت به موج دارد. آخر من چه بدانم... ؟ من که هرگز از نزدیک «من» ندیده‌ام. هیچ‌کس ندیده‌است. هیچ‌کس!

در آرام باز شد...

- شما دیگه خسته شدین... اگه می‌خواین برین خونه، ما هستیم.

نهال این را گفت و آرام روی صندلی، پشت میز تحریر نادر نشست. در حالی که به دور تا دور اتاق نگاه می‌کرد، لب‌هایش را گزید.

- چقدر هم اتاقش بهم ریخته‌ست... ببخشید... نمی‌ذاره که، اگه نه من از خدام بود براش تمیز کنم.

- خواهش می‌کنم، اشکالی نداره... من که غریبه نیستم. نادرِ دیگه... بیرون و درونش با هم، گِل هم می‌ریزه. می‌گم من می‌تونم امشب بمونم پیشش، تعارف نمی‌کنم.

نهال روسریش را جلوتر کشید... سرش را زیر انداخت.

- نه... ممنون... حالا اگه خدای نکرده طوری شد، باهاتون تماس می‌گیریم.

نهال نگاهش را به نادر دوخت در حالی که سعی می‌کرد بغض خورده شده‌اش را پنهان کند گفت:

- می‌گم... می‌گم خدای نکرده نمی‌خواسته که با خودش کاری کنه...

- نه... این چه حرفیه... یه مدته ضعیف شده، لباسم کم می‌پوشه، خُب گویا چندین ساعت، از بعد از ظهر، گرسنه لبِ آب نشسته‌بوده... هم خسته شده و هم شاید بادی چیزی بهش خورده تب کرده...

نهال نگاه نگرانش را به آرش دوخت.

- اما... آخه تمومه لباساش خیس بود... نکنه...

- نه... گاهی پاهاش را تو آب می‌ذاره... دیگه... می‌شناسیدش که... گاهی خیلی به آب نزدیک می‌شه... شاید آب بهش پاشیده یا دستو صورتشو شسته... برا همین شاید لباساش خیس شده... نه... نگران نباشین... همچین آدمی نیست. یه‌کم تو فکره... اما نه، چیزیش نیست. حالا هم خدا رو شکر یه‌کم غذا خورد، دیگه کم‌کم داروها هم اثر می‌کنه... تبش میاد پایین، اما خُب... بالاخره باشم بهتره، شما هم فکرتون راحت‌تره.

- شما خیلی لطف دارین... تا همین حالا هم خیلی زحمت کشیدین.

- نه نهال خانم... این چه حرفیه...

ماه‌بانو در آستانه در بود. نگاهشان کرد. هر سه تایشان را، و بعد نگاهش را به آرش دوخت. آرش لبه‌ی تخت نشسته بود، سر به زیر. دست‌هایش را به هم گره زده روی پاهای به هم چسبیده‌اش گذاشته‌بود. آهی کشید. سالیان سال می‌گذشت. بزرگ شدن آرش را با نادرش دیده‌بود، تمام جشنِ تولدهایش را، پزشک شدنش، تخصص گرفتنش، مطب زدنش و حالا... مرد شدنش و لرزیدنِ دلش را حس می‌کرد. با آنکه با نادر بزرگ شده‌بود، اما چقدر متفاوت بود... ماه‌بانو با خود اندیشید، ای کاش نادر هم همین‌طور آرام و سر به راه زندگی‌اش را می‌کرد.

- آرش جان بیا برو خانه جانم... گوهر زنگ زد، گفتم بهش الان برمی‌گردی.

آرش برخاست.

- اگه اجازه بدین بمونم؟ تعارف که نداریم... این‌طوری فکر خودمم راحت‌تره.

- نه دیگه، تا حالاش هم خیلی زحمت کشیدی. برو عزیزه دل... مامانت چشم‌انتظاره.

- هرطور شما امر بفرمایید. حالا قرص که بهش دادم، می‌خوابه تا صبح... دیگه... داروهاش هم که رو میزه، فردا، همون‌طوری که بهتون گفتم بهش بدید. فردا دوباره میام سرمی‌زنم. دیگه... هر کاری هم پیش اومد بهم زنگ بزنید.

- ممنونِ محبتت عزیزم، باشه...

◀

تارا دستش را روی روتختی کشید و گل‌های آفتاب‌گردان ساکتِ رویِ روتختی را نوازش کرد. دست دیگرش را زیرِ سرش گذاشت و به پرگل که لبه‌ی تخت نشسته بود نگاه کرد.

- چی می‌خوای بدونی؟ اصلاً چه فایده که بدونی یا نه.

- می‌خواستی خود کشی کنی؟ آره؟

- ول کن پرگل... گذشت دیگه...

- می‌دونم می‌خواستی خودکشی کنی. یابو که نیستم، فهمیدم. «افتادی تو رودخونه؟» خر خودتی! حالا اون هیچی... این صورتی که من می‌بینم جای افتادن توی رودخونه نیست، جای کتک خوردنه.

- سیگار داری؟

- نه! جوابم را بده.

- اگه واقعاً منو دوست داری ول کن دیگه... بیا بریم بیرون سیگار بکشیم و بعدش بریم موتور سواری. این‌همه ذوق‌مرگ شدیم برا این موتورسواری... تا حالا دو بار بیشتر منو نبردی. چرا نمی‌فهمی؟ نمی‌خوام در موردش حرف بزنم. می‌خوام فراموشش کنم، اگه دوستم داری از اون ویسکیا برام بیار. واقعاً می‌خوام فراموش کنم. اگه راست می‌گی کمکم کن فراموش کنم. خودم دارم راهشو بهت میگم.

پرگل اخم‌هایش را در هم کشید.

- چی رو فراموش کنی؟ داری الکلی می‌شی از بس می‌خوای هِی همه چی رو فراموش کنی. قضیه که فقط الان نیست... از وقتی مثلاً خواستی نرمال بشی، هی می‌خوای فراموش کنی! مرده‌شور نرمال شدنتو ببرن، برو پلاس شو تو کتابات، بهتره که، اقلاً لاشه‌ت که زنده‌ست. والاااا... کشتیمون، آخه نکبت چی رو می‌خوای فراموش کنی؟! تارا... این تفریحات، این‌طور چیزا مال این نیست که تو چیزی رو فراموش کنی. حداقل من این‌طور فکر نمی‌کنم... با تو هم همچین قراری نداشتیم. قرار نیست تو زجر بکشی، بخوای فراموشش کنی. قرار نیست این‌طوری باشی... داری منو دیوونه می‌کنی. رفتی خودتو پرت کردی تو رودخونه که بمیری، روی صورتت جای سیلیه، دَهَنت زخم شده، لبت باد کرده، من می‌دونم این جای سیلی و درگیری و کتک‌کاریِ... من می‌دونم. راستشو بگو چی شده؟ باباتو تونستی رنگ کنی، منو که نمی‌تونی... می‌رم درِ خونه‌ی این اشکان لاتِ کثافت پدرشو در میارم. آدم می‌فرستم سرو تَهِشو یکی کنن. هِی گفتم بیا برو کلاس دفاع شخصی... چه می‌دونم تکواندویی چیزی مثل من، بعدش تنهاتنها پاشو برو این‌ور اون‌ور... ببین به چه روز افتادی، رفتی اونجا چی کارت کرد؟!

- پرگل... چی می‌گی؟ اصلاً کاری به اشکان نداره.

- پس چی؟ می‌خوای اراجیفی رو که تا حالا به همه گفتی، دوباره برا من تکرار کنی.

- نه... خودم که قبلش بهت گفتم دارم می‌رم خونه‌ی اشکان. خودم گفتم... حالا هم چون نمی‌خوام بهت دروغ بگم، می‌گم ول کن دیگه... تو هم وِل کن... نپرس.

- پس خونه اشکان بودی. جایی دیگه رفتی از راه خونه اشکان؟

- فقط دم رودخونه... و...

- بسه! خونه اشکان بودی، اومدی بیرون، یه راست رفتی خودتو بکشی. اما هیچ ربطی به اشکان نداره.

- بله... نه... نه، هیچ ربطی به اشکان نداره... باور کن. اون اصلاً روحشم خبر نداره من این‌طوری شدم. می‌خوای الان زنگ بزنم جلوت باهاش حرف بزنم... بسه پرگل. نمی‌خوام حرفشو بزنم... نمی‌دونم چی شد، نمی‌دونم، اصلاً، هیچی نمی‌دونم دیگه...

پرگل بازوی تارا را گرفت. او را از روی تخت بلند کرد و با شتاب به جلوی آیینه هُل داد. صدایش را بلندتر کرد.

- ببین خودت رو! ببین چی کار کردی با خودت... ببین... این... تویی!؟!

هردو در آیینه نگاه کردند. تارا به تک‌تک چشم‌هایش در آیینه خیره شد، اشک‌هایش سرازیر شد. پرگل شانه‌های تارا را گرفت، او را در آغوش خود کشید. تارا هنوز هم گریه می‌کرد. بلندبلند...

☆ هیس، ساکت شو! همین خودم را می‌گویم، با تو هستم، وِز وِزَت را خاموش کن. نه گریه کن، نه بخند؛ نه از غم بگو، نه از شادی؛ نه سعی کن بی‌خیال باشی، نه نقشه بکش؛ نه سعی کن خوب باشی، نه سعی کن بد باشی؛ نه تلاش کن بفهمی چه مرگت است، نه تلاش کن دیگر بی‌خیال خودت شوی؛ نه می‌خواهد دنیا را نجات دهی، نه می‌خواهد خودت را نجات دهی؛ نه می‌خواهد عزمت را جزم کنی که انسان بهتری شوی، نه می‌خواهد با شیطان دست بدهی و بروی دنبال اینکه انتقامت را از دنیا بگیری؛ نه می‌خواهد گذشته‌ات را به چهار سیخ بکشی که همه چیز تقصیر آن بوده، نه می‌خواهد فکر کنی چطور آینده را بهتر کنی؛ نه می‌خواهد دنبال نام و داروهای بیماری‌ات باشی و بخواهی شروع به تفسیر و توجیه

ناهنجاری‌ات کنی، نه می‌خواهد فکر کنی سالمِ سالم هستی؛ هیچ‌کاری نمی‌خواهد انجام دهی، هیچ فکری نمی‌خواهد بکنی... هیچ‌کاری!

☆ بس است! ساکت! نمی‌خواهم دیگر صدایت را بشنوم. بیا و هیچ‌کار خاصی نکن. هیچ فکرِ خاصی نکن. التماست می‌کنم. بس است دیگر. دیگر نمی‌توانم. من دیگر تو را نمی‌شناسم. راستش فکر می‌کنم هرگز نمی‌شناخته‌ام! نمی‌خواهم فکرش را بکنم، نمی‌خواهم به چرا و چگونگی‌اش فکر کنم. اگر هر دویمان هم بخواهیم به چرا و چگونگی‌اش فکر کنیم، باز هم هیچ دلیلِ قابل توجیهی پیدا نمی‌کنیم، پس بهتر است هردویمان هیچ فکری نکنیم. فراموش کنیم که شاید چیزی در توست که مسئول به لجن کشیدنِ تمام نعمت‌ها و فرصت‌های زندگانی‌ات است!

☆ آری باید برای مدتی، فراموش کنیم آن حیوان افسارگسیخته که در میانه‌ی کوچه رسوایی به بار آورد، تو بودی... و او فقط نگاه کرد! فراموش کنیم... و حتی به جبرانش هم فکر نکنیم، به اینکه حال چه کنیم فکر نکنیم. فقط باید ساکت شویم. باید دست جمعی همه‌ی صداها و من‌های درونم ساکت شوند، باید! این از نخستین کارهای پیش از هر آغازیست، این را دیگر هردویمان می‌دانیم!

☆ آه... چه دردیست وقتی احساس کنی دست به هر کاری بزنی، اشتباهِ محض است! چه دردیست وقتی واقعاً ایمان پیدا کنی دیگر نمی‌دانی چه کنی، وقتی اعتقاد پیدا کنی هیچ‌کاری از دستت برای خودت برنمی‌آید... هیچ‌کاری!

☆ درد است یا درمان؟ نمی‌دانم.

☆ شاید هم آغازِ درمان است! نمی‌دانم...

☆ نمی‌دانم. دوباره فکر را رویمان نریز... فقط ساکت شو!

☆ فقط در اکنون باش و ساکت باش و با اکنون حرکت کن. فقط در این لحظه بمان که فقط در اینجاست که دیروزِ، به قولِ خودت، جنایت‌کارت نیست و فردایِ، به قول خودت، خیانت‌کارت هم نیست. فقط همین لحظه است که هیچ‌چیزی از

گذشته و آینده‌ات پیدا نیست... خودتی و خودت. وگرنه... وگرنه سر به نیستت می‌کنم! این حرف آخرم است!

☆ آری... باید فقط اینجا در این اکنون باشم و بچرخم، مثل گردش رگ‌های بنفشم، که بدون اشتباه و مداوم می‌چرخند؛ مثل تمامیِ پروتئین‌هایِ سلول‌هایم که اگر من اذیتشان نکنم، بدون اشتباه سالیان سال می‌چرخند و زندگی را به حرکت در می‌آورند؛ مثل قلبم... آه مثل قلبم که خودش را در دستان اعتمادِ مطلق رهانیده و می‌تپد، چگونه می‌تپد و می‌چرخاند این زندگانیِ بنفشم را... این معجزه‌ی ظریف‌کار آفرینش! همه‌شان کارشان را خوب بلدند چرا که دستم از آنها کوتاه است که سین‌جیم‌شان کنم و برایشان برنامه‌ریزی کنم!

☆ آری... باید رهایم کنم، تا بمانم. باید فقط باشم و بچرخم، مثل جریانِ خیس رگ‌هایم، مثلِ زمین... مثل زمان.

☆ ... و چرخیدم... ساکت روان شدم، از این‌سو به آن‌سو... از این گوشه به آن گوشه... از اینجا به آنجا... و دوباره...

☆ اگر پایم را در خودم می‌گذاشتم، که چندین بار گذاشتم، تا مرز خودکشی پیش می‌رفتم اما هر بار سریع پا پس کشیدم از همه‌ی رفته‌ها و فرداها... و چرخیدم و چرخیدم تا چرخاندم!

☆ تا می‌چرخاندم، می‌چرخیدم و می‌چرخیدم... تا... تا... نمی‌دانم تا کی... فقط می‌دانم تابستان در حال گذر بود... و من در تلاش برای سکوتی روان. شاید اواسط تابستان بود، چون خیلی گرم بود. من مدام... آرام و ساکت و صامت می‌چرخیدم، صداهای سلول‌های خاکستری‌ام کم و کمتر شده‌بود... تا جایی که حتی گاهی، هیچ صدایی نمی‌آمد... نه از بیرون و نه از درون... و آن‌قدر برایم عجیب بود که سریع صدای تعجبم از آن مستی بیرونم می‌فکند. آری روان می‌شدم در زندگی... بدون اینکه باشم. فقط و فقط از خودم تکان نمی‌خوردم، تا بتوانم به زندگی‌ام که فکر می‌کردم باید ادامه پیدا کند، ادامه دهم. دیگر حتی نمی‌دانستم چه هستم، که

هستم، کجا هستم تا... تا کم‌کم احساس کردم... و اعتماد کردم... نه به او، نه به خودم و نه به هر که بوی او را می‌داد و از او خبر می‌آورد، بلکه به آن حس عجیبِ مرموز که می‌گفت: «هیس، خاموش!»

☆ احساس کردم آرام و بدون انتظار دارم در گرانشی فرومی‌افتم، و اجازه دادم که فروافتم، شاید هم دست من نبود، شاید هم خودم خواستم... شاید هم چاره‌ای نداشتم. نمی‌دانم... اما فروافتادم. در گرانشی عجیب... گرانشی عجیب که بوی آب می‌داد و انگار در میانه‌ی کهکشانِ ناشناخته‌ای بود که خوب می‌شناختمش، اما ندیده‌بودمش. چشمانم را بستم و خودم را سپردم در دستان ابهام... بی‌هیچ ستیزه‌ای، اعتماد کردم. همان اعتماد بی‌دلیل، اما مستحکم! همان که خودش دلیل خودش است و به تو هم دلیلش را نمی‌گوید!

☆ آه... بوی آب می‌آمد و گویا دورتادورِ جایی مبهم می‌چرخیدم... دور تا دور جایی عجیب و مبهم که اکنونِ غریبی داشت، اما انگارخوب می‌شناختم، گویا یک جای زمان دیده‌بودمش... اما نمی‌دانستم کجا!

☆ انگار ریسمانی از من به میانه‌ای ابرگون وصل شده‌بود و من می‌چرخیدم... آرام، منظم، صبور...

☆ فقط در سکوتی اختیاری، دور از خودم می‌چرخاندم، می‌چرخیدم... و چرخیدم... تا چرخاندم! در دورِ زمان بود یا در دورِ مکان، هنوز نمی‌دانم... فقط می‌دانم دور از هیاهوی تمام سلول‌های خاکستری‌ام بود که صدایی آمد.

- درود پسرم. من همایون ورجاوند هستم. دخترم یک‌بار خدمت شما رسیده...

☆ هیچ نگفتم، فقط او گفت و من آگاه ماندم تا که از اکنون بیرون نیفتم. او می‌گفت و من فقط مراقب بودم تا از آن گرانشِ عجیب بیرون غلتانده نشوم. مراقب بودم نفهمم، فقط بگذارم که بچرخاند و بچرخاندم، مراقب بودم که نه بررسی‌اش کنم، نه نقدش کنم، نه سرش بترسم، و نه حتی جشنش بگیرم... اما نمی‌توانستم

خوشحال نباشم. یواشکی... تمام سلول‌های خاکستری قلبم در حال پایکوبی بودند!!

- همین فردا عصر می‌تونید تشریف بیارید؟

- بله.

◀

- پسر این اصلاً غیرِممکنه! یعنی خودِ باباش صبح اومد تو مطب، خودش ازت خواست که فردا عصر بری خونشون!؟

آرش دستی به صورتش کشید... انگار صورتش را می‌شوید... و بر پیشانیش کوبید و ادامه داد.

- آخه اصلاً منطقی نیست.

- «خیلی چیزا اصلاً منطقی نیست، اما ممکنه»... این جمله‌ی خودته!

- ای کلک... قیافشو... هنوز خودشم تو شوکه. خُب حرف بزن دیگه... نمی‌خوای از این لاکِ سکوتت بیای بیرون، نمی‌خوای هیچی تعریف کنی؟ خوبه همه بدبختیاشو با هم کشیدیم. درست با باباش حرف زدی؟ گَند که نزدی؟ اصلاً از اول بگو ببینم... هِی من باید حدس بزنم؟

☆ هیچ! خاموش چرخیدم... مستانه چرخیدم... و باز چرخیدم... تا فردا شد... تا... صدای قدم‌هایش آمد...

☆ آه... آمده‌بودم... منم... ببین چطور آمده‌بودم. چه آمدنی بود، چه آمدنی!!

☆ چگونه دیدم... با همین چشم‌های گوشه‌دارِ کجِ نیمه‌مشکی‌ام دیدم. دیدم که هُرمِ گرمِ موج‌گونِ وجودش همراه با بوی مخصوصش، قبل از آمدنش، در اتاق پذیرایی روان شد...

☆ ناخودآگاه قبل از اینکه ببینمش ایستادم، و... او بود!

☆ با چشم‌های سبزِ پُر از مشکی‌ام، می‌دیدمش، خوبِ خوبِ خوب...

☆ فقط می‌خواستم خوبِ خوبِ خوب، یک دل سیر ببینمش...

☆ فقط با تمام وجود سعی می‌کردم هیچ صدایی از درونم بلند نشود... فقط آرام و صبور نگاهش می‌کردم...

☆ چقدر با او آشنا و راحت بودم... خیلی زیاد! مگر می‌شود؟ وَه... چقدر خوب می‌شناختمش... خیلی خوب! گویی صبح‌های زیادی، در سکوتی گرم و مطبوع، با هم صبحانه خورده‌بودیم. یا عصرهای بیشماری، در غروبی پر از نسیمِ چوب و چمن، قهوه نوشیده بودیم. چقدر همه چیزش برایم آشنا بود: هر دو انگشترهای نقره‌اش، همان‌هایی که انگار خودم برایش پسند کرده‌بودم؛ دستبند نقره‌ی ساده‌اش که بی‌خیال روی مُچش لم داده‌بود، انگار خودم برایش بسته بودم؛ دانه‌دانه ابریشم موهایش، که تاروپودِ فرش دلم بود و گویی خودم دانه‌دانه بافته‌هایش را باز کرده و شانه زده و روی بلوز سپیدش رهانیده بودم.

☆ یک حسِ خاص و مبهمی در تمامیِ تنم بی‌وقفه می‌چرخید... چقدر خوب بودم. یک حسِ خوبِ گرمِ آرام که شاید از لحظه‌ی تولد منتظرش بودم و خودم نمی‌دانستم. یک حسی که گویی سالیان سال در تو بوده و انتظار جاری شدن می‌کشیده‌است. حال، جاری شده‌بود و می‌چرخید. انگار یک ابرِ گرمِ مطبوع روی تمام گلبول‌های قرمزم نشسته بود و به تمامِ تنم سفر می‌کرد، در رگ‌هایم شناور می‌شد، در تمامِ تنم می‌چرخید، به همه جای بدنم می‌رفت و من حس می‌کردمش و حالم خوب بود... خیلی خوب! صدایِ نرم و ارغوانیِ ابر و اکنون می‌آمد که پر بود از بوی آب و ابهام...

- سلام.

- درود، بفرمایید.

☆ نشستی، نشستم. آرام بودی، آرام بودم. نگاهت کردم... نگاهم نمی‌کردی! به ناگاه غم بدی را در راه گلویم احساس کردم.

☆ گناهکارم؟ آری... می‌دانم گناه کردم... می‌دانم!

☆ آرام دست به گونه‌ات بردی... همان گونه‌ات! همانی که...

☆ ناگهان سردم شد. تمام تنم، قلبم، مغزم، دست راستم، حتی پلک چشم راستم لرزید... نمی‌دانستم چه کنم. هول کردم، یک لحظه تمام سلول‌های خاکستریِ

مغز و قلبم، دست جمعی خاکِ خاکستری بر سرم ریختند و خواستند که شروع کنند: «آخر توی نکبت فکر کردی... » که فهمیدم باید سکوت کنم! سکوت کردم. دست راستم زیرِ دستِ چپم خزید و انگشت‌هایش را مچاله کرد. نفس عمیقی کشیدم، نگاهت را سریع از رویم گذراندی. لب‌هایم را سفت فشردم و گفتم: «می‌دانی پشت به چه داری؟ تا به حال دیده‌ای؟!»

☆ نفس عمیقی کشیدی. نگاهم نمی‌کردی، به جای مبهمی نگاه می‌کردی، سریع گفتم: «ببین که را آورده‌ام برای میانجی‌گری... ببین و ببخش!»

☆ دریا خودش را جمع کرد، موج‌هایش را در هم کشید. بغض کردم، چشمانم پر شدند، می‌خواستند چکه کنند. گفتم: «پاکم کن از قبل و بعد، خواهش می‌کنم. می‌دانم گناهکارم، اما تو پاکم کن و بگذار به اکنون بیاییم هر دویمان، با مزه‌ی ابر و بوی آب. اگرچه از جنس ابهام است حرفم، اما تو باورم کن. می‌دانم دلخوری، می‌دانم هزاران چراهایت را، می‌دانم... اما ببین، فقط ببین چه کسی آمده! این‌بار ببخش و بی‌پرسش بگذر. تو پاکم کن... فقط تو می‌توانی پاکم کنی. نگاه کن اگر نبخشی... ! ای وای نگاه کن... دریا دارد روی برمی‌گرداند!»

☆ آری داشت رو برمی‌گرداند. نفسم گرفت، دستپاچه شدم، پایِ مرگم هم شده می‌ایستم اما دریا نباید روی برگرداند... پاچه‌هایم را بالا نزده، دویدم. گفتم: «دریاااا هر کار می‌کنم، فقط روی از من برنگردان، تازه تویی که باید برایم پادرمیانی کنی، تو را آورده‌ام برای میانجی‌گری... دریاااا... !؟»

☆ دریا داشت رو برمی‌گرداند. فریاد زدم:

☆ «تو دیگر نرو... ببین من دارم تمامیِ لباس‌هایم را می‌کنم... می‌دانم تو با لباس پذیرایم نیستی... حتی با این دستبند چرمی مشکی»

☆ در حالی که می‌دویدم همه را کندم... اما دریا باز هم داشت رو برمی‌گرداند... تا اینکه... تا اینکه آن «هُرمِ» عجیبِ نخستینت را دوباره حس کردم. نگاهم کرده‌بودی! آه نگاهم کردی و گوشه‌ی چشمت خندید... آری بخشیده بودی مرا!

بخشیده بودی مرا! پشتم موج زد، لبخند زدم، خندیدی... سرت را کج کردی و در امتداد حرف پدرت گفتی:

- باشه... خوبه... همون هفته‌ای یک‌بار...

☆ دلم موج‌موج تپید. بخشیده بودی‌ام. بخشیده بودی مرا. آه... گرمای آرامی، چکه‌چکه... درون بدنم ریخته شد. چشم‌هایم را آرام باز و بسته کردم، نفس عمیقی کشیدم... به خیر گذشت، گذشت؟!

☆ دریا چشم‌غره‌ای رفت، یادم آمد... نه... من نمی‌گذرم، حتی اگر تو گذشتی... من فراموش نکردم. نگذشتم. فقط آن گناه را فرستادم به دنیای «جبران»ها که بتوانم اکنون را ادامه دهم، من باید ادامه دهم، هر انسانی برای چیزی آفریده شده... و من شاید برای ادامه دادن!!

☆ حالا هم تا زنده‌ام مدیون بخششت خواهم ماند. می‌دانم نه تنها من و دریا و انگشت‌های دستِ راستم، بلکه سلول‌سلولِ پیکرِ آسمان آبیِ آن ظهرِ داغ، هیچ‌کدام فراموش نمی‌کنند. اما بگذار این را به نام بزرگی و عظمت تو و لطف هستی بگذاریم. آخر نگاه کن... تو اینجایی و این نتیجه‌ی دعای تمامیِ چمن‌هاست رو به سوی آب!

☆ تو اینجایی و من به سادگی خوشحالم، و به اندازه‌ی قطره‌قطره‌ی آن موج‌هایِ نرم و بازیگوش بین دو پُل زنده‌رود، رقصانم.

☆ تو اینجایی و دیگر هیچ‌کس هیچ‌کاری نمی‌تواند با من بکند، حتی تمامِ دوست داشتن‌های آن «همه»های دوست‌داشتنی نخواهند توانست مرا برانند به سویی که «سو» نیست، که داشت سویِ چشمانم را از من می‌گرفت، که می‌خواست چشمانم را مدام در سبزِ لجنیِ ته مرداب، دل‌خوش با صدای وزغ‌ها نگاه دارد.

☆ من... سیالیِ چرخانم را در این گرانش ژرف و مبهم، آزادانه روان می‌کنم، تا به دورِ جایی که باید بچرخد، بچرخد... و تو نگاهم می‌کنی و با هر نگاهت من به خواب‌هایی طلایی می‌رسم. طلاییِ طلایی... به رنگ انگبین نهفته در هُرم بودنت!

■

قبل از وقتِ قرار آمد. مثل همیشه حالت خاصِ خودش راه می‌رفت، انگار روی زمین سوزن باشد... پاهایش می‌گریخت. همیشه لبخند می‌زد و صورتش حالت کسی را داشت که خبر هیجان‌انگیز و خوبی را به او داده‌باشند. دست تکان داد و لبخندی پس گرفت فریادی زد و تصویر خنده‌ی مهربانی در چشم‌هایش افتاد.

- یعنی می‌گیرم بد می‌زنمت!! بگو...

نادر لبخند زد. چشم‌هایِ پر از هیجانش را ریز کرد و به آرش نگاه کرد.

- هیچی دیگه... چی بگم... همونا که پشت تلفن گفتم... همین! رفتم دیگه... دیدمش... قراره دوباره هم ببینمش.

آرش هُلش داد. آن‌قدر محکم که نزدیک بود روی سنگ‌ها پرت شود.

- همین... !؟ عجب آدمی هستی تو!!! نگاش کن... قیافه هم می‌گیره. پیروز... کامروا... یادش رفته جنازه‌شو باید رو دست می‌بردیم.

نادر خنده‌اش را بلندتر کرد.

- چی بگم... مگه نشنیدی می‌گن: «دوست آن باشد که گیرد دست دوست، در پریشان‌حالی و درماندگی» یعنی دوست فقط مال دوران پریشان‌حالی و درماندگیه، نه الان دیگه...

- ااِا؟... متوجه شدم... خُب باشه... همین که پریشان‌حال و درمانده نیستی خودش جای شکرش باقیه...

- نه بابا... شوخی کردم. می‌گم برات همه چیز رو، از سیر تا پیاز! بیا بریم همون پیتزاییِ خودمون... یه پیتزا بخوریم، مهمون من تا برات بگم...

- خیلی هم عالی... اما... می‌گم دیر نیست؟ فکر می‌کنی هنوز بازه؟

- تو بیا بریم... بازش می‌کنیم...

☆ دیگر همه چیز ممکن بود. همه چیز... از سخت‌هایش تا ناشدنی‌هایش. همه چیز!

☆ چون هیچ‌چیز پیدا نبود، هیچ‌چیز...

☆ مگر... مگر... آری... خودش بود، خودِ خودش بود... دست برده بودم و چشم‌بسته، در تمامِ سیاهی‌ها، با چشمِ بسته، ندانسته گرفته‌بودمش، آن جعد مشکین را می‌گویم، در دستانم بود و دیگر هیچ‌چیز پیدا نبود... حتی دست‌هایم لابه‌لای هُرمِ نگاهش و گیسوان مشکی‌اش.

☆ آری... هیچ‌چیز دیده نمی‌شد... مگر گیسوان ابریشمینِ سیه‌فامی که روی همه چیز ریخته شده‌بود روی همه چیز... حتی آیینه!

☆ ... و هیچ بویی نمی‌آمد مگر شمیم آن هُرم مخصوصِ نگاهی که می‌گفت: «هیس!!!»

☆ دیگر سهل و سخت و ممکن و ناممکن معنی نداشت، آری دیگر هیچ فرقی نمی‌کرد، «اکنون» اینجا بود و با همه چیز می‌شد ساخت، با همه چیزِ بودنش...

☆ گویی دیگر سازگاری معنایی نداشت، گرفته‌بودمش و دیگر نمی‌دیدم، اگرچه که بهتر از قبل می‌دیدم... اما همه چیز را در آمیختگیِ سیاهِ افسون کننده‌ای می‌دیدم که به بویِ خاصی آغشته شده‌بود!

☆ آه... چه خوب می‌دیدم که دیگر نمی‌بینم!

☆ حتی نگرانی‌هایِ ماهی را... و... و احساس گناه و ملامت‌های دکتر سپندار را.

☆ خوب بود یا بد... ؟ نمی‌دانم!

☆ اصلاً خوب و بدی نبود... وَه بوی حضور نگاهش آن‌قدر پررنگ بود و آنچنان چشمم را زده بود که دیگر... دیگر اصلاً ارزش‌ها و ضدارزش‌ها به طرز گیج‌کننده‌ای یکسان شده‌بود!

☆ حقیقی بود؟! واقعی بود؟! هیچ نمی‌فهمیدم، و نمی‌خواستم که بفهمم!

☆ من! من نمی‌خواستم بپرسم و بفهمم!

☆ من را می‌گویم!! آه... باور نمی‌کنم!

- واقعاً احساس گناه نمی‌کنی سه نفرو هم‌زمان گذاشتی سرِ کار؟

پرگل بلند خندید... از ته دل، و با خوشحالی ادامه داد.

- یعنی خوشم میاد... نکردی... نکردی... حالام که کردی خوبشو کردی... آماشالاا!!

یاسمن در حالی که انگشت‌های چیپسی‌اش را می‌مکید وسط حرف پرگل پرید.

- نکن دیگه... حالا هی گیر بده، گیر بده، تا حس گناه بهش بندازی! مگه چی کار می‌کنه؟ به هیچ‌کدوم که قول ازدواج نداده... حتی دوستت دارم هم نگفته...

پرگل در حالی که رو دست یاسمن می‌زد گفت:

- اَه... تو اون انگشت کوفتی رو نکن تو حلقت! نمی‌خواد نظر بدی. آبرو داریم ما تو چهارباغ بالا... قیافشو... نمی‌خواد ته چیپسو در بیاری! همچین می‌خوره و می‌لیسه... چیپس ندیده! بنداز دیگه اون پاکتِ چیپس رو...

- چی کار به من داری؟ دوباره بچه پول‌دار شروع کرد...

- اگه بابای هرزه‌ت بزاره، تو هم بچه پول‌داری، عوضِ اینکه پولشو خرج دخترش بکنه...

- اِاِاِ... این‌طوری نگو. دوباره اومدی سرِ بابای ما...

- پس چی بگم؟ خُب راست می‌گم دیگه... جَلَ الخالق، به اسم عشق چه کثافت‌کاریا می‌کنن... اگه همسن بودن یه چیزی، آخه همسن دخترته حشری! بیست‌وسه سال اختلاف!!

یاسمن ساکت شد... قدم‌هایش را آرام‌تر کرد... پاکت چیپس را مچاله کرد و در کیفش گذاشت.

تارا به پرگل چشم‌غره‌ای رفت.

- حرفای پرگل رو جدی نگیر یاسمن جون...

یاسمن ساکت بود، تارا با آرنج به پرگل زد، پرگل کنار یاسمن آمد دست بر سر شانه‌اش گذاشت.

- ببخشید... واقعاً یه‌دفعه از دهنم پرید...

بعد با خنده اضافه کرد.

- اصلاً تقصیر این انگشت لیسیدنت بود... چند بار گفتم نلیس! می‌لیسی، منم به هم می‌ریزم، یهو یه چیزی می‌گم.

یاسمن آهی کشید.

- نه خُب... راست می‌گی. حتی اگه عاشق شده باشه هم... مگه یه روزم عاشق مامانم نبوده؟

پرگل لبخند تلخی زد.

- بابات نه عاشق مامانت بوده، نه عاشق این جی‌جی. این خیلی متداوله... بابای تو اولی نیست، آخری هم نیست. اون‌موقع مامانتو می‌خواسته برا یه منفعتایی، الانم این جی‌جی رو برای یه منفعتای دیگه‌ای. عشق کیلویی چند! عشق که منفعت توش باشه، عشق نیست، چه برا پسر چه برا دختر. مثلاً کِی تا حالا دیدین که یه دختر جوونِ پول‌دار عاشق یه مرد سن‌دارِ فقیر بشه؟ یا برعکسش. در صورتی که صد نمونه می‌بینین که می‌گن فلان دختر جوون، عاشق فلان مرد سن‌دار پول‌دار یا مشهور شده! حالا هم معلومه دیگه... بابات رسیدن به یه ثبات مالی و همه چی فراهم برا خانوم. حالا خانوم می‌گه «عاشق شدم... به خاطر هیچیِ دیگه نیست.» آره جوونِ خودت...

تارا با سرفه حرف پرگل را قطع کرد:

- ممنون پرگل جون از توضیحاتت!... بسه دیگه!

- واا... نظرمو گفتم...

یاسمن ساکت بود... تارا آهی کشید و رو به یاسمن گفت:

- حالا دیگه صددرصد شد... یعنی دیگه طلاق می‌گیرن.

یاسمن لبخند تلخی زد.

- آره... صددرصد... الان دیگه بابام اصلاً خونه نمیاد. خُب اون زن رسمیشه... دیگه پیش اونه. البته... راستشو بخواین اون‌قدرا هم بد نشده... دیگه به جز وقتایی که بابام یه سر میاد و میره، دعوا و اعصاب خوردی نیست. هر لحظه هر کاری بخوایم می‌کنیم... شام و ناهار هر چی دلمون خواست می‌خوریم. دیگه یکی نیست مدام ایراد بگیره و مامانم بیچاره هی مجبور نیست هی اینا بپزه، اونو نپزه و غذا همیشه آماده‌باشه و این طور چیزها، نمی‌دونم... یه طورایی راحتیم... اما... خُب مامانم غصه‌داره و... قضیه‌ی مهریه هم که فعلاً رو هواست!

پرگل و تارا خندیدند... پرگل گفت:

- اگه یه کم بگذره، کارا کم‌کم به یه سامونی می‌رسه. مامانتم کم‌کم عادت می‌کنن... تازه کلی می‌تونین با هم خوش بگذرونین.

- آره... شاید... اما خُب... یه واقعیتای دیگه‌ای هم هست... دیگه می‌شیم دو تا زنِ تنها... بی‌مرد.

☆ قفس در قفس... اسم می‌گذاریم روی بودن‌های یکدگر... روی حضورِ متفاوتمان...

☆ بی‌رحمانه مُهر می‌کنیم خودمان را و دیگران را با یک نام، تا در گروهی به همان نام تعلق گیریم. گروه بندیِ جدیدمان را قبول می‌کنیم و به دنبال ویژگی‌های گروهمان به سایر اعضای گروه نگاه می‌کنیم. هر گروهی ویژگی‌های خاص خودش را دارد که ما هم باید داشته‌باشیم. احساسات خاص خودش را دارد که ما هم باید داشته‌باشیم. اخلاق خاص خودش را دارد، که ما هم باید داشته‌باشیم. شغلی مشخص شده، جنسیتی مشخص شده، قومی مشخص شده، هویتی مشخص شده، قفسی مشخص شده، قفس در قفس... هر قفس درونِ قفس دیگر...

☆ حال بیا و بگریز... مگر توان شکستن چند قفس را داری؟ مگر توانایی شکستن چند قفس را داشتم؟!

- مامانم می‌شن زن مطلقه... منم دخترِ دم بختِ خونواده‌ی طلاق. تازه زشت هم که هستم، با یه لیسانس پیزُری و یه شغل آلکی... مال خود اصفهانم که نیستم، غریب اینجا... فکرشو بکن... دیگه هیچی...

تارا بین حرف یاسمن پرید.

- وا! یاسی این چه حرفیه می‌زنی؟! جدی که نمی‌گی؟! کی گفته؟! تو هم خیلی بامزه و خوشگلی، هم خیلی مهربونی... تازه شغلم داری! هر پسری از خداش باشه با تو ازدواج کنه. این‌قدر هم بچه‌ی خوبی هستی... من مطمئنم همین طلاق باعث خیلی اتفاقات خوب تو زندگی تو و مامانت می‌شه... فقط یه‌کم باید صبور باشی... چه حرفایی می‌زنی!

☆ قفس در قفس... مگر توان شکستن چند قفس را داری؟ مگر به دادت برسد اکنونی و آبی و آن راه، همان راهِ دردانه‌ی مخصوصِ خودت!

☆ وگرنه که دنیا می‌شود دنیای پُر از قفسِ ارزش‌ها و ضدارزش‌ها، خوب‌ها و بدها، متفاوت‌ها و معمولی‌ها، زشت‌ها و زیباها، دریادمانده‌ها و فراموش‌شده‌ها، بالاها و پایین‌ها، موش‌ها و گربه‌ها، کس‌وکاردارها و بی‌کس‌وکارها، باهوش‌ها و احمق‌ها، موفق‌ها و شکست‌خورده‌ها، گرگ‌ها و بره‌ها، سیاسی‌ها و غیرِسیاسی‌ها...

☆ دنیایِ پُر از محدودیت‌ها، دنیایِ بی‌ثباتِ نسبیِ موقتی، دنیایِ زمان، زمانِ ظالمِ پرتوان که مدام تهدیدت می‌کند، دنیای پُرزمانِ پُرفرارِ بی‌بال‌وپر، دنیایی که فقط متعلق به جاییست که تو نیستی، که فقط «به نظر» دنیای واقعیست و فقط «به نظر» راهی به جز زیستن در آن نیست.

☆ آری... دنیایی که باید بین همه‌ی این قفس‌ها، آن «خوب‌ترِ» تعریف‌شده را انتخاب کنی تا جزو برترها بمانی.

☆ دنیایی که اگر از تو «نه» بشنود، اگر از تو تعریف دیگری از آن «خوب‌ترها» بشنود، می‌خواهد که لِهَت کند، داغ بر پیشانی‌ات می‌زند و می‌فرستدت به گروهِ ضدارزش‌ها، بدها، معمولی‌ها، از یادرفته‌ها، بی‌عرضه‌ها، بره‌ها، جامانده‌ها، پایین‌ها، احمق‌ها، شکست‌خورده‌ها، و زشت‌ها. آری... دنیایی که «به نظر» می‌آید همین است که هست.

☆ دنیایی که به نظر می‌آید همین است که هست! آری همین بود که بود. مگر نبود؟! بود.

☆ اما حقیقی نبود!

☆ می‌دانستم حقیقی نیست، انگار همیشه وقتی به این دنیا نگاه می‌کردم، یه حسی در دلم می‌گفت: «نه... این نیست، نمی‌تواند این باشد، نباید این باشد.» نمی‌دانستم و... هنوز هم نمی‌دانم حقیقی‌اش کدام است.

☆ اما... اما اکنونِ مبهمِ پر از بوی آب و ابرِ من، حالاست که می‌دانم آن دنیا فقط دنیایِ بی تو بود. پس در واقع نبود! نیست!

☆ اما مگر جایی بوده که تو نبوده‌باشی؟ نه... همه جا بوده‌بودی.

☆ پس آن دنیا، دنیایی است که تو در آن نبودی و منِ مشکوک بوده، اصلاً شاید حقیقی نبوده‌است، حقیقی نیست!!

☆ هیچ آبی و اکنونی با شک راه نمی‌آید...

☆ چقدر بی‌خود، بدون‌خود گریستم!

☆ آری... حال نگاه کن! چگونه هستی... و بودی... و خواهی بود... و این نه دست تو است نه دستِ من. حال دانستم تمامیِ آن زمان‌ها بوده‌ای... همین‌جا. همه‌اش تقصیرِ خودم بوده و این منِ مشکوکِ پُر وسواس... و رنگ سپیدِ برف‌ها که به بی‌رنگی آب نمی‌آیند و مدام مرا گول می‌زنند.

پرگل شالش را درست کرد موهایش را جابه‌جا کرد و قسمتی از موهای تابدارش را روی صورتش ریخت و با خنده، رو به یاسمن گفت:

- اَه... حالمو بهم زدی. برو گمشو... نمی‌دونم چرا من این‌قدر رو تو بی‌تأثیرم... از اولم همین‌طور بودی. دبیرستان باید با من می‌بودی نه با تارا، الان دیگه پایه‌ت ضعیفه، خیلی توسری‌خور شدی... باید روت کار کنم تا اعتماد به نفست بره بالا... اگه با من بیشتر بپری، بهتر می‌شی...

پرگل رو به تارا کرد و با خنده اضافه کرد:

- البته... صبوری خیلی مهمه. تازه دنیا هزارتا بالا پایین داره. ببین تارا رو... قشنگ با صبوری سه نفرو، رو انگشت کوچیکه پاش می‌چرخونه. کی باورش می‌شد! صبور... قشنگ می‌چرخونه... تا کم‌کم ببینه کدوم به دلش می‌شینن، کدوم به درد می‌خورن، کدوم به درد نمی‌خورن، کدومو بندازه دور، کدومو نگه داره.

یاسمن خندید... تارا هم.

- هی چرخید و چرخید... دوباره برگشت سرِ من... ول کن نیستی‌ها...

- آره دیگه... دوباره اومدیم سرِ تو... که عجب اعجوبه‌ای بودی تو و ما خبر نداشتیم!

- نگو دیگه... اصلاً همش تقصیر خودته... به غیر از کوهیار، اون دو تا رو خودت بهش انداختی. هر چی شَرّ از تو میاد!

- چه شَرّی؟! الان که خیلی هم خوششه. اصلاً هول شده از خوشی چی کار کنه! من فقط گفتم نمی‌دونستم این‌قدر استعداد داره. من که با قضیه مشکلی ندارم، فقط تعجب کردم و دارم تشویقش می‌کنم همین...

- هم‌زمان با هم یعنی چی؟... وا... تهمت نزن! انگار تارا خدای نکرده واقعاً باهاشونه... همچین می‌گه...

- وووی... تهمت نزدم... ما جماعت پرده‌داران، در هر شرایط سوگند به حفظ پرده‌های خود خوردیم، و اگر جانمان برود پرده‌هایمان نخواهد رفت! نه... نترس نجیبه، منظورم اون قضیه نیست، هول نکن. منظورم فقط این بود چطور سه تا رو با هم می‌تونه بخیسونه... یعنی معلق نگه داره... نه اینکه حالا... حالی و حکایتی.

تارا لبخند زد، سرش را به چپ و راست تکان داد.

- از دستِ شما... هیچ‌کدوم خیسونده نیستن. با هیچ‌کدومشونم اون‌طوری که شما فکر می‌کنین نیستم، اصلاً این داستان‌ها نیست. بی‌خودی شلوغش نکن پرگل.

تارا خنده‌ی شیطنت‌آمیزی کرد و ادامه داد.

- بعدشم واقعاً یاسی راست می‌گه... خُب خودت بهم انداختی پرگل خانوم... هرسه تاشون رو. حتی کوهیار هم تو هی گیر بودی که محلش بده. اصلاً کلاً همش تقصیر توست، هر بلایی هم سرم بیاد تقصیرِ توست.

- اِ؟... تو کِی حرف منو گوش دادی؟ چطور هزار تا کار دیگه می‌گم بکن نمی‌کنی؟ حالا اینا هر سه تا تقصیرِ منه؟... بعدش هم... خانم یادش رفته چه حالی بود. ما رو بگو... من اولش با نیت خیر گفتم. تو ادامه دهنده بودی، ادامه دادی... اونم خفن!

- مهم شروعش بود که تقصیرِ توست... و البته ادامه‌ش هم... مثلاً تو دوباره این دکتره رو هُل ندادی تو خونه؟

- من؟ به من چه؟! خُب خودش اتفاقی آشنای دایی در اومد. اصلاً نقش من این وسط چیه؟ دوست دایی می‌شناختش و تعریفشو کرده‌بود و دایی هم به تو پیشنهاد دادن. مگه اینا رو خودت برا من تعریف نکردی؟ مگه دایی همینو به تو نگفته‌بودن؟ وااا... اصلاً من نمی‌دونم ربطش به من چیه؟ خُب اتفاقی این همون در اومد. خُب شاید همه می‌شناسنش... معروفه...

تارا دوباره خندید، این‌بار بلندتر...

- باشه... باشه تو راست می‌گی... من که نیتتو می‌دونم. فعلاً هم که خوشحالم. اما... اما یعنی واقعاً فکر می‌کنی من این‌قدر گاگولم؟ صدسال دیگه هم بگی من باورم نمی‌شه... چطور دوستِ بابای من، همون دکتر رو که تو هم می‌دونی من رفتم پیشش معرفی می‌کنه به بابام؟! و بابام این‌قدر اعتماد می‌کنه که دعوتش می‌کنه بیاد خونه‌ی ما همین‌طوری آشنا بشیم و حالا هم می‌گه بیا و هر هفته برو پیشش... کی بابامو پخته؟

- این که فکر می‌کنم تو گاگولی که... آره واقعاً این فکرو می‌کنم! اما به‌هرحال به من ربطی نداره... هر فکری می‌خوای بکن. به من چه... می‌خواستی به دایی بگی نه، نمی‌خوای ببینیش، دایی که زورت نکردن. بعدش هم، می‌خواستی خودتو نندازی تو رودخونه که دایی این‌قدر وحشت کنن و از دستِ تو به هر دری بزنن. بدبخت دایی... باید می‌دیدیشون تو بیمارستان. چه گیری کردیم همگی از دستش...

یاسمن با صدای بلندتر از هر دو وسط حرفشان پرید.

- رسیدیم... ساکت! اینجا تو صف دیگه صداتونو می‌شنون. بزارین فِرِنیمونو بخریم، بعد ادامه بدین! تارا جونم کلاً بعد از این‌همه حرف... من که فقط می‌خواستم بگم فقط حواست باشه گول نخوری... گولِ هیچ‌کدوم رو.

پرگل خندید.

- اینو راست می‌گه... دور خودتو شلوغ نکن. بعد یه‌دفعه حواست نباشه بیفتی تو دام یکیشون. بیای بگی عاشق شدم و دارم می‌میرم از عشق و این طور حرفا که حالم بهم می‌خوره.

- من منظورم این نبود. من منظورم این بود گول بخوره مثلاً بره تو خونه و خدای نکرده رسوایی بالا بیاره... وگرنه... اونکه بد نیست. اگه عاشق بشه و ازدواج کنه که خیلی هم خوبه... وا... این چه بدی داره.

- آخی... نجیبه... تو هنوز بیرونِ خونه‌ای و درگیره اون قضیه پرده هستی؟ ول کن... نترس...

- چون مهمه... خیلی هم مهمه... خودش داغون می‌شه... نه اون الدنگی که این کارو می‌کنه.

- ای بابا ول کن این قضیه رو، می‌ذاری حرفمونو بزنیم، یا نه؟ تا ولش می‌کنیم می‌ره تو کارِ پرده، پرده رو که فوقش می‌دوزه می‌ره پِی کارش.

- اَه... ساکت! خاک بر سرم... آبرومون رفت!! حالا مردم می‌گن اینا چه جی‌جی‌هایی‌ان!

- باشه بابا... پرده اتاقو می‌گم.

- آخه مگه خودت این کاره‌ای که این حرفا رو می‌زنی؟ همچی می‌گه می‌دوزیم انگار...

تارا بین حرفشان دوید.

- هیس بسه دیگه. ببخشید لطفاً سه تا فِرنی کوچیک... ممنون.

◀

آرش نگاهی به ساعتش انداخت و نگاهی به نادر که با ولع مشغول خوردن بود و با خنده گفت:

- چقدر می‌خوری! بذار تَهش یه کم بمونه دیگه، بی‌کلاس بازی در نیار... خودتو کنترل کن! واقعاً دیگه دیره! بریم خونه... پاشو. منتظری ببندن؟

☆ آه رهاییِ من... چقدر دلم برایت تنگ شده‌بود. اگرچه هنوز هم گویی همه جایِ وجودم به باورِ این حادثه ننشسته، اما ببین چگونه دارد کم‌کم شکوفه‌هایش سرمی‌زند، چقدر سرخوشم... چه بهاری در من ریخته شده... نگاه کن.

- می‌گم آرش... پا کاری بریم ناژنون؟

- الان!؟ واقعاً!؟ نزدیکِ یکِ شبه!

فصل سوم

☆ ساکت... هیچ مگو... فقط نگاه کن و دستت را به من بده!

☆ تو فقط نگاهم کن، تا دستم را بگیرم. دستت را به من بده و نگاهم کن تا بیابیم. این تنها راهش است... تنها راهش! تا من و تو را با خود به دریا ببرم. می‌دانی هستیِ من، با خودم پیمان بسته‌ام که اگر روزی همه‌ی برف‌ها آب شوند، پای پیاده برویم به دست‌بوسی دریا...با زبان خاموش. راهش فقط از کویر می‌گذرد، خودم نشانت می‌دهم. تو فقط نگاهم کن، رفتنش با من!

- درود.

☆ به محض اینکه وارد شد مثل آشنایی بود که سالیان سال در دل و یاد جایش داده‌ای اما از دیده پنهان بوده، حال ناگهان آمده تا تو را غافلگیر کند. لبخند روی لب‌هایم رقصید، چشمانش در چشمانم درخشید، قلبم آن‌قدر ناگهانی تند تپید که تمام سینه‌ام درد گرفته‌بود. دو طرف گردنم، گوش‌ها و پشت چشم‌هایم داغ شده‌بود. صدای قلبم را می‌شنیدم. یواشکی به سینه‌ام نگاه کردم... مبادا واقعاً بالا پایین بپرد. سرفه کردم و ساکت ماندم، خوب بود او شروع کند تا آرام گیرم. تا نگاهم کند و نباشم.

- خُب... چی بگم...

☆ صدایش را چه خوب می‌شنیدم! صدایش می‌آمد و من پر از اطمینان می‌شدم. آرام و عمیق نفس کشیدم. هر چه می‌شود بشود، همین‌جاست، نگاهش کن! چشم‌هایم دزدکی تَر شد. وه... چه بودنی داشت! چگونه هستی را معنی می‌کرد.

می‌دانستم می‌ماند، می‌دانستم آمده‌بود که بماند و می‌دانستم به حقیقتِ دایره‌ها پی برده‌است!

☆ می‌دانستم باور کرده‌است که با رفتن، نمی‌شود واقعاً رفت... و می‌دانستم که خودش هیچ‌کدام را هنوز به ظاهر نمی‌داند. اما بگذار نداند، بگذار همه‌اش جزو درون-دانسته‌هایش باقی بمانند. همان درون-دانسته‌هایی که شاید سالیان سال در درونمان می‌دانیمشان بدون اینکه باور کنیم حقیقتاً می‌دانیم. شاید این‌گونه بهتر است، مبادا هنوز وقتش نباشد.

☆ اما... کِی وقتش می‌رسد که باور کنیم؟

☆ نکند همین اکنون! گوشِ تردیدِ پُرفکر، کر باد!

☆ اما... آیا او می‌داند کی وقتش است؟ گویی به ظاهر نمی‌دانست که دیگر وقتش بود. نمی‌دانست که گاهی واقعاً دیر می‌شود...

☆ آری گاهی دیر می‌شود که می‌شود، و دیگر هیچ‌کاری نمی‌توانی بکنی...

☆ گاهی دیگر نباید دیرتر از این بشود. نمی‌دانست کارمان به مویی بند بود، اگر دیرتر می‌آمد... دیگر دیر شده‌بود که شده‌بود...

☆ آری هیچ‌کدام را به ظاهر نمی‌دانست، به ظاهر باورش نمی‌شد، همان‌طور که من باورم نمی‌شد.

☆ باورش نمی‌شود که چطور تمامیِ این جهانِ واژگون نما، دست‌جمعی می‌خواستند که بیاید و دیگر حوصله‌ی همه از نیامدنش سر رفته‌بود: همه‌ی شناسنامه‌ها، داروها، نوشته‌ها، مشت‌های گره‌کرده، نسخه‌ها، روزنامه‌ها، تصمیم‌ها، پرچم‌ها، رنگ‌ها، تفنگ‌ها، انگشت‌ها و حنجره‌ها... حتی کتاب‌ها! همه‌شان تا به حال هم به احترام آب بود که صبر کرده‌بودند... وگرنه که... چه منی، چه اویی... مُهر را می‌زدند «باطله» و آن‌وقت دیگر هیچ... !

☆ بگذار نداند، باور نکند که چشمان و گیسوانش چه سیاهیِ تندی دارد و نداند که سیاهی سرآغازِ تمامیِ بودن‌های پیاپی است. آری شاید این‌گونه بهتر است... بگذار

نداند که چگونه می‌خواهم گم شوم، حیران شوم و غوطه‌ور شوم در آن سیاهی‌ها... بگذار نداند، شاید این‌گونه بهتر است. من که می‌دانم، من که حس می‌کنم، یک حس عجیب، حس باور پر آرامش... حسِ عمیق آشنایی!

- دوباره بپرسم؟ دوباره پرسشم را تکرار کنم؟ از عدل شکایت کنم؟ از چی بگم؟؟! شما دیگه الان همش را می‌دونید. دفعه قبل که همش را گفتم، همه‌ی پرسش‌هام را... و... و بعد از این‌همه زمانی که گذشته... هنوز هم پرسش‌هام همونه یا به قول خیلی‌ها، همون مشکل و ناهنجاری را دارم. ناهنجاریم هم همینه... که... که چطور انسان‌ها بدون پاسخ به این پرسش‌های بنیادین، راحت زندگیشون را می‌کنند... میاند به این دنیا و می‌رند از این دنیا؟

☆ سادگی سخت‌ترینِ سخت‌ترین‌هاست. هیچ‌چیز به اندازه‌ی سادگی سخت نیست. سادگی با تفرقه نمی‌شود. نمی‌شود همه جا بود و ساده بود. سادگی، یکپارچگی می‌خواهد... یکپارچگیِ وجودِ خاصِ خودش را.

☆ فقط سادگی است که گُهرِ نابِ راستی در دل دارد و تنها با سفر به اعماقِ آب‌هاست که می‌شود به دستش آورد... آن سادگی حقیقی را می‌گویم...

☆ آن سادگی، با تفرقه در آرزوهای بزرگ‌سالان به دست نمی‌آید. سادگی موهبت عظیم به جای مانده از کودکی است، که آوردنش از کودکی تا حالِ پُرابهام شوخی نیست، همت می‌خواهد... همتِ رهایی و راه نیامدن با بزرگ‌سالانِ پُر از نیازِ کاذب؛ همت می‌خواهد... همتِ نگاه کردن در چشمان اکنون و نترسیدن از زمان و اهلِ زمان!

☆ سادگی و گوهرش را با تلاش نمی‌شود به دست آورد... نمی‌شود که نمی‌شود. سادگی آن درون نشسته... منتظر، گوهر در بغل، فقط باید رهایش کنی تا باشد... و... وَه چه همتی می‌خواهد همین «رهایش کنی... تا باشد.»

☆ تا باشد و آن جوهر ناب راستی رو بنماید... حتی تصمیم برای رها کردنش، چه همتی می‌خواهد... چه شجاعتی می‌خواهد!

☆ سادگیِ عظیمش داشت نفسم را بند می‌آورد، و راستیِ رخشانش چشمم را می‌زد! نفس عمیقی کشیدم، چشمم را آرام باز و بسته کردم. نگاهِ آرام و غمگینش را روی کفش‌های قهوه‌ای‌اش نشاند. ستاره‌های چشمانش پشت حصار مژه‌های پایینش، منتظرِ رهایی، قوز کرده‌بودند. نگاهم نمی‌کرد. هیچ چیز برای گفتن نداشتم. آرام بدون اینکه نگاهش را از روی کفش‌هایش بردارد ادامه داد.

- چطور بگم... به طور کلی... از کجا آمده‌ام؟ آمدنم بهر چه بود؟ به کجا می‌روم آخر؟... و... کز چه سبب ساخت مرا؟ یا چه بودست مراد وی از این ساختنم؟

☆ مبدأ؟ چرایی؟ مقصد؟ مقصود؟ واژه‌های آشنایِ مبهمم، چه آشکارا از نو دوباره جلویم می‌رقصیدند... و من اما... نمی‌دانم چرا هیچ‌چیز در ذهنم نبود... هیچ چیز... .به جز چشم‌هایم! فقط می‌توانستم ببینم: دانه‌دانه ستاره‌های چشمانش را که تا سرِ مژگانش آمده‌بودند و با هر پلک زدن دلم می‌لرزید مبادا یک دانه‌اش بیفتد، لبه‌ی موهای لخت و بازیگوشش که گویی آرام و قرار نداشتند و مدام از دورِ و برِ شالش سرک می‌کشیدند و با دل من بازی کودکانه‌ای را آغاز کرده‌بودند. لبخندشان زدم. انگار به‌جا نبود. چون به نگاه نکردنش ادامه داد و ادامه داد...

- این پرسش‌ها در واقع دلایل اصلی بیماری‌ای که من دارم... که... شاید پدرم به شما گفته‌باشند یه جور ناهنجاری دارم. واقعاً شایدم راست می‌گند، شاید هم نوعی ناهنجاریه... نمی‌دونم...

☆ نگاهم کرد، اخم کرد، نفسم حبس شد... اما نگاهش را سریع برگرفت. ابروهایش را بالا و پایین برد. منتظر بود... می‌دانستم این‌بار برای دکتربازی نیامده‌بود و... نسخه و نسخه‌پیچی در کار نبود. انگار برای درمان نیامده‌بود... برای دست دادن آمده‌بود. اما مرا چه می‌شد!

☆ تا به حال این‌قدر مغزم را تهی نیافته‌بودم. تا به حال حتی نمی‌دانستم می‌شود مغزم این‌قدر تهی باشد. نمی‌دانستم، هیچ‌چیز را... !

- ببخشید... اگه می‌شه شما یه‌کم دیگه از خودتون بگید تا ببینیم...

☆ نمی‌دانم چطور و چگونه و چرا گفتم... اما گفتم و او با بخشندگی، باز هم از خودش گفت. دانه به دانه، سال به سال، کتاب به کتاب، دیوانگی به دیوانگی، کلافگی به کلافگی می‌گفت و من زندگی‌ام را مرور می‌کردم. انگار بی‌خبر دفتر خاطراتی داشته بودم و تمام این سال‌ها می‌نوشتم، صادقانه و خالصانه. بی‌هیچ پنهان‌کاری، بی‌هیچ مصلحت‌بینی، و حال او برایم می‌خواند. همه را گفت و ساکت شد... منم ساکت ماندم. زمان دراز شد... نگاهش را از روی کفش‌هایش تا دست‌هایش کشاند... صدای سکوتِ بیرون شنیده می‌شد. هنوز هم هیچ‌چیز برای گفتن نداشتم. نمی‌دانستم چه کنم. ساکت بودم... و تهی!

☆ نگاه هردوی‌مان خیره روی انگشترهای نقره‌اش مانده‌بود. تا اینکه به ناگاه برخاست، بلندتر می‌نمود... نمی‌دانم چرا ترسیدم، دستانم را از روی میز برداشتم، عقب‌تر نشستم... سرم را بالا آوردم. به میز نزدیک‌تر شد. دست‌هایش را روی میز گذاشت، مستقیم نگاهم کرد. چشمانش را درون چشم‌هایم دوخت، گرهی از جنس نگاه به نگاهِ بی‌فروغم زد، گرهی از جنس خودم، تاروپودِ بافته‌ی دستِ دریا و ماهی، نزدیکِ نزدیک، حتی با لحظه‌های کودکی‌ام...

- تا کی می‌خواهید سکوت کنید؟

☆ نگاهش کردم، در چشمانش افتاده‌بودم. خودم را دیدم... آری در چشمانش افتاده‌بودم و نمی‌توانستم تکان بخورم. میخکوب شده‌بودم، میخکوب! و گویی نمی‌خواستم رها شوم. نمی‌خواستم... یا نمی‌توانستم کنده شوم. انگار دستِ من نبود. نمی‌خواستم... اما... خیره‌تر نگاهش کردم... خیره‌تر... خیره‌تر... تا هیچ‌چیز ندیدم به جز سیاهی‌های تودرتویِ پیچ‌درپیچ، که می‌چرخیدند... گرداب‌وار... و نفهمیدم چه شد و نمی‌دانستم چرا، اما خود را رها کردم، بی‌هیچ ستیزه‌ای، بی‌هیچ مقاومتی، بی‌هیچ دست و پا زدنی... و... کشیده شدم و چرخیدم... و چرخیدم... چیزی مرا می‌کشاند... و بیشتر کشاند... تمام وجودم کشیده شد! چشم‌هایش همانند دو حفره‌ی آسمانی با جاذبه‌ای دور از تصور، تمامیِ مرا به درون خود

کشاند... در جایی فراسوی زمان و مکان در دایره‌های چشمانش چرخیدم... و فروغلتیدم... و... هیچ ندیدم... هیچِ مطلق!

☆ تا... کم‌کم دیدم... شفاف‌تر... واضح‌تر، بیش از حد واضح و شفاف می‌دیدم!

☆ به ناگاه چیزی جلویم بود! چیزِ عجیبی که نمی‌دانستم چیست! این چه بود؟ گویی لاشه بود! یک لاشه‌ی عجیب! یک لاشه‌ی تکه‌تکه‌ی ترسناکِ کثیفِ بد بویِ بی‌جان در کنار یک مرداب گندیده... اما بی‌جان چگونه حرکت می‌کرد؟ حرکت نمی‌کرد... فقط تکان می‌خورد!

☆ تکه‌تکه بهم چسبانیده شده‌بود، وجودش ناموزونی و کریهیِ عجیبی داشت. دستانش ناهمسان و پاهایش ناهمگون بودند، حتی انگشتان دست و پایش هیچ تناسبی نداشتند. زنده است؟ مرده است؟ تکان می‌خورد، پس حتماً زنده است. این چه بود؟

☆ انسان بود؟ نه.

☆ حیوان بود؟ نه.

☆ شیطان بود؟ نه.

☆ ای وای... این چیست! از کجا آمده؟! اصلاً اینجا کجاست؟ من کجایم؟! کجایی هستیِ من؟!

☆ آن موجود، هر چه که بود، نزدیک‌تر آمد، یا شاید من نزدیک‌تر شدم، نگاهِ ازحدقه درآمده‌یِ بیمارگونه‌ی حریصش را در بدنم فروکرد، نفسم از ترس بند آمد! نمی‌دانستم چه کنم. نگاهش در من ماند! با وحشت نگریستمش، نفسم آرام شد، انتهای نگاهش ترس نداشت، غمگینی و سرگشتگیِ عمیق و بیچارگیِ معصوم و کُشنده‌ای در ته نگاهش بود. بیشتر نگاهش کردم، دلم سوخت... نگاهِ پر از عجز و التماسی داشت. بیشتر دقت کردم... و بیشتر. انگار می‌شناختمش! نگاهش چه آشنا بود! خیلی آشنا! چطور ممکن است؟! کجا ممکن است دیده‌باشمش؟! چرا باید این برای من آشنا باشد؟! این موجود مگر چیست که برای من اینچنین

آشناست؟! مگر می‌شود؟! ببینم... ای وای... نه! نکند!... نکند من باشم؟ ای وای منم!؟ من بودم؟! نه... نه!!

☆ با فشارِ دستم به میز، صندلی‌ام را به عقب هُل دادم. صندلی‌ام به عقب پرتاب شد...

☆ ترسید... تکانِ بدی خورد. نگاهش را از چشمانم برگرفت، سرش را زیر انداخت، نشست. سرم را زیر انداختم. نفس‌نفس می‌زدم، سرم گیج می‌رفت، دهانم خشک شده‌بود، عرق سردی را روی پیشانی‌ام و تمام بدنم حس می‌کردم، احساس می‌کردم لباسم به تنم چسبیده است، حتی مژه‌هایم هم تر شده‌بود، اما پلک نمی‌زدم.

☆ هیچ نمی‌گفت، هیچ نگفتم تا نفسم آرام گیرد. احساسِ شرم کردم و نگاهم از خجالت روی میز چمباتمه زد. آه کشید. آرام و خجالت‌زده خودم و صندلی‌ام را به جایِ اولم کشاندم. گیج شده‌بودم، زیر چشمی نگاهش کردم... این چه کابوسی بود؟ چگونه در عمق این‌همه زیبایی، من کابوسی به این زشتی و وحشتناکی دیدم؟! چگونه؟ مرا چه می‌شود؟ خواستم دست ببرم و از کشوی میزم قرصی درآورم و بخورم اما... برخاستم... تا کنار پنجره خود را کشاندم، پنجره را باز کردم. صدای بیرون آمد. نفس عمیقی کشیدم. باید فراموش می‌کردم. تَوَهم زده بودم. خودم از این نمونه بیمارها داشتم... شاید من هم، نکند من هم! اما... نه. نمی‌دانم چرا، اما باید دوباره نگاهش را می‌دیدم، باید مطمئن می‌شدم، نباید می‌ترسیدم، نباید هیچ قرصی می‌خوردم تا بتوانم خودِ خودم بمانم... پس دوباره سرِ جایم برگشتم. نشستم. بدون اینکه نگاهم کند دوباره پرسید:

- نگفتید... هنوز می‌خواهید سکوت کنید؟

☆ هیچ نگفتم. آرام و صبور به انتظار نگاهش کز کردم. چندین بار پلک بر هم زد. خیره نگاهش کردم، منتظر... به امید اینکه اشتباه دیده‌بوده‌باشم، منتظر ماندم. گویی می‌دانست، فهمیده‌بود باید نگاهم کند. سخاوتمندانه، مستقیم نگاهم کرد...

و دوباره گرداب‌وار در سیاهی‌ها کشیده شدم... لغزیدم، فروغلتیدم و دیدم، درست دیدم که درست دیده‌بودم!... درستِ درست. خودم بودم! خودِ خودم. دیگر مطمئن بودم!

☆ خواستم بلند شوم و فوری بگویم «بدرود» اما چون از بابایی و دریا یاد گرفته‌بودم، لنگر داشتم... لنگرم را فروافکنده و ماندم، نگریختم...

☆ باید می‌ماندم، باید می‌دانستم، باید می‌فهمیدمم. از آن بایدها بود که اگرچه به نظر می‌رسد صددرصد نباید انجام دهی، اما دیوانه‌وار می‌خواهی انجام دهی و عجیب، «نبایدت» درجا، بدون دخالت عقل و دل و آموخته‌هایت که می‌گویند باید بگریزی، درجا تبدیل به «باید» می‌شود. این هم از همان «نباید»های «باید» شده‌بود. باید می‌فهمیدمم، و ماندنم تنها راه فهمیدنم بود...

☆ آری خودم بودم. به وضوح می‌دیدم. هیچ هاله یا مِهی هم نبود، هیچ ابهامی نبود، همه چیز خیلی خوب، واضح و ترسناک پیدا بود!

☆ ای وای چه پیدا خودم بودم! اما... به جز آن عمق نگاهم، هیچ‌جایم دیگر مثل انسان نبود، چه رسد به عقلم!

☆ نه آبی در آن بود... نه اکنونی!

☆ خشک بود. خشکیده و تکیده و پوسیده و تکه‌تکه به هم چسبیده... چیز عجیبی بود! هر چه بیشتر دقت می‌کردم، بیشتر می‌ترسیدم.

☆ واقعاً ترسیده‌بودم... اما می‌خواستم خوب ببینم. خوب‌تر ببینم. فقط از نگاهش می‌شد بفهمی و مطمئن شوی که منم، نه حتی از چشم‌هایش! به نظر می‌آمد چشم‌هایش کور بودند، چون رد چشم‌هایم را نمی‌گرفت. اما از ته نگاهش می‌شد فهمید که چقدر بیچاره بود، چقدر غمگین و درعین‌حال خشمگین بود. قلبم برایم سوخت. هیچ‌جایم «واقعی» نبود، انسانی نبود!

☆ ای وایِ من... این کیست؟ این چیست؟ چرا به این حال و روز افتاده‌است؟ منم؟! آخر... چرا؟!

☆ هیچ‌جایِ انسانی در بدنم باقی نمانده‌بود. یک خشکیده‌ی بی‌ریشه‌ی تقلبیِ مصنوعی که در آستانه‌ی مردابی متعفن ایستاده‌بود!

☆ مخلوطی بودم از دردها، حسرت‌ها، عقده‌ها و نرسیدن‌های نسل اندر نسل که انگیزه و هدف نامشان نهاده بودم؛ درهم‌آمیختگی‌ای از تمجیدها، تعریف‌ها، آفرین‌ها و به‌به‌ها و چَه‌چَه‌ها که روحیه و اراده می‌نامیدمشان؛ شِفته‌ای از ترس‌ها، تقلیدها و تعصب‌های کورکورانه که ارزش و اخلاق می‌نامیدمشان؛ دوغابی از نگرانی‌ها، نیازهای کاذب و امنیت‌های دروغین که احساسات می‌نامیدمشان؛ و ملقمه‌ای از ملامت‌ها، خودخواهی‌ها و خودپرستی‌های بَزَک شده‌ی ترس‌آلوده که عشق و ناموس می‌خواندمشان...

☆ ای وایِ من چه آشفتگی‌ای بود. هیاهوی هولناک و تنهاییِ عمیقی بود. برای یک لحظه قفل‌شده در چشمانش، ماتِ ناتوانی و نگون‌بختیِ خودم شدم! عاجزانه به خودِ متعفن شوریده‌بختم در آستانه‌ی مرداب نگریستم... و راه گلویم بسته شد، قلبم بیشتر سوخت و چشمانم از اندوه و ناتوانی مرطوب شد...!

☆ آه... بمیرم این‌گونه نبینمم! بمیرم بعد از این‌همه راه...! بعد از این‌همه تلاش برای...

☆ ای وای این‌گونه نبینمم! ای وای این‌گونه نبینمت! چرا آخر؟! مگر... مگر من...

☆ چرا آخر؟! چه کردم من با تو بی‌گناهم؟!

☆ ای وای... حال چه کنم من با تو بی‌گناهم؟!

☆ با من... با او... با ما چه کنم آخر؟!

☆ برای یک لحظه دلم خواست زمان برمی‌گشت و من این‌گونه پای در چشمانش نمی‌گذاشتم. دلم می‌خواست چشم از چشمش بردارم و برای همیشه فرار کنم. فرار کنم و فکر کنم این ماجرا توهمی بیش نبوده، کابوسی بیش نبوده... ولی نمی‌توانستم، قفل شده‌بودم... و هیچ نمی‌دانستم چه کنم!

☆ دریاااا دریاااا تو بگو این منم؟!

☆ نه... «خاموش!»

☆ واقعاً می‌گویی نه؟!

☆ نه... «ساکت!»

☆ نمی‌فهمم. وای دریا می‌دانم من هستم. دریا چه کنم؟! من هستم، ببینم!

☆ «هیس!»

☆ دریاااا... ای وای باید فرار کنم، هرطور شده باید فرار کنم وگرنه دیوانه می‌شوم... اما چطور؟! کجا؟! ای کاش ندیده‌بودمم...

☆ زبانم بند آمده‌بود. بغضم را پنهان نکردم، نخواستم پنهان کنم، تصویرش در چشمانم بارانی شد... لب‌هایم لرزید.

– ببخشید... نمی‌دونم.

☆ واقعاً نمی‌دانستم. اشکم آرام چکه کرد... روی گونه‌هایم، روی دستانم که عاجزانه به هم گره خورده‌بود. سرم را پایین نینداختم، هنوز نگاهم روی چهره‌اش بود و با درماندگی و شگفتی چکه می‌کرد... اشک‌هایم را پاک نکردم. لب‌هایم می‌لرزید... آب دهانم را قورت دادم و دوباره گفتم:

– واقعاً نمی‌دونم...

☆ لبخند مهربانی روی لب نشاند، چشمانش بادامی‌تر به نظر می‌رسید. آرام، مستحکم و مطمئن سرش را تکان داد و گفت:

– می‌دونید....

☆ فقط همان‌طور نگاهش کردم و او ادامه داد.

– شما باید بدونید. حتماً می‌دونید. این تنها راهشه...

☆ چرا من باید می‌دانستم؟ از کجا باید می‌دانستم؟ اصلاً منِ گیجِ دربه‌در، چه چیز را باید می‌دانستم؟ منِ این‌گونه آغشته به لجن و کثافت مگر اصلاً می‌تواند که بداند؟ آرام زیر لب گفتم:

– اما...

☆ نگاهش تکان نمی‌خورد گویی روی تاروپود دل و جانم جا خوش کرده‌بود. همان‌طور که نشسته بود دوباره آرام و مطمئن گفت:

– اما نداره... شما می‌دونید. این تنها راهشه!

☆ نفس عمیقی کشیدم... خیلی عمیق. نمی‌دانم چرا اما دلم قهوه خواست و بی‌فکری...

☆ دلم کیک و قهوه می‌خواست، یک قهوه‌ی تلخ و داغ، بدون شیر و شکر با کیک ساده‌ی خانگی، از آنها که رنگش مایل به زرد است، بویش گرم است... پُفش به اندازه است، شیرینی‌اش به دل می‌نشیند. از آنها که ماهی هر وقت سرحال است درست می‌کند و گاهی نهال سعی می‌کند شبیهش را در آورد.

☆ بغضم نشست کرد، اما هنوز چشم‌هایم پر بود. به نگاهش شکایت بردم: اصلاً چرا من؟ چرا؟ و بی‌درنگ جواب گرفتم: «هیچ‌کس دیگری نیست... هیچ‌کس... باور کن، هیچ‌کس!»

☆ ساکت شدم. دیگر هیچ نگفتم.

☆ هیچ‌کس دیگری نبود؟! هیچ‌کس دیگری نبود.

☆ باید بدانم؟ حتماً می‌دانم؟ حتماً می‌دانم!

☆ نمی‌دانم چرا، اما با تمام سلول سلول هستی‌ام باورش کردم، آخر تجربه‌اش را داشتم، آدم که این‌قدر چشم سفید نمی‌شود... ببین چطور جلویم نشسته‌است.

☆ یادت هست چطور و چگونه اکنون اینجاست؟ یادت هست چه کردی که حال اینجاست؟ ببینش... جلویت نشسته!

☆ آدم که این‌قدر چشم سفید نمی‌شود!

☆ ساکت شدم... و قدرت سکوت را باور کردم!

☆ آرام گرفتم... خیلی آرام...

☆ مُشتم را باز کردم، دستانم را رها کردم، نگرفتم خودم را، نپیچاندم حسم را، به باد تمسخر نگرفتم چیزی را که اصلاً برایم منطقی نبود، عصبانی نشدم از چیزی که اصلاً نمی‌فهمیدم، ملامت نکردم اشک‌ها و بغضِ نشست کرده‌ام را...

☆ روا دانستم بر خودم، بر خودِ بیچاره‌ام و آرام... آرام... اجازه دادم که باور کنم...

☆ باور کنم که چیزهای غیرقابل‌باور، حقیقی‌ترین باورهای هستی هستند، چرا که انسان خودش غیرقابل‌باورترین باور هستی است، که هست!

☆ آری باورش کردم. هیچ‌کس نبود... هیچ‌کس! هیچ‌کس مطلق! راست می‌گفت.

☆ با بغض، لبخند زدم اشکِ جا مانده از بغضم، از چشمان پرلبخندم چکید. سرم را به نشانه‌ی تأیید تکان دادم. خندید، به دستش نگاه کرد... فهمیده‌بود... همه‌اش را. آری... دست خودمان بود. فقط دست خودمان.

- بله...

☆ آری باید می‌دانستم و این یک «باید» بود و این «تنها راهش» بود. دیگر به هیچ قیمتی حتی جانم نباید برمی‌گشتم. به هیچ قیمتی...

☆ حتماً می‌دانستم باید چه کنیم. باید می‌دانستم باید چه کنیم. آمده‌بود، آمده‌بودیم تا بدانیم باید چه کنیم.

☆ دنبال دانستنم گشتم. باید می‌گشتم؟ نمی‌دانم... اما انگار هر چه بیشتر می‌گشتم، کمتر بود. باز هم گشتم. ساکت بود و صبور...

☆ چه پیدا بود آمده‌بود که دست‌خالی نرود. نگاهش روی دستش آرام راه می‌رفت. هیچ عجله‌ای هم نداشت. می‌دانست می‌دانم، ایمان داشت می‌دانم... و صبورانه نشسته بود تا پیدایش کنم. گویی گشتنم فایده‌ای نداشت!

☆ پس چشم به فکرم دوخته سفت نگهش داشتم!

☆ نگاهش آرام بالا آمد... از روی لب‌هایم، که به طرز محسوسی به هم فشرده به نظر می‌آمد، رد شد و خودش را به نگاهم سپرد...

☆ ... و من دوباره دیدم، همان لاشه‌ی کثیف بی‌جان را... و سلول‌های خاکستریِ قلبم درد گرفت. اما نترسیدم. این‌بار اصلاً نترسیدم... در شگفتیِ خود، بی‌فکر، ثابت، خاموش و صبور ماندم...

☆ آه... چه کارش کنم؟!؟

☆ چگونه بدانم آنچه را که باید بدانم؟

☆ چه کنم با این «باید»؟!

☆ قلبم بیشتر درد گرفت، احساس می‌کردم دانه‌دانه سلول‌های خاکستریِ قلبم می‌سوختند، یا نه... شعله‌ور می‌شدند. دستم را به سینه‌ام بردم... دستم فرورفت!! گویی سینه‌ام تهی بود... و داغ! خیلی داغ!

☆ هنوز چشمانم در چشمانش بود، در چشمش نگاه کردم همه‌ام پیدا بود، همان جلو... قلبم هم سر جایش بود، داغ و سرخِ مایل به نارنجیِ پررنگ، در قفسه‌ی سینه‌ی شعله‌ورم می‌تپید، اما... به دست نمی‌آمد!

☆ دستم را دوباره باز و بسته کردم... تهی بود، اما در چشمانش قلبم را می‌دیدم!

☆ ... داشتم شوکه می‌شدم... اما خودم را نباختم، یا شاید می‌خواستم به چیزهایی که به نظر غیرمنطقی می‌آیند عادت کنم.

☆ هر چه نفس در سینه‌ی تهی‌ام داشتم حبس کرده و به نگاهش ملتمسانه و عاجزانه نگاهم را دخیل بستم. پلک زد... و به ناگاه، در درونم صدای ترک خوردن

آمد! مثلِ ترک خوردن یخ، یخِ قطورِ قدیمی. تَق، تَق... از اطراف سینه‌ی تُهی‌ام شروع شد، تا پشتم، ستون فقراتم، دست‌ها و پاهایم، همه جایم همه‌ی درونم، تا پشت چشمانم پر از اشک شد، اما دیده‌ام مرطوب نشد! صدای ترک خوردن یخ بیشتر و بیشتر می‌شد، صدا در درونم می‌پیچید، مثل پیچدن صدا در دالان‌های تهی و دراز، و من گریه داشتم، یک گریه‌ی عجیب که نمی‌دانستم از چه است! پُر شده‌بودم و گریه‌ام نمی‌ریخت.

☆ دوباره پلک زد و دیدم، دیدم که چگونه در فراسوی همان مرداب، در ورای آن لاشه‌ی نیمه‌جان، دریایی بر آمده‌بود... پُر بود، اما از چشمانش نمی‌ریخت، نمی‌ریختم. به یک‌باره صدا خاموش شد و دیدیم آرام‌آرام پشت دریای مشکی مطلقی، که حتی یک تکه کوچک از یخ هم به چشم نمی‌خورد، در اَزَلِ اعماقِ چشمانش، آسمان از زمین جدا شد و چیزی پرتو زد، وجودی سرتابه پا نور!

☆ وجودی سرتابه‌پا نور... اما اصلاً چشم را نمی‌زد! حتی وقتی این‌گونه مثل من، خیره‌خیره نگاهش می‌کردی.

☆ نورِ معمولی نبود، گویی روشنیِ محض بود!

☆ آدم بود؟

☆ خدا بود؟

☆ انسان بود؟

☆ یا... یا... دریا بود؟

☆ نمی‌دانم... ، آخر من که... من که تا کنون حقیقیِ هیچ‌کدام را ندیده‌ام...

☆ دقیق‌تر و خیره‌تر نگاه کردم... انگار داشت چیزی یادم می‌آمد، یک چیز خیلی دور... آن ته نگاهش چه آشنا بود!

☆ آه... آری... خودم بودم! سراپا نور و فقط نور طلوع کرده‌بودم... تا ثابت کنم هنوز هستم!

☆ اشک از دیده‌ام روان گشت...

☆ شنیدم: «بها دارد! می‌دهی؟ بهایش را می‌دانی؟»

☆ گفتم: «هر چه هست می‌دهم تا ثابت کنم یادم هست، تا ثابت کنم تا به ازل سر پیمانم می‌مانم.»

☆ و... دست‌های نورانی‌ام را به وضوح در چشمانش دیدم که پر بود از هستیِ من.

☆ «فقط بمان!»

☆ دست بردم تا دستم را بگیرم... سرش را عقب کشید:

☆ «تا کِی...؟»

☆ «تا به آن‌هنگام که دستانم پر است.»

☆ «فقط بمان، قول بده!»

☆ ایستادم، ایستاد... به بلندای همت! دستم را جلو بردم، دست داد، دستش را لمس کردم... باور کردنی نبود، چقدر واقعی بود، نرم، لطیف، حقیقی... از جنس شکوفه‌های بهاری. باز پلک زد... نگاهش خندید، موهایش تکان خورد، یک رشته گیسو از کنار گونه‌اش، از حاشیه‌ی شالش پایین لغزید... دلم ریخت!

■

شب بود. آسمان سفره‌ی دلش را باز کرده و تمامِ شبِ نو رسیده پر از اشک شوق شده‌بود... ستاره باران بود!

به آسمان نگاه کرد. نگاهش پَرکشید... تا ماه، تا جایی که خاکستری-مشکیِ دورنمای رودخانه و آسمان به هم می‌رسید، نگاهش پَس سُر خورد تا برگشت به آبِ نزدیک، آب بی‌تابانه خودش را تاب می‌داد و بالا می‌کشاند، تا به او برسد. خم شد، کمی بیشتر... دستی بر سرِ آب کشید. نازش را خرید. این خاصیتِ خوبِ پِله‌های پل‌خواجو بود: هم به صافی، دستی داشت؛ هم به جوش‌وخروش، چشمی.

- می‌دونی آرش، هیچ‌وقت دوست ندارم رو به کناره‌ی اون‌طرفِ رودخونه بشینم.

نادر دست‌هایش را باز کرد به جلو پراند و راستای استوار زنده‌رود را نشان داد.

- می‌دونی... همیشه باید اینجا نشست تا بی‌نهایت آب بهتر پیدا باشه. اگه اینجا بشینی می‌تونی دریا رو تو دلِ رودخونه ببینی، یا...

نادرلبخند زد نفس عمیقی کشید.

- یا رودخونه رو تو دل دریا... چه فرقی می‌کنه.

چشم‌هایش ریز شد، نگاهش نگاهِ سال‌ها قبل شد. نوک انگشت پایش را آرام در آب گذاشت.

- وقتی رو ماسه‌های نرمِ ساحل پا برهنه وایمیسی، آب میاد و می‌ره، کف پای آدم قلقلک می‌شه. کوچیک که بودم وقتی موج میومد، ماسه‌ها از زیرِ پاهام در می‌رفت، کف پام قلقلک می‌شد و آروم خالی می‌شد، فکر می‌کردم حشره‌ای، چیزی... یا کِرمای کوچیکی توی ماسه‌ها هستن که کف پامو قلقلک می‌دن و سر می‌خورن از زیر پاهام... واقعاً این فکرو می‌کردم!

- حالا کفش و جورابتو بپوش، هم زشته، هم سرما می‌خوری. چند سالت بود که رفتین شمال؟

نادر در حالی که جورابش را پا می‌کرد خندید.

- کسی که نمی‌بینه، یه دونه پامه. رفتیم شمال که نمی‌شه گفت، شاید بشه گفت در خط شمالی کشور سُر خوردیم. والا نمی‌دونم. خیلی کوچیک بودم... دقیق یادم نیست، اما از

لحظه‌ای که یادم میاد شمال بودیم... شاید از لحظه‌ای که درست می‌تونستم ببینم و تشخیص بدم، موج دیدم و آب و...

☆ زیباترین بی‌نظمیِ دنیا، نظمِ وحشیِ خرده موج‌هاییست که دو موجِ ابروانت را بهم پیوند می‌دهند و هیچ‌کس نمی‌داند این بی‌نظمیِ شلوغ که از این ابرو به آن ابرو، موج در موج در هم می‌رود و می‌آید چه نظم نهفته و چه صدایِ موزونی دارد... و چگونه در دلم، اکنون را برپا می‌کند آن‌هنگام که نگاهت بالا می‌آید و در آسمان دلم می‌نشیند.

☆ وه... چگونه من از نگاهت می‌رسم تا به دیدن، به دانستن، به یافتن. دیگر هرگز نگشتم، نمی‌گردم...

☆ نگاهم کن... آری گویی این همان تنها راه ادامه دادن است.

- به نظر من نباید میومدین اصفهان. اولاً این‌قدر همتون شمالو دوست دارین، بعدش هم... بالاخره اونجا نزدیک‌تر به خونواده‌ی مامان بابات اینا بودین. بالاخره امکان اینکه همه چی درست بشه بود... حالا خیلی دورین.

- دیگه نمی‌شد موند، حتی نزدیکیای اونجا. واقعاً نمی‌شد. می‌گم که تو خط شمالی سُر خوردیم... نمی‌خواستیم بیاییم مرکز... اما نشد... البته من بعد فهمیدم.

نادر آه عمیقی کشید.

- این‌طور که تعریف می‌کنن واقعاً امکانش نبوده...

- نمی‌دونم... اما... هِی بِپا نادر... مواظب باش... آب خیلی بالا اومده... بیا بریم بالاتر بشینیم.

☆ مَد شد. ابروهایش بالا رفت... چشمانش درشت‌تر می‌نمود... شگفت‌زده گفت: «چه می‌گویی؟»

☆ مگر من می‌گویم؟ مگر من گفتم؟ از من مپرس... از چشم‌هایت بپرس. می‌توانی اعتماد نکنی می‌توانی هم اعتماد کنی، یه اعتمادِ لذیذِ بی‌دلیل، می‌توانی هم به تلاشت برای فهمیدنش ادامه دهی؛ می‌توانی هم هر دو را با هم امتحان

کنی. نمی‌دانم، خودت می‌دانی، چشم‌های خودت است، من مسئولیت هیچ‌چیز را برعهده نمی‌گیرم، من فقط می‌خوانم... فقط! بقیه‌اش با خودت و اکنونت.

☆ راست می‌گفت... خودم هم شگفت‌زده بودم... دستوراتِ قدم‌به‌قدم عجیبی بود... به نظر نمی‌آمد مسیرِ به این عظیمی از قدم‌های به این سادگی شروع شود... ولی شد... ! از همان اول...

- زندگیه خودته... به من ربطی نداره. ولی بدجور داری خودتو گول می‌زنی. این چه مسخره‌بازیه درآوردی؟ این مرتیکه کارشه، پولشو می‌گیره... باید یه کاری کنه که تو سریع سرخوش بشی... همین. با قرص یا با شربت، دروغ یا راست، پرت‌وپلا، هر چی می‌بافه بِهَم که تو سریع شنگول بشی. حالا من که نمی‌دونم چیا بهش گفتی، اون چیا بهت گفته... یا فایده داشته یا نداشته، اما می‌گم تو این پولا رو بده به من، به جای اونجا هم بیا اینجا، زودتر و بهتر نتیجه می‌گیری. نتیجه‌ی دائم می‌گیری، یعنی کاری می‌کنم تا آخر عمر خوب بشی، نه مثل بعضی از این دکترا که یه کاری می‌کنن مجبور بشی هِی هر مدت یه‌بار دوباره بری پیششون، هی می‌خوان گیرت بندازن... نه والا جدی می‌گم. خلاصه اگه هفته‌ای یه‌بار بیایی اینجا من گارانتی می‌دم به خودت و بابات که می‌سازمت... چون من فکر نمی‌کنم اصلاً چیزیته...

- نمی‌خوام حرفشو بزنیم... حالا فعلاً که تازه رفتم... بذار چند بار برم، ببینم چی می‌شه... با دو سه بار که معلوم نمی‌شه...

- بابا قبلاً هم که بهت گفتم... تو دل نمی‌دی به درمان من... من چند هفته‌ای راحتت می‌کنم، خدایِ خیالیتو می‌شورم، می‌برم، خلاص! ببین خره، بیایی پیش من زودتر درمان می‌شی... می‌ری پِی زندگیت و هی پول به این آدمِ مفت خور نمی‌دی. کلاش... نشسته دل‌وقلوه می‌ده با یه دختر خوشگل، تو اتاق تنهایی اختلاط می‌کنه و خشکه‌خشکه میلاسه، تازه پولم می‌گیره، سگ تو روحت... مردم چطور پول درمیارن.

- بسه دیگه اشکان... من کار دارم، بدرود.

☆ ای مردمان غم‌آلوده‌ام مکنید، دیگر بیش از این نمی‌دانم، دیگر نمی‌دانم، دردآلوده‌ام نکنید. تا به چشمانش برسم مرا رخصتی دهید. از من نخواهید

دانسته‌های جزوی‌ام را برایتان نشخوار کنم و زیبا بپیچم و تحویلتان دهم... دیگر نمی‌توانم... من دیگر نمی‌توانم.

☆ می‌دانم بیشترتان، می‌خواهید که زود بخندید و زود باور کنید که چه آسان بود آدم شدن و شاد شدن، یا با خودتان بیندیشید که دیدی چگونه همه چیز زود گذشت و فراموش شد. می‌دانم چه می‌خواهید، اما من دیگر آن باوردهنده‌ی امیدوارکننده‌ی قبلی نیستم...

☆ ... و نمی‌پیچم: نسخه را، فراموشی را، فرار را، خلسه را و روزمرگی را...

☆ نه... آن من دیگر نیست!

☆ من دیگر گیجتان نمی‌کنم. دیگر سرنخ‌ها را با داروهایم از دستتان در نمی‌آورم، تا بفهمید چراهایتان را، تا گم نکنید سرنخ‌هایتان...

☆ از من نخواهید... من دیگر نیستم...

☆ می‌دانم... می‌دانم جز اندکی از بیمارانِ بیمارم، بقیه‌ی‌مان تا خرخره در منجلابِ یخ‌زده‌یِ ترس و پَرده و غصه و چشم‌بند و دلواپسی و پرسش فرورفته‌ایم و گیج شده‌ایم و دنبال بیماری و قرص‌های‌مان می‌گردیم...

☆ باور کنید می‌دانم، خوب هم می‌دانم. اما من سرنخ‌ها را نمی‌سوزانم و داروی‌ِ سِحرشدن و هرزشدن نسخه نمی‌پیچم.

☆ صبور باشید... آخر من در این شب یلدا با این‌همه برف چه کنم؟

☆ چه انتظاری از من دارید؟

☆ سختی‌اش را می‌فهمید؟

☆ می‌دانید روزی چند بار می‌میرم و زنده می‌شوم؟

☆ می‌دانید روزی چند بار نمی‌خواهم که بخواهم، انچه را که با تمام وجود می‌خواهم.

☆ می‌دانید چقدر سخت است در ابهامِ اکنون ایستادن و جم نخوردن؟! شرط می‌بندم تاب یک لحظه‌اش را هم نمی‌آورید... مرا رخصتی دهید... تا دوباره‌ی چشمانش راهی نمانده‌است.

– لطفاً نفر بعدی..ببخشید خانم جمشیدی چند نفر دیگه مونده؟

– یه نفر.

– ممنون.

☆ آه، چه سخت است انسان به موقتی بودنِ بودنش پی ببرد!

☆ چه سخت است انسان بفهمد تاریخ مصرف دارد.

☆ بداند نفهمیده و ندانسته، جزو آن‌هایی شده که آمده‌اند که بروند.

☆ من فهمیدم... شاید کمی دیر، اما فهمیدم...

☆ مرا ببخشید که این‌گونه ندانسته در این سوی میز قرار گرفته‌ام.

☆ مرا ببخشید... که هیچ‌وقت نمی‌دانستم این سوی میز بودن چه مسئولیت عظیمی دارد!

☆ می‌دانید... گاهی وقتی همه چیز همان‌گونه که گفته‌شده و تصور شده، همان‌طور که انتظارِ تعریف‌شده‌ات پیش‌بینی می‌کند، پیش‌می‌رود، آدم فکر می‌کند درست پیش‌رفته‌است. نگو که فقط رفته‌است... نه پیش، بلکه پس!

☆ و من دورتر شده‌بودم!

☆ آری پیش رفتن، ژرفای دید می‌خواست، که من نداشتم. نظر می‌خواست، که من نداشتم. بینش می‌خواست، که من نداشتم. از همه‌ی اینها من فقط یک جفت چشم بی‌نگاه داشتم و بس!

☆ شاید اگر شما هم بودید همین فکر را می‌کردید. همه چیز کامل شد و همان‌گونه که می‌باید، در بهترین شرایط ممکن، که هر کسی آرزویش را دارد، اتفاق افتاد و من خوشحال و پُرغرور پشت این میز نشستم.

☆ خوب یادم است، خیلی خوب یادم است. به عنوان نابغه‌ی جوانِ خوشتیپِ دانشگاه، زودتر از تمام هم‌کلاسی‌هایم پشت همین میز نشستم و قاب‌های افتخاراتم را تندتند آویزان کردم و ماهی از ذوق گریست و چشمان مردانه‌ی سیا، تر شد و من لبریز از توانمندی و افتخار، به بوی خوب چوب میزِ نویِ مطبم دل سپردم! و مشعل نجات در دست، با اراده‌ای آهنین، تصمیم‌های خوب گرفتم!

☆ اما... نمی‌دانستم هر رسیدنی، آن رسیدنی که باید باشد نیست. نمی‌دانستم که باید بایستم و عقب بکشم و نگه دارمش این گوسفندِ حرف‌گوش‌کنِ دنباله‌رو را، این اسبِ سرکش حریص را... و... با نظر، نگاه کنم!

☆ هر راهی در حقیقت فقط زیر پای یک رهرو به انجام می‌رسد.

☆ نمی‌دانستم هیچ دو انسانی مقدر نشده‌اند که در یک راه گام بردارند.

☆ باید شک می‌کردم، یک شک خوب.

☆ باید شک می‌کردم به تمامیِ تقلیدی‌ها و تحمیلی‌ها...

☆ باید شک می‌کردم به تمامیِ راه‌های یک‌رنگ، راه‌هایی که میلیون‌ها نفر در سراسر دنیا یک دست، عین هم رفته‌بودند... عین هم!!

☆ چرا شک نکردم؟

☆ راستی چرا شک نکردم؟

☆ شاید همان تَوَهُم همیشگیِ «من فرق می‌کنم» یا... شاید توهم مفید بودن بود...

☆ یا... یا شاید...

☆ ... شاید چون چیز دیگری نمی‌دیدم که جایش بگذارم و آن ایمانم شود، و این شکَم.

☆ شاید هم... اصلاً نمی‌دانستم که می‌توانم چیز دیگری باشم!

☆ یا شاید آن‌قدر همه چیز در آن شیرین و لذیذِ تعریف‌شده می‌گنجید و همه‌ی دوست‌داشتنی‌هایم آن‌قدر خوشحال بودند... که من، حتی اگر هم می‌خواستم، دلم نمی‌آمد، یا اصلاً نمی‌توانسم شک را به این‌همه سرخوشی راه دهم!

☆ نمی‌دانم... واقعاً نمی‌دانم چرا شک نکردم. چرا آن شکِ خوب را نکردم.

☆ شاید هم...

☆ شاید هم دلیل اصلی‌اش این است که آیینه‌ی آویخته در کودکی‌ام، از قبل نقاشی شده‌بود!

☆ نمی‌دانم...

☆ یا... شاید چون راهی بود رفته شده، طی شده، امن و ایمن و پُر تأیید و تشویق... خوب چرا شک کنم؟

☆ نمی‌دانم... اما...

☆ ... اما باز هم باید شک می‌کردم... !

☆ باید می‌دانستم، یکی از آن میلیون‌ها شدن که کاری ندارد، باید می‌دانستم کوهی را نکنده‌ام، تخم دو زرده‌ای نگذاشته‌ام، باید عقب می‌کشیدم و خوب می‌دیدم. می‌دیدم که همهمه‌ها چه مسکراتی هستند و ولوله‌ها چه نشئه آورند.

☆ آری شاید در همهمه‌ها و ولوله‌ها بود که جَو گیر شدم و فکر کردم اینجا همان‌جایی است که باید باشد.

☆ شاید هم به سادگی فقط نمی‌دانستم من و هر کداممان چقدر با هم فرق می‌کنیم.

☆ هنوز هم نمی‌دانم چرا آدم‌ها نمی‌فهمند چقدر با هم فرق می‌کنند، الان که نگاه می‌کنم باید خیلی پیدا باشد... خیلی! چشم‌هایمان با هم فرق می‌کند، گوش‌هایمان با هم فرق می‌کند، اصلاً شکل صورتمان این‌قدر با هم فرق می‌کند،

سر انگشتانمان که دیگر نگو... خیلی با هم فرق می‌کند، پس چرا آدم‌ها فکر می‌کنند راه‌مان، راه‌شان می‌تواند این‌قدر مثل هم باشد؟! چرا... ؟!

☆ مرا ببخشید نمی‌دانستم، هنوز خودم را ندیده‌بودم.

☆ مرا ببخشید... گناهکار بودم یا نبودم بماند، حال می‌دانم خطا بود، زود بود، خیلی زود!

☆ حال هرچه بود، اکنون می‌دانم منِ پشت میز، هیچ‌چیز بیشتر از شمای آن سویِ میز ندارد مگر مجموعه‌ای از دانسته‌هایِ عقلکم که اگرچه لازم است، اما کافی نیست! هرگز کافی نیست!

☆ آه... علمِ زیبایِ عزیزکرده‌ام. چه با من و ما کردی... !؟

☆ تک‌روی کردی نازنینم! چطور ما را نشناخته، پرده از رخساره کمی کنار بردی و اجازه دادی ما آن گوشه‌ی چشم را ببینیم؟

☆ می‌دانم قصدت پاک بود، می‌دانم دلت صاف بود، می‌دانم معصومانه و ندانسته کردی، می‌دانم... اما... اما... شریک جرم هستی، گناهکاری... گناهکاریم!

☆ اکنون دیگر می‌دانم: «نیّت حساب است.» فقط جمله‌ی شیرینِ گول‌زننده‌ای است، برای فرار از بار مسئولیت. حال می‌دانم نیّت باید با خرد باشد، تا کردار به بار نشیند. اما آن روز نمی‌دانستم. تو هم نمی‌دانستی علم عزیزم.

☆ آه... علمِ دوست‌داشتنی‌ام... کاش تو جلویمان را گرفته‌بودی، کاش پرده از رخ کنار نمی‌زدی، حتی همان اندکی را، مگر به نظر!

☆ سرخود، سرخود، که نمی‌شود هِی تاخت‌وتاخت و تک‌رَوی کرد. مگر دست، به تنهایی به جایی می‌رسد؟ مگر پا، به تنهایی به جایی رسیده؟ حتی قلب و عقل و چشم هم چنین ادعایی نکرده‌اند، خوب نتیجه‌اش همین می‌شود... ببین!

☆ ببین چه کردی! ببین چه کردیم! ببین چه شد! شاید تنها تو مقصر نبودی، اما قبول کن شریک جرم بودی.

☆ شاید هم بیمار بودی... آری شاید بیمار بودی علمِ معصومم، بیمار بودی... من و ما ندانستیم.

☆ حال ببین چه شده... !

☆ من که... من که هنوز هم دوستت دارم، خیلی هم دوستت دارم... چه کنم دست خودم نیست، چه کنم، تو اولین تجربه‌ی دلباختگی‌ام بودی!

☆ اما گویی حال دیگر... دوست داشتن‌ها دلیل می‌خواهد... آری ای علمِ ساده‌ی نحیفم، کم نیستند کسانی که تو را فقط به خاطر بعد از داشتنت دوست دارند، نه به خاطر داشتنت، نه به خاطر خودت، به خاطر تمام چیزهایی که بعد از داشتنت نسیبشان می‌شود، که بدارندت و بنازند که تو را دارند، که دستت را بگیرند و این‌طرف و آن‌طرف ببرندت و خود را با داشته‌های بعد از تو بزک کنند!

☆ ای علمِ ساده‌ی بی‌گناه، چند بار تو را گفتم اول ریسمانت را بیاب، اول ریشه‌ات را بدان و بعد دل بده‌وبستان کن. آخر مگر بی‌ریشه بودی، مگر بی‌اصل و نسب بودی که این‌طور خودت را گُم کردی و تاختی؟!

☆ آخ تو هم مثل من و همه‌مان ندیدی، ندانستی...

☆ حال کاری است شده و آبی است ریخته شده، نگران نباش نازنین علمم، اگر آب، آب باشد، صد دور هم که بزند، آخر سرچشمه‌اش را می‌یابد!

☆ بیا و دستت را محکم در دستانم بگذار، تا دادمان را بستانیم از تمامیِ این زیورالاتِ سنگینِ خوش خط و خال!

☆ بیا تا چشمانش با هم برهنه بدویم و از یکپارچگی و پیوستگی نترسیم!

☆ بیا علم دردانه‌ام، بیا تا مثل دست، مثل پا، مثل قلب، مثل مغز، مثل چشم، مثل تمام سلول‌های عصبی، مثل تمام پروتئین‌ها و مثل دانه‌دانه ذره و موج‌های درون سلولی‌مان، خودمان را در دل آن سکوت پُرخردِ مینوی رها کنیم!

☆ بگذار همه ببینند آن دو برهنه‌ی دیوانه که لخت عریان در اکنونِ دریا می‌دوند و می‌دوند و خیسِ خیس می‌شوند... ما هستیم! چرا که تنها راهِ فرورفتن، خیسِ خیس شدن است، و تنها راهِ دوباره بالا آمدن اعتماد به ابر پر ابهام است!

- بهش اعتماد دارم. نمی‌دونم چرا...

- می‌فهمم چی می‌گی... خُب بعضی وقتا آدم این‌طوری می‌شه. مثلِ یه حس می‌مونه. حس اطمینان داری بهش. بد که نیست، خوبه که بهش اعتماد داری. اما... فکر نمی‌کنی دیگه این کارات از اعتماد و اطمینان گذشته، الان دیگه اطاعت حساب می‌شه...

- نه اطاعت نیست پرگل، اطاعت وقتیه که کورکورانه باشه. وقتی حرفاش منطقیه... سالمه... درسته... چرا عمل نکنم؟

- حالا دیگه چرا دندون‌پزشکی... ؟ مگه دندون درد داری؟

- نه... می‌خوام مطمئن بشم دندونام خوبن.

- این مدت همش آزمایشگاه و چه می‌دونم دندون‌پزشکی و... ورزش و..دقت می‌کنی که آت‌وآشغال نخوری و...

- کدومش مشکل داره؟ تو هم انجام بده. کاراییه که همه می‌دونن خوبه، اما عمل نمی‌کنن.

- مشکلی که نداره... خیلی هم خوبه... عالیه... ولی... نمی‌دونم یه‌کم لوس و لیزه! ارتباط با اشکان چی؟ نباید رعایت بشه؟

- لیزه؟ لیز دیگه چیه؟ اینا تا حالا نشنیده بودم.

- حالا بشنو... می‌گم اشکان چی؟ من از اون روز به بعد از این پسره بدم میاد...

- پرگل... چند بار بگم اون قضیه هیچ ربطی به اشکان نداشت... ول کن. منم که «پیشش» نمی‌رم. همین‌طوری بعضی وقتا حرف می‌زنیم.

- همین حرف آخرش ختم به دیدار می‌شه... مثلِ اون‌دفعه‌ها. این پسره زبونی داره که مارو از سوراخ می‌کشه بیرون. می‌گم می‌خوای شماره یه پسرِ باحالِ دیگه رو بهت بدم، خیلی بهتر از اشکان.

- اَه... نه... ول کن... من که مار نیستم از سوراخ در بیام، باشه دیگه حرف نمی‌زنم ننجون نگران نباش... حالا حواست باشه وقتی یاسمن اومد هیچی نگیا...

- اصلاً به من چه... بذار غذامو بخورم، حالمو بکنم، غذا به این خوبی... برا چی حروموش کنم، خودم سر فرصت شخصاً سروته قضیه رو در میارم.

- منظورت چیه؟

- هیچی... شوخی کردم. برا یاسمنم سفارش دادی؟

- آره... گفت کباب می‌خواد. بعدشم... من از همه رو حساب می‌کنم، نمی‌خوام یاسی احساس بدی کنه... از تو رو هم حساب می‌کنم.

- هاها... پس منم افتادم... باشه...

- بله... خوش شانسی دیگه...

- می‌گم واقعاً تو چطور از اول با یاسمن دوست شدی؟ هیچیش با تو مشترک نیست. یادمه اون دخترِ بود... نسرین و اون دوستش چی بود اسمش؟... پانته‌آ؟

- آره پانته‌آ.

- آره... اونا خیلی بیشتر به تو می‌یومدن. بالاخره یه حرفی برا گفتن داشتن، چه می‌دونم... حرف‌زدن باهاشون یه فایده‌ای داشت. چرا با اونا دوست صمیمی نشدی؟ آخه یاسمن! خداییش بهت نمی‌خوره!

- دوست باید دلش باهات باشه. دوستی، دوست داشتن می‌خواد، صداقت و مهربونی می‌خواد... من و یاسمن خیلی همدیگه رو دوست داریم... یاسمن ساده و مهربونه، دلش خیلی لطیفه... دوستی این چیزا رو می‌خواد... اون چیزا که تو می‌گی ملاک دوستی نیست، تو کتابا پیدا می‌شه... دوست نمی‌خواد.

- بالاخره می‌شد یه جا درشون بیاری... آبرو ببر نبودن و... واااا... چی کار می‌کنی؟ چرا گوشتشو جدا می‌کنی؟

- گوشت قرمز نمی‌خورم...

- اَه... دیگه حالمو بهم زدی... مثل این پیریا... بدبخت بیست‌وچهار سالته...

- اولاً که بیست‌وپنج سالمه، دوماً اصلاً ربطی به سن نداره، سوماً همیشه که جدا نمی‌کنم... بعضی وقتا...

- گندت بزنن، آدم نیستی که، همه کارات عارونگه... حتی نرمال شدنت!

☆ حال می‌دانم هیچ‌جایم طبیعی نیست، دیگر دیده‌ام. همه‌ی خودم را دیده‌ام. آن درمانده‌ی به لجن کشیده شده، با دو چشم منتظرِ از حدقه درآمده، آن بی‌گناهِ جامانده از خود را دیده‌ام. دیده‌ام چگونه یک دستش بلند بود و یک دستش کوتاه، یک پایش دراز بود و یک پایش کج و کوچک، حتی گوش‌هایش هم اندازه نبود. سرش شکل عجیبی داشت... خیلی عجیب.

☆ آه... هیچ‌جایم دیگر برایم قابل اطمینان نیست. چه گوشی؟ چه زبانی؟ چه فکری؟ چه... چه چشمی! دیگر حتی به چشمانم هم، به جز در آن‌هنگام که در نگاهت غوطه می‌خورد، اعتماد ندارم. آخر چگونه ممکن است... چگونه ممکن است این‌همه سال من با این وضعیت زندگی کرده‌باشم؟

☆ واقعاً زندگی کرده‌ام؟ نه... نمی‌دانم...

☆ آخر چه می‌دیدم؟

☆ چه می‌شنیدم؟

☆ چه بودم؟

☆ چرا نمی‌دیدم؟!

☆ چرا نمی‌فهمیدم؟

☆ واقعاً چرا... ؟

☆ چگونه تا به اکنون، آب را در شعله‌ی آتش نمی‌دیدم؟

☆ بعد از این‌همه... و این‌همه نگاه کَردن... هنوز نمی‌دانستم چه رقصی می‌کند موج در دل شعله‌های نور!

چشم تارا خیره مانده‌بود.

- غذاتو بخور، من و یاسمن داریم تموم می‌شیما، هر بار میاییم همین‌طور مه‌ومات به همه جا نگاه می‌کنی، انگار دفعه اولته. آره... خیلی زیباست... اما دیگه بسه... آخه هر بار!؟

- داشتم فکر می‌کردم.

- می‌دونم... «به این‌همه زیبایی، تاریخ، قدمت، نقش و نگارا، شیشه‌های صد رنگ» اینا رو صدبار گفتی... چیزِ تازه داری بگو...

تارا خندید.

- اونکه آره... اما این‌بار داشتم فکر می‌کردم چه داستان‌ها، چه جنگ‌ها، چه عشق‌ها، چه قراردادها و چه خیانت‌ها در دل این نقش و نگارهاست. چقدر خوب بود این دیوارها حرف می‌زدن. چه حقایقی می‌تونستن بگن. چه قصه‌ها می‌شد نوشت از دردِ دلشون. کاش می‌شد تاریخ با زبون صادقانه‌ی اجسام، روایت‌گونه تعریف بشه. اون‌وقت می‌شد از تاریخ بهتر درس گرفت. اون‌وقت این‌قدر سخت نبود که بفهمی واقعاً در گذشته، چی گذشته!

- گوشتات را نریزیا... بده من.

- یاسی... ول کن تو رو خدا... تو که داری کباب می‌خوری. گوشت اونو می‌خوای چی کار؟! یعنی تخصص داری تو متلاشی کردن آبرو...

- به تو چه؟... حیفه این گوشتاست... همش ماهیچه است.

تارا نگاه خیره‌اش را از دیوارِ غذا خوریِ هتل شاه‌عباس تا یاسمن و بعد پرگل لغزاند.

- دوباره شما دوتا افتادین به جون هم... پرگل ول کن دیگه!

- اگه جناب عالی گوشت می‌خوردی الان این خَز نمی‌تونست ما رو ضایع کنه. اصلاً اگه گوشت نمی‌خوری چرا قرمه سبزی سفارش می‌دی؟! اصلاً کی میاد هتل شاه‌عباس قرمه سبزی سفارش بده؟ به جز این توریستای ندید بدید.

- برا سبزیش، برا لوبیاش... اصلاً تو چی کار داری، تو غذای خودتو بخور، به من و یاسمن کار نداشته‌باش. چه گیری کردیما. داشتی می‌گفتی... حالا می‌خوای بری دبی امتحان زبان بدی؟ مدرکتو چی؟ قبول می‌کنن؟

- نمی‌ذاری بگم که... مدام مه‌ومات این در و دیوارها می‌شی. آره... برا امتحان زبان، باید برم به جایی بیرون ایران امتحان بدم. هنوزا که نه... سال دیگه. فعلاً باید انگلیسیم بیشتر قوی بشه. برای مدرکمم آره... پرسیدم، قبول می‌کنن هیچ نیازی به امتحان ندارم. حالا دارم با صدف حرف می‌زنم... گفته بازم خودش می‌ره حضوری می‌پرسه. چقدر دخترِ مهربونیه، این‌قدر دل می‌ده به کارِ آدم.

- می‌گم تو که انگلیسیت خیلی خوبه... همین الانم امتحان بدی فکر نکنم مشکلی داشته‌باشی.

- خوب، کافی نیست. عالیه عالی باید باشه. می‌خوام نمره‌ی کامل بگیرم. بخورین زود بریم دیگه، اگه اینجا کتابا را نداشته‌باشن باید بریم مجتمع پارک، می‌خوام حتماً امروز بخرمشون.

- من مجتمع پارکو نمی‌یام، اگه اینجا نداشت، من می‌رم خونه، تو و یاسمن برین.

«آه تارا خانمم. پرگل هم فوق لیسانسش داره تموم می‌شه. انگلیسیشم داره کامل می‌شه. فردا می‌ره پیشِ هیوا و صدف دکتراشو هم می‌گیره. هیوا برادرِ توست اون‌وقت باید کارای پرگلو بکنه، هیوا و صدف این‌قدر تو رو دوست دارن، هر کار بخوای برات انجام می‌دن، چرا تو هیچ استفاده‌ای از این امکانات نمی‌کنی؟ پرگل همسن توست. تو این مدت، از بعد از دیپلم تا الان، اون کجا و ما کجا. چقدر پرگل تندتند می‌ره جلو، چقدر کار تو این مدت انجام داده، تو به کجا رسیدی؟ به اینجا؟ که الان بشینی به چاییِ گل گاو زبونت خیره بشی؟ دنیا رسیده به جایی که داره تندتند کرات جدید کشف می‌کنه که انسان برا مسافرت بره یه کره‌ی دیگه، اون‌وقت تو الان ده دقیقه است سعی می‌کنی رو چاییِ گل گاو زبونت تمرکز کنی که به قول آقای دکتر فکرت ساکتِ ساکت بشه!؟ یعنی... » خوبِ‌من، خوب‌من... بسه. چی بگم. خُب می‌تونم بگم... من که بیکار ننشستم. واقعاً بیکار نشستم؟ «نه... اما... نتیجه‌ش چی شد؟ الان چی تو دستت داری؟ چاییِ گل گاو زبون!؟»

☆ همه چیزش درست بود. همه چیزش سر جای خودش، برای خودش، و به‌جا و کامل و بی‌نقص بود. همه چیزش: استعدادش، شرایط زندگی‌اش، سبد زیبای

انگورهای سیاه تازه‌اش! آفریده‌ی خاص، همچون همه‌ی همه‌ی آفریده‌ها آماده برای... !

☆ اما... اما او همه چیزش را تعریف‌شده می‌دید! او انگورهای سیاهش را برای همیشه منظم و مرتب و چیده‌شده در سبد می‌خواست! فکر می‌کرد انگور باید فقط انگور بماند... و تمام انگورهای این نگون‌بخت، انگور تازه، باقی مانده‌بود که مانده‌بود! حتی یک دانه انگور کمی له‌شده هم در سبدش دیده نمی‌شد!!

☆ آری... همه چیز در دستش بود... آماده! برای کاری که کارستان بود... برای طرحی که نو بود و ویژه‌ی خودِ خودش بود!

☆ اما... اما... او خودش و همه چیز را طور دیگری می‌دید. طور دیگری که فکر می‌کرد باید ببیند، که یاد گرفته‌بود ببیند، که مدام در گوشش خوانده می‌شد تا یادش نرود. طور دیگری دید که الان اینجاییم، نه آنجایی که باید باشیم!

☆ آنجایی که حتی نمی‌دانیم کجاست! راستی ما باید کجا می‌بودیم که الان اینجاییم؟؟

☆ چقدر تندتند جلو رفت، با سرعت برق پیش بسوی موفقیت!!

☆ حال ببین چگونه این لاشه‌ی نیم‌جانش، روی دستم باد کرده و سایه انداخته بر کل هستی.

☆ ای وایِ من... دست‌های نورانی‌ات کو پرتوی زندگی‌ام؟ چشم‌های نورانی‌ات کو تا بتوانند ببینند که تنها اشتباهش این بود که ساکت نشد!

- تارا... دخترم... تارا... کوهیار دمِ دره... می‌گه نمی‌یاد تو، می‌گه دیر می‌شه چون بلیط ندارین باید...

«آه تارا خانمم. سرِ زندگیت می‌ترسم. احساس می‌کنم هیچ‌چیزت سرِ جاش نیست. زندگیت درهم‌برهم شده... دیگه دارم می‌ترسم! این‌همه حرف زدیم، قرار شد یه طور دیگه‌ای زندگی کنی، از وقتی دوباره رفتی پیش این دکتره می‌ترسم به روزهای قبل برگردی. آخه به همسنات و هم‌کلاسیات نگاه کن... چقدر مرتب و منظم زندگیشونو می‌کنن. هیچکی مثل تو نیست.

احساس می‌کنم داریم تمام فرصتای خوبمونو از دست می‌دیم. یه کاری کن، یه کاری کن. داره دیر می‌شه، تا بیایی بفهمی همه فرصتا تموم شده... پیر شدی رفته، حیفه... زمان برای تو صبر نمی‌کنه.» نترس خوب‌من... به روزهای خیلی قبل برنمی‌گردم، اما... آره می‌دونم قرار بود همه چیزو فراموش کنم اما... خودت دیدی که نشد، دیدی که نتوستم اون‌طوری زندگی کنم. اصلاً ممکن نبود، خودت شاهد بودی من تمومِ سعیَمو کردم، اما نشد. اما... می‌دونی... الان فرق می‌کنم. چطور برات بگم... گفتنی نیست... حتی تازگیا یه جورایی با تو هم غریبی می‌کنم! اخیراً که نمی‌دونم حتی چی دوست دارم چی دوست ندارم. چند وقت پیش حتی احساس کردم مزه‌ها برام مثل قبل نیست! انگار دارم با چیزی که تا حالا فکر می‌کردم هستم، بیشتر غریبی می‌کنم. در شرایط عجیبی هستم خوبِ‌من... الان واقعاً نباید تصمیمِ جدی بگیرم. یه‌کم دیگه با من صبور باش خوبِ‌من. «آخه فرصتامونو از دست می‌دیم... »

- درود بر شما تارا خانمِ عزیز...

- درود.

- خوبی؟ سلامتی؟ دیر کردی؟

- ببخشید، ممنون، خیلی خوبم.

- چقدر آرومی!

- خوبم... فقط می‌شه رادیو رو خاموش کنی.

- باشه، چشم... فقط بذار خلاصه‌ی خبرا رو گوش بدم.

- ببخشید... اما... من نمی‌خوام گوش بدم.

- باشه... چشم... اما چرا؟... چی شده؟

- هیچی..فقط الان نمی‌خوام به اخبار گوش بدم.

- چرا؟

- فعلاً نمی‌خوام دیگه.

- اون دکتره که می‌ری گفته؟

- بله.

- چه دستورات عجیبی؟! تو هم خیلی جدی رعایت می‌کنی... البته خوبه... یعنی منظورم اینه خوبه این‌قدر اعتماد داری به این دکتره... اما آخه... یعنی بی‌توجهی به مسائل مملکتت، مردم و دنیا یکی از دستوراتِ ایشونه؟

- موقتاً این‌طوریه، تا اینکه... یعنی... تا یه مدتی، کوهیار... بزرگش نکن! قبلاً هم یه‌بار گیردادی سر این موضوع. می‌خوای مشخصاتشو بدم بری پیشش، ببینیش. می‌دونی که بابام دیدنش، خودشون گفتن برو...

- نه... نه... فقط... خُب... اگه می‌خواستی بیشتر از یه دفعه بری، بهتر نبود بری پیشِ یه مشاوری، روانشناسی... این مگه روان‌پزشک نیست؟

- چرا... اما... خُب... خودش قبول کرد... بابام باهاش حرف زدن، ازش خواستن!

- آخه کارش که این نیست که حالا حرف بزنه و... چندین جلسه و... یعنی... خُب برا چی؟! فقط برا تو این کار رو می‌کنه؟ منظورم اینه... خُب می‌تونستیم یه روانشناس یا مشاور خوب پیدا کنیم. بعدشم، آخه هر کسی که نمی‌تونه بیاد تو زندگیِ آدم... راست‌راست به آدم دستور بده و آدم همین‌طور بگه چشم رو چشمم.

- کوهیار می‌شه بری از نزدیک ببینیش؟

- نه... نمی‌خوام! برم چه کار؟ من باهاش نه مشکلی دارم، نه کاری دارم، نه می‌خوام چیزی ازش بدونم. باشه... هرطوری تو می‌خوای... اصلاً بیا... رادیو خاموش! اما کلاً حواست باشه... بالاخره آدم خودشم باید عقل داشته‌باشه... نمی‌شه که...

☆ عقلت کو دکتر سپندار!؟ چه بر سرِ خودت آورده‌ای!؟

☆ پیشانی‌ام را لمس کردم، دور تا دورِ سرم دست کشیدم.

☆ مگر عقل داشتم؟

☆ مگر عقل داشتی؟ نداشتی؟

☆ نمی‌دانم... از آن لاشه‌ی نیمه‌جانِ متعفن بپرس، لازم به تحقیق و خواندن و کند و کاو و گشتن نیست، فقط نگاهش کن! نگاهش کن و دست از سرم بردار... آخ سرم... عقلم درد می‌کند.

☆ هر چه می‌شود پای آن کابوس، آن توهم تلقینی را پیش می‌کشی دکتر سپندار! خاک عالم بر سرِ من و علم که بعد از این‌همه دانش‌اندوزی، تو باید عقلت را بسپاری به نگاهی و طوطی‌وار تقلید کنی از وهمِ تخیلیِ بی‌ثباتِ بی‌منطقی. خاک بر سر من و علم که تو را به این آسانی فروختیم به تَوَهمی بی‌سرانجامِ!

☆ آه هستیِ من نگاهم کن... زود باش! وگرنه... ببینش... دارد دوباره سوهان می‌کشد مغزم را! زود باش نگاهم کن... دارم ویران می‌شوم!

☆ دوباره آمده‌بودی... با خود گفتی: «شاید نباید می‌آمدم... » به میان پریدم و گفتم: «نگاهم کن، فقط نگاهم کن!»

- باشه... حواسم هست.

- ببخشید... اصلاً منظوری ندارم. اصلاً هر چیز حال تو رو بهتر می‌کنه قدمش رو چشمِ زندگیه من... ببخشید.

- حالمو بهتر می‌کنه.

- باشه... همین... دیگه من هیچ حرفی ندارم... فقط... فقط برام عجیبه...

کوهیار لبخندِ مصنوعی و خشکی زد. دستش را روی دنده‌ی ماشین فشرد... و بی‌موقع دنده را عوض کرد. سرفه کرد، بی‌مورد به این‌طرف و آن‌طرف خیابان نگاه کرد، پایش را روی گاز بیشتر فشار داد... و ادامه داد:

- یعنی... آخه... تو به این زودی حرف کسی رو گوش نمی‌دادی... منظورم اینه...

- مگه دارم کار بدی می‌کنم؟

- نه... اصلاً... کلاً منظورم اینه... خُب قبلاً هم خیلی چیزا می‌خوندی، یا بهت می‌گفتن، خیلی چیزا که خوب بود و چه می‌دونم... منطقی بود... اما تو...

- کوهیار... مشکل داری با این قضیه؟ مگه الان نگفتی...

- نه... نه... اصلاً... خیلی هم عالیه... فقط یه‌کم عجیبه. نه... اصلاً مشکل ندارم. هر کسی تا به این حد مورد اعتماد تو هست، مورد اعتماد منم هست... همون‌طور که گفتم قدمش رو چشم زندگیم.

☆ اعتماد واژه‌ی غریبیست... تو اعتماد کردی، دوباره و سه باره قدم گذاشتی... اعتماد کردی به ابر! چگونه پای بر روی ابر نهادی و قدم در دوباره‌ی من!

☆ سپاس هستیِ من... من هم اعتماد می‌کنم به زنجیر! باید اعتماد کنم به زنجیرِ خیسَت، بی‌پرسش! زنجیری که عین آزادی‌ست. خود آزادیست...

☆ زنجیرم کن، گرهم بزن... با نگاهت، تا ابد بمانم و بگویم.

☆ رهایم نکن هستیِ من... رهایم نکن. جایی دیگر نمانده برایم، راهی دیگر نمانده برایم...

☆ موج، موج، آب را گره بزن و زنجیرم کن... زنجیری از جنس آب و ابر که چشمانت لبریزش است.

☆ رهایم نکن... مرا در این ابهام خوبِ بی‌پرسش نگه‌دار. شاید این تنها ابهامی است که نمی‌خواهم بدانم چیست. فقط نگه دارم. مگذار بروم. حتی اگر دست و پا زدم... تو خوب باش هستیِ من و از من نگذر!

☆ باید اعتماد کنم که انتهای این اسارت آبی به حل‌شدگیِ پرسش‌های دشوارِ بی‌پاسخ می‌رسد. فقط باید صبور باشم و اعتماد کنم.

☆ راه برگشتی برایم نمانده‌است. نمی‌گویم تمام پل‌های پشت سرم را شکسته‌ام، می‌گویم اصلاً هیچ‌چیزی پشت سرم پیدا نیست!

☆ وقتی به پشت سر می‌نگرم، همه‌ی زندگی‌ام را سرابی می‌بینم که گویی من نبوده‌ام که در آن اتفاق افتاده‌ام، بلکه من فقط از آن رد شده‌ام... تا به نگاهِ تو برسم.

☆ پشت سرم خالییست، و روبرویم حسِ اعتمادِ پر ابهام و پرمزه‌ی باران است.

☆ هیچ نوری را هم در انتهای راه نمی‌بینم، اصلاً راهی نمی‌بینم. منم و اکنون و آبی نورانی و تمام می‌شوم!

☆ گویی نگاه می‌کنی و من حرف می‌زنم، چشم بر می‌داری از من و نقطه می‌گذارم در انتهای جمله و تمام! و همین را زندگی می‌کنم.

☆ هیچ‌چیزی در پس‌وپیش نمی‌بینم. اعتماد تنها راه نفس کشیدنم شده‌است. اعتماد به «به ظاهر» مبهم‌ترین و بی‌منطقی‌ترین حقیقت زندگی، اعتماد به مزه‌ی آب و اکنونِ نگاهت. به جز این اعتماد، کاری دیگر از من ساخته نیست... نگاهم کن. نگاهم کرد... نگاهم کرد... و... و... دیدم... و... خواندم... و... همه را گفتم... و...

- به نظر شما احمقانه نیست؟

☆ من گفتم یا او؟ سرش را کج کرد، ابروانش را بالا گرفت، تند پلک زد... چشمانش موج انداخت.

☆ چه باید می‌گفتم در این دنیای سختِ واژه‌ها؟

☆ احمقانه بود؟

☆ احمقانه نبود؟

☆ من از کجا بدانم؟ من فقط می‌خوانم...

☆ معلوم است که احمقانه است، دکتر سپندار! به احمقانه بودن سخنت شک داری؟ «فکر را جدی نگیریم»!؟ «فکر نکنم تا که»؟ فکر نکنی تا که... تا که چه؟! «کم‌کم فکر را کم کنم تا که... ؟! » که چه آخر... ؟! مثلاً همین الان در حال انجام دادن چه کاری هستی؟! واقعاً احمقانه است. آن‌قدر احمقانه است، که احساس می‌کنم دارد به بدترین شکل به شعورم توهین می‌شود. داری انسانیتم را زیرِ سؤال می‌بری، چگونه فکرهایم را زیر سؤال می‌بری و به من دستور می‌دهی خاموششان کنم؟ چگونه؟ معلوم است که احمقانه است. چه می‌گویی؟ خجالت بکش!

☆ خجالت بکش دکتر سپندار! چگونه می‌شود فکر نکرد تا سرچشمه‌ی اندیشه‌ی اصیل را پیدا کرد و از آنجا آغاز کرد؟

☆ چگونه می‌شود فکر نکرد تا بتوان درست اندیشید؟ غصه نخورد تا بتوان ریشه‌ی غصه را پیدا کرد؟ شاد زندگی کرد تا دلیل درد دردمندان را یافت!

☆ خجالت بکش دکترسپندار! پس برو و دیگر به هیچ چیز فکر نکن و هر چه پیش آمد فقط بگو: «به ما چه خدا خودش می‌دونه!» برو دیگر برووو. مسخره کرده‌ای مرا؟

☆ نه مسخره نکرده‌ام. این فکر نکردن با آن فکر نکردن از زمین تا چشمانش فرق می‌کند.

☆ چه می‌گویی؟! فکر نکردن، فکر نکردن است. بعد از این‌همه خواندن و خواندن و فکر کردن، این حرف است می‌زنی آخر؟! مگر می‌شود؟! بعد از این‌همه سال فکر و دغدغه‌ی حقیقت، این راه است که پای در آن بگذاری آخر؟! مگر فراموش کرده‌ای که گفته‌اند باید با درد یکی باشی تا درد را بفهمی؟ همه همین را می‌گویند، باید گرسنه بوده‌باشی تا درد گرسنگان را بفهمی، باید بچشی درد را، زجر را، بدبختی را تا بتوانی درمانش کنی. حال تو چه می‌گویی دکتر سپندار؟! این چه چیزی است از من می‌خواهی؟ اینها را دیگر از کجا آوردی!؟

☆ از چشم‌هایش، از چشم‌هایش، از چشم‌هایش! دوباره به جانم نیفت... آخر با این دو گداخته‌ی خیسِ آتش چه کنم؟ مگر دستِ من است؟! آخر با این دو اختر گُرگرفته‌ی‌تر چه کنم؟ ای کاش پایم می‌شکست و قدم در این چشمان نمی‌گذاشتم!

☆ آه هستیِ من... چگونه از من چیزی را می‌خواهی، چیزی را می‌پرسی که از هیچ سمتی، از هیچ سویی، با هیچ اعتقادی، فکر و ذهنم را یارای رسیدن به معنایش نیست!

☆ چرا مرا به جانِ خودم می‌اندازی؟! با من چه می‌کنی؟ اینها چیست؟ چه می‌گویی؟ چه می‌شنوم؟ چه می‌گویم؟ چه می‌بینم؟ چرا اینها را می‌گویم؟

☆ ... اصلاً... چه کسی می‌گوید؟

☆ مرا چه شده‌است؟

☆ ای وایِ من... این چه بود بر جانم افتاد!

☆ بلند و مستحکم گفتم:

- نه! نخیر... اصلاً احمقانه نیست.

☆ خودم در شگفتیِ پاسخم مانده‌بودم! که لبخند زدی. آن‌قدر مطمئن که دلم لرزید... و من هنوز حیران بودم... که چه گفتم، چطور گفتم!

☆ که تکرار کردی.

- راست می‌گویید. نه... اصلاً احمقانه نیست، باید جایی تجربه‌اش را داشته‌باشیم... اما من یادم نمی‌آید. شما چطور؟!

☆ و من هنوز حیران بودم!

- مگه خودت زنگ نزدی گفتی اشکان می‌خوام زمینی بشم کمکم کن؟ مگه قرار نشد از این دیوونه‌بازیا دست برداری؟ دوباره که شروع کردی. بابا پسره مثلِ دسته‌ی گُلِ، والا من همون یکی‌دوباری که دَمِ درِ خونتون دیدم کَف کردم. دِ برو زنش شو، عاشقته خره... من می‌دونم. با این کارای چپکی که تو باهاش کردی... هنوزم این‌طوری پات وایساده. کسی این کارا رو می‌کنه و این حرفا رو می‌زنه که واقعاً خاطرخواه باشه. من پسرم می‌فهمم، عاشقته. آخه کی رو می‌تونی بهتر از این پیدا کنی؟ والا آدمو دیوونه می‌کنی. خوشتیپ نیست، که هست. تحصیلات نداره، که داره. پول‌دار نیست، که هست. نمی‌دونم... عاشقت نیست، که هست. آشنا نیست، که هست. خونواده‌دار نیست، که هست. خونواده‌ت موافق نیستن، که هستن. چه می‌دونم... نجیب نیست، که هست. مگه این‌همه سال تو چیزی ازش دیدی؟ بدی؟ خلاف؟ نمی‌دونم دروغ؟ چیزی؟

- نه...

- خُب... دیگه چته؟ والا بد دیوونه‌ای هستی... نکنه اون دکتر دیوونه هه رو دوست داری؟

- اَه... ول کن.

- پس چی؟ عاشق من شدی؟

- چی می‌گی...

- خُب پس... البته اگه عاشق من شدی من قصد ازدواج ندارم... من می‌خوام برم اون‌وَر...

- ممنون که گفتی، باشه، در نظر می‌گیرم.

- آخه پس چی؟ زندگیتو که داری به باد می‌دی... نه مدرکی، نه حرفه‌ای، هیچی به هیچی. دیگه جوونی و خوشگلیتو هم می‌خوای دستی‌دستی به گا بدی بره... چیه؟ لال شدی؟

- نه... نمی‌دونم...

- خیلی وقته این پسره رو سر کار گذاشتی، خُب هر کسی صبری داره، غروری داره، مَچلِ تو که نیست. یه خطبه‌ای چیزی بخونید که اقلاً اسمتون رو هم باشه... بعد به دیوونگیات ادامه بده، اقلاً بدونی یه شوهری داری، چه می‌دونم... برا آینده‌ت، که اگه ایشالا یه روزی آدم

شدی، اقلاً شوهره باشه. گیرم بخوای پنجاه، شصت سالگی آدم شی... هاها... اون‌وقت دیگه شوهر پیدا نمی‌شه، اقلاً الان برا آینده‌ت یه فکری کن... فکر دیگه‌ای که نکردی.

- آخه من احساسم نسبت بهش اون‌طوری نیست.

- هیچکی احساسش نسبت به هیچکی «اون‌طوری» نیست. تو شاید در دوران‌های خیلی قبل و یا هنوز نیومده زندگی می‌کنی... الان، تو دوران ما کسی با اون احساسی که تو فکر می‌کنی ازدواج نمی‌کنه. می‌بینن به هم می‌خورن یا نه، به نفعشونه یا نه، عاقلانه است یا نه، می‌تونن طرفو تحمل کنن یا نه، همینا دیگه... مهم‌ترینش اینه که کلاً به نفعشون یا نه، الان به نفع تو هستش یا نه؟

- خُب... نمی‌دونم، آره... اما...

- بدتم که نمیاد ازش؟

- نه... واقعاً بدم نمیاد... اما...

- خُب مبارکه! البته بگم... ازدواج دلیلی بر اینکه من و تو با هم نباشیم نیستا! یادت باشه. می‌دونی که انسان، یعنی هم مرد هم زن، ذاتاً جزوِ چند همسری هستش... اینکه می‌بینی جامعه الان این‌طوریه و تک‌همسری تشویق می‌شه به خاطر اخلاق و بچه و ملک و املاک و ارث و میراث و خلاصه این‌طور پا بندیاست. وگرنه انسان ذاتاً نمی‌تونه تا آخر عمر فقط با یه نفر باشه، صدتا مریضیِ روانی می‌گیره، آره، یعنی اصلاً خلقت انسان مثل حیوونای چند همسریه، تک‌همسری خلاف غریزه‌ی انسانِ و می‌دونی که چیزی که خلاف غریزه باشه، در واقع عین خلاف دستور خالق انسانِ، این یه اصله، یعنی اگه رعایت نکنی صدتا ناهنجاری می‌گیری... خلاصه...

- وای اشکان... این معلوماتِ بی‌سروته رو از کجا میاری؟

- بی‌سروتَه! چی فکر کردی؟! من در راه رسیدن به اهدافم مطالعه می‌کنم، تحقیقات می‌کنم... آره... فکر کردی همین‌طور الکیه؟

- آهان اهدافتم بودن با زناست... حالا شوهردار، یا غیر شوهردار.

- هاها... نه... هدف اصلیم سلامت روحی روانیِ جامعه است. می‌گم جز این باشه، واقعاً خلاف ذاتِ بشرِ... الان نصف بیشتر مشکلات بشر از همین مشکل سرچشمه می‌گیره... والا... حالا هی تو بگو نه...

- اِاِاِاِ... باشه... تو راست می‌گی.

- معلومه راست می‌گم... زنایی که من باهاشون هستم زندگیه خصوصیِ سالم‌تر و شادتری دارن. حتی زندگیِ خونوادگیِ سالم‌تری هم دارن. کلاً سرحالن، به شوهر و بچه‌هاشون می‌رسن، کلی سرکیفن. می‌خندی؟ باور کن این قضیه مهم‌تر از اون چیزی که مردم فکر می‌کنن. زنایی که من باهاشونم، یا حالا کلاً یه شوهر، یا دوست پسر خوب و سرحال و... همچین بِدونه دارن، زندگی خونوادگیشون جون‌داره... کار جدیه... بلدی می‌خواد!

- باشه... باشه... بس کن این مزخرفات رو، دیرم شد باید برم.

◀

صبح زود بود... خیلی زود. تمامِ دایره‌ی هستی در تکاپوی تشریف‌فرمایی گویِ طلایی بودند. با لمس اولین پرتوی زرین خورشید جهان‌افروز بر تنِ سیمین زنده‌رود، غوغایی برپا شد. پرندگان سراسیمه به این‌سو و آن‌سو می‌پریدند تا مطمئن باشند چیزی کم‌وکسر نیست، موج‌ها در خود فرورفته و بالا می‌جهیدند و تمرینِ پایکوبی می‌کردند، درخت‌ها تازه‌ترین، جوانه‌ی شاخه‌هایشان را به پیشکش آورده بودند و چلچله‌ها دلهره‌ی صدایشان را داشتند. ولوله در جان رنگ‌ها افتاده‌بود، گویی هیچ‌کس خودش نبود: شاخه‌ها سبز-طلایی، آب آبی-نارنجی، آسمان کبود-گُلی...

☆ چگونه تشخیص بدهم؟ چگونه بفهمم؟ چگونه بمانم؟ چگونه و با چه تضمینی بسوزانم تمامیِ خرمنی را که سالیان سال برایش زحمت کشیده‌ام؟ با همین فکرم زحمتش را کشیده‌ام. با همین فکر!

☆ حال می‌گویی فکر نکن! چطور فکر نکنم؟

☆ می‌گویی فکر نکنم تا پُشت فکرها را ببینم، تا دریابم؟!

☆ می‌گویی فکر نکن تا فاصله‌ی بین فکرها را ببینی، تا بعد درست بیندیشی؟! یعنی چه؟ چه می‌گویی؟! تو حق نداری با من چنین بازیِ احمقانه‌ای را راه بیندازی، حق نداری. اصلاً به چه تضمینی؟! آخر مگر می‌شود؟!

☆ مگر بین فکرها فاصله‌ای هست؟! مگر پشت فکرها چیزی هست؟!

☆ آه... منم و این فکرهایم! اصلاً اگر فکر نکنم چگونه دردانه راهِ نازدارم را تشخیص بدهم؟!

☆ چگونه؟!

☆ چه کسی مرا تضمین می‌دهد؟

☆ چه کسی؟!

☆ نه... نه... تجربه‌اش را ندارم، هیچ چیز یادم نمی‌آید. اصلاً مگر در آن‌هنگام که با تمام خلوص نیتم، پای در راهِ نازنین-علمم گذاشتم، همین ندای درونم نبود که مرا می‌گفت اعتماد کن.

☆ نه نبود؟ همه‌اش فکر بود؟

☆ از جنس همین فکر بود که باید از آن گریخت؟

☆ چه می‌گویی؟! مگر من برای تکه‌پاره‌ای از کاغذ، علم عزیزم را در آغوش گرفته‌بودم؟

☆ نه... نمی‌دانم...

☆ گرفته‌بودم!؟برای یافتن پاسخ پرسش‌هایم بود؟

☆ نه... نمی‌دانم...

☆ اشتباه بود؟ کدامشان؟ پرسش‌هایم؟ جستجو؟ راه؟

☆ آه... چه به روزم آورده‌ای... نمی‌دانم، گویی هیچ نمی‌دانم! که بودم... چه بودم... چه هستم. اشتباه چیست؟!

انگشت‌هایش را بین موهایش دواند... سرش را زیر انداخت، خیره، چشم در چشمان آب انداخت. آب خیلی بالا آمده‌بود... چند پله بیشتر برای نشستن نمانده‌بود. مبهوت ترکیب رنگ‌های آب، غافل از هم‌آمیزی رنگ‌های نگاهش، خودش را جمع‌تر کرد.

☆ مگر آن‌هنگام همین احساس عجیب نبود که مرا صدا زد و گفت: «قلب دنیا به انتظار قدم‌های توست که می‌تپد.»؟

☆ همین احساس عجیب نبود؟

☆ نه؟!

☆ آن همان فکری بوده که تو می‌گویی رهایش کنم؟!

☆ مگر مرا هوسِ دگر در دل بود وقتی عشقِ علمم را در سینه می‌پروراندم؟

☆ عشق نبوده؟!

☆ از جنس همین فکرها بوده!؟

☆ ای وای نمی‌دانم...

دستش را مشت کرد... لب‌هایش را جمع کرد. سرش را به چپ و راست تکان‌تکان داد... موج چرخید و در دل آب فروغلتید.

☆ چرا مرا در این مرداب سهمناک تردید می‌اندازی؟

☆ اصلاً هر چه بود از کجا معلوم حال هم آن نباشد؟

☆ هر چه بود... از کجا معلوم همان دوباره جوانه نزده‌باشد؟ با شکلی دیگر... با شمایلی دیگر.

☆ اگر می‌گویی آن‌هنگام فکر و هوسِ قدرت بود و نامی و شهرتی و جاهی و جمالی؛ از کجا معلوم حال هوس چشمی نباشد و مژه‌ای و ابروانی و گیسویی و دستی؟ و گیسویی... و چشمی... و چشمی... و گیسویی... و...

☆ چه تضمینی به من می‌دهی که همین حالا هم در یک تکرار زیبای فریبنده فرونیفتاده‌باشم؟

☆ چه تضمینی؟

☆ هیچ نگویم؟!

☆ هیچ فکری نکنم؟!

☆ همه‌اش از همین فکر است؟!

☆ پس... پس... کدامش...

- خانم ورجاوند؟

- بله خودم هستم.

- سلام ببخشید از مطب دکتر سپندار تماس می‌گیرم. این هفته آقای دکتر نمی‌تونند شما را ببینند. برای هفته‌ی بعد باهاتون تماس می‌گیریم.

☆ آخر چرا مرا این‌گونه از این سوی به آن سوی می‌کشانی؟

☆ چگونه و با چه تضمینی تمامِ زندگی‌ام را به این ابهامِ رمزآلوده‌ی پُر مِه گره بزنم؟ چگونه؟

☆ چرا با من این‌گونه تا می‌کنی؟ منی که فقط رد تو را گرفتم، بوی تو را کشیدم... و دویدم...

☆ آه... روا نیست با من این‌گونه تا می‌کنی... روا نیست.

☆ نه... مِه، آب نیست.

☆ نیست؟

☆ باشد... مِه هم آب است. آب... آب است. اما، چرا من و این‌همه مِه؟

☆ چرا سهم من از دریا و باران و... این‌همه آب، باید مِه باشد؟ چرااا؟!

آب خودش را بالا کشید، بی‌قراری می‌کرد، خودش را به پله‌ها می‌کوبید.

☆ زبانت چه زبانیست؟

☆ مرامت چه مرامیست؟

☆ اگر می‌خواهی‌ام چرا یقین در دلم نمی‌افکنی؟

☆ چرا آسوده‌ام نمی‌کنی؟

☆ این چه سر بریدنی است؟

☆ آخر چه کسی تا به حال با آب سر بریده‌است؟

☆ من که همه چیزم را دادم؟

☆ ندادم؟

☆ ... ندادم.

☆ خودم را؟

☆ خودم را چه؟!

☆ دادم... ندادم... ؟

☆ ای وایِ من، نمی‌دانم...

دستش را جلوی صورتش گرفت، بغضش تا نگاهش رسید... گوی طلایی لبریز از مهربانی بالا آمد. دیگر صبحِ صبح بود، هر رنگی به کار خودش مشغول شده و همه چیز رنگ خودش را پیدا کرده‌بود، همه چیز خودش شده‌بود. نور بالا آمده‌بود، نور!

نور باید باشد... بدون نور همه چیز گویی فکریست و وَهمیست و هوسی. نور نباشد هیچ‌کس خودش نیست، نور نباشد چه راهی، چه شکلی، چه رنگی... اما حال پیدا بود. مردی بود و رودخانه‌ای... رو به سویی که آب بود... فقط آب، بدون هیچ مِه!

☆ اصلاً باشد، گیرم تو راست می‌گویی، ندادم. اما نور به سر شاهد است خواستم که بدهم. خیلی هم خواستم.

☆ نخواستم؟!

☆ بر در زدم... نزدم؟!

☆ به خوب یا بدش کاری ندارم، تند زدم یا کند زدم هم بماند، اصلاً گیرم با ناامیدی یا بی‌هیجان بر درت کوبیده‌باشم، اما... بی‌وقفه کوبیدم... بی‌وقفه!

☆ نکوبیدم؟!

☆ خواستنم را که دیگر نمی‌توانی انکار کنی. مطمئنم، یقین دارم که خواستم. برای این یکی دیگر نمی‌گویم نمی‌دانم. می‌دانم... خوب هم می‌دانم که خواستم. خواستمت... خیلی هم خواستمت و نمی‌توانی به تردیدم بیندازی. خواستمت!

☆ پس... پس این چیست؟!

☆ این سهمم بود، حال و روزم را ببین. می‌بینی‌ام؟!

☆ این مُزدم بود؟! نه دیگر... نبود.

☆ چی؟! کدام؟ این مزد خواستنم بود!

☆ این مزد خواستنم بود؟

☆ این؟ همین این؟

☆ اینی که الان می‌بینم را می‌گویی؟!

چشم‌هایش را گرد کرد، پلک زد دوباره و دوباره... تندتند پلک می‌زد.

☆ می‌گویی منِ کور نمی‌بینم؟ چه را نمی‌بینم؟ این را؟

☆ این مزد خواستنم نبود... این سهمم نبود.

☆ بود؟

☆ قسم بخور به همین آب‌های پاکِ این موج‌های بی‌تاب که این مزد خواستنم بود.

☆ بود؟

☆ این مزد خواستنم است؟

☆ «چشم»!؟

☆ یعنی مزد این‌همه سال خواستنم «چشم» بود؟!

☆ همین «نگاه»؟!

لب‌هایش را به هم فشرد... آب دهانش را قورت داد. هر دو دستش را روی گونه‌های یخ زده‌اش کشید.

☆ یعنی این بود که... که... این لاشه را نشانم دهی؟

خورشید داشت به وسط آسمان می‌رسید و سکوتی پر آب رویش می‌کشید. نفس عمیقی کشید. خودش را رها کرد، مشت گره کرده‌اش را رها کرد، تمام ماهیچه‌های صورت یخ زده‌اش را رها کرد. چشم‌هایش را آرام بست. لبخند کمرنگی روی لبانش نشست. چشم‌هایش را باز کرد. کفش‌هایش را درآورد هر دوپایش را به آب رساند. روی زانو قوز کرد و دستش را در آب انداخت. آب با شوخ‌چشمی گرداگرد انگشتانش به رقص آمد.

☆ باشد... مثل همیشه تو راست می‌گویی، به لجن کشیده‌ام خودم را، اشتباه رفته‌ام.

☆ اما قبول داری باز هم عشق تو بود.

☆ همه‌اش عشقِ تو بود... نبود؟

☆ شاید در تَوَهم بودم، اما حتی اگر در تَوهم بودم، در توهمِ راهِ دریا بودم، این را که دیگر می‌دانی؟

☆ این تردیدِ دردآلوده دارد از پای در می‌آوردم. می‌ترسم. می‌ترسم دوباره در تَوَهم باشم، در تخیل باشم، در فکر باشم، در هوس باشم، چه فرقی می‌کند... پرده، پرده است. همان‌طور که حال می‌دانم، می‌بینم، می‌فهمم که پله‌های اشتباهیِ ترقیِ زندگیِ مصنوعی چه پرده‌های ضخیمی بودند، خوب هم می‌دانم که چشمانم توانِ دیدن همین پرده‌ی ضخیم را در آن‌هنگام که باید داشته‌باشد، نداشت.

☆ حال چه کنم؟ اگر اکنونم همان «آن‌هنگام که باید» باشد چه کنم؟

☆ با این‌همه پرده چه کنم؟

☆ حال که می‌بینم امکان پرده ندیدنم چقدر زیاد است چه کنم؟

☆ حال که می‌فهمم چقدر راحت انسان به اشتباه، به یقینِ ظاهری می‌افتند، چگونه به یقین واقعی برسم؟

☆ آن هم بدونِ فکر؟

☆ بی‌حساب چطور بی‌گدار به آب بزنم؟ آخر... چگونه؟ حال چگونه اعتماد کنم؟ اگر آنچه در نگاهش دیدم هم پرده‌ی وهمی باشد چه؟

آب انگشتانش را بوسه باران کرد و خود را بی‌مهابا به پای و دستش زد.

☆ می‌گویی: «حال می‌بینم، می‌فهمم» را از کجا آورده‌ام؟

☆ این حرف‌ها را از کجا آورده‌ام؟

☆ چطور «حال می‌بینم، می‌فهمم»؟

☆ اینها را از کجا می‌گویم؟

آب بیشتر دورش چرخید. بالا می‌آمد و پایین می‌رفت.

☆ از... نمی‌دانم... !؟!

سرفه کرد. ضربان قلبش را حس می‌کرد. آن‌قدر قوز کرده‌بود که پله‌های پل او را یکی از خودشان می‌پنداشتند.

☆ گیج شده‌ام... به کدامین اعضای انسانی‌ام دیگر امید بندم؟

☆ به چشمانم و ندیدنِ پرده‌ها؟

☆ به چشمانم و اشتباه دیدن‌ها: به اینکه سالیان سال، آنجا که نباید، آبیِ شعله‌ی آتش را آب می‌دید و من با اشتیاق، بجای آب، آتش بر سر و رویم می‌ریختم که آرام گیرم... و آنجا که باید، آب را در شعله نمی‌دید و نمی‌گذاشت آرام و قرار گیرم.

☆ آخر این چه چشمی است؟ چه اعتمادی است؟

☆ چه گفتی؟ چشم‌هایش؟ چرا هر چه می‌گویم بی‌وقفه پای چشمانش را میان می‌کشی؟ و پایِ «حال می‌بینم، می‌فهمم» را؟!

☆ خوب که چه؟

چشم‌هایش را بهم فشرد، ساق پاهایش را با دست مالید، آرام نفس کشید، نفس آبِ اسفندماه سردترش کرد. پایش هنوز در آب بود. انگشت‌های پایش را در آب تکان داد، هیچ‌چیز حس

نکرد. گویی کاملاً بی‌حس شده‌بودند. انگشت‌هایش را از آب بیرون آورد و با دست گرمشان کرد.

☆ احساس می‌کنم دیگر هیچ حسِ قابل اطمینانی برایم نمانده، هیچ «خودِ» قابل اطمینانی برایم نمانده که صدایش کنم.

☆ دکتر سپندار، تو هم ساکتی. آه... دیگر اعتمادی به دکتر سپندار بودنم هم نیست! آنکه مدام دَم از هوش و نبوغ سرشارم می‌زد. همانی که مرا پشت میز نشاند و گفت: «برو... به پیش!» و من به سرعت، پله‌های اشتباهی را یورتمه رفتم و در انتها، هویج به دست برای مدال‌های افتخار شیهه کشیدم!

☆ هنوز می‌شنومش، هنوز دارد می‌گوید تو فرق می‌کنی... تو با همه فرق می‌کنی... مبادا حیف شوی، مراقب باش!

☆ فرق می‌کردم؟

☆ فرق می‌کنم؟

☆ شاید فرق می‌کنم چون خواستمش؟ شاید فرق می‌کنم چون خیلی خواستمش...

☆ شاید همه می‌خواهندش... همه... اما... شاید نمی‌دانند.

☆ شاید نمی‌دانستم. چرا می‌گویم پله‌های «اشتباهی؟» از کجا «حال می‌بینم، می‌فهمم» که پله‌هایم عاشقی نداشت...

☆ آری... پله‌هایم عاشقی نداشت...

☆ راستی اینها را از کجا می‌گویم؟! من می‌گویم؟! تو می‌گویی؟! یا... چشم‌هایش؟!

- عاشقشی؟

- فکر نمی‌کنم... نمی‌دونم.

پروین خانم لب‌هایش را به نشانه‌ی بی‌اعتمادی به جواب تارا رو به بالا برد.

- خُب... دوستش که داری؟

- آره... فکر کنم.

- من و بابات که عاشقشیم، تو هم که دوستش داری. البته من که فکر کنم عاشقشم هستی، خودت خبر نداری، چون همش تو دستوپات بوده خبر نداری. کافیه یه مدت دور شه... ببین چه پرپری می‌زنی. یادته اون‌دفعه که...

- بله... نمی‌خواد بگین... یادمه... اما... آخه... ازدواج فرق می‌کنه.

- برای تو نه عزیزم... اصلاً چیز زیادی فرق نمی‌کنه با الان.

- منظورتون چیه؟

- منظورم اینه بعد از مراسم و مهمونی و این شلوغی‌ها... تو هستی و کوهیار، مثل همین الان... فقط بیشتر اوقات تو خونه‌ی خودتی... البته شاید... شایدم بیشتر بیایی اینجا.

پروین خانم خندید و تلویزیون را روشن کرد.

- زیاد سخت نگیر... کوهیاره... غریبه که نیست... کوهیارِ خودمونِ، چیز زیادی قرار نیست تو زندگیت عوض بشه که حالا این‌قدر دست‌دست می‌کنی و...

- این بد نیست؟

- چی بد نیست؟

- اینکه ازدواج هیچی رو برام عوض نکنه؟ مسخره نیست؟

- نه... خیلی هم عالیه... می‌خوای با یه غریبه ازدواج کنی که هر مدت یه‌بار یکی از اخلاقای گندش برات رو بشه؟ منم بابا‌تو می‌شناختم. آدم باید با شِناس ازدواج کنه. بابای من بابا‌تو خیلی وقت بود می‌شناخت. تازه ما بیشتر کوهیارو می‌شناسیم اصلاً خوبیه قضیه همینه... کسی که همه چیزشو می‌دونی، از همه جیک‌وپیکِ زندگیش با خبری... چی بهتر از این...

پروین خانم دسته‌ی نقره‌ی استکان چایی را با ظرافت گرفت و به ناخن‌های مصنوعی‌اش با نگرانی نگاه کرد و آرام استکان را به لب‌هایش نزدیک کرد.

- چقدر این ناخنامو خوشگل درست کرده، خیلی دوستشون دارم. آره... خلاصه تو رو همه چی بیش از حد فکر می‌کنی و سخت می‌گیری. الان داره یه سال می‌شه که با بابات حرفشو زده و

انگشتر آورده... خُب الان دیگه جوابشو می‌خواد، تا کی صبر کنه، نمی‌شه که... پاشو توت خشکه رو از رو اون میز برام بیار، آه چقدر چاییش تلخ شده... گلی... گلی... این چایی رو جوشوندی؟ بیا این چایی رو عوض کن.

- چشم خانم.

مادر صدایش را آهسته کرد و گلی را با چشم تا آشپزخانه دنبال کرد.

- گلی رو هم می‌دم به تو، سپردم یکی دیگه بیاد برا خودمون.

- هیس... مگه گلی گلدونه؟! مامان یه‌کم ملاحظه کنین. بعدشم... حالا مگه تا عقد می‌کنیم، باید بریم تو یه خونه؟ اصلاً چرا شما همش اصرار دارین عقد و عروسی رو با هم بگیریم؟ خُب می‌تونیم عقد کنیم... حالا تا یکی، دو سال...

- می‌خوای عقد کنی که دو، سه سال دوباره بخیسی تو خونه؟ اصلاً بابات می‌دونه... حالا هر وقت رفتی خونه خودت گلی هم سر جهازت می‌دم بهت که کمکت باشه.

- هیس... می‌فهمه. نمی‌خوام... من که خونم قد اینجا نخواهد بود، کاری ندارم... خودم کارامو انجام می‌دم.

- عزیزه منی تو، اما اولاً ما کار کردن شما رو دیدیم... بعدشم...

- کار کردنِ من چه مشکلی داره، من که چندبار...

- خُب بسه... بعدشم... مگه چته؟ خونت باید خیلی هم بزرگ و خوشگل باشه، بهتر از اینجا، چرا که نه. زندگیت باید در شأن و منزلت خونوادگیمون باشه... هیچ‌وقت اصالت خونوادگیت یادت نره...

تارا بلند شد...

- مامان... اصلاً الان وقتِ این حرفا نیست. نمی‌دونم چرا حالا باید حرف عروسی و خونه و زندگیِ منو بزنیم. شما داشتین می‌گفتین کوهیار با بابا حرف زده... و خواسته قضیه جدی‌تر بشه. چرا حالا یه دفعه حرف خونه و منزلت و اصالت خونوادگی می‌زنین...

- اولاً همیشه باید این ملکه‌ی ذهنت باشه، دوماً همش به هم ربط داره خانوم خانوما... الان دو سالِ داری با این پسر می‌ری و می‌یای، همینم برا خونواده‌ی ما اُفت داره، جلو مردم، خُب

بالاخره زشته عزیزم. این رسم و رسومو اجرا می‌کنیم. به ظاهر برو سرِ خونه زندگیت... صبح عروسیت بیا اینجا دوباره تنگ دل من بشین کنج این اتاق و هی بخون... کسی کاریت نداره...

- اصلاً چرا بابا با خودم حرف نزدن؟

- تازه دیشب کوهیار با بابات حرف زده... من گفتم زودتر بهت بگم گوشی دستت باشه...

☆ آه... نمی‌دانم... نمی‌دانم مرا چه فرض کرده‌ای؟

☆ واقعاً مرا چه فرض کرده‌ای؟

☆ بگو «این کوه صفه را بکن تا من از وسطش رد شوم» می‌گویم به روی همین دو چشمم، که رنگش هم دیگر اصلاً معلوم نیست، می‌کَنم.

☆ اما از من می‌خواهی بی‌صدای درونم بنگرم؟

☆ «فکر نکنم» به آنچه که برایم «باید» جلوه می‌دهی؟

☆ سر سپرده شوم و بعد از این‌همه سال... خرمنم را بسوزانم و «چشم، چشم» گویان، دنبالِ چشمش راه بیفتم و عمر گرانمایه‌ام را پیش نگاهش به آتش بزنم؟

☆ آخر این چه جنگی است؟ گوشه چشمی راه نشان می‌دهی و صد سنگِ تردید، بر سر راهم می‌اندازی؟

☆ آخر این چه مِهری است؟ این چه لطفی است؟

☆ آن‌قدر درد و پرسش در وجودم روی هم گره خورده، که صد پرده می‌شود بافت، هر کدام از دیگری ضخیم‌تر.

☆ آخر چگونه ببینم کدام، کدام است؟

☆ این راه است که پر سنگ است، یا این سنگ‌ها هستند که نشانیِ راه را در خود پنهان دارند؟

☆ چگونه بدانم؟

☆ چگونه بی‌چشم ببینم؟

☆ در چشمش؟

☆ با چشمش؟

☆ آخر... مگر... آه... مرا تا جنون چه فاصله‌ی کوتاهیست... با من چه می‌کنی؟

- همشونو که نمی‌شه نبینین! من فکر کردم امروزیا رو می‌گین. آخه... نمی‌شه که...

- نه... منظورم همشون بود. حالا اشکالی نداره... الان زنگ بزنین به بقیه‌شون. همه رو بندازین هفته‌ی دیگه... یک هفته که طوری نیست.

خانم جمشیدی با نگرانی به چشم‌های قرمز و پف‌کرده‌ی نادر نگاه کرد، نفس عمیقی کشید و با صدای آرامی اضافه کرد.

- چشم آقای دکتر... هر چی شما بگین. اما... آخه... براتون بد می‌شه، این دفعه‌ی اول که نیست. مریضاتونو از دست ندین؟

نادر به چشم‌های نگران منشی‌اش نگاه کرد. احساس کرد او را تا به حال ندیده‌است: دختری آرام، صبور و باهوش، که دو سال بود یعنی برای کنکور درس می‌خواند... اما مجبور بود کار کند. همه وظایفش را درست و دقیق انجام می‌داد. همیشه سر وقت می‌آمد. همیشه، حتی وقتی مریض‌ها بدرفتاری می‌کردند، صبورانه و باادب مشکلات را بدون اینکه خاطر نادر را مشوش کند حل می‌کرد. خوب نگاهش کرد... چه زیبا بود. حتی زیبایی‌اش را تا به حال ندیده‌بود. نجابتش را... مهربانی‌اش را...

- خانم جمشیدی...

- بله آقای دکتر.

- ممنون که این‌قدر به فکر من و کارم هستید... من خیلی قدردان زحمات شما هستم.

دختر جوان لبخند زد، سرش را زیر انداخت.

- خواهش می‌کنم آقای دکتر، این چه حرفیِ... وظیفه است.

☆ آخر به چشم‌هایی که بعد از دو سال، حتی کسی را که هر روز از صبح تا شام جلوی چشمش است، نمی‌بینند چه اعتمادی هست؟

☆ آه... مرا چه فرض کرده‌ای؟!

☆ با این پنج حس عوضی به هیچ‌چیزم دگر اعتمادی نیست و تو از من می‌خواهی آن لاشه‌ی متعفن و به لجن کشیده را، که به این چشمانِ بنگ شده‌ام نشان دادی، آن شهرِ ویرانه‌ی وبا زَده را بدون فکر و حسابگری، تبدیل به آرمان شهر کنم؟ آن هم به کمک این پنج حس داغان شده‌ی جزام‌گرفته که هیچ اعتمادی به آنها نیست؟

☆ همین را می‌خواهی؟!

☆ نه!

☆ نه؟

☆ نه به کدام؟

☆ نه به کمکِ؟ نه به پنج حس؟ نه به چشمش؟ به چشمم؟ به کمکِ... ؟

☆ آخر سکوت، خواندن دارد؟ به کردار نشاندن دارد؟! تا به حال چه کسی سکوت را خوانده‌است؟ سکوت را به انجام نشانده‌است... چه کسی؟

☆ چگونه سکوت‌ها را به پاسخ تبدیل کنم و فاصله‌ی بین فکرها را به کردار بنشانم، و خامُشی پشت فکرها را با نجات پیوند دهم؟!

☆ چگونه؟!

☆ یعنی حالا اینها همه لطف است و مُزدم است... واقعاً مرا چه فرض کرده‌ای؟!

- نه... نه آدم معمولی که نمی‌تونه همچین کارایی بکنه. تو رو نمی‌دونم... تو فرق می‌کنی...

پرگل شانه‌هایش را بالا انداخت... لبش را به نشانه‌ی بی‌اهمیتی بالا برد و دو دستش را در فضا پراند...

- منظورم اینه... آدم معمولی سرش بالاخره به سنگ می‌خوره، یه جایی وایمیسه، اما تو نه. به نظر من که هیچی رو تو کار نمی‌کنه. من یه مدت فکر کردم دیگه خوب شدی، ولی بعد کم‌کم دیدم موقتی بود، دوباره تیک زدی و بعدم که... هیچی... الان یه طور دیگه‌ای غیر معمولی شدی، یه طور دیگه‌ای عجیب غریب شدی. کلاً من فکر نمی‌کنم دیگه امیدی بهت هست!

- ممنون...

- خواهش می‌کنم... من که باهات می‌مونم خوشگله... اما اون کوهیارِ خر رو نمی‌دونم از چیه تو خوشش اومده... مگه فقط از قیافت...

یاسمن با صدای بلند به میانه‌ی حرفشان پرید.

- دلش بخواد... ملخ بوری! دختر مثل ماهِ... اخلاقش، رفتارش... همه چیزش...

- آروم... داد نزن. هنوز تو پارک آبشار آبرومونو نریختی... داد نزن! ملخ بوری چیه! اتفاقاً من خیلی موهای خرمایی کوهیارو دوست دارم، تارا هم دوست داره... من دیدم چطور بعضی وقتا ماتِ موهای کوهیار می‌شه...

- چرا از خودت حرف در میاری؟ از قول تارا حرف نزن! همچی می‌گه خرمایی، خرماهای شهر شما زردی گرفتند؟ وا... «مو خرمایی!؟»

تارا نفس عمیقی کشید.

- بس کنین دیگه! دارن منو نامزد می‌کنن، شماها رو ببین... دوباره افتادین به جون هم! تقصیر منه که با شما مشورت می‌کنم... می‌گم یه بهانه‌ای چیزی بگین من این قضیه رو بندازم عقب... هی مسخره‌بازی درمیارین.

- نامزد چیه... بگو عقد می‌کنن که خوب حس کنی! هاها... می‌گم یه پیری، مریضی چیزی تو فامیل گیر بیاریم نِفله‌ش کنیم...

پرگل این را گفت و بلند زد زیر خنده و با خنده اضافه کرد.

- تا یه سال همه چی میفته عقب... یعنی عالی می‌شه...

- هی می‌گی بهش نپر... ببین چه حرفایی می‌زنه... من می‌خواستم یه حرف جدی بزنم.

- پرگل نکن تو هم دیگه. بگو یاسمن...

- من می‌خواستم بگم... بگو جدی می‌خوام کنکور بدم، درس بخونم... بعدش واقعاً هم کنکور بده سال دیگه...

- آی کیو! بیش از حد از این گزینه استفاده‌کرده، دیگه سرخیه حناش رنگ نداره... من می‌گم بگو یکی دیگه رو دوست داری...

یاسمن با فریاد گفت:

- نه... وا... نمی‌خواد که کلاً کوهیارو از دست بده... پسر به این خوبی، فقط می‌خواد بخیسوندش!

- اِاِاِ تو که می‌گفتی ملخ بوری... حالا پسر خوبیه و نمی‌خواد از دستش بده؟ برو بابا. به نظر من این تنها راهشه... حالا می‌تونیم بازم فکر کنیم... ولی فکر نکنم دیگه بشه خیسوندش، یا رومیِ‌روم یا زنگیِ‌زنگ. اگه این راه رو نمی‌خوای امتحان کنی دیگه واقعاً باید تصمیمتو بگیری.

- می‌خواد نگهش داره... باید نگهش داره، اون‌وقتم منظورم این بود تارا سَرتره، اما... نه اینکه کلاً کوهیار بَده، نه اینکه از دستش بِده... پسر به این خوبی، تازه خود تارا دوستش داره... مگه نه؟ چرا خودت ساکتی؟

تارا نفس عمیقی کشید... به درخت‌های آن‌طرف رودخانه نگاه کرد... با کلافگی کیفش را جابه‌جا کرد.

- وای... نمی‌دونم هی دارم گیج‌تر می‌شم... نمی‌دونم.

☆ احساس می‌کنم هر قدمی که بر می‌دارم یا دارم گرهی می‌زنم، یا دارم گرهی دیگر را کور می‌کنم.

☆ می‌دانم، خوب می‌دانم گره‌ها را فقط باید آب کرد، نه اینکه مدام تلاش برای باز کردنشان کرد، آنهم با این دست‌های تابه‌تا!

☆ می‌دانم، اما... اما نمی‌دانم چگونه؟

☆ می‌دانم مرا گریزی از راه رفتن نیست، این را هم می‌دانم، اما... اما آخر از کجا بدانم که با سر در چاهی نمی‌افتم و نشانه‌هایت را گم نخواهم کرد؟

☆ چگونه بدانم؟

☆ چگونه زیر همه چیز بزنم؟

☆ چگونه اعتماد کنم؟

☆ مبادا...

☆ آه... مرا جا گذاشته‌ای با پنج حس ویران شده و... و... و چشمانش!

☆ این رسمش بود؟

☆ نه آن‌قدر سنگینم که در آب فروروم، نه آن‌قدر سبک که در آسمان به پرواز درآیم، در سکونی سرخ، فروماندە‌ام، به سرخیِ گُلِ تازه گُرگرفته‌ی هیمه... مرا چه به آبی‌ها!

- نمی‌دونم... آره... خُب... نه نمی‌خوام کلاً دلشو بشکنم. اگه بگم یه نفر دیگه رو دوست دارم که داغون می‌شه...

- منظورت چیه؟ یعنی... واقعاً یکی دیگه رو که دوست نداری؟

- نمی‌دونم...

پرگل و یاسمن هر دو ایستادند... تارا ساکت، بدون اینکه متوجه ایستادن آنها شود، آرام به پیاده روی‌اش ادامه داد... باد اسفندماه زنده‌رود، موهایش را که از پشت شالش بیرون آمده‌بودند نوازش می‌کرد. پرگل و یاسمن به تارا که آرام‌آرام از آنها فاصله می‌گرفت نگاه کردند.

☆ اما... هرچه بود و نبود، یک چیز را نه تو می‌توانی انکار کنی، نه من، نه گونه‌هایم، نه آن گل بنجامین گوشه‌ی اتاقم و نه آن تارِ بی‌تاب خاک گرفته‌ام، و آن «خواستنِ عمیق و بی‌وقفه‌ام از ازلِ زندگانی‌ام تا ابدِ اکنونم» است!

☆ آری می‌دانم گفته‌ام، ولی باز هم می‌گویم، هزاربار می‌گویم، مدام در گوشَت می‌خوانم: «خواستمت، می‌خواهمت»، چه اشتباهی، چه در توهم، چه در خواب، چه در اعماق سرخِ تردید و چه در لحظات گریزپایِ یقین، خواستمت... خیلی هم خواستمت، و تا آن لحظه که آخرین هرم نفسم را، این دنیای واژگون به خود می‌بیند، خواهم خواستت...

سکوت عمیقی بود و احساس می‌کرد گاه‌گاهی صدای موجی آرام، معلوم نبود از کجا، می‌آمد.

☆ «بها دارد! می‌دهی؟ بهایش را می‌دانی؟»

☆ «هر چه هست می‌دهم تا ثابت کنم تا به ازل سر پیمانم می‌مانم»

☆ «فقط بمان»... «فقط بمان»... «فقط بمان!»

صدای هیچ‌چیز نمی‌آمد... حتی موج.

☆ یادم آمد، یادم است... خودم گفتم. یادم است!

صدای هیچ‌چیز نمی‌آمد... حتی موج.

☆ «فقط بمان!»

صدای هیچ‌چیز نمی‌آمد... حتی موج.

☆ می‌دهم... بهایش را می‌گویم!

☆ پای خودم می‌ایستم. پای حرفم می‌ایستم. می‌دانم هر جا و با هر چه پرت شوم باز برمی‌گردم، دیگر این را می‌دانم.

☆ آری... با همین دست و پای تابه‌تا و حواس جابه‌جا خواستمت و خواهم خواستت.

☆ گفتی مزدم آن دو چشم، می‌گویم به روی هر دو چشم. باشد...

☆ آری... یادم آمد، یادم هست گفتی بها دارد، بهایش خودت هستی، می‌گویم باشد، می‌دهم... می‌دهم.

☆ اصلاً از چه بترسم؟

☆ از چه فرار کنم؟

☆ به کجا بگریزم؟

☆ گیرم از این دو چشم هم گریختم، و خودم را محکم گرفتم و ندادمم. که چه؟! می‌دانم دوباره برمی‌گردی، در فرم آب و نور... حال چشم باشد، نفس باشد، نازنین علمم باشد یا همین گل بنجامین ساکت گوشه‌ی اتاقم.

☆ می‌توانم از آیینه بگریزم، بلدم، یادم داده‌بودند، عادت کرده‌بودم... اما از همه‌ی همه‌ی آب‌ها و نورها که نمی‌توانم بگریزم.

☆ حتی اگر خیالِ محالِ مبهمی باشی و من هم دیوانه‌ی پریشانِ سرخوشی، باز هم قضیه هیچ فرقی نمی‌کند. باید قبول کنم نمی‌توانم نخواهمت، دستِ خودم نیست. نمی‌توانم نخواهمت... و می‌دانم هیچ راه گریزی نیست!

☆ دیگر خودم را دیوانه‌وار به در و دیوار نمی‌کوبم و دست به دستگیره‌ها نمی‌گیرم. بخصوص آن دستگیره‌ی طلایی و درخشان روزمرگیِ «ترس‌گریزی». همان ترس‌گریزی که هرروز برایم، امنیت کاذب نشئه‌آوری را هدیه می‌آورد و می‌پیچاندش لابه‌لای زَروَرق‌های آرامش‌های زودگذرِ بی‌ریشه!

☆ نه... دیگر دست نمی‌گیرم. نمی‌خواهم بالا روم و پیدا باشم، نه با این دستگیره‌ی طلایی و نه با هیچ دستگیره‌ی دیگری. این‌بار فرق دارد، یادم نمی‌رود، نور دیده‌ام... نور!

☆ نورِ مرطوبی که رو به مشکیِ مطلق می‌زد؛ نوری که نشسته بود در همیشه‌ی زمان، تا دیده شود...

☆ آری این‌بار فرق می‌کند، فرقش این است که دیگر فرقی ندارد که خودخواهی است یا توخواهی، حال بیشتر می‌خواهم، بیشتر از آنچه فکرش را بکنی می‌خواهم، همه‌ات را... همه‌ی همه‌ات را می‌خواهم، نه تنها قلبم، احساسم و عشقت را، نه تنها آن حقیقتِ نابِ خالصت را، بلکه هوشیاری و خرد اصیلت را!!

☆ می‌خواهم... و نه گریزی برای توست نه برای من!

☆ این‌بار می‌دانم که می‌شود دانست، می‌دانم. نه از آن دانستن‌های کتابیِ جزویِ تکه‌تکه، نه...

☆ این‌بار چیزی، از ورای اندیشه، پشت تمام فکرهایم...

☆ ورای عقلت و عشقم...

☆ در آن بی‌ریایی مطلقِ خموش، به من می‌گوید که می‌توانم بِچِشَم...

☆ آن‌قدر بچشمت... تا چشیده شوم!!

☆ اندیشه‌ای شَوَم که همان‌طور که، برای دیده‌شدن، خود برپا کننده‌ی تمام اشتباهات و توهم‌ها و هوس‌ها و فکرها و تخیل‌ها بود، شعله‌ور کننده‌ی همه خردها و عشق‌ها نیز باشد...

☆ پس حتی اگر توهمی است و تخیلی است و خطایی است، پایش می‌ایستم!

☆ من پای این لاشه‌ی متعفن ناهنجارِ در آستانه‌ی مرداب می‌مانم، دیدم... همه‌ی آنچه را که باید ببینم! دیدمشان... و پایشان می‌مانم، مهم این است که... با هرچه... در هرچه... دیدمشان!

☆ حتی اگر لِهَم کنی، و مرا به سوگِ تمام دوست‌داشتنی‌هایم بنشانی، می‌مانم!

☆ پای همه چیز می‌ایستم، پای نگاهش می‌ایستم، پای چشمم می‌ایستم، حتی اگر خطا بوده‌باشد...

☆ می‌مانم... تا بدانی خواستنم و تعهدم چیزی نیست که بشود پشت گوشِ تقدیر انداخت.

☆ آری... لبریز از تردیدِ کشنده‌ای هستم، اما... اما می‌مانم!

☆ اگر خطا بوده‌باشد بگذار باشد... این هم روی همه‌ی خطاهایم...

☆ می‌مانم... مگر چه دارم که از دست بدهم؟ واقعاً مگر دیگر چه دارم؟

☆ یه چکه عمر باقی‌مانده‌است. مگر تا به حال چه گلی بر سر این عمر ناکام زده‌ام که بترسم حال بقیه‌اش چه شود و چه نشود؟

☆ مگر تا به حال چقدر در آرامش اصیل و شادی عمیق و ماندگار و بی‌پشیمانی و بی‌نگرانی، به سر برده‌ام که نگران باشم مبادا افکار و زندگی‌ام پریشان شود؟

☆ مگر اصلاً آرامش اصیل و شادی عمیق را حس کرده‌ام؟

☆ مگر چه بوده‌ام که بترسم چه بشوم؟

☆ می‌مانم پرتویِ من... می‌مانم. باید به گستردگی‌ات منبسط شوم، اندازه‌ات شوم... همه‌ات را فرا گیرم و بِشَوَمت تا بدانمت...

☆ نه، نمی‌ترسم... حتی اگر بمیرم بهتر است از زنده بگور کردنِ وسوسه‌ی این پرواز احتمالی!

- بستنی می‌خورید؟

- نه دیگه آقا داداش... خیلی تو زحمت افتادین.

- راست می‌گه نه... ممنون، همه چیز تو سینما خوردیم.

- می‌گم آقا داداش یه سؤال، یه‌کم زیادی مهربون نشدین؟ دلیلی داره؟

- نارین!

- بذار حرفش را بزنه نهال، مگه ما تا حالا سینما نیومده بودیم.

- چرا اما امروز یه طوره دیگه‌ای بود.

- نارین!

- مثلاً چه طوری؟

- نمی‌دونم... مهربون‌تر شدین...

- شاید می‌خواد ازمون معذرت بخواد، از هرسه تامون.

آرش این را گفت و ماشین را روشن کرد.

- دیدی گفتم نهال خانوم... حالا هی بگو هیس. خُب اگه این‌طوره من می‌خواستم بیشتر استفاده کنم، مثلاً بیشتر تو سینما چیز بخرم بخورم...

نادر خندید.

- اصلاً قرار بود هیچی تو سینما نخوری... چند بار گفتم تو سینما چیز نخور، هر چی می‌خوای قبلش یا بعدش بخور. حالا تازه می‌خواستی بیشترم بخوری؟

- خُب الان پس بریم بستنی بخریم... حالا بعدشه دیگه...

- چشم...

- نارین!

- هاها... این نهال کلاً هیچ حرفی نمی‌زنه... فقط کارش اینه گاه‌گاهی بگه «نارین!»

- خوبه من هی می‌گم... و تو هی گوش نمی‌دی... خُب تو هم یه‌کم مراعات کن.

نهال متوجه‌ی نگاه مهربان آرش شد، به آینه جلو ماشین نگاه کرد. سرش را زیر انداخت، صدایش را آرام‌تر کرد، لبش را گزید، روسری‌اش را جلو کشید آرش لبخند زد و نگاهش را از آینه دزدید.

☆ خوب می‌دانم. می‌دانم تو هم همیشه چشمت دنبالم بود. می‌دانم تو هم می‌خواهی‌ام... می‌دانم که چقدر من نمی‌فهمیدم و تو به تلاش برای فهماندنم به دردسرِ برپاییِ حوادث می‌افتادی. می‌دانم... می‌دانم که این من بودم که گاه‌به‌گاه بودم، باشد می‌دانم.

☆ اما... آخر... حالا خودمانیم... چه می‌شد اگر تو سروری می‌کردی و از زمین و آسمان باران تردید نمی‌ریختی؟

☆ نمی‌دانم... شاید هم از وفایت بود، نه از جفایت.

☆ شاید می‌خواستی که بفهمم چشم چه کسی دنبالم است.

☆ شاید می‌خواستی آن‌قدر شک کنم تا به یقین حقیقی برسم، تا بالاخره برسم به آن مزه... به چشیدن!

☆ آری رسیدنِ به طعمِ «یقین»، لیاقت می‌خواهد.

☆ شاید تا شک هست، یعنی هنوز گاه‌به‌گاهم...

☆ شاید شک خودش برهانِ قاطعی است که می‌خواهد بگوید هنوز در «شبیه آن» درگیرم نه در «خودِ آن».

☆ پس ای باران شک بر من ببار، ببار تا گمراه نشوم.

☆ بر من ببار تا پاک شوم از تمامیِ «شبیه‌ها»، «یقین‌های کاذب»، «اعتقادهای ستبر توخالی پرادعا».

☆ شکاکم کن، اگر می‌بینی درگیرِ «جزوی‌ها» شده‌ام، پر تردیدم کن!

☆ بر من ببار... جاری شو تا راه دریا را از پی تو بگیرم.

- عجب بارونی گرفت...

نادر دستش را زیر باران گرفت. به آسمان نگاه کرد. لبخند زد و ادامه داد:

- وقتشه...

- آره خُب... دیگه فقط یه کم مونده تا بهار... بارون بهاره...

- سرِ وقتِ خودش اومد... به‌موقع... همیشه همین‌طوره...

☆ آری... وجودِ واقعی خودبه‌خود با یقین می‌آید...

☆ تا شک هست هنوز راه در پیش است. تا شک هست یعنی هنوز به جایی که «باید برسی» نرسیده‌ای...

☆ پس ببار تا... تا به آن «بی‌شکیِ» پُریقین... ببار!

☆ ای ابرِ اکنون مرا گم نکن! ببین چگونه جوانه زده‌ام، تا با موها، مژه‌ها و چشم‌هایش و تَه نگاهم، هم آواییِ عمیقی داشته‌باشم... مرا گم نکن!

- خُب... حالا که بچه‌ها را پیاده کردیم کجا بریم تو این بارون، بریم لب آب؟ بارونش زود بند میاد، نیست؟ نادر دستت رو بیار تو... با تو هستم!

☆ یادت بماند دست داده‌ایم... پیمان بسته‌ایم!

☆ در این بارانِ شَک، تو دستم را بگیر تا بتوانم دستم را بگیرم...

☆ هستی من... مرا باز پس بستان تا نگاهت، بپیچان مشکین گیسوانت را، نه تنها دور چشمانم، بلکه در سلول سلول بدنم، تنم و روحم. تو را به حقیقتِ بودنت، تو را به شکوهِ لحظه‌های سکوتِ نگاهت، مرا سفت، پیشم، نگه‌دار... سفت!

- وای نادر چه بوی بارونی میاد... خوب شد اومدیم...

☆ هیچ آدم عاقلی دنبال بو نمی‌رود، هیچ آدم عاقلی... آری می‌دانم کار خودم است!

☆ من بو را مزه کرده‌بودم، نباید گول می‌خوردم. خوب گفتی «شَکِ به‌جایم» نباید این‌قدر پایین می‌آمدم تا به «دلیل» عقلکم برسم.

☆ باید ایمان داشته‌باشم که چشیدن، اولین قدم برای خودِ «دلیل» است... و من چشیده بودم، همان‌هنگام که نگاهت را مزه کردم.

☆ هیچ خرد-حس‌کرده‌ای، هیچ خرد-چشیده‌ای، نمی‌تواند دوباره باعقلکش آشتی کند... محال است و محال است و محال!

☆ شاید رعشه‌ای بیاید، تکانی و غلیانی... اما باورش محال است و محال است و محال!

☆ و هر کس، هر کس، اگر برای یک لحظه با اکنون دست بدهد، یادش خواهد آمد که حتماً بیشتر از یک‌بار چشیده‌است.

☆ آری... حال دیگر نمی‌توانم، نمی‌توانم ندانم وقتی بویش را حس می‌کنم. نمی‌توانم به دورانِ عقلکم برگردم. الان دیگر نمی‌توانم. هر چه می‌خواهم بگویم... فرقی نمی‌کند!

☆ مگر می‌شود بوی نان تازه را از تنور خانه‌ی بابایی حس کنی و فرصت پیدا کنی که تعقل کنی و بگویی که آیا اکنون زمان نان پختن است یا نه؟ بویش می‌آید، همراه با ایمانِ بودنش. بابایی نان می‌پزد. حال دیگر زمانش و چرایی‌اش برای کسانی بماند که تازه واردند و نمی‌دانند این بوی نان بابایی است. چشیده را چه به چرایی؟

- می‌دونی نادر گاهی که میاییم بیرون واقعاً فکر می‌کنم تنها اومدم... یعنی جِدی مثل یه روح فقط دنبالم راه می‌ری... هر کارم می‌گم می‌کنی، هر کار! خنده‌داره!

آرش خندید... دست در موهای قهوه‌ای باران خورده‌اش کرد، نفس عمیقی کشید... به آسمان نگاه کرد که اگرچه هنوز دلش پر بود... اما ساکت شده‌بود.

- اما بد نیست... انگار خودم با خودم میام بیرون، البته یه آرامش خاصی داره وقتی هستی... اگرچه هم هستی، هم نیستی، اما خوبه. می‌گم راستی نهال برا دکترا امتحان می‌ده؟ منظورم اینه می‌خواد درسشو ادامه بده یا می‌خواد بره سرِ کار؟ البته فکر نکنم بدونی...

☆ آمده‌بود، چونان همیشه... با همه‌ی موهایش، با عطرِ مخصوصش، با هُرمِ افسونگرش و... و... چشمانش!

☆ وجودم پر شد و چشمانم مست. نگاه کردم که شرمنده‌ام. لبخندی پر معنا روی لب نشاند، پلک زد، شرمنده‌ترم کرد. نمی‌دانستم چه بگویم. با تمام وجودِ شرمنده‌ام ساکت نشستم.

آرش خیره به نادر نگریست، خنده‌ی بلندی کرد:

- دیروز همدیگه رو دیدین درسته؟ واسه همین دیگه امروز خدا رو شکر، کامل تعطیلی!

به خنده‌اش ادامه داد و اضافه کرد:

- هی دکتر جون، فهمیدی چی گفتم؟

- نه...

☆ گفتم:

- باید ببخشید برای هفته‌ی قبل یه‌کم برام کار پیش اومد. دیگه... نشد...

☆ دروغ نگفتم، اما نگفتم. آخر نمی‌دانستم چه بگویم. سرش را تکان داد. لبخند مهربانی زد. نگاهش آرام‌آرام، آمد روی چشمانم نشست و دیدم!

☆ آری درست فهمیدی هستیِ من، در این مدت، دوباره و هزارباره داشتم فکرهای پوسیده و تقلیدی و تحمیلی و حساب‌گرانه را نشخوار می‌کردم.

☆ آری درست فهمیدی ترسیده‌بودم...

☆ آخر... آخر به من حق بده، می‌دانی... چطور بگویم... این باور کردنی نیست... یعنی اینی که داریم... یعنی...

☆ نمی‌دانستم چه بگویم. عاجزانه ساکت شدم، پلک زد، بوی تری دوباره در چشمانم چرخید... و دلم قرص شد، آرام گرفتم، نفس عمیقی کشیدم... آری همه را می‌دانست، همه‌اش را... حتی بیشتر از من! هیچ نپرسید. ساکت در جای خودش نشست، انگار هیچ اتفاقی نیفتاده‌است.

- گفتم بیا بریم یه چیزی بخوریم.

- باشه...

آرش خندید... و سر شانه‌ی نادر زد:

- یعنی دوستت دارم... کلاً نیستی...

- چطور؟ خیلی هم خوب هستم... گفتی چیز بخوریم، گفتم باشه... اتفاقاً کاملاً حواسم بود.

- می‌دونم... می‌دونم... منم کشته‌ی همین حواستم که همیشه هست... بریم...

☆ هستی من... چقدر سکوتت را بین‌ابین‌ِ های‌وهوی ذهنم دوست دارم، آن‌هنگام که می‌دانی چه می‌خواهم بگویم و می‌دانی نمی‌گویم. لبخند می‌زنی و به تلاشم برای پیدا کردن مفهومی شبیه آنچه می‌خواهم بگویم و حفظ خودم پیش چشمانت، در دل می‌خندی. من هم می‌دانم که می‌دانی و از همه قشنگ‌تر این که می‌دانی که چرا حقیقت را می‌پیچانم!

- پدر جون خُب یه‌کم واضح حرف بزنین.

همایون نفس عمیقی کشید. چقدر به حرف درآوردن، به نصیحت کشاندنِ تجربیاتش برای جگرگوشه‌اش سخت بود.

- چطور بگم دخترم... منظورم اینه، کاری به هیچ‌کس نداشته‌باش. تو باهاش زندگی می‌کنی... فقط تو. قضیه با الان خیلی فرق می‌کنه، فکر نکن مثل الانه... نه... دیگه همسرته.

تارا آب دهانش را قورت داد. سرش را زیر انداخت، و با دست‌هایش بازی کرد.

- بله، می‌فهمم چی می‌گین. اما منظورتون از اینکه اول گفتین، که... در آینده پشیمون نشی چیه؟! منظورتون چیه؟! مگه شما چیزی از کوهیار دیدین؟! یا...

- نه... نه پدر جان، هیچی... من به جز خوبی هیچی از این پسر ندیدم. من منظورم چیزِ دیگه‌ای بود. منظورم اینه اگه عاشق باشی، حسابش جداست... عشق فرق می‌کنه... اما...

همایون مکث کوتاهی کرد گویی می‌خواست بگوید ادامه می‌دهم، چون می‌دانم چیزی جز این است!

- اما اگه فقط دوستش داری... خُب... باید بدونی ازدواج فرق می‌کنه، فقط می‌خوام بدونی ازدواج یه قول ساده نیست، یه تعهده. یعنی نمی‌تونی با زندگیِ خودت و مردم بازی کنی بعد بگی ببخشید پشیمون شدم. باید پای حرفت وایسی... می‌دونی عزیزم... با ازدواج یکی می‌شین، زندگیتون، آیندتون، اصلاً چطور بگم... همه چیتون. دیگه تو نمی‌تونی به تنهایی زندگی کنی، یعنی مثلاً بگی خُب ازدواج می‌کنم اون سی خودش، منم سی خودم، نه... اگه با این فکر ازدواج کنی، صبح تا شب داد و دعوا دارید. باید بدونی هیچ‌کس دیگه، سی خودش نیست، از غذا خوردنتون، تفریح کردنتون، مهمونی رفتنتون، همه چی یکی میشه... می‌فهمی. رو همه‌ی این چیزا فکر کن بعد تصمیم بگیر. حتی اعتقاداتتون... چه می‌دونم... نگاهتون به زندگی. همشو در نظر بگیر. می‌دونم حالا می‌گی مگه بقیه همه تو این چیزا تفاهم دارن، نه... ندارن... برا همین من نمی‌خوام زندگیِ تو مثل هیچ‌کدوم از آدمای دور و برت باشه.

- می‌فهمم... بله... اونکه... آره... ولی یعنی... خُب... اگه چیزی بود... آدم جدا می‌شه در نهایت... نه؟

- همینه که می‌خوام بگم... جدا نمی‌شی. آدمایی مثل ما خیلی براشون سخته جدا بشن، همینه که می‌خوام بهت بفهمونم. بعدش که افتادی توش دیگه جدا نمی‌شی. اصلاً همچین آدمی نیستی... مثل من، مثلِ مامانت... مثل خیلی از فامیلمون... ما این‌طوری نیستیم... هر کار می‌کنی که درستش کنی... اگه هم درست نشد باهاش می‌سازی، اما جدا نمی‌شی...

پدر سرش را زیر انداخت و ساکت شد. تارا به چیزهای دیگری می‌اندیشید: به چشم‌های نگران و خیره‌ی پدر، به عکس‌ها و خاطرات سنندج که گاه‌گاهی پدر از آنها یاد می‌کرد و هر وقت یاد می‌کرد صورتش شکلِ آن‌وقتی می‌شد که به کوهِ بلندی نگاه می‌کرد. به سنگ‌های کوه آبیدر که در کتابخانه‌ی پدر سرگردان لابه‌لای کتاب‌ها انگار همیشه دنبال چیزی می‌گشتند و پیدایش نمی‌کردند، به فرش سنندجی که در کف اتاق پدر آرمیده بود و گویی فقط صبوری می‌کرد، و تنهایی عمیق پدرش و... آن نامه‌ها... آن نامه‌ها... آن نامه‌ها که...

- خلاصه خوب فکراتو بکن پدر جان.

- بابا... شما خودتون توش افتادین؟ مگه نه...

پدر ایستاد خنده‌ی پرمهر و غمگینی روی لب داشت، دستی بر سبیل جوگندمی‌اش کشید:

- ای بابا... الان زمان توست پدر جان، دیگه از ماها گذشته... من یه حرف کلی زدم، قصدم من یا مامانت یا فرد خاصی نبود، کلاً گفتم. من از کجا خوشگل‌تر و خانوم‌تر از مامانت پیدا می‌کردم؟!

تارا خنده‌ی کجِ معنی داری به پدر کرد ابروهایش را بالا انداخت. می‌دانست پدر می‌داند که دختر دل پدر را می‌خواند و دروغ مصلحتی پدر را هم می‌بخشد. نمی‌خواست پدرش را بیشتر معذب کند.

- بله خُب... مامان که گُله. باشه پدر جان... خوب فکرامو می‌کنم... بهتون خبر می‌دم.

- باشه... فقط زود باش. نره تا سال دیگه...

☆ با من صبور باش هستیِ من...

☆ بدان که برنگشتم چون از ازدست دادنت ترسیده‌بودم، چرا که با تمام وجود می‌دانم دیگر از دست دادنی نیستیم، هیچ‌کدام‌مان! جدا شدن وقتی معنا دارد که فاصله‌ای باشد، و در یکی‌شدن‌ها فاصله‌ها گم می‌شود.

☆ بدان باز نیامدم از ترسِ تنهایی، چرا که در منی و جز تو چیز دیگری در من نیست!

☆ چون به جز تو نیستم که بخواهم باشم یا نباشم.

☆ بدان فقط برای خودم آمدم، برای خودم که در تو جای مانده‌است. آری فقط دلم برای خودم که در تو جای مانده می‌سوزد. دست‌های تابه‌تایِ جذام‌گرفته‌ی لرزانم، که پُر است از خاطره‌ی نور و آب، به سویم پرمی‌کشند و مرا می‌خوانند...

☆ بدان نه نگاهِ جادویی چشمان سیاهِ مطلقت نورانی‌ات، نه گیسویِ افسونگرِ مشکیِ تندِ رقصانت، و نه دستانِ شکوفه‌ای‌ات... هیچ‌کدام مرا وسوسه نکرد که برگردم. من فقط خاطرخواهِ آن فرشته‌ی بی‌گناهِ دست‌نخورده‌ای شدم که همچون آتشفشان خاموشِ معنا به لجن گرفتار شده و بر لب مرداب افتاده‌است!

☆ می‌آیم تا دست نورانی‌ام را در دستش بگذارم و در پیوندشان پروانه‌وار بسوزم و برقصم تا به زندگی آبستن شوند... آری تا میلاد نگاه تو می‌آیم هستی من. با من صبور باش... با من صبور باش!

- چرا هِی به پهلوم می‌زنی آرش؟ پهلومو سوراخ کردی... خُب چی بگم؟

- «اهلِ دریام»؟! مسخره می‌کنی مردمو؟! واقعاً نمی‌شه جلویِ هیچ‌کس دَرِت آورد، آبروی آدما می‌بری. اصلاً از بچگی هم همین‌طور بودی، اَه... آبروم رفت... اینا آدمای متشخصی هستند. فامیلای دور مامانم اینان.

- خُب مگه چی گفتم؟

- یعنی چی؟ باید اسمه یه شهر، یه مکانی رو بگی... بهت می‌گن شما اهل کجایین؟ یعنی کجایی هستین؟ می‌فهمی؟ یعنی باید بگی چه می‌دونم اصفهانی، شیرازی، تهرانی... اون‌وقت تو می‌گی «اهلِ دریا»!!

- خُب... پس بگم چی؟ من که مالِ اون‌جایی که شناسنامم نشون می‌ده نیستم... شناسنامه‌ی منو بعد از تولدم، جایی سرِ راهشون گرفتند. مهم اینه من، تو کدوم طبیعت به دنیا اومدم. یکی اهلِ کویرِ، من اهلِ دریا، یکی اهلِ کوهِ، یکی اهلِ جنگل، یکی اهل برفِ، یکی اهل مزرعه، یکی اهل رودخونه... اینه که مهمه... تازه با این، شاید بشه حدس زد اون آدم چه روحیاتی داره و شاید بتونه با کسی که اهل همونجاست بیشتر حرف بزنه یا چه می‌دونم ارتباط برقرار کنه...

☆ اهل کجایی هستیِ من؟

☆ اهل هر طبیعتی که باشی روح دریا در تو جاریست... اهل کجایی هستیِ من؟

☆ تو اهل کجایی که با آمدنت این‌گونه بوی آب در تمام هستی‌ام می‌پیچد؟

- خُب می‌گفتی شمالی... نمی‌شد؟ مثلاً الان یه بچه‌ی بندر عباسی اهل کجاست؟

- اهل دریا.

- اِاِ این‌طوریه... بعد الان مثلاً من ازدواج کنم بچه‌ی من اهل کجاست؟ خودم اینجا به دنیا اومدم. پدر و مادرم یزد، زنم هم حالا گیرم همین‌جایی باشه...

- اگه بچه‌ت همین‌جا که هستی به دنیا بیاد، اهل رودخونه است. اگه برگردی یزد و اونجا زندگی کنی خُب می‌شه اهل کویر...

- اگه بچم تو هواپیما به دنیا بیاد چی؟

نادر خندید سر شانه‌ی آرش زد.

- اهلِ آسمونه! ای بابا... بچه‌ی تو هر جا به دنیا بیاد، اهلِ دلِ... اهلِ دل! حالا چی شده فکر بچه اومده به ذهنت؟ نکنه مامان بچه رو پسندیدی...

آرش لبخند زد، سرش را زیر انداخت. گونه‌هایش رو به سرخی گرایید... نفس کوتاهی کشید و...

☆ پاهایش را جابه‌جا کرد، پای راستش را روی پای چپش انداخت. به پنجره نگاه کرد، لبخندش از پنجره به بیرون پرید... و صدایِ جِدی‌اش گفت:

- پس شما هم نتونستید به چیزهایی که خودتون گفتید عمل کنیدآقای دکتر؟

- نه.

- سعی کردید؟

- بله. شما چطور؟

- سعی کردم... تا حدودی... اما... منطقی نیست، چون منطقی نیست نمی‌تونم عمل کنم.

☆ نگاهم کرد... نگاهش کردم. آه... نگاهم کرد... و من دیدم...

- منطقی‌اش می‌کنیم. منطقش را می‌فهمیم...

- یه چیزی یا منطقی هست یا نیست. ببخشید آقای دکتر اما شما نمی‌تونید چیزی رو زوری منطقی کنید. چی را می‌فهمید، منطقی نیست!!

☆ نگاهم کرد، مستقیم و مستحکم... و چه منطقی بود سکوتِ نورانی‌ام در چشمانش... همان‌جا که راز منطق‌ها می‌رقصید...

☆ چه باشکوه بود عظمت اراده‌ام در آن انتهای سیاهِ مطلقِ مردمک چشمانش... و هر کار ممکن بود... هر کاری!

☆ صلحِ ساکتِ ساکنِ اکنون. انتهایِ آرامش مطلق... تا جایی که آرامش به نهایت خرد می‌رسد و در آن سکوتِ مشکیِ تند گم می‌شود!

☆ هیچ‌گاه اندیشه‌ام این‌گونه به باورِ اتحادِ آگاهی و سکون و خردِ غلتان در یک سیاه مواج نرسیده‌بود.

☆ تا بدین لحظه حتی اگر تمام برگ‌ها سوگند می‌خوردند نمی‌توانستم فکرش را هم بکنم که در تمام مویرگ‌های سبز طبیعت همین سکونِ سیاهِ خمُشِ درخشان است که معجزه می‌کند...

☆ تا قبل از این سیاهی تند و افتادن در حفره‌ی نور و اکنون و مِهر و ابهام، همیشه فکر می‌کردم توانایی‌ها و معجزه‌ها با ولوله و هیاهو می‌آیند و باید فریادشان کنی!

☆ چه کسی فکرش را می‌کرد؟

☆ نگاهم کن... نگاهش کن! آن پرتو نورانی مواج را می‌گویم... وَه! چه سیاهی‌ای را در این سکوتِ خاموشِ آبی فریاد می‌کشد... و من می‌گویم... گفتم. دوباره به نامت... صدباره به نامت!

- آخه حرفت منطقی نیست تارا جان.

- برای تو منطقی نیست.

کوهیار سرفه‌ی کوتاهی کرد. تا جایی که می‌تونست نمی‌خواست بحث کند و فضا را تبدیل به فضای بحث و جدل کند. فقط می‌خواست با جملات کوتاه به بحث خاتمه دهد.

- برای من یا برای تو فرقی نداره... حرفت کلاً معنی نمی‌ده، منطقی نیست... برای هیچ‌کس حرفت معنی نمی‌ده.

- اتفاقاً برای من و تو داره. هر انسان نسبت به سطحِ آگاهیش یه چیزی براش منطقی هست یا منطقی نیست. اگه آگاهیت تغییر کنه، این سطح هم تغییر می‌کنه. اون کسی که آدم می‌کُشه هم منطق خاص خودشو داره که برای من و تو شاید منطقی نیست، اما برای اون

هست. الان هم برای من منطقیه که من اول باید بدونم کی هستم بعدش دیگران را قاطیِ زندگی خصوصیِ خودم کنم... حالا هر قدر که طول بکشه.
کوهیار ساکت شد... دیگر نمی‌دانست چه بگوید. دستش را در جیب کتش کرد... و جعبه‌ای را در آورد.
- این عیدیِ منه... نوروزانه‌ی ناقابلیه... هی منتظر بودم تنها بشیم... بهت بدم... بازش کن.
- وای... ممنون! قبل از اینکه بازش کنم... بهت بگم... تو خیلی پسر خوبی هستی کوهیار. تو می‌تونی آرزوی هر دختری باشی... و اگه می‌بینی من هی دست‌دست می‌کنم، نه اینکه به تو شک دارم، من فقط به خودم شک دارم. فقط نمی‌خوام تو رو درگیرِ این خود درگیریِ خودم کنم...
- من خیلی وقته درگیرم... خودتم می‌دونی.
تارا سرش را زیر انداخت... به هدیه‌ی در دستش نگاه کرد، هدیه‌ای با کاغذ کادوی صورتی با یک پاپیون بنفش. هدیه را باز کرد، گردنبندی نقره بود با طرح خورشید خانم. به کوهیار نگاه کرد که دیگر نگاهش نمی‌کرد و به نقطه‌ی نامعلومی روی دستمال سفره‌ی لاجوردی‌رنگ هتل کوروش خیره شده‌بود. نگاه جدی و غمگینی داشت که دل تارا را لرزاند... یا شاید ترساند! یاد حرف اشکان افتاد، یاد حرف پرگل، یاد حرف یاسمن، یاد حرف همه... به جز حرف خودِ خودش!

☆ به چه چیز باید اعتماد کرد؟

☆ چه کسی درست می‌گوید؟

☆ باید از یک جایی اعتماد کنی که فقط اکنون‌های خاموش راست می‌گویند، اکنون‌های بی‌گره و بی‌پرده و بی‌ترس، نه اخلاق‌های بی‌ریشه و عقده‌های بزدلِ کهنه!

☆ باید از یک جایی بفهمی سکوت‌ها بزرگ‌ترین و پرمعناترین جملات را می‌گویند، نه هیاهویِ زیادی‌ها!

☆ باید از یک جایی یاد بگیری فقط آن صدای «سکوتِ» درونت را گوش دهی، نه صدای جیغ و داد و کلیشه‌ها و تکراری‌های ذهنت را!

☆ تو باید تشخیص دهی کدام صدا، کدام صداست... همین تو!

☆ تو باید بفهمی که تو مسئول تو هستی، نه اتفاقات... همین تو!

☆ باید برسی به فهمیدن اینکه خودت، نرسیده‌ای به خودت! و تو تنها کسی هستی که می‌تواند به خودت برسد و درست و به‌جا دلش برای تو بسوزد و برایت کاری کند... نه هیچ‌کس دیگر!

☆ باید دستت را بدهی به دستِ کسی... که همان کسی باشد که باید باشد، شاید همان کسی که همیشه فکر می‌کردی برای تو نیست و از زمان تو دور است و حرف تو را نمی‌فهمد و گوشه‌ی کتابخانه خاک‌خورده و قطور کِز کرده‌است، شاید همان کسی که مدام صدایت می‌کند و تو در فکری که یعنی با کیست؟!

☆ کسی که فقط خودت خوب می‌دانی کیست و بس... همان خودِ خموشت می‌داند که کیست!

☆ آری باید دستت را بدهی و شروع کنی به آب کردن و «نه باز کردنِ» گره‌ها! گره‌هایی که به نظر از جنس پولاد و در حقیقت از جنس برفک‌های ساخته شده‌اند.

☆ تا گره‌هایت آب نشوند هیچ وقت درست نمی‌دانی، هیچ‌چیز را درست نمی‌دانی.

☆ باید بتوانی ببینی، باید ببینی گره‌هایت را و شروع کنی... این یک باید است و «باید» باید که بیاید... همین حالا... نه بعد از...

- نمی‌دونم.

☆ کتاب را آرام زمین گذاشت. مثل خودم زمین می‌گذاشتش و مثل خودم وقتی زمینش می‌گذاشت تا مدتی چشم از آن بر نمی‌داشت، آن‌قدر آرام زمینش می‌گذاشت که مبادا...

- واضح نمی‌فهمم، نمی‌بینم...

☆ راست می‌گفت... چه کسی می‌تواند چشم‌های خودش را ببیند؟

☆ چه کسی تا به حال نگاه خودش را دیده‌است؟

☆ اصلاً مگر دیدنی است؟

☆ مگر می‌شود؟

☆ مگر می‌توان «آن» را دید؟

☆ اما «آن» داشت... اگرچه خودش نمی‌دانست!

☆ من هم جای او بودم نمی‌دانستم. خوب... راست می‌گفت... چطور ببیند؟

☆ انتظار معجزه از یک مشت جیوه‌ی خشک شده‌ی پشت شیشه داریم!

☆ ... و تازه وقتی می‌خواهیم خیلی خوبِ خوب باشیم، جلویش می‌ایستیم و به خودمان خیره می‌شویم.

☆ آه... آخر در آیینه‌ی از قبل درست شده که آن چیز که باید پیدا باشد، پیدا نیست!

☆ حالا اگر رودی بود، آبی بود... شاید...

☆ راست می‌گفت تازه حتی اگر می‌شد در همین آیینه هم ببینی، پشت نگاهش که دیگر پیدا نبود.

☆ راست می‌گفت... خیلی هم راست می‌گفت. هیچ‌کس هرگز نمی‌تواند نگاهِ خود را ببیند، تقصیر او نبود.

☆ پس به چه اعتماد کند؟

☆ اما اعتماد کرده‌بود!

☆ شاید به مزه‌ی سکوت اعتماد کرده بود، شاید ندانسته اعتماد کرده‌بود، اما اعتماد کرده بود، وگرنه که اینجا نبود...

☆ بود؟

☆ برای چه اینجا بود؟

☆ برای چه من روبرویش بودم؟

☆ برای چه اینچنین نگاهم می‌کرد؟

☆ اعتماد کرده‌بودیم... هر دو!

☆ اما نمی‌دانست!

☆ نمی‌دانست که چگونه درون-دانسته می‌داند، خوب هم می‌داند، و من نمی‌دانستم چگونه بگویم، که تو خودِ اعتمادی... خود سکوت! اما در آینه پیدا نیست.

☆ خاطرنشانش کردم دست دادنمان را و راز پیمان را...

☆ اما باید ساکت در سکونِ اکنون می‌ماندیم و با هیچ‌چیز تکان نمی‌خوردیم... و همین بود که ایمان می‌خواست!

☆ و... اگر می‌ماندیم، همین خودش ایمان می‌آورد... همین ماندنمان!

☆ فلسفه‌ی دایره‌ها بود... و صبوری می‌طلبید!

- ایمان «به چه»؟

☆ ایمان به این که در دستان مطمئنی هستیم و راز برای «ما» راز شده‌است، تا بدانیمش، و اگر بمانیم، بی‌تردید راز در گوش خودمان گفته‌خواهدشد!

☆ راز، راز شده که ما بیاییم و لیاقت دانستنش را نشان دهیم...

☆ راز، اصلاً راز است که کشف شود...

☆ اگر نباید می‌دانستیمش که دیگر نام راز بر آن نمی‌نهادند.

☆ راز مال ماست، برای این است که برای دانستنش این‌گونه دیوانه می‌شویم و به هر دری برای زندگی می‌زنیم و آخر سر هم بی‌تابیم و مدام نمی‌دانیم چه می‌خواهیم. چون در حقیقت، ما جویندگان رازیم!

☆ چون... راز را باید بدانیم، ما برای دانستن راز خلق شده‌ایم، فرار از دانستنش فقط برایمان بی‌تابی و سردرگمی می‌آورد....

☆ و تظاهر به نخواستنِ دانستنش، تظاهر به حماقت خودمان است، فریب خودمان است، که در نهایت همان بی‌تابی و سرگیجه‌ی همیشگی‌مان است.

☆ هر ذوقی برای هرچه داریم، در حقیقت ذوق دانستن راز است: ذوقِ عاشقی، ذوق آگاهی، ذوق خوشبختی... و حتی ذوق دارایی!

☆ و بدبختی‌مان وقتی شروع می‌شود که همه‌ی این ذوق‌هامان ناکام می‌ماند...

- بله...

☆ می‌دانستم دیگر فهمیده‌است «ایمان به چه»، وگرنه حتماً دوباره می‌پرسید. از نگاهش پیدا بود که فهمیده که نگاهش را خوانده‌ام، معلوم بود دلم را شنیده‌است و می‌خواست بگوید چقدر سخت است همین ایمان داشتن، از حالت چشمانش فهمیدم که گفت: «گفتنش آسان است، تو ساده می‌گویی، ساده نیست، خودت ایمان داری؟»

☆ خوب راست می‌گفت... اما من مأمورم و معذور، خواندم و گفتم... همین!

- اما... آخر چگونه باید... ؟

☆ صبور باش هستیِ من و بمان...

☆ ایمان به‌دست‌آوردنی نیست، خواندنی نیست، از آن‌هایی نیست که بیرون دنبالش بگردی، از آن‌هایی نیست که راه بروی تا به آن برسی، از جنس همان گوهرهاست که درونت نشسته زیر هزاران پرده‌ی رنگارنگ که خودت رویش کشیده‌ای، نشسته که بیابی‌اش... در آغوشش بگیری. منتظر نشسته‌است... هیس! به هیچ صدایی گوش مده... تا بشنوی‌اش.

- دلم می‌خواد... اما نمی‌تونم... نمی‌تونم خاموش و ساکتش کنم.

☆ ولوله‌ی درونش را می‌گفت، شورش عقلکش را می‌گفت، همان که هر چه می‌گوید دم‌دست و پیداست و می‌توان مستقیم به آن اشاره کرد!

☆ همان که می‌گوید اگر فریاد نزنی، فکر می‌کنند مرده‌ای!

☆ همان که می‌گوید اگر به چشم نیایی، فکر می‌کنند گم شده‌ای!

☆ همان که طعنه می‌زند «پس فایده‌اش کو؟»

☆ همان که می‌شمارد ثانیه‌ها را، سکه‌ها را، مدرک‌ها را، چین و چروک‌ها را، دوست‌ها را، دردها را، محبوبیت‌ها را و قیاس می‌کند و قیاس می‌کند و قیاس می‌کند...

☆ و ای وای بر تو اگر برنده از این محاسبه بیرون نیایی!

☆ آن‌وقت است که لِهَت می‌کند، ویرانت می‌کند، و آن‌قدر توی سرت وِز وِز می‌کند تا برَوی روی چیزی بنشانی‌اش تا دیوانه‌ات نکند. یا بروی بالاخره چیزی پیدا کنی قاب بگیری و بزنی به دیوار که بگوید: «هیهات مردمان ببینید من هم زندگی کرده‌ام!»

☆ آری می‌فهمیدم چه می‌گوید. خوب می‌فهمیدم. نگاهش کردم... باید ساکتش می‌کرد، باید ساکتش می‌کردیم در سکونِ آب، در سکوت ابر، در بی‌نیازی اکنون...

☆ باید خودش را، خودم را در این ابهام، شناور می‌کردیم... باید... تا...

- با چه تضمینی؟

☆ نگاهش را نگریستم.

☆ نمی‌دانم... من فعلاً همین قدر می‌بینم. تازه مدام هم پلک می‌زنی و حواست پرت این درخت سرو پشت پنجره می‌شود. بقیه‌اش را نمی‌دانم، اما حداقل این بهترین راهیست که نرفته‌ایم، می‌دانم می‌گویی شاید خیلی راه‌ها باشد که نرفته‌باشیم، چرا این راه؟ و من می‌گویم هیچ راه دیگری نیست هستیِ من. باور کن آن «خیلی راه»ها که می‌گویی نیست. آنهایی که می‌بینی بن‌بست‌های تَوَهُمیست نه راه!

☆ می‌بینی نمی‌گویم آن راه‌ها اشتباه است، می‌گویم اصلاً واقعی نیست!

☆ از اکنون چشم‌هایت بپرس و از حِس عمیقِ اعتمادم به مزه‌ی تریِ آب.

☆ باور کن این تنها راهیست که باید رفت.

☆ بیا تا اگر می‌خواهیم رهرو باشیم، خواستنمان را درستِ درست بخواهیم، نه «گاه‌به‌گاه»!

☆ اگر «گاه‌به‌گاه» باشی... آن‌وقت آدم «گاه‌به‌گاه»ی می‌شوی...

☆ «گاه‌به‌گاه» می‌نوازی، «گاه‌به‌گاه» سلامتی‌ات را رعایت می‌کنی، «گاه‌به‌گاه» شعر می‌خوانی، «گاه‌به‌گاه» تفسیر کتابی را که سالیان سال است مدام در زمان معین روخوانی می‌کنی، می‌خوانی، «گاه‌به‌گاه» به باشگاه ورزشی هم سری می‌زنی، «گاه‌به‌گاه» یه چیزی می‌نویسی، «گاه‌به‌گاه» یه طرحی می‌کشی...

☆ «گاه‌به‌گاه» که بشوی نتیجه‌ات هم «گاه‌به‌گاه»ای می‌شود. از آن آدم‌هایی می‌شوی که «سعی می‌کنند، اما... »!

☆ «سعی می‌کنند» پرهیز کنند، اما... حالا گاهی نمی‌شود دیگر. «سعی می‌کنند» غیبت نکنند، اما... حالا گاهی هم خطایی می‌کنند. «سعی می‌کنند» دروغ نگویند... اما... و اما... و هزاران اما. این آدم‌ها تا آخر عمر «گاه‌به‌گاه» هستند و «سعی می‌کنند» همان کاری را که می‌کنند به ثمر نشانند. کارشان هم همان‌قدر به ثمر می‌رسد که تعهدشان اجازه می‌دهد: به اندازه‌ای که «سعی می‌کنند» و «گاه‌به‌گاه» شان اجازه می‌دهد.

☆ من، تو، نگاهت، دستانِ نورانی‌ام، و آن لاشه‌ی نیمه‌جانِ چشم به راهِ لبِ مرداب... ما فرصت گاه‌به‌گاه بودن نداریم هستیِ من. ما طاقت درنگ نداریم.

☆ من، تو، نگاهت، دستانِ نورانی‌ام، و آن لاشه‌ی نیمه‌جانِ لبِ مرداب باید به «باید» برسیم. باید دل در گرو لزوم و ضرورت گذاریم و به «باید» ایمان بیاوریم... همین حالا... وگرنه دیر می‌شود... خیلی دیر!

- از من تضمین می‌خواهید؟

☆ راه نرفته را چه تضمینی است؟

☆ تضمینی از چه جنس؟

☆ تضمینی که بشود بر زبان راند؟

☆ تضمینی که عقلکت را راضی کند؟

☆ تضمینی که بگوید: «ای وای نمی‌دانی چه در انتظارت است!»

☆ تضمینی که وعده و وعیدت بدهد و عقلکت خوشحال دستش را بگیرد و بگوید: «باشد به خاطر تو زیر همه چیز می‌زنم»

☆ تضمینی که برایت از آن وهم‌های خوبِ دلپذیر درست کند که ساعت‌ها به نقطه‌ای خیره شوی و در وهم لول بخوری و خودت را در کثافات تخیلی‌ات بمالی و خَرکِیف شوی و خوشحال بروی پِی روزمرگی‌ات؟

☆ از این تضمین‌ها می‌خواهی؟

☆ اصلاً تو در مورد عقلکت چه فکر می‌کنی که این‌طور در نگاهت دست‌دست می‌کنی و از من تضمین می‌خواهی؟

☆ مگر فکر می‌کنی در سرِ آن بی‌گناهِ افتاده بر لب مرداب، به جز بوی تهوعِ فکرهای پریشان دیگر چه هست که بتواند تشخیص دهد چه در انتهای راه، انتظار رویشمان را می‌کشد؟

☆ هنوز از زیر تاق قوس دریا رد نشده، نمی‌توان اندیشه‌ی اعماق دریا را در دل پروراند.

☆ با این پنج حسِ داغانِ تابه‌تایِ کج‌ومعوج شده، آخر من چه تضمینی می‌توانم ببینم، می‌توانم بدهم؟

☆ انتهای راه پیدا نیست. حیرانی است، دیوانگی است، یا... یا چشیدن است... نمی‌دانم، اما انتخاب دیگری نداریم!

☆ من و تو و آن لاشه‌ی نیمه‌جان انتخاب دیگری نداریم...

☆ روزمرگیِ روزمرگی‌مان به سر آمده‌است، کاسه لبریز است هستی من.

☆ نترس... آری تضمینی نیست اما بیا تا زندگی کنیم... باور کن ارزشش را دارد.

☆ اگر شده همین یک‌بار، بار آخرِ اعتمادمان باشد... نترس هستیِ من.

☆ مگر آن‌هنگام که دست دادی تضمینی داشتی؟

☆ اصلاً بگو به من مگر می‌توانی نیایی؟

☆ مگر راه دیگری می‌دانی؟

☆ می‌دانی؟

☆ نگاهم کن و بلند فریاد بزن. می‌دانی؟

☆ راه دیگری می‌دانی؟

– نه... ببخشید!

☆ دست دادن ما با خیلی‌ها فرق داشت. وقتی دست در دست هم نهادیم و انگشت‌هایمان با ولع در لابه‌لای یکدگر فروغلتیدند، می‌دانستیم، باور داشتیم که رسیده‌ایم به ذاتِ «حقیقتاً نمی‌دانم»... و...

☆ و این... سرآغاز حقیقی ایمان بود!

فصل چهارم

☆ ساکت...

☆ ساکت بر من ببار.

☆ خمش-گیسوانت را در آسمان اردیبهشت افشان کن.

☆ بافته‌های گیسوانت را باز کن و در تمامیِ آسمانِ بهار بگسترانشان، تا باران یاس بر سر و روی من و آب و هستی ببارد.

☆ بهشت من در اردیبهشت زنده‌رود، بر من ببار...

☆ بر من ببار تا بگذرم... تا بگذرم از همه‌ی آنچه که گذشت، از همه‌ی آن‌هایی که از ما نگذشتند و نگذاشتند تا بگذریم.

☆ بر من ببار تا فقط در انبوهِ گیسوانت ببینم و در بوی یاس نفس بکشم...

☆ بر من ببار تا چشمان من بر هرآنچه که می‌بیند آب بپاشد و نور...

☆ خودت گفتی... خودت گفتی می‌شود. خودت گفتی که می‌شود از آن انتهای قلبمان سکوت را به ظهور بنشانیم و در حضور آب و نور، خموشی خرد را زندگی کنیم.

☆ خودت گفتی بمان... فقط بمان...

☆ ... و من مانده‌ام، همین‌جا، نظاره‌گر... صبور و باورمند.

- حالا تا کی تو این پرهیزی خانوم؟

☆ آن‌هنگام که میایی تمام پرهیزها را کنار می‌گذارم، تمام بایدها و نبایدها و خوب‌ها و بدها را... در تو که باشم چه بی‌معناست هرآنچه که امر می‌دهدم، هرآنچه که باید نبایدم می‌کند...

☆ آری وقتی می‌آیی خود تو ام می‌شوم... گویی از اول نو می‌شوم...

☆ هر بار که می‌آیی بوی تازگیِ عجیبی می‌آید. گویی اولین‌بار است دست می‌دهیم... و... در خلاء عجیبِ بی‌جاذبه و بی‌قطبی، شناور... می‌مانیم. هرآنچه که بگوییم ذاتِ درستی است و هرآنچه که انجام دهم ذاتِ راستی!

- تا... همیشه! پرهیز نیست، طریقه‌ی درست زندگیه... طریقه‌ی رفتار درست با زندگیمون، با جسممونه، جز این عمل کردن بر خلاف عقله... احمقانه است.

- اِاِا به‌به... خانوم که عشقی تشریف داشتین، از کی تا حالا عقلی شدین؟

- شروع نکن اشکان. فرقی نداره... باشه حالا عشقی جوابت رو می‌دم... چون عاشق بدنم هستم، دوستش دارم... چون عاشق زندگی‌ام.

☆ خودخواهِ حقیقی باش. خودخواهِ حقیقی باش و بهترینِ بهترین‌ها را بخواه. نه آنچه خوب است، بلکه آنچه بهترین است. همانند شکارچیان حقیقت که به هیچ‌چیز قانع نیستند، مگر خودشان!

☆ خودخواه باش هستیِ من. همه‌ی چشم‌ها را پس بزن تا به خودِ نور برسی... تازه آن‌وقت است که می‌بینی!

☆ مراقب باش هرآنچه چشم به تو می‌دهند مگیر. اگر بگیری‌اش تمام می‌شوی. تو می‌شوی و آن چشم و آن دیدن، حالا بیا و درستش کن... تا بخواهی درش بیاوری و دور بیندازی‌اش... هیهات!! دور انداختن چشم! پاره‌ی تن عقلکت؟ مگر می‌گذارد؟ نه نمی‌گذارد، تا پای جانش می‌ایستد، چرا که این عقلک است و چشم، چشم را از او بگیری خواهد مرد.

☆ آری هیچ چشمی را نگه مدار، نچسبان به دیده‌ات که دیگر شاید وقت برای درآوردنش نداشته‌باشی و مهلتت تمام شود!

☆ آری هستی من... خودخواه باش... خیلی خود خواه باش، زود پیدا نشده‌ایم که زمان را نادیده بنگریم!

- اوه اوه... بلبل زبون شدی!... اما خوشم اومد... یه‌بار به این بنده‌ی سطحی‌نگرِ عامه، افتخار دادی و به جای کله کردن سؤال، واقعاً جواب دادی. یه جورایی هول کردم... که شازده خانم فکور و عمیق‌نگر، ما عامه‌ی سطحی‌نگر چاکرِ دربار را لایق پاسخ یافتند!!

- بسه اشکان... خُب حالا که بیشتر برات توضیح دادم، دیگه تو نرو تو خط متلک.

- باشه بابا، شوخی کردم. اما ببین چه جای خوشگلی اومدیم... امنِ امنم هست.

- آره دِنج و خوشگله... چیدمان سنتی‌اش هم خیلی زیباست... ممنون.

- جدی... حالا که ما مفتخر به دریافت پاسخ شدیم، می‌شه ما رو یه‌کم روشن کنی که چطور پرهیز و این ادا و اطوارهای جدید، این دنیای نکبتِ کِه‌کِه مالو نجات می‌ده؟

تارا نگاهی به صورت جدی و خشن اشکان انداخت... بیشتر از سنش به نظر می‌آمد، یاد کتاب‌های تاریخی که خوانده بود افتاد... گویی برای رزم آفریده شده‌بود، نه برای بزمی که هر روز به پا می‌کرد.

- چرا برات مهمه؟

- خُب می‌خوام بدونم دیگه... این‌همه عوض شدی... کارای خَز می‌کنی، خُب می‌خوام بدونم فایدش چیه؟

- خیلی فایده داره... می‌خوای امتحان کن تا خودت بفهمی.

- نه بابا ولمون کن... ما همین‌طوری پرسیدیم. ولش بابا... نرو تو حالت جدی. راستی... ازم دعوت شده برم تو مافیای قاچاق اعضای بدن، همونا که برا پیوند اعضای بدن، اعضا را می‌فروشن، می‌دونی کدوما رو می‌گم که...

تارا ساکت بود...

- یعنی می‌گن میلیاردی توش پوله. حالا گفتم فکراما می‌کنم. آخه می‌دونی...

تارا خیره نگاهش کرد... اشکان آب دهانش را قورت داد. سرش را زیر انداخت... و بدون اینکه به تارا نگاه کند خنده‌ی عصبیِ مصنوعی کرد و با صدای آرامی گفت:

- می‌دونی که شوخی کردم... خُب گرفتمتا... فکر کردی واقعنی می‌گم.

تارا هنوز ساکت بود، نفس عمیقی کشید، نگاهش را از اشکان گرفت و به بشقابش خیره شد.

☆ آن‌قدر خودخواه باش که بتوانی مهربانی را شرمنده کنی... تا مهربانی بداند او مرز نیست و تو به راز انعکاس‌ها و آیینه‌ها و دایره‌ها دست یافته‌ای.

☆ مهربانی حقیقی را باید یافت، نه فریادها و گریه‌ها و هوارها و بر سر کوبیدن‌ها و بی‌تابی‌ها...

☆ مگذار شرها و بدی‌ها و ظلم‌ها و فقدان‌ها و جنایت‌ها با معیار عقلکت سنجیده و تفسیر و پردازش شود و مهربانی انسانیِ اصیلِ خردمندانه‌ات را خدشه‌دار و وجودِ نورانی‌ات را بی‌بهره از خرد کند... و راه‌بندی و چشم‌بندی برای حضور پرخردت باشد.

☆ بگذار مهربانی بداند که مرزهایش چگونه با نگاهت آب می‌شود و تا قله‌ی آگاهی و خرد اصیل دنبالت به نفس‌نفس بیفتد و تو را در هم‌آغوشی نور و آگاهی ببیند.

- یادته همیشه می‌گفتم چشات سگ داره. حالا می‌گم چشات اژدها داره. بابا بی‌خیال ما شو... همچین نیگا می‌کنی آدم قبض روح می‌شه. ما یه چیزی می‌گیم بخندیم، تو رو مَحَکی بزنیم، ببینیم کجای کاری. چه گیری کردیم. حالا یه چیزی بگو جَو عوض بشه... با این نیگا کردنت... کوفتمون شد این صبحانه... اصلاً نفهمیدیم چی خوردیم.

☆ می‌گویند بین شک و اعتقاد، بین کفر و ایمان، بین شرک و توحید و بین تنفر و عشق به اندازه‌ی یک خط بسیار باریک، فاصله است. درست است؟

- درست است...

- به من می‌گویی آن خط چیست؟

- آمدن من... ماندن تو. آن خط... فهمیدن درست معنای تعهد است.

- این همان تعهد است.

☆ لبخند زدی. مدتی بود فهمیده‌بودم که وقتی حرفت را با هیجان تکرار می‌کردم، اما درست تکرار نمی‌کردم لبخند کمرنگی بر گوشه‌ی لبت می‌نشاندی و درستش را تکرار می‌کردی.

- «فهمیدن» معنای درست تعهد و بعد... به کردار در آوردنش...

☆ بین مهربانی و خیانت به خود هم همان خط باریک‌تر از مو هست. مهربانیِ کشنده‌ی پر از درد و اندوه که می‌خوردت... می‌بردت... از دریا می‌دزددت و در مرداب پرتت می‌کند، خیانت در امانتِ وجودت است. برای همین است که می‌گویم خودخواه باش. خودخواهِ مهربان، پر از تعهد به شکوه انسانیت!

- خودخواهِ مهربان...

☆ درست خوانده بودم... دوباره پلک نزدی و دوباره گفتم...

☆ خودخواه باش هستیِ من و همه‌ی چشم‌ها را باز پس بده تا آن نورِمرطوبِ مطلق را بگیری، تا چشمانت چشمه‌ی نور شود و خیسِ خیس و پرنور ببینی و بیندیشی.

☆ اگر در اکنونِ خیس بنگری، دیگر روی هرآنچه که می‌بینی‌هاله‌ای از نور و آب می‌افتد، آن‌وقت است که دیگر آگاهی و آب همیشه با تو خواهد بود، و دیگر این تو هستی که می‌خندی به ریش تمامیِ ترس‌ها، همان ریشه‌های عمیق آن لجنزار متعفن را می‌گویم، از همین‌جا می‌توانم ببینمشان، پلک نزن هستیِ من تا خوب ببینمشان.

☆ ببین چه رقصی می‌کنند در دل مرداب، و چه لرزی بر تنم می‌افکنند.

☆ ای وایِ من، هستی من... مراقب باش هر چه چشم دادند باز پس بده... همه‌ی همه را...

☆ مگر به آن دریای منور به هیچ‌چیز راضی مشو، وگرنه در سلسله‌ی آن پرسش‌ها می‌افتی، پرسش‌های مانع‌سازِ موزی، که شیره‌ی جانت را می‌مکند... می‌افتی در آنها و می‌چرخی و می‌غلتی تا مرداب... همین را می‌خواهی؟

- نه...

☆ بلند گفتی... شاید چون بلند پاسخ داده‌بودم... نمی‌دانم... شاید هم زمزمه کرده‌بودم... در هر دو حال بلند ادامه دادم:

- پس به اندازه‌ی صیادان عشق و خردِ اصیل، که جز به «خود» به هیچ‌کس و هیچ‌چیز راضی نشدند... خودخواه باش، تا بدانی که چه چیز را باید بدانی، بدانی که چه چیز را باید بخواهی، بدانی که چرا باید بخواهی و... بدانی که چه چیز را باید به انجام برسانی و چرا...

☆ آن‌قدر راضی مشو تا بیابی آن نورِ مطلقِ مرطوب را.

☆ آن نورِ مرطوب که آیینه‌ی حقیقی‌ات را می‌سازد و همه‌ی جیوه‌ها را سِحر خودش می‌کند... تا تو واقعاً ببینی.

☆ آری عشق بعد از آن نورِ آبگون می‌آید!

☆ می‌آید... و آن نورِ ترِ آبگون از ورای آگاهی به اکنون، سرمی‌زند...

☆ آگاهی به اکنون، پاسخ‌ها و دلیل‌ها را برایت آبگون می‌کند و اگر دلیلت دلیل حقیقی باشد، مستحکم است و اگر از آگاهی بیاید، اعتمادت می‌شکفد، بهترین و والاترین اعتمادها... و آن‌هنگام است که کردار به بار می‌نشینت... والاترین کردارها...

- بله می‌فهمم.

☆ نمی‌دانم چقدر از حرف‌هایم را با دهان باز می‌گفتم، چقدر را با دهان بسته. اما او گویی همه را می‌فهمید چون تمام جواب‌هایش به‌جا بود.

- نگرانم...

☆ بر سرش مکوب هستیِ من، به دل مگیر قیل و قالش را، خشمین مشو از داد و فغانش. این همان پشته‌ی جمع شده‌ی سالیان سال نابینایی‌مان است...

☆ بر سرش مکوب، نگاهش کن، آرامش کن و در اکنون آب حَلّش کن تا محو شود...

☆ سطحی‌سطحی که نمی‌شود بر سرش زد، وگرنه موج می‌شود... دوباره برمی‌گردد! باید همه‌اش را خوب ببینی، دانه‌دانه ببینی... تا بتوانی در اکنون آب حَلِّشان کنی!

☆ همه‌ی همه‌اش را، گذشته‌ها را، عقده‌ها را، فرداها را، نگرانی‌ها را، وابستگی‌ها را، اگرها را، چراها را، مباداها را... و همه‌ی آن چیزهایی را که مدام می‌مکندمان. شیره‌ی‌تر و تازه‌ی هستیِ پرخردمان را می‌مکند تا خودشان را تکرار کنند، تا خودشان هی بمانند و بمانند و تکرار شوند تا تماممان کنند. اینها با ما راه نمی‌آیند هستیِ من، هرچقدر هم فکر کنی و بخواهی بفرستی‌شان پی زندگیشان، نمی‌روند... فکر می‌کنی رفته‌اند، اما باز پس می‌گردند با شکلِ دیگر، رنگ دیگر و بویی دیگر.

- آخه قبلاً...

☆ مراقب باش، می‌سوزی. فکرت را به قبلاًها و بعداًها مبر... به پس و پیش نبر که دو آتش شعله‌ور است. قرار شد تو اینجا بمانی... همین‌جا!

- اما...

☆ اما ندارد، ببین نگاهت چه ساده می‌گوید... ببین! می‌دانم آن‌قدر در پیش‌وپس مانده‌ایم و گیر کرده‌ایم که اصلاً چیزی به جز آن نمی‌شناسیم... می‌دانم... اما یادت باشد... قرار شد تو اینجا بمانی... ببین... همین‌جا!

☆ فقط آرام باش هستیِ من. نگران نباش، نترس از این بی‌فکری و بی‌عقلیِ جزوی، بگذار در آن اعماق دلت جوانه زند شادیِ عمیقِ بی‌سبب. شادیِ عمیقی که به هیچ‌چیز این دنیا وصل نیست و به هیچ‌چیز بستگی ندارد مگر تو. که حق توست... حق خود خودت!

☆ و... آن‌هنگام است که معجزه آغاز می‌شود!

☆ شادیِ حقیقی، آن دردانه سفیرِ نورانیِ سوار بر رخش رستم، برایت خبر می‌آورد که مژده بده... هنگامه‌اش فرا رسیده‌است!

- آخر در میانه‌ی این‌همه نگرانی...

☆ آری... شادی بی‌سبب به هیچ‌کدام از این نگرانی‌ها کار ندارد. بر خودت روا بدارش، اوست که حق توست. ببین چگونه در هیاهوی این‌همه صدا می‌تازد. می‌تازد چرا که ایمان دارد که اوست که در نهایت می‌رسد. تو می‌دانی که می‌رسی... سهم خودت است!

☆ گاهی که پلک می‌زنی و نگاهت به سرعت، دنبال سرو پشت پنجره می‌گردد، در آن لحظه‌ی کوتاهِ پرشِ نگاهت، صدای سُم رخشش را می‌شنوم. دور است... اما می‌شنوم. صدایش فضای مرداب را تکان می‌دهد... شاید تو هم می‌شنوی و برای همین است نگاهت به بیرون می‌پرد، دست خودت نیست. ببین... یورتمه می‌آید که ترا مژده دهد که ایزد خرد خواهانت است و هیچ‌کس و هیچ‌چیز را یارای مقابله نیست!

☆ اما...

☆ هیس!... ساکنش کن، ثابتش کن... تا به سرحد پرواز! چه تضادِ زیباییست سکونِ پُرپروازت هستیِ من. حتی تصورش اندیشه‌ام را مرطوب می‌کند.

☆ ببین داری می‌گویی، داری می‌گویی که ناگهانی نمی‌شود. اما تدریج را که طی کنی تا پرواز راهی نیست. ببین من هم همین‌طور می‌آیم... نگاهم کن... ببین دارم خواندن یاد می‌گیرم.

☆ لبخند زدی... دلم ناز کرد، فهمیدم این‌بار همه‌ی خودم را نگاه می‌کردی. سرم را زیر انداختم، احساس کردم گونه‌هایم داغ شده‌است. دلم تندتر تپید، نگاهت کردم... تمام چهره‌ات شکفته بود. خوب نگاهت کردم... خودت را، همه‌ات را، دورتادورِ نگاهت را. هر دو ساکت بودیم... نگاهت هم!

☆ سوگند به دانه‌دانه موهایت که ریشه دوانده در دل هستیِ من، جوانه خواهیم زد... باور کن!

☆ خواهی دید، خواهیم دید و خواهد دید.

☆ هستی‌ام... یگانه امیدم... با من و خودت صبوری کن...

☆ کم راه نیامده‌ایم... کم نکشیده‌ایم... دوستمان بدار هستیِ من!

☆ دوستمان بدار، نگاهمان کن... ببین چه معصومانه می‌کوشیم... می‌کوشیم و دست بر نمی‌داریم...

☆ قدرمان را بدان، با من و خودت و آن لاشه‌ی بی‌گناهِ لب مرداب و آن خودِ نورانی مرطوبمان در ورای افق و آن نگاهِ گویایت، با همه‌مان صبور باش هستیِ من... صبور باش... بمان!

- نمی‌دونم دارم کار درستی می‌کنم یا نه پرگل...
- آه... دیگه شورو از مزه بردی، حالم بهم خورد. بیست ساله تو نَخِشی و یه ساله رسماً خواستگاری کرده. وای اگه من بودم پنج سال پیش ازدواج کرده‌بودم، الانم طلاقمو گرفته‌بودم خلاص.
- اولاً که من کِی بیست ساله تو نخشم؟ بعدشم... یعنی چی؟ یعنی کلاً ازدواج کنم که طلاق بگیرم راحت شم.
- نه... یعنی من نمی‌تونم بیست سال تو نخِ یکی باشم و یه سال فکر کنم به خواستگاریش و... چه می‌دونم. من یا صد سال بود ازدواج کرده‌بودم و فوقِ فوقش طلاق گرفته‌بودم، یا که همون سال‌ها پیش ردش کرده‌بودم. چقدر تو کِشش می‌دی... خُب هنوز که سنی نداری... فوقش نخواستی طلاق می‌گیری.
- این چه حرفیه... آدم ازدواج کنه با این فکر که اگه نخواست طلاق می‌گیره؟!مگه شوخیه؟! کلِ زندگیت دگرگون می‌شه... بچه باشه که هیچی، حالا بیا بگو «اوووو ببین چقدر ازدواج می‌کنن طلاق می‌گیرن، هیچی هم نمی‌شه» بگو دیگه...
- با این حساب پس همه باید یه ده سالی بعد از خواستگاری فکر کنن.
- نخیر... اما... خُب باید خیلی فکر کنن. اگه نه که... همینی می‌شه که الان هست... کافیه یه نگاه به دور و برت بندازی...
- من فکر می‌کنم کلاً نفس ازدواج همینه دیگه، کارِ بی‌معنییه... سلام زن‌دایی...
- سلام عزیزم... چرا تو حیاط وایسادین؟ چرا نمیایی تو؟
- ممنون... نه... من دارم می‌رم یه دقیقه اومدم دم در...
- تو حیاط گرمه... برین تو... بگین گلی براتون شربت بیاره. من دارم می‌رم بیرون، زود میام... بمون شام پیشمون پرگل جون می‌گیم مامانت اینام بیان... برین تو...
- ممنون...
- این عروس خانومِ ما رو راضی کن بریم زودتر لباس بدوزیم...

صدای تارا مادرش را بدرقه کرد.

- کدوم عروس؟ هنوز که کسی بله نگفته...

☆ اما آخرش باید زندگی کرد... نباید؟ پس دوباره در روزمرگی می‌افتیم، نمی‌افتیم؟

☆ دلم قرص نبود... قرص چشمانت را نمی‌شد همه جا به همراه برد!

- چه خبرا دکتر جون؟

- هیچی... همه چیز خوبه... خبر خاصی نیست.

- چرا؟

- چرا چی؟

آرش لبخندی از روی شیطنت زد و ادامه داد.

- چرا خبر خاصی نیست؟

- باید باشه؟

- خُب... آره دیگه. باید خبر خاصی باشه، یا من خبر ندارم.

☆ چرا همه به دنبال ذره‌ای تغییر و تنوع، ته مانده‌های کسالتشان را لیس می‌زنند؟

☆ چرا نمی‌دانند باشکوه‌ترین خبرها و هیجان‌ها آنجایی نیست که آنها دنبالش هستند...

☆ آنجایی هم نبود که من و تو آن‌قدر دنبالش گشتیم...

☆ حال به ما نگاه می‌کنند و از ما می‌خواهندش!

☆ من و تو دیر صبوری را شروع کردیم، یا چشم‌ها زود به دهانمان خیره شد؟

☆ چرا صبوری این‌قدر سخت است و چرا طاقتم من برای دیدن نگاهت این‌قدر زود زود طاق می‌شود؟!

☆ شاید قانع نیستم، یا شاید برمی‌گردد به همان... آری شاید صبور نیستم.

- منظورت چیه؟ صاف و پوست کنده حرفتو بزن تا نرسیدیم خونه... بریم تو وقته شامه...

- هیچی فقط خواستم بگم اگه خبرایی هست بگو من می‌خوام کت و شلوار بدوزم، نمی‌خوام بخرم... برا همین زودتر بدونم بهتره...

☆ اما آخرش باید زندگی کرد... نباید؟

☆ آرام پلک زدی، مژه‌هایت سنگین‌تر می‌نمود. نگاهت درست پیدا نبود. نمی‌توانستم بفهمم.

- می‌دونید آقای دکتر... شاید من و شما در این مرحله‌ی، چطور بگم... در این مرحله‌ی خاص هستیم. اما زندگی روند خودش را داره، واسه من و شما صبر نمی‌کنه. باید زندگی کرد، ما با آدمای اطرافمون در تماسیم...

☆ پرسش را با پرسش پاسخ نمی‌دهند. نگاهت را می‌دزدی و انتظار داری دهان باز کنم. من اول پرسیده‌بودم، تقلب کردی...

- ما با تمومِ عزیزانمون در تماسیم... همه دارند زندگیشون را می‌کنند و خُب... خیلیاشون زندگیشون مستقیم یا غیرمستقیم به ما وابسته‌است... نمی‌تونیم زمان را نگه داریم...

☆ ساکت شدی، و من لال، خیره به مژه‌هایت. نیم‌نگاهی به چشم‌هایم انداختی و اخم کردی. دریافتم گاه‌وبی‌گاه، ناخودآگاه چشمانم ریز و درشت شده‌بود. تعجب کرده‌بودی. اما آخر چه کنم گناه من نبود. تلاشم برای خواندن را به حکم بی‌ادبی‌ام مگذار. گویی می‌دانستی مقصر نیستم، از آن دانستن‌های ندانسته و ناخودآگاه. سرت را بالا آوردی و ریزاندی روی تمامی‌ام، سخاوتمندانه، نگاهت را...

- ببین تارا...

قیافه‌ی پرگل جدی شد. شربتش را سر کشید و روی میز گذاشت. آب دهانش را قورت داد، سرفه‌ای کرد.

- ببین. تا چند وقت پیش با تموم دیوونگیات یه چیز برا همه مشخص بود و با اینکه کسی حرفشو نمی‌زد همه می‌دونستن که تو و کوهیار همدیگه رو دوست دارین. حالا خواستگاری نمی‌کرد و تو می‌گفتی نمی‌دونم بماند. اما... الان یه مدتیه تو انگار احساست عوض شده...

یعنی... ببین... صاف بهم بگو تو کسِ دیگه‌ای رو دوست داری؟ این چندمین باره که جواب نمی‌دی...

تارا نگاهش را از پرگل گرفت...

- آقای دکتر واقعیت اینه ما نه تنها نمی‌تونیم زمان را نگه داریم یا عوض کنیم، بلکه نمی‌تونیم آدم‌ها را هم منتظر خودمون بگذاریم یا...

☆ روزمرگی، روزمرگیست هستیِ من... برای فرار از آن فقط یک راه وجود دارد و آن آلوده نشدن است. به آن آلوده مشو..

- چطور؟ دارم زندگی می‌کنم... مگه می‌شه قاطی نشم با زندگی؟

☆ می‌شود... عقب بایست. نگاهش کن و برایش اندیشه کن، اندیشه را می‌گویم نه هیاهوی فکر را. نگاهش کن ببین چگونه وحشت کرده‌است. ببین چگونه چشمانِ از حدقه درآمده‌اش به دست‌های تو خیره مانده‌است. این مرداب شوخی بردار نیست هستیِ من... کشیده‌شوی، دیگر کشیده شده‌ای...

☆ صدای چک چک التماس آب را می‌شنوی... گوش کن هستیِ من!

- نمی‌شه...

☆ می‌شود هستیِ من... این تو نیستی... حتی همین که می‌گوید: «نمی‌شود» هم تو نیستی... ای کاش می‌دیدی...

- نمی‌تونم «خود»ها را از هم تشخیص بدم... در تصمیم گیری‌ها گم می‌شم...

☆ در اکنون‌هایت خامُش و تمیز بمان، پاکیزه از تمام لجن‌های چسبناک تقلیدیِ تحمیلیِ کاشته شده در وجودت، آیینه‌ات را بشوی و پاک کن، آخر چه کسی آینه را نقاشی می‌کند؟!

☆ آن‌قدر به این انگورهایت نچسب بگذار بیفتند زیر پای اکنونت، پای بکوب رویشان با شهامت، تا تکه‌تکه شوند، لِه شوند، تا به اوج چشیدنِ رویشان از پایکوبی دست بر ندار.

☆ ببین چه می‌گویی، با هر پلک زدنت... یک خمش، و یک بمان، روی هر جمله‌ات می‌ریزی.

☆ در اکنون‌هایت نگهمان‌دار تا راه را از چاه بشناسیم. آتش بزن بر پس و پیش، بسوزان همگیِ واکنش‌ها را و به استحکام و همت اکنون‌ها ایمان بیاور تا رطوبت و گرمایِ خرد را حس کنی... می‌بینی‌اش... چگونه تمام‌قد و استوار در اکنون لحظه‌ها دست دراز کرده‌است، دستی نورانی و مرطوب، از جنس شکوفه‌های بهاری...

☆ صدای چک چک التماس آب را که از دستانِ نورانی‌اش می‌چکد می‌شنوی؟

☆ می‌خواندمان هستیِ من شک نکن... تو می‌توانی، تو صدایش را تشخیص می‌دهی.

☆ مراقب باش... گوش کن... مراقب باش هستی من، این مرداب متعفن پُر از غوک‌های خوش خط و خال و آوازه‌خوانیست که صبح تا شام نغمه‌ی «فردا بهتر است» سرمی‌دهند. به صدایشان گوش مده... گوش مده... گوش مده!

- چقدر تحملت زیاده...

کوهیار ایستاد و ادامه داد:

- بلند شو... تو این دَغ آفتاب سردرد می‌گیری... بیا بریم تو قهوه‌خونه یه چیزی بخوریم آفتاب که رفت پایین، خنک می‌شه، دوباره میاییم لب آب... پاشو تارا جان...

خورشید دستان نورانیِ آتشینش را بر پیکره‌ی زنده‌رود می‌لغزاند. پرتوان و آرام، ساکت و مستحکم و درعین‌حال غلیانگر و پُرشور... ذرات نور را یارایِ یک دم آرام و قرار نبود در عشق‌بازیِ با آب! بازی آب و نور بود، رد نور بر پیکر برهنه‌ی زنده‌رود می‌رقصید... خطی از نورِ پاکِ سحرآمیز!

- حیفه بشین غروبو ببینیم... اون‌قدرا که گرم نیست، خُب تو سایه بشین.

نمی‌خواست برود، نور، این نظرکرده‌ی آسمان، اگرچه می‌دانست دوباره برمی‌گردد... اما... چگونه برود؟ آه... کو تا سحر! بین او و آب پیمانی بود. همه هم می‌دانستند، برای همین با

همه‌ی دلبری، هیچ‌کس چشم به آب نداشت، همه می‌دانستند نگاهِ کج به سوگولی نور، عواقبی نابخشودنی دارد، آری همه قبول کرده‌بودند که زیبایی آب فقط برای دیدن است، برای ستایش کردن، اما نه برای چشیدن. او اما هر روز می‌چشیدش، دوستانی از یک جنس از ابتدای هستی. چشم‌های نور هر غروب بغض سرخی داشت. هر غروب، زمان بدرود با چشمانی نارنجی، دلش را می‌گذاشت برای آب و می‌رفت... زنده‌رود آهی کشید. بوی آب روی پله‌ها دوید...

- بیا نزدیک، بیا... نسیمِ آب میاد... خنک می‌شی...

دستش را در رد نورِ نارنجی غروب، در دلِ آب گذاشت...

- چطور دلت میاد بری؟ ببین...

در امتداد نور دستش را از آب بیرون آورد. به دستانش نگاه کرد... دستِ نورانی مرطوب... از جنس شکوفه‌ها...

- انگشترت رو دوست داری؟

- آره... می‌بینی که بیشتر وقتا دستمه...

کوهیار یک پله پایین‌تر آمد... نشست... گویی تسلیم آب و تقدیر شده‌باشد.

- آره... خیلی به دستت میاد. حالا می‌ریم حلقه هم می‌بینیم. هر چی دوست داشته‌باشی. یه چیزی که بیشتر از این دوست داشته‌باشی، یه چیزی که این‌قدر دوست داشته‌باشی که هیچ‌وقت از دستت بیرون نیاری... هیچ‌وقت.

تارا لبخند زد... دستش را از رد نور بیرون آورد... دو دستش را به هم مالید تا دست دیگرش را از این حسادت کُشنده رهایی بخشد، حال هر دو دستش سهمی از نور داشتند.

- حالا حلقه‌ی اصلی که مال جشن و مراسمه. حالا که یه نامزدیه ساده است، حلقه‌ی اونجوری نمی‌خوام... همین انگشترمو می‌ندازم این انگشتم.

- همین انگشترت؟! اتفاقاً برعکس. نامزدی مهم‌تره... نامزدی یعنی ناممونو به نام هم زدن... دیگه تموم.

کوهیار آهی کشید، و لبخند مهربانی زد و با چشم‌های نگران به تارا نگریست و گفت:

- مگه نه؟

تارا خندید... روی پله‌ها ایستاد... به کوهیار نگاه کرد، موهایش رو به طلایی می‌زد، با بلوز سفید و شلوار کرمی‌اش در غروبِ نورانیِ زنده‌رود، آدمی سرتابه پا طلاییِ مایل به نارنجی به نظر می‌رسید که با چشم‌های قهوه‌ای‌اش که عسلی شده‌بود، خیره به تارا می‌نگریست.. دستش را روی شانه کوهیار گذاشت، کوهیار نگاهش را از تارا گرفت، سرش را روی دست تارا گذاشت، چشمانش را بست و به صدای آب گوش سپرد....

- پدر جان هرکی رو بخوای می‌تونی دعوت کنی.

پرگل با شیطنت گفت:

- آره تارا جون، دایی راست می‌گن، مهمونیِ خودته، هرکی رو می‌تونی دعوت کنی... حتی اون آقای دکتر روان‌پزشک رو... اصلاً اگه بخوای می‌تونی با خونوادشون دعوتشون کنی... بیشتر با هم آشنا بشین...

تارا چشم‌غره‌ای به پرگل رفت.

- نه... ممنون... ما که اصلاً نمی‌شناسیمشون.

پدر لب‌هایش را رو به بالا برد.

- والا من که نمی‌دونم... اگه تو بهشون مطمئنی دعوتشون کن، هرطور دوست داری عزیزم.

- نه... پرگل برا شوخی گفت، اصلاً معنی نمی‌ده... یه‌دفعه‌ای بگم بیایین خونمون.

پرگل خندید.

- چرا... یه‌بار که خودش اومده... زیادم بی‌معنی نیست.

- هرطور می‌دونی... فقط تعداد رو باید تا آخر هفته‌ی بعد بدونیم.

تارا دست پرگل را با شدت فشار داد.

- نه... ممنون بابا... حالا فکر می‌کنم ببینم کسی دیگه هست که بخوام بیاد یا نه.

- باشه دخترم... هرطور می‌دونی.

☆ می‌ترسیدم...

☆ آب بالا آمده‌بود...

☆ خیلی بالا...

☆ چشم از دریا برنمی‌داشتم، ترس تمام وجودم را فرا گرفته‌بود، اما بابایی آرام بود و با دقت به آسمان نگاه می‌کرد. گفتم: «الانِ که آب بیاد تو قایق!» و در دل حیران مانده‌بودم که چرا بابایی در این وضعیت چشم به آسمان دوخته‌است. آرام نگاهم کرد: «به دریا آمده‌ای، دل به دریا داده‌ای، دریایی بیندیش باباجان... »

شرمنده نشستم... دوباره نگاهش را به دل آسمان سپرد. با هزار التماس، ماهی راضی شده‌بود که من با بابایی بیایم، حالا پشیمان کِز کرده‌بودم یک گوشه. «هنوز دریا دل نیستی جانِ‌بابا» این را گفت و دستانم را در دست گرفت. دستش زبر و گرم بود. سرم را بالا آوردم به چشمانش نگاه کردم... و دریا را دیدم، در آن عمق چشمانش، و دریا آرام بود. آرام شدم...

- می‌ترسی دکتر جون...

- از چی بترسم؟

- چه می‌دونم... از اینکه بگه نه و همه چی بهم بخوره؟

- بس کن آرش... اصلاً قضیه این نیست...

- پس چیه؟ بالاخره که یه روزی می‌خوای ازدواج کنی... تا جایی که یادمه هیچ‌وقت مخالف ازدواج نبودی...

☆ گویی تمامی زندگی‌ام، باورهایم، اعتقاداتم، همه چیز قبل از تو یک خوابِ وهم‌آلود بوده‌است. حتی نمی‌دانم واقعاً این من بوده‌ام که در آنها ایفای نقش می‌کرده‌ام یا کسی دیگر؟! گویی با خود آن روزهایم هیچ نسبتی ندارم!

☆ اما یادم می‌آید چه آرزوهایی داشت، چقدر آرزو داشتم. چه رویاهایی، چه امیدهایی، امید به فردایی بهتر... امید به نجاتی که در راه است. اما حال، حالِ مرا ببین هیچ‌چیز به جز اکنونِ نگاهت نمی‌خواهم، هیچ‌چیز!

☆ هیچ امیدی به فردایی بهتر ندارم، اصلاً نمی‌خواهمش!

☆ دیگر هیچ آرزویی ندارم. چون می‌دانم اگر اکنونِ نگاهت باشد دیگر همه‌اش را می‌دانم، می‌دانمش. نه از این دانستن‌های تکه‌تکه، بلکه از آن دانستن‌های یک‌پارچه‌ی پُرخِرَد.

☆ آری، اکنون نگاهت است که به من نگاه می‌دهد.

☆ من نگاه می‌کنم به همه چیز و می‌ریزانم آب و نور را روی همه‌ی همه‌ی خودم و هستی‌ام... و فرشی از نور و آب پهن می‌کنم به استقبال آمدنِ ایمان. تو فقط نگاهم کن... تا به رهایی، تا به آزادی!

☆ ببین چگونه سوزاندی! وَه... که چگونه سوزاندی! سوزاندی هرآنچه را که از جنسِ دانستن‌های تکه‌تکه بود. نگاهم کن تا همه‌اش خوبِ خوب بسوزد. آتش بزن، بر این دانستن‌های بی‌ریشه‌ی لبخند بر لب و جواهر بر تن. بسوزانشان و جز به خاکسترشان راضی مشو تا نفس راحتی بکشیم، تا رهایی حقیقی برقصد و من از دیدنِ رقصش ذوق مرگ شوم!

☆ می‌دانم نبرد بزرگیست... می‌دانم... اما من چه کنم، تو نگاه کردی، تو آغازش کردی... پس بمان!

- ببین دکتر جون... اگه می‌خوای همیشه باشه... باید... باید خُب یه کاری کنی... هیچ‌کدومتونم که نوجوون چهارده ساله نیستین... بالاخره... چه می‌دونم... یهو دست رو دست بذاری، و هیچی بعداً رو دستِ من باد می‌کنی...

☆ خودت را می‌خواهم... نه تو را. چگونه بگویم مردمان را و تو را؟!؟

چگونه بگویم که نظر را می‌خواهم نه دیدن را.

☆ چگونه بگویم خواستنِ معنی با داشتنِ لفظ یکی نیست.

☆ چگونه بگویم رقص من با کرشمه‌ی مفاهیم است، و واژه‌ها بارداراني هستند که از سرِ ناچاری باید بیایند تا بتوانم باج عقلکم را بدهم تا بگذارد رقصم نیمه‌تمام نماند، وگرنه مرا چه به واژگان.

☆ چگونه بگویم اکنونِ لحظه، دست یافتنی نیست، بودنیست و به محض دست گذاشتن رویش رنگ گذشته می‌گیرد و در ثانیه‌ی تفکرش، سایه‌ی آینده رویش می‌افتد.

☆ چگونه بگویم «آن»ی که می‌خواهمش، این نیست.

☆ آه... دوباره از من می‌خواهند خودِ تو را روزمرگی کنم!

☆ ای وایِ من، ای وایِ من... هستیِ من... آخر مگر می‌شود «آن» را روزمرگی کرد؟!

- نمی‌دونم

- چی بگم...

آرش نفس عمیقی کشید و منتظر ماند تا نادر در را باز کند.

- می‌گم راستی شکلاتی رو که بهت دادم، دادی به همه امتحان کنن؟ دوست داشتن؟ شکلات اصل بود... می‌دونی که...

- ما اومدیم... بیا تو آرش... بیا تو...

آرش ایستاد. دستی به موهایش کشید، چشمانش برق خاصی به خود گرفت «شاید صدای ورودمان را نشیده‌باشد... شاید هنوز روسری‌اش را سرش نکرده‌باشد، یعنی موهایش تا کجایش می‌رسد؟ شبیه نارین تابدار است یا شبیه نادر صاف؟ می‌دانم رنگ موهایش از نادر و نارین روشن‌تر است... اما... درست نمی‌دانم... یعنی چقدر روشن‌تر است؟»

- بفرمایید این شکلات را دوستِ دوستم از سوییس آورده، صددرصد طبیعیه.

☆ لبخند زد، سرو پشت پنجره خندید... من هم. شکلات را گرفت. آرام گفتم:

- این را بزارید برای روز ناپرهیزیتون.

☆ دوباره لبخند زد... پرنده‌ای بی‌تابانه از روی سرو پشت پنجره پرید... دلم پرکشید.

- همین امروزه.

- اِاِاِ چه خوب!

☆ می‌دانستم همین امروز است، دقیق هم می‌دانستم. برای همین امروز شکلات را دادم، اما هیچ نگفتم. شکلات را باز کرد و تکه‌اش کرد. این‌بار شکلات خیالی نبود... مثل آن روز. آه... یادت هست، هستیِ من...

- چه خوشمزه است، چه تلخِ خوشمزه‌ای... خودتون هم خوردید؟ روز ناپرهیزی شما چه وقته؟ البته شکلاتِ تلخِ طبیعی را که فکر کنم هر روزی بشه خورد... نه؟!

☆ کاش می‌شد در این روز ناپرهیزی، دروغ هم گفت، تا همه‌اش را خودش با فکر راحت بخورد... اما نمی‌شود. کاش می‌شد یک روز ناپرهیزی داشت که بشود همه کاری کرد، هر چیزی خورد، هر کاری کرد، هر چیزی گفت...

- بله می‌شه خورد، روز ناپرهیزی من هم همین امروزِ... نه نخوردم... اما...

- پس نصفش می‌کنیم... بفرمایین...

☆ آرام شکلات را گرفتم. جای انگشتش روی شکلات درآمده‌بود. باید گرمش بوده‌باشد... یا... چه انگشت‌های گرمی دارد...

☆ سکوت آرامی بود...

☆ از آن سکوت‌ها که واقعاً هیچ صدایی در آن نمی‌آید. گویی از زمان هم دیگر نمی‌ترسیدیم. آرام نگاهم کرد، مستقیم در چشمانم. مردمک مشکیِ چشمانش چرخید و... و... خودم را دیدم که به سوی نور در حرکت بود... قدمم را به سویم برداشته بودم. دیدم که روی از مرداب برگردانده بودم و دستانم به طرف دستان نورانی‌ام انگار کشیده‌تر شده‌بود. مهم این بود که پا از مرداب عقب کشیده بودم. از خوشحالی چشمانم پر از اشک شد. لب‌هایم را جمع کردم آب دهانم را، که هنوز از شکلات مزه داشت، قورت دادم تا اشکم سرازیر نشود.

- ممنونم...

☆ هر دو مردمک مشکیِ مطلقش مرطوب شد. سرش را زیر انداخت.

- منم...

☆ ما را چه می‌شود؟ ببین چگونه در ابهام آب شناور شده‌ایم و اعتماد به اکنون ابر کرده‌ایم... می‌بینی هستیِ من... ؟!

- خیلی عجیب و درعین‌حال جالبه!

☆ باید ادامه بدهیم... این یک باید است. امانت‌داریم... و از همه مهمتر می‌دانیم که امانت‌داریم و می‌دانیم که می‌شود!

☆ قرعه به نامman خورده هستیِ من، چه بخواهیم، چه نخواهیم. راهیست که گویی دارد درست پیش می‌رود... نه تند... اما دارد درست پیش می‌رود می‌بینی هستیِ من؟ نمی‌دانیم چگونه و نمی‌خواهم بدانم... فقط می‌دانم باید بمانیم... باید ادامه دهیم... باید!

☆ تو فقط نگاهم کن... و مرا همین‌جا نگهم‌دار، در این اکنون بی‌پس و پیشت. نگهم‌دار!

- تارا با تو هستم...

- بله

- بهش گفتی؟

- نشد

- حالا چرا می‌خندی؟

- نمی‌دونم... همین‌طوری.

- نگران نیستی؟

- نه.

- چرا مشنگ می‌زنی؟

- چی؟

- می‌گم سرخوش می‌زنی!

- یعنی چی؟

- هیچی... می‌گم خُب یه اشاره‌ای می‌کردی.

- به چی؟

- آاَه... به اینکه خَبَرِت می‌خوای بری خونه بخت!

- آهان... که چی بشه؟

- که بدونه تو خیس خورده‌ی اون نیستی. داری نامزد می‌کنی. باید بهش یه طوری بفهمونی. تو که نمی‌دونی، شاید... چه می‌دونم به‌هرحال بدونه بهتره، شاید بخواد حرفی بزنه... چیزی

بگه... چه می‌دونم. بالاخره درست نیست، باید بهش بگی... باید بدونه... ببین باید دفعه‌ی دیگه بگی می‌فهمی... قبل از مراسم.

- اِاِاِ پرگل ول کن... اصلاً این حرفا بینشون نیست. ربطی نداره به اون دکتره، اون فقط دکترشه... چرا تو بیخودی می‌خوای ذهن تارا رو مشوش کنی؟

یاسمن این را گفت و درِ اتاق پرو را بست.

- تو لباستو بپوش... چرا حواست اینجاست؟ کارتو بکن...

یاسمن از تو اتاق پرو بلند فریاد کشید.

- داره عقد می‌کنه، ذهنشو بهم نریز، ول کن دیگه...

- ساکت... داد نزن! دوباره شروع نکن که بخوای آبرومونو ببری! می‌رم می‌ذارمت تو ماشین درو روت قفل می‌کنم! بیا بیرون بعد نظرت را بگو.

- بی‌ادب... همه جا رییس‌بازی در میاره!

- هیس... یاسی می‌کشمت... هیس! خلاصه مشنگ خانوم باید یه طوری، به یه زبونی حرفو پیش بکشی... می‌تونی هم اصلاً جدی‌جدی دعوتش کنی... باید مطمئن بشی ازش.

- صددرصد مطمئنم.

- به چی؟

- بهش.

- که چی؟

- چی که چی؟

- می‌گم مشنگ می‌زنی امروز، به چی مطمئنی؟

- به اون.

- به چیه اون؟

- به همه چی.

- ما را گرفتی!!... خُب یعنی صددرصد مطمئنی که نمی‌خوادت؟

- نه، یعنی... فقط بهش مطمئنم.

- تارا... می‌گم یارو می‌خوادت؟

- آره...

- اِاِ؟ پس نخ داده؟ چرا هیچی نمی‌گی؟

- نه... نه... از اون نخ‌ها نداده...

- حدس زدی؟

- نه...

- پس به چی صددرصد مطمئنی؟

- بهش... به همه چیزش... واقعاً اطمینان دارم.

- تارا جونم گوش نده. پرگل... ول کن تو رو خدا. بابا به تو چه... هر چی هست و نیست، تارا می‌خواد زن کوهیار بشه!

- زنش نه! فقط نامزد می‌کنیم...

یاسمن در اتاق را باز کرد.

- وای چه ناز شدی... خیلی بهت میاد... مگه نه پرگل...

- آره..واقعاً بهت میاد... چقدر عوض شدی!!! از بسکه لی پوشیدی آدم تو لباس دیگه‌ای نمی‌شناسدت، می‌خوای یه کاپشن لی روش بپوش!

یاسمن خندید.

- اما گرونه‌ها...

- هدیه‌ی منه دیگه... دَرِش بیار بیا بریم بخریم... خیلی عالیه.

- آخه زشته... من باید به تو هدیه بدم، تو عروسی... اون‌وقت تو به من هدیه می‌دی!

- خُب تارا داره شیرینیشو به تو می‌ده، شیرینیه اینکه بالاخره تصمیمشو گرفت... به منم می‌ده... مگه نه؟

- معلومه... تو بگو چی...

- خرج رفت و برگشت به دبی برای امتحان انگلیسیم!

تارا پرگل را محکم هل داد.

- دیوونه... گفتم یه چیزی اندازه‌ی این لباس.

- خُب من اندازه‌م اینه... هرکی یه اندازه‌ای داره.

- من خودم اندازه‌تو مشخص می‌کنم، خودم شیرینیتو می‌دم.

☆ با هرکس باید با زبان خودش حرف زد.

☆ به این لاشه که نمی‌شود گفت: «ببین به نکبت کشانیده‌ای خودت را و جهان را، بس است!» گاهی نمی‌شود مستقیم گفت. تحمل شنیدنش را نداریم، یا... اصلاً باورمان نمی‌شود. چگونه بگوییم: «هرآنچه تا کنون بوده‌ای، ملغمه‌ی تقلیدیِ تحمیلیِ مبتذلی از پس مانده‌ی عقده‌های قرن‌هاست، نه خرد گذشتگان!» سخت است. نمی‌شود مستقیم گفت.

☆ آرام‌آرام داریم می‌بینیم هستیِ من، دقیق در چشمانم بنگر، آگاهیِ درست غوغا می‌کند! بینش و آگاهیِ درستِ جوشیده از دل این لحظه، می‌شورد، می‌برد همه‌ی این لجن‌ها و کثافات را... آگاهی و دانشِ درست درها را یکی‌یکی باز می‌کند، پرده‌ها را لایه‌به‌لایه کنار می‌زند. صبور باش هستیِ من... صبور باش!

◄

ماه‌بانو آرام در زد.

- بله... بیایید تو

- آرش رفت؟

- بله

ماه‌بانو در حالی که به طرف تخت می‌رفت، به کتابِ باز شده روی میز نگاه کرد.

- می‌فهمی چی می‌گه؟

- دیگه... تلاشمو می‌کنم.

- چطور تلاش می‌کنی جانم؟

- چی بگم... لغاتِ سختشو معنی می‌کنم، معنیشو می‌فهمم، بعد هی تکرار می‌کنم، تکرار می‌کنم و روش فکر می‌کنم، بعضیاشو حفظ می‌کنم. خلاصه سعی می‌کنم زبانش بیاد دستم... زیاد می‌خونم تا خودم کم‌کم معنیاشو حس کنم.

- منم دوستش دارم، اما درست نمی‌فهمم چی می‌گه...

- من این‌طوری می‌خونم. اول می‌فهمم بعد تکرار می‌کنم. مدام خوندنش خیلی خوبه، یه طورایی خود مفهومو تو دلِ آدم زنده می‌کنه. خودتون معنیشو در رابطه با خودتون می‌فهمید... معنیه خاصِ خودتون. باید زیاد خونده بشه... زبانش دستتون میاد.

ماه‌بانو روی تخت نشست... نفس عمیقی کشید.

- آره... همه چیز همین‌طوره، زبونش باید دست خود آدم بیاد. خوبه... باریکلا، تو بخون... وقت کردی برا منم بگو. می‌گم... بابات می‌خواست بیاد باهات حرف بزنه... من گفتم شاید روت نشه به بابات بگی... گفتم اول من بیام باهات صحبت کنم...

- در مورد چی؟

- در مورد اینکه...

ماه‌بانو آستین‌های گل‌دوزی شده‌ی پیراهن قرمزش را نوازش کرد... دامن چین‌دار بلندش را صاف کرد.

- در مورد اینکه... چیزی نیست بخوای به ما بگی؟ حکایتی نداری؟

نادر به مادرش نگریست... دقیق‌تر، از اول! بعد از این‌همه سال لهجه‌اش گویی دست‌نخورده‌بود. با لهجه‌ی خاص خودش حرف می‌زد، اگرچه همه‌ی کلمه‌ها را درست می‌گفت اما همه‌ی اهل خانه به کلمه‌های مخصوص ماه‌بانو که گاه‌گداری در حرف‌هایش می‌پریدند عادت کرده‌بودند. گویی این کلمه‌ها می‌آمدند تا هیچ‌کس یادش نرود ریشه‌های مادرشان جابه‌جا شده‌است. هنوز و همیشه لباس‌هایی را انتخاب می‌کرد که با گذشته‌اش صمیمیت خاصی داشت. انگارنه‌انگار فاصله‌ای دور تا خانه‌ی پدری‌اش داشت. هر کسی که وارد خانه می‌شد، از لباس‌های ماه‌بانو و چیدمان خانه ناخودآگاه در ذهنش به دنبال دیاری دور می‌گشت. نادر می‌توانست دختر زیبا و آزادِ طبیعتِ دست‌نخورده‌ی دیار پدربزرگش را با

تمام آن طبیعت وحشی و صبوری خاص، همه را یک جا، در وجود مادر ببیند. اگرچه از آن دیار فقط عکس و حرف و قصه شنیده بود، اما ماه‌بانو با لباس‌هایش، با غذاهایش و با تمام چیدمانِ خانه، بخصوص آن مجسمه‌ی اسب بزرگ، با زینِ نمدِ قرمز، که ماه‌بانو آنرا «کچه» می‌نامید، و دیدِ هر بیننده را به محض ورود به خانه می‌دزدید، همیشه و در هر لحظه، گوشه‌ای از واقعیتی ملموس، اما مخفی را گوشزد می‌کرد. انگار خانه‌شان تکه‌ای از سرزمین مادری‌اش بود در دل شهری دیگر!

☆ آه ماهی... تمام دنیایت را با خود آورده‌ای. در دنیای خودت زندگی می‌کنی... شاید فکر می‌کنی خانه‌ی پدربزرگ کوچه‌ی بغلیست...

- ماهی...

- جانم؟

- می‌خوای یه روز من و تو با هم بریم بالا...

ماه‌بانو پاهایش را جابه‌جا کرد، موهای بافته‌اش را به پشت انداخت.

- نه...

- ناشناس می‌ریم... فقط من و تو... ببینیم چه خبره... فقط...

- نه...

- ماهی...

- من اینجا خوشبختم. بهشت من تو این خونه است، همین‌جا، پیش شما، من هیچی دیگه نمی‌خوام، یاشینگ أوزین[1].

- اما...

- می‌خوای همه چیزهام را از من پس بگیری؟

- بابا رو نمی‌بریم... شما رو هم الان که دیگه، شاید اصلاً نشناسن... فقط من و شما می‌ریم...

---

[1]. زبان ترکمنی: عمرت دراز

- نادر من اومدم اینجا با تو سخن بگم پسرم... آمدم ببینم دلت پِی کیست؟ می‌خواهی برات دست و آستینی بالا بزنیم؟ اون‌وقت تو این حرفا رو می‌زنی؟

نادر سرش رو زیر انداخت... آه بلندی کشید.

- ممنون... من هر وقت بخوام می‌گم. نگران من نباشین.

☆ لبخند روی لب‌هایش کم‌رنگ‌تر شد... چشم‌هایش تریِ دلواپسی داشت. دانه برگی در هوا چرخید، سرو پشت پنجره جلو و عقب رفت گویی بخواهد چیزی ببیند یا از چیزی مطمئن شود.

- می‌دونید، گاهی نگرانی میاد... گاهی شک میاد. و... و شاید همیشه ترس! بالاخره... چیزیِ که تجربه‌اش را نداریم و با عقل هم جور در نمی‌یاد. اما خُب... قدرتِ عجیبی داره... آرامش عجیبی هم داره.

- هیچ‌چیز را در این دنیای فکرهای اکتسابی جدی نگیرید... بعضی شک‌ها می‌تونند شیرین هم باشند...

- مگه شک شیرین هم داریم آقای دکتر؟

☆ دهانم مزه‌ی شیرینی می‌دهد، و مردمک چشمت چرخشش را رویم ریخته و می‌چرخاندم... چه توقعی از من داری؟ همه چیزِ اکنون، شیرین است و شیرین خواهد ماند تا وقتی که مرا در این دایره‌های گردِ گرد، که منشأ هستی و مبدأ بودنند، می‌چرخانی... همه چیز شیرین است، حتی شکلات تلخ.

☆ در اکنونِ دایره‌ها و سیاه‌ها و مطلق‌ها دریافتم که هیچ تلخی تلخ نیست و نبوده... این مزه‌ی دهانم بوده که تلخ می‌کرده همه چیز را!

- بله... رسیدنِ یک آدمی که پُر از شک شروع کرده و مدام با شک دست و پنجه نرم کرده، بهتر است از رسیدنِ آدمی که هیچ‌وقت شک را تجربه نکرده‌است، رسیدنِ اون پُریقین‌تره.

- حالا شک به دلیل؟ یا شک به هدف؟

- نباید فریب خورد. اگر شک داری اول دلیل را بازنگری کن بعد هدف را. مهم اینه نترسی!

◄

پرگل شانه‌هایش را عقب داد. صاف‌تر ایستاد.

- آخه خانوم خانوما، تو همه‌ی کارات همین‌طوره... درس خوندت، چه می‌دونم موسیقی خوندت، حتی دوست داشتنت... حالام این کوهیار گوربه‌گور...

- وای پرگل... دوباره شروع کردی. حالا خُب که چی... وقتی می‌فهمم باید تغییر بدم، خُب تغییر می‌دم، چرا باید تا آخر برم جلو که زوری بگم تموم کردم؟ خوبه تا آخر عمر چیزی رو که نیستم ادامه بدم؟

- ای بابا... خُب نباید تو یه چیزی می‌موندی؟

- موندم... تو اون چیزی که می‌خوام و مطمئنم موندم...

- بله... می‌بینم چه چیزی هم منتخب شد برا موندن! باید گفت همین‌طوری موندن! من که چیزی نمی بینم! به‌هرحال، حالا توقع نداشته‌باش کسی اونچنان اعتمادی بهت داشته‌باشه. بابا و مامانت به کوهیار مطمئن هستن، نه به تو! تازه فکر می‌کنن هیچ‌کس دیگه تو زندگیت نیست... حالا منِ خر... که از بدبختی می‌دونم که...

☆ مگذار تعریفت کنند هستیِ من... مگر می‌شود دریا را تعریف کرد؟

☆ مگر می‌شود بوی آب را تعریف کرد؟

☆ مگر می‌توان جویبار را به سکون میهمان کرد؟

☆ خودت هم خودت را تعریف مکن. تو نوبه‌نو آغاز می‌شوی. قصه‌ی زندگی نداری، آغاز نداری، انجام نداری، تعریف نداری.

☆ تو داستان زندگی نداری. چه برای خودت، چه برای دیگران.

☆ هرگز خودت را تعریف نکن، تا نهادینه نشود این تعفن‌گرفته و به خود نگوید: «این منم دیگر!»

☆ این نگون‌بخت سردرگم را اگر فرصت جولان بدهی، با سر بسوی مرداب خودش را فرومی‌افکند و می‌گوید: «این منم دیگر» «این سرنوشت من است» «این اخلاق من است»... «این...

☆ هستیِ من تو در لحظه‌ها نوبه‌نو دگرگون می‌شوی و از نو تازه می‌شوی، تا به دریا... تا در دریا هم بچرخی و برقصی و تا به آسمان پرواز کنی... تو تعریف نداری... تو قصه نداری!

- چی رو می‌دونی؟ هیچی نیست! دوباره می‌خوای حرف اون دکترِ رو بزنی؟ مگه نمی‌گه رابطه‌شون اون‌طوری نیست که تو فکر می‌کنی؟

یاسمن این را گفت و ایستاد:

- پرگل... چرا داری هی تو دلشو خالی می‌کنی؟

- به خاطر خودش نمی‌گم... به خاطر این می‌گم که می‌ترسم همگی‌شونو از دست بده و بعدش رو دست خودم باد می‌کنه!

- بعدی وجود نداره.

- راست می‌گه.

تارا دستش را سر شانه‌ی پرگل گذاشت.

- اما... اگه هم هرطوری بشه... بیخ ریش خودتم! خودتم باید درسش کنی. چون خوب می‌دونی همه چی تقصیرِ خودته! پس معلومه اگه باد کنم، رو دستِ خودت باد می‌کنم.

- برو بابا... بی‌خود گردن من ننداز!

یاسمن با خنده دستش را دور گردن پرگل حلقه کرد :

- چرا دیگه... راست می‌گه... آخرش پا خودته... تو صافکار گروهی!

☆ دست آوردنی‌ها را از دست می‌دهند، نه بودنی‌ها. بودنی‌ها بوده‌اند، هستند و خواهند بود.

☆ اصلاً مگر کسی تا به حال هستی‌اش را به دست آورده‌است که من دومی باشم؟

☆ مگر می‌شود هستی را به دست آورد تا بشود از دست داد؟

☆ هستی، هست، چون هستیم!

☆ وقتی قرعه به ناممان خورد، هست شدیم. حال اگر نخواستیم یا نشد ببینیممان، دیگر بماند!

☆ آری تو همیشه بوده‌ای... از ازل دنیا بوده‌ای و تا ابد دنیا خواهی بود. منِ غافل کج‌بین، با این چشم‌های چپِ از حدقه درآمده، آینه گم‌کرده و درمانده، با این گوش‌های پرشده با نوازش‌های نهیب‌زننده و اندرزهای جعلیِ هزارسال قرقره‌شده، نیمه‌زنده، نیمه‌مرده آخر توان دیدنم بود؟ یا توان تشخیص داشتم؟ وگرنه تو... تو همیشگی بودی و هستی!

☆ ببین چگونه خیمه زده‌ام کنار چشمانت و تکان نمی‌خورم. حتی اگر آتشم بزنی!

- آخرش چی می‌شه؟

☆ زنجیر شده‌ام و اطاعت می‌کنم از هُرمی که هیچ معنای منطقی‌ای نمی‌دهد. هیچ پرسشی هم نمی‌کنم. اصلاً نمی‌خواهم که پرسش کنم. فقط تمامیِ کوششم را می‌کنم تا در دانه‌دانه‌ی اکنون‌ها سالم و درست قدم بردارم.

☆ فکرهای زیبای ساختگی‌ام مرا ببخشید... گویی من و شما سرنوشتمان از هم جدا بوده‌است. می‌دانم نمی‌توانم راضی‌تان کنم، فقط مرا ببخشید. من هم قانع نمی‌شوم، اما... اما چه کنم. می‌دانم در منطقِ یادگرفته شده‌ی شما هیچ معنایی نمی‌دهد، اما باور کنید... این تنها زنجیری است که بودنش باعث رهاییست!

☆ من به بند کشیده شده‌ام... تا پاره شود، تا تکه‌تکه شود، تمامیِ آن غُل و زنجیرهای نامرییِ توهمی، که نفسمان را چیده‌اند و گلویمان را خشک کرده‌اند... و اندیشه‌مان را صدپاره!

- نمی‌دونم...

☆ تجربه کردنِ تجربه‌نشده‌ها بسیار سخت، اما دل‌چسب است و... درعین‌حال پُردلهره!

☆ می‌دانی هستیِ من، گویی انسان همیشه دوست دارد، یا بهتر بگویم راحت‌تر است که فکرهایی را بکند که کرده شده‌باشد؛ کارهایی را انجام دهد که قبلاً انجام داده شده‌باشد و راهی را برود که می‌داند قبلاً رفته شده‌است... راهی که آخرش پیدا باشد، مطمئن باشد. اگر هم خیلی بخواهد سر خودش منت بگذارد، آن‌وقت با خودش می‌گوید: «خُب... حالا من این راه را می‌روم، اما خیلی بهتر از او» بدونِ اینکه بداند، او هم همین را گفته‌بود!

☆ آری شاید از هزاران نفر یک نفر، از نظر عقلکش، آن «بهتر از او را» تجربه کند، غافل از اینکه «بهتر» عروسک خیمه شب بازیِ عقلک است: خیانتکار است و

میان تهی! و اگر درست نگاه کنی، باز همان راه است، همان فکر است و همان عمل با بَزَکی جدید و زنگولکی تازه!

☆ آری آخر همان راه، همان فکر، و همان عملی است که شاید مال تو نیست، فکر تو نیست و راه تو نیست... و تو فریب خورده‌ای! و این همان با سر فرورفتن در در منجلاب روزمرگیست!

- حالا چرا ما؟

☆ من و تو نظرکردگان درگاه ایزد خرد نیستیم، نه، من و تو خون رگ‌هایمان خیس‌تر از هیچ‌کس نبود و نیست. ما شاید فقط گاهی توانستیم ساکت شویم و به خودِ بی‌گناهمان گوش فرا دهیم، یا شاید ما جزوِ آن سِمِج‌ترین آدم‌ها برای رسیدن به بارگاهیم، یا شاید هم ما فَرّارترین انسان‌ها از آسودگی‌های سطحی هستیم.

☆ ما از ژرف اندیشی هراسی به دل راه ندادیم، نترسیدیم... حتی در تمام شرایطی که عقلکمان آن را «شرایط بحرانی» می‌نامید.

☆ آن‌قدر از اندیشیدن نترسیدیم تا به افتخارِ حسِ «دغدغه‌ی پرسش‌های بنیادین» نایل آمدیم. همان حسی که برای همه می‌آید و بیشترِ این‌همه، جدی‌اش نمی‌گیرند، یا حتی واقعی‌اش نمی‌پندارند!

☆ آری این دغدغه، اولین جرقه بود، اولین قدم انتخاب شده‌مان به سوی سعادت!

☆ ما حسِ دغدغه‌مان را با «اختیار»، به بار نشاندیم. می‌توانستیم آن را مثل همان بیشترِ همه، پشت گوشِ «فعلاً چیزهای واجب‌تری هست.» بیندازیم، اما نخواستیم که نیندیشیدن را بیاموزیم.

- خودمان خواستیم.

☆ درست نمی‌فهمیدم. نمی‌خواستم فقط بخوانم... می‌خواستم شیره‌ی کلمات پاک را در وجودمان روان کنم.

☆ نگاهت را بر گرفتی، شاید نگاهت خسته شده‌بود... منتظر ماندم...

☆ آه کشیدی، صورتت را تکان ظریفی دادی... یک طرف موهایت سُر خورد به کنار، قرص چهره‌ات بیشترپیدا شد....

☆ داشتم می‌خواندم... آری... مردمک چشمانت ساده و هزارباره و شمرده گفت ما به «اختیار»، انتخاب کردیم. ما می‌توانستیم خیلی انتخاب‌های دیگری بکنیم، که نکردیم و می‌توانستیم خیلی انتخاب‌های دیگری نکنیم، که کردیم. ما دانستیم که همه چیز در همین دست‌های به ظاهر کوچک ما است و اختیار را به بار نشاندیم...

☆ ... و این منم و این تو و این لاشه‌ی بی‌گناهِ کنار مرداب و این انسان نورانيِ مرطوب، که چکه می‌کند و تمام نمی‌شود... هرگز تمام نمی‌شود و هرگز خاموش نمی‌شود.

☆ هستيِ من، این من و تو هستیم که باید به ژرفای دریا برویم و آگاهانه رهایيِ این نگون‌بخت به لجن کشیده‌شده را به اختیار بنشانیم، این ما هستیم و فقط ما.

– تا کی؟

☆ قدم به قدم باید با تک، تکِ انتخاب‌های اختیاریِ درستمان راه برویم... قدم به قدم تا به دریا.

☆ با هر تک‌دانه ثانیه است که تصمیم می‌گیری چه بکنی و چه بگویی... و این‌گونه سرنوشتت را رقم می‌زنی...

☆ تو می‌نویسی... تو!

☆ با همان تک‌دانه اندیشه‌ای که در اکنونِ دلت می‌چرخد، با همان دانه‌دانه‌ی کردارت! پس هستيِ من مراقب باش. خیلی مراقب باش!

– مگر قرار نشد فکرها را جدی نگیریم؟... گیج شده‌ام... مگر قرار نشد...

☆ این اندیشه، همان اندیشه‌ی خاصِ در اکنونِ زنده است... نو است و تازه آمده... هنوز بوی تری می‌دهد و هرم نور دارد!

☆ آن فکرهایی که نباید جدی بگیریم، واکنش‌ها، نگرانی‌ها، اکتسابی‌ها، تقلیدی‌ها، تحمیلی‌ها و گذشته‌هاست. باید بیابی‌شان، باید ببینی‌شان، باید مچشان را بگیری تا بتوانی تشخیص‌شان دهی. تا نتوانند تو را گیج کنند، و خودشان را بجای آن ناب، گوهرِ آفرینش، اندیشه، جای بزنند. می‌توانی مچشان را بگیری. می‌توانی... دارم می‌بینم که می‌توانی نگاهم کن... ببین مرا...

- چگونه مچشان را بگیرم؟

☆ به مُچ دستت نگاه کردم، چقدر ظریف و لطیف بود... چطور رگ‌های بنفشت پیدا بود. دلم خواست دستم را جلو بیاورم و مُچت را، رگ‌های بنفشت را، پوست لطیفت را لمس کنم...

☆ نگاهت کردم...

- به جای از الف به ب و از ب به پ... و... باید از پ به ب و از ب به الف رسید، به خود الف... باید از آخر برگردیم تا به الف...

☆ به خواندن ادامه دادم. تمامیِ واژه‌ها نمناک و نرم، پیدا و پایدار بودند.

☆ آری باید از عاداتمان شروع کنیم. باید اول تنها به عادات خودمان خیره شویم، چرا که کردار است که پندارِ راستینمان را نشانمان می‌دهد.

☆ باید مراقب باشیم هستیِ من. از من بپذیر... نگاه کن، تصویر رقصانت در آب هم همین را می‌گوید... چشمانت مرطوب‌تر از همیشه بود.

☆ گوش کن هستیِ من، دانه‌دانه، عاداتت، گفتارت، کردارت را بنگر، که عاداتت همان به کردار درآمده‌ی حقیقیِ فکرهایِ پنهان‌شده‌ات هستند. آنچه انجام می‌دهی، مدام فکر می‌کنی، می‌گویی و می‌زی‌ای، آن همان است که در تو نشست کرده و به بار نشسته است.

☆ مراقب باش غلام حلقه به گوش آن لاشه‌ی به لجن کشیده نباشی! من می‌خواهم تا دیر نشده... خودم را رَصَد کنم، از نوک آن قله‌ی نورانیِ اکنون آب،

می‌خواهم خوب ببینم، خوبِ خوب خودم را از آن بالا ببینم... ببینم اصلاً من ایمان را کجای دلم گذاشته‌ام که این‌گونه نامرئیست؟

- کجا؟

- نمی‌دونم.

- خُب یه نظری بدید.

- هر جایی که شما بگید... این‌بار شما بگید، دفعه‌ی دیگه من می‌گم.

☆ من که می‌خوانم، من هم بگویم انگار تو گفته‌ای.

- پس من فکرام را می‌کنم بهتون خبر می‌دم کجا.

- باشه...

☆ بلند شد، موهایش هم. نگاهم را دید. سرم را زیر انداختم. نگاهم از این‌سو به آن‌سو روی زمین غلتید. نمی‌دانم چرا شرمنده شدم. لبخند زد. همیشه این موقع‌ها لبخند مهربانی می‌زد که آرامم می‌کرد، که دیو ملامتم را درجا می‌کشت و خیالم را راحت می‌کرد. دست راستش مثل همیشه با بند کیفش مشغول بازی شد، فهمیدم دارد فکر می‌کند برود یا نرود، یا اینکه بگوید یا نگوید تا اینکه گفت:

- البته نباید جایی باشه که بگیرندمون... نیست؟

☆ احساس کردم گونه‌هایم به سرخی زد، فهمید. از همان لبخندهای مهربان زد و خودش اضافه کرد.

- بله خُب... باید در انتخاب مکانش دقت کنیم.

☆ تو انتخاب می‌کنی؟ یا من؟

☆ همیشه تو انتخاب می‌کنی... و من اعتماد می‌کنم و تو به من اعتماد می‌کنی و گوش می‌دهی انتخابت را و این‌گونه می‌شود که معنای یکی شدن به تحقق خود می‌بالد... و دایره‌ها می‌غلتند و موج می‌چرخد.

☆ آری همیشه تو انتخاب می‌کنی هستیِ من، اگرچه خودت شاید نمی‌دانی، اما تو مظهر یکایک گام‌های انتخاب شده‌ای، و من تنها تلاشم این است که مراقب سنگ‌های سر راهمان باشم، همین!

☆ سنگ‌هایی که هر کدامشان پیش از تو مرا به فکر فرومی‌بردند و به من جهت دیگری نشان می‌دادند.

☆ سنگ‌هایی که مرا به زمین می‌زدند و شاید من مدت‌ها فقط سرگرم التیام زخمشان بودم.

☆ حتی سنگ‌های زیبای جواهرنشانی که به خیال اینکه دارم از جلوی راهم برمی‌دارمشان، بلندشان می‌کردم و خوب نگاهشان می‌کردم. غافل از اینکه برقشان آنچنان چشمم را می‌گرفت که سِحرشده و قدم در راه دیگری می‌گذاشتم و خودم نمی‌فهمیدم.

☆ حال، که آن سیاهیِ مطلق مردمک چشمانت روی این سنگ‌ها افتاد، می‌توانم ببینم که در تمام این سال‌ها باید فقط یک کار می‌کردم و نمی‌دانستم. باید با صیقل دادن این سنگ‌ها آیینه می‌ساختم و خویش را بهتر می‌دیدم و سپس شادمانه چشم در چشم اکنون و آیینه فقط از روی همه‌شان می‌پریدم!

☆ آری تو انتخاب کن، من پای همه چیزش می‌ایستم... پای همه چیزش!

■

- تو رفتی خونشون!؟

- بله.

- واقعاً؟!

- بله. مگه چیه؟

- پدر چی گفتن؟

- لازم نیست پدر دقیقاً بدونن، پدر کلاً بهش اعتماد دارن و می‌دونن که من می‌بینمش، حالا لزومی ندیدم دقیق بدونن ما کجا همدیگه رو می‌بینیم.

- به نظر خودت درسته؟

- من اگه به پدر هم می‌گفتم براشون مشکلی نداشت.

- منظورم اینه به نظر خودت کارت درسته؟ که خونشون رفتی؟

- به نظر تو درست نیست؟

- نمی‌دونم... آخه دلیل نداره، مگه فقط برای درمان نمی‌ری؟ خُب چرا خونشون؟ چرا مطب نه؟

- من خودم گفتم می‌خوام بیام خونتون... یعنی قرار شد هر بار یکی انتخاب کنه کجا بریم. اول نوبت من بود، منم گفتم خونه‌ی اونا.

- هر بار یکی انتخاب کنه!! یعنی چی!؟

- آخه دیگه از مطب خسته شده‌بودم... احساس خوبی نداشتم.

- خُب حالا چرا خونشون... خُب می‌گفتی رستورانی، قهوه‌خونه‌ای... چه می‌دونم یه جای عمومی.

- آره... می‌شد بگم... اما... آدم اونجاها راحت نیست، نمی‌دونم... البته راستش یه جورایی دلم می‌خواست برم خونش...

- خونشون... نه خونش! اسم کوچیک صداش می‌کنی؟

- نه... فقط می‌گم آقای دکتر.

- بازم خوبه...

- کوهیار من ماه دیگه می‌خوام زن تو بشم... تو هنوز به من اعتماد نداری؟

- موضوع این نیست... موضوع اینه که... از کِی تا حالا مریض رفته خونه‌ی پزشکش... آخه...

- از دیروز! حالا هر بار که نمی‌رم خونشون... فقط این‌بار...

- شما با هم دوستین، پزشک و بیمار نیستین. این رابطه دیگه از پزشک و بیمار گذشته. نمی‌فهمم... اصلاً معنی نداره این کار. چطور از من می‌خوای کنجکاوی نکنم؟

- خُب حالا گیرم دوست باشیم. آره... دوستیم! چه اشکالی داره؟ یعنی تو با هیچ دختری دوست نیستی؟ تو همکار یا چه می‌دونم هیچ دوست خانمی نداری؟

- چرا... اما... آخه... این دکتر تو بود... یعنی...

- اما و آخه نداره... دکترم بود، حالا دوستمه... موردی داره؟! تازه همه تو خونشون بودن، تنها که نبودیم... به خونوادش گفته‌بود مهمون داره... من با همه‌ی خونوادش آشنا شدم. اونم که قبلاً اومده خونه‌ی ما... اصلاً می‌تونیم هر وقت تو بخوای بیاد اینجا، یا رستوران یا هرجایی تو ببینیش...

- بله... حتماً می‌خوام ببینمش!

- باشه... قبل از مراسم یا بعد از مراسم؟

- بهش گفتی که مراسم داریم؟ اصلاً گفتی نامزد داری؟

- نه... هنوز نگفتم... نشد...

- چرا نگفتی!؟ بهش بگو... اصلاً دعوتش کن بیاد... همون تو مراسم آشنا می‌شیم... با خونوادش دعوتش کن.

- آخه... مراسممون تقریباً خصوصیه...

- من همه‌ی دوستامو دعوت می‌کنم... مگه دوستت نیست؟

- باشه... دعوتشون می‌کنم. البته فکر نکنم بیان... نمی‌دونم... شاید هم بیان... حالا من می‌گم... باشه.

☆ قدم گذاشت، بی‌محابا، باورنکردنی و ساده‌تر از آنچه فکرش را می‌کردم.

☆ قدم گذاشت با کفش‌هایی به رنگ موج... و با یک بغل یاس بنفش.

- ماه‌بانو از مامانم سراغ خیاط خوب گرفتن برا لباس مجلسی... اون‌وقت تو قیافه‌تو این شکلی می‌کنی مثل این پُتک توسَرخورده‌ها... و می‌گی «نه»! چی‌چی رو «نه»؟

☆ قدم گذاشت... همان‌طور که در این دفترم قدم گذاشت،

☆ همان‌طور که از پشت پرده‌ی دلم به تمام زندگی‌ام قدم گذاشت،

☆ همان‌طور که اولین‌بار در مطب، در خودم قدم گذاشت و از «منِ درونش» رونمایی کرد.

☆ قدم گذاشت و تمام ذرات رقصانِ سرخِ دلم برایش فرش گستردند... از من تا من.

- حتی مدل لباس، چه می‌دونم رنگ لباسو هم انتخاب کردن...

☆ دست داد و دوباره احساس کردم... نه... دیدم که چگونه از نوک انگشتانم تا به تمامیِ سلول سلول وجودم رنگِ گرمی، موج‌موج زد تا ته چشمانم، آرام پلک زدم و با تمام وجود آن رنگِ گرم عجیب را در خود مکیدم. گمان می‌برم این همان رنگ است که ماهی تازگی‌ها گاهی می‌گوید: «رنگ به چهره‌ات آمده»... نمی‌دانم شاید همین رنگ را می‌گوید.

- اصلاً ماه‌بانو کلاً فکر کردن تو دخترو آوردی که نشونشون بدی... می‌فهمی چی می‌گم؟

☆ آنچنان با شور و نشاط با ماهی و نارین سلام کرد انگار صد سال بود می‌شناختشان. دست داد، لبخند زد و من فقط نگاهش را دنبال می‌کردم و منتظر بودم که بگوید چه کنم. نیم‌نگاهی به من انداخت و آن‌قدر مطمئن به طرف اتاقم گام برداشت که گویی صدبار این راه را آمده‌است و خوب به پیچ‌وخمش عادت دارد. رد نگاه مرا می‌گرفت و من رد عطر موهایش را...

- چه اتاق قشنگی دارین...

☆ صدایش بر روی همه چیز نشست، حضورش پاشیده شد...

☆ رنگ اتاق رو به طلاییِ تابانی زد،

☆ برگه‌های تقویم رنگ باختند،

☆ تیک‌تاک ساعت محو شد،

☆ قلم چوبی‌رنگم روی دفترم به آرامی پایین غلتید،

☆ برگ‌های گل بنجامین اتاقم رو به سوی او چرخیدند،

☆ همه‌ی کتاب‌ها لرزیدند،

☆ تارِ مهربانم هم، تاروپود دلم هم...

☆ قشنگ معلوم بود همه می‌شناختندش، همه منتظرش بودند.

☆ حتی یک لحظه احساس کردم تا به اکنون برای رسیدن به او بوده‌است که با من راه آمده‌بودند.

☆ دور اتاق با موهایش چرخی زد.

☆ صدای لطیف لغزش موهایش روی هم را شنیدم... دستم روی میز سُر خورد... لبخند شیرینی زد.

- می‌تونم بشینم؟

☆ کجا دیگر؟ مگر جایی وجود دارد که از تیررس عطر موهایت در امان مانده‌باشد؟

☆ آنچنان بر تمامیِ ذرات هستی فرود آمدی که من و تمام اتاقم رنگ عوض کردیم، یک لایه‌ی ظریفِ آبِ زلالِ طلایی روی همه جا نشست... شاید برای همین همه جا برق می‌زد. حتی من!

☆ نفس عمیقی کشید، چه رطوبت اول صبحی در هوا بود این اول عصری.

☆ آه... چقدر همه چیز خوب پیدا بود، گویی اولین‌بار بود که خودم هم اتاقم را به این وضوح می‌دیدم.

☆ حضورت آنچنان در اتاق عطرافشانی کرده‌بود که هیچ وجود دیگری شهامت ادعای حضور نداشت، حتی من... حتی تو! انگار تمام فضای اتاق، آن موجود نورانی مرطوب دور از مرداب بود که تبسم می‌کرد، تبسمی از جنس آب، تبسمی از جنس نور... و هستی‌ام می‌درخشید زلالِ زلال. رطوبت چشمانت چه برقی می‌زند، سیاهی مردمک چشمانت به مشکیِ مطلق درخشانی رسید که تا به حال ندیده‌بودم!

☆ گویی آن لاشه‌ی بی‌جان لب مرداب کم‌رنگ شده‌بود، یا نه... رنگ باخته‌بود. انگار از این‌طرفش می‌شد آن‌طرفش را دید... می‌بینی چه بر سرش آمده‌بود؟ خوب است یا بد؟ نمی‌دانم... اما گویی آن موجود نورانی نزدیک‌تر شده‌بود... پس شاید خوب بود!

- چه پنجره‌ی قشنگی تو اتاقتون دارید... خوب می‌کنید پرده‌ها را باز می‌ذارید... منم از پرده خوشم نمیاد.

☆ آمده‌بودی پرده‌ها را برداری، آمده‌بودی بدرخشی و بدرخشانی‌ام... و من گویی همه را در بویِ آن بغل یاس دیدم. همان لحظه‌ی اول عزمم را جزم کردم که هرآنچه که شد فقط چشم برندارم.

صدای آرش بلندتر از همیشه بود، و لحنش نامهربان.

- مسخره‌بازی در آوردی؟! دخترو راست‌راست آوردی تو خونه به مادر و خواهرت معرفی می‌کنی... بعدش می‌گی «نه!»... نه و نگمه... نه و خناق...

- من نیاوردم، انتخاب اون بود... خودش اومد...

☆ وَه... چه آمدنی بود... چگونه پُر از زندگی می‌درخشیدی. آمده‌بودی... همان‌جا بودی... تمامی‌ات!

☆ خودِ فعل آمدن تا به امروز خود را این‌گونه عملاً به تعریف ننشانده بود که تو او را تعریف کردی!

☆ آن‌قدر بودی و می‌درخشیدی که برای یک لحظه ندیدمت!... حیران شده‌بودم!... چگونه می‌شود چیزی از شدت بودن دیده نشود؟ می‌شود؟ آری می‌شود و من تجربه کردم... از همان تجربه‌های خاص که تجربه‌ی تجربه کردنشان را جایی در ذهنت داری... اما به خاطر نمی‌آوری. به دور و برم نگاه کردم، در آن لحظه احساس کردم همه جا پر شده از ذرات آب و نور که موج‌موج از پیچاپیچ هم رد می‌شدند و در من فرومی‌رفتند و با من می‌چرخیدند و روی هم می‌غلتیدند... شاید چیزی مثل قاطی شدن دایره دایره‌ی مردمک چشمانت، درست در لحظه‌ای که می‌خواهد بکشاندم... !

☆ آری... دیگر ندیدمت، نه تو را و نه آن دخترِ زیبا رویِ چشم سیاهِ مو مشکی را، که روسری‌اش را برداشته، موهایش را دورتادورش افشان کرده و روی تخت نشسته، و آرش می‌گوید ماهی برایت نشانش کرده‌است...

- چی می‌گی نادر! انتخاب اون بود یعنی چی؟ مگه انتخابیه؟

☆ آری... خودت خواستی و با تمام وجود نترسیدی که همه‌ات را به بودن بنشانی... همه‌ی آنچه را که بودی، چه آنهایی که می‌دانستی و چه آنهایی که نمی‌دانستی، اما مهم این بود رهانیده بودی... همه‌ات را!

☆ وَه... چطور ممکن است!

☆ آن‌قدر بوده‌بودی، که... که دیگر پیدا نبودی! نمی‌دیدمت! نمی‌دانم چگونه ممکن است؟!

☆ اما حال که شده‌بود و جلوی همین دو چشمانم در حال اتفاق افتادن بود!

☆ یادم آمد... دریا هم همین‌طور بود، آن‌هنگام که در او غوطه‌ور می‌شدی... هر چیزی که دریا نبود، پیدا بود...

☆ اولین بارم بود... بابایی گفت: «نفس داری؟» گفتم: «دارم.» دروغ گفتم، نفس نداشتم، اما می‌خواستم با او بروم. گفت: «می‌تونی چشمت را باز نگه داری؟» گفتم: «بله» این را دروغ نگفتم، می‌توانستم چشمانم را باز نگه دارم. دستم را گرفت

و سر خوردیم در دل دریا... با دو چشم حیرانم همه جا را می‌دیدم... همه چیز را، مگر خود دریا. اصلاً یادم رفته‌بود کجایم تا نفسم گرفت و شروع کردم به دست و پا زدن بابابی سریع بغلم کرد... بقیه‌اش را نفهمیدم جز آنکه دیگر از آن زمان تا مدت‌ها مدام می‌گفت «برای تو زود بود... باید می‌دانستم!»

☆ حالا هم... همه جا را خوب نگاه کردم تو نبودی... گل بنجامین نازنینم هم نبود، تک و توک کتاب‌هایم هم نبودند، پنجره‌ای هم دیده نمی‌شد... تا اینکه خوب نگاه کردم... بغض گلویم را گرفت، هر دو چشمم پر از اشک شد. ای وایِ من... هستیِ من... من بودم! نفسم گرفت... چرا من بودم؟! چرا آخر!؟ مگر من از...

☆ نفسم گرفت... می‌خواستم دست و پا بزنم... که گفتی:

- شاید چیزی از پنجره اومده... ؟ گرده‌ی گُلی... چیزی...

- بله شاید... الان برمی‌گردم... شما راحت باشید... ببخشید.

آرش ناگهان ایستاد.

- دکتر جون! دوباره که تیک می‌زنی... دوباره که گیج می‌زنی... آقا ما رفتیم!

- تو که الان رسیدی... بشین... گفتن کیک میارن.

- کی درست کرده؟

نادر با تعجب به آرش نگاه کرد.

- مگه فرقی می‌کنه؟! نمی‌دونم... اما اصولاً نهال درست می‌کنه... چی شد آروم شدی؟ گرسنه‌ای بگو یه چیزی بیاریم بخوریم... چرا سرِ من خالی می‌کنی... داد می‌زنه!!

آرش نفس عمیقی کشید... روی تخت نشست.

- چه می‌دونم... آدمو عصبانی می‌کنی.

- حالا بذار یه چیزی بخوری... بعد حرف می‌زنیم.

☆ کیک و چای برایت آورده بودند، از همان کیک‌های خانگیِ مخصوص نهال. خوشحال شدم، می‌دانستم خیلی دوست خواهی داشت. سرت را زیر انداخته بودی و به دست‌هایت خیره شده‌بودی، نفهمیدی در درگاهِ اتاق ایستاده‌ام. در دست‌هایت

غوطه‌ور بودی، غافل از اینکه چیزی نمانده موهایت به روتختی‌ام برسند. نگاهشان کن... شاید اگر به ابرهای حیران پشت پنجره نگاه کنی موهایت...

- حرفِ چی دکتر جون! اصلاً می‌دونی چیه... صلاح مملکت خویش خسروان دانند... من دیگه هیچی نمی‌گم... کیکمو می‌خورم و می‌رم.

☆ هیچ نگفتم. یادم نیست... اما فکر کنم حتی پلک هم نمی‌زدم. خیره بر این تابلویِ نقاشی در جای خود میخکوب شده‌بودم... دلم می‌خواست گام در این تابلو بنهم، بروم روی تخت بنشینم پشت موهایت، دستم را در خرمن گیسوانت بلغزانم... سه قسمتشان کنم، یکی را بگذارم بر روی شانه‌ی چپت، کنارِ یک پری؛ یکی را بگذارم بر شانه‌ی راستت، کنارِ پریِ دیگر؛ و یک دسته در میانه‌ی پشتت، روبروی قلبم. پری‌خوانی کنم و آرام‌آرام ببافم، دانه‌دانه، گره‌گره... و بر هر گره گل یاسِ بنفشی بنشانم...

- چه گل‌های یاس زیبایی... زحمت کشیدید.

- از باغچه‌ی خونمون چیدم.

☆ آری... با یاس آمده‌بودی که رگ‌های یاسی‌ام را نشانه بروی... از همان اول که پشت در دیدمت حدس زده بودم. آمده‌بودی که بگویی نگاه کن... خوب نگاه کن! این‌بار در میانه‌ی دایره‌ها بوی یاس را می‌بینی؟ نگاه کن... این‌بار چشمم دنبال رگ‌های بنفشت است، همان‌هایی که همچونان درختی در تمام وجودت شاخه گسترانده‌اند، شاخه‌هایی شگفت‌انگیز... شاخه‌هایی که حتی اگر هم خوبِ خوب به آنها خیره شوی نمی‌توانی جریان سیال بی‌وقفه‌شان را ببینی. فکر می‌کنی خط‌های ناهمگونی هستند که کودکی با مداد بنفشش نقاشی کرده‌است. اگر دستی در دانش و چشمی بر درون داشته‌باشی با افتخار بر دانشت با خود، خواهی اندیشید این رگ‌های خونی‌ام هستند که از اینجا به آنجا می‌روند و گلبول‌های قرمزم و... به یاد دانسته‌هایِ علمیت غرورمندانه رویت را برمی‌گردانی و می‌گویی خوب

می‌دانمشان. اما... نه... تو هیچ‌چیز از «آن همه!» حرکت و غوغا و شگفتی نمی‌دانی... نمی‌بینی...

☆ می‌بینی؟ واقعاً می‌بینی؟!

- نه...

- نادر چی می‌گی؟ خودتم نمی‌دونی مطمئنی یا نه؟

- الانو مطمئنم. تا ابدو اگه می‌پرسی... خُب... نه... نمی‌دونم.

- یعنی چی... آخه باید...

- من چطور می‌تونم الان برا تا آخر عمرم نظر بدم... الان نمی‌تونم برا تا ابد تصمیم...

- نمی‌فهممت نادر!

☆ درست نمی‌دانستم چه چیز را می‌گوید... اما... راست می‌گفت خیلی کم پیش می‌آمد به رگ‌هایم این‌قدر دقیق نگاه کنم!

☆ اما... اما... وقتی آرام‌تر و بی‌شتاب‌تر و ساکت نگرستیم، اگرچه چشمانم روی رگ‌هایم بود، اما حس کردم دایره‌های مردمک چشمانش در حال هم رنگ شدن با رگ‌هایم بود!

☆ سرم را آرام بلند کردم... و دیدم که مردمک چشمانش از شدت التهاب به بنفشی می‌زد!... و... دیدم! همه‌ی آن «آن همه!»ای را که می‌گفت دیدم! حرکت‌ها و غوغاها و شگفتی‌ها و اعجازها را دیدم! چه جریانی داشتند، با چه سرعتی!

☆ و... چه هاله‌ی غریبی آنجا بود! و در دل این هاله‌ی عجیب، آن همه سلول، آن همه موج، آن همه پروتئین، آن همه مولکول و آن همه ذره با نظمی شگرف در تپش این شاخه‌هایِ بنفش باشکوه می‌جوشیدند... ! آن همه زندگی!

☆ به ناگاه رد مردمک گداخته‌ی بنفشش شروع به حرکت کرد... ! از چشمانم گذشت، از کنار ابروانم گذشت، و روی رگ‌های شقیقه‌ام نشست... و فرورفت! و من دیدم جریان سیال پُرتپش اندیشه‌هایم را!! من دیدمشان که چگونه همچون

هاله‌ای بر پیچ‌وتابِ این‌همه زندگی می‌پیچیدند و روان می‌شدند در آغوش تمامیِ سلول‌ها و پروتئین‌ها و ملکول‌ها... و ذره‌ذره درونشان موج می‌انداختند و می‌چرخاندنشان و می‌رقصاندنشان به جلو...

☆ وَه چه عشق‌بازی‌ای بود!

☆ این‌بار مطمئن بودم نفس نمی‌کشیدم!

- شما نمی‌خورید؟ بفرمایید...

- ممنون...

- لطفاً یه چیزی بخورید...

☆ نمی‌دانم چه شکلی شده‌بودم... یا از کجا فهمیده‌بودی، اما راست می‌گفتی، باید چیزی می‌خوردم. شاید فهمیده‌بودی که باید تاب بیاورم، یا شاید می‌خواستی آرامم کنی که تاب و توانم بیشتر شود.

- چشم... ممنون...

☆ تمام چایم را تا ته سر کشیدم! ابروهایت بالا رفت و لبخند زدی، فهمیدم که باید چای داغ بوده‌باشد!

- می تونید کیک بخورید باهاش...

- چشم...

☆ سرت را بالا گرفتی... نگاهت از پنجره به بیرون کنجکاوانه سَرَک کشید، لبخند هنوز روی لب‌هایت جا مانده‌بود. می‌دانستم چشم‌هایت دنبال آن سرو پشت پنجره‌ی مطبم می‌گشت و نمی‌دانست کجا بنشیند... تا اینکه ثابت شد. رد نگاهت را گرفتم... روی شاخه‌ی درختی که خوب می‌شناختمش، تاب می‌خورد. گویی می‌خواست بگوید تابش را داری؟ تا آمدم بگویم آری یا نه... نگاهت در من نشسته بود، چشم‌هایم تکان خورد، نگاهت لغزید و دوباره روی اندیشه‌هایم سوار شد...

☆ وَه... اینها هستند همه‌ی اندیشه‌هایم؟ ببینشان اندیشه‌های نویِ موج سوار... چه بوی تازگی‌ای می‌دهند. نگاهشان کن چگونه نوبه‌نو می‌شوند در اکنون این آبِ سرخ!

☆ دانه‌دانه‌شان را می‌دیدم. هیچ‌کدامشان دستی در دیروز و فردا نداشتند... اکنونِ زمان چون قل‌قل فواره‌ای از دلشان می‌جوشید!

☆ ببینشان! این‌همه اندیشه‌ی زیبای موج‌موج آبی-طلایی... همه‌شان در من هستند. همه‌ی همه‌شان مال خودم هستند...

- بله... اما...

- اما چه؟

☆ اما... اما... ببین.

☆ وای... من نمی‌اندیشیدمشان... چرا؟

☆ ای وای اینجا چه خبر است؟ این چه وضعیتی است؟ مگر مال من نبودند؟ چرا این‌گونه به هدر می‌روند؟!

☆ ای وای... جلوی‌شان را بگیرید... این جنایت است!

☆ اندیشه‌های خودم هستند... چرا من نمی‌اندیشمشان؟

☆ لبخندت صاف شد، نگاهت را ظالمانه و سریع از من گرفتی، مژه‌هایت را فروافکندی، دانستم گناهکارم...

- شما نیستید...

- هستم...

- کو؟

☆ اِاِاِ من اینجایم... مگر نه؟ من هستم!

☆ نگاهم کردی... بغض کردم. آخر دیگر این چه حکایتی بود؟ این دیگر بینمان نبود، بعضی چیزها مالِ مالِ خودِ آدم است. آخر دیگر...

☆ چه بگویم؟!

☆ اینها را نشانم می‌دهی... همه‌ی این «همه‌ی» شگفت‌انگیزی را که درونم است نشانم می‌دهی و... و... به ناگهان... چطور فکر کردی تابش را دارم؟

☆ تابش را داری.

☆ چرا؟

☆ باید داشته‌باشی.

☆ چرا؟

☆ وقتی صبح می‌شود و خورشید به میانه‌ی آسمان می‌تابد و نورافشانی می‌کند، کسی می‌پرسد چرا روز شده و همه چیز پیداست؟ کسی دلش برای برف‌ها می‌سوزد که دارد آب می‌شوند؟... حتماً وقتش بوده!

☆ تابش را ندارم.

☆ داری... نگاه کن!

☆ نتوانستم... چکید... نباید می‌چکید. اما راست می‌گفت وقتی صبح می‌شود و خورشید به میانه‌ی آسمان نورافشانی می‌کند، دل برف‌ها با ذوق دریا خواسته و نخواسته آب می‌شود... باید آب شود.

ـ ببخشید. سلام من نهالم خوبید؟ اومدم بپرسم یک چایی دیگه یا چیزی می‌خواهید براتون بیارم؟

ـ درود... من تارا هستم... ممنون. شما خوبی؟ اومدم ندیدمتون.

ـ بله نبودم دانشگاه بودم.

ـ شنیدم شما این کیک خوشمزه رو درست کردید. خیلی عالی بود.

ـ بله... نوش جان.

ـ راستش من می‌خوام بیشتر از این کیک خوشمزه بخورم. اگه زحمتی نیست یه چایی دیگه می‌خوریم.

- بله حتماً.

☆ در زده بودند و نفهمیده‌بودم. نهال بود. صورتم را پاک کردم... اشک‌ها به همه جای صورتم رفت. سرم را بالا نیاوردم... تا نهال رفت. نگاهش کردم... با لبخندی آرام گفت:

- یه چایی دیگه بخوریم؟ ببینید هنوز کیک داریم...

☆ من تابش را ندارم.

☆ نگاهش را برداشت، انگار فهمیده‌بود تابم کم است.

☆ نه... می‌دانم تابت کم نیست. هر آن کس که تب می‌دهد، تابش را هم می‌دهد. تأملت کم است، سکونت کم است... نظرت کم است.

☆ ایستادم... سرم را پایین انداختم. نگاهم را روی فرش غلتاندم تا دم در...

- بروم؟

- بله...

☆ نترس! آخرش که باید ببینی... نترس! ببین... ببین... مگر اندیشه‌های خودت نبودند؟ نمی‌خواهیشان؟ «آن همه!» را نمی‌خواهی؟

☆ نگاهم را تا نگاهش با زور کشاندم. هنوز نشسته بود. چشمانش را بالا آورده بود. تا به حال از بالا چشمانش را ندیده‌بودم. دو گوی گداخته‌ی گرد مشکی در سپیدی چهره‌اش از بالا درخشان‌تر می‌نمود، مژه‌هایش کمان ابروان را رد کردند... و تیر نگاهش درست به هدف خورد. کشانیدم و یکپارچه فروافتادم و در اندیشه‌هایم که قل‌قل می‌جوشیدند... طلایی، آبی، طلایی، آبی... جوشیدم... و ذره‌ها و موج‌های گرداگرد شقیقه‌هایم را دوباره دیدم، بوی تازگیشان دوباره بر وجودم نشست... نشستم. رد طلایی-آبی‌ها را دنبال کردم، آرام و با تأمل و سکون... همان‌طور که گفته‌بود. همان رد ذره‌های نورانی و موج‌های آبی بودند... آه... ببینشان چه آب و نوری در هم می‌تنند، می‌بافند و می‌بافند... اینکه همان فردِ نورانیِ آنسوی مرداب است!

- نرو...

- نمی‌روم... نمی‌رفتم!

☆ داد زدم: می‌خواهمشان... همه‌ی این ذره‌ها و موج‌ها را... همه‌ی این طلایی‌ها و آبی‌ها را. همه‌شان را می‌خواهم. می‌فهمی؟ همه‌ی آن فردِ...

- باید باشید. باید باشید تا...

- هستم.

- نیستید.

☆ هستم... هستم... ببینم. پُرقدرت و پُرهمت و پُراراده و توانا، اشرف مخلوقات دنیا. هستم. این منم... و هستم.

☆ واقعاً؟ همه‌ی اینها که گفتی واقعاً هستی؟

☆ نیستم؟

☆ اگر اینهایی که می‌گویی تویی، پس چرا این‌قدر خشکی؟

☆ چشم‌هایم که خیس است.

☆ آن تری از چشم من است. تو خشکِ خشکی... تکیده... خشکیده. همه اینها که گفتی کو؟ اینها که فقط لفظ است. لفظ که نظر ندارد. نه تنها آن اندیشه‌ها را نمی‌توانی داشته‌باشی... همه‌ی اینهایی را که گفتی هم نمی‌توانی باشی. چون نیستی. نیستی هست نیست، که بتواند باشد، یا بتواند داشته‌باشد. تو نیستی، تَوَهم بودن داری و او می‌گوید و تو انجام می‌دهی. او می‌گوید تو می‌خندی، او می‌گوید تو می‌گریی، حتی او می‌گوید... و تو فکر می‌کنی! و باز می‌گویی هستم! با اینکه بوی تعفنش را می‌شنوی و با اینکه زبانِ سنگینِ به لجن گرفته‌اش را می‌شناسی، باز در جنگ تو با تو، اوست که حرف آخر را می‌زند! و اوست که هست، تو نیستی! تو در جنگی، جایی که جنگ است گمراهیست، و جایی که گمراهیست، هیچ‌چیز، هست نیست. تو نیستی!!

- منم نمی‌فهممت آرش!

- من به زبون آدم حرف می‌زنم، ساده بگم همه چیز جبران پذیر نیست. اگه دست رو دست بذاری خیلی دیر می‌شه. ببین الان ما سنی هستیم که نباید، یعنی نمی‌تونیم دست رو دست بذاریم... چه من، چه تو...

☆ چقدر صبور باشم؟ دیر می‌شود. چطور بفهمم کدام، کدام است. چه کسی گناهکار است؟ یا... چرا من نیستم؟ چه کسی مرا نیست کرده؟ بگو تا سرنگونش کنم. تا خودم و تو را راحت کنم!

☆ می‌گویم: سلسله‌یِ...

- من الان نیستم می‌فهمی!

☆ سلسله‌ی گیسوانِ تو که حیرانم می‌کند؟ سلسله‌ی گیسوانِ تو که به آتشم کشیده؟ همین سلسله را می‌گویی دیگر؟

☆ هیس... نه... ببین چگونه به قضاوت افتاده‌ای! ببین چگونه می‌بافی... ببین چقدر تندتند می‌بافی! مویم را نمی‌گویم، سلسله‌ی افکارت را می‌گویم که زنجیر وار به اسارتش کشانده‌اند... ببین چه جانی می‌کند! چه نوری می‌پراکند... می‌بینی‌اش!

☆ پاره کن... سلسله را بدران! تو همان‌جایی... نگاه کن!

☆ باید به آن میانه برسی... به فاصله‌ی بین دو فکر. آنجاست که هستی. آنجاست که هست می‌شوی. چرا نمی‌فهمی؟ چرا نمی‌بینی؟

☆ شاید چون حتی یک‌بار هم آگاهانه این فاصله را ندیده‌ای، نمی‌توانی حتی باور کنی که می‌توانی ببینی‌اش!

- یعنی چی نیستی؟ باید باشی و بفهمی چه شرایطی داری. بفهم خودت چه شرایطی داری، اون چه شرایطی داره... چه می‌دونم همه چیزو در نظر بگیر. الان صدامو می‌فهمی؟ یا دوباره رفتی؟

☆ تو باید به درجه تشخیص برسی.

☆ چطور؟

☆ پاره کن.

☆ زنجیر را... سلسله را... بدران... تا هست شوی!

- آرش... هنوز ذهنم مشوشه... هنوز نمی‌تونم حتی سی‌ثانیه فکر نکنم... آخه چطور می‌تونم درست فکر کنم. من تک‌تک می‌بینم. جداجدا می‌بینم. جزیی می‌بینم... هنوز نمی‌تونم کلی ببینم!

☆ می‌توانی... می‌فهمی... می‌دانم که می‌فهمی، چون خودت هستی. آنجاست که هستی و همه چیز از آنجا می‌آید!

☆ همه چیز؟

☆ همه چیز.

☆ حتی اندیشه‌ام؟

☆ حتی اندیشه‌ات... خود هوش اصیلِ نجیب!

☆ پس این دانسته‌هایم چه؟ دانسته‌هایم را چه کنم؟ دانسته‌هایم چه می‌شوند؟ آنها کجای کارند؟ آنها را کجای دل این ذره-موج‌های مبهم جای دهم؟

☆ دانسته‌هایت، نه بخورد داده شده‌هایت، بخارهایی از آن دریاست.

☆ کدام دریا؟

☆ نمی‌بینی... ؟ نه نمی‌بینی، چون نیستی.

- یه چیز جدید بگو. ذهن تو سالیان سالِ مشوشه!! چرا همه چیزو قاطی می‌کنی؟ تک به تک دیدن به این قضیه چه ربطی داره؟ تو بیا برو جلو... کم‌کم همه چیز درست می‌شه... ذهنت هم درست می‌شه...

- خیلی هم ربط داره.

- هیچ ربطی نداره...

آرش نفس عمیقی کشید... دستش را در موهایش فروبرد و موهایش را در هم ریخت... در چشم‌هایش ناتوانی خاصی موج می‌زد... دوست داشتنِ آمیخته با عجز... تکرار کرد.

- حالا فعلاً رو این قضیه تمرکز کن. این به اون چیزا ربط نداره.
- ربط داره...

☆ دانسته‌های رنگ‌رنگی‌ام را می‌گفت. راست می‌گفت. قرمز و نارنجی و آبی و بقیه‌ی رنگ‌های آتشفشان همگی دست در دست هم در سیاهی مردمک چشم‌هایش دور آتش می‌چرخند. اما سیاهی کجا و قرمزی کجا؟ سیاهی کجا و تک رنگی کجا؟ آن فقط سیاهیست که نوبه‌نو تازه می‌شود و هزاران آتشفشان دم‌به‌دم در آن جوانه می‌زنند. راست می‌گفت... چه کسی جز مشکیِ ساده‌ی نابم می‌تواند تمامیِ رنگین‌کمان دانش را در خود داشته‌باشد و اما هیچ رنگی را به دل نگیرد؟

- اشتباه می‌کنی.
- بذار اشتباه کنم... بهتر از اینه که...

☆ اگر در اکنونِ لحظه «هست» باشی، دیگر نترس. در اکنون لحظه اشتباه بی‌معنیست، در فرهنگ لغتِ اکنون، واژه‌ی «اشتباه» وجود ندارد!

☆ بگذار فکر کنی که داری اشتباه می‌کنی، اما از لحظه‌ها ندیده رد مشو. متفاوت عمل کردنت، که تو اشتباه می‌نامی‌اش، گامیست رو به آنجایی که باید باشی. نترس، ببین آنچه از اکنون این رگ‌ها رد می‌شوند هیچ‌کدام در اندیشه‌ی فردا و دیروز گیر نکرده‌اند. چون فردا هیچ‌کدام از اینها نیستند، حتی یک ثانیه دیگر هم هیچ‌کدام نیستند. دوباره تازه شده‌اند... نگاهشان کن!

☆ با دقت به رگ‌هایم نگاه کردم. یعنی تا به آخر این اندیشه... آن‌ها دیگر اینها بودند! نه آن‌ها، نه من... نه تو... نه او... هیچ‌کدام آنی که ثانیه‌ی قبل بودیم نیستیم!

- الان وقت اشتباه نیست دکتر جون، اگه اشتباه کنی، تا آخر عمرت، تا لحظه‌ای که نفس می‌کشی پشیمونی... حالا از ما گفتن خود دانی!

☆ اعتماد کن، دست داده‌ای!

☆ اگر همه‌شان را، و همه‌ی آن‌هایی را که گفتی می‌خواهی... باید به لحظه‌ی بین فکرها، خودِ آن طلایی-آبی‌ها بیایی و اعتماد کنی... باید!

☆ می‌توانی بیایی، می‌شناسی‌شان. تو فقط خاموش کن... همه‌ی صداها و ترس‌ها را، فکرها و ترس‌ها را، واکنش‌ها و ترس‌ها را، فرداها و ترس‌ها را، نگرانی‌ها و ترس‌ها را و... و... همه را و ترس‌ها را خاموش کن! همه‌شان همین‌جایند، برای همین تو نمی‌توانی باشی... همین‌جایند... جای تو. می‌بینی؟ تو خودت باید اینجا باشی نه آنها. اینجا فقط جای یک نفر است... یک نفر!

- نمی‌شه خوب دید... چه مِهی شده؟ عجیب نیست؟ من هیچ‌وقت همچین مهی ندیده‌بودم!

☆ همه جا مِه بود... هیچ‌چیز را نمی‌دیدم. فقط می‌دانستم نزدیک ساحلیم. همه جا مه غلیظی بود. گفتم: «بابایی این مه است؟» گفت: «نه بخار آب است.» گفتم: «چه فرقی می‌کند؟» گفت: «عرضشان یکیست، اما خوب طولشان فرق می‌کند.» هیچ نفهمیدم. اعتقاد عجیبی داشت که یا می‌فهمم، یا یک روز خواهم فهمید!

آرش بلند خندید.

- ای بابا... دکتر جون... مِه چیه؟ یه نمه بارونه فقط. پنجره هم یه‌کم بخار گرفته. دوباره رفتی تو ابرا؟ کلاً نصف عمرت تو ابرایی... از تو ابرا که نگاه می‌کنی همین‌طوره، همه جا مه می‌شه. بیا پایین... بیا...

☆ به ابرهای پشت پنجره نگاه کردی. روتختی‌ام از سرِ بافته‌ی موهایت چند پیمانه بوی یاس چشید... آب دهانم را قورت دادم... مزه‌ی یاس می‌داد!!!

فصل پنجم

☆ ساکت... در آغوش دریایم و می‌خواهم تا ابد بمانم. من و دریا و سکوت!

☆ سکوت بود... یک سکوتِ عجیبِ عمیق!

☆ از درون گوش‌هایم در دور دست فقط صدای تپشِ زندگیِ بنفشِ درونم را می‌شنیدم، و بوی آشنای یاسیِ رقصانی که در سیاه-طلایی شاخه‌های سرو می‌رقصیدند و می‌خندیدند... و... و صدای آرام نفس‌های خِرَد را که شادی شناوری را در درونم می‌ریخت.

☆ هیچ‌چیز دیگری نبود... فقط من و سکوت و آگاهی!

☆ چطور توصیفش کنم؟

☆ از چشمان خودم شروع کنم یا از نگاهِ افسونگر دیدگان مست تو؟

☆ فقط حس کردم دست راستت را دراز کردی... انگشت سبابه‌ی دست چپم را لمس کردی... و... و... تمام هستی‌ام با نگاهت کشیده شد... و... سکوت بود... یک سکوتِ عجیبِ عمیق!

- باور نمی‌کنم! چطور ممکنه؟!

☆ ساکت... رهایم کنید تمامی پرسش‌ها، خوبی‌ها و بدی‌ها، ارزش‌ها و ضدارزش‌ها، اخلاق‌ها و بی‌اخلاقی‌ها... همه‌ی فکرها... رهایم کنید!

☆ هیچ‌چیز از شما نمی‌خواهم، هیچ کمکی، هیچ پاسخی، هیچ واکنشی، هیچ فریبی... هیچ آرامشی و هیچ رستگاریی...

☆ بس است... رهایم کنید!

☆ فقط می‌خواهم تا ابد دنیا اینجا بمانم، تا ابدِ دنیا!

☆ می‌دانم که می‌شود ماند... همین‌جا، بین خوشبختی‌ها، بی‌فکری‌ها، سکوت‌ها، رستگاری‌ها، آرامش‌ها، بین سیاهی‌ها، طلایی‌ها، تری‌ها... و...

☆ و... این‌همه گیسو و تور طلایی-نقره‌ای که موج می‌شوند و در آغوشم می‌کشند...

☆ آه... آن‌هنگام که ماهِ شبِ دریا زرین می‌شود، تاجِ موج‌ها چه خیال‌انگیز رو به طلایی-نقره‌ای می‌زنند!

☆ آری..یادم آمد... خوب یادم است. بابایی می‌دانست چه زمان ماه زرین می‌شود، می‌دانست کدامین شب است و من فقط به انتظار می‌نشستم... تا شب آرام خودش را روی دریا می‌کشید و ماهِ زرین در پهنای آسمان، نزدیکِ نزدیک، نزدیک‌تر از آنچه می‌توانستم باور کنم، به رویم لبخند می‌زد. آن‌هنگام بود که سرِ سپیدِ موج‌ها به نقره‌ای و طلاییِ وهم‌انگیزی می‌زد... و من محوِ این‌همه زیبایی همان‌گونه که پای در ساحل داشتم، خود را در آغوش دریا رها می‌کردم، جانِ مدهوش خود به دریا پیشکش می‌کردم... و سکوت را مزه‌مزه می‌کردم. همانند اکنون! می‌خواهم بمانم... می‌خواهم بمانم، من از این جنسم، می‌دانم... خوب می‌دانم!

☆ ساکت... بگذارید تر شوم، سیاه شوم، طلایی شوم، نقره‌ای شوم. بگذارید گیسویی بشوم از جنس ابر و ابهام و اکنون، به رنگ مشکیِ خوش‌فام، به عطرِ نارنج‌های آویخته، افشان و لغزان و ابریشمین... آری... در هم تنیدند و تنیدندم...

☆ موج‌موج گیسو و آب و شب چرخیدند و چرخانیدندم و درهم زیر و زبر شدیم. همه جا دایره‌ها بودند... دایره‌های درهم و در من، من هم دایره شده‌بودم و در گیرودارِ تاروپودِ طلایی‌ها و گیسوها و تری‌ها و اکنون‌ها چرخیدیم و چرخیدیم تا گردابی شدیم رو به آسمان... آسمان سر کشیدمان!

☆ سفر کردم از دریا تا به آسمان... و نورِ سیاه-آبی-طلایی، در لابه‌لای انبوهِ گیسوانش، چشمان شب‌آلودم را نقره‌ای کرد. ماه در چشمانم کاشته شده‌بود، خودم در نگاهش دیدم!

- وای... چطور ممکنه؟ ببینشون!! حالا چی کار کنیم پرگل؟ خاک بر سرمون شد، دیدی چطور بدبخت شدیم. الانه که خون به پا شه.

- وای... واقعاً باورم نمی‌شه!! حالا تو ساکت باش. هیس... آروم، نرو جلو!

- تمومه بدنم داره می‌لرزه اگه کوهیار بفهمه خون به پا می‌شه... خدا مرگم بده... چطور تو هَمَند... چی چی رو نرو جلو، پس تو برو جلو... برو سَواشون کن، خاک بر سرم...

- هیس... یاسی... هیچی نگو دیگه. بذار ببینم چی کار کنیم. آروم باش... می‌فهمی... آروم باش، فقط به من گوش بده. من اینجا وایمیسم، ببینم چی کار کنم. تو برو تو سالن... حواست باشه کسی نیاد... تمومه حواست فقط به این در باشه... یاسی... حواست باشه‌ها... برو..برو... نذار کسی بیاد، تا من ببینم چه کار می‌تونم بکنم.

☆ بعضی چیزها واقعی نیست و هست. نمی‌دانی کجای واقعیت است. نمی‌دانی حقیقیست یا نه. حسش می‌کنی اما نه با پنج حست، گویی دَر تو حل می‌شود یا حَلت می‌کند در خودش. هست... اما انگار نیست. مطمئن هستی که وهم نیست، پریشانیِ خاطر نیست، اما نمی‌دانی کجای واقعیت است!

☆ و بزرگ‌ترین مشکل کار این است که منطقی نیست! نمی‌تواند منطقی باشد. با هیچ منطقی جور در نمی‌آید... اما هست. شاید می‌شود گفت قدِ منطق من نمی‌رسد؟! نمی‌دانم. از کجا بدانم قدِ منطقم تا کجاست. به چه اعتمادی بپذیرم که مشکل شاید منطق من است؟ از کجا معلوم؟ اما... پس چه کنی؟ چه کنی با چیزی که با تمام سلول‌های روح و جسمت می‌دانی و مطمئنی که هست، اما... اما واقعی به نظر نمی‌آید. منطقی به نظر نمی‌آید، انگار وجود ندارد، اما تو حسش می‌کنی، می‌بینی‌اش، می‌بویی‌اش، لمسش می‌کنی، پروازش می‌کنی، بی‌بال‌وپر...

- بخواب رو تخت...

- چی شد پرگل؟ حالش خوبه؟ چیز دیگه‌ای می‌خوای بیارم؟ حرف زد؟

- نه همین آب خوبه. آره بابا خوبه... چیزیش نیست. شلوغش نکن یاسی. یه‌کم بادشو می‌زنم، آرایششو درست می‌کنم، میاییم پایین. تو برو مواظب باش کسی نیاد بالا.

- باشه... باشه... کفش‌هاش کنار آلاچیق بود، اینه‌ها آوردمشون، نمی‌دونم چرا هر دو تاشون کفشاشونو درآورده‌بودن! باشه من رفتم. پس زود باشین. خاک بر سرم عروسو ببین... ولو شده رو تخت...

- برو یاسی... کسی نیاد بالا!

- می‌گما حالا این وسط خوب شد دکتره رفت. اونو چی کار می‌کردیم... خودش کفششو برداشت، یه راست از در رفت بیرون! هیچی هم نگفت... وای مثل روح... نرم درو وا کرد، رفت! وای... می‌گما...

- برو یاسی، یه‌دفعه یکی میاد تو... برو مواظب باش... بعد حرفشو می‌زنیم... برو دیگه...

- خُب... خُب... من رفتم.

یاسمن بیرون رفت، پرگل در حالی که با یک دست صورت تارا را باد می‌زد، با دست دیگرش کیف کوچک لوازم آرایشش را از توی کیفش بیرون کشید.

- تویه قورباغه که هیچی نداری تو این اتاق، خوبه من همیشه یه چیزایی تو کیفم دارم. بذار ببینم چی کارت کنم. چی بگم به تو... آخه این چه کاری بود امشب کردی، ولش کن... الان نمی‌خواد هیچی بگی، اصلاً هیچی ازت نمی‌پرسم، وقتش نیست. بعداً حسابی فحشت میدم... کاری که کردی دیوونگی محض بود، اوج خریت و حماقت بود، یعنی هیچ خرخاکیه بی‌مغزی همچین کاری نمی‌کنه... اما...

پرگل آرام گرفت، ساکت شد، لبخند زد... نفس عمیقی کشید.

- از چشات پیداست می‌خوای بگی چرا خرخاکی؟ نمی‌دونم... تو همیشه منو یاد حیوونای عجیبی می‌ندازی...

پرگل دستش را روی موهای تارا کشید... به چشمانِ مرطوب و نیمه‌باز تارا نگاه کرد.

- با خودم گفتم دیگه... چه می‌دونم... همه چی عالی شد. این کوهیار که سوسکته... همه کار برات می‌کنه... عاشقته... همه چی عالی تموم شد. شوکه شدم دیدمت! آخه چرا؟ دوستش داری؟ آخه اگه اینو دوست داشتی چرا پس... ؟! وای چرا تو همچینی؟! چرا هیچ‌جوری نرمال نمی‌شی؟!

☆ حقیقی بودی... واقعیِ واقعی! از جنس خودم... خودِ خودم!

☆ همیشه تو را در انتهای دور دریا می‌دیدم جایی که دریا در بغل آسمان خود را فرومی‌غلتاند و هر دو یکی می‌شدند، آنجا جای تو بود. جایی که آسمان و دریا یکی می‌شدند.

☆ اما... حال... گویی حست کرده‌بودم. حس عجیبی بود. احساس می‌کردم بدون آنکه گریه کنم از چشمانم قطره‌های آب به جریان افتاده... آرام‌آرام. آرامشی عجیب رویم ریخته شده‌بود!

☆ واقعاً... واقعاً از جنس منی؟ یا نه... من از جنس تو هستم؟

☆ من با تو این‌گونه سبک شده‌ام یا تو آن‌قدر سبک و سیالی که می‌توانی همچون ابر مرا با خود به آسمان ببری؟

پرگل سرش را زیر انداخت، لب‌هایش را گزید... نگاه عمیقش را به گوشه‌ای نامعلوم در فضای اتاق گره زد.

- اما... اما چه حالی داشتی... لحظه‌ای که برگشتی و نگام کردی... اون لحظه... اون لحظه تو چشمات یه...

یاسمن با شتاب در را باز کرد.

- زود باشین... دیگه همه دارن مشکوک می‌شن... کوهیارم ازم پرسید، گفتم: «رفته آرایششو مرتب کنه الان میاد.» بیاین پایین دیگه... اگه نه پروین خانم و کوهیار میان بالا...

☆ نکند ماه در چشم داشتم؟!

☆ ماه در چشم داشتم! ماهی به نگاهم خیره شد. نهال به نگاهم لبخند زد. حتی نارین روی نگاهم مکث کرد. سیا هم به وضوح گفت: «پسر کجا رفته‌بودی امشب، چشمات برق می‌زنه؟!»

- یعنی چی که شد؟ خدا مرگم بده... آخه آدم شب نامزدیش همچین کاری می‌کنه؟ هنوز مُهر عقدت نخشکیده آخه!

یاسمن گونه‌اش را چنگ زد و محکم لب‌هایش را گاز گرفت.

- پرگل نمی‌خوای هیچی بگی؟ چرا ساکتی؟ نترس آرایشت نمی‌ریزه اگه حرف بزنی.

- تو لطفاً سر آرایش خودت بترس، قیافه‌ت ضایع شده، یه طرف لُپت کلاً رنگش عوض شده... نصف لبت هم رژ نداره!

- اِاِاِ... ببین چطور دوتاییشون حرفشو نمی‌زنن... نکنه یه چیزای دیگه‌ای بوده که از من قایم می‌کردین؟ تو می‌دونستی پرگل؟ چرا این‌قدر ساکتین؟!

- یاسمن ول کن. من هیچ‌چیز بیشتر از تو نمی‌دونم. ما هم در موردش اصلاً حرف نزدیم... نمی‌خوایم هم حرف بزنیم. امشب شب نامزدیه تاراست... حواست هست؟ می‌دونی چقدر منتظر بودی؟ ببین تارا چه ماهی شده تو این لباس طلایی...

یاسمن به تارا نگاه کرد، از سر تا پایِ تارا را برانداز کرد... نگاه برافروخته‌اش آرام و مهربان شد، چشم‌هایش کشیده‌تر می‌نمود.

- آخی... چقدر ناز شدی تارا... مثل فرشته‌ها شدی... مثل جواهر... مثل یاقوت طلایی..

- منظورت بریل طلاییه. تو بگی مثلِ نبات بسه!

- خُب حالا این وسط... منظورم مثل جواهر شده...

یاسمن تورهای روی شانه‌های تارا را دست کشید و پُفش را بیشتر کرد.

- چقدر خاص شدی، واقعاً من تا حالا همچین لباسی جایی ندیدم، عجب خیاطی داری. چقدر خوب شد که موهاتو هم باز گذاشتی، نبستی. وای این موجی کردن موهاتم خیلی فکرِ خوبی بود. آرایشگره خیلی حرفه‌ای بود... عزیزم... نگاش کن... ایشالا خوشبخت بشی!

یاسمن وقتی دید پرگل دارد با پوزخند نگاهش می‌کند، ناگهان به خود آمد و اخم‌هایش را در هم کشید.

- همه‌ی اینا بماند... باید در مورد اون موضوع هم حرف بزنیم. اگه چیزی هست و من نمی‌دونم باید همین الان بهم بگین. من نمی‌تونم صبر کنم. نمی‌شه که... خدا مرگم بده... همین امروز... با لباس نامزدی... زیر آلاچیق... خاک بر سرم... تارا!... واقعاً خوبی؟! اصلاً من نگرانشم...

- هیس... حرفشو نزن. گفتم که کسی چیزی بیشتر از تو نمی‌دونه و ما هم هیچی ندیدیم. هیچ اتفاقی نیفتاده، همه هم حالشون خوبه... یه چیزی بود تموم شد. پاک کن از مغزت... تموم. می‌فهمی؟ گرفتی؟

- وااا... یعنی چی؟! آخه... تو چی می‌گی... من و تو نباید ببینیم داره چه بلایی سرِ تارا میاد؟ نباید ببینیم چی شده؟ تو دلش، تو مغزش چی می‌گذره...

پرگل بلند شد... به تارا که ساکت به دست‌هایش خیره شده‌بود نگاه کرد.

- من می‌رم این گاگولو بسازم و بیام، این‌طوری فایده نداره، نمی‌ذاره حالمونو بکنیم. ما می‌ریم و زود برمی‌گردیم. حواست به خودت باشه. پاشو بریم یاسی... بریم یه چیزی بخوریم حالت عوض شه... پاشو می‌گم... ما می‌ریم و زود میاییم...

☆ بعضی چیزها هست که نمی‌شود به آن فکر کرد، یا تجزیه و تحلیلش کرد، یا چرایش را پرسید.

☆ نمی‌شود که نمی‌شود!

☆ انگار اگر طرفش بروی اندیشه‌ات شکاف برمی‌دارد. منطقت زیر سؤال می‌رود... و حتی به حقیقی بودن بدیهی‌ها هم شک می‌کنی!

☆ نه... نمی‌شود تجزیه و تحلیلش کرد...

☆ نمی‌دانم دارد چه می‌شود... چه اتفاقی در من و بی من می‌افتد!

☆ در من است یا...

☆ نمی‌دانم دارم رو به سویِ کجا می‌روم.

☆ اصلاً نمی‌دانم آیا دارم رو به سوی جایی می‌روم؟

☆ اصلاً جایی هست که به سویش رفت؟

☆ سویی هست؟

☆ این را می‌دانم که تمامی‌پرستوها رو به سمت مردمک چشمان تو پرواز می‌کنند، چند بار خودم بر فراز زنده‌رودم دیده‌ام!

☆ آری نگاهت خودِ «سوی» است! خودِ آنجایی که باید به طرفش رفت... که باید سویِ چشمانم را از آن بگیرم.

☆ اما... وقتی در نگاهت فرومی‌افتم و در سوی چشمانت می‌غلتم و سویش را مزه‌مزه می‌کنم و می‌چشم، خودم می‌بینم که دارم در دایره‌ها می‌چرخم، شاید... شاید در خودِ «سوی»! آری من به هیچ سویی نمی‌روم! هیچ سویی!

☆ تو می‌دانی هستیِ من؟ آیا واقعاً دارم به سوی جایی می‌روم؟ یا گذرم را تماشاگرم؟

☆ در کجایِ هستی هستم، هستیِ من؟

☆ شاید دارم... شاید دارم در هستی غوطه می‌خورم؟! در بی‌زمانیِ مطلق؟! یا در خودِ «سوی»؟

☆ کجایم؟

- بهارم کجایی؟ چرا این‌قدر ساکتی؟ اومدم بیام بالا یاسمن گفت نیام، پرگل داره آرایشتو مرتب می‌کنه... دلم برات تنگ شده‌بود.

تارا لبخند زد.

- بله... آرایشم یه‌کم بهم ریخته‌بود، پرگل داشت درستش می‌کرد.

- آرایشگرِ خوب نبود؟

- چرا عالی بود... فقط یه‌کم پرگل می‌خواست تازه‌ش کنه، کمرنگ شده‌بود.

- الان که عالیه... خیلی زیبایی تارا، تو اصلاً نیازی به هیچ آرایشی نداری... عروسِ طلاییِ خودم. ممنون که بالاخره قبول کردی... هر چی نگات می‌کنم باورم نمی‌شه، انگار دارم خواب می‌بینم. واقعاً نمی‌تونم باور کنم.

- ممنون... هنوز عروس نیستم که... نامزدیمونه...

- چطور عروس نیستی... امروز صبح امضا کردی که عروس خودمی...

- می‌دونم... اما...

- اما نداره... عروسی، عروسِ طلایی، بهارِ طلاییِ خودمی، چقدر همه چیز قشنگ شده... لباست... موهات، خیلی خوب کردی موهاتو موج‌دار کردی... این رشته‌هایِ طلایی بین موهات هم خیلی طرح جالبیه... تا حالا این‌طوری ندیده‌بودم... خیلی...

تارا لبخند زد.

- ممنون... تو هم خیلی خوشتیپ شدی، با این کت و شلوار سفیدت و این کراوات طلایی...

- آره... می‌دونم... چه کنیم... اومدیم دختر آقای ورجاوندو ببریم، شوخی که نیست. چی فکر کردی... یه بیست سالی هست داریم ناز می‌کشیم... دیگه... امشبم همه زورمونو زدیم که بالاخره کنار شما وایمیسیم مردم نگند: آخی بیچاره دخترِ...

- نگو...

کوهیار خندید و در حالی که کراواتش را مرتب می‌کرد گفت:

- بیا دیگه تعارف بسه... بیا برقصیم... می‌دونی چند ساله دارم این لحظه رو تصور می‌کنم!

☆ مرا چه می‌شود؟ همه چیز می‌آید و می‌رود... همه چیز... تصویرها، صداها، حرف‌هایم، واکنش‌هایم، دغدغه‌هایم... همه چیز... فکرهایم هم همین‌طور. همگی می‌آیند مغزم را گرم می‌کنند و می‌روند. نمی‌دانم چرا دیگر به فکرهایم فکر نمی‌کنم! بهایی نمی‌دهم! نمی‌توانند ریشه‌ی چیزی، رفتاری، یا حتی فکرِ دیگری باشند. انگار اعتمادی به آنها ندارم...

☆ نه... نه‌اینکه اعتمادی ندارم، گویی اصلاً نیستند... زود زود می‌آیند و می‌روند. مگر اینکه خودم ازشان بخواهم بمانند تا عذابم بدهند یا خوشحالم کنند. خیلی

عجیب است... به هیچ‌کدام بهایی نمی‌دهم، جدی نمی‌گیرمشان! نگرانم نمی‌کنند، هیچ‌کدامشان. آخر در هیچ‌کدامشان که هستی‌ام نیست... و می‌دانم هم که تا هستم، هستی‌ام هست. پس... دیگر چه تشویش خاطری می‌ماند!

☆ اما... اما آخر... نمی‌شود که... آدم است و همین‌ها. نیست؟ نکند بی‌هویت شده‌ام؟ نکند بی‌همه‌چیز شده‌ام؟ نکند بی‌وجدان شده‌ام؟ حتی حالا هم که این فکرها را می‌کنم اختیاری است، گویی از خود می‌پرسم باید از دست خودم عصبانی بشوم یا نباید عصبانی بشوم؟ اگر باید بشوم تا نشان دهم عصبانی‌ام. اما... واقعی نیست، عصبانیتِ واقعی نمی‌شود، گویی می‌دانم و نگاه می‌کنم که باید این واکنش را نشان دهم، و بعد نشان می‌دهم. ناخودآگاه نیست.

☆ آه... حتی خودم هم نمی‌دانم چه شده‌است. نکند سیستم واکنشِ ناخودآگاهِ اخلاقی‌ام از کار افتاده‌است؟

☆ بد است؟

☆ یا... خوب است؟

☆ آن چیزی که از کار افتاده واقعی بوده؟ اصلاً بود؟ اصلاً چیزی که بشود آگاهانه از کار بیفتد یا کار کند حقیقت دارد؟

☆ اصلاً چیزی بود که من بر پایه‌اش واکنش نشان دهم؟ بر اساسِ چه بود؟ پایه و اساس داشت؟ چیزی که اساس دارد چطور این‌گونه محو شد؟ مَحو شد؟ واقعاً از کار افتاده‌است؟ حال چگونه واکنش نشان دهم؟ بر چه اساس؟

☆ ای وایِ من مرا چه می‌شود؟ باید آن مرداب را ببینم... باید ببینم کجای کارم؟ کجایی هستیِ من؟

- منم باورم نمی‌شد!

- خودت دیدی؟ با چشم خودت؟ گُه خورد بی‌غیرت... غلط کرده بی‌ناموس... با زندگی زنِ مردم چی کار داره!؟ اصلاً چرا این آشغالو دعوتش کردید؟

- اووه... بسه اشکان... جَو گیر نشو حالا!! آره، خودم دیدم... حالا تو چته؟ نه اینکه خودت حالا اسطوره‌ی پاکدامنی هستی. همچین ترش می‌کنه هرکی ندونه فکر می‌کنه عاشقشی که این‌طور بهم ریختی. اینا رو برات گفتم که فقط یه گوشمالیش بدی، همین، بی‌خودی شلوغش نکن...

☆ نمی‌دانم... مرا چه می‌شود!

☆ چرا هیچ‌کدام از دانسته‌های اکتسابی‌ام واقعی به نظر نمی‌آیند؟ چرا هیچ نقشی ایفا نمی‌کنند؟ چرا نمی‌توانم بیمار خودم باشم؟ چرا نمی‌دانم رفتارم درست بود یا نه؟ ناشایست بود یا نه؟ وحشتناک بود یا نه؟ معمولی بود یا نه؟ اصلاً چه بود؟ اصلاً... اصلاً واقعی بود!!؟

☆ آری خوب پیداست هم دیوانه شده‌ام، هم بی‌اخلاق!

☆ ای وای چه کردم؟ چه شده‌ام؟ قوه تشخیصم کو؟ اخلاق در کجای وجودم حل شده‌بود، در کجای وجودم فروافتاده‌بود که چنین کردم؟ در عقلم؟ در قلبم؟ در پیشینه‌ی خانوادگی‌ام؟ در تربیتم؟ در اکنونم؟

☆ اصلاً فروافتاده‌است یا حل شده‌است یا محو شده‌است... یا... پاک شده‌است؟

☆ یا... دور ریخته شده‌است؟

☆ اما... مگر دور ریختنی بود؟

☆ اصلاً بود؟

☆ اصلاً اخلاق دقیق یعنی چه؟ چرا من احساس بی‌اخلاقی نمی‌کنم؟ چرا الان احساس پشیمانی نمی‌کنم؟ باید بکنم؟

☆ بر اساسِ چه میزانی باید احساس پشیمانی کنم؟ میزان با چه پیشینه‌ای؟

☆ مگر خود اخلاق چه میزانی دارد؟

☆ با چه پیمانه‌ای سنجیده می‌شود؟ با چه سنگ ترازویی؟ سنگ ترازوی چه جنسی؟ در کدامین دادگاه؟ پیمانه چیست؟ چند مَن انگور؟

☆ چه کسی می‌داند؟

☆ آخر مگر برای درست کردنِ شراب ناب به میزان انگور می‌نگرند؟

☆ نه... به جنس انگورش بستگی دارد!

☆ ای وای حرف بدی زدم؟ دوباره بی‌اخلاقی کردم؟ بیمار شده‌ام؟ بی‌اخلاق شده‌ام؟

☆ مگر من چه گفتم؟! نه نمی‌خواهم نام بیماری‌ام را بدانم!

ـ هر چی می‌خوای اسمشو بزار... به تو چه. اصلاً به تو چی می‌رسه؟ تو چرا این‌قدر جوش می‌زنی؟ چرا این‌قدر هَواشو داری؟

ـ منم به تو چه... همونی که به تو می‌رسه به منم می‌رسه... از همون جنسه.

ـ آره... ؟! پس خودتم گیری... آره، این دخترِ پدر سوخته یه طوریه که...

ـ بسه، زیاد حرف می‌زنی. می‌خوام برم... درس دارم. پس من دیگه توضیح نمی‌دم، یه کاری کن که فکر هر دو تامون راحت بشه... اما حواست باشه اگه نمی‌خوای، یا اگه پشیمون شدی هم مهم نیست، بهم بگو... خودم می‌دونم چه کار کنم.

☆ چیزی را زیرِ پا گذاشتم؟ کو؟

☆ نه.

☆ انسانیت را زیر پا نگذاشتم، گذاشتم؟

☆ نه.

☆ رفتار درست دقیقاً چه رفتاریست؟

☆ هیس... !

☆ چرا یک‌دفعه بوی یاس آمد؟

☆ از کجا این بوی بنفش می‌آید؟

☆ آن روز بود که گفتی... مگر همان روز نبود که خودت گفتی: «رفتار درست، فقط از اندیشه‌ی درست می‌آید.»؟ همان روز که رگ‌هایِ بنفشم قبضِ روحم کردند! آری همان روز بود. خودت گفتی، یا خودم دیدم، یا... خواندم. پس...

☆ پس... آیا اندیشه‌ام درست است، درست بود؟

☆ بین اندیشه‌ی اکنون و نیتِ حفظ شده‌ی تقلیدی، چه زمین تا آسمانِ بنفشی است!

☆ اندیشه‌هایم!... اندیشه‌های واقعی‌ام، آنها که جزوِ تفکیک ناپذیرِ بودنم بودند، هستند! دارمشان؟!

☆ آن لحظه داشتمشان؟

☆ داشتیمشان.

☆ آنها که... همیشه یادشانم.

☆ آنها که باید باشم، تا باشند.

☆ آنها که همیشه با بوی یاس و آب می‌آیند.

☆ آنها که گفتی...

☆ چقدر حرف‌های آن روزم یادم است!

☆ اما... آیا... هرآنچه اندیشه‌ی درستِ اکنون بیندیشد و به انجام برساند، دیگر درست است؟

☆ سنجشِ درستی یا نادرستی رفتار بر عهده کیست؟

☆ چه کسی باید تأییدش کند؟

☆ آیا رفتار درست، رفتاریست که همه می‌گویند درست است؟ یا نوشته شده و یاد داده شده که درست است؟ اگر این‌طور است که تا کنون اینقدر یاد داده شده و نوشته شده و هنوز هم که مالیم و مرداب و بوی لجن! یا شاید همان است که... همه می‌گویند که یک کسی گفته که درست است و کار می‌کند؟

☆ یا شاید رفتار درست همان است که از کودکی تا به امروز درست بوده‌است و دست‌به‌دست چرخیده و صد دور زده و حالا رسیده؟

☆ معیار سنجش رفتار درست چیست؟ تا کنون برای کجای دنیا حقیقتاً کار کرده، به سرانجام رسیده؟

☆ نکند وجدانِ درست است؟ نه... نه... نه این یک پرسش را به نام من ننویس، این دلق کهنه‌ی مبهم زاده شده‌ی دست‌به‌دست شده، مال کسانی است که می‌خواهند خودشان را راحت و هر کارشان را توجیه کنند...

☆ نه... من جواب خودم را می‌خواهم: معیار چیست و پیمانه چیست؟

☆ آیا اندیشه‌ی درست است؟! خردِ اصیل است؟! با زمان یا مکان عوض می‌شود؟

☆ نه.

☆ نه؟! با شرایط تغییر می‌کند؟

☆ نه.

☆ با دین و مذهب یا باور و احساس بالا و پایین می‌رود؟

☆ نه.

☆ آری... درست است! آخر معلوم است چیزی که مدام تغییر کند و بالا و پایین رود و در هر گوشه از زمین و زمان به شکل متفاوتی دربیاید که نمی‌تواند میزانِ درستی برای رفتارهایم باشد!

☆ پس... پس فکرهایم هم که مدام تغییر می‌کنند نمی‌توانند میزان باشند! اما آن اندیشه چه؟! اصلاً... از کجا می‌آید؟ می‌تواند تغییر کند؟

☆ نه... هیس... چه کسی گفته آن اندیشه تغییر می‌کند؟ چه می‌گویی؟

☆ می‌گویم... می‌تواند پیمانه باشد؟ اکنونِ آب چه؟

☆ هیس... ساکت... بس است! نگاه کن دوباره چه به روزت آمده‌است؟! دوباره که درگیرودار پرسش‌ها گرفتار شده‌ای... ساکت! نمی‌بینی خودت را؟ ببین... ببین یک دستت دارد درازتر می‌شود! لب‌هایت هم چه بادی کرده! آه... توازنت گویی دوباره دارد بر هم می‌ریزد... درگیر شده‌ای... داری آلوده می‌شوی، می‌بینی؟! مگر قرار نشد رد طلایی-آبی‌ها را دنبال کنی، آرام و با تأمل و سکون و سکوت. پس چه شد؟ چرا همه چیز را فراموش کرده‌ای؟ هیس... ساکت. آرام باش، ببین... نگاه کن... ناخودآگاه تو آن نیست، وجدان تو هم این نیست، پیمانه هم آن نیست، سنجش هم این نیست. تو را چه می‌شود؟ حواست کجاست؟ دوباره داری با پرسش‌هایت، تمامیِ پاسخ‌هایی را که آنجا، در دل آن سکوتِ ژرفِ پُرخِرد، هست شده تا برایت حس شود، همه را داری می‌پوشانی، ساکت! ببین چه می‌کنی!

☆ گیج شده‌ام... آخر من از کجا بدانم؟

☆ ساکت... چه شده‌است تو را؟

☆ نمی‌دانم... مشکل از چشمان تو است یا سنگینیِ نگاهِ من؟

☆ دست راستت را دراز کردی... انگشت سبابه دست چپم را لمس کردی... و بعد تمامیِ دستم در آغوش دستان شکوفه‌ای‌ات فروغلتید و... بعد تمامی‌ام کشیده شد با نگاهت... تا زیر آلاچیق.

☆ دوباره آرام گفتم: «اما آخر از کجا بدانم؟»

☆ صدایم کم و کمتر شد... سکوتِ تازه و خوش بویی وزید، وزش گیسوانت روی پرسش‌هایم ریخته شده‌بود، هیچ صدایی نمی‌آمد، پرسش‌هایم تر شدند، نزدیک‌تر شده‌بودی... خیلی نزدیک... خیلی خیلی نزدیک. صدای نگاهت دوباره آمد، از لابه‌لایِ سیاهی‌ها و طلایی‌ها: از همان‌جا که من و سکوتِ مطلق و آب می‌آییم. این تنها معیار سنجش است. ببین پیمانه را! می‌بینی؟!

☆ و... آن‌وقت بود که اکنونِ آب، پیمانه، پیمانه در دلم به اندیشه نشست، در سرم تپید... و در تمام بدنم جاری شد، موج‌موج از نوک انگشت سبابه دست چپم تا...

نوک انگشت سبابه دست راستم، در تمام وجودم. اندیشه‌های بنفشِ درخشانِ گریز پایم را دیدم... دست به دامانشان شدم... حریرِ دامنشان بوی ابریشمین گیسویت را می‌داد. نگاهشان کن! چه برقِ سیاه-طلایی می‌زنند. رنگ یال اسب ایزد خرد بود! بوی دریا بود!... بوی اکنون... آری این همان اکنون بود، همان «اکنون» که در انگشتانِ من بود و در گیسوان دریا و در موج، موجِ طلایی‌ها و در همه‌ی دایره‌ها و در ماه و در مردمک چشمانم... زیرِ همه‌ی بیرونی‌ها زده بودم، چرا که در درون همه چیز بودم. در هستی‌ام...

■

- هنوزم نمی‌دونم چرا این آقای دکتر بی‌خداحافظی رفت؟
- حساس نباش کوهیار، شاید پیدات نکرده.
- آره... شاید. اما خیلی می‌خواستم باهاش بیشتر صحبت کنم، خیلی زود رفت... با تو خداحافظی کرد؟
- بله...
- خیلی پسره با مرامیه...
- جدی!! چطور؟ از کجا فهمیدی؟
- هیچی یه‌کم حرف زدیم، بیشتر آشنا شدیم... بالاخره آدم می‌فهمه...
- تا همدیگه رو دیدید به نظر میومد جا خوردی! جایی دیده‌بودیش؟
- نه... کلاً فکر نمی‌کردم این شکلی باشه... تصویر ذهنیم چیزِ دیگه‌ای بود...
- چی بود؟
- فکر می‌کردم سنش بالاتر باشه... چه می‌دونم یه شکل دیگه باشه. اما کلاً ازش خوشم اومد... پُره... چیز سرش می‌شه...
- با همین یه برخورد فهمیدی؟
- بله دیگه، خُب می‌گم که حرف زدیم، آدم می‌فهمه...
- خوبه... خدا رو شکر.
- کِی می‌بینیش؟
- هفته‌ی دیگه.
- چه خوب...

مِه بود. مه غلیظی بود. مه مبهمی بود. هوا سنگین بود. کم می‌شد آسمانِ نصف جهان این‌گونه تن به مه بسپارد! اصلاً آسمان کویر است و صافی‌اش، زلالیش، سادگی‌اش و... ستاره‌هایش!

- دلهره دارم.

- از چی؟
- نمی‌دونم. یه طوری هِی تو دلم خالی می‌شه.

آرش برخاست، نگاه مشکوکی به نادر انداخت.

- از چی دلهره داری؟ چیزی شده؟ کاری کردی؟

☆ مه بود. مه غلیظی بود. نمی‌دانم چه شده‌بود؟! اصرار ماه بود یا انکار خورشید... یا بی‌تفاوتیِ آسمان؟! شاید هم ابرها تحصن کرده‌بودند... آخر سرِ چه؟ سر هر چه که باشد ندیدن را به ارمغان آوردن کار ابرها نیست، ابرهای بازیگوش... همیشه می‌آمدند و می‌رفتند... اما تحصن! نه. پس شاید مقصر باد است؟ شاید باد تحصن کرده‌است... نمی‌دانم... نکند چشمان من است؟! نه.

- نه... شاید دلهره نیست... شاید ضعف دارم... جلوی چشم‌هام هم هی یه طوری می‌شه...
- می‌خوای یه چیزی بخوریم؟
- نه باید برم. دیر می‌شه...
- قرار داری؟
- بله...
- اوووه... به‌به... چرا نمی‌گی؟ الان که دیگه داره شب می‌شه... پس یه چیزی بخور...
- نه بابا، غروبه... آره... می‌ریم چیز می‌خوریم...
- خُب... باشه... پس برو...
- آره... بذار زودتر برم، دیر نشه... خدانگهدار.

☆ مِه بود؟ ماه بود؟ مردمک چشمان من بود؟ ماهِ در چشمان من بود؟ نمی‌دانم... هر چه بود، باید هر چه زودتر می‌دیدمت! هر چه زودتر. گویی چیزی در حال اتفاق افتادن بود که من می‌دانستم اما فراموش کرده‌بودم!

- اگه یه قدم دیگه برداری سلاخیت می‌کنم...
- وقتی می‌گه می‌کنه، می‌کنه...

☆ اینها چه کسانی هستند؟ خواب می‌بینم یا واقعیت دارد؟

☆ چه فرقی می‌کند، خواب یا واقعیت، هر دو مدتیست دست به یکی کرده‌اند دیوانه‌ام کنند!

☆ نمی‌دانم... اما... این چاقوست دست این یکی؟ چرا اینها می‌خواهند مرا سلاخی کنند؟ چرا سلاخی؟ مگر چه کرده‌ام؟ حتماً کاری کرده‌ام!

☆ اما... مطمئن هستم کاری نکرده‌ام، مطمئن که نه... اما فکر نمی‌کنم کاری کرده‌باشم که جرمش سلاخی باشد.

☆ چرا تا احساس می‌کنیم پیش آمدی ناگوار است، سریع فکر می‌کنیم ببینیم کجا، چه کار بدی کرده‌ایم! چرا فکر نمی‌کنیم شاید کاری بوده که نکرده‌ایم!

☆ آری... شاید باید کاری می‌کرده‌ام که نکرده‌ام!

☆ ای وای... نکند کاری باید می‌کردم که نکرده‌ام!

☆ چه باید می‌کردم که نکرده‌ام؟

☆ می‌دانستم... همیشه یک جای ذهنم می‌گفت: «تو جنایت‌کاری! برای تمام کارهایی که نکرده‌ای! تو از آن خوب‌هایِ مهربانِ جانی هستی! که جهنمشان جداست!»

☆ آن خوب‌هایِ فراموشکاری که کارشان زنده ماندن و تماشا کردن و در تَوَهم زیستن و فراموش کردن است. حتی فراموش کردنِ خودِ خودشان!

☆ حتماً همان است! ای وای دارند به آن جهنم می‌برندم. همان جهنم شلوغِ مسخ‌شدگان!

☆ می‌دانم... همان است... باید همان باشد.

☆ حقم است!!! گویی مدام سعی می‌کردم به جای کارهایی که باید بکنم، کارهایی را انجام دهم که آن کار اصلی را فراموش کنم! اگرچه حال می‌دانم آن من نبوده‌ام که این سعی احمقانه را می‌کرد، بلکه آن بدبخت مفلوکِ به لجن... اصلاً دیگر چه فرقی می‌کند که کدام به کدام است! وقت تمام شده!

☆ هستی‌ام کجایی؟ دیر شد... خیلی هم دیر شد!

☆ می‌دانستم برای کاری اینجا هستم، اما مدام پشت گوش می‌انداختم، هی پشت گوش انداختم... و پشت گوش انداختم... تا...

☆ اما... نه، حقم نیست... آخر تمام این سال‌ها سعی کردم که بفهمم آن چه کاری است. حداقل این یک کارِ گشتن را، این کار را که کردم... اما... دنباله‌اش را درست نگرفتم... نه پیگیر نبودم! خودم که دیگر می‌دانم!

☆ اما آخر... این باید تنها کارم می‌بود یا اولین و سریع‌ترین کارم؟ نمی‌دانم... اما...

☆ اما... می‌دانم که اصلی‌ترین کارم بود، اگرچه دیر فهمیدم که این باید اصلی‌ترین کارم می‌بود. آه... باید زودتر می‌فهمیدم، و می‌رفتم سرِ جاری شدنم.

☆ هستی‌ام... کجایی؟ ای وای زیاد طولش دادم، زیاد شک کردم!

☆ همیشه می‌دانستم باید کاری کنم که فقط از عهده‌ی من بر می‌آید و من، نه هیچ‌کس دیگر!

☆ گویی یک جایی پشت فکرهای پُرشتابم، می‌دانستم جهنمی هست برای کسانی که کارهایِ واقعی، کارهایی که باید به انجام برسانند، کارهایی که فقط مال خودشان است، را فراموش کرده‌اند. می‌دانستم اما روی خود نمی‌آوردم!

☆ حال حتماً دارند مرا به آنجا می‌برند....

☆ دیدم مِه شده‌بود، دیدم چقدر هوا سنگین بود، دیدم چطور بی‌تاب چشمانش شدم، دیدم که...

☆ ای وای... باید مشکوک می‌شدم. اما نشدم. باید شک می‌کردم که دارد دیر می‌شود، اما شک نکردم... اینجا که باید شک می‌کردم، شک نکردم و فکر کردم خوب... وقت بسیار است!

☆ ای وای هستیِ من دیدی چه شد! در راه افتاده‌بودم. در چشمی که باید غرق شوم، غرق شده‌بودم. اما درست دل به راهِ چشم نمی‌دادم. دیدی چگونه زمانم را از دست دادم، دیدی...

☆ ای وای... ای وای... آمده‌اند سلاخی شده‌ام را ببرند به قعر همان جهنم دومی. شاید رسم آن جهنم این است که سلاخی شده ببرند. شاید اینجا دم درش است!

☆ ای وای دیدی چقدر در برنامه‌ریزی‌ها گم شدم، چقدر در بیهوده تماشا کردن‌ها مسخ شدم، و... چقدر در امیدوار کردن خودم برای فردایی بهتر تلاش کردم... فردای خیلی بهتر!

☆ می‌دانستم... اما جدی نمی‌گرفتم، انگار می‌دانستم باید هر چه زودتر کارِ خاصی را به انجام برسانم. گاه‌گاهی این حس سراغم می‌آمد که چقدر پُر و داغ از چیزی هستم، اما نمی‌دانستم چیست. لبریز و داغ از چیزی بودم که انگار باید بیرون ریخته شود، باید بسوزاند... باید بسازد... نمی‌دانم چه بود، اما بود، ولی من جدی‌اش نمی‌گرفتم!

☆ می‌دانستم... همیشه فکر می‌کردم هنوز خوب آماده نیستم... هنوز وقتش نشده‌است... !

☆ ای وای... ای وای... دیدی چطور شن‌های ساعت شنی‌ام تمام شد و آمده‌اند که ببرندم. آن هم سلاخی شده!

☆ ای وای دیدی خوش خیالی‌ام کار دستم داد، همان خوش خیالی همیشگی، که می‌گوید هنوز وقت داری، هنوز وقتش نیست، هنوز خوب آماده نشده‌ای... بیا حالا این هم چاقو، حالا آماده‌ای؟

☆ ای وای همیشه یک جایی ته دلم می‌دانستم، انگار می‌دانستم این روز زودتر از آنچه فکرش را کنم می‌رسد. ای وایِ من... دیر شد! خیلی دیر... !

☆ قیافه‌هایشان هم آشناست، شاید از تجسمات و تخیلات فرشته‌های مرگ است که در کتاب‌ها خوانده‌ام!

☆ شاید تجسم خودم است که به خودم ظاهر شده... نمی‌دانم... نکند اینجا برزخ است!!

- اوهوی... چرا ماتت برده؟ از اونی که می‌کِشی به مام بده! نگاش کن... کلاً تعطیله گوربه‌گور. صدای ما رو می‌فهمی؟ می‌گم مثل بچه آدم، راهتو می‌گیری برمی‌گردی خونه، پشت سَرتَم نگا نمی‌کنی. دیگه هیچ‌وقت تو عمرت اسمِ طرفو نمی‌یاری. قضیه تموم! فاتحه...

- هِررری... شتر دیدی ندیدی. می‌ری به همون جهنم دره‌ای که بودی... وگرنه فاتحه‌ت خونده...

☆ آری مرده‌ام... دارند فاتحه‌ام را می‌خوانند. کاش حلوا و خرما هم می‌دادند گرسنه‌ام، سردم هم است. آه چه می‌گویم، چه کسی حلوای خودش را خورده! راستی چه کسی حلوا و خرمای خودش را خورده‌است و شیرین کام و سیر و گرم از این دنیا رفته‌است؟ من که هم گرسنه‌ام و هم سردم است.

☆ چه می‌دانستم روزی باید تاوان نکرده‌هایم را پس بدهم!

☆ تاوان جنایت‌هایی را که با نفهمیدنم، ندانستنم، نکردنم و انجام ندادنم به انجام رسیدند!

☆ نکند آن دسته از مریض‌هایم توطئه کرده‌اند؟ توطئه؟! نه، اسمش توطئه نیست، نه... حق خودشان است. حق خودشان را می‌خواهند، راست می‌گویند آخر کدام انسانی، بی‌نظر به سخن و عمل می‌نشیند، که من نشستم؟ اینجا در برزخ که دیگر نمی‌توانم بگویم همه همین کار را کردند من هم کردم! آری... مریض‌هایم هستند. روند تکاملی انسانی‌شان را که من منحرفش کردم، باز پس می‌خواهند!

☆ ای وای... حتماً چقدر به دردسر افتاده‌اند، مجبور شده‌اند چه راه‌های پیچ‌درپیچی را سرگردان بدوند، تا به جای اولشان برسند و کند و کاو درونی‌شان را آغاز کنند! شاید هم در جاده‌ی عوضی‌شان سرگردان مانده‌اند که مانده‌اند!

☆ اما... اما مریض‌هایم مرا دوست دارند... یعنی دوست داشتند، از همان دوست داشتن‌های ناآگاهانه‌ی شیرین. نه... آنها نیستند... شاید به جز چند نفری همه‌شان دوستم داشتند، نه... آنها این کار را نمی‌کنند.

☆ نکند خانواده‌ام... وای... خانواده‌ام، اطرافیانم... دوستانم... وای نکند... اما... آخر... به نظر می‌رسید همه مرا دوست دارند. وقتی همه آدم را دوست دارند یعنی... یعنی دیگر هیچ مشکلی نداشتم؟ وقتی همه آدم را دوست دارند یعنی هیچ آسیبی از آدم ندیده‌اند؟ نمی‌دانم!

☆ اما به جز یک نفر، نکند... نکند... نه خودِ آدم که... نمی‌شود که...

☆ نه... همان همه‌ی نکرده‌هایم هستند...

☆ ای کاش می‌دیدم چه نکرده‌ام! کاش می‌دیدم چه‌ها نکرده‌ام. کاش می‌فهمیدم... ای کاش حداقل الان می‌فهمیدم. پس مگر نمی‌گفتند لحظه‌ی مرگ همه چیز آشکار می‌شود و پرده از روی همه‌ی پرسش‌ها بر داشته می‌شود. چرا نشد؟ وای نکند این قانون برای من کار نمی‌کند، نکند برای ناآگاهان کار نمی‌کند. نکند برای خوبانِ آرامِ ناآگاهِ مهربانِ هیچ‌کارنکرده، کار نمی‌کند؟! نمی‌دانم... فقط می‌دانم درهرصورت دارند به جهنم می‌برندم. آن هم آن یکی جهنم... جهنم دومی!

- لال‌مونی گرفتی؟ با تو ام؟

☆ ناگهانی تکانم داد... بد تکانم داد. پرت شدم به کناره‌ی دیوار... دستم به شدت درد گرفت، دستم را روی دیوار لغزاندم... خودم را سر پا نگه داشتم. نه... حتماً نمرده بودم... آدم مرده که این‌قدر دردش نمی‌آید! می‌آید؟! معلوم است که دردش می‌آید هزار برابر من، پس مرده بودم! اما شاید هنوز روی زمین بودم... پس شاید راست بود بهشت و جهنم و برزخ و همه همین‌جا...

- آقا این بدجور تو هَپَروته... دکتره دیگه... می‌دونه چی بزنه این‌طوری بشه... هاها... قیافه رو...

☆ همین است. شاید همین‌جاست! در همین مِه... همین مِهِ عجیبِ بی‌موقع... که هنوز نمی‌دانم واقعی است یا... !

☆ نفس عمیقی کشیدم صدای نفسم را شنیدم دست راستم بد ضربه خورده‌بود. با دست چپ، دست راستم را مالیدم... بازویم درد می‌کرد. صدای نفسم و صدای خنده‌هایشان مِه را کم‌رنگ و کم‌رنگ‌تر کرد. به چاقوی در دستش نگاه کردم، به خودش نگاه کردم... خیلی آشنا بود... آری انگار جایی دیده‌بودمش، اما نمی‌دانستم کجا! چشم‌هایم یاری‌ام نمی‌کرد. به خودم تکانی دادم راست‌تر ایستادم... هر دویشان کاملاً پیدا بودند...

- شما کی هستین؟ منو از کجا می‌شناسین؟ با من چه مشکلی دارین؟

- اِاِ زبونت وا شد! هم خود شارلاتانتو خوب می‌شناسیم، هم هر دوتا آبجیای خوشگلتا. باهاتم مشکل داریم... از نوعِ بدش!! طوری مشکل داریم که فقط باید گم بشی... می‌فهمی؟ نبینیمت دور و بر این خانم... نُچ، نُچ، نُچ... کلاً خط می‌کشی.

- ما رو هم دیدی، ندیدی. خانم ازدواج کرده بی‌شرفِ بی‌ناموس!! استغفرالله... نمی‌خوام دهنم وا شه. خَرفهم شد؟

- درست صحبت کن، به شما چه ربطی داره؟ با خونواده‌ی من چه کار دارین؟ با من و این خانم چه کار دارین؟ به شما چه مربوطه؟ اصلاً شما کی هستین؟

- خفه شو بی‌شرفِ بی‌ناموس... برا من صدا کلفت می‌کنه...

☆ آخ... ای وای... چه شد؟ چه بلایی سرم آمد؟ چقدر درد دارم... چقدر درد دارم. چقدر پهلویم می‌سوزد! چه شد! چه خبر است!

- هِی دکتر! دکتر!

☆ چرا همه چیز محو شد... چه شد؟! یعنی دیگر مُردم؟! چه خبر است؟! اصلاً هیچ‌چیز نمی‌فهمم... اما... اما صدایشان را می‌شنوم...

☆ چقدر درد دارم، چقدر خسته‌ام، چقدر سردم است، چقدر گرسنه‌ام... و... خوابم می‌آید، احساس می‌کنم مغزم خیلی خسته است و... درد دارد. اما نمی‌فهمم کجایم درد می‌کند! نمی‌فهمم چه شده؟

- کُشتیش!!!

☆ نمی‌فهمم... باور نمی‌کنم مرده‌باشم! اما انگار مرده‌ام... همه چیز خاموش شد. خودم را حس نمی‌کنم، اما هستم! یعنی مردن یعنی این! چه خبر است؟ نکند در نگاهت افتاده‌ام؟ نه... اصلاً... پس چه شد؟ باورکردنی نیست! اما... اصلاً مگر این روزها کجای زندگی‌ام منطقی و قابل باور است، که بدانم اینها چه کسانی بودند، واقعاً این‌قدر درد دارم یا نه؟ دردم جسمی است یا روحی؟ زنده‌ام یا مرده‌ام؟ آمده‌اند مرا به کدام جهنم ببرند؟

☆ اصلاً فکر کردن ندارد. بازگو کردن ندارد. کجای زندگی‌ام را می‌شود باز گو کرد که بخواهم این قسمتش را باز گو کنم؟ زندگی‌ام به طرز عجیبی، غیرقابل‌پیش‌بینی و غیرقابل‌باور شده‌است. نمی‌خواهم بروم سرِ اندیشیدنش. اگر هم بخواهم، نمی‌فهممش. خوب است، یا بد؟ نمی‌دانم. دستِ من نیست. چیزی که دست من نیست بحث کردن ندارد. همه چیز برایم ناآشنایِ سخت آشناست. تضاد نمی‌گویم، تناقض نمی‌گویم. سفسطه نمی‌کنم. فقط تعریف می‌کنم، یک تعریفِ معمولیِ ساده. واقعاً هیچ‌چیز زندگی‌ام معنا نمی‌دهد، اگرچه حس می‌کنم درونِ معنا غوطه می‌خورم. در چشم‌هایت گم می‌شوم، راه می‌روم، می‌فهمم... می‌آموزم، می‌بینم، می‌نوشم، اما خودم نمی‌فهمم کجایم. شاید حال هم در چشمانتم! نمی‌دانم!

☆ چیزی پشتِ همه‌ی این حرف‌ها و فکرها، در من، در فراسویِ همان مرداب متعفنِ نظاره‌گر تمام حادثه‌هاست. حادثه‌ها... و آن حادثه، که... من بودم و گیسو بود و شب بود و آن آلاچیق... آه این را هم به حساب معراج این ناباوری بگذاریم و بگذریم. آری..اکنون منم و آن... آن...

■

- یعنی واقعاً که...

- می‌گم من... من اصلاً روحم خبر نداره... من آدم بفرستم براش... آخه چرا؟ من خودم هم، الان خیلی براش ناراحتم چرا نمی‌فهمی؟

- کوهیار خجالت نمی‌کشی؟! هی تعریفشو می‌کردی که رد گم کنی... که بکُشیش...

☆ حادثه‌ها برای چه می‌آیند؟

☆ اصلاً چرا می‌آیند؟

☆ حقیقتاً خوب و بد دارند؟ چه حادثه‌ای خوب است، چه حادثه‌ای بد است؟

☆ با کدام تعریفِ خوب و بد؟

☆ همان تعریفِ «ما»ها، همان خوب‌ها و بدها که همه‌مان دست جمعی تعریف کرده‌ایم: حادثه‌ی بد همان است که آسیب می‌رساند، حادثه‌ی خوب آن است که سود می‌رساند. همین؟

☆ اما سود و آسیب حقیقی کدام است؟

☆ چه کسی می‌داند؟

☆ عقلکمان می‌داند یا ایزد خرد؟

- ای بابا... من واقعاً ازش خوشم اومد، به کی قسم بخورم... من روحمم خبر نداره. اصلاً بعد از این‌همه سال تو فکر می‌کنی این کاریه که من بکنم؟ اصلاً تو منو چی می‌بینی؟ چطور ممکنه من بخوام یه کسی رو بکشم؟! واقعاً تو فکر می‌کنی من همچین آدمی هستم؟ اگه باهاش مشکل داشتم که می‌گفتم. نخوام به تو بگم، به خودش می‌گفتم...

☆ همیشه می‌گویند حادثه خبر نمی‌کند... اما... شاید این ما هستیم که حادثه را خبر می‌کنیم!

☆ صدایش می‌زنیم؟ چه می‌کنیم که حادثه خبردار می‌شود؟

☆ چه نمی‌کنیم که حادثه می‌آید خبرمان کند که «هِی با تو هستم»؟

☆ حادثه می‌آید که چه چیز را بگوید؟ چه مفهومی را ثابت کند؟

☆ نکند می‌آید که بگوید به چه باید بهتر بیندیشیم؟ به کدام کار کرده؟ به کدام کار نکرده؟

☆ تو می‌دانی هستیِ من؟

☆ شاید من این حادثه را آن‌هنگام که دستانم در لمس گیسوانت شیدا شده‌بود خبر کردم؟

☆ اگر این‌طور است که... حادثه‌ای است در امتداد راه، در راستای آفتاب، پس خوش آمده!

- پس کی این کارو می‌کنه؟ کی؟ اونم دقیق وقتی که با من قرار داره؟

- نمی‌دونم. من چه بدونم! تو که بیشتر می‌شناسیش خودت بگو! آخه من چه خبر از زندگیِ خصوصیش دارم؟ من چه می‌دونم دشمن داشته یا نه؟ اصلاً شاید سیاسیه... بهش میاد سیاسی باشه، اصلاً چه می‌دونم. مگه من کارآگاهم؟ من فقط می‌خوام تو باور کنی که من این کارو نکردم... همین! بقیه‌ش به من ربطی نداره...

☆ حال کجایم؟ در دلِ حادثه‌ام؟ مرده‌ام یا زنده‌ام؟

☆ این سیاهی‌های گردِ آشنای خودم است یا دنیای مردگان هم سیاهِ طلایی است؟

☆ آه... کجایم هستیِ من؟ چه شده؟

☆ اصلاً زنده باشم یا مرده، چه فرقی می‌کند، در دلِ آن چه در تو هست، هستم... این را حس می‌کنم!

☆ می‌دانی... تا به حال می‌گفتم: «هر چه نگاهت بگوید، من همان می‌کنم.» حال می‌گویم: «هر چه که می‌شود با نگاه تو می‌شود، پس بگذار بشود.» تو نگاه کن و من با نگاهت در دل حادثه‌ها می‌رقصم. تو نگاه کن... بگذار این حوادث کوچک و بزرگ، خوب و بد، دردآور و لذت بخش بیایند و بروند؛ نه می‌ترسم، نه می‌خندم و نه می‌گریم... فقط می‌رقصم! با هر سازِ نگاهت.

- آن دوستت که برای شما خبر آورد را می‌شناسی پسرم؟

آرش به چشمان اندوهناک ماه‌بانو نگاه کرد. تا به حال صورت ماه‌بانو را به این غمگینی ندیده‌بود. گویی در یک شب ده سال پیرتر شده‌بود، لهجه‌اش هم غلیظتر شده‌بود. هر وقت احساساتی می‌شد، لهجه‌اش بیشتر می‌شد و آرام‌تر حرف می‌زد. آرش سال‌ها بود این را فهمیده‌بود... لهجه‌اش را دوست داشت. راستی چرا نهال لهجه‌ی مادرش را نگرفته‌بود؟

- بله... می‌شناسمش، برا همین شماره‌ی منو داشت، سریع بهم خبر داد. خدا رو شکر به موقع دیده‌بودنش...

- خوب‌تر می‌پرسیدی... دیگر چه دیده‌بودند؟

- والا همونایی که گفتم. بیشتر ندیده‌بودن. داشتن از تو اون کوچه رد می‌شدن که یه‌دفعه نادرو می‌بینن، می‌دونستن دوست منه، قبلاً ما رو با هم دیده‌بودن... دیگه هیچی... آمبولانس خبر کرده‌بودن و به منم زنگ زدن.

- نام آن دوستت که خبر آورد چیست؟

- اشکان...

☆ مهم شاید این است که در این میانه‌ی میدان چگونه برقصم. هر آن‌گونه که من برقصم، ساز را برای حادثه‌ی بعدی کوک کرده‌ام. پس در نهایت... آن «منم» که کوک را عوض می‌کنم... «من!» اگرچه ساز در راز نگاهت می‌نوازد!

- اشکان هستم... دکتر جونی... صِدامو می‌شنوی؟ الان همه میان، وقت ندارم. می‌شنوی؟ آخه با مرام... ما که نمی‌خواستیم این‌طور بزنیم... خودت اُفتادی... ما فقط می‌خواستیم بترسونیمت، خدا وکیلی نمی‌خواستم این‌طور بشه. همچین قصدی نداشتم. به همه گفتم پیدات کردیم، به همه گفتم از اون کوچه رد می‌شدیم دیدیم افتادی اونجا... می‌شنوی؟ ضایعمون نکنی با معرفت، جبران می‌کنیم... صِدامو داری؟

☆ همه صدایی می‌آمد، غریبه، آشنا؛ دور، نزدیک؛ از همه طرف، از همه جا، از آن لاشه‌ی لب مرداب گرفته تا به آن... آن که هنوز نمی‌دانم چیست! کیست! نور است یا آب! دریاست یا آفتاب! فقط می‌دانم هست. صداهای غریبی می‌آمدند. می‌آمدند و می‌رفتند... مثل اینکه انعکاس چیزی باشند. بلند می‌شدند و بعد محو

می‌شدند و دوباره صدای بعدی و همین‌طور... هیچ‌کدام نمی‌ماندند و مرا با خود نگاه نمی‌داشتند. نمی‌توانستم بفهمم کدام واقعی است کدام وهم!

☆ دست‌های متفاوتی هم دستم را می‌گرفتند و رها می‌کردند. چه می‌شود مرا؟ کجایم؟ زنده‌ام، مرده‌ام؟ بیدارم یا خواب؟ درد دارم اما نمی‌دانم کجایم درد می‌کند، نمی‌فهمم!

☆ تشنه‌ام است، خیلی تشنه‌ام است. احساس می‌کنم بدنم خشک شده‌است... گلویم خشک شده‌است، پشت چشم‌هایم خشک شده‌است، شاید برای همین است باز نمی‌شود.

☆ بوی بیمارستان می‌آمد... بوی دارو... بوی نازنین-علمم هم می‌آمد... تا اینکه... به ناگاه بوی هُرم گیسوانت در فضا پخش شد... همه‌ی بوهای دیگر در آنِ واحد گم شدند!

☆ هُرم موهایت مثل همیشه نبود... چرا؟ آه... شاید همه‌ی موهایت را بسته بودی، خیلی سفت. شاید این درد عجیب، درد سرم است، آخر چرا به این سفتی موهایت را بستی؟ حتماً عصبانی بودی. چرا عصبانی بودی؟ کاش می‌توانستم ببینمت!

☆ گاهی... ماهِ کامل، تمام فضای شب را می‌گیرد، آن‌قدر همه جا مهتاب می‌شود که نمی‌فهمی شب است یا صبح یا عصر. چشم‌های خشکم به سفیدی می‌زد. همیشه وقتی چشم‌هایم را می‌بستم سیاهی می‌دیدم، اما حال همه جا زیادی سفید بود. دلم می‌خواست چشمانم را باز کنم. اما نمی‌شد... چقدر چشم‌هایم خشک بود. تشنه‌ام است... حتی نفس که می‌کشم گلویم خشک می‌شود، آن‌قدر خشک که نمی‌خواهم نفسم را بیرون بدهم. نفسم را حبس می‌کنم... اما... بویت را می‌خواهم. چرا لب‌هایم باز نمی‌شود؟ خوابم هم می‌آید، خیلی خوابم می‌آید، اما نمی‌خواهم بخوابم. صدای نفس‌هایت بینابین صدای ماهی آمد... نفس‌هایت کوتاه‌کوتاه بود. نگران بودی؟ چرا نفست کوتاه‌کوتاه بود؟ تو هم تشنه‌ات است؟ تو چرا؟

- به تو نگفته‌بود پیش از تو با کسی وعده داره عزیزه دل؟

صدای ماه‌بانو می‌لرزید، با دقت در چشمان تارا نگریست. تارا سرش را زیر انداخت.

- نه... به من چیزی نگفته‌بود.

- آرش جان هم می‌گه... فقط قرار بوده تو را ببینه...

آرش اخم‌هایش را در هم کشید، با عصبانیت نگاه نافذی به صورت تارا انداخت و صدای ماه‌بانو را قطع کرد.

- به‌هرحال خیلی امکان داره هر کسی این کار را کرده از محل قرار شما اطلاع داشته، به احتمال زیاد آشنا بوده... به چه کسایی محل قرارتون را گفته‌بودید؟

کوهیار معنی نگاه آرش را گرفت.

- شاید هم ربطی به محل قرار نداشته‌باشه. دنبال خود آقای دکتر بودند. البته خود آقای دکتر به هوش میاند و همه چیز را تعریف می‌کنند... اون‌وقت فکر نکنم دیگه شُبهه‌ای بمونه، به‌هرحال خودشون دیدند، هنوز که شب نبوده، غروب بوده... باید کاملاً طرف را دیده‌باشند.

☆ داشتی به من نگاه می‌کردی... می‌دانستم. چیزی هم گفتی... درست نشیدم. اما صدایت پر از تشویش بود. نگرانی‌ات، تشویشت، تمامِ بودنت حکایت از نبودنم داشت، نکند رفته‌بودم!!؟

☆ ساکت بودی... پابه‌پا کردی، نمی‌دیدم ولی صدای آرامِ بازی کردن انگشتان دست راستت با بند کیفت را می‌شنیدم، نمی‌خواستی بروی، اما باید می‌رفتی... و... کم‌کم... صدای نیم‌چکمه‌هایت دور شد... نیم‌چکمه‌هایت را پوشیده‌بودی! مگر باران می‌آمد؟ پس شاید آن مِه واقعاً در آسمان بوده!

- نتونستم بهش بگم. واقعاً نشد... حالا هم که این‌طور شد...

- اشکالی نداره. دیر نمی‌شه. حالا مهم اینه خوب بشه بیاد خونه. خیلی نگرانشم... خیلی. الهی بمیرم براش... ببین با داداشم چه کردن. چطور دلشون اومد... مگه این بنده خدا اصلاً می‌تونه به کسی آسیبی برسونه که دشمن داشته‌باشه؟ آخه کی می‌تونه این کارو کرده‌باشه... چطور نتونسته از خودش دفاع کنه؟

- نمی‌دونم تو چه حالی بوده، شاید اونا که زدن چند نفر بودن، نمی‌دونم... البته خیلی وقت بود تمرین نمی‌کرد، مثل قبل‌ها که نبود... اما چاقو و چاقو کشی اصلاً فرصت به دفاع کردن نمی‌ده...

☆ صداهای دیگری آمد. آری رفته‌بودی... می‌دانم... بوی بیمارستان بیشتر شده‌بود، بوی آشنای بیمارستان. عجیب است بوی بیمارستان وقتی مریض باشی با وقتی پزشک باشی چقدر فرق می‌کند... چرا؟

☆ چقدر تشنه‌ام بود. چرا این‌قدر تشنه‌ام بود؟ آه... یادم آمد، شاید مال آن آبِ سرخی بود که از زیر انگشتانم بیرون می‌غلتید. یادم آمد... کنار خیابان افتادم و خیره به پهلویم نگاه کردم، آبِ سرخِ دردناکی از پهلویم بیرون می‌ریخت... از لابه‌لای انگشتانم. یادم آمد... آری... شاید برای همین این‌قدر تشنه‌ام است. چقدر درد داشتم... هیچ‌وقت نمی‌دانستم وقتی بیشتر از حد توانت درد داری ساکت می‌شوی. ساکتِ ساکت!

- می‌دونی... به نظرم بهتره مادرم با ماه‌بانو صحبت کنه که بیاییم. فقط بیاییم یه حرفی بزنیم... یعنی... منظورم اینه وقتی نادر خوب شد، دیگه بیاییم...

☆ بیدار که نیستم، پس چرا درست نمی‌خوابم؟ چرا می‌شنوم؟ چقدر خوابم می‌آید.

- حالا تا داداشم خوب بشه... ببینیم چی می‌شه. البته... شما دوستشین، اول شما باید باهاش صحبت کنین، مبادا ناراحت بشه که چرا اول بهش نگفتین، نمی‌خوام ناراحتش کنم. حالا فعلاً صبر کنین... نادر خوبه خوب بشه... بعد...

- چشم. باشه... هرطور می‌دونین. انشالا زود خوب می‌شه... نگران نباشین.

☆ جای نگرانی نبود. آدم است دیگر... به نظر می‌رسد زود خوب می‌شود. آمده‌بودم خانه، همه می‌گفتند چقدر زود خوب شدی، به نظر می‌آمد خوب شده‌بودم... خوبِ خوب. دیگر کم‌کم زخم چاقو داشت بهتر می‌شد. شده‌بود قسمتی از بدنم، همانند تمام زخم‌های ناپیدایم که سال‌هاست باهم هستیم و به هم عادت کرده‌ایم. اما این یکی را می‌شد ببینی و به ظاهر خوب بود و همه می‌گفتند خدا را

شکر... دیگر خوب شدی. اما خوب نبودم. خوب نبودم هستیِ من. خوب نبودم. تازه انگار همه‌ی زخم‌هایم سر باز کرده‌بودند. چشم‌هایم را که می‌بستم لاشه‌ی کنار مرداب را می‌دیدم... که جان می‌کند. جان می‌کندم هستیِ من... چه جانی می‌کندم! خدا به سر شاهد است، که شاهدی نداشتم که بگویمشان بی‌قرارم... بی‌قرارم... و عجیب هنوز تشنه‌ام بود... و هیچ‌کس نمی‌دانست چرا!

- آخه عزیزه‌دلِ مادر... همه آزمایش‌ها می‌گه که هیچیت نیست... چرا هنوز تو تشنه‌ای؟

☆ ماهی هر چه داشت در خانه به خوردم می‌داد... و من باز تشنه‌ام بود و بی‌قرار. آرش می‌آمد و می‌رفت، حرف می‌زد و می‌گفت و می‌خندید. خوب پیدا بود که برای عوض کردن جَو سنگین خانه می‌آمد و آن‌قدر حرف می‌زد تا نهال لبخندی روی لبش می‌نشاند، ماهی می‌خندید، و نارین چشم‌هایش را دایره‌وار می‌چرخاند و پوز خندی می‌زد و سیا دست به ریشش می‌کشید و با خنده می‌گفت: «چه دانم... الله و اعلم!» چقدر همه چیز برایم تکراری و قابل‌پیش‌بینی و... و... نفس‌گیر شده‌بود!

- می‌خوام برم مطب... دیگه خوب شدم.

ماه‌بانو آهی کشید و ساکت شد. اخم‌های آرش در هم رفت نگاه تندی به نادر انداخت و گفت:

- باشه می‌ری حالا، دیر نمی‌شه.

- خوبه خوبم.

- نه... هنوز داری از تشنگی می‌میری، پس خوبِ خوب نیستی. بذار نتیجه‌ی اون اِم‌آر‌آی مغزیت هم بیاد، ببینیم تو این ملاجت چه خبره، بعد.

☆ در سرم چه خبر است که این‌گونه همانند ماهی در ساحل افتاده‌ام و جان می‌کنم. دارم هلاک می‌شوم. یعنی همه‌اش را در آزمایش می‌شود فهمید؟ کِی جوابش می‌آید؟

- خُب می‌رم مطب، جوابه اونم میاد.

- نادر... دیگه فکر کنم خودت هم فهمیدی که باید خیلی حواست جمع باشه. چطور بگم... دیگه تو باید به فکر خودت باشی و بزاری اونم به فکر زندگیش باشه. دیگه قضیه جدیه...

شوخی نیست. جدی‌جدی داشتن می‌کشتنت. نمی‌شه آروم و بی‌صدا بری و بیایی و هیچی نگی، مظلوم‌مظلوم... بعدش یه‌دفعه یه‌کاری کنی... و... چه می‌دونم... گندش در بیاد... و این‌طوری بشه. چرا به من نگفتی؟

☆ ماهی آرام به طرف آشپزخانه روان شد. هر وقت دلگیر می‌شد، این‌گونه بی‌وزن راه می‌رفت. ته دلم سوخت... خیلی زیاد!

- می‌فهمی نادر. نادر داشتن می‌کشتنت... دستی‌دستی داشتی می‌مردی! نمی‌گی کی این کارو کرده، به پلیس هم که نگفتی، باشه انتخاب خودته... اما نمی‌شه دیگه با جون خودت بازی کنی. دیگه الان دارم باهات جدی حرف می‌زنم...

☆ آخر چه را بگویم؟ با نوازش، زیرِ چه روزمرگی‌ای می‌خواهید سَرم را فروکنید تا آرام بشوم و دوباره ادامه دهمتان؟ حادثه‌ای بود که آمد که چیزی را که باید بدانم، بدانم. باید خوب بیندیشم چه را باید بدانم که این‌قدر وفایم را خدشه‌دار کرده... چه جفایی کرده‌ام؟ چه وفایی نکرده‌ام؟! باید بدانم. باید ببینم، زودتر ببینم.

- حالا بازم باید با هم حرف بزنیم...

☆ ماهی با سینی چای و کیک‌های مخصوصش وارد شد. خودش کیک درست کرده‌بود، از بویش، از رنگش، از حال‌وهوای پُف اسفنجی‌اش پیدا بود خودش درست کرده‌است. از آن لباس‌های خوش‌رنگ ترکمنیِ قرمز-طلاییِ‌اش را پوشیده‌بود و استکان نعلبکی‌های قرمز-طلایی مخصوصِ مهمانش را هم درآورده‌بود.

- بفرما آرش جان... اگه هم می‌خواهی ببر تو اتاق نادر اونجا بنوشید عزیزم.

- ممنون، چرا زحمت کشیدین... دیگه چای رو با مهمونا می‌خوردیم، ممنون. نه... کجا بریم. حالا وقت برا حرف زدن زیاده. این‌طور که معلوم شده نادر خیلی حرف نزده داره. فعلاً منتظریم خانم تشریفشون را بیارن. ما بعداً کلی حرف نزده داریم.

☆ آخر چگونه بلند بگویمش... با این واژه‌ها... با این زبان. چه کسی می‌تواند جنس سکوت و اکنون را بگوید، بنگارد؟

- درود.

☆ از در آمده‌بودی... و همه‌ی نصیحت‌ها را با خود برده بودی... همه‌ی حرف‌ها را... تعریف‌ها را. این همیشه جالب‌ترین پدیده‌ها بود... وقتی می‌آمدی... همه چیز می‌رفت. همه‌ی همه چیز... کاملاً محو می‌شد!

کوهیار با لبخند دستش را جلو آورد.

- خوشحالم بهترید دکتر جان... ما هر دو نگرانتون بودیم. خدا را شکر به نظر میاد خیلی بهتر شدید.

☆ هستی، اما... نیستی!! تا به حال نبودنت را در بودنت ندیده‌بودم. عادت به بودنت در نبودن‌هایت داشتم، اما حالا... نگاهت می‌کنم و تو نیستی، در اوج مهربانِ بودنت، نیستی. کجایی... !؟ گریه‌ام گرفت...

- من روز نامزدی هم که شما تشریف آوردید، نشد درست خدمتون برسم... زود هم رفتید. انشالا بهتر شدید بیایید منزلمون بیشتر ببینیمتون... هم من هم تارا جان به شما ارادت خاص داریم.

☆ چشم‌هایت جدی بود... لبخند نمی‌زدی. نگاهت، مهربانیِ سرسختانه‌ای داشت. یک جور مهربانیِ عجیب و جِدی. تا به حال این‌گونه نگاهت را ندیده‌بودم. نگاهت را در چشمم نمی‌ریختی... نمی‌کشیدی‌ام، فرونمی‌بردی‌ام. اما چشمانت سرشار از مهربانی بود... لب‌هایم را تر کردم. تشنگی طاقتم را بریده بود.

- امیدوارم به خاطر بیارید که چه کسایی این کار را کردند...

☆ من نگفتم که به خاطر نمی‌آورم، گفتم نمی‌خواهم بگویم. چرا حرفم را عوض کرده‌بودند؟ مگر فرق می‌کند؟ آیا باید درستش می‌کردم؟ یا به لبخند زدن و تعارف‌های معمولی ادامه می‌دادم؟

☆ آیا سکوت، دروغ حساب می‌شود؟

☆ این همان «نکرده‌هایم» نباشد؟ نگفته‌هایم نباشد؟

☆ یا... مبادا... نکند خط سرنوشتم دست بخورد؟ نکند... ؟

☆ می‌شود فقط سکوت کرد؟ یا باید حتماً راستش را گفت؟

☆ اگر سکوت کنم، یا دروغ بگویم، برایم خطر جانی دارد؟... نه. برای کسی خطر جانی دارد؟... نه.

☆ پس چرا سکوت نکنم؟ چرا دروغ نگویم؟

☆ آیا اگر راستش را بگویم برایم خطر جانی دارد؟... نه. برای کسی خطر جانی دارد؟... نه.

☆ پس چرا راستش را نگویم؟ چرا دروغ بگویم؟

☆ اصلاً مگر فقط خطر جانی حساب است؟

☆ کدامش برایم سود بیشتری دارد؟

☆ دروغ چه تبصره‌هایی داشت؟ یادم است تبصره‌های زیادی داشت... حتماً می‌شود از یکی از تبصره‌هایش استفاده کرد.

☆ اما... تبصره‌ها در کدام دین؟! یادت است... فرق می‌کند... آری... فرق می‌کرد...

☆ البته می‌توانی از کل تبصره‌ها استفاده کنی ضرر که ندارد... هر کدام که به دردمان خورد. ما که همه‌ی دین‌ها را قبول داریم... نداریم؟ داریم... داریم...

☆ ای وای مرا چه می‌شود. وقتی می‌گویم بی‌قرارم، تشنه‌ام... و هیچ‌کس باور نمی‌کند همین می‌شود. آخر اصلاً چرا دروغ بگویم؟ چرا می‌خواهم دروغ بگویم؟ چرا رویِ راست یا دروغ گفتنم باید این‌قدر فکر کنم؟

☆ آه... همین عادات است... همین کردار است، همین‌هاست که نشانه‌هاست. همین از پ به ب و از ب به الف است. همین از آن‌طرفی‌اش است. خوب شد یادم آمد. عاداتِ به ظاهر ساده‌ی تکراریِ تخریب کننده!

☆ مبادا... مبادا با همین یک دروغ، مسیر زندگی‌ام دست بخورد و... چیزی، حرفی، فکری، تعلق خاطری، ذره‌ی سرگردانی، که مال من نیست، مال من بشود

و چیزی، حرفی، فکری، نگاهی، تعلق خاطری، ذره‌ی سرگردانی که مال من است از دستانم، از فکرم، از اندیشه‌ام یا از چشمانم باز پس بلغزد... و... و برود اشتباهی در دست، اندیشه، فکر یا چشمِ کسی که آن هم مال خودش را سهواً، ساده ساده، به گمان اینکه چیزی نیست از دست داده و... و... اشتباهی بشوم.

☆ ای وایِ من... نکند دارم ساز را برای حادثه‌ی بعدی کوک می‌کنم؟ نکند اندیشه‌هایم از من بیشتر و دورتر بگریزند؟ نکند... نکند...

☆ نه... دیگر به هیچ قیمتی... نه... گاه‌به‌گاه نمی‌شوم. گاه‌به‌گاه نمی‌شوم... پیوسته می‌مانم... همین‌جا!

- ببخشید... آقای فَرنشین من اون نفر را دیدم، می‌شناسمش، به همه هم گفتم که دیدمش. اما... نمی‌خوام اسمش را به پلیس و بقیه بگم، و یا شکایتی ازش بکنم.

☆ سکوت بدی شد. اما من احساس خوبی داشتم. لبخندِ کم‌رنگِ کجی گوشه‌ی لبت نشست که مطمئن بودم فقط خودم توانستم ببینم. نگاهت مطمئن شد.

- هرطور صلاح می‌دونید آقای دکتر. به‌هرحال ما خیلی متأثر شدیم. انشالا همیشه سلامت باشید و دور از بلا...

☆ چشم‌های همه در چشمانمان دوخته شده‌بود. چشمانم را از چشمانت برداشتم امروز روزش نبود، به چایی‌ات خیره شدم. «مهمانی استثنا باشه... »، یاد این حرفت افتادم خنده‌ام گرفت، لبخند زدم، می‌دانستم روز ناپرهیزی‌ات نیست اما حتماً کیک و چای‌ات را به قول خودت «با دل» خواهی خورد. نوش جانت...

- کوهیار که همه جا می‌گه خونه‌ی ما، منزل ما... به منم گفت بیایید خونمون.

- آره... به منم گفت. خُب خونه رو سر عقد به نام تارا زده... اما آخه هنوز عقدن، عروسی که نکردن... یعنی رسماً که تو یه خونه نیستن...

- آره... اما اینا دیگه رسم و رسومشه... مهم اینه زن و شوهرن، اونم خونشونه... چه فرقی می‌کنه عقد یا عروسی...

- چیه؟ ساکتی؟ خودت هیچ نظری نداری؟ کی می‌خوای عروسی بگیری؟ نمی‌خوای رسماً جهاز ببری، بری یه خونه بزرگ‌تر؟ پروین خانوم که خیلی نقشه‌ها دارن.

- یاسی راست می‌گه حرف عروسی رو نمی‌زنی؟! می‌گم زودتر بگیر اگه نه من میرم!!

- نمی‌دونم چی بگم... نه فعلاً حرف عروسی نشده...

- اما به‌هرحال حالا دیگه خونه خالی داریم... کوهیار که هیچ‌وقت نیست، مگه با تو. بقیه وقتا خالیه... می‌گم من برم درس بخونم. شَرِ این امتحانمو بکنم!

- باشه می‌خوای بیا کلید را ازم بگیر وقتایی که کوهیار می‌ره، تو برو اونجا درس بخون... آره... گاهی دو، سه روز خونه خالیه...

- تو هم حال می‌کنی، هرکی رو خواستی میاری، آشنا روشنا هم که زیاد داری.

- نرو سرِ اون قضیه پرگل...

- راست می‌گه، دوباره نرو سرِ اون قضیه پرگل، منم حالش را ندارم. توضیح داد که...

- توضیح داد، اما... توضیحش برا تو خوبه...

- واااا... یعنی چه، خُب می‌گه اون‌طوری نیستن با هم، دکترشه... یه قهوه می‌خورن، مشکلاتشو بهش می‌گه، دکتره می‌فهمی؟... تازه تا حالا که هیچ‌وقت تنها نبودن تو خونه.

- حالا تنهام باشن اشکالی نداره، آره دکتره... دکترم که خدا رو شکر محرمه...

- اَه... اذیتش نکن. تارا جونم محل نده. چند بار باید بگه اون‌بار فقط یه اتفاق بود. بی‌گناه ده بار توضیح داد که... ولش کن. اون‌موقع به من می‌گفتی الکی گیر نَده، حالا خودت ول

نمی‌کنی! داره قشنگ زندگیشو می‌کنه، هیچ‌کس هم مشکلی نداره با قضیه، حالا تو هی آتیش به پا کن...

☆ انگارنه‌انگار در دنیای حادثه‌ها چه می‌گذشت. بین من و نگاهت همیشه یک چیز می‌گذشت، و آن این بود: ساده از هم نمی‌گذشتیم!

☆ آری... ما نمی‌گذریم. مگر می‌شود ساده گذشت؟ تقدیرِ یکدِگر بودیم و به تقدیرمان اعتماد داشتیم و داریم. جایی فراسوی مرداب‌ها پیمان بسته‌ایم، فرقی نمی‌کند چند بار طوفان بیاید و آرامش بعد از طوفان، نه وحشت آن و نه آرامش این، هیچ‌کدام گمان نمی‌کند.

☆ خواسته بود یا ناخواسته؟... نمی‌دانیم. اما آمدیم... و حال که هستیم، هستی‌مان را دست‌فروشی نمی‌کنیم. تقدیر یکدیگریم... همچون نظر، که تقدیرِ دیده، است، چشم و بینایی بهانه است.

☆ آری هر دویمان دست داده‌ایم.

☆ دست دادیم. آبی است جاری شده. همیشه در ذهنم جاری می‌شود: اگر آب، آب باشد... راه خود را پیدا می‌کند.

☆ تشنه‌ام بود. نشستم و به فنجانِ سفید قهوه‌ام در نعلبکی مشکی خیره شدم. آرام نشستی. بلوز سفید بر تن داشتی، لبه‌ی آستین بلوزت را بالا زدی، انگار بخواهی مشغول کار مهمی‌شوی. زیر چشمی نگاهم کردی... لب‌هایت لبخندی پنهانی زد. شاید پیراهنم را دوست داشتی، یا... یا شاید نگاهم به قهوه خیره مانده‌بود و خنده‌ات گرفته‌بود، نمی‌دانم. به دست‌هایت نگاه کردم، در هم گرهِ راحتی خورده‌بود. همه‌ی انگشترهایت پیدا بود. یک انگشتر دیگر به دو انگشتر دستانت اضافه شده‌بود، که آن هم زیبا بود. زیبا بود، اما... گویی به دست تو نمی‌آمد. برای دستت کمی بزرگ بود... راحت در انگشتت می‌چرخید و می‌چرخاندی‌اش. اما... برای من...

- به من چه، کاری ندارم... فقط می‌خوام بگم، خر خودتی...

- بسه دیگه من باید برم، پرگل تارا رو اذیت نکنیا!!

هر سه ایستادند... تارا و پرگل خیره به یاسمن نگاه کردند.

- چیه؟... خوبم... نگران نباشین...

- یاسی... می‌خوای بیاییم اجازه‌تو بگیریم بیایی یه مدتی، مثلاً یکی دو هفته، پیش ما باشی، تا یه کم همه چی آروم بشه...

- نه مرسی تارا جونم، مامانمو در این شرایط تنها نمی‌ذارم. طوری نیست... دیگه قسمت من اینه. نمی‌شه کاریش کرد. همینه دیگه، نگران نباشین. حالا مامان بابای من بدجورن، اما خداییش همه همین‌طورن دیگه. شدت و ضعف داره، اما همه همینن. بابام اگه خودش نمی‌خواست و نمی‌گفت ما هیچ‌وقت نمی‌فهمیدیم. مثل میلیون‌ها خونواده‌ی دیگه. همینه دیگه...

☆ خیلی مضطرب بودم. نمی‌دانم چرا؟

☆ نگاهم کردی، در نگاهت، چشمانم تلو تلو می‌خورد. نگاهم را پس کشیدم، هنوز تشنه‌ام بود... انگار به تشنگی عادت کرده‌بودم، اگرچه اذیتم می‌کرد، خیلی هم اذیتم می‌کرد، اما انگار شده‌بود قسمتی از احساس طبیعیِ بدنم. دیگر برایش کاری نمی‌کردم! هیچ‌کاری! گویی بدون اینکه بدانم مطمئن شده‌بودم چاره‌ای ندارم و تصمیم به ساختن با سوختن گرفته‌بودم.

☆ چگونه بدون اینکه بدانم تمام این افکارِ سازشی را تجربه کرده و به نتیجه رسانیده، و به کردار روان ساخته بودم؟ کِی؟

☆ ای وای... در کدامین هنگامه، نفرین‌شده‌ی ایزدِ خرد شده‌بودم، که خودم نفهمیده‌بودم؟!

☆ آری... واقعاً داشت کم‌کم یادم می‌رفت که تشنگی حسی است که نباید باشد! داشت یادم می‌رفت تشنگی حسِ طبیعیِ بدنِ بی‌گناه من نیست!

☆ ای وایِ من... چگونه موجودی است آدمی! حتی به تشنگی هم عادت می‌کند! به نخندیدنِ از ته دل، به بی‌آبی، به نچشیدن باران، به بدخوابی، به نیامدن

بوی شکوفه‌ها، به ندیدن طلوع، به سالم نبودن، به ندویدن روی چمن‌ها، به کسالت، به ندیدن دریا، به بوی گندیده‌ی مغزِ خودش... و کم‌کم به نفس کشیدن در مردابی متعفن!

☆ آرام‌آرام به همه چیز عادت می‌کند، بدون اینکه بفهمد، بدون اینکه بداند!

☆ همین‌گونه می‌شود که مفاهیم زیر و زبر می‌شوند، معناها تغییر می‌کنند.

☆ آری... وقتی به آن چیزی که نباید باشد آن‌قدر عادت می‌کنیم که آن را نسل اندر نسل انتقال می‌دهیم، آن‌وقت است که آن تازه رسیده، آن پاک سیرت دانا، آن از دلِ دریا آمده، آن عزیز دردانه‌ی ایزد خرد فکر می‌کند حس تشنگی یک حس طبیعی است و باید به آن عادت کند!

☆ آرام و شمرده برایش تعریف می‌کنیم، توضیح می‌دهیم، توجیه می‌کنیم و دلیل‌های خوب‌خوب می‌آوریم. راه‌های سازش با تشنگی، که حال برایمان یکی از طبیعی‌ترین حالت‌های انسانی شده‌است، را یادش می‌دهیم. کتاب‌ها برای اثبات وجود تشنگی در نسل‌های قبل از خودمان می‌نویسیم که دل‌گرم شویم که این فقط ما نبوده‌ایم و همه بدین‌گونه روزگار سپری کرده‌اند و کم‌کم علم نازنینم را زین می‌کنیم و چشم‌هایش را می‌بندیم و مجبورش می‌کنیم ثابت کند حس نیاز به آب، یک نیاز کاذب است و تشنگی همیشه بوده‌است و هست و خواهد بود!

☆ آه... چه می‌کنیم!... چه می‌کنیم! وای بر ما! وای بر من و تشنگی‌ام!

☆ نفس عمیقی کشیدم، لب‌هایم را تر کردم، به قهوه نگاه کردم، و کیک زیبای کنارش، چه کیکِ خوش‌رنگی بود، در پیش دستیِ سفید. می‌دانستم خودت درست نکرده‌ای، کارِ تو نبود. اما انتخابش کار خودت بوده‌است. می‌دانستم که می‌دانی روزِ ناپرهیزیِ هر دویمان است. چقدر ذوقِ این کیک و قهوه را داشتم. حتماً تو هم ذوق داشتی. به کیک‌های هر دویمان نگاه کردی، کیک‌هایمان در بشقاب‌های جداگانه کنار هم نشسته بودند، کیک‌هایی که یک روز پاره‌ی تن هم بودند. معلوم بود با کارد که قسمتشان کرده‌بودی، سهم مرا بیشتر گذاشته‌بودی... چرا؟ شاید

فکر کردی نیاز من بیشتر است؟ یا خواستی امتحان کنی و ببینی آیا من همه‌اش را خودم می‌خورم، حتی آن قسمتی را که بیش از توست؟ نه... من فقط به اندازه‌ای که قهوه‌ی تلخِ تلخم را شیرین کند می‌خورم... بقیه‌اش سهم من نیست، این را دیگر می‌دانم، اگرچه خودت در بشقابم گذاشتی.

☆ نگاهت را دوباره در انگشتانت گره زدی.

پرگل سرش را به چپ و راست تکان داد، اخم‌هایش را در هم فروبرد.

- من کاری به ایناش ندارم، من مشکلم اینه از کجا که قسمتِ تو اینه؟ بزن برو زندگیِ خودتو بکن، اون‌وقت می‌بینی چطور قسمتت عوض می‌شه.

- نمی‌تونم پرگل...

- الان دیگه بیست‌وشش سالته، نمی‌تونی؟ مگه اینجایی که کار می‌کنی بهت حقوق نمی‌دن؟ خُب... می‌تونی بری برا خودت زندگی کنی. مگه نمی‌گی مامانت شیراز فامیل دارند خُب برو اونجا، اونجا شغل پیدا کن، مثلاً مهندس کامپیوتری، کلی سابقه کار داری، می‌تونی تو یه شرکت خوب کار پیدا کنی. برا خودت زندگی درست کن... چه می‌دونم... هزار تا کار می‌شه کرد...

☆ تقدیر بود که همه‌ی این حادثه‌ها را به ارمغان آورد یا من و تو بودیم؟

☆ انگشتر اضافیِ دستت! دیدن جهنم دوم! بخیه‌های پهلوی من! دیدن مرگ با همین دو چشمِ رنگ‌عوض‌کنم! قضا و قدر بود؟ نقش من و تو چه بود؟ می‌شد بهتر از این که اکنون هست، باشد؟ یا این بهترینِ من و تو بود؟ می‌شد؟ یا هر چه می‌کردیم آخر همین می‌شد؟

- بسه پرگل... دوباره شروع کردی به دخالت کردن!

☆ آخر نمی‌فهمم... تقدیر کجای دست‌هایِ پرتوان من و تو پنهان شده‌است که من درست نمی‌بینمش؟

☆ آرام دستانت را گشودی... گره انگشتانت باز شد، سَرَت را بالا آوردی. قهوه‌ی داخل فنجانم موجِ ظریفی انداخت، بوی قهوه بیشتر شد. جدی و مستحکم نگاهم کردی.

- واااا... بد می‌گم مگه؟ آخه آدم این‌قدر ذلیل... هی تو این خونه نشستی، این مرتیکه میاد یه فحشی می‌ده، یه داد و بیدادی راه می‌ندازه، می‌ره، دوباره فردا... که چی؟ اون می‌خواد یه کاری کنه مامانت همه حقشو ببخشه... مهریه و همه چی. بره راحت با نوعروسش پی عشق و حال. حالا هم میاد خونه، یه دور رو سرِ شما خراب می‌شه و می‌ره دوباره سرِ زندگی خودش. هی دادگاه، هی بدبختی... معلومه براتون بامبول درست می‌کنه. هر کاری می‌کنه که مامانت از همه چی بگذره، مامانت هم نمی‌گذره. حالا تو هی بشین بگو دیگه قسمتم این بود... بگو دیگه.

☆ نگریستی: بویِ «می‌دانم» می‌آید!

☆ این‌طرف آن‌طرف را نگاه کردم، بو کشیدم، شاید قاطیِ بوی قهوه شده، نفهمیدم. نمی‌دانم... نه... من نگفتم! من... من نمی‌دانم. من که فقط نمی‌دانم.

- بسه پرگل... چیکارش داری؟ تو هم بودی ول نمی‌کردی بری...

- اگه نمی‌خواستم ول کنم برم، یه کاری می‌کردم... نمی‌دونم چی، اما یه سال این وضعیتو تحمل نمی‌کردم. هیچ‌کاری نمی‌کنه!

☆ پیداست دروغ می‌گویی. تو «می‌دانی!»، داری از دانسته‌هایت برایم می‌گویی. هم دروغ می‌گویی، هم می‌دانی. دو گناه با هم. از آن دروغ‌های معصومانه می‌گویی، که نمی‌دانی دروغ است، که از نشناختن‌هایت می‌آید، از می‌دانم‌های اشتباهی‌ات می‌آید. حواست کجاست؟ کجایی؟

☆ خودم را جمع کردم. غروب بود. نمی‌دانم، اما حدس می‌زدم بشود از یکی از همین پنجره‌ها زنده‌رود را دید. باید بشود، وگرنه که تو اینجا نبودی. کاش می‌شد نگاهی بیندازم!

- تو از کجا می‌دونی؟ چطور نمی‌کنه... مگه... حتماً باید یه کاری باشه که پیدا باشه و جار بزنه... مگه باید کاری باشه که تو فکر می‌کنی کاره؟

☆ دوباره که گاه‌به‌گاه شدی! مگر آن زمان در اکنون راه نمی‌رفتی؟ همان لحظه که تمام بدنت درد گرفت و در هم فروپیچید و دیگر هیچ نفهمیدی، مگر در اکنون نبودی؟ بودی یا نبودی؟

☆ اگر نبودی که تمامیِ حادثه‌ها فقط برای باز آمدن تو به اکنون اتفاق می‌افتد، تا بیاوردت و نشانت دهد، قدرت تشخیص و تمییز را، و آن چه را که باید با چشم او ببینی.

☆ اگر در اکنونِ مقدس بودی پس... مگر ندیدی؟ حس نکردی آنچه را که باید حس کنی؟ آنچه را که دیگر وقت دیدنش برای تو رسیده‌بود؟ اگر صددرصد در اکنون آن لحظه بودی، پس... «می‌شد بهتر باشد؟» بهتر از چه؟ تا «بهترِ» تو چه باشد؟

☆ شاید به نظر بهترین‌مان نبود، اما «باید»مان بود!

☆ راهی که «باید» می‌رفتیم، کاری که «باید» می‌کردیم، حرفی که «باید» می‌زدیم، «باید»ی که اگر در اکنون حاضر و زنده باشی «باید» حقیقی‌ات می‌شود. «باید»ی که باید پویای‌اش را در آوریم، نه تکرارش را. «باید»ی که باید می‌پیمودیم تا می‌دانستیم، می‌دانستیم که هنوز راه مانده، که هنوز هفت آب شسته نشده‌ایم!

☆ بهترِ تو نشان دادنِ همین «باید» تو است به خودت.

☆ تو می‌دانی بهتر و بایدت کجاست و کدام است؟

☆ تو می‌دانی؟

☆ مگر تو می‌دانی رخشِ تو در کدامین چراگاهِ حادثه انتظار تو را می‌کشد؟

☆ مگر تو می‌دانی معراج تو روی کدامین ابر خواهد بود؟

☆ تجربه‌ی پرواز می‌خواهی یا... ؟!

☆ چشمانت غریبی غروب را به خود گرفت. خجالت کشیدم، اما ماندم. تا... نگاهت نارنجی شد و گفت:

☆ چرا مرا مجبور می‌کنی به دنبال «یا... » بگردم؟ نه... هیچ به ذهنم نمی‌رسد تا بعد از آن «یا» بگذارم! هیچ‌چیز!

- بله... باید پیدا باشه... اگه کار، کار باشه، پیداست. یعنی چی هِی بی‌دلیل تأییدش می‌کنی! داره مفتی مفتی هدر می‌ره... این وضعیته که داره؟ به نکبت و بدبختی، چرا تشویقش می‌کنی؟ دوستی خاله خرسه!

☆ روزمرگی رهایمان نمی‌کند اگر «بهتر»هایمان را تعریف کنیم!

☆ روزمرگی رهایمان نمی‌کند اگر به جای ناظرِ موشکاف حادثه‌ها بودن، حادثه‌ها را تعریف کنیم به گلایه بنشانیم و آب حسرت و ملامتشان بدهیم، هیچ‌چیز از دانه‌ی پوک سبز نخواهد شد. دانه اگر پوک باشد که دیگر نمی‌رویَد! چه فرقی می‌کند دانه‌ی چه باشد... چه فرقی می‌کند چه کار کنی، چقدر آب بدهی یا کود بدهی، پوک، پوک است و هیچ‌کاریش نمی‌توان کرد!

☆ تعریف نکن... هیچ گذرگاهی، هیچ حادثه‌ای را تعریف نکن. توصیف نکن. خوب و بد نکن. فقط خوب به خودت نگاه کن ببین تو چه کردی، به چه اندیشیدی؟ چه شدی... و چرا؟ اصلاً در اکنونت پایدار مانده‌ای؟

☆ اتفاق می‌آید که برقصاندت، که بگوید خوب گوش بده... با کدامین آهنگم دلت پَر گشود و به آسمان پر زد و با کدامین آهنگم دلت پُر گشت و به کنج قفس خزید؟

☆ نه در آسمان، نه در کنج قفس، هیچ‌جا به تو هیچ‌چیز افزوده، یا از تو هیچ‌چیز کم نشد. هیچ‌کدام برای بهترها یا بدترهای تعریف شده‌ات نمی‌آیند. خوب به اتفاق نگاه کن... خوب گوش بده... خودت را در آن ببین!

☆ پلک چشمت پرید نگاه نارنجی‌ات خسته شده‌بود. «آخر تو را چه می‌شود؟»

☆ چشمم را پس کشیدم. راست می‌گفتی. چقدر انسان فراموش‌کار است. چقدر من فراموش‌کارم و ناسپاس! همانند همیشه باز می‌گویم با من صبور باش!

☆ دوباره به قهوه‌ام خیره شدم، می‌ترسیدم از دهان بیفتد... آخر اگر سرد می‌شد، من که نمی‌توانستم بگویم عوضش کن... پیدا هم نبود که خودت عوضش کنی.

- پیداست... این تویی که نمی‌فهمی! داره بهترین کارو می‌کنه. داره با صبوری از پس این شرایط بد و بحرانی بر میاد، چرا نمی‌بینی؟ شاید یه سالی طول بکشه... اما درست، درست می‌شه، خوب درست می‌شه. چی کارش داری، حالا می‌گه قسمت یا می‌گه هرچی بماند... تو هم به لغت قسمت حساسیت داری...

☆ - می‌رم قهوه‌ی تازه دم کنم.

- بله... معلومه حساسیت دارم... یعنی چی که...

- اصلاً ولم کنین... بسه... من باید برم... واقعاً دیره. آه... هی سرِ من دعوا نکنین. خدانگهدار...

☆ نباید حواسم پرت شود. مرا ببخش. نباید یادم برود که اگرچه سهمِ من در حادثه‌ها با چرخش نگاهت موج‌موج روی زندگی می‌ریزند، اما این، تنها و تنها، چگونگی رقص من است که چرخش بعدی نگاهت را شکل می‌دهد برای ماندنم، همیشه ماندنم... و آهنگ بعدی و اتفاق بعدی و حادثه‌ای نو... و رقص من و... و... دوباره از نو کوک می‌شود... سازت را می‌گویم، ساز نگاهت را!

☆ وَه چقدر باید مراقب رقصیدنمان باشیم!

☆ وَه چقدر باید مراقب رقصیدنم باشم! نباید فراموش کنم در نهایت این رقص من است، این صدای پایِ من است، این پیچش دستانِ من است که تو می‌بینی و نت‌ها را می‌نویسی برای چرخش بعدیِ نگاهت... و دوباره... و دوباره... و همان دنیای عجیبِ دایره‌ها و چرخش‌ها و نگاشتن سرنوشت‌ها!

- حالا که یاسی نیست... اما پرگل این‌قدر گیر نده به ما. خواهش می‌کنم یاسی رو اذیت نکن، اخلاق خاص خودشو داره... چی کارش داری، ما اگه دوستش داریم باید در اون راهی که خودش فکر می‌کنه درسته کمکش کنیم. هر نفر بالاخره زندگیه خاصِ خودش را داره.

☆ ما خودِ تقدیریم. درگیر حادثه‌ها نیستیم، درس را از حادثه گرفته و می‌گذریم. گذرها را می‌شناسیم و به رهگذرها دل نمی‌بندیم.

☆ ما می‌رقصیم... درست می‌رقصیم. دست در دستِ آگاهی، از اوج پُر از خموشیِ اندیشه، موج-آهنگ را می‌گیریم و می‌رقصیم. ما رقص خودمان را داریم... رقص خودِ خودمان!

☆ ما آمده‌ایم تا در پیشگاه ایزد خرد مَحو شویم... خودش بشویم. دیگر چه ترس از باران حادثه‌ها، مقصد که دریا باشد... باران هم برایت رهنما می‌شود!

☆ من و تو می‌دانیم هیچ حادثه‌ای رنگ نگاه تو و مستیِ فروریختنِ هستیِ من در چشمانت را دگرگون نخواهد کرد.

- من کلاً متضاد تو فکر می‌کنم. من فکر می‌کنم اگه آدم کسی رو دوست داره، باید بهش راه درست زندگی کردنو یاد بده... این دوست داشتنه. منِ خَر هم شما دو تا رو دوست دارم.

- می‌دونم... اما مگه تو دقیق می‌دونی چی برا اون بهترینه؟

- بله که می‌دونم... معلومه که من بهتر بلدم زندگی کنم!

- خوشم میاد از این اعتماد به نفست. تو داشتی با همین مدل دوست داشتنت یه نفرو به کشتن می‌دادی، حالا هم هی گیر می‌دی به یاسی. می‌خوای یه بلایی سرِ یکی بیاری؟ من هنوزم فکر می‌کنم اون جریان یه جورایی به تو...

- مسخره‌بازی در نیار... دوباره رو مُخم نرو.

- من از تو می‌ترسم... تو و این دوست داشتنات و کنترل از راه دورت!

- گفتم نرو رو مُخ دوباره... من در مورد اون موضوع دیگه حرفی با تو ندارم. هیچ حرفی... منو قاطی نکن. اتفاقاً من از تو می‌ترسم چون تازگیا عجیب شدی، عجیبی! یه حالتایی میشی، یه کارایی می‌کنی... دیگه می‌خوام کم‌کم بی‌خیالت بشم. دیگه حرصِتو نخورم. والاااا... باید بی‌خیال هردوتون بشم... اصلاً به من چه.

☆ آه... چقدر مزه‌ی قهوه با بوی موهایت خوب است. به قول ماهی «چه مزه‌ی خوشی دارد!»

- خوبی؟ خوشی؟

- مگه می‌شه تو رو دید و خوش نبود، من قربونِ اون دستات برم. تۆ خۆت چۆنی گوله‌که‌م، خاسی؟[1]

داشت به ظاهر، جنس پارچه‌ی پُرزرق‌وبرق ابریشمی را برانداز می‌کرد، انگشت‌هایش را جمع کرد و دستش را آرام زیر آستین‌های بلندش پنهان کرد، خنده‌ی شیرینِ پُرشرمی روی لب‌هایش نشست، لبخندش برای همایون همانند مزه‌ی خاص انگبین، شیرینی خاص خودش را داشت. چشم‌های همایون به خماری کشیده شد، چقدر وقت بود شیرینی نان کنجدی، یا به قول او کونجی گَزو، را نخورده‌بود، نچشیده بود.

لب‌هایش را تر کرد. همایون در دل اندیشید همیشه وقتی خجالت می‌کشید، تندتند لب‌هایش را تر می‌کرد و انگشت‌هایش را به هم گره می‌زد. در «آن روزها» هم دقیقاً همین کار را می‌کرد. آن روزهای دور، دوران نور و آتش، که آتش نه تنها در آتشکده‌شان برپا بود، در دلش نیز می‌خروشید و می‌جوشید.

روزهای سرزندگی و شادابی، آبیدر و اورامان، نور و آتش، شعله و نشمیل، عشق و آرزو، کوهستان‌ها و چشمه‌سارها... رویا نبود، تخیل نبود، واقعیت بود! باور نمی‌کرد حقیقتاً این خودش بوده که در آن روزها زندگی می‌کرده‌است. حال که در خاطراتش به مرورِ آن روزهای غیرقابل‌باور می‌پرداخت، گویی فیلم عاشقانه‌ای را به تماشا نشسته است! برایش باور کردنی نبود که آن پسرِ دلشادِ پر از عشق و آرزو واقعاً خودش بود! باورش نمی‌شد قهرمان آن قصه‌ی عاشقانه بوده‌است!

با خود فکر کرد مگر دنیا چقدر می‌تواند عوض شود؟! چقدر!! چطور ممکن است من همان پسرک جسور و عاشق‌پیشه‌ی آن قصه باشم؟! چه شد که او را اینجا رها کردم و رفتم، آن پسرک تُخسِ عاشق کجاست؟! آن نیایش‌ها و آرزوها و آتش‌ها و شب بیداری‌ها و آوازها و

---

[1]زبان کُردی: تو خودت چطوری گُل من، خوبی؟

هیجان‌ها و دیوانگی‌ها کو؟! چرا وقتی مأموریت پدر تمام شد، از ما نپرسید آیا برای شما هم وقت رفتن رسیده؟ آخر با خود چه فکری کرد و ما را کوچاند؟ آخ قلبم... حالا دیگر وقت این حرف‌ها نیست!

- ئه‌وه به چه ئه‌که‌نی؟ به قسه‌کردنم یا به لیباسه‌کانم؟[1]

- خیلی خوب کُردی حرف می‌زنی! اما حالا چرا سرتابه پا کُردی پوشیدی؟ کِلاشِ پاهاش را ببین! شالش را... کج بستی که!

- خُب می‌خواستم خیلی کُرد باشم... شالم هم درسته! اذیت نکن. تو هم باهام کُردی حرف بزن.

- چطور این‌همه خوب یاد گرفتی؟ لهجه هم که نداری!

- کُردی حرف زدن که سهلِ، بگو آبیدرو بزارم رو دوشم، چوخه‌ی هر جنگو بپوشم...

- هیس، یواش، آواز هم می‌خونه برام وسط بازار...

همایون خنده‌ی شیطنت‌آمیزی کرد. نمی‌دانست چرا در حضور او، خودش با زمان همیشه به آن روزهای گُرگرفته و خروشان برمی‌گشت؛ نه تنها روح و روانش، بلکه پاهایش، کمرش، زانوانش و حتی معده‌اش، که با هیجان انتظارِ هالاو (آش سبزی) را می‌کشید، همگی یک جا بیست ساله می‌شدند.

- معلومه می‌خونم... هاتم به بۆنه‌ی چاوت... [2]

- اووو می‌گم یواش!! آواز کُردی هم بلد شده!

- پس چی، تازه شمشال هم یاد گرفتم، تو نامه برات ننوشتم گفتم حضوری بهت بگم.

نشمیل خنده بلندی کرد، و سریع جلوی دهانش را گرفت... و بیشتر خندید.

- شمشال؟! شمشال از کجا آوردی؟

---

[1] زبان کُردی: چیه... به چی می‌خندی؟ به حرف زدنم یا به لباسم؟

[2] زبان کُردی: به خاطر چشمانت آمدم...

- می‌خندی؟! حالا بذار برات بزنم می‌بینی، تو خودت گفتی شمشال رو از همه‌ی سازها بیشتر دوست داری... می‌ریم جِژوانِ خودمون، همون جای همیشگی، اونجا برات می‌زنم می‌بینی، چرا می‌خندی... می‌خوای الان بزنم؟ تو کوله پشتیمه!

خنده‌ی نشمیل کم‌رنگ شد... به سرعت بغضی راه گلویش را سد کرد. «جِژوانِ خودمون، همون جای همیشگی» صدا در گوشش چرخید... زمزمه‌ی یواشکیِ پسرک رودارِ آن روزها. صدای تاپ‌تاپ قلب آن روزهایش را هم شنید... صدای چشمه‌ی مخصوص خودشان در دل آبیدر، که جژوان صدایش می‌کردند، را هم شنید. تَریِ چشمش را حس کرد و... سریع به خود آمد.

- ای خدا... نه... نه... نمی‌خواد. چه نقشه‌ها هم کشیده برامون!

دوباره لبخندش برگشت این‌بار مهربان‌تر اضافه کرد:

- هنوز هم همون‌طور روداری! رودار!

- همیشه از گستاخیم خوشت میومد...

- این حرفا رو ول کن. حالا چه می‌خوای؟ برای چه این‌همه راه اومدی اینجا؟ که حرف زدنت را نشونم بدی، یا شمشال زدنت را؟

- اونکه آره... همه‌ی اینا رو باید از نزدیک می‌دیدی... اما... اما اومدم بۆ ژیانم![1]

نشمیل اخم‌هایش را در هم کشید و لب‌هایش را به هم فشرد.

- زندگیِ تو تارا و هیوای خودتند. زندگیِ منم هیوا و آشایِ خودمند.

- زندگیِ من تو بودی و تو هستی. گوله‌کم، نشمیل گیان...

برای لحظه‌ای قدم‌هایش کند شد، تندتر پلک زد... سینه‌اش تندتر بالا و پایین پرید. نمی‌دانست از کجا و چرا صدای موسیقی کُردی محبوبش در ذهنش نواخته شد. قدم‌هایش خیلی کند شد... گویی در این دنیا نبود. حتی صدای همایون را دیگر نمی‌شنید. خودش بود... موهای بافته‌اش، لباس قرمز کردی محبوبش با شال سفیدش... شاید شانزده سال بیشتر

---

[1] زبان کُردی: اومدم پِی زندگیم

نداشت. او بود و عشق بود... جژوان بود و آبیدر، دلهره‌های عاشقانه و خنده‌های یواشکی و... بغضش را قورت داد...

- نوجوانی بسه... الان دیگه شصت سالت بیشتره... می‌فهمی؟

- عاشقی سن نداره عزیزم. عاشقم. خودتم همینی... اون نامه‌ها رو کی می‌نویسه؟ چرا پس...

- دوباره شروع کردی؟ حرف اون نامه‌ها را نزن. از بس برا این نامه‌ها احساس گناه کردم، می‌خواستم خودم را بکشم. دستم بشکنه دیگه نامه ننویسم خدا منو بکشه دیگه رو تو نبینم...

قدم‌هایش را تندتر کرد، پایش درد می‌کرد، اما تندتر راه رفت. بغض بدی داشت و نمی‌خواست همایون بغضش را ببیند. به نفس‌نفس افتاده‌بود، دوباره و هزارباره در دل قسم خورد دیگر نه جواب خودش را بدهد، نه نامه‌هایش را... از دست خودش عصبانی بود، از این‌همه قول شکسته شده‌ی خودش عصبانی بود، از دست این دنیا عصبانی بود، از دست خدای خودش عصبانی بود، از دست خدای این همایون دیوانه و آتشش عصبانی بود... چرا هیچ‌کدامشان پیر نمی‌شدند؟! چرا؟! سال‌ها بود با خودش می‌گفت زمان همه چیز را حل می‌کند، سن آدم که بالا می‌رود، بچه‌ها که می‌آیند... اما...

- خدا نکنه... صبر کن... تو رو خدا، من نفس ندارم، ماشالا به تو... یواش‌تر! داد می‌زنما!

نشمیل قدم‌هایش را آرام کرد.

- نشمیل جان... من... من که نمی‌خواستم چیز بدی بگم. فقط... فقط می‌خواستم بگم، من می‌خوام بیشتر ببینمت، تو نامه که برات نوشتم، توضیحم دادم، مرا ببین نشمیل جانم توخوا به‌رکه به‌م‌لاوه عزیزه‌کم.[1]

- منم جوابت را دادم. نه... نه! کُردی هم نمی‌خواد حرف بزنی... لازم نکرده... تو که کُرد نیستی، کجات کُردِ؟ چرا ادا در میاری؟! اصلاً چرا من باید گرفتار تو بیگانه‌ی دیوانه بشم. خدا منو می‌کشت همون چهل سال پیش مهرت را به دلم راه نمی‌دادم، از اول معلوم بود کار عاقبت نداره، اصلاً... اصلاً چرا من از همون اول... اصلاً تو چرا اومدی طرفم... ما که از همدیگه نبودیم... ما از هم نیستیم چرا نمی‌فهمی؟!

---

[1] زبان کُردی: تو را خدا رویت را برگردان طرفم، عزیزم

همایون ایستاد. سرش را زیر انداخت. همانند کودکی که قهر کرده‌باشد...

- ما از همیم، از هم بودیم. قلبم مهمه که... قلبم کُردی می‌تپه... تازه مگه الان خودت نگفتی کُردی حرف زدنم هم بی‌لهجه است؟ تازه ساز کُردی هم می‌زنم. حتی غذاهای کُردی را خیلی بیشتر از غذاهای دیگه دوست دارم.

- تو را به خدا دلایلش را ببین! حرکاتش را ببین! عارش نمیاد. انگار چهل سالِ پیشِ... نگاه کن چیا می‌گه! عینِ این بچه‌ها... برو تا دِقم ندادی!

- آخه چی بگم؟ می‌خوام بگم ما از همیم. عصبانی نشو... گوش کن، فقط یه‌کم با هم خونوادگی، بریم و بیاییم، همین. هیچی رو عوض نمی‌کنیم. منم شرایطم مثل توست. فقط همدیگه رو بیشتر ببینیم، همین. الان من دو سال بود تو رو ندیده‌بودم، آخه... فقط می‌خوام بیشتر ببینمت. خونواده‌های ما که با هم آشنان، مشکلی با هم ندارن. فقط دیدن، نه هیچ‌چیز بیشتر. خواهش می‌کنم نشمیل. بگو باشه... قول می‌دم زندگیِ هیچ‌کس از هم نپاشه. توخوا به‌رکه به‌م‌لاوه عزیزه‌کم.

- چه حرفا می‌زنی... هِی رودارتر می‌شی! همون نامه خوبه... برو به دیار خودت. دیگه هم کُردی حرف نزن. من با تو کُردی حرف نمی‌زنم.

- چرا؟!... تو خودت اون روزا که یکی دو کلمه کُردی حرف می‌زدم کلی ذوق می‌کردی. این‌همه ساله دارم تمرین می‌کنم. تو ذوقم نزن، یه لحظه به حرفم گوش بده. باشه فارسی حرف می‌زنم... گوش بده... ببین من می‌خوام دوست خونوادگی باشیم. رفت و آمد خونوادگی داشته‌باشیم. از اون روز که سر کار هیوا کمک کردین، این‌قدر محبوب دل پروین شدین که نگو. ما که جلوش با هم تلفنی هم حرف زدیم، خونتونم که یه‌بار اومدیم... شما رو می‌شناسه. ما دوستای دیگه‌ای هم اینجا داریم. بعدش کم‌کم شما هم گاهی بیایید اصفهان، ما می‌آییم اینجا، می‌ریم مسافرتای خونوادگی... همه چی خونوادگی، نامه هم جای خودش. بگو باشه...

- پروین می‌فهمه، ریبوار می‌فهمه. برو... فقط برو... من بیشتر از این نمی‌تونم تو بازار پارچه فروشی بمونم... برو... شهر کوچیکه... همه همدیگه را می‌شناسند. سنندجه، تهران و اصفهان که نیست.

- برای کوچیکیِ شهر نیست که تو رو می‌شناسند، مالِ اون...

نشمیل ایستاد. نفس عمیقی کشید، نگذاشت همایون حرفش را تمام کند.

- می‌دونی چیه همایون...

- چیه جانِ دلم؟

- حرف آخرم اینه...یا هر دو می‌زنیم زیر همه چیز و همه کس، یا برای همیشه تمومش می‌کنیم! همه چیز را تموم می‌کنیم... همه چیز رو!!!

☆ برف‌ها که به خودیِ خود آب نمی‌شوند تا خدا خودش دربیاید! می‌شوند؟ نه!

☆ چه کسی دیده‌است؟ چه کسی گفته‌است؟ مگر می‌شود!؟

☆ تازه... هر سال زمستان که می‌شود دوباره برف می‌آید، و همه جا از نو پر از برف می‌شود. برف که هرگز تمامِ تمام نمی‌شود. می‌شود؟ نه!

☆ مگر می‌شود روزگار، روزی به زمانی برسد که هرگز برف نیاید؟ می‌شود؟ نه... نمی‌شود. بالاخره برف می‌آید.

☆ اما... اما آیا خورشید باید خسته شود؟ آیا خورشید باید چشم‌هایش را ببندد و بگوید چه فایده و بخوابد؟ آیا خورشید باید با خود بگوید به چه کار آیدم تابندگی و فروزندگی!

☆ آیا خورشید باید دلسرد شود؟

☆ اصلاً خورشید، اگر خورشید باشد ممکن است دلسرد شود!؟ می‌تواند بخوابد!؟

☆ نه!

☆ اصلاً خورشید به برف به چشم چه نگاه می‌کند؟ آیا خورشید برف‌ها را چه می‌بیند؟ برف؟

☆ نه!

- اشکان شروع نکن! کوهیار خودش گفت اگه می‌خواد، بیاد خونمون. پیشنهاد خودش بود، گفت این‌طوری بهتره، چه می‌دونم. البته خودش اول میاد می‌شینه، با هم حرف می‌زنن، بعدش می‌ره تو اتاقش پا کامپیوتر... ما تو پذیرایی هستیم. نکنه تو مشکل داری؟!

☆ پایت را روی هم انداختی، دمپایی‌های روفرشیِ مشکی‌ات را تکان‌تکان دادی. این‌بار شلوار مشکی پوشیده‌بودی و بلوز ارغوانی. بلوز آستین حریر ارغوانی، یا شاید بشود گفت شرابی، بستگی دارد سودای کدام را در سر داشته‌باشیم، با سر آستین و یقه‌ی مشکیِ مشکی. همه‌ی لباس‌هایت به طرز عجیبی همیشه با همه چیز هم آهنگ و هم رنگ می‌شدند، نمی‌دانم چگونه!؟

☆ آیا خودت دانسته این کار را می‌کردی یا همه‌ی چیزهای اطرافت خودشان را با تو همرنگ و هماهنگ می‌کردند؟

☆ رنگ رگ‌های مرا تجسم می‌کردی و لباست را انتخاب می‌کردی یا رنگ لب‌هایِ مخملین خودت را؟! دسته گل روی میز گوشه‌ی خانه‌تان را می‌دیدی و به طرف کمد لباست می‌رفتی؛ یا رنگِ دلهره‌ی همیشگی من، در لحظه‌ی نخستی که می‌دیدمت یادت می‌افتاد؟ چرا همیشه همین داستان بود؟ حتی آن روزها که به مطب می‌آمدی... همیشه به طرز غریبی با مطب و من و نادیده‌ها هماهنگ بودی! نکند دوباره چشمان من است؟ هر چه بود، گویی روی همه چیز هاله‌ی ارغوانیِ عجیبی آرمیده بود. حتی روی کیک زردِ خوش‌رنگ کنار قهوه‌مان!

- نه... بچه‌ی خوبیه، اونکه توش حرفی نیست... اما کوهیار اینو از کجا می‌دونه؟

- تو خودت از کجا می‌دونی؟ کوهیار هم همینو می‌گه... می‌گه خیلی بچه‌ی بامرامیه و نمی‌دونم با معرفته، کلی تعریفش را می‌کنه... عجیبه!

- نمی‌دونم... خوب، همین‌طوری از رو ظاهرش، این‌طور به نظر میاد. بگذریم... می‌گم، اگه کوهیار کلاً این‌طوریه پس منم بیام روبروت تو پذیرایی بشینم؟

- تو توی رستورانم زوری می‌تونی روبروی من بشینی. اون‌وقت بشینی روبروی من چه کار کنی؟

- ما بلدیم چطور با نیگا کار کنیم، تو چیکار داری.
- مسخره‌بازی در نیار...
- می‌گم... حالا جدی... چرا اصلاً کوهیار این‌قدر به این پسره اطمینان داره؟ تو نو عروسشی، اونم با این بَر و رو که تو داری. مگه بلانسبت جاکشه که پسره غریبه رو میاره تو خونه با زنش تو اتاق پذیرایی بشینن قهوه بخورن؟! ما گفتیم این دیگه آدمه، حواسش جَمعه. گاگول...
- اصلاً به تو چه ربطی داره؟ این دکتره منه... ما کاری نمی‌کنیم. تازه من فکر می‌کنم کوهیار گفت بیاد خونه که فکرش بیشتر راحت باشه... که... چه می‌دونم شاید چون خواسته خودشم باشه. درهرصورت برا ما فرقی نمی‌کنه. البته من گفتم حالا فعلاً بیاد خونه، شاید بعداً جای دیگه همدیگه رو دیدیم. نمی‌دونم... جاش زیاد مهم نیست... تو حالا چته؟!

☆ گفتی: «می‌بینی؟!» بی‌صبرانه، وجودم را پیشکش نگاهت کردم و گفتم اگر کورِ مادرزاد هم بودم، جانم را به خیالم دخیل می‌بستم و به دیدار نگاهت می‌آمدم. اصلاً آمده‌ام تا ببینم. و... فروغلتیدم... نه فقط در قهوه و آن کیک زردِ خوش‌رنگ کنارش، که بویِ‌هاله‌ی ارغوانی می‌داد، بلکه در...

- مگه تا کی قراره اینو ببینی!

☆ می‌دیدم... ریخته شده‌بودم درهاله‌ای از شرابی، یاسی و ارغوانی... با بوی قهوه! در فنجانی که سیاه بود، سیاهِ سیاه!... مگر می‌شود آخر!

- تا هر وقت که بخوام... چه طور مگه؟
- اِی بابا... مگه تو مریضی آخه... چرا باید اینو ببینی؟ جدی‌جدی فکر می‌کنی مریضی؟! خاک بر سر این کوهیار، منو بگو، گفتم این پسره‌ی الدنگ بهترین سوژه است برا تو. یه‌بارم رد نداده‌بود. چه می‌دونستم خواجه‌ی تاجداره. نکنه خودش با یکی سر و سِری داره؟ البته خداییش من چیزی ازش ندیدم... شاید تو کیش یا تو تهران که مدام می‌ره و میاد، خیسونده‌ای چیزی داره... هان؟

☆ همه چیز می‌شود! همه چیزممکن است. همه چیز با هم درمی‌آمیزد. تو باید بدانی کدام به کدام است... تو... فقط خودِ تو!

☆ وگرنه کوچک‌ها، بزرگ می‌شوند و بزرگ‌ها کوچک؛ جزیی‌ها کلی می‌شوند و کلی‌ها جزیی؛ بی‌ارزش‌ها با ارزش می‌شوند و با ارزش‌ها به باد فراموشی سپرده می‌شوند؛ اصلی‌ترین‌ها فرعی می‌شوند و فرعی‌ترین‌ها حیاتی به نظر می‌رسند! و...

☆ و... ناگهان بدون اینکه بدانی تمام دغدغه‌ات می‌شود چگونگیِ رنگ آن لجنی که به جای انگور بر آن پای می‌کوبی! و وسواس پیدا می‌کنی که آیا رنگش به چشم‌هایت می‌آید یا نه! حتی به این فکر می‌کنی که شاید بهتر باشد رنگ چشمت را عوض کنی که با رنگ لجن در تضاد نباشد!

☆ آه... می‌بینی چطور جزییات در زندگی‌مان جا افتاده‌اند و کلیات‌مان شده‌اند؟

☆ چطور این‌گونه عمیق جا افتادند که نفهمیدیم؟

☆ کِی جا افتادند؟

☆ به کجا می‌کشانندمان؟

☆ برای تسکین کدامین درد بی‌درمان و زخم خنجری، خودمان را در جزییات غرق می‌کنیم؟

☆ چرا؟

☆ چرا این‌گونه می‌گریزیم به جزییات؟

☆ از چه چیزی به جزییاتِ خون آشام پناه برده‌ایم؟

☆ می‌مکند هستیِ نابمان را، شیره‌ی وجودمان را و ما دوباره به آنها پناه می‌بریم... تا چه چیز را به خودمان ثابت کنیم؟

☆ چگونه و چطور جزییات پای در کفش کلیات‌مان کردند و ما دست در دستِ زمان، راه افتادیم؟

☆ چطور نفهمیدیم؟

☆ چرا در لجنزار جزییات پایکوبی می‌کنیم؟

☆ چرا نمی‌فهمیم اینها انگور نیستند؟ پای‌کوبیدن ندارد آخر!

☆ از لجن چه به ثمر می‌نشیند جز فرورفتن، پس چرا این‌گونه جانمان را در پایمان می‌نهیم و می‌کوبیم و بر می‌جهیم و می‌خندیم؟!

☆ چرا به دنبال انگورهایمان نمی‌رویم تا زندگی را از جان انگورهای ساده‌ی صمیمی به دست آوریم؟

☆ چه چیزی نمی‌گذارد؟

☆ چه بر سرمان آمده‌است؟ چه؟

☆ نکند مزه‌ی دهانمان تغییر کرده‌است؟

☆ نکند سلول‌های چشاییمان را دست کاری کرده‌باشند؟

☆ آخر آدمیزاده را چه به شیره‌ی لجن!!

☆ چه بر سرمان آمده‌است؟

☆ می‌بینی چطور هر روز، دوباره و هزارباره درگیر جزییات می‌شویم؟ می‌بینی؟

☆ نمی‌دانستم چه بگویم، هم آری، هم نه. نمی‌دانستم دقیقاً کدام را جزییات، و کدام را کلیات می‌نامیدی.

☆ غرقِ در سیاه‌های مبهم ارغوانی بودم که سایه‌وار دورم می‌چرخیدند، یا من دورشان می‌چرخیدم! و باز نمی‌فهمیدم چه زمان باید بگویم شرابی چه زمان باید بگویم ارغوانی! شاید بهتر است بگویم سایه‌های شرابی-ارغوانی، آری این بهتر است. من غرقِ در سیاه‌های مبهم با سایه‌های شرابی-ارغوانی بودم و درست نمی‌فهمیدم...

☆ ... نمی‌فهمیدم کلیاتِ آن پودر ارغوانیِ رویِ آن کیکِ زرد را جزییات می‌گویی یا جزییاتِ احساس گناه من وقتی ماهی را می‌بینم، را کلیات می‌نامی؟ کلیاتِ ظریف‌کاری‌های روی پیراهنِ ارغوانی‌ات را می‌گویی جزییات یا جزییات فرار من از آرش با آنکه آن‌قدر دوستش دارم برای تو کلیات حساب می‌شود؟ کلیاتِ روی انگشترهای نقره‌ات را جزییات می‌پنداری یا جزییات تغذیه‌ی من و برخوردم با بدنم

برایت کلیات است؟ کلیاتِ سنگ‌های روی حلقه‌ی زیبایِ تازه از راه رسیده‌ات را جزییات می‌گویی یا جزییاتِ انتخاب بهترین مکان برای مطبم کلیات است؟... یا... یا اصلاً جزییاتِ بخیه‌های پهلویم خود جزییات است؟ نمی‌دانستم برای تو از دست دادن بیمارهایم کلیات بود، یا بله گفتن خودت؟ نمی‌دانستم. هیچ‌کدام را نمی‌دانستم...

☆... همان‌طور که نمی‌دانستم چرا رنگ گل ارغوان، که کلیات و جزییات همه‌ی ارغوانی‌ها را در بر دارد، آن‌قدرها ارغوانی نیست!

☆ اصلاً... اصلاً... چرا دوست داری مدام مرا درگیرودارِ پیچ‌وتابِ گیسوانِ مشکی‌ات، که حالا هاله‌ی شرابی-ارغوانی هم دارد، پریشان کنی وقتی که می‌دانی من فقط یک کار در یک زمان می‌توانم انجام دهم، و حال نمی‌توانم ببافمشان؟!

☆ چه شَمیمِ گُلی پیچیده! این گل‌های یاسِ گره‌هایش رنگشان عوض شده و بویشان هم مدام در دست‌هایم می‌پیچد و بر صورتم می‌نوازد و بی‌قرارم می‌کند. راستی گل ارغوان و گل یاس هم رنگند؟ کدامشان شرابی‌ترند؟ وای دستم، بدنم تمام وجودم... چه شَمیمِ گُلی پیچیده! دلم می‌خواهد یک جرعه قهوه هم از آن دو فنجان سیاه بنوشم... اما می‌ترسم آن شرابِ ارغوانی از سرم بپرد!

- منظورت چیه؟ این چه حرفیه می‌زنی؟ بعدشم مثلاً گیرم می‌دونستی چی کار می‌کردی؟

- خیلی کارا... خیلی کارا خوشگل خانومی.

☆ هیس... ساکت شو... چه می‌گویی؟ ای وای نمی‌بینی! دوباره نمی‌بینی، تمییز نمی‌دهی! دوباره که فقط داری با چشمهایت می‌بینی... بی‌نظر! ای وای کلیاتت با جزییاتت خیلی در هم تنیده‌اند!

- منظورت چیه؟ بمانَد، نمی‌خوام بدونم منظورت چیه... اصلاً چرا من باید این‌قدر همه چیزو برا تو توضیح بدم! تقصیرِ منه با تو حرف می‌زنم... بدرود.

☆ تقصیر من چیست؟ تقصیر من نیست. می‌دانی گاهی فکر می‌کنم تو عمداً می‌خواهی حواسم را پخش کنی. تو خودت نمی‌گذاری، ببین... خودت مدام می‌پیچانی‌شان. نکند... شاید... نکند اصلاً می‌پیچانی‌شان تا بپیچانی‌ام و تمرکزم را بیازمایی؟ پس چرا مدام می‌پیچانی‌شان؟ مگر از ازل صاف نبود؟ صافِ‌صاف؟

☆ چرا نمی‌گذاری تمام وجودم فقط در آن دو گوی سیاه خلاصه شود تا شاید گشایشی شود؟

- دکتر رفت؟

- بله...

- چرا کیک و قهوه‌تو نخوردی؟

- من خوردم...

☆ من... ؟ حواست کجاست؟ چرا کارِ خودت را به من نسبت می‌دهی؟ تو خودت می‌بافی و باز می‌کنی! دوباره می‌بافی و باز می‌کنی! خوب وقتی باز می‌کنی پیچ‌درپیچ می‌شود! چرا عادت کرده‌ای همه چیز را بپیچانی؟ ببافی و دوباره باز کنی... و... دوباره. تو می‌پیچانی، خودِ تو! من فقط نشانت می‌دهم. من فقط نشانت می‌دهم که ببینی کجا را پیچانده‌ای، چرا پیچانده‌ای، سرِ کدام پیچ است که گیر افتاده‌ای، در چه زمان‌هایی می‌پیچانی‌شان، چه وقت ناخودآگاه می‌بافی، چه زمان خودآگاه باز می‌کنی... همین!

☆ گاهی هم... گاهی هم فقط خودت آن‌قدر سرت را تندتند تکان می‌دهی که پیچ‌دار می‌بینی. چیزی را که لَخت و صاف و ساده آرمیده، تو گره‌گره و پیچ‌درپیچ می‌پنداری و خودت را پریشان می‌کنی. واقعاً گاهی مبهوتم می‌کنی... واقعاً انگشت بر دهان می‌مانم!

☆ آرام کیک را در دهانت گذاشتی... مزه‌اش کمی ترش‌وشیرین بود. خنده‌ات گرفته‌بود... ساکت ماندی. اما آخر من هنوز این جزییات و کلیات را...

- اِاِاِ... موهاتو کی بافتی؟!

☆ چرا نمی‌توانی ساده نگاه کنی تا ببینی. ساده است... یک کلام جواب می‌خواهی؟ همه‌اش جزییات است! همه‌شان بی‌ن...

- چی؟ موهام را؟... نمی‌دونم...

☆ چی؟... همه‌اش؟!... چگونه همه‌اش جزییات است؟ همه‌ی اینکه می‌گویی جزییات است، همین‌ها، تمامِ مرا درگیر می‌کنند. می‌کشانندم، می‌برندم و به کنترل در می‌آورندم. سرنوشت خودم و تمام اطرافیانم را اگر بخواهند عوض می‌کنند. چگونه می‌گویی جزییات است و بر من شرم می‌فرستی که درگیر و مبتلا شده‌ام!

☆ ساکت، چقدر عجله می‌کنی... حتی نگذاشتی جمله‌ام را تمام کنم. آخر این بی‌صبری‌ات کار دست‌ت می‌دهد. خواستم بگویم بی‌نظر! بی‌نظر همه‌اش جزییات می‌شود و تو لجن‌خور و شیون‌کن؛ تو لجن‌خور و شادی‌کن؛ تو لجن‌خور و غصه‌خور... چه فرقی می‌کند لجن را می‌خوری و بالا می‌آوری! بی‌نظر... همه‌اش جزییات تهوع‌آور است! وقتی می‌گویم همه‌اش... منظورم واقعاً همه‌ی همه‌اش است!! اما همان همه، با اکنون تو و پا در میانی ایزد خرد، نظر می‌یابد و همه‌ی همه‌اش کلیات محض می‌شوند و نشانه‌های راه... همه‌ی همه‌اش!

☆ نفس عمیقی کشیدم. راست می‌گفتی خیلی وقت‌ها نگاه‌ت تمام نشده... تندتند پا برهنه بین نگاه‌ت پلک می‌زدم. بی‌ادبیِ مرا ببخش!

☆ آرام پلک زدی، فنجان قهوه را روی میز گذاشتی... دهانت مزه‌ی تلخ و شیرین می‌داد. لبخندِ نیمه‌تمامی زدی. گفتم حادثه‌ها را چه کنم؟!

☆ نترس. خودت نظر را بر آنها بینداز فقط تو... خودِ تو، بدون تجزیه و تحلیل و سبک سنگین کردن عقلک‌ت!... فقط خودت! تو نظر را بر آنها بینداز و در آنها برقص... همان، رقص سرنوشت سازت را به روی صحنه بیاور!

☆ با اکنون تو و پادرمیانی ایزد خرد، نظر می‌یابی و حادثه‌ها را دانه‌دانه دنبال می‌کنی... تا رقص خودت را پیدا کنی، تا ببینی که نکند داری می‌گریزی؟ چرا می‌گریزی؟ به کجا می‌گریزی؟ چرا می‌بافی و باز می‌کنی... و دوباره می‌بافی؟

☆ و... و تا بدانی که چرا نمی‌دانی شرابت شرابی است، ارغوانی است یا جگری؛ یاسی است یا آلبالویی؛ سرخابی است یا زعفرانی؛ عنابی است... یا شاید رنگ یاقوت!

☆ یا... یا اصلاً چه را باید بشویی تا پیمانه‌ای شفاف شوی و ببینی رنگ حقیقیِ شرابت را!

☆ و... اصلاً شراب مگر برای نوشیدن نیست؟ پس... پس اصلاً چرا به چشیدنش فکر نمی‌کنی؟

☆ چشیدن فعل اکنون است... مزه‌ی حادثه‌ات را دریاب!

■

- فکر کردی زدی و دررفتی؟

نفس‌های اشکان کوتاه شده‌بود... خنده‌ای عصبی کرد و گفت:

- حالا چرا دم در آقای دکتر؟ بفرمایید تو...

- فکر کردی تموم شد؟

- می‌گفتید من خدمت برسم. شما چرا؟

- این آدرس مطبه. برام مهم نیست چرا این کارو کردی، اما هم خسارت مالی زدی، هم خسارت جانی. اگه فردا سر این ساعت تو مطب نباشی خیلی برات گرون تموم می‌شه... خیلی!

☆ این منم یا تو؟ کدام‌مان را باور کنم؟

☆ کدام‌مان قهوه را می‌خورد؟

☆ کدام‌مان می‌راند؟ این اسب سرکش را می‌گویم...

☆ هنوز شفاف نیست! پیمانه را می‌گویم...

☆ درست نمی‌چشند! ذره-موج‌های چشایی‌ام را می‌گویم...

- نمی‌دونی؟ فقط خواجه حافظ شیرازی مونده از جزییاتش خبر داشته‌باشه... این رسمش بود؟

آرش در حالی که سعی می‌کرد عصبانیتش را کنترل کند ادامه داد.

- الان حالت بهتر شده... اومدیم بیرون دو کلمه حرف حساب بزنیم... می‌تونی؟

- می‌گم اصلاً من نمی‌دونستم که... چطور بگم...

- وقتی فهمیدم اصلاً باورم نمی‌شد. خُب معلومه چاقوت می‌زنن، بازم همین که نکشتنت خیلیه. شبِ عقدِ طرف!! یعنی خداییش برا خودت آدمی هستی تو!! بعد دوباره هم هِی پا میشی می‌ری خونشون؟! بازم می‌خوای بری؟! از جونت سیر شدی؟ چی گفتی زیر لب؟ «نمی‌دونستی»؟ چیا نمی‌دونستی؟ یعنی نمی‌دونستی برا این چاقو خوردی؟! نادر کشته بودندت... واقعاً می‌گم... کِی می‌خوای به خودت بیایی... چِته؟

☆ چه چیز حقیقت است؟ کدامین واقعی است؟

☆ چه کسی می‌چشد؟ تلخیِ قهوه را، شرابیِ شراب را و ارغوانیِ کیک را...

☆ در منی و هیچ‌کس نمی‌بیندت. گاهی حتی می‌ترسم نفس عمیق بکشم... مبادا بگریزی! این حقیقی است؟

☆ نمی‌دانستم دقیق چه چیز را باورشان نمی‌شود. اصلاً دیگر نمی‌دانم چه چیز واقعیست، چه چیز واقعی نیست، چه چیز منطقیست، چه چیز منطقی نیست. نمی‌دانم چه شده‌است! چه کسی چه چیزی را دیده‌است. اصلاً چه چیز دیدنی است، چه چیز نادیدنی است؟

- نادر... چت شده؟!

گویی خُرده‌های الماس روی گونه‌های تَرگُلش پاشیده باشند... با ناز می‌درخشید و در پیچ‌وخم پله‌ها و سنگ‌ها، جلوی چشم و دل همه بی‌محابا بازیگوشی می‌کرد و ناز می‌افشاند و دل می‌ربود. رویش شاداب‌تر و سرزنده‌تر از همیشه می‌نمود شاید چون بفهمی، نفهمی سردش بود این گوشه‌ی دلِ‌دریا! موج‌هایش هم گل انداخته بود. مگر می‌شد نگاه نکنی، خیره نشوی، پاهایت سست نشود، دلت نلرزد و نزدیک نشوی؟! نمی‌شود، می‌خواهی‌اش... دست خودت نیست. گرچه می‌دانی هزار دل عاشق در پیچ‌وخم موج‌هایش موج‌موج، پُرامید می‌تپند، اما تو می‌روی که جای خودت را در دلش باز کنی. می‌دانی که دلِ جگر گوشه‌ی دریا، دریاییست... برای تو هم جا دارد...

آرش از راه رفتن ایستاد، به طرف پله‌ها رفت، یقه‌ی ژاکتش را رو به بالا برد، زیپش را تا آخر بست، نشست. نتوانست حرفش را ادامه دهد، عاجزانه نگاهش را به نقطه‌ی نامعلومی روی آب سپرد. نگاه نادر به دنبالش دوید...

این تنها نگاه آرش نبود که در کنار نگاه نادر، به دست‌های مهربان و عاشق زنده‌رود دل می‌سپرد. هزاران نگاه... بلکه بیشتر، هر روز و هر روز دل به جریانِ پاک و روانِ هستی، به امانت می‌سپردند... چرا که ایمان داشتند دلی که به زنده‌رود سپرده شود، همان دل سابق بر نخواهد گشت، چیز دیگری می‌شود... دلِ دیگری...

آرش آه بلندی کشید... لب‌هایش را جمع کرد. ابروهایش در هم کشیده شد... چشم‌هایش درخشان‌تر می‌نمود. نادر به چشم‌های سرشار از مهربانی و رطوبت آرش نگریست. شرمنده شد.

- آرش... من نمی‌دونم اون شب چی شد. بهت که گفته‌بودم... آره دعوت شده‌بودم، اما تصمیم نداشتم برم. رفته‌بودم پیاده روی، حتی لباسم لباس رسمی نبود. از جلوی خونشون که رد شدم... یه‌دفعه احساس کردم دلم می‌خواد برم تو... انگار باید می‌رفتم...

- چرا بعدش بهم نگفتی؟ چرا نگفتی اونجا چه اتفاقی افتاد؟... این رفاقته؟

☆ چه اتفاقی؟ چطور بگویمش؟ با زبان؟ با نوشتار؟ با اشارات؟ من که اصلاً نمی‌دانستم این اتفاق این‌طور... یعنی... این‌طور واقعاً واقعی است که بخواهم بگویم یا پنهان کنم! باورت می‌شود؟! هنوز هم فکر نمی‌کنم که... ! اصلاً چرا همه در موردش حرف می‌زنند! چطور همه واقعی‌اش پنداشته‌اند و چگونه عده‌ای می‌خواسته‌اند جان مرا به خاطر این اتفاق بستانند. باورم نمی‌شود! من نمی‌دانستم حقیقی است! نمی‌دانستم واقعاً این اتفاق، اتفاق افتاده! من نمی‌دانستم کسی جز من و من می‌تواند ببیند! چه کسانی دیده‌اند؟ چه چیز را دیده‌اند؟ همان چیز که من دیده‌ام؟ همه‌ی همان چیزی که من دیده‌ام! دیده‌اند مرا و...

- این چه حرفیه؟ بعدش نشد درست حرف بزنیم، بعدش من فقط اون روز عصر که از مطب برمی‌گشتم دیدمت، که چون قرار داشتم، واقعاً یه‌ربعم نشد که با هم بودیم، بعدشم که... دیگه تو بیمارستان بودم، و دیگه بقیه‌شو خودت بهتر می‌دونی...

☆ اصلاً نمی‌دانستی واقعی است؟! نمی‌دانستی حقیقی است؟! تو فکر می‌کنی چه بود؟... چه است؟! چه چیز حقیقی است؟ چه چیز توهم است؟ چه چیزی خیال است؟! من واقعی‌ام؟! چشم‌هایم چه؟ آن مرداب چه؟ آن نور چه... !؟ اصلاً خودت چه؟

- نمی‌دونم...

☆ نمی‌دانم...

- چرا می‌دونی آرش... خوبم می‌دونی. خودت می‌دونی که وقت نشد حرف بزنیم. خودت می‌دونی من از تو چیزی رو پنهان نمی‌کنم. ببین آرش من می‌دونم شاید مشکل دارم... دارم سعی می‌کنم حلش کنم. اما نمی‌خوام کسی رو اذیت کنم.

☆ شاید... شاید فکر می‌کنم واقعیِ خاصِ من است. واقعیِ خاص خودم... مال خودم. بین من و... هستی‌ام.

☆ اما... آن شب... آنها دیده‌اند؟ اگر دیده‌اند، پس واقعیِ واقعی بوده‌است!

☆ یعنی... اما... آخر نمی‌دانم چه چیز را دیده‌اند؟ آن گرداب را دیده‌اند؟ دیده‌اند چگونه قلب آسمان گشوده شد و... یعنی دیده‌اند چگونه رو به بالا می‌رفتیم؟ مرا و چرخش‌ها و تنیدن‌ها و موج‌موج سیاهی‌ها و طلایی‌ها را چه؟ گرداگردمان را هم دیده‌اند؟ دیده‌اند چگونه... چگونه در هم تنیده شدیم من و موج و شب و تورهای طلایی؟ نگاه نقره‌ای‌مان را چه؟ آخر چه چیز را دیده‌اند؟ کدامش را می‌گویند؟ ماه را در چشمان من دیده‌اند؟ می‌بینند؟

- چی بگم. بدون داری همه رو اذیت می‌کنی... آخه آدم که نمی‌تونه این‌طوری ولت کنه؟! تو خودتو نمی‌بینی. خوب شده‌بودی نادر... یادته؟! خوبه خوب بودی.

☆ «اگر دیده‌اند پس واقعی بوده‌است؟» تأیید آنهاست که معیار توست؟! هنوز هم؟! یعنی معیار باور تو برای واقعیِ واقعی بودن این است که با چشم همگان دیده شود؟! با پنج حس همگان حس شود، و در نهایت مورد تأیید عقلک همگان قرار گیرد؟ این ملاک سنجش واقعی بودن و واقعی نبودن است؟! پس... واقعاً چه چیز برای تو واقعیست، چه چیز حقیقیست؟!

- نه... خوب نبودم... اما الان واقعاً خوبم...

- نه... من که نمی‌بینم. نه... خوب نیستی، اصلاً هم خوب نیستی...

☆ فکر می‌کنی آنها چه چیزی را می‌بینند؟! همه‌ی آنچه که هست؟!

- من الان حالم خیلی خوبه... باور کن.

- نادر من احساس می‌کنم تو... خودتم نمی‌دونی چته. چه برسه که بدونی خوب هستی یا خوب نیستی... من نگرانتم. دیگه این کار آخریت... واقعاً غیر قابل قبول بود.

☆ چه اهمیت دارد چه کسی چه چیز را دیده‌است؟ مهم این است... آیا واقعاً تو خودت مطمئن هستی که دیده‌ای؟ باور داری؟ با کدام چشم؟ ایمان داری؟ اطمینان داری؟ اصلاً به من بگو... منشأ باورت برای واقعی بودن چیست؟ منشأ اینکه واقعی باشد یا نباشد چیست؟ این پنج حِسَت؟ ببینمشان؟ نشانم بده! نشانم بده... !

- فکر می‌کنی دیوونه شدم... نه... خوبم... این اتفاقی بود... دیگه تکرار نمی‌شه.

☆ نمی‌فهمیدم. چه چیز را می‌خواستی ببینی؟ پنج حسم را؟ واقعاً؟ مگر پنج حسِ من با پنج حسِ تو فرق می‌کند؟ مگر پنج حسِ همه مثل هم نیست؟ اصلاً چه چیز را می‌خواستی ثابت کنی؟

☆ خجالت می‌کشیدم. گرمم شده‌بود، آرام دست به گونه‌هایم بردم، داغ بود. لب‌های خشکم را تر کردم، دست‌هایم را نشان دادم... چشم‌هایم را پلک پلک زدم. نفس عمیق کشیدم، دست به گوش‌هایم بردم... می‌ترسیدم کسی بیاید، مرا ببیند، بگوید این دیوانه را جمعش کنید. فکر کنم هر پنج‌تایشان را نشانت دادم. آری هر پنج‌تایشان را حس کردم، مثل پنچ حرف حقیقت واقعی و ملموس بودند. پنج حسم را حس کردم، چه خوب بود! آه... چه صندلیِ نرمی بود. چه بوی خوبی هم می‌آمد. وَه تو چه زیبا بودی!! هر پنج حسم با هم فریاد کشیدند! چه مزه‌ی خوبی داشت این قهوه با بوی موهایت«چه خوش بود!»

☆ سرتابه‌پا سفید پوشیده‌بودی رنگ ابرها، رنگ فنجان قهوه، رنگ خوب همه‌ی حس‌های ملموس، حس‌های دیدنی... رنگ خوشبختیِ بی‌دردسرِ مهربانِ پیش‌آمده. همان خوشبختی‌ای که دنبالش تا سر حد مرگ ندویده‌ای، خودش آمده‌است بی‌منت، که بماند. تو هم نمی‌پرسی اصیل است یا نه، اصل و نسبش چیست، کجایی است، لذتش را می‌بری و باز نمی‌پرسی زودگذر است یا ماندنی،

کاذب است یا حقیقی، همان خوشبختیِ سفیدِ بی‌دردسر که شاید قبولش نداری. آری سفید پوشیده‌بودی... سفید، رنگ دور تا دور آن دو گویِ آتشینِ پر از حادثه و حکمت. دور تا دورش، نه خودش! نه آن دو سیاه خوش‌فام، بلکه آن سپیدِ ساده. راستی چرا مرا مدام از سپیدها به مشکی‌ها می‌سُرانی‌ام تا بسُرایم همه‌ی این غزل‌غزل، دیوانگی را و به نثر درآورم این مبهمات عجیبِ حقیقی را که انگار از آن سوی مرداب‌ها می‌آیند! چرا؟! مگر لباس سفید به کدامِمان نمی‌آید؟! مگر لباس سفید به کدامِمان نمی‌آمد که... ؟ ببین، نگاهم کن، ببین من و تو هر دو موهای مشکی... و... حتی قدمان چقدر به همدیگر می‌خورد، ببینم... اصلاً چرا نباید من و تو همانندِ همه‌ی...

☆ بد نگاهم کردی! خیلی بد! ترسیدم... خیلی ترسیدم! مگر چه گفتم!؟ حس‌هایم پنج‌تایی میخکوب شدند. نگاهم را دزدیدم، دست و پایم را جمع کردم و در مُبل کز کردم. کوتاه‌کوتاه نفس می‌کشیدم که بی‌صدا باشم! با نگاهت، آن‌قدر به پشت مبل فشارم دادی که دیگر همان نفس‌های کوتاه را هم نمی‌توانستم بکشم! نمی‌فهمیدم باید چه کنم! گفتم شاید وقت آن است که نگاه کنم، گفتم نگاهت کنم شاید بفهمم... نفس عمیق کشیدم، به‌سختی صاف نشستم و مستقیم نگریستم... اما چیزی جلویِ نگاهت آمده‌بود! چیزی جلوی همه چیز را و آن مرداب را گرفته‌بود... چیزی مثل چشمِ معمولی! ای وای نمی‌توانستم ببینم! نمی‌شد جلوتر بروی! چرا؟! چطور؟!

☆ این است... دیدی؟! بلند شو برو بیرون با همان پنج‌تایت!!

☆ صبر کن... صبر کن... شکیبایی شیوه‌ی بزرگان است. شاید نسنجیده گفتم، نفهمیده گفتم... شاید تشنگی دارد از پای در می‌آوردم. ایستادی و بلند گفتی:

- می‌رم قهوه را عوض کنم، از دهن افتاد.

☆ صبر کرده‌بودی... فرصت داده‌بودی.

آرش آه عمیقی کشید.

- نادر... می‌دونی... یه چیزی رو باید بهت بگم. من به همه‌یِ کتابایی که قبلاً می‌خوندی و الان می‌خونی، همیشه احترام می‌زاشتم. من واقعاً برای تموم بزرگان این مرز و بوم احترام قائلم. به نظر من همه‌ی کتاباشون یه جورایی معجزه است... اما آخه... چطور بگم...

آرش دستی به سر و صورتش کشید... ایستاد.

☆ آنها چیزی را می‌بینند که باید ببینند، که می‌توانند ببینند، که حد دیدنشان است، که تا آن حد، حد خودشان، به آن آگاهی مقدسِ اکنون دست یافته‌اند، که تا آن حد، دست به دامان ایزد خرد شده در بارگاه او سر خم کرده‌اند. تو چه؟

- می‌دونی... این مدت تو خیلی در گیر اینا شدی و... می‌دونی منظورم چیه؟ زیادی درگیر شدی... یعنی... چطور بگم...

☆ تو چه؟

☆ تو فکر می‌کنی همه چیز را دیده‌ای؟

☆ واقعاً فکر می‌کنی همه چیز را می‌بینی؟!

☆ فکر می‌کنی چقدر می‌بینی؟! تا کجا؟!

☆ واقعاً فکر می‌کنی تا چه اندازه از حقیقت ناب را می‌بینی؟

☆ چقدر باورت می‌شود که ببینی؟

☆ با چه می‌بینی؟

☆ فکر می‌کنی همینی را که می‌دیدی با چه می‌دیدی؟

☆ با این پنج حس که دوباره و هزارباره افسونشان می‌شوی؟!

☆ پنج حسی که باید لذت لحظه‌ها و شاهراه اکنونِ تو به ایزد خرد باشند... اما تو سِحرشان می‌شوی و راه عقل و فردا را از آنان می‌پرسی؟!

☆ پس بپرس... با همین پنج حست بیا و بشین به تماشای نگاهم و بگو چه می‌بینی... ببین دیگر... !

آرش خم شد، سرپا نشست. دست روی شانه‌ی نادر گذاشت، انگشت‌هایش را در سر شانه‌ی نادر فشرد و نزدیک‌تر به نادر شد.

- نادر... چطور بهت بگم... اینا به زندگیِ روزمره‌ی ما نمی‌یاد. دنیایِ اونا با دنیای ما فرق داشته. دنیای ما دنیای حقیقیه. این دنیا... دنیای واقعیه. نادر تو داری تو این دنیا زندگی می‌کنی با قوانینِ این دنیا! داری لِه میشی نادر، داری از دست می‌ری! هر چی از اول عمرت تا حالا رشته کردی داره پنبه می‌شه. داری مریضاتو از دست میدی، داری دوستاتو از دست می‌دی، حالا من هیچی... اما می‌دونی چقدر وقته هیچ‌کدوم از بچه‌ها رو ندیدی. آخه اطرافیانت که دوستت دارند نمی‌تونن ببینن تو داری این‌طور خودتو داغون می‌کنی.

☆ آخر تو را چه می‌شود؟ بگو. دیو ملامت است یا دیو شَک؟ بگو. گاه‌به‌گاه شده‌ای... گاه‌به‌گاه شده‌ای... دوباره گاه‌به‌گاه شده‌ای. خودت می‌فهمی؟! دنبال پنج حست افتاده‌ای!... دوباره و صدباره؟ چه بگویمت!

- نادر من چی بگم به تو؟ آخه داری یه کارایی می‌کنی، تازه دوباره پا شدی رفتی خونشون!! شاید شوهرش لبخند زده و باهات درست برخورد کرده که اعتماد همسرشو جلب کنه، که بعدش هر اتفاقی افتاد همسرش بهش شک نکنه. نادر دیگه قضیه از دست دادن مریضا و دوستات و همه کس و کارت نیست، داری جونتم از دست میدی! می‌کشنت! می‌فهمی؟ اون‌بارم از دستشون در رفت. اون‌وقت که بهت می‌گفتم بیا برو پا پیش بزار، اقلاً شانستو امتحان کن، می‌گفتی نه. آخه حالا دیگه!؟ الان شوهر داره، می‌فهمی؟ آخه من چی بگم به تو؟ اینا زندگیه واقعیه... دنیایه واقعیه... می‌فهمی؟ ببین مثل این دست من، نگاه نمی‌کنی که...

آرش کنار نادر نشست، دستش را بالا آورد و جلوی نادر تکان داد، دستش را چند بار باز و بسته کرد.

- ببین این دست من واقعیه... این واقعیه... نه مثلِ این... چه می‌دونم... شعرا و داستانا و قصه‌ها و این کتابا، اینا مالِ اون دورانا و اون دنیاهاست... مال صدها سال قَبله. الان اینا رو می‌خونن که شاید سرگرم بشن یا مثلاً مالِ چه می‌دونم... مال اینکه آدم شبا خوابش ببره، یا

چی بگم... به دردِ بحث کردن و گَل‌گَل کردن و فال و استخاره و اینطور کارا می‌خوره، می‌دونی منظورم چیه؟ مثلاً بعضی وقتا بخونی و حالی و فالی یا نیتی و...

☆ بس است... !!!

نادر ساکتِ ساکت بود. نگاهِ ساکتش از روی زنده‌رود تا انتهای قلبش کشیده شد و به چشم آرش افتاد. آرش ناگهان ساکت شد. نتوانست ادامه دهد. احساسِ دردِ پُرعشقی کرد... تهِ قلبش درد گرفت. نگاهش تکان نمی‌خورد. نمی‌توانست نگاهش را از نگاه نادر بردارد. نگاهش کنده نمی‌شد. نمی‌توانست حرف بزند. همه وجودش دوخته شد به سیاهی‌های مبهم چشم نادر... تازه متوجه شده‌بود! مگر چشم نادر سبز تیره نبود؟! این چه رنگی بود؟! چطور تا به حال متوجه این تغییر رنگ نشده‌بود؟! کِی این‌همه سیاهی آمده‌بود؟ چه زمان؟ از کی؟ چرا تا به حال دقت نکرده‌بود؟ وای... چه سیاهی‌های سیاهی بود... مشکیِ مطلق!

☆ نتوانستم ادامه دهم. نگاهت را رویم انداختی. کِرِخ شده‌بودم، مانند خمیری در دستِ سر سختِ نگاهت ورز می‌خوردم...

☆ به حقیقی بودنش شک داری؟ فکر می‌کنی شوخیست؟ فکر می‌کنی تَوَهم است؟ فکر می‌کنی همه‌اش بازی‌ایست برای سرخوشی... یا تخیلی زیبا برای بی‌خوابی؟ یا شاید هر بار دَر نگاهم می‌نگری تا فالی بگیری و سرگرم باشی؟؟ بگو... خجالت نکش!

☆ تو بودی که از کارهای نکرده‌ات می‌ترسیدی؟! این کارهای کرده‌ات را ندیده‌بودی؟! نمی‌بینی؟

☆ دیگر چه کارها کرده‌ای؟

☆ چه چیزهای دیگری را به قعرِ تفسیرِ پنج حست کشانده و به تباهی کشانده‌ای؟

☆ بگو... بگو... اصلاً نکند فال می‌گیری؟

☆ با نگاه من؟

☆ با تمام آن زندگی که این چشم‌ها به پایت می‌ریزند... فال می‌گیری؟

☆ با هستیِ کدامین وجودها تا به اکنون فال گرفته‌ای؟ بگو.

☆ هستیِ نازنینِ چه کسانی را گشوده‌ای و استخاره کرده‌ای؟ بگو.

☆ حاصل و ثمره‌ی چه زندگی‌ها را خوانده‌ای برای اینکه خوابت ببرد؟ بگو.

☆ دیگر چه جنایت‌ها کرده‌ای؟ بگو.

☆ فکر کردی می‌توانی با همه چیز شوخی کنی؟

☆ ایزد خرد، هستی‌ها به پایت ریخت به احترام دست دادنت، جان‌ها آورد و نفس‌ها بخشید به شکرانه‌ی پیمانت تا تو بدانی‌اش... و تو تفأل می‌زنی به دیوانِ زندگی‌ها و جان‌ها و نفس‌ها؟ همین؟!؟

☆ فکر کردی عاشقان و سفیران ایزد خرد، زندگیِ نازنینشان را گذاشتند و نفس‌های گرانمایه‌شان را دانه‌دانه زیر پایت ریختند و نگاشتند که تو بخوانی و خوب‌تر بخوابی؟

☆ که تو فال بگیری و سرگرم باشی؟

☆ که تو با این پنج حست، این پنج حس! نگاهشان کنی و تفألی بزنی و بگویی: «به‌به»؟!

- نادر... چرا این‌قدر ساکتی؟

☆ نگو... مرده باشم نشنوم... شکسته بادا آن دستی که فقط برای... کور بادا آن نگاهی که فقط برای... آه هستیِ من... نگو... قلبم به درد اُفتاد... قهوه از سَرَم پرید.

- نادر... منظوری نداشتم...

☆ بگو... واقعاً چقدر فکر می‌کنی همه‌ی این اتفاقات واقعیست؟

☆ اصلاً تا کجا باور داری؟

☆ حقیقت تو تا کجا قد می‌کشد؟

☆ دیده‌ات تا کجا می‌چشد؟

☆ بگو... چقدر؟

☆ چند پرده‌ی پندار پاره‌کرده‌ای که صیقل دهنده‌ی این پنج حست باشد؟

☆ حالِ آن به لجن کشیده شده‌ی لب مرداب برای تو چگونه است؟

☆ واقعیست؟

☆ توهمی زشت است؟

☆ یا کابوسی از سرِ سیری؟!؟

☆ بگو... تا کجا باوری داری؟

☆ تا کجا می‌کِشی؟ نگاهت را می‌گویم... پنج حست را می‌گویم... تا کجا می‌کِشد؟

- کجا می‌ری نادر...

☆ می‌دانی تا کجا؟ می‌دانی؟

- نادر با تو هستم... صبر کن...

☆ می‌دانی تا کجا؟ می‌دانی؟

☆ تا جایی که آگاهیِ سرشارِ خردِ لحظه‌ات قد بِکِشد، تا جایی که بتوانی در اکنونِ لحظه با او بمانی، تا جایی که بتوانی به ایزد خرد ثابت کنی که سزاوار هستی... انتها ندارد... انتها ندارد. فکر می‌کنی سزاوار هستی؟!

☆ خودت چه فکر می‌کنی؟!

- نادر...

☆ «بابایی... بابایی من می‌خوام پام به کف دریا برسه. بریم تَه دریا. تهِ تهِ دریا. بابایی... بریم. من می‌تونم... من می‌تونم.» موج‌های سفید روی پاهایم می‌رقصیدند. پاهایم را محکم‌تر در شن‌ها فروبردم. «بابایی... من می‌خوام پاهام را فروکنم تو شن‌های کف دریا. بابایی... باشه؟... بریم؟» نگاهم کرد... مثل همیشه

ساکت، آرام و عمیق مثل خود دریا. «کجا می‌خوای بری جانِ بابا؟ هنوز وقتش

نیست...»

- نادر...

فصل ششم

☆ ساکت... صبور باش... صبور باش!

☆ نمی‌توانم... نمی‌توانم! ساکت نیستم، صبور هم نیستم. نمی‌خواهم باشم. هوهویَم را نمی‌شنوی؟ گردنِ باد زمستانی میناداز... منم. خودمم!

☆ دست تو نیست، نه... دست تو نیست. دارم نفس می‌کِشَمَت و تو را یارایِ نخواستن نیست. چه بخواهی، چه نخواهی، هُرم بودنت، بوی حضورت و عطر وجودت همه جا با من است و مرا نگه می‌دارد تا... برگردی... و... من تا آن‌هنگام که خودم را می‌شناسم، تا زمانی که حسی از زندگی در من باقی‌مانده باشد، منتظرت می‌مانم. منتظر چشمانت می‌مانم، آن‌قدر منتظرت می‌مانم تا هر دو چشمم به دریا موجی شوند، فروریزند، با موج‌ها سفر کنند و به سوی بی‌انتهایی‌ترین جای دریا، آنجایی که دریا و آسمان یکی می‌شوند، لبریز از انتظار جاری شوند.

☆ فکر می‌کنی خسته می‌شوم؟ واقعاً فکر می‌کنی روزی بیاید که خسته شوم؟! مگر می‌شود؟! آه... آب، یخ می‌شود، برف می‌شود، بخار می‌شود اما هرگز مَحو نمی‌شود... آب، آب است، غیرت دارد!

- گوهر زنگ زد.

- خوب بودن؟

- بله... می‌دانی چه گفتند مادر جان؟

- بله...

- از کجا؟ مگر قبلاً می‌دانستی عزیزه دل؟ آرش باهات حرفش را زده‌بود؟

- نه... از اینجا می‌دونم... که... که بعدش صدای زنبورک زدن شما را از تو حیاط شنیدم، تو این سرما!

☆ می‌توانی فقط صدایم کنی؟! می‌توانی هر جا که هستی فقط صدایم کنی؟

☆ می‌دانم می‌توانی. صدایم کن هستیِ من. صدایم کن. شاید نگاهت با صدایت همسفر شود.

☆ آه... نمی‌دانی... نمی‌دانی چقدر برف پشت پایت گریه کردم! اگر می‌دانستی این‌گونه بی‌هوا پا روی برف‌ها نمی‌گذاشتی و به ردپایت هم نگاهی نیندازی! آخر از کجا می‌دانی کدامین گل در انتظار بهار، دست زیر چانه به سپیدی‌ها خیره شده‌است و انتظار می‌کشد؟ مراقب گام‌هایت باش.

- چقدر این چکمه‌ها بهت می‌یاد.

- سپاس... سلیقه‌ی توست. می‌دونی کوهیار... خیلی این صدایِ خِرم‌خِرم برفو دوست دارم... یه آرامشی داره. مثلِ صدای خش‌خشِ برگ‌های پاییزی.

- مواظب باش عزیزم بعضی جاها یخ زده... لیز نخوری...

☆ نگهم‌دار. حتی شده از دور. هوایم را داشته باش... مبادا بلغزم!

☆ نگه‌دار مرا هستیِ من. تا راه بیفتم، تا بدوم، تا برقصم... تا، بدون لگد کردن حتی یک گل منتظر، پایکوبی کنم روی تمام این برف‌ها. نگاهشان کن... گویی در حافظه‌شان حتی یاد بهار هم نمانده‌است. انگار تا به حال باران بهاری نبوده‌اند! نمی‌دانند، ما می‌دانیم که نمی‌شود یادشان برود! آن‌قدر سرد و سخت شده‌اند گویی هرگز بهاری نبوده‌است و بهاری نخواهد آمد.

☆ نگهمان‌دار تا دویدنمان، رقصیدنمان و هُرمِ گرم نفس‌هایمان را شاهد باشند. آبشان خواهیم کرد. آبشان خواهیم کرد تا کل هستی چکه کند... و چکه‌چکه بریزد در تمام فضای نامتناهی آفرینش، تا تمام کهکشان‌ها بدانند که ما... ما همان سیاره‌ای هستیم که با دریا پیمان بسته‌ایم!

☆ نگه دارم هستیِ من. دست‌هایم را، چشم‌هایم را، هستی‌ام را به تو سپرده‌ام هستیِ من. نگهمان‌دار... تا ازل هستی نگهم‌دار... نگهمان‌دار... برگرد... برگرد!

- تو کی باید بر گردی؟

- یکشنبه. تو با من نمی‌یایی؟

- فکر نکنم... من شاید بخوام بیشتر بمونم با بابام برگردم.

- چرا؟ بیا با هم برگردیم عزیزم!

- نه دیگه...

☆ دلتنگم. خیلی دلتنگم. دلتنگ خودم... دلتنگِ تو... دلتنگِ دریا. آه... چه می‌گویم... شاید اصلاً همیشه همه‌مان دلتنگِ دریاییم... من و تو بهانه است.

تارا لبخند زد. گونه‌هایش گل انداخته بود و همین گل‌ها، گونه‌های کوهیار را به سرخی می‌نشاند. چشم‌های کوهیار با نرمیِ عاشقانه‌ای لغزید... از روی لب‌های اناری‌اش به موهای افشان روی پالتویش، شال زمستانی کرمی رنگش که با لطافت گیسوان سیاهش را می‌پوشاند و درخشیدن و دویدنش در میان برف‌ها... و با خود هزارباره زمزمه کرد: وای نگاهش کن... من چقدر خوشبختم!

- قربونت برم. تو بهاری... بهار! حتی تو این چله‌ی زمستون...

تارا ایستاد نگاهش کرد. لبخند زد و دوباره دوید.

- وایسا... لیز نخوری.

کوهیار با احتیاط دنبال تارا دوید.

- چقدر خوب شد باهام اومدی تهران... واقعاً برا من اومدی یا برا بابات؟ آخه هیچ‌وقت این‌قدر علاقه به سفرهای کاریِ من نشون نمی‌دادی.

تارا با شیطنت خندید.

- برا هیچ‌کدومتون... برا خودم! باید می‌اومدم.

- اِاِاِ خصوصیه؟

تارا دوباره خندید.

- می‌گم فقط همین نیلا می‌یاد؟

- بله... کیفو می‌گیره و می‌ره.

- دلم می‌خواست ببینمش، صدف و هیوا خیلی دوستش دارن... خیلی ازش تعریف می‌کنن.

- نمی‌دونم. نیلاست دیگه... باهاش آشنا می‌شی، حالا خودت می‌بینی. بعضی وقتا میاد اصفهان. اگه دوست داشتی و ازش خوشت اومد می‌تونیم بهش بگیم بیاد خونمون.

- کوهیار... شما واقعاً فکر می‌کنین در نهایت می‌تونین چیزی رو عوض کنین؟

کوهیار نفس عمیقی کشید. به صورت تارا نگاه کرد. لبخند معنی داری که تارا را دعوت به سکوت می‌کرد روی لب نشاند و آرام گفت:

- فکر نمی‌کنیم... ایمان داریم. یه چیزی بهت بگم... من شاید کم‌اعتقادترین، کم‌تلاش‌ترین و خودخواه‌ترینمون باشم. بعضی وقتا ازشون خجالت می‌کشم. چطور بگم... من فقط وقتی وقتم اجازه بده، در کنار کارام... شاید یه کاری می‌کنم، اما بقیه این‌طور نیستن. واقعاً آدمای پُرتلاشی هستن... اصلاً... انگار زندگی رو طور دیگه‌ای می‌بینن.

تارا سرش را زیر انداخت، کوهیار هم. صدای خرم خرم فشرده شدنِ برفِ زیر پایشان، سکوت آرام و سرد هوا را ملموس‌تر می‌کرد.

- به نظر تو اگه آدم درست نتونه ببینه، نتونه واقعیت یا حقیقت محضو بدونه و ببینه، آیا... آیا اون تلاشی که می‌کنه اصلاً...

- اون‌ها می‌بینن... شاید نه همشون... اما...

کوهیار با فروتنی لبخند زد:

- مثلاً شاید من نه. من هنوز مثل خیلی از بچه‌هامون نمی‌بینم، البته تلاشمو می‌کنم... ولی خودم می‌دونم که هنوز نگاهم درست نیست. البته مثل من کم نیستن. اما نیلا... و اون‌هایی که وسط کارن... آره... اونا درست می‌بینند... خیلی درست!

☆ این چه کاری است؟ واقعاً درست است؟ واقعاً می‌خواهی دیوانه‌ام کنی؟ مگر نبودم؟ می‌خواهی چه بر سرم بیاوری؟ این‌بار باید چه را بفهمم؟ قصد چه کرده‌ای این دفعه؟ کجا را نشانه رفته‌ای؟

☆ آخر مرا با خود برداشته‌ای و رفته‌ای و... انگارنه‌انگار؟! یعنی این‌قدر سبک شده‌ام که حتی حس نمی‌شوم؟ واقعاً نمی‌فهمی که این باد بی‌موقع است!

- چه بادی میاد...

- تو سبکی... تو پَری و در باد می‌پری...

- نه واقعاً... چه بادی میاد، پس کی می‌رسیم؟

- همین‌جاست.

☆ این بادِ دیوانه‌ی مست را که خودش را پریشان‌وار بر پیکرت می‌کوبد حس نمی‌کنی؟

☆ آشفتگی‌اش را نمی‌بینی؟ شوریدگی‌اش را نمی‌فهمی؟ تعجب نمی‌کنی چرا هر جا می‌روی موهایت پریشان می‌شود و پری‌هایِ شانه‌هایت مدام جا عوض می‌کنند؟ آخر نمی‌شنوی چطور خوب و بدت با هم کلنجار می‌روند؟ واقعاً نمی‌بینی؟ آخر... آخر مگر می‌شود! آخر مرا با خود کجا می‌بری؟

☆ من که... منی که دیگر هیچ‌چیزم باقی نمانده‌بود. آه... نمی‌دانی آنی که به تماشایت محو شد... هرگز محو نمی‌شود... هست می‌شود و می‌ماند تا ابد نگاهت.

مگر نمی‌دانی حافظه‌ی هستی همیشه با هستی می‌ماند؟

تارا نگاه پر از ستایشی به نیلا انداخت، نفس عمیقی کشید... به برف‌ها خیره شد. حالا سرخیِ گل‌های گونه‌اش رنگ سرخِ دیگری گرفته‌بود.

- کارتون خیلی ارزشمنده... من به نوبه‌ی خودم از شما از صمیم قلب سپاسگزارم.

- ممنون... لطف داری.

☆ آخر تو آنجا چه می‌کنی؟

☆ حالا خودت رفتی هیچ... باید نگاهت را هم می‌بردی؟

☆ آخر چه کسی را دیده‌ای دریا را به کول بکشد و برود! اصلاً مگر می‌شود؟!

☆ هر چه کرده‌بودم... هر چه کرده‌باشم، آخر... این کار است؟

☆ ببین به چه روزی افتاده‌ام. این درست است که مرا مجبور می‌کنی کورمال‌کورمال در زیر و بم هر انعکاسِ پلکی از این طبیعتِ پُررمز و رازِ سردِ ساکت، نگاهت را جستجو کنم؟... و در نهایت دست از پا درازتر دوباره هوهو کنان بپیچم بر سرو روی و گیسوانت؟

☆ آه... می‌بینی... هیچ‌کس نیم‌نگاهی هم به حالِ زارم نمی‌اندازد. نه قهوه‌ای خشک درخت‌ها، نه خاکستریِ سرگردان ابرها، نه سفیدیِ سرد زمین، نه کبودیِ تنهایِ آسمان و نه زردِ خسته‌ی خورشید، هیچ‌کدام حاضر نیستند حتی گوشه چشمی به من بیندازند... حتی چشمِ ملتهب خشک شده‌ی خودم!

☆ آخر روا بود بعد از این‌همه بودن، یا... تلاش برای بودن، لحظه‌ی آخر رفتنت فقط چشم‌هایت را به چشمانم بسپاری؟

☆ خالی از نگاه!؟

☆ حالا هم توقع داری باد دست از سر و روی و موهایت، بردارد؟

☆ آه... موهایت... بافتی‌شان؟ یا بازند؟ نه... نگو... بگذار خودم ببینم.

☆ نه... ساکت نمی‌شوم... آخر چشم خشک و خالی مرا به چه کار آید؟! این را که همه می‌بینند...

☆ یعنی حالا من همان «همه» شده‌ام؟!

☆ همان همه‌ای که فقط چشمت را می‌بینند و تعریف می‌کنند و به‌به و چه‌چه راه می‌اندازند و شعرها می‌سرایند و عکس‌ها جمع می‌کنند و سَفَرها می‌کنند و برمی‌گردند و می‌گویند «وای به چه چشمان قشنگی رفتیم!»؟ من همان «همه» شده‌ام؟

☆ یعنی من که به تماشای نگاهت به یادِ دریا، جان در کف، باران داشته‌ها و نداشته‌هایم را قربانی کردم، حال با آن «همه» یکی هستم و فقط باید بگویم... به‌به چه چشمان قشنگی!

کوهیار خیره در چشمان تارا نگریست، چشمانش غرق در محبت و ستایش شد و برای چند ثانیه پلک نزد.

- بریم عزیزم؟

- خیلی باد می‌یاد... می‌شه من بمونم پیش نیلا جون تو بری ماشینو بیاری دم در؟

- باشه عزیزم. بدرود نیلا جان... همون‌طور که تارا گفت باید بیایی اصفهان خونمون.

- می‌خواستم برای عروسیتون بیام... شماها که از زیرش در رفتین.

- تو بیا خونمون، کاری می‌کنیم بیشتر از عروسی بهت خوش بگذره. حالا با هم در تماسیم. فعلاً بدرود.

☆ حالا بگو بدرود. حالا برو و نگو کی برمی‌گردی. حالا برو و طوری با چشم خشک و خالی نگاهم کن که یعنی شاید بر نگشتم. حالا طوری لحظه‌ی آخر نگاهت را رویم بریز که سنگکوب شوم و از آن لحظه تا به حال به دنبال گناهم، مدام بر فرق سر خاطره‌ها بکوبم. حالا... حالا اصلاً هر کاری می‌خواهی بکن! اصلاً می‌دانی... می‌دانی... چیزهایی هست که از ابد تا به ازل مال کسی می‌ماند، و تا آن کس نیاید به هیچ‌کس دیگری تعلق نمی‌گیرد! می‌خواهی چه کنی؟ نگاه تو و چشم من از همان جنس هستند. حال به کولش بکش و ببر! حال سکوت کن. نیا... برو... بمان. اصلاً هر چه می‌خواهی بکن... نیا... هِی نیا. مال من، مال من است... و مال هیچ‌کس و هیچ‌چیز دیگری نمی‌شود... نمی‌شود که نمی‌شود!

☆ آخر این منم آن توی چشم‌هایت، منم! حالا پَسَم نیاور... ببینم به درد چه کسی می‌خورد؟ ببینم می‌خواهی با آن چه کنی؟ بگو!

☆ آخر جنایت از این بالاتر که کسی خودت را با خودش بردارد و برود و بگوید دیگر برو گم شو!... و نگوید به چه جرمی!

☆ آخر کجا گم شوم؟ کجا!!!؟

☆ منِ دربه‌در که در گیسو و نگاه و چشم و دستانت و... دستانت و موهایت و... رگ‌هایم و موهایت و... اندیشه‌هایم و چشمانت... آه... چشمانت... در همه پریشان و سرگردان بودم، دیگر کجا می‌خواهی سردرگمم کنی؟

☆ چیزی بگو...

☆ تو بیا... قول می‌دهم دفعه‌ی دیگر در بین نگاهت پلک هم نزنم... حتی اگر کور شوم، باشد؟ هستی‌ام را به سر شاهد می‌گیرم.

☆ آخر چه کنم، دیده‌ام. دیده را دیده‌ام. دیدن که نمی‌تواند به ندیدن برگردد... دیده‌ام... خوب هم دیده‌ام.

☆ تو چه؟ تو تا به حال مرا دیده‌ای؟ تو در من نگاه می‌کنی چه می‌بینی؟ تو اصلاً مرا چه می‌بینی؟ می‌بینی؟

آب بالا آمده‌بود، غمِ دلش هم. زنده‌رود تابش را داشت. بی‌دلیل این‌گونه پُر پیچ‌وتاب سالیان سال در هم نتابیده‌بود. آب طاقتش زیاد است. چه سردِ سرد باشد، چه گرمای سوزان. آب، آب است، مصمم است، تعهد دارد. اگر تعهد نباشد چه از آب می‌ماند!

برخاست... شروع به راه رفتن کرد. دست‌هایش یخ زده‌بود. خیلی سردش بود... و... و... آرش نبود، ژاکتِ آرش هم نبود، دست آرش هم روی شانه‌اش نبود، چشم‌های آرش هم، نگران، نگاهش نمی‌کرد. هیچ‌کس نبود که بگوید سرما می‌خوری، که بگوید می‌خواهی برویم چیزی بخوریم که گرم بشوی. آرش نبود و هیچ صدایی نبود مگر صدای آب، آبی که عهد کرده‌بود بماند، چه کسی باشد یا نباشد.

غروبِ تندی بود. غلظت خاص خودش را داشت. دوباره لب آب نشست، خم شد و خیره به آب چشم دوخت. ناز آب را کشید، همان‌طور که در دفترش می‌کشید... نازش آبی بود، آبی لجنی... با بویِ ایمان!

رنگ چشم‌هایش رنگ نازِ آب بود. نامش همرنگ آسمان بود. نگاه کرد. آبی- خاکستری چشم‌هایش گویی همیشه تَر بود.

- خیلی خوشحال شدم دیدمتون، خیلی دلم می‌خواست از نزدیک ببینمتون.

- منم خیلی خوشحال شدم دیدمت. منم دلم می‌خواست خواهر هیوا رو ببینم. هیوا برای همه‌ی ما عزیزه. امیدوارم به زودی آزادانه برگرده پیش هممون. هیوا جونشو گذاشت کف دستش...

- ممنون. شما هم خیلی زحمت می‌کشید... البته من دقیق تو کاراتون نیستم، نمی‌دونم... اما... همه خیلی از شما تعریف می‌کنند.

☆ یعنی من زحمت نمی‌کشیدم؟

☆ یعنی کافی نبود؟

☆ چه چیزِ زحمتم کافی نبود؟

☆ چه چیزش کم بود؟

☆ نکند اصلاً اشتباه بود؟

☆ حالا من باید چند روز دیگر هر لحظه حدس بزنم که چه کرده‌ام و چه نکرده‌ام؟ آخر این رسمش بود؟

☆ اصلاً گیرم خطایی هم کرده‌باشم، باید این‌طور لِهَم کنی، لگدم کنی و پس پرتم کنی تَهِ چاه، اصلاً انگار که نبوده‌ام؟ این رسمش است؟

☆ می‌خواهی چه چیز را ثابت کنی؟

- همه لطف دارن. خود بچه‌ها خیلی زحمت می‌کشن... همه زندگیشون رو...

☆ می‌شنوی؟ من که همه چیزم را پیشکش کردم، همه چیزم را...

☆ نکردم؟

☆ چه چیز دگر می‌خواستی؟

☆ اصلاً... اصلاً می‌روم... می‌روم... تا مهراب. می‌روم به مهرابم. می‌روم که سوگند بخورم... که قسمم را باور کنی. ببینم راضی می‌شوی؟ ببینم می‌گویی چه کرده‌ام؟ چه نکرده‌ام؟

چشم‌هایش کبودیِ آسمانِ غروبِ جمعه را به خود گرفته‌بود... آرام اضافه کرد:

- همین کوهیار خودش هر کاری از دستش برمیاد می‌کنه...

- بله... اما به قول خودش در مقابل زحمات شما هیچیه، به‌هرحال... واقعاً براتون آرزوی موفقیت می‌کنم. بدرود.

- ممنون... خدانگهدار.

☆ بین آب و مهراب که فاصله‌ای نیست. هست؟ آبی، آبیست. مگر آبی با آبی چه فرق دارد؟

☆ رنگ فاصله دارد؟ رنگ فاصله می‌شناسد؟ مگر آبیِ‌آسمان از طلاییِ‌خورشید سهم بیشتری دارد تا آبیِ دریا؟ این فاصله حساب می‌شود؟ چند موج؟

☆ چه می‌شنوم؟!

☆ صدایت را می‌شنوم... صدایم زدی؟

☆ صدایم زدی...

☆ صدایم می‌زنی در این هوای خاکستری...

☆ صدایت آبی شده! بنفش، آبی، نیلی، سبز، زرد، نارنجی، قرمز. رنگین‌کمون هفت رنگِ، رنگین کمون قشنگِ... و همه‌اش از نور می‌آید و آب. پس چه فرقی می‌کند. چه فرقی می‌کنیم؟

☆ ریشه‌ی کردار حساب است... تعهد حساب است!

☆ مهم این است چه سرخی باشی و چقدر حیران باشی و کجا به کار بروی... خون سرخ است و برخی گل‌ها هم سرخ... و چه جنایت‌ها هم که سرخند... سرخِ سرخ. از خونِ سرخِ بی‌گناه ریخته شده‌ی سیاوش، این لاله‌ی سرخ بود که سر به زیر افکند. پس... پس... قضاوت رنگ‌ها فقط باید به عهده‌ی ایزد خرد باشد....

☆ همین است... صدای خودت است. صدایت با من همسفر شد... صدایت از خودت مرامش بیشتر بود. همین است... صدای خودت است. قضاوت کردی... از آن نوع خوبش!

- چطور فهمیدی اینجام...

- بعد از این‌همه سال اگه ندونم کجایی که واویلا! دیگه باید راستای زاینده رود رو می‌گرفتم.. .پاشو این‌طوری نشین اینجا... یخ می‌زنی. سردت می‌شه... پاشو بریم یه چیز داغی بخوریم.

☆ چه بوی خوبی می‌آید. بوی بی‌فاصلگی می‌آید. راست می‌گویی... رنگ فاصله نمی‌اندازد. چه بویی می‌آید. بوی صدایت است که عجیب آبی شده... رنگ آسمان، رنگ دریا، بی‌رنگی و همه‌رنگیِ مطلق... درست رنگ مهراب!

- آرش... منو ببخش.

- چی رو ببخشم... تو منو ببخش که اونی که باید برات باشم، نیستم. که... گاهی خیلی خودخواه می‌شم و فکر می‌کنم من بهتر می‌فهمم. اما... بدون... بدون تا آخرش باهاتم. هر کوفتیت هم که هست، پاش وایمیسم. به خدا قصدم توهین نبود... بیا...

☆ در آغوشم بگیر در این مهراب که عشق در آب است، عشق با آبی‌هاست... در آبی‌هاست. چه در آب و چه در آسمان...

☆ در آغوشم بگیر که هر چه باشی با هر باوری، هر اعتقادی، هر مکتبی و هر مسلکی... بوی آب می‌دهی، و... آب مهربان است، تعهد مهربان است، آبی مهربان است، ایمان مهربان است، دریا مهربان است، عشق مهربان است، باران مهربان است و آسمان هم مهربان...

☆ چه فرقی می‌کند کجا باشد؟ در مهراب یا که در حوض خانه‌ی کودکی‌مان و یا اینچنین درخشان بر صفحه‌ی سینه‌ی مرمرینِ تو در مقابل چشمان ناباورِ من!

- چقدر سرویس فیروزه‌ت قشنگه... چه انتخاب خوبی!

آب دهانش را قورت داد. برادر عروس که نباید گریه کند. اما... آخر این نهال بود؟ این زیبا رویِ سپیدپوش که می‌گفتند به خانواده‌ای که هرگز ندیده، رفته‌است؟ این چشم عسلیِ مو عسلی، که اصلاً شبیه خودش نبود... و فقط شبیه نهال بود، نهال بود؟ و... نهالی که همیشه قرار بود کوچک بماند و پیششان بماند. این همان نهالِ سراسر آرامش و مهربانیِ خودش

است؟ پس چرا دارد می‌رود؟ نهال که بزرگ نمی‌شود! می‌شود؟ نهال اگر بزرگ شود که دیگر نهال نیست!

- نهال... تو زیباترین عروسی هستی که من تا به حال دیدم.

- دعا کنین خوشبخت بشم.

☆ آخر مگر ممکن است تو خوشبخت نشوی؟ اگر بر طبق باورهایت بهشتی در آن سوی آسمان‌ها باشد تو عروس آن بهشتی! لب‌هایش را بهم فشرد. برادر عروس که نباید گریه کند. الان آرش در سالن مردانه منتظرش است. باید برود.

- نهال... تو خوشبخت می‌شی. من مطمئنم. چون دختر شاد و ساده‌ای هستی. همیشه بودی و هستی. و... و چون مهربونی... مثل خود آرش.

دستش روی گردنبند فیروزه‌اش مانده‌بود... نباید گریه می‌کرد، عروس که گریه نمی‌کند، آرایشش خراب می‌شود. نادر ناراحت می‌شود. برادر عروس که نباید ناراحت شود... پس نباید گریه می‌کرد. بغضش را قورت داد، روپوش سر عروسش را جلوتر کشید.

- ممنون داداش...

☆ «مبارکه جانِ بابا، داداش شدی!» «مبارکه»... «دختر برکته آقا سیا... انشالا سروسامون می‌گیری بابا» بابایی همیشه راست می‌گفت. بعداً فهمیدیم که همه چیز کم‌کم با آمدن نهال بود که شروع کرد به آرام و قرار گرفتن... و کم‌کم سروسامان گرفتیم... همه چیز کم‌کم سروسامان گرفت..به جز دلِ بی‌سامان من!

- مبارکه آقا داداش! عروسیِ خودتون انشالا... بیا تو دیگه عروس خانوم، تو این سرما دم در وایسادی.

صدای نارین بود... زیبا و آتشین. قرمز پوشیده‌بود، رنگ خودش. نادر خیره نگاهش کرد...

☆ چرا همه این‌قدر زود زود بزرگ می‌شوند؟ یعنی من هم بزرگ شده‌ام؟ همین قدر... ؟! چطور بزرگ شده‌ام؟ چرا از یک سنی به بعد آدم دیگر حس نمی‌کند دارد بزرگ می‌شود؟! من از چه سنی به بعد دیگر زمان را ندیدم؟ شاید از آن ساعت چهار عصر، روز سه شنبه!؟!

- چیه... ؟ نمی‌شناسی آقا داداش... ؟ می‌گم نهال آخر شب قاطی می‌گیریماا... گفته‌باشم... من یه خواهر دارم، یه‌بار خواهر عروس می‌شم، این چه وضعیه... مسخره‌بازی، جداجدا... حموم زنونه، حموم مردونه، اقلاً آخرشو قاطی کنیم...

- باشه عزیزم... قبلاً هم که حرفشو زده‌بودیم. آخرِ شب خودمونیا رو می‌گیم بیان این‌طرف، طرف زنونه خوبه؟ من که اینو دارم می‌اندازم رو سرم...

☆ راست می‌گویی... رنگ فاصله نمی‌اندازد، هیچ فاصله‌ای. رنگ‌ها همه‌شان آبی دارند چون خیسند. رنگ اگر تَر نباشد که به رنگین‌کمان راهش نمی‌دهند و رنگ اگر به رنگین‌کمان در نیاید که دیگر... هیچ!

☆ فقط در رنگین‌کمان است که حقیقت رنگ‌ها پیدا می‌شود. آن حقیقتی که فقط با نور پیدا می‌شود... و آب...

☆ آه... رنگ فاصله نمی‌اندازد، آب هم که فاصله نمی‌اندازد، نور هم که اصلاً فاصله را نمی‌شناسد. پس تو آنجا چه می‌کنی؟ تو و آن دو گویِ سیاه‌فامِ گداخته... که همه‌ی رنگ‌ها را در خود دارد... و مرا. همه‌تان آنجا چه می‌کنید؟ تو که مهربان بودی... نبودی؟ پس چرا بَرَم می‌داری و می‌بری؟

- نمی‌دونم دخترم. یادته چقدر شطرنج دوست داشتی؟ حالا قضیه‌ی من و سننج هم شده همون شطرنج.

- الانم دوست دارم. خیلی زیاد. شما هم دوست داشتین...

☆ مگر بازیست که مدام می‌بری‌ام؟ اصلاً همیشه تو برنده. هر دو دست من همیشه بالا. همین را می‌خواهی؟

☆ پس چه می‌خواهی؟

☆ برگرد... وگرنه دیگر به استخوانم می‌رسد. دیگر می‌بُرم. می‌بُرم و می‌زنم زیر همه چیز... همه چیز!

☆ می‌زنی زیر همه چیز؟ یعنی می‌شود؟ می‌توانی دکتر سپندار؟ می‌توانی بالاخره این‌قدر قدرت و شجاعت داشته‌باشی که بزنی زیرِ همه چیز و جهانی را شادمان

کنی؟ من که فکر نمی‌کنم. می‌توانی بفهمی که او دیگر در پی زندگیِ خودش است؟ ازدواج کرده و به مسافرت می‌رود. فردا شاید می‌خواهد بچه‌دار بشود... پس‌فردا شاید می‌خواهد برود خارج پیش برادرش. تو هیچ‌جای زندگیِ او نیستی دکتر سپندار! هیچ‌جا! هزار اتفاق ممکن است بیفتد و تو اینجا علاف و منتظر! دیگر واقعاً تحمل کارهایت برایم سخت شده... دیگر... حالم ازخودم و از زندگیِ نکبتی که برایم درست کردی به هم می‌خورد. دکتر سپندار، نابغه‌ی دانشگاه، این مسخره‌بازی را تمامش کن! می‌دانی از ترس زندگی به وَهم پناه آورده‌ای؟ جَنَم زندگی کردن در واقعیت را نداری، زیرِ قبای خیال پنهان شده‌ای؟ مثل کبک سرت را کرده‌ای زیر این برف‌ها که نبینی؟ دکتر سپندار می‌ترسی مثل آدمیزاد زندگی کنی، جرأتش را نداری! جرأت می‌خواهد سرت را بالا بگیری، به مطب و کارهایت برسی، در رقابت کم نیاوری، بهترین دکتر این شهر بشوی، ازدواج کنی و بچه‌دار بشوی. فکر کردی آسان است؟ می‌ترسی شکست بخوری، می‌ترسی کم بیاوری، می‌ترسی بهترین نشوی، برای همین خودت را زدی به مه‌وماتی که از زیر زندگی در بری. چرا نمی‌فهمی؟ تو فقط از زندگی می‌ترسی! تو حتی ترسیدی از این دختر خواستگاری کنی. می‌فهمی؟ اگه ترس نبود پس چه بود؟ ترس از شکست، ترس از نه شنیدن، ترس از کم آوردن. حالا هم دنبالش افتاده‌ای که چه؟ تمامش کن این مسخره‌بازی را، مه‌وماتِ خیال‌باف، چرا نمی‌فهمی؟ خودت را بیرون بکش. این‌بار آرش برگشت، دفعه‌ی دیگر برنمی‌گردد. نهال، نارین، ماهی و سیا و هر کسی که دورت هست، همه تا به حال معرفت داشتند که پای این رفتارهای مسخره‌ات مانده‌اند، اما فکر کردی چقدر صبر دارند؟ همه رهایت می‌کنند. هر چیزی حدی دارد. مهربانی هم حدی دارد. تا حالا هم هر کسی یک دلیلی داشته که تحملت کرده... وگرنه فکر می‌کنی چی؟ هر کسی به نفع خودش بازی می‌کند، حتی اگر خودش نفهمد. داری بدجور می‌بازی... فکر کردی فقط نهال و نارین بزرگ شدند...

بدبخت، تو پیر شدی، پیرِ این بازی شدی و آخر هم باختی! قبول کن باختی. قبول کن باختی و خودت را بِکِش بیرون!

- حالا تو این بازی... آچمز شدم. بَد آچمز شدم دخترم.

☆ ای وایِ من... ! دیدی چه شد! دیدی چه بر سرم آمد؟ دیدی چه شنیدم؟ تو هم شنیدی صدایش را! دیدی چگونه گیرم انداخت؟ چرا این صدا آمد؟ چرا این صدا را می‌شنوم؟ چرا وقتی می‌شنوم نمی‌توانم قطعش کنم؟ چرا اجازه می‌دهم که ادامه دهد و ادامه دهد... آه این صدایی نبود که الان باید می‌آمد. اما آمد... پر قدرت هم آمد. همین را می‌خواستی؟ آخر ببین چه صدایی دارد می‌آید... ببین! صدایی که خیلی وقت بود نمی‌آمد... خیلی وقت بود نیامده‌بود! صدایی که غیر از صدای توست، که دیگر نباید بیاید، ولی آمد! چرا من غیر از صدای تو باید صدای دیگری را بشنوم؟ چه کسی گناهکار است؟ چه کسی... ؟

☆ تو، با نبودنت، یا من، با نتوانستنم؟ من... که نمی‌توانم پس بیاورمت!؟

☆ تقصیر توست یا من؟ مژگانت را فروافکندی؟ حتماً تقصیر منست، همیشه تقصیر من است.

- آرش جون برو... برو نهال منتظرته. خیلی براتون خوشحالم.

- منم خیلی خوشحالم نادر... وای نادر باورم نمی‌شه دیگه منم جزو خونوادتون هستم... راحت می‌تونم بیام و برم! دیگه... هِی نباید داد بزنی ما اومدیم... ما اومدیم... و نهال بدود بره دنبالِ...

☆ صدا اگر اهلی نباشد نمی‌آید! راحت رفت و آمد نمی‌کند!

☆ اهلیِ توست که می‌آید!

☆ خودت اهلی‌اش می‌کنی، دل به دلش می‌دهی، راهش می‌دهی، تو حتی به فکر و کردار می‌نشانی‌اش... همین تو!

☆ آن صدای بیگانه بیشتر از آنچه تو فکرش را می‌کنی در وجود تو می‌رود و می‌آید، گاهی آن‌قدر آرام می‌آید که خودت هم متوجه نمی‌شوی... آرام می‌آید و حرفش را با تو به کردار هم می‌نشاند و می‌رود و تو خیره‌خیره نگاه می‌کنی!

☆ مدام می‌آید و می‌رود گاهی بی صدا، گاهی با صدا و گاهی حتی خودش را جای صدایی می‌زند که باید بیاید، صدایی که در حسرت شنیده شدن نشسته است! باورت می‌شود؟

☆ می‌دانی... وقتی آن صدای ناجنس می‌آید، یعنی هنوز حتی به خموشیِ پیش درآمد هم نرسیده‌ای... چه رسد به صدای آب‌ها!

☆ وقتی آن صدای نااهل می‌آید یعنی... یعنی... صدای دریا را خفه کرده‌ای!

☆ می‌فهمی؟

☆ می‌دانی این به چه معناست؟

☆ یعنی هنوز پایِ تعهدت بسی سست است، یعنی مهار رخش اختیار از دستانت در رفته... و از «پیمان» به جز خاطره‌ای کهنه به یادت نمانده‌است!

☆ وقتی آن صدای ناآشنا می‌آید یعنی...

☆ آه... چه بگویمت!؟ وقتی آن صدای بیگانه می‌آید یعنی... یعنی هنوز مات نشده‌ای...

- چی شد؟ ای بابا... منم خیلی خوشحالم... خیلی...

آرش اشک‌های نادر را آرام پاک کرد و نادر را در آغوش گرفت.

☆ صدا نجابتِ خاصِ خودش را دارد. او که چشم به خلوت دو نفره‌ات با بیگانه نمی‌اندازد. خوبیت ندارد... یا او باید باشد... یا... صداهای ناآشنا و بیگانه...

آرش لبخند مهربانی زد. صورتش شاداب و چشم‌هایش از خوشحالی و هیجان برق خاصی می‌زد.

- بخند دیگه... می‌گم راستی دیدی همه تو کفِ این کراوات فیروزه‌ای من مونده بودن؟... وای وقتی که...

☆ اصلاً صدا و نگاه به چه کار آیدت؟

☆ تو که صدا و نگاه و مهربان‌های خودت را داری. شاید همین‌ها برایت بس است.

☆ تو دقیقاً دنبال چه هستی؟

☆ می‌فهمی دوباره گم شده‌ای؟ می‌فهمی سررشته‌ها را گم کرده‌ای؟ می‌فهمی حادثه‌ها را نمی‌خوانی؟ درس‌ها را فراموش می‌کنی؟ می‌فهمی؟ داری به جای رقصیدن، دست و پا می‌زنی! مراقب باش... !

- آخه پدر جان، زمان برا این آچمز طولانیِ شما صبر نمی‌کنه. این‌طور که نمی‌شه... اصلاً درست نیست. ببخشید پدر جان ولی این در حق مامان هم خیلی بی‌انصافیست، واقعاً درست نیست، انسانی نیست... دیگه باید یه کاری بکنید. جدی می‌گم پدر جان!

- می‌دونم... می‌دونی خودم این مدت چه عذابی کشیدم. خیلی دلم می‌خواد یه جوری تموم بشه... باور کن صدبار خواستم که تموم شه... اما... اما نمی‌شه.

- چرا نمی‌شه؟ تصمیمتون را بگیرین. دیگه خیلی دست‌دست کردین... خیلی ساله... هیچ بازی‌ای نباید این‌قدر طول بکشه... مات بشید و تمام! راه دیگه‌ای نیست!

☆ چه بگویمت... مات نشده‌ای! مات نیستی...

☆ ببینت... هنوز هم سر رشته‌ها را گم می‌کنی و هر دم محو چیزی می‌شوی. حال هر صدایی باشد، هر نگاهی باشد، یا هر مهربانی‌ای.

☆ هدیه‌ی مهربانی‌ها را، همانندِ هدیه‌ی نامهربانی‌ها، درست در نمی‌یابی. آری آبی مهربان است، آب مهربان است، دریا مهربان است، باران مهربان است، آسمان مهربان است... و کاشی‌ها هم مهربانند هر جا که باشند. اما... اگر «در» آنها ببینی، نه فقط آنها را ببینی. همانند چشم‌هایم. وگرنه که به قول خودت چشم

خشک و خالی به چه کار آید تو را؟ مهربانی هم... آبی هم... آب هم... مهراب هم...

- می‌شه حواس طرفو پرت کرد مهره‌ها رو جابه‌جا کرد. هاها... اینم یه راهه...

☆ حالا چشم باشد، مهربانی باشد... دوست باشد یا مهراب. مدام جابه‌جا می‌شوی، گیج می‌شوی و هراسان که هر کدام را چطور ببینی که به نفعت باشد!

☆ فقط می‌خواهی چیزی به خودت اضافه کنی، چیزی جمع کنی... حالا محبت باشد یا عطرِ آب و مهراب. می‌فهمی که فقط به فکر برنده شدنی؟ می‌خواهی دقیقاً از چه کسی ببری؟

- از شما بعیده پدر جان! این چه حرفیه؟! اصلاً مگه تا حالا همین کارو نکردین؟ فایده‌ای داشت؟

☆ اصلاً بگو ببینم فایده‌ی این کارها چیست؟

ایستاد. اینجا دیگر انتهای کوچه بود، شاید هم بشود گفت ابتدای کوچه از آن طرف! کوچه‌ای که در نبش انتهایی، یا ابتدایی‌اش، در طرف راست، رو به زنده‌رود، خانه‌ای بود و پنجره‌ای که اکنون چراغش روشن نبود. می‌دانست که اتاق خالی است، پنجره بسته و پرده بی‌رحمانه پنجره را پوشانیده است و حتی از آن گوشه‌ی چپ پرده هم که خیلی وقت‌ها درست قرار نمی‌گرفت چیزی پیدا نخواهد بود، چون چراغ خاموش است، و چون چراغ خاموش است پس می‌دانست سایه‌ای هم نصیبش نخواهد شد. اما باز هم نیم‌نگاهی انداخت. رفت آنسوی خیابان روی همان سنگ صبورِ ساکت نشست و به پنجره خیره شد... می‌دانست کم‌کم همه‌ی صداها خواهند رفت و صدای آب پررنگ و پررنگ‌تر خواهد شد... و شد!

☆ نمی‌دانم چه بگویم. یعنی همه‌ی این کارها را من می‌کنم؟ من... ؟ حتماً راست می‌گویی... وای بر من!

لب پایینش را گاز گرفت، روی سنگ یخ کرده خودش را جابه‌جا کرد اما تصویر پنجره‌ی خاموش از قاب مردمک چشمانش کوچک‌ترین تکانی نخورد.

☆ می‌گویی چه کنم؟ اصلاً... ببینم... باشد از همه چیز گفتی... از همه‌ی گناه‌هایم، از جنایت‌هایی که دانسته و ندانسته هر لحظه به کردار می‌نشانم. باشد... حتماً راست می‌گویی. اما... چرا...

☆ اما از من و چشم‌هایت چیزی نگفتی، از من و نگاهت، از من و گیسوانت، از من و دست‌هایت، از من و دانه‌دانه‌ی مژه‌هایت... از من و آن هُرم کوبنده‌ی دیوانه‌کننده‌ی وجودت، از من و خواستنت، از من و ذره‌ذره تحلیل رفتن وجودم به خاطر نبودنت، از من و این‌همه التماس، از من و این‌همه صبوری، از من و این‌همه رها کردن همه چیز فقط برای رسیدن به یک لحظه‌ی آن نگاه، از من و این‌همه بی‌قراری... از من و فرصتی که محدود است و خواستنی که دیوانه‌کننده است. آه... از من و... خودت هیچ نگفتی! اینها گناه کیست؟

☆ بگو... اینها هم گناه من است؟ اینهایی که دم‌به‌دم وجودم را زیر و رو می‌کند و پریشان‌وار همچون موج‌های بی‌سامان به این‌طرف و آن‌طرف می‌کوبندم، اینها را به حساب چه کسی می‌نویسی؟

☆ اینها را چه کسی باید پاسخ‌گو باشد؟

☆ یعنی واقعاً می‌گویی اینها هم گناه من است؟

☆ یعنی سیاهی تند گیسوانت که گاهی رو به آبی هم می‌زند، موج‌موجی بودنشان که گاهی وقتی روی هم می‌لغزد حتی صدای موج هم می‌دهد! بوی دریایی‌شان وقتی روی شانه‌هایت و در زیر آن شال‌های حریرت افشان می‌شود و پریشانم می‌کند، یعنی... یعنی همه‌ی اینها هم گناه من است؟ جوهر هستیِ شعله‌ور در نگاهت چه؟ نگاهت... که سرنوشتم در آن رقم خورده... آه نگاهت... آخر از چه بگویم که بفهمی؟ یعنی... یعنی هیچ‌کدام از اینها از فراسوی خیالت هم رد نشدند که بگویی؟ که بگویی تکلیف اینها چه می‌شود؟ کاش جای من بودی تا بدانی... ای کاش جای من بودی!

☆ اصلاً... آری شاید می‌خواهم ببرم... می‌خواهم در این بازی ببرم. می‌خواهم تو را ببرم، تویی که بدون خودم نمی‌توانم ببرمت و حال مرا برده‌ای... آه... من چگونه بی‌من، تو را ببرم؟ منی را که گروگان در چشمانت برده‌ای! آری... حتی اگر هم بخواهم ببرمت، نمی‌توانم! زندگی‌ام را در این قمار بر کف دستم گذاشتم... و باختم... حتی اگر تو هنوز فکر می‌کنی دارم بازی می‌کنم!

☆ من باختم... من باخته‌ام و تو هنوز مدام خرده می‌گیری... و می‌گویی من در شطرنج چشم‌هایت مهره‌ها را جابه‌جا می‌کنم!

☆ نمی‌گویی شاید می‌ترسم بازی تمام شود... و من تمام شوم... و تو!

☆ نمی‌دانی، من سال‌هاست در این قمار باخته‌ام... همان لحظه‌ی اول که وارد مطب شدی و گفتی: «درود آقای دکتر» من نفهمیده باختم، همه چیز را... و حال مرا از شطرنج می‌ترسانی؟ زندگی‌ام را داده‌ام در قمار چشمانت و تو... مرا از مات شدن می‌ترسانی. و... می‌گویی مات نیستم! من را می‌گویی؟ منِ قمارباخته که در شبی که درِ خانه‌مان پایکوبی است، باز هم به طرف اینجا، روی این سنگ صبور، جلوی این پنجره‌ی خاموش کشیده شده‌ام، شعله‌ور نشسته‌ام و به ماه خیره شده‌ام؟ آخر منِ قمارباخته را از چه می‌ترسانی؟ از مات شدن؟ اصلاً این ماتی که تو می‌خواهی چگونه است؟

ماه بالای خانه آمده‌بود، خیلی شب‌ها همین‌طور می‌آمد و دقیقاً بالای پنجره می‌نشست. خوب به ماه نگاه کرد انگار جایی دیده‌باشدش، درست نگاهش کرد، دقیق‌تر، بیشتر. لبخند غمگینی روی لب‌هایش نشست.

☆ آن شب هم ماه همین شکل بود. یادت هست؟

☆ چرا یادت رفته؟ من امتحانم را پس داده‌ام. فقط با من کمی صبور باش... تا اگر افتاده‌ام، برخیزم؛ اگر پاهایم شکسته، سینه‌خیز بیایم؛ اگر رمقی در تنم باقی نمانده، کشان‌کشان بیایم؛ من که نمی‌مانم... «خودگم‌کرده» چگونه درجا بماند؟

چشیده‌ی تشنه چطور به دنبال درمان این عطش کشنده خود را به آب و آتش نزند؟ همه کار کرده‌ام و باز هم می‌کنم...

☆ یعنی واقعاً یادت نیست؟ یادت نیست که من امتحانم را پس داده‌ام؟

☆ آه... هستیِ من آخر تو که می‌دانی من بلدم. تو که می‌دانی بودن را بلدم. می‌دانم خوب می‌دانی. یادت هست چگونه «بودم؟»

☆ تو که دیدی من هم از آنهایی هستم که می‌توانم باشم. از من ناامید مشو. شاید دوباره و صدباره گم شده‌ام، شاید دربه‌در شده‌ام و درها را با هم اشتباه می‌گیرم، شاید هول شده‌ام و جابه‌جا می‌کنم مهره‌ها را تا ببرم و یا شاید نظر را اشتباهی به چشم فروخته‌ام و نمی‌توانم هدیه‌ی حادثه‌ها و حس‌ها را ببینم و در آنها نمی‌بینم آنچه را که باید ببینم. شاید هم دست و پایم را در رقص گم می‌کنم و گیج می‌شوم و آهنگ را درست نمی‌شنوم، شاید... اما... مگر نباید صبور باشی؟ مگر همیشه به من نمی‌گویی صبور باش... پس تو چرا با من صبور نیستی؟

☆ آه... هستیِ من یادت می‌آید آن شب ماهتاب که تو صبور بودی و به من شک نداشتی. ماه هم به من شک نداشت، رَخش هم به من شک نداشت، ستاره هم به من شک نداشت، سیمرغ هم به من شک نداشت، اکنون هم به من شک نداشت، هُرم عجیبِ موهایت هم به من شک نداشتند، حتی خود آلاچیق هم به من شک نداشت!

☆ دیدی که من امین همه بودم، امین صدا، امین نور، امین اکنون، امین خموشیِ مطلق، امین عدم، امین تمامی‌گیسوانت، امین آرامش و... امین ایزد خرد!

☆ باور کن من همانم... من همانم هستیِ من!

☆ ما در فراسوی زمان و مکان با هم یکی شده‌ایم. غریبه شدن برای فاصله‌دارها است. یکی شده‌ها نمی‌توانند با هم غریبه شوند.

☆ تو از جانب صدایِ پر از هُرم نور و آبت سخن مگو... فقط بگذار نگاهت را در آغوش بکشد و برایم بیاورد.

☆ باور کن من همانم... من همانم هستیِ من. ببین مرا! هوهویم را می‌شنوی؟

- بریم تو پدر جان، چه بادی می‌یاد!

☆ رهایت نمی‌کنم آن‌قدر بر تو می‌پیچم تا رهایشان کنی. سخاوتمند باش. همه چیز فقط مال تو نیست. بگذار بیایند... بگذار برگردند.

- حساس شدی دخترم... باد نمی‌یاد. ولی باشه... بریم تو...

- به‌هرحال پدر جان به نظر من بعد از این‌همه وقت دیگه باید مات بشین... باید...

- ماتم دخترم.

- نیستین پدر جان... وگرنه که... این‌طوری نبودین... شما خیلی بی‌تابین.

- بی‌خبری خیلی بده...

دست‌هایش را در بین موهای جو گندمی‌اش دواند. نگاهش در دور دست‌ها مانده‌بود. تکرار کرد.

- بی‌خبری خیلی بده...

- خُب برین سنندج...

- نمی‌شه...

- چرا نمی‌شه؟ درِ شهرو که نبستن...

- نمی‌شه... کجا برم؟ آخه... خودش گفته‌بود که جواب نمی‌ده... اما من فکر نمی‌کردم واقعاً...

- می‌خواین تا تهرانیم، با هم بریم سنندج همگی، کوهیار که هنوز اینجاست، اگه می‌خواین به مامانم می‌گیم بیاد. دست جمعی بریم دیگه پای شما نوشته نمی‌شه... می‌گیم برا ماه عسلِ من اومدیم. می‌ریم هتل، می‌ریم همه رو می‌بینیم... اونا رو هم می‌بینیم... پدر جان دیگه دست‌دست نکنین! درست نیست!

- اِاِ... همه چیز رو می‌خوای پشت گوش بیندازی؟ عروسی رو که نمی‌گیری، ماه عسلم می‌خوای با خونوادت بری سنندج! تو آخر این پسرو دِق می‌دی! اون داره نقشه‌ی ماه عسل خارج از کشور می‌کشه... و...

– کوهیار با من، شما با مامان تماس بگیرین... من می‌رم دنبال بلیط.

☆ می‌بینی و خوب می‌دانی. خودت خوب می‌دانی. من هم می‌دانم آری... تو همانی، اما همان نیستی اگر نباشی! باش تا همان بمانی!

- بفرمایید بنشینید.

- حالا گیریم نشستیم...

- بنشینید لطفاً. شما باید هم از لحاظ مالی، هم از لحاظ جانی جبران کنید وگرنه من هم خودم شخصاً و هم از طریق قانونی پیگیری خواهم کرد.

- ببین دکتر جون... تو آقایی کردی، به هیچ‌کی هیچی نگفتی، صِداشم در نیاوردی... دستت درد نکنه، دیگه حالا خرابش نکن.

- شما برای کاری که کردید مسئولید...

☆ طفره نرو و سفسطه برایم نچین! قانون، قانون است و نشان‌داده‌شده‌ها مسئول‌ترین‌ها هستند. تو دیده‌ای! تو نشان‌داده‌شده‌ای. نشان‌داده‌شده‌ها، نشان‌کردگانند، این هدیه‌ی تمامِ بودن‌هایت است. پس باش!

- همچی می‌گی برا کاری که کردی انگار حالا عمدی بوده... ما که عمدی نزدیم دکتر. بابا من دارم کارامو می‌کنم برم خارج، برا همین اومدم اینجا که بگم دیگه پای پلیس و دادگاه رو وسط نکش... حالا یه غلطی کردیم، ای بابا... دیگه بذار تموم شه بره. من دارم می‌رم، دور همه‌ی این‌جور کارا رو خط کشیدم.

- حالا به هر دلیل این کار را کرده‌باشید. باید مسئولیت کارتون را به عهده بگیرید و جبران خسارت کنید. این لیست جاهای نیازمند داوطلب هستش، به میزان ساعتی که نوشتم کار داوطلبانه می‌کنید. کاغذ ساعات کاری را برای من می‌یارید، دیگه من هیچ شکایتی از شما ندارم. من زنگ می‌زنم به اون مکان‌ها که مطمئن باشم شما تشریف بردید.

☆ قانون دنیا با کسی شوخی ندارد، آن‌وقت تو می‌خواهی قانون دریا شوخی داشته‌باشد؟

☆ یا هستی یا نیستی!

☆ یا می‌توانی یا نمی‌توانی!

☆ همین است که هست، نمی‌خواهی نخواه!

☆ صداها بسیارند و صف کشیده‌اند برایت. برو... کسی جلویت را نگرفته‌است. دریا قانون دارد، تعهد می‌طلبد. هرزه افکارِ گسسته‌مهارت را رها کرده‌ای برای خودشان هرجا می‌خواهند می‌چرند؟ و تازه ناله و مویه هم راه انداخته‌ای؟

☆ به فکر می‌کِشی‌اش؟

☆ تَوَهمش می‌کنی و خیال می‌پنداری‌اش؟

☆ نه... غلط بکنم.

☆ غلط می‌کنی... و خودت نمی‌بینی. افکار متغیرت که مهره‌های سوخته‌اند، به من بگو کردارت چگونه است؟

☆ اندیشه‌ات چه؟

☆ اصلاً اندیشه‌ات چه را «حقیقت» می‌داند، چه را «حقیقی» می‌داند؟

☆ می‌بینی... مات نیستی!

☆ خودت می‌فهمی حیران نیستی؟

☆ حقیقتاً تو دریا-کِرداری؟

☆ حقیقتاً می‌توانی بگویی زمام اختیار تو دست دریاست؟

☆ تو که می‌گفتی فرق بین رخش را با خرمگس می‌دانی و پشه را از سیمرغ باز می‌شناسی... پس چه شد!

☆ سوار بر چه شده‌ای؟

☆ سر خم کن... ببین!

☆ چهار نعل به کدامین سوی اینچنین می‌تازی؟

- چشمات یه جوری شده. بیا جلو ببینم. بیا...

- چیزی نیست آرش، نگن. یه‌کم قرمزه، خشک شده... چیزی نیست.

☆ فکر می‌کنی شوخی است؟

☆ غلط می‌کنی ادعا می‌کنی و چشم‌داشت داری و چیزهای بزرگ‌تر از تعهدت می‌خواهی!!

☆ آری غلط می‌کنی... ولی می‌کنی... و سوار بر اسب افکارت می‌شوی و هر دم در خرابه‌ای بیتوته می‌کنی و بوی کثافات را با ولع تمام بالا می‌کشی و به‌به و چه‌چه، راه می‌اندازی... هرزگی هم حدی دارد!!

☆ حال هِی برو هر شب بعد از مطب، مثل سنگ، روی آن سنگ بنشین تا سنگ شوی! فکر می‌کنی قانون دریا تغییر می‌کند؟ فکر می‌کنی قانون دریا با ملولی‌ها و ضجه و زاری کردن‌های تو بالا و پایین می‌شود؟

☆ قانون دریا دادگریِ محض است! دریا ترازوی ناب است! قانون دریا حواسش به پلک زدنِ ماهی‌ها هم هست... چه چیز را پنهان می‌کنی؟

☆ از چه کسی پنهان می‌کنی؟

☆ پشت چه چیزی پنهان می‌شوی؟

☆ از چه کسی می‌گریزی؟

☆ به کجا می‌گریزی؟

☆ چه کسی را می‌پیچانی؟

☆ در چه چیز می‌نگری؟

☆ با چه چیز می‌نگری؟

- دیدت چطوره؟

☆ اصلاً... اصلاً دیگر نمی‌توانم درست ببینم... واقعاً می‌گویم. شاید دارم کور می‌شوم! نکند کور شوم؟!

نادر نفس عمیقی کشید... چشم‌هایش را مالید. آرش ابروهایش را بالا برد و با نگاه پرسشگری دوباره گفت:

- برگشتی تو این دنیا؟ گفتم دیدت چطوره؟

- خوبه... معمولیه...
- مطمئنی؟ اما من فکر نکنم فقط خشکی باشه، البته خشکم هست. به چیزی حساسیت ندادهباشی؟ تشنگیت چطوره؟ بهتره؟
- بهتره... خوبم. چیزیم نیست.
- پس خوب نشده... آب لیمو، تخم شربتی از این طور چیزا می‌خوری؟ باید اُمگا سه... و...
- بله... بله... همشو می‌خورم...
- معلوم نیست راست بگی، حالا یه قطره برات می‌یارم فردا تو چشمت بریز.
- خودم می‌تونم قطره بخرم تو چشمم بریزم.
- تو برای مردم دکتری، برا خودت بد اخلاق‌ترین بیمارِ دنیایی.
- من خوبم، تو به فکر خودت باش.
- هستم. منتظرم این درسم تموم بشه دیگه عالی می‌شه... با این مدرک طب سنتی دیگه می‌بندمت به گل و گیاه و بلدم چطور راضیت کنم، نمی‌تونی حرفمو رد کنی. دیگه مدرکمو بگیرم مطب طب سنتی رو هم می‌زنیم با بهداد... دیگه عالی می‌شه...
- من که الانم هر چی علف و چوب‌خشکه بهم می‌دی می‌خورم، نیازی به مدرک و دلیل نداره ما قبولت داریم.
- ای بابا... این‌همه گیاه خوب بهت دادم حالا شد چوب خشکه و علف...
- می‌گم قبولت دارم... مدرک نمی‌خواست.
- اما مدرک داشته‌باشم فرق می‌کنه، دیگه حرفم بُرِش داره، حالا برا تو شاید فرقی نکنه، اما در کل خیلی فرق می‌کنه... حالا ببین...
- آرش... چرا نمی‌ری تو کارِ تحقیقات برا طب سنتی، تو خیلی علاقه داری... شاید بتونی که این دو تا طب رو درست و حسابی با هم آشتی بدی... یه کارِ بزرگی می‌شه...
- نه دیگه... اوه... اون کارِ من نیست. تمرکز می‌کنم رو مطب... خود مطب خیلی وقت گیره... نمی‌رسم. همین مطبم بگیره خوبه...
- حیفه... آخه تو خیلی علاقه داری...

- کی به کی می‌گه حیفه...

- نرو سرِ من. هیچی اصلاً. راستی داشتی می‌گفتی رفتی تو کارِ جهازت!

- مسخره می‌کنی... خُب نهال، انگور دوست داره. ببین اینا رو، درست مثل انگور طبیعیه. برا آشپزخونمون خوشگله...

- هنوز خونه نداری، آشپزخونه نداری، انگور می‌خری؟

- خدا بزرگه... عروسِ خونه مهمه که دارم. تو که هیچ‌کدومو نداری... چشمتم که داری از دست می‌دی. می‌گم کم‌کم تموم نشی!؟

☆ تمامم می‌کنی؟؟ تمامم کن!

☆ خودت تمامش کن. گفتم که... نمی‌خواهی نخواه! برو... کسی جلویت را نگرفته‌است. برو... برو خودت تمامش کن... قصه‌ی خودت است. می‌توانی همین‌جا تمامش کنی. هیچ اشکالی ندارد خوب آدمش نبودی... برو دنبال انگورهایت و مواظب باش لِه نشوند. اما...

- انگورها رو ببینم... چه طبیعی هستن! درست مثلِ خود انگور سیا!!

☆ انتخابت را بکن. باید بتوانی انتخاب کنی. نمی‌شود که فقط به تماشا نشست. نمی‌شود دست زیر چانه گذاشت و فقط نگاه کرد. اصلاً گیرم زندگی‌ات پُرانگور باشد و از همان اول، بدونِ پا در میانی تو، در زندگیِ پُرانگوری به دنیا بیایی، آن‌وقت چه؟ باید فقط نشست به تماشای انگور و ذوق کرد و خندید و چرید و چرید تا ذوق مرگ شد؟... همین!

- آره... می‌بینی، شیشه‌ش ظریفه، همه میوه‌های مصنوعی پلاستیکی هستن، اما این شیشه‌ایه. حالا ببین نهال چقدر خوشش میاد.

☆ تازه فکرش را بکن انگورهایت را از بین انگورهای مصنوعی انتخاب کنی!

☆ وایِ من... آن‌وقت دیگر چه انگوری، چه لِه کردنی، چه لِه شدنی و... و چه شرابی؟! خون جگر!!

☆ ... و تازه چون سلول‌های چشایی‌ات دیگر قدرت تشخیص حقیقی را ندارند، نمی‌فهمی داری چه می‌خوری... !

☆ دیگر آن‌وقت.. «خود» را خواستن؟! زهی تصور باطل زهی خیال محال!

☆ آن‌وقت می‌خواهی دریا بگوید بیا... بفرما این هم «خودت»!

☆ یعنی واقعاً فکر می‌کنی این‌قدر بی‌قانونی است؟

☆ گیج می‌شوی؟ خسته می‌شوی؟ ناله و گلایه می‌کنی؟ خوب تو را چه به این کارها؟ چرا طرف کارهای حقیقی می‌روی؟ چرا... ؟

☆ تندتند و خوش‌خوشان و سوت‌زنان همین کارهای گذرا را، که همان‌طور که همه می‌گویند بالاخره یکی باید انجام بدهد، به انجام برسان، خیلی هم خوب است و آبرومند. زود می‌گذرد، دو روز عمر است دیگر، مگر نه؟ خوش‌خوشان، خوش‌خوشان برو تا بمیری! دیگر تو را چه به آن سوی مرداب! تو را چه به نگاه و چشم و صدای سکوت و نورِ آن سوی مرداب و... آگاهی و ایزد خرد!!

☆ سری را که درد نمی‌کند دستمال نمی‌بندد.

☆ ببین دکتر سپندار! راست می‌گوید... ببین خوب خودش دارد می‌گوید که تو همه چیز داری و نیازی به چیزِ دیگری نداری، حتی این توهمات احمقانه‌ات هم می‌دانند که تو هیچ کم‌وکسری نداری. ببین آرش را، ببین چه قشنگ زندگی‌اش را می‌کند! بد که نیست. چرا به شخصیت آرش توهین می‌کنی؟ پسر به این خوبی و نجیبی و این‌قدر مفید برای خودش و جامعه‌اش. هیچ‌وقت هم دغدغه‌های احمقانه‌ی تو را نداشته. یک کتاب اضافه یا یک خط شعر اضافه بر کتاب یا شعرهای کتاب‌های درسی نخوانده، ببین چقدر قشنگ زندگی‌اش را می‌کند و برای خودش و جامعه‌اش مفید است! این بد است؟

☆ نه... اما... آخه...

- می‌گم خوردی این چایی رو پاشو بریم. بریم خونتون... منم میام اینا رو بدم نهال.

☆ آدمش نیستی. نه آدمش نیستی! می‌بینی... داری گوش می‌دهی و جواب می‌دهی و فکرش را می‌کنی و برایش دلیل می‌آوری و دهان‌به‌دهانش می‌شوی. می‌بینی؟

☆ می‌بینی دنبال چه صدایی افتاده‌ای؟

☆ می‌بینی با چه کسی دهان‌به‌دهان شده‌ای؟

☆ می‌بینی چطور عاداتت را برایت شخصیت حقیقی‌ات جلوه می‌دهد؟

☆ می‌بینی چطور لازم را برایت کافی می‌کند؟

☆ ... و زنده ماندن را به جای زندگی کردن جا می‌زند؟

☆ ... و چطور تقلید را برایت تکلیف می‌کند؟

☆ بقا را برایت هدف می‌سازد!

☆ شاید را برایت بایدِ می‌کند! باید را برایت زایِد!

☆ غیر ضرورت را ضرورت می‌کند و مستحب را واجب!

☆ می‌بینی دارد با تو چه می‌کند؟ می‌فهمی؟ می‌فهمی؟

☆ دارد عقده‌هایت را برایت تبدیل به آرزوهایت می‌کند!

☆ دارد جنایت‌کارانه تو را با تمام آنچه که نیستی یکی می‌کند!

☆ دارد از هر ناچیزی برایت مشکل می‌تراشد، تا کم‌کم هزاران مانعِ توهمی سر راهت درست کند و دشمن خیالی بتراشد تا بهانه‌ات جور باشد و سرت مشغول... تا بهانه‌ات برای جواب‌گویی در آن لحظات سختِ اکنونت آماده‌باشد و سرت مشغولِ همین صدای وِز وِز خودش باشد.

☆ می‌فهمی؟ می‌فهمی؟

☆ تو حتی بوی تعفن را از یاد برده‌ای!

☆ تو حتی صورتش را اشتباهی می‌گیری!

☆ اصلاً باشد آری نگاهش کن. زندگی‌ات را بکن... با مهربان‌ها و مهربانی‌ها و انگورها و مدرک‌ها و عروس‌ها و آشپزخانه‌ها و دامادها و خانه‌ها و بچه‌ها و تماشاها و... دو روز دنیا، بخند، خودش می‌گذرد... خوش می‌گذرد. اصلاً همین صدا برایت خوب است... ببین دیگر چه می‌گوید... شاید این‌بار می‌گوید: «اگر حسی متفاوت از آنچه من می‌گویم هم سراغت آمد صدقه بده و هر نوع قضا و بلا را دور کن. خداوند بخشنده و مهربان است!»

- نه...

- چی نه؟

- تو برو، من می‌خوام یه‌کم راه برم... برو

- با هم راه می‌ریم تا خونه، پاشو... قیافه رو!!

☆ ببین چه بر سرم آوردی... صداها دارد دیوانه‌ام می‌کند، ببین چه بر سرم آوردی، من فقط می‌گویم چه کنم برگردی و تو دشنامم می‌دهی و پایِ هر ناصدایی، هر فکر و نافکری و هر بگو و مگویی را در اندیشه‌ام باز می‌کنی؟

☆ من می‌گویم چه کنم که برگردانده شوم و تو دشنام می‌دهی مرا؟

☆ من؟ من دشنام می‌دهم؟ این که تو می‌گویی دشنام نیست؟ این که تو به عمل در می‌آوری دشنام عملی حساب نمی‌شود؟

☆ دشنام را لای لفافه می‌پیچی که چه کسی را رنگ کنی؟ رنگین‌کمان را؟ جای به جایِ پرسشت دشنام است. من پاسخت را داده‌ام، تو سواد خواندن و تعهد دیدنِ ستاره‌های فصل‌هایت را نداری به من چه ربطی دارد؟

☆ دوباره بگویم؟ ساده‌تر بگویم؟ یک کلام پاسخ می‌خواهی؟ ایمان نداری، باور نمی‌کنی، مرا به فکر و تخیل نشانده‌ای، حیران نیستی، مات نیستی، به هزاران صدای نااهل زنجیر شده‌ای و هر لحظه سویی کشیده می‌شوی. همه‌شان برایت حقیقی هستند، همه‌شان برایت واقعی هستند به جز من!

☆ می‌ترسی. می‌ترسی و خودت نمی‌فهمی...

☆ ابتدا از غیر حقیقی بودنم می‌ترسیدی، حال از امکان حقیقی بودنم به وحشت افتاده‌ای!

☆ باز هم بگویمت؟

☆ آخر بانیِ دادگری دریاست. مگر غیرت دریا را نمی‌دانی؟ چگونه با این‌همه جنایت، این‌همه چشم‌داشت داری!؟

☆ بگو جنایت نیست!؟ خودت بگو. اصلاً من هیچ... تو خودت داور، تو خودت دادرس، خودت قضاوت کن! تو سزاواری؟

– بریم.

– بریم.

☆ «هنوز وقتش نیست جانِ بابا!» «پس کِی می‌فهمم بابایی؟» «خودت می‌فهمی.» «یه نشونی بده.» «من نباید بگم، خودت می‌فهمی، فقط خوب نگاه کن.» «آخه عینِ هَمَن... چطور می‌شه دیو و پری این‌قدر شبیه هم باشن؟ تو فرقشون را بهم می‌گی.» «خودت می‌فهمی جان بابا... بچه‌ی دریا می‌فهمه، خودت می‌فهمی.»

- چه عجب عروس خانوم یادِ ما کردی؟

- یادتون بودم هی نمی‌شد زنگ بزنم. خودت خوبی، یاسی خوبه، تنهاش که نذاشتی، این‌قدر سفارش کردم.

- ما خوبیم. نه بابا دیروز دیدمش. خوبه... دیگه دارن اسباب کشی می‌کنن. خونشون خیلی خوشگله، حالا میایی می‌بینی، خودش و مامانشم خوبن. حالا بهش گفتم من و تو با هم، خونشونو که چیدن، می‌ریم که هدیه هم براشون بگیریم. یه چیزهایی هم در نظر گرفتم که احساس می‌کنم نیاز دارن حالا اومدی بهت می‌گم. تو بگو... سنندج خوش می‌گذره؟ هاها... هنوز باورم نمی‌شه برا ماه عسل رفتی سنندج... وای این‌قدر با یاسی بهت خندیدیم. چطور کوهیارو خر کردی؟ آخه تو این سرما رفتی کجا؟

- اتفاقاً برف اومده خیلی هم خوشگل شده. باید بودی و می‌دیدی. کوهیار اول یه‌کم به دلش نبود... اما الان که اومده خیلی خوشحاله، خیلی خوشش اومده!

- اِاِاِاِ... خُب خدا رو شکر. آره... تو بلدی هرکی رو چطور خر کنی. استادی! حالا چرا نمی‌یایی؟ بسه دیگه... چی کار می‌کنی؟ کی میایی؟

☆ باشد من داور، من قاضی. باشد، گیرم من گناهکار، من بی‌لیاقت، من گاه‌به‌گاه. اصلاً گیرم من خسته شوم و به ناله و مویه بیفتم... و طاقتم طاق شود و بخواهم زیر همه چیز بزنم و عربده‌کشان دستِ عقلکم را بگیرم و به میانه‌ی روزمرگی خودم را پرت کنم، به قصدِ خودکشی، تو می‌گذاری؟

☆ تو از من می‌گذری؟

☆ تو چه می‌کنی؟ تو خودت چه؟

☆ می‌خواهی بگویی همه چیز یک طرفه است؟ تو خودت نمی‌خواهی‌ام؟ تو خودت نمی‌خواهی برگردی؟

☆ یعنی گیرم من هم بروم، مثل میلیون‌ها انسانی که نسل اندر نسل بی‌لیاقت شدند، گاه‌به‌گاه شدند، خسته شدند، به ناله و مویه افتادند و خود را به میانه‌ی

روزمرگی پرتاب کردند و جان باختند... تو خودت چه؟ بعدش چه؟ آخر قصه‌ی خودت چه می‌شود؟ آخر قصه‌مان چه می‌شود؟ مثل همه‌ی آن انسان‌ها می‌شود؟ یعنی با خودت می‌گویی این قصه هم مِ...

- نمی‌دونم. هنوز معلوم نیست. بستگی داره... هنوز نمی‌شه گفت.

- بستگی به چی؟ پاشو بیا دیگه...

- میام حالا. خُب... دیگه از کسی خبر نداری؟ از بقیه چه خبر؟

☆ مثل بقیه‌یِ... !

☆ آه... دلم خیلی می‌سوزد. شاید تمام وجود خشک شده‌ام است که دارد آتش می‌گیرد. نمی‌دانم اما هیچ‌گاه نفس غم را این‌گونه حس نکرده‌بودم!

☆ یعنی... تو خودت. اصلاً تو خودت... می‌خواهی‌ام؟

☆ چقدر می‌خواهی‌ام؟؟ آن‌قدر که برایت ماندن و نماندنم فرق کند؟

☆ یا... یا امتحانی بودم برایت؟ یا آزمایشی بودم؟ نکند یکی از هزار بودم، نکند یکی از هزار باشم برایت؟

☆ اصلاً من چه هستم برایت؟

☆ بعد از این‌همه گذرها و زمان‌ها و به معجزه‌ی اختیار رسیدن‌ها... پایانِ من چه می‌شود؟

☆ که می‌شود؟

☆ چندین موج روز و شب و احساس و عقل و دین و عشق و سیاست و کودک باید بیایند و بروند تا... ! تا چه چیزی؟ تا چه کسی؟ تا کِی؟ تا کجا؟ منتظر چه هستی؟ منتظر که هستی؟ کسی هست که هیچ‌کدام از این میلیون‌ها نبوده‌است؟

☆ آخر، آخرِ این شگفتای آفرینش چه خواهد شد؟ آخر، آخرِ من چه می‌شود؟ این داستان نیمه را می‌خواهی چه کنی؟ با خودت چه فکر می‌کنی؟ چند داستان نیمه‌تمام می‌خواهی پاره کنی و در سطل بیندازی؟ چرا مرا مدام دور خودم به دوور

می‌اندازی؟ چرا مدام برمی‌گردم سر جای اولم و دوباره می‌فهمم که این هنوز اول است، با اینکه این‌همه لنگ‌لنگان و کشان‌کشان راه پیموده‌ام و هیچ‌کدام از راه‌ها اصلاً شبیه راه قبلی نبوده‌است، ولی هنوز آخر نیست! و تو هنوز نیستی! چرا؟

☆ آخر... تو که... تو که نباید... تو که این‌گونه زیر من نمی‌زنی!؟ می‌زنی؟

☆ نکند چیزی را فراموش می‌کنم.

☆ شاید... شاید در پیمانمان چیزی بوده که من فراموش می‌کنم؟

☆ اصلاً چرا من مدام محتوایِ پیمان‌نامه‌مان را از یاد می‌برم ولی تو را این‌قدر بی‌تابانه به یاد می‌آورم؟ حتی آن خال کوچک کنار دسبند نقره‌ای‌ات را! چرا... ؟ چرا دوباره به «چرا چرا افتاده‌ام؟»

☆ آه... یک چیزی سرجایش نیست! شاید خودمم! نمی‌دانم... اما می‌دانم چیزی هست که سر جایش نیست. برای همین است که ترس غریبی در وجودم بالا پایین می‌رود و دیو چرکین شَک تمام‌قد جولان می‌دهد.

☆ ای وای... برگرد... باید کمکم کنی. دارم در آن چرخش فرومی‌افتادم. برگرد... خواهش می‌کنم برگرد!

☆ اصلاً آخرش که چه؟ چقدر می‌خواهی دوور بمانی؟ چقدر دوام می‌آوری؟ واقعاً چه فکری می‌کنی؟ من برایت چه هستم؟ کجا هستم؟ خودت می‌دانی مرا کجا جای داده‌ای؟ جایم را بلدی؟ اگر... اگر می‌دانی پس واقعاً چه فکری می‌کنی؟ اصلاً من به دَرَک، خودت چه می‌شوی؟ باورت می‌شود گاهی نگران خود بی‌مَنَت می‌شوم؟

☆ آخر نمی‌ترسی که آن مرداب، آنچنان که هست، باقی بماند که بماند و تمام دنیا مثل همین حالا که هست تا ابد در بوی تعفن روزمرگی دست و پا بزند؟ و... و پرسش‌هایت، آن غنچه‌های نیلوفر وحشیِ زنده‌ی شاداب، زنده‌زنده، ناشکفته، در دل مرداب مدفون شوند؟ نمی‌ترسی؟ نمی‌ترسی همه‌شان دوباره از زیر مرداب

دست‌های منتظرِ خشمگین‌شان را در بیاورند و به گلویت هجوم آورند و پاسخشان را بخواهند؟

☆ آه... دست داده‌ایم... دست! آن هم از نوع پیمانش... پیمان! آن هم از نوع ازلی‌اش... ازلی!

☆ مگر شوخی است!؟

☆ هر چه بودم و باشم... آخر این رسمش نیست. آخر روا نیست این‌گونه تمامم کنی... به هستی سوگند روا نیست. اصلاً من را تمام کردی... داستان را چه می‌کنی؟

☆ آخر... اصلاً ببینم تا به حال کجا دیده‌ای، شنیده‌ای یا خوانده‌ای کسی اینچنین داستانی در چشم داشته‌باشد و خودش راحت بتواند زندگی‌اش را بکند؟

ـ دیگه... هیچی، زندگی می‌گذره... مثل همیشه، همه خوبن. منم که هنوز خبری از پذیرشم نیومده، اما صدف که خیلی امیدوار بود. می‌گفت خیلیا ضعیف‌تر از تو اومدن اینجا برا دکترا. می‌گفت از خداشون باشه تو رو قبول کنن... حالا نمی‌دونم. دیگه از کی بگم... اگه منظورت عشاقِ سینه‌چاکتن که... اشکان که دیگه رفتنش صددرصد شده، دیگه بعد از مرگ باباش، راستی تو بودی باباش مرد؟

ـ بله بودم... مگه یادت نیست، بهش زنگم زدم. اونا رو می‌دونم... دیگه چه خبر؟

ـ هیچی دیگه... برادرش اینا اومدن طبقه بالا جای اشکان نشستن که پیش مامانش باشن..و

ـ خُب...

ـ این چیزا رو مازیار اینا می‌گفتن تو مهمونی، البته جای خنده‌دارش مونده...

ـ چی؟

ـ می‌گفتن که اشکان خُل شده، وسطِ کارای خارج رفتنش، داره می‌ره بهزیستی کار داوطلبانه می‌کنه!!

ـ چی؟!؟

- خیلی هم مواظب بوده کسی نفهمه، اما یکی از بچه‌ها مُچشو می‌گیره... هاها.
- نه... باورم نمی‌شه!!
- می‌گم که خُل شده. حالا دم رفتن شاید می‌خواد دِینش را به مملکت ادا کنه، هاها... اشکان دیگه. از دکتر جونتم که هیچ خبری ندارم. فقط گویا که عقدکنون خواهرش بوده، با اون پسرِ، دوستِ دکتر، ازدواج کرده. انگار همون که تو هم می‌گفتی دیدیش. آره... می‌گفتن عقد کنون اون بوده، البته اشکان اینا دعوت نبودن، اونا از دوستاشون شنیده بودن. می‌گفتن زنونه، مردونه جدا بوده و...

☆ یعنی... الان واقعاً همه چیز طبق روند خودش برایت می‌گذرد؟ یعنی حالا داری راحت راحت، بی‌خیال، زندگی‌ات را می‌کنی؟ انگار که هیچ اتفاقی نیفتاده‌است؟ حالت خوبِ خوب است؟ چشمانت هیچ تکانی نخورده‌است؟ خوبِ خوب می‌بینی؟ چشمانت ملتهب نشده مثل من؟ مدام چشمانت خشک نمی‌شود مثل من؟ پای چشمانت پُفِ عجیبی نیفتاده‌است؟ یعنی اصلاً چشمانت هیچی‌اش نیست؟ هیچی؟

☆ از من... از منِ در آنجا خبری داری؟ حسش می‌کنی یا نه؟ اصلاً می‌خواهی با منِ آنجا چه کنی؟ یعنی منِ در چشمانت به چه دردِ دیگری می‌خورد؟ چه کارِ دیگری از آن بر می‌آید؟ به چه دردت می‌خورد؟ اصلاً به دردت می‌خورد؟ بگو...

- چی بگم؟ همشو برات گفتم... زندگی همینه دیگه... خبرا پیش توست... تو بگو.

☆ اما... راستی... آن‌وقت خودِ خودت را چه می‌کنی؟

☆ اصلاً ببینم تو چطور بی‌خواندنِ من، نگاهت را، پروانه می‌شوی؟ تو خودت چگونه پیله را می‌اندازی؟

☆ با رازت چه می‌کنی؟ هم تو، و هم من، خوب می‌دانیم که آن فاش کننده منم... من بودم... من! هستم؟! درست است؟

☆ نگاهِ تو که بی‌من... بدونِ من... ناشناس دنیای آدم‌ها می‌ماند، نمی‌ماند؟ نگاهت چگونه بی‌خواندنِ من به دنیای واقعیِ آدم‌ها راه پیدا می‌کند؟ بگو؟ اصلاً

بی‌من، نگاهت چگونه جان می‌گیرد، حرف می‌زند، راه می‌رود، زندگی می‌کند، جاری می‌شود، گاهی هم... خشک می‌شود و چاقو می‌خورد و از ته دل فریاد می‌کشد؟ چگونه؟ بگو...

- چی برات تعریف کنم. همه چی یه جورایی عجیبه، انگار تو یه دنیای دیگه باشی. نمی‌دونم... شاید برای من این‌طوریه. شایدم چون هیچ‌وقت این‌همه برف یه جا، با این وسعت ندیدم، احساس عجیبی دارم. انگار تو یه دنیای دیگه‌م. دنیای سپیدی و آرامش و... کوه و... طبیعت دست‌نخورده و... خلاصه خیلی متفاوته...

- وای چه خوب، پس خوب شد رفتی!

☆ اصلاً معنایِ زندگی چه می‌شود؟ معنایِ من چه می‌شود؟ همینی که هست؟

☆ یعنی تمام هدف از آمدن این شگرفِ پُراسرارِ آفرینش، که از آن سوی مرداب، پر از نور و کرشمه و اکنون و اختیار به سمتم می‌خرامید همین بود؟ واقعاً می‌خواهی این‌گونه تمامم کنی!

☆ یعنی همین بودم؟ یعنی آمده‌بودم برای کمی‌دیدن، کمی‌خندیدن، کمی دویدن و از کوه بالا رفتن و کمی در دریا تر شدن و گاهی خوشحالِ خوشحال شدن و گاهی غمگینِ غمگین شدن و مدام ترسیدن و جمع کردن و گاهی به ظاهر آرام بودن و همیشه نگرانِ چیزی بودن؟ همین‌ها؟ یعنی واقعاً برای همین‌ها آمده‌بودم در آن دو گوی اسرارآمیز... ؟

- نه... شما برا این نیومده بودین...

- درسته، برا این نیومده بودم... اما اون چیزی رو که باید می‌فهمیدم، فهمیدم دخترم...

- آخه شما که یه کلمه هم با هم حرف نزدین؟

- حرف نمی‌خواد دخترم، دیدمش... دیدمشون! همه‌شونو، خونواده‌ی گرمشون، شوهرش، بچه‌هاش زندگیش...

☆ آه... چه بگویمت؟ چه سماجتی از من و انگشتانم و چه پیچ‌وتاب و گریزی از تو و مـ

☆ نگفتی موهایت باز است؟

☆ آه... هستیِ من... جای سخن نمی‌ماند اگر فقط نگاهم می‌کردی.

☆ جای هیچ سخنی نمی‌ماند. فقط نگاهم کن.

☆ بگذار بنگرم مرا از چشمانت، بگذار ببینم خودم را!

☆ آخر با این‌همه آیینه‌ی زنگارگرفته چه کسی می‌تواند چشمان خودش را ببیند؟

☆ کاش می‌دانستم می‌بینی‌ام. دلم می‌خواهد بدانم اصلاً هنوز آنجایم؟

☆ هستی‌ام... دارم دیوانه می‌شوم... کاری کن. می‌ترسم بگویم... می‌ترسم. می‌ترسم مبادا... مبادا از چشمانت افتاده‌باشم! افتاده‌باشم آن پایین‌ها و گم شده‌باشم... رفته‌باشم قاطیِ انگورهای خوش‌رنگ و زَروَرق‌های زیبا و روزمرگی‌ها. مبادا... ای وایِ من. ای کاش نگفته‌بودم. بعضی چیزها را حتی نباید گفت. اما... چه کنم می‌ترسم. هستی‌ام... هستی‌ام... بگو... می‌بینی‌ام؟

- راستش پدر جان... منم همه‌ی اینا رو دیدم. اما خُب... مهم اینه شما چی تو همه‌ی اینا دیدین؟ منظورم اینه خودتون چی فهمیدین؟

- فهمیدم که قبلاً عاشق نبودم! تو راست می‌گفتی مات نشده‌بودم!

- حالا... حالا می‌خواین چه کار کنین؟ خوبین؟

- من خوبم. فعلاً فقط می‌خوام بریم آبیدر، و... و بعدش دیگه برمی‌گردیم.

دریا، دریاست. در دلِ کوه هم جای خود را باز می‌کند و آن‌گونه در مقابل چشمانِ حیرت‌زده‌ی سنگ‌ها، کوه را به عشق خود دچار می‌کند که خون و رگِ بی‌رنگ کوه می‌شود، جاری می‌شود و زندگی را در دلِ سنگی کوه به تپش در می‌آورد، با کوه در هم می‌آمیزد، یکی می‌شود، پاره‌ای از وجود پرغرور کوه می‌شود... خود کوه می‌شود! خودِ خود کوه! مگر می‌شود دریا کوه شود؟ چرا که نه، هستی در هر چه هست، هست!

- وای اینو ببینین، چه گل‌های بنفش کوچولویی...

حتی در نامش هم آبی نهان شده‌بود، چون... دلش پر ز دریا بود. در پیچ‌وخمِ بندبند وجودِ پر از ناز و آوازش دریا می‌جوشید. صدای دریا، هوای دریا، بوی دریا و حتی نسیم دریا در دامنِ

سپیدش سنگ‌سنگ، موج می‌زد. پریچهره در رویبندِ ابر و مه نهان، و لب بر سخن بربسته بود. رسم کوه بود، سراپا گوش بود و خموش. اما مگر نه اینکه خموشی را هزاران زبان است... اگر بودن را بلد باشی!

- بله... دلِ آبیدر زودتر از همه جا به استقبال بهار می‌ره.

☆ صدایت کردم... بر فرازِ بلندای زنده‌رود، از آن ته‌ته‌های دلم، از آنجایی که هیچ‌وقت دعوایش نمی‌کنی، سرش داد نمی‌زنی، از آنجایی که هیچ‌وقت برایش سخت نمی‌گیری، از آنجایی که همیشه دلت برایش به رحم آمده...

☆ صدایت کردم... بر پَر و بالت پیچیدم. به زیر آن شال رنگارنگ محلی‌ات رفتم، اما دلم نیامد گیسوانت را، مثل دل بی‌قرارم، بیاشوبم. آخر آنچنان آرام و ابریشمین در زیر شالت آرمیده بودند که من هم یواش از کنارشان گذشتم... و بویشان را بدون اینکه بفهمند با جانِ دل در خود فروبردم...

- به استقبال بهار می‌ره؟ اما بادش که خیلی سرده... سوز داره. همه جا هم پُرِ برف. فقط این گل‌های بنفش کوچولو به استقبال بهار درومدن. چه جالب، چقدر این گل‌ها شبیه این گل‌های روی شالمه! ببینین پدر جان رنگ خودشه. کوهیار... کوهیار بیا اینجا ببین...

☆ شال پشمینت را از سر بردار. گیسوان ابریشمینت را باز کن... بازِ باز... و بدو... از آبیدر تا زنده‌رود... ببین موج‌ها چگونه برای قدم‌هایت سنگ فرش درست کرده‌اند، بیا... بدو... بگذار باد در بینابین گیسوانت به رقص درآید... و من نیز هم...

- وای... چقدر خوشگله! خُب حالا از توی برف‌ها پاشو عزیزم. سرما می‌خوری. خوب شد نشمیل خانم این شالو دادن. محکم بپیچ دور خودت.

☆ می‌دانی بدرود نگفتی؟

☆ می‌دانی همیشه بدرود که می‌گویی دلم می‌لرزد؟

☆ با این حال دلم می‌خواست بدرود می‌گفتی! درود و بدرود گفتنت را دوست دارم. در هر دو بوی درود می‌آید... حتی در بدرودت. اما... این‌بار حتی بدرود هم نگفتی... هیچ نگفتی...

☆ می‌دانی چقدر سخت است... بی‌هیچ سخنی، نگاهت را و همه‌ی مرا با هر دو نگاهم برداشتی و رفتی... و همه چیز و همه کس و همه جا به ناگاه در مِه فرورفت که رفت!

☆ می‌دانی چقدر سخت است وقتی همیشه در مِه زندگی کنی. در ابر زندگی کنی.

☆ آه... نکند دوباره از چشم‌هایم است.

- می‌گم دیدی نوک قله تو ابراست... کاش می‌شد بری نوک قله!

☆ گاهی فکر می‌کنم نکند در ابر و مه بودن را دوست داری؟ دوست داری در دنیای عجیب پُر از مه و ابهام خودت نگه داری مرا و بشنوی صدای حیرانِ افسون شده‌ام را که نجوا کنان تکرار می‌کند: «چشم‌بسته خود را سپردن در دستان ابر و اکنون و آب و ابهام، سخت است. ندانی زیرِ قدم بعدی‌ات دره است یا چمنزار، سخت است... سخت است.» و حال همه را با دلتنگی بیامیز... حالم را می‌فهمی؟

- بله... می‌بینم. وای راست می‌گی، چقدر قشنگه... اصلاً قله پیدا نیست! عموجان چه خوب کردین گفتین بیاییم، اگه به خاطر شما نبود تو این سرما نمیومدیم کوه. چقدر همه چی زیباست! جای پروین خانم خالی...

- مامانم این‌قدر سرماییه اگه الانم بود، تو هتل زیر ده تا پتو کنارِ بخاری خوابیده بود.

- خودتم قبلاً خیلی سرمایی بودی. اما الان... نگام کن ببینمت... صبر کن... ندو... تارا...

☆ زبان کوه چه زبانی است؟

☆ لهجه‌ی رودخانه کدامین لهجه است؟

☆ آیا گل‌ها لهجه دارند؟

☆ ابرها به کدامین زبان عشق‌بازی می‌کنند؟

☆ باد چه لهجه‌ای را بیشتر پسند می‌کند؟

☆ به کدامین زبان بگویمت که بر دلت بنشیند؟ بگو...

- پدر جان... برا برف‌ها آواز می‌خونین یا برا کوه... یا... برا من؟ شنیدم یه تارا توش بود. بلند بخونین ما هم بفهمیم.

- شما که کُردی نمی‌فهمین عزیزم...

- شما این‌قدر آواز کُردی خوندین، که من خودبه‌خود یه چیزایی یاد گرفتم. کوهیارم گوش می‌ده یاد می‌گیره.

☆ دلتنگی، دلتنگی است. دلتنگی زبان نمی‌شناسد، فصل نمی‌شناسد، فاصله نمی‌شناسد، سن نمی‌شناسد، شهر نمی‌شناسد؛ فغان می‌شود و به آوازت در می‌آید، رنگ می‌شود و بر صفحه‌ی سپیدت خودش را دیوانه‌وار می‌کوبد، در دلت می‌جوشد و انگشتانت را بی‌تاب می‌کند و نوشته می‌شود، تاروپودِ سازت را پریشان می‌کند و نواخته می‌شود، در وجودت ولوله می‌شود و به صد نقش در می‌آید، درد می‌شود و در تمام سلول‌های جسم و روحت پَرپَر می‌زند و در زیر سپیدیِ موهایت می‌رقصد، باد می‌شود و غوغا راه می‌اندازد، اشک می‌شود و از نگاهت چکه می‌کند. دلتنگی سنگ را آب می‌کند. دلتنگ که باشی خودِ کوه هم باشی قل‌قل از تمام وجودت می‌جوشد و می‌زند بیرون...

- بیایین کنار این چشمه پدر جان، اینجا بخونین. بیایید این شال را بیندازین سرما نخورین، بشینین، یادمه دفعه‌ی قبل گفتین که این چشمه رو خیلی دوست دارین. یه اسمِ قشنگی هم داشت... اسمش چی بود؟

☆ دلتنگی؟

☆ دلتنگت کرده‌ام تا بپرسی که چرا دلتنگی و با فریب کدامین سلسله از فکرهای ناگسستنی‌ات در کدامین چاه افتاده‌ای که دلتنگ شده‌ای؟

☆ ببین چطور با کف‌ها برای خودت عمارت می‌سازی و در آن به منصب قضاوت نشسته‌ای! تویی که بر حافظه‌ی هستی و قانون دریا پرده‌ی ستبر داوری‌های عقلِ اکتسابی‌ات را می‌اندازی، تویی که آب را به ندیدن، خشک بودن، نخواستن و بی‌تفاوت بودن متهم می‌کنی، تویی که این‌گونه مرا در دادگاهت محکوم کردی و

هر چه خواستی و توانستی به من تهمت زدی، چرا سرت را بالا نمی‌گیری؟ خواندن ستاره‌ها را هم فراموش کرده‌ای؟ اصلاً بلدی ستاره‌ها را بخوانی؟ هیچ‌وقت با کاروان در کویر، ساحل دریا، راه پیموده‌ای؟

☆ خواندن ستاره‌ها بلدی می‌خواهد. ستاره‌هایِ فصل‌هایت را دوباره و دوباره بخوان، دیگر گم نمی‌شوی: «بقیه‌ی راه‌ها تنها گریز است، گریز است از آن تک‌دانه، دردانه راهِ پُر از ابر و اکنون و آب و ابهام که باید دل در دست، با چشمان بسته، اما استوار و لبریز از ایمان گام برداری.» باید گام برداری!

☆ واقعاً تو خودت فکر می‌کنی سزاوار هستی؟!

☆ خودت چه فکر می‌کنی؟!

☆ آه... حیران نیستی! مات نیستی!

☆ نمی‌دانم خودم کدامم... که بپرسم، که بخوانم، که هوار بر سرش بزنم. می‌فهمی؟

☆ دیگر خیلی بی‌تاب شده‌ام! بین صداها و نداها و سکوت‌ها و بایدها و ستاره‌ها و نبایدها و راه‌ها و کویرها و چاه‌ها گیج و گم شده‌ام.

☆ اصلاً انگار نمی‌فهمم چه می‌گویی، نمی‌فهمم چه می‌گویم. گاهی حتی در بین مهم‌ترین صداها و فکرها یادم می‌رود کجای کدامین فکرم بوده‌ام. یک‌دفعه به خود می‌آیم و هرچه فکر می‌کنم حتی صدای آخری را فراموش کرده‌ام. بعد ناگهان دوباره همه چیز یادم می‌آید... گاهی هم هرگز یادم نمی‌آید!

☆ می‌ترسم... ! نکند دیوانه شده‌باشم. چرا همین الان، همین الان را از یاد می‌برم؟

☆ تب هم دارم... شاید دارم آبشان می‌کنم. برف‌ها را می‌گویم. شاید آب بشوند... شاید دربیاید آن چیزی، آن کسی که باید دربیاید. بدنم خیلی سرد است، دست و پایِ خشک شده‌ام یخ کرده‌است اما تب دارم... دارم می‌سوزم. بی‌دلیل تب کرده‌ام، باور نداری از علم نازنینم بپرس. گویی راه دیگری نمانده‌است. جسم و جانم به یک نتیجه رسیده‌اند. شاید... باید آن‌قدر تب کنم تا آبشان کنم. تو بودی چه می‌کردی؟ بگو چه می‌کردی؟

- باید درست و حسابی فکر کرد، این‌طور که نمی‌شه، داری خودتو از بین می‌بری.

- آخه سیا جانم وقتی نمی‌دانم فرزندم چه می‌خواد چه کنم؟

- این که خودتو از بین ببری کاره؟ این که نشد کار!

- چه کنم؟ بچم گیج شده سیا. گُر داره. چشمانش هم یه شکلِ دیگری شده.

- چشماش که چشمای قشنگِ خودته، ته بلارم[1] هیچیش نیست. هوا سرده، سوز داره، اینم که همش دورو بر آبه... سوزِ آب می‌خوره بهش هی تب می‌کنه و چشماش سرخ می‌شه.

- نه... گُرِ تب نیست، یه چیزیشه، چشمان فرزندم شکل دیگری شده. خوب چشم بدوز تو چشماش می‌بینی. باید یه کاری کنی سیا... باهاش حرف بزن تانگری یالقاسین[2]

- به رویِ چشم... تو هم این‌قدر نگران نباش.

☆ نگرانم نیستی؟ اصلاً؟

☆ خودت مدام می‌کشانی‌ام و تا نزدیک می‌شوم آنچنان با فشار پرتم می‌کنی که معلق میان هوا و زمین روزها حیران می‌چرخم! این نگرانت نمی‌کند؟

☆ آخر این رسمش است؟

☆ من که جانم را وسط گذاشته‌ام، زندگی‌ام را به قمار نشانده‌ام. جانم را بستان و خلاصم کن. از هیچ‌چیز دیگری به جز ندیدنِ دوباره‌ات نمی‌ترسم.

☆ فکر می‌کنی سرِ چه چیز دیگری می‌ترسم؟ باور کن هیچ‌چیز. امتحانم کن.

☆ فکر می‌کنی شوخیست؟ گذرها کرده‌ام... راه‌ها آزموده‌ام تا به آن مشکی مطلق چشمانت رسیده‌ام... رهایت نمی‌کنم!

☆ با خود چه فکر کرده‌ای؟ همه را ویران کرده‌ام... راه‌ها را می‌گویم، فکرها را می‌گویم، قله‌ها را می‌گویم، هدف‌ها را می‌گویم، آرزوها را می‌گویم، از همه‌شان مخروبه‌ای بیش به جای نمانده‌است. چیزی برای از دست دادن ندارم... و راهی برای بازگشت برایم نمانده‌است. می‌فهمی؟ با تو هستم.

☆ منم با تو هستم، تو می‌فهمی؟ تو وجود داری؟ «وجود» داری؟ فکر می‌کنی با آنکه مات نیستی سزاوار هستی؟!

- هی پشت گوش می‌اندازی...

---

[1] زبان مازنی: قربانت بروم.

[2] زبان ترکمنی: خداوند از گناهانت بگذرد

☆ نمی‌گویم سزاوار نیستم، تو هم ستاره‌ها را درست بخوان تا ببینی سزاوارم.

☆ من بخوانم؟ باشد... من می‌خوانم، تو پاسخ بده: تو سزاواری یا داستانِ زندگیِ تو؟ تو نگران من هستی یا نگران خودت؟ یا نکند نگران پایان این کهنه قصه‌ی آدم هستی؟ یا... شاید شکایتت از نیمه‌تمام گذاشتن قصه‌ات است؟ ببین چگونه افسانه‌ام کردی! اول به فکر در آوردی‌ام، بعد غیر واقعی‌ام کردی و باورم را به تخیل نشاندی... حالا هم کم‌کم افسانه شدم! چه چیز را می‌خواهی باشد؟ فکرت را؟ توهمت را؟ تخیلت را؟ افسانه‌ی چشم‌هایم را؟ پایان داستانت را؟ چه کسی را می‌گویی برگشته است یا نه؟ مرا؟ آن دختر مو مشکی چشم سیاه را که آرش می‌گوید ماهی برایت نشان کرده است؟ خودت را؟ آن لاشه‌ی نیمه‌جان معلق میان مرداب و آفتاب را؟ چه چیز را می‌گویی نیست یا هست؟ های و هوی دیروز و فردا را یا صدا را؟ صدا که همه جا می‌آید و در توست و اگر با زور، دهانبند دیروز و فردا را بر دهانش نبندی، در اندیشه‌ات می‌نشیند و با زبانت می‌گوید و با پاهایت راه می‌رود و برای اینکه درست بشنوی‌اش حتی گاهی چاقو می‌خورد و خودش بیشتر از تو دردش می‌آید.

☆ باز هم بگویم؟ از ستاره‌ها برایت بگویم؟ از نگاه؟ از نظر؟ ببینم تو اصلاً حقیقتاً باور داری؟ یعنی تو باور داری همه‌ی اینها واقعی است!؟! تو ایمان داری اینها واقعی است و آن چه به نظر نشاندی حقیقت بود و با این حال، این است حال و روزت؟!؟ واقعاً... حقیقتاً خودت چه فکر می‌کنی؟

- الان من چی بگم بانو... ؟

- بگو که باید زودتر یه کاری می‌کردی و برو یه فکری بکن سیا.

☆ دکتر سپندار... چیزی که با علم ثابت نشود، تخیلی است. باید ثابت شود، که... البته... واضحاً ثابت نمی‌شود! دکتر سپندار... مبادا راستی راستی دیوانه شوی! باید خودت را نجات دهی. اگر دنیای افکار درونت را بتوانی با دنیای بیرون وفق دهی آن چیز واقعی است. تو حق نداری دنیای بیرون را مطابق با دنیای تخیلیِ درونت

برای خودت در توهم درست کنی، و از آن به زور مدرک و شاهد بسازی. همه‌ی اینها را خوب یاد گرفته‌ای. خیر سرت اینهمه درس خواندی که مثل یک آدم معمولی بی‌سواد به دام تخیل نیفتی! چرا از دانسته‌هایت استفاده نمی‌کنی؟ مسخ‌شدگی تو با علم قابل توجیه است، حتی عاشق شدنت، مرا که دیگر نمی‌توانی گول بزنی... من که می‌دانم. تخیلاتت هم... گیجی و منگی‌ات هم... همه‌اش دلیل دارد و قابل درمان است. تو خودت می‌توانی خودت را درمان کنی. چرا نمی‌خواهی از دانش خودت برای درمان خودت استفاده کنی؟

– بله. چشم خانم... چشم.

☆ ای وای... ای وای... تو هم شنیدی؟

☆ بله شنیدم... شنیدم.

☆ ای وایِ من... ! باشد... شاید... شاید سزاوار نیستم!

■

- خوب شد اومدی. دمت گرم.

- حتماً میومدم... بالاخره قبل از رفتنت می‌خواستم ببینمت.

آرام نشست، به اطرافش نگاه کرد، جای خوبی بود. یک‌بار دیگر هم اینجا آمده‌بودند. اشکان همیشه بلد بود چه جاهایی را انتخاب کند... امن و ساکت. صندلی‌اش هم رو به دیوار بود، دیوار کاهگل مصنوعی، تقلیدی از گذشته‌های ساده و صمیمی. نفس عمیقی کشید. اینکه آیا درست بود اینجا با اشکان صبحانه بخورد یا نه مهم نبود، مهم این بود باید می‌آمد... و آمد.

- دیگه داری می‌ری... پس‌فردا درسته؟

اشکان سرش را زیر انداخت. وانمود کرد نشنیده‌است. هر چه دیرتر این جمله شنیده شود یا گفته‌شود بهتر است.

- خوبی‌خودت؟ زندگیت خوبه؟

- خوشحالم برات، همیشه همینو می‌خواستی، دیگه داری راستی راستی می‌ری.

اشکان لب‌هایش را به نشانه‌ی بی‌تفاوتی رو به بالا برد. دستش را در موهایش دواند و کف سرش را آرام چنگ زد. دستش را تا پشت گردنش لغزاند، گردنش را گرفت و به این‌طرف و آن‌طرف نگاه کرد. دستانش را روی میز گذاشت و به هم گره زد و به قوری چایی خیره شد.

- گفتم چایی بیارن، شیرینی... چیزی انتخاب کن.

- تو با چی می‌خوری؟

اشکان خیره به چشمان تارا نگاه کرد.

- با این دو تا رُطَب!

- بس کن اشکان! از این بشقاب مخصوص‌هاشو بگم، کوچیکش رو... که چند مدل شیرینی توش داره؟

- والا... برا خودت ناپلئونی بگیر، منم که گفتم با همون دوتا رطب می‌خورم.

- چرا ناپلئونی؟

- می‌خوام یه‌بار دیگه ناپلئونی خوردنتو ببینم... جُرمه؟ زورت میاد برا ما یه ناپلئونی بخوری این دم آخری؟

- دوست داری به همه جام بریزه، بهم بخندی؟

- نه... خوشگل می‌خوری دیگه. دوست دارم. بگو ناپلئونی...

- باشه...

- کار، مار نداری؟ همه چی رو به راهه؟ دیگه... من همین دو روز اینجام... گیری، گوری، کاری چیزی داری بگو.

- نه... ممنون...

- با کسی حساب نداری تصفیه کنم؟

تارا خندید... چشمانش بدون اینکه بداند رنگ دلتنگی گرفته‌بود.

- یعنی... واقعاً دیگه برنمی‌گردی؟

اشکان دوباره به این‌طرف آن‌طرف نگاه کرد، لب‌هایش رو به بالا ماند... دستش را روی میز گذاشت و چند باز آرام روی میز کوبید. صاف‌تر نشست. گویی خودش هم به کلافگی خودش عادت نداشت.

- باهات تماس می‌گیرم. شماره و آدرس بهت می‌دم.

- باشه...

- مازیار در جریان همه کارام هست، می‌دونه کجام، چه می‌کنم، پسرِ با مرامیه... هر کار داشتی بهش بگو...

- باشه...

- می‌گم... یه چی دیگه... که باهاس راستِ راستشو بهم بگی.

- بگو...

- سر و سِرّت با این دکتره چیه؟ خودت خوش داری دور و برت بپلکه یا زبگیله؟

- هیچ‌کدوم... منظورت چیه؟

- منظورم اینه اگه خوش نداری هیکلشو ببینی، بپرونمش. می‌گم بچه‌ها یه طوری بپرونش که...

- اشکان... من هنوز از دفعه‌ی قبل هم که اون اتفاق براش افتاد به تو مشکوک...

- گذشته رو وِلِش! من دیگه دارم می‌رم. می‌گم اگه می‌خوای...

- نه... نه... من خودم می‌دونم.

- پس... نکنه کوهیار دلتو زده؟ می‌خوای بره رَد کارش؟

- نه... تو چته؟ من با هیچ‌کدوم مشکلی ندارم.

- دِ نَه دِ... با هر دوتاشون یه چیزیت هست.

- اشکان... ول کن این حرفا رو. من خودم می‌دونم چه کار کنم، ممنون. ما یه ساعت بیشتر وقت نداریم. بیا حرفه خوب بزنیم. باورم نمی‌شه راستی راستی داری می‌ری.

- تارا...

- بله

- ببین... خیلی حواست به خودت باشه. تو یه دونه‌ای... می‌فهمی؟ باید بهترین زندگی رو داشته‌باشی...

- ممنون.

- ممنون نداره. همه چی تمومی... می‌دونی... نمی‌خوام کسی کفتر چاهیت کنه. پروبالتو بچینه. دون برات بریزه و... اهلیت کنه. ملتفتی؟

نفسش صدادار شده‌بود.

- باید یه قولی بهم بدی.

سرش را زیر انداخت و ابرووانش را در هم کشید. لب‌هایش را سفت بهم فشرد. دستش را به سبیلش برد و با دست لب‌ها و سبیلش را جمع کرد.

- ما که تا حالا نفهمیدیم معنیِ این زندگیِ لجن‌مال چی بود و برا چی به این کثافت‌خونه‌ی پر از جنایت و بدبختی اومدیم، هیچ‌وقتم نمی‌فهمیم. اما...

سنگین، آب دهانش را قورت داد. معلوم بود دارد خیلی حرف‌هایش را می‌خورد. صدایش لرزش خفیفی داشت.

- شاید تو... می‌خوام بگم... اگه تو فهمیدی قول بده بهم بگی. ما که باختیم...

تارا لبخند مهربانی روی لب نشاند. دستش را جلو برد و دست اشکان را در دست گرفت.

- اشکان می‌دونی برنده‌ی واقعی کیه؟

- اونی که به هر چی می‌خواد برسه.

- نه... کسی که بدونه حقیقتاً چی می‌خواد. اون حتماً، درهرصورت، بهش می‌رسه!

بعد دست در کیفش کرد و قاب کوچکی را که شعری روی آن حک شده‌بود در آورد و به اشکان داد.

- اینو همیشه بذار یه جایی جلو چشمت.

صدای دورگه‌ی اشکان آرام‌آرام از روی استکان‌های خالیِ کمر باریک و خورده‌های مانده‌ی شیرینیِ ناپلئونی رد شد و با موسیقیِ سنتی کافه در هم آمیخت:

- عشق ما را پی کاری به جهان آوردَست، ادب این است که مشغول تماشا نشویم.[1]

تارا به صدای اشکان، که در رد غبار نوری که از پنجره‌ی قهوه خانه می‌آمد، محو می‌شد، گوش داد و چشمانش مرطوب شد.

---

[1] صائب تبریزی

تارا آه آرامی کشید. گردنبندش را باز کرد، آرام روی میز آرایشش گذاشت. به خودش در آیینه‌ای که جای دکمه‌ای رویش نبود در راستای چشمانش نگاه کرد. یک جرعه از دمنوشش را نوشید. شروع به شانه‌کردن موهایش کرد. کوهیار کنارش ایستاد.

- قربون چای خوردنت برم عزیزم. این‌بار چی می‌خوری؟

- آویشن.

- خوشم می‌یاد دنیا بالا و پایین بشه تو از اون سال که این تصمیما رو گرفتی زیرش نزدی! حالا اونایی که از سنندج آوردی رو دم می‌کردی، ببینیم چه طوریه.

- دم می‌کنم.

- از اونا برای منم دم کن... البته من با شیرینی خامه‌ای می‌خورم... هاها...

- حتماً...

- عزیزم، مطمئنی برا تو اشکالی نداره ما باهاش حرف بزنیم؟ حتی اگه الانم نظرت عوض شده بگو. دیگه نیلا باید میومد اصفهان، گفتم الان بهترین فرصته...

- مطمئنم. اصلاً چرا من باید مطمئن باشم... واقعاً هرطوری خود شماها می‌دونین.

- من در این مدت که باهاش حرف زدم احساس می‌کنم به جز طبابت، خیلی کارای دیگه هم هست که می‌تونه انجام بده، می‌دونی... احساس می‌کنم باید از وجودش بیشتر استفاده بشه، بهشم خیلی اعتماد دارم، اما خوب نیلا باید بیاد ببینه... تو هم میایی که؟

- می‌خوای منم بیام، میام. به‌هرحال هستم. اما وارد بحثتون نمی‌شم.

☆ مگر نشنیدی‌ام؟

☆ مگر نشنیدی خودت را؟

☆ من شنیدم.

☆ منم شنیدم. ببین ستاره‌هایت را درست نمی‌خوانی.

☆ اما... اگر قرار نبود... پس... ؟! وگرنه من اینجا چه می‌کنم؟ آخر، من، اینجایی که، قرار بود تو باشی ولی نیستی و حال مثل بقیه‌ی جاهاست، چه می‌کنم؟ اگر تو نمی‌آیی، من هم نمی‌خواهم اینجا باشم. می‌خواهم بروم...

اما نمی‌توانست برود، دیگر آمده‌بود! لب‌هایش را به هم فشرد، از درون، لب پایینش را محکم گاز گرفت... خیلی محکم. مزه‌ی خون را حس کرد.

☆ چه مزه‌ی عجیبی دارد. شور است، ترش است، تلخ است! گویی مزه‌اش تغییر کرده‌است! یا... نکند سلول‌های چشایی‌ام عوض شده‌اند؟ ای وای... نکند سلول‌های چشایی‌ام دیگر درست کار نمی‌کنند!

- بفرمایید بنشینید، خیلی لطف کردید اومدید.

☆ آخر چرا خونم این مزه را می‌دهد؟ یعنی مزه‌اش تغییر کرده‌است؟ رنگ چشمِ دگرگون شده‌ام را دیده‌ام، اما یعنی رنگ چشم با مزه‌ی خون این‌قدر مستقیم ارتباط دارد!؟

- ممنون...

این را گفت و نشست. دستش را آرام جلوی دهانش گرفت و آرام آب دهانش را قورت داد.

☆ هم آب، هم خون و هم رنگ چشم، حقیقی و واقعی هستند درست است؟

☆ اما اولین خون چگونه از آب درست شده‌است؟

☆ اولین سلول خونی در اصل چگونه درست شده‌است؟ سرچشمه‌ی چرایی‌اش کجاست؟ اصلاً این‌همه ترکیبات، این‌همه سلول، این‌همه معجزه... معجزه در معجزه... این‌همه رفت و آمد منظم و عجیب میلیون‌ها مولکول، ذره و موج... اولین‌هایشان در اصل چرا درست شده‌اند؟چرا؟

☆ یعنی وقتی آب می‌خواسته خون شود چه در گوشش زمزمه شده است؟

☆ آیا یک زمزمه‌ی ملموسِ واقعی از دل خموشی بوده است؟

☆ آیا آب باور کرده است؟

☆ حتماً باور کرده که حال، ما، ما هستیم!

☆ یعنی آب باور کرده است که... یعنی آب چطور فکر نکرده است مبادا این صدا یک تخیل موهوم باشد؟

☆ بعد... یعنی... این خونِ واقعی از آن آبِ واقعی است؟

☆ معجزه‌ی خون، چرا و چگونه به حقیقت درآمده‌است؟

☆ چگونه به باور خود آب رسیده است؟

☆ آیا خون حافظه‌ی آب را دارد؟

☆ پس من چرا یادم رفته است؟ چرا چیزهای به این مهمی از یاد آدم می‌رود؟

- سلام. مشتاق دیدارتون بودیم.

☆ آه... راستی! یادش به خیر! خاطره‌ی اعتمادِ آبیِ بی‌دلیلم! خوب یادم است خاطره‌ی آن اعتمادی که از جنس خوابِ ابر و ابهام بود؛ از جنس آبی، شیرین و بی‌اندیشه بود و چه راحت در دل اکنون... به کردار درآمد. یادش به خیر!

☆ بگو ببینم آن اعتمادِ از جنس خوابِ ابر و ابهام، از جنس آبی، شیرین و بی‌دلیل و راحت که در دل اکنونت به کردار نشست کجاست؟

☆ اِاِاِ... فهمیدم داری می‌بینی‌ام. هستی و می‌دانی‌ام.

- موافقید؟ من مطمئنم بخونید خوشتون میاد. کافیه فقط یک جلدش را بخونید... اون‌وقت می‌تونید بفهمید رَوِش کاریِ ما چطوریه.

☆ وقتی اکنون به کردار درمی‌آید، یعنی آب باور کرده است! باور کرده که نمی‌داند قرار است به شکل کدامین معجزه دربیاید. خودش را رها می‌کند و با تمام وجود، ایمانِ خود به معجزه را، به تعهد می‌نشاند.

☆ آن‌هنگام است که آب به هزار شیوه‌ی نو زندگی می‌بخشد و لحظه‌های جواهرنشان، رنگ ناز آب را در نگاه‌ها می‌افشانند و چشم‌ها می‌درخشند و زندگی می‌دود و به تکاپو می‌افتد و رخوت پاره‌پاره می‌شود و دلت تکان می‌خورد که آه... آیا

در دنیای من و دیگر آب‌دیده‌ها، لحظه‌ها اندازه‌ی هم می‌گذرند؟ آیا لحظه‌های من و آنها با یک میزان سنجیده می‌شوند؟ آیا دریا در دنیای من و او یک رنگ است؟

☆ چه می‌گویی... مگر تا به حال فکر می‌کردی دریا رنگ دارد؟

☆ آرام گذشتی از آن پشت، سر انگشتان دست راستت را روی دیوار لغزاندی. سرانگشتانت و کمی از موهایت، با تمام هجومِ بی‌تابشان، که گویی همیشه ولوله‌ی سماعی در آنها برپا بود، از کناره‌ی دیوارِ طاقیِ راهرو پیدا شدند. دیدمشان... شنیدمشان!

☆ دیدی هستی! می‌دانستم هستی. پیراهن پوشیده‌بودی! یک پیراهن بلند. تو که همیشه شلوار و بلوز می‌پوشیدی! کناره‌ی بلند پیراهنت را دیدم، رنگ آبیِ آسمانی داشت. گویا جنسش از حریر بود، یا رویه‌ی حریر داشت، هر چه بود لغزید... مثل هُرم حضورت که...

- رفتید تو فکر دکتر جان؟ حالا دیگه با خودتون. حالا یه صفحه، یه ستون... هر چقدر دوست داشتید. بالاخره ما دوست داریم یه مطلبی در مجله با قلم شما داشته‌باشیم. خلاصه نظر شما را داشته‌باشیم. اسمتون نوشته نمی‌شه. اسم هیچ‌کس نوشته نمی‌شه. نگرانی نداره. البته شما که ماشالا خیلی هم ریسک پذیرید!

☆ واقعاً اهل خطرم؟ اگر به خودم باشم چقدر خطر می‌کنم؟ اگر اجازه‌ی پردازش و حسابگری‌هایِ تقلیدی را به عقلکم بدهم چقدر خطرپذیرم؟ اگر پا جای پای خرد نگذارم و در اکنون، خودم را رها نکنم آیا خطرپذیر خواهم بود؟؟ نمی‌دانم...

☆ آن روز را خوب یادم است... آن اعتماد آبیِ پُرآرامشِ انسانی پُرخرد که به ناگاه عقلِ اکتسابی‌ام را غافلگیر کرد! خوب یادم است. هنوز هم خطرپذیر هستم؟ رو به سوی نگاه تو حقیقتاً چقدر خطر می‌کنم؟ نکند دارم به عقلِ تحمیلیِ تقلیدی‌ام پر و بال پرواز می‌دهم؟ نکند دارم بدون اینکه بفهمم مدام حسابگری می‌کنم نگاهت را؟... نه... ای وای زبانم لال!

- بالاخره باید با این‌همه دانش کاری کرد... مگه نه؟

☆ خیره نگاهم کرد.

- شما فقط مشغول طبابت هستین؟ منظورم اینه... چه کارِ دیگه‌ای می‌کنین؟

☆ فکر می‌کنی دریا فقط همینی است که می‌بینی؟ نکند این فکر را می‌کنی؟ بگو!

☆ تو بگو... تو می‌فهمی هستیِ کسی بودن دقیقاً به چه معناست؟ می‌فهمی... ؟ بدان من هر جا که تو باشی هرگز به فکر، قدرت رونمایی نمی‌دهم. هر فکری تو بگویی می‌کنم. به هر اندیشه‌ای که تو بگویی می‌اندیشم. اندیشیدنم بسته به رد نگاهت می‌شود!

- نیلا جان منظورشون اینه در فرصت‌های اضافی و...

☆ ببینم تو هم می‌بینی‌اش؟ می‌شناسی‌اش؟ نگاهش را از نزدیک دیده‌ای؟ چقدر مشکی دارد؟ چقدر آبی دارد؟ چقدر سبز دارد؟ رنگ دیگری هم دارد؟

☆ نیم‌نگاهی به من انداخت و چشمانش را به آسمان دوخت... با یک رنگ! بدون آنکه نگاهم کند، گفت:

- منظورم اینه... چه کارِ دیگه‌ای می‌کنین؟ تشریف می‌برین مطب، میایین خونه... و...

☆ دست‌هایش را به نشانه‌ی آمدورفت بی‌هوده‌ی من از این‌سو به آن‌سو پراند!

☆ دوباره نگاهم کرد و من شنیدم «ببین جانِ بابا... آب، اگه پاش بیاد، سنگ را هم می‌شکافه تا راهش را باز کنه، تو قدرت آب را نمی‌دونی!»

- البته نیلا جان نمی‌دونه آقای دکتر بقیه‌ی وقتشون را مطالعه می‌کنند... و خیلی کارهای دیگه. ببخشید... ما الان برمی‌گردیم.

☆ صدا آرام‌تر شد... اما می‌شنیدم و ساکت بودم.

- ببخشید نیلا دوباره سریع با یکی راحت شدی!! مگه قرار نشد من بیشترحرف بزنم؟ اینکه تو رو نمی‌شناسه، با لحن حرف زدنت آشنا نیست. لطفاً ملایم‌تر، مهربون‌تر، یه‌کم رعایت کن! اصلاً بذار بیشتر من حرف بزنم.

- چی می‌گی کوهیار؟ من که خیلی مؤدب بودم! چیزی نگفتم. فقط سؤال کردم. اتفاقاً من ازش خوشم اومده! من از همون روز اول ازش خوشم اومد، اگه نه که اینجا نبودم. اونم از من خوشش اومده! هاها...

- هیس... بله... خیلی خوشش اومده! معلومه! بنده خدا فرار نکنه خیلیه. حالا بیا بریم... زشت شد. پس اجازه بده من حرف بزنم!

مدام به آسمان نگاه می‌کرد که آبی‌اش پُر شده‌بود و هیچ ابری هم نداشت و مدام چیزی را می‌جست و گویی پیدایش هم می‌کرد، اما راضی نبود. اخم می‌کرد و ابروان کمانی‌اش را بالا و پایین می‌برد و دوباره. آرام و قرار نداشت... راه می‌رفت و می‌نشست. گویی با تمام وجودش، با تمام رنگ دانه‌های آبی چشمانش که همچون دو گویِ آبی‌رنگ بالا و پایین می‌پریدند و برقِ آبی می‌زدند، فقط می‌خواست یک چیز را بگوید: «هرچه زودتر باید کاری کرد. دارد دیر می‌شود!»

- حیفِ شماست دکتر جان... بالاخره بزارید بقیه هم...

☆ همگی‌مان اگر بمانیم حیفیم... همگی‌مان دریایی و آسمانی هستیم. مرا دریایی و تو را آسمانی سرشتند... آسمان خود را دریا دید و دریایی شد یا دریا خود را در آسمان دید و آسمانی شد. از یاقوت‌های کبود بپرس آنها با مرواریدهای کف دریا سال‌هاست دوستیِ عجیبِ عمیقی، دور از چشم همه دارند.

- اگه نظر دیگه‌ای هم دارید ما خوشحال می‌شیم بشنویم.

☆ نمی‌دانم... آخر الان، در این شرایط من چه دارم بگویم به همه؟ چه دارم به بقیه بگویم؟

☆ منِ کوه دیده‌ی بی‌انعکاس!

☆ منِ دریا دیده‌ی بی‌همت!

☆ منِ دشت دیده‌ی در اسارت افتاده!

☆ منِ کویر دیده‌ی بی‌قرار!

☆ منِ... منِ رود دیده‌ی به مرداب افتاده!

☆ آخر... آه... منِ «تو» دیده‌ی، «تو» نشده!

☆ آخر از منِ هنوز نرسیده‌ی خام چه انتظاری است؟

☆ آخر اینها در مورد منِ چشم به در سفید شده‌یِ گاه‌به‌گاه چرخان در سیاهی‌های نگاه تو، چه فکری می‌کنند؟

☆ نزدیک‌تر آمد. آبی‌تر شد... نه تنها بلوز آبی‌ام، که برای تو پوشیده‌بودم، بلکه صورت سه تیغه‌ام، چشم‌های خشک شده‌ی پف‌کرده‌ام و حتی دست‌های منتظرم...

- فکر نمی‌کنین دیر می‌شه؟

☆ «بابایی چقدر دریا آرومه چقدر خوبه.» ظهر بود... اما نه از آن ظهرهای داغ. از آن ظهرهای خوب که آفتابش مهربان است و گاه‌گاهی هم ابری می‌آید و می‌رود. بابایی داشت ریسمانی را که نمی‌دانستم چیست سفت به هم گره می‌زد یا شاید می‌بافت، نمی‌دانم. نگاهم کرد و خندید. ایستاد دستم را گرفت. جلو و جلوتر رفتیم باز هم جلوتر «ببین جانِ بابا آره... دریا آرومه اما دریا هیچ‌وقت بیکار نیست، ببین چطور دلش داره می‌خروشه و می‌جوشه و زندگی می‌ده می‌بینی؟ گوش بده... می‌شنوی؟ یک لحظه هم بیکار نمی‌شینه.» «بریم تو آب بابایی، بریم؟» «نه جانِ بابا الان وقتش نیست!»

- حالا به‌هرحال فکراتون را بکنید. بفرمایید... چاییتون سرد می‌شه.

☆ چرا نیامدی؟ بغض بدی در گلو داشتم سعی کردم با چایی پایین دهم. آخر چرا نیامدی؟ گفتم شاید بیایی، اما نیامدی. باید می‌آمدی... باور کن باید می‌آمدی! حداقل یک لحظه هم شده باید می‌آمدی. اما نیامدی و من لبریز از عطر عبور تو، اینجا نشسته‌ام. مثل همه‌ی این روزهایم، که گاه‌به‌گاهم، سلانه‌سلانه راه می‌روم و خودم را روی پوسته‌ی زندگی، یا بهتر بگویم روی پوسته‌ی روزمرگی می‌کشانم تا بلکه... بیایی!

☆ حالا هم که... هستی... اما... نمی‌دانم چرا اگر هستی، نمی‌آیی؟

☆ به آنها بگو... گناه من نیست. آنی که می‌گویند من نیستم. شاید مرا اشتباهی گرفته‌اند. من... خودم هم گاهی خودم را اشتباهی می‌گیرم... مثل همین الان...

☆ ببین چطور همه چیزها را با هم قاطی می‌کنی! اشتباه و درست، روز و روزمرگی.

☆ اعتماد و ایمان و تعهد و شادی و... همه را به کنجی نهاده‌ای و مدام... فقط می‌خواهی. چه بگویمت مات نیستی!

☆ آه... پس هنوز برای همین نمی‌آیی؟

کوهیار در حالی که سعی می‌کرد لرزش اضافی دستانش را از تارا پنهان کند. تندتند کاغذهای روی میز را مرتب می‌کرد. لبخندی مصنوعی زد و گفت:

- چیزی نیست عزیزم... چندین‌بار تا حالا خواستنم، بعدشم ولم می‌کنن.

- چرا اون‌وقتا که می‌خواستنت به من نمی‌گفتی؟

- آخه مهم نبود، می‌دونستم ولم می‌کنن. بعدشم... اون‌قدرا بهم نزدیک نبودیم که دیگه این‌طور چیزا رو بگم. حالا هم چیزی نیست، مهم نیست، تو فقط حواست باشه فردا کارایی که گفتمو دقیق انجام بدی.

تارا روی تخت نشست.

- شاید بهتر بود اون روزام که می‌گرفتنت به من می‌گفتی... یا دست کم، قبل از ازدواج، تو دوران نامزدیمون بهم می‌گفتی. به نظر تو حقم نبود که بدونم؟

- حالا وقتِ این حرفا نیست. خُب... تو که تا حدی می‌دونستی. می‌دونستی من از این‌جور کارا می‌کنم. بعدش هم، ببخشید شما مگه خواهر هیوا نیستی؟ صدفو نمی‌شناسی؟ تو خودت تو دل همچین قضیه‌هایی بزرگ شدی. همچین می‌گی انگار تا حالا ندیدی.

- خواهر هیوا هستم. اما... شاید نمی‌خواستم زن کسی مثل هیوا بشم. نمی‌دونستم تا این حد درگیری، همیشه خودت می‌گفتی من در کنار کارام یه کارایی می‌کنم. هیچ‌وقت فکر نمی‌کردم تا این حد...

- حد نداره...

کوهیار کاغذها را گوشه‌ی میز گذاشت و پیش تارا روی تخت نشست، دستش را دور کمر تارا حلقه کرد.

- منظورت چیه بهارم... یعنی اگه می‌دونستی تا این حد درگیرم زنم نمی‌شدی؟

- الان نمی‌تونم جواب بدم... اما فکر می‌کنم حقم بود بدونم.

- حالا هم... اصلاً چیزی نیست. چرا بزرگش می‌کنی؟ من می‌رم چند سؤال جواب می‌دم و میام. چیزی عوض نشده عزیزم...

تارا برخاست. نفس عمیقی کشید روی صندلی میز آرایشش نشست.

- کوهیار تو واقعاً فکر می‌کنی این راهشه؟

صورت کوهیار حالت جدی به خودش گرفت. چشم‌هایش به دور دستی خیالی خیره ماند. لب‌هایش به هم فشرده‌تر شد. تارا برای اولین‌بار صورت جدی، خشن و نگاه عمیقِ مردانه‌ای را در کوهیار دید که تا کنون هرگز ندیده بود.

- من فکر نمی‌کنم، مطمئن هستم... ایمان دارم. هممون ایمان داریم!

تارا آرام نفس می‌کشید و به چشم‌های کوهیار که تریِ ملایمی را به خود گرفته‌بود خیره نگاه می‌کرد. کوهیار ادامه داد:

- من مطمئنم تو هم اگه به حرفای ما دل بدی، حتماً تأیید می‌کنی. تو فقط خودت هیچ‌وقت نخواستی درگیر بشی...

حتی صدایش هم عوض شده‌بود، حالت حرف زدنش هم. تارا با نگاهی مهربان و غمگین، خیره به چشمان عسلی کوهیار، که حالت مشتاقانه‌ای به خود گرفته‌بود نگریست و آرام زمزمه کنان گفت:

- هر کسی کارِ خودش و جای خودشو داره...

- من مطمئنم جای خودم هستم. چون نیلا دقیق تو جایگاه خودشه. تو خودت چی... مطمئنی تو جای خودتی؟

تارا سکوت کرد، سرش را زیر انداخت.

کوهیار ایستاد، آه کش‌داری کشید.

- ببخشید... اما من دیگه باید برم. کارایی که گفتمو موبه‌مو انجام بده عزیزم... دقیق همونی که گفتم.

کوهیار نزدیک آمد... دو دستش را در دو طرف گونه‌های تارا گذاشت. صورت تارا را رو به بالا گرفت و در چشم‌هایش خیره نگاه کرد.

– دور از تمام این حرفا، عاشقتم! می‌دونی... راستش، در واقع، خوشحالم که هیچ‌وقت درگیر این مسایل نشدی... واقعاً تو باید در همین‌جای خودت باشی. قربونت برم عزیزم... مواظب خودت باش... بدرود.

تارا هیچ نگفت، تکان نخورد، برنخواست، سنگین شده‌بود... خیلی سنگین!

- هنوز اون دختر را می‌بینیش؟
- کدام دخترو پدر جان؟
- اون دختر که خاطرش را هنوز هم می‌خواهی.
- بعضی وقتا، اون ازدواج کرده... کی گفته خاطرشو می‌خوام.
- پس از کجا می‌دونی کدام دختر را می‌گم.
- درهرصورت ازدواج کرده...
- چرا درست با ما حرف نمی‌زنی؟ چرا نگفتی بریم خواستگاریش؟
- من نمی‌خواستم برم خواستگاریش... من نمی‌خواستم باهاش ازدواج کنم. اصلاً همچین قضیه‌ای نبود.
- می‌خوام با پدرش حرف بزنم...
- چه حرفی پدر جان؟ چی می‌خواین بگین؟
- خیلی حرفا دارم باهاش. می‌خوام ببینم خودش تا حالا خاطرخواه کسی نبوده؟ می‌خوام ببینم دخترش خوشبخت شده؟ نکنه اونم دلداده‌ی توست.
- نه پدر جان... این چه حرفیه... می‌گم اصلاً قضیه‌ی دلدادگی نیست.
- پس چی؟ نمی‌خوای به من بگی؟ به یکی بگو... به مادرت، به دوستت... به یکی. نگو هیچیم نیست...
- نه... نمی‌گم هیچیم نیست. اما... لطفاً... بزارین به حال خودم باشم. خودم درستش می‌کنم. اگه کمکی خواستم می‌گم.

☆ برف‌ها دوباره دارند آب می‌شوند شاید... به خاطر برگشتنت است.

☆ اما چه برگشتنی! برای من که هنوز برنگشته‌ای!

☆ پس شاید برای دل من گریه می‌کنند... و آب می‌شوند. هر چه هست با سرعتی عجیب آب می‌شوند... نمی‌دانم چرا، اما احساس می‌کنم از من است! هر چه بر

سر برف‌ها می‌آید از من است... هر چه هست دارم آبشان می‌کنم. اگر همه‌شان را آب کنم، آن‌وقت برای من هم برمی‌گردی؟

☆ آه... هر چه هست گناه من است. می‌دانم تو که همانی...

- وای چقدر عوض شدی!

تارا با چشمان شگفت‌زده‌اش پرگل را در آغوش گرفت.

- هاها... خوب سورپرایزت کردم. اول می‌خواستم فقط مشکی پَرکلاغی بزنم... بعدش دیگه گفتم تنوع بشه دیگه از اینجا به پایینشو هایلایت شرابی توش زدم.

- یعنی وارد بشی تو کل دانشگاه تورنتو مشهور می‌شی!! وای... خیلی مشکی به صورتت اومده... اصلاً انگار یه جورایی صورتت برق می‌زنه. پایینشو خودت حلقه‌ای کردی... چه خوشگل شده.

- آره خودم حلقه‌ای کردم. منم همینو می‌خوام، می‌خوام کلاً فراموش نشدنی بشم.

- بچرخ ببینم... وای چقدر خوشگله... با یاسی رفتی؟

- نه... به منم نگفت... منم تازه دیروز دیدم. می‌گما پرگل نری اونجا جی‌جی بشی.

- هاها... اگه می‌خواستم جی‌جی بشم که اینجا چیزی کم نداشت. می‌خوام برم همشونو بکنم تو قوطی...

- از همه لحاظم می‌کنی تو قوطی... با این شکل و شمایل.

صدای یاسمن آرام شد و خنده‌اش کم‌رنگ شد.

- بچه‌ها... داریم از هم جدا می‌شیم. این پرگل که دیگه می‌ره کانادا، تو هم که ازدواج کردی و دیگه کم پیدا شدی. ما هم خونمون این‌قدر دور شده به اینجا که انگار اصلاً یه شهر دیگه است.

- اَه... تو هر شرایط می‌گرده ببینه برا چی می‌تونه عزا بگیره. چی می‌گی؟ من می‌رم اونجا همتونم می‌کشونم دنبال خودم. تارا که این کوهیارِ بنده خدا خَرِشه، اگه از بازداشت بیاد بیرون هر جا که تارا بگه می‌ره، بدبخت کسی رو هم اینجا نداره. می‌گم راستی از کوهیار خبر جدید داری؟

- نه. هنوز که نه. همونایی که گفتن. بابام می‌گن زودی میاد بیرون. دیگه... چه می‌دونم. نگرانشم.

- نه بابا... نگران نباش... دایی هم خیلی آشنا دارن، هم پول. زودی می‌یارنش بیرون و شما دو تا هم سریع می‌آیین پیش خودمون کانادا. هیوا هم از تنهایی در میاد.

- فعلاً باید بیاد بیرون.

- حالا به‌هرحال، اگه هم تو زندان موندنی شد طلاقتو می‌گیری و میایی پیش خودمون. می‌فهمی یاسی خانم، تارا که درهرصورت اومدنیه...

- وا... خاک بر سرم! چطور می‌گه : « طلاقتو می‌گیری!» بیچاره‌ها تازه از ماه عسل اومدن، این چه حرفیه می‌زنی؟!

- اتفاقاً خوبیش همینه، زیاد به همدیگه وابسته نشدن. حالا به‌هرحال همه جمع می‌شیم کانادا...

- برو بابا... انگار آسونه...

- معلومه آسونه... تارا که گفتم مشکلی نداره، چه بی‌شوهر، چه با شوهر، کلاً آزاده، پولم داره. تو هم این انگلیسی رو بخون... از راه تحصیلی میاریمت، حالا بعداً مفصل بهت می‌گم...

- اووو... چه برنامه‌ریزی هم کرده. حالا... تو از کجا می‌دونی اصلاً من و تارا می‌خوایم بیایم؟ ما بیایم اونجا چی کار کنیم؟ تو می‌خوای بری بترکونی و به قول خودت همه رو بکنی تو قوطی، ما چی کار کنیم؟

- واا همون کاری که اینجا می‌کنین... نه اینکه حالا مثلاً اینجا دوتاییتون تو تصمیمات مهم کشوری دخیل هستین!! اصلاً الان حرف زدن نداره. بذار برم... برنامه‌ریزیشو کردم. فعلاً تو پاشو عزا نگیر، این‌قدر خوشگل شدم می‌خوام برم بیرون یه‌کم لَه‌لَه زدنشونو ببینم حال بیام... بیایین بریم دیگه.

- از لَه‌لَه زدن این بدبختا چی گیرت میاد...

- بعضی لذتا هست که خدا به تو نداده تارا خانوم... دست خودت نیست. اگه می‌فهمیدی که یه عمر مثل قورباغه راه نمی‌افتادی دنبالمون. همچین صورتی رو چطور سالیان سال بدون

استفاده همین‌طور با خودت این‌ور اون‌ور می‌بری... حیف نباشه! یعنی عتیقه‌ای... من که همیشه می‌گم باید بری تو اون تاقچه‌های هتل شاه‌عباس بشینی مردم باهات عکس یادگاری بگیرن... هاها...

- دوباره اومد سرِ من...

- البته تارا جونم یه جورایی راست می‌گه‌ها...

- ببین چی کار کردی که این یاسی لی‌پوشم صداش درومده...

- من که همش طرفدارِ تو هستم... اما خب بالاخره الان ازدواج کردی... دستت بازتره، می‌تونی بالاخره یه تغییراتی به سرو صورتت بدی، یا مثلاً موهاتو رنگ کنی. البته خیلی خوشگلیا... اما خُب...

- برو بابا یاسی، چرا دلت نمیاد بهش بگی... هر چیزی که امروزی نباشه، تو مد نباشه، خوشگل نیست، تموم! مگه خورشید خانومِ رو کاشیه؟ بیایین بریم دیگه...

☆ «بیا بریم... » و جواب فقط صدای گریه‌ی من بود. «بیا بریم... » و جواب فقط صدای گریه‌ی بی‌صدای من بود که در بین صدای غمگین بابایی می‌آمد. «باید بری جانِ بابا، هر وقت دلت برای دریا تنگ شد به کویر نگاه کن، به رود نگاه کن، به آسمان نگاه کن... دریا را همه جا می‌شه دید جانِ بابا» اما گریه‌ام بند نمی‌آمد که نمی‌آمد. ای کاش همان‌وقت جایی خودم را به آب رسانده بودم و برای همیشه در آن فرورفته‌بودم. اصلاً بعد از دریا... دیگر... نباید ادامه می‌دادم. نمی‌دانم چرا ادامه دادم؟

☆ نمی‌دانم... شاید ادامه دادم برای... برای ادامه‌ی نگاهت. اما حالا که دیگر... حالا چرا ادامه می‌دهم؟ چرا... ؟ شاید...

- یعنی واقعاً هیچ خبری ازش نداری؟

- نه آرش گفتم که... مگه تو خبر داری؟ چیزی می‌خوای بهم بگی بگو...

- نه... همین‌طوری پرسیدم. خبر خاص که نه، دور را دور خبر دارم. از همون مازیار اینا...
خوبه... خبر خاصی نیست. زندگی می‌گذره... همین‌طوری... می‌خواستم بدونم تو تازه‌ای
داری؟

- نه...

☆ نمی‌دانم انسان‌ها چگونه می‌توانند بی‌دریا زندگی کنند!؟

☆ اما می‌دانی من فکر می‌کنم هیچ‌کس بی‌دریا زندگی نمی‌کند. آدم‌ها دو
دسته‌اند: یا به نحوی با دریا زندگی می‌کنند، یا اصلاً زندگی نمی‌کنند!

- می‌خوای من کاری کنم؟ نمی‌دونم... مثلاً یه جورایی قرار بزاریم ببینیش.

- نه... ممنون. نهال منتظرته برو.

- می‌خوای با ما بیایی؟ به خدا خوشحال می‌شیم.

- نه ممنون... منم می‌خوام برم بیرون یه‌کم راه برم. تو برو.

- می‌خوای من و تو با هم بریم بیرون؟ سینما که دیر نمی‌شه یه دفعه دیگه می‌ریم. به نهال
می‌گم، منم باهات میام، با هم می‌ریم راه می‌ریم. باشه؟

- نه... برا چی... سینماتونو برین.

- نهال که حرفی نداره.

آرش آرام کنار نادر روی تخت نشست. به درخت سروی که در فرش ترکمن وسط اتاق نقش
بسته بود خیره نگریست.

- اصلاً حالا عجله‌ای نیست، تا یه ساعت دیگه که سینما شروع بشه وقت داریم. نادر...

نادر از روی تخت بلند شد... به کنار پنجره رفت.

- نادر... من اول رفیق تو هستم، بعد دامادتون. رفاقت من و تو جای خودشو داره... بیا
بشین... یه چیزی بگو...

- چی بگم... خودتو اذیت نکن... من خوبم. برو خوش باشید... منم میرم یه‌کم راه می‌رم و
برمی‌گردم. خوبم... برو... نهال منتظره...

- چی بگم... باشه... پس... یه چیزی بپوش سردت نشه...

☆ اصلاً... باشد... گیرم بلد نیستم مات باشم. اگر بلد نباشم مات شوم چه؟ یعنی فقط ماتم را می‌خواهی و نه هیچ شکل دیگرم را؟

☆ خوب... ماتم کن. تو ماتم کن... خودت ماتم کن!

☆ از من یک قدم، از تو یک قدم پیشکشت، فقط نگاهی بینداز، از من جان و از تو نگاه. من که چیزی ندارم که بترسم... برهم زن و بکُش و ماتم کن.

☆ بس است، ساکت! سراسر ادعایی... و بی‌شرمانه می‌گویی: «تو ماتم کن»!؟ دوباره از بار مسئولیت شانه خالی می‌کنی!

☆ یعنی... برای همین است که برنمی‌گردی؟

☆ هیس، مات نشده خرد ندارد که دنبال دلیل بگردد.

☆ پس... پس بی‌گمان برای همین برنمی‌گردی؟

☆ هیس، مات نشده قدرت تشخیص ندارد که فرق بین تردید و یقین را بداند.

☆ اطمینان دارم برای همین برنمی‌گردی؟

☆ ساکت، مات نشده باور ندارد که بتواند به چیزی ایمان داشته‌باشد.

☆ پس... حتماً برای همین برنمی‌گردی؟

☆ بس است، تو حتی در این صدا هم شک داری. تو حتی نمی‌توانی بفهمی چه چیز حقیقت است چه چیز خیال و وهم است.

☆ پس... دیگر حتماً برای این است که برنمی‌گردی؟ آخر بگو برای کدامش است که برنمی‌گردی.

☆ نیستی!

☆ پس... آخر برای همین برنمی‌گردی؟!

☆ مرا تبدیل به فکر می‌کنی. وهم و خیالم کرده‌ای. تو نمی‌توانی بفهمی چه چیز حقیقتِ محض است، چه چیز خیال و وهم است.

☆ اصلاً بگو ببینم مگر نه اینکه بودن و نبودنِ یک فکر یا یک وهم یا یک تخیل دست خودت است؟ تو که آشکارا به حقیقی بودن یا واقعی بودنم شک داری... پس... اگر تَوَهمِ تو هستم، فکرِ تو هستم، خیالات و وهم زیبای تو هستم، پس خودت پس بیاورم. خودت برگردانم، تَوَهمم کن، تخیلم کن، فکرم کن، بامن سخن بگو، هر چه می‌خواهی بشنَوی، خودت از زبان من به خودت بگو. دلتنگی‌هایت را بگو، چراغ اتاقم را روشن کن، بیاورم پشت پنجره، موهایم را پریشان کن... و خودت بیا بیافشان.

☆ نگو... بس است.

☆ چرا بس است؟ هیچ‌چیز و هیچ‌کس و هیچ حادثه‌ای نمی‌تواند هم واقعی باشد، هم تخیلی. تو که گویی حقیقتاً باورم نداری. پس... خودت بسازم!

☆ خودت بسازم! بساز مرا! بساز هرآنچه را که دلت می‌خواهد و از نگاهِ من و زبان من سخن بگو. تو که گویی در حقیقت، حقیقتم نمی‌دانی، چون زندگی‌ام نمی‌کنی. پس... هر چه دلت می‌خواهد از زبان من بگو، چیزی بگو که قابل باور باشد، به نظر حقیقی بیاید و بعد در نهایت کتابش را بنویس و در کتابت با دلایل محکم ثابتم کن! نترس کسی سخت نمی‌گیرد، همه باور می‌کنند... باور کن! باور هم نکردند سرِ من با آنها بجنگ و خون به پا کن و بعد از قول من به خودت لبخند بزن، و بگو «آفرین... جای تو پیش من است!» باید بنویسی... از همین فردا شروع کن، تو که خوب می‌نویسی... مرا هم بنویسم! ببین... به این زیبایی هدف و مسیر زندگیِ بلند مرتبه‌ای در راهِ یک هدف عالی برایت رقم خورد! این هم پایان قهرمانانه‌ی داستانت! زود باش... بنویسم! اوه... تازه می‌توانی در مقدمه‌ی کتابت بنویسی که...

- ای وای! بس است! ای کاش روی همین سنگ نشسته مات می‌شدم! سنگ می‌شدم! اما اینها را از زبان تو نمی‌شنیدم! بس است!!

گاهی برایت فرقی ندارد که در آستانه‌ی فروردین ماه زنده‌رود باشی و تمامِ هیاهویِ زندگیِ دور تا دورت دسته‌جمعی تو را به جشن بهار دعوت کنند، تو در ابری‌ترین نقطه‌ی عالم، دست

و پاهای یخ زده‌ات را جمع و جور می‌کنی و سعی می‌کنی دور از چشم بهار تا جایی که می‌توانی خود را به ندیده شدن نزدیک کنی. اما باز هم گاهی صدایت به بیرون از خودت راه پیدا می‌کند و چشم‌ها را به سویت برمی‌گرداند...

آن‌وقت است که با خود می‌اندیشی باید خود را به جایی که هیچ‌کس نیست برسانی... هر چه سریع‌تر!

تا خانه دوید. طوری وارد خانه شد که آمدنش نادیده بماند. نفس‌نفس‌زنان خود را به اتاقش رسانید و در اتاق را بست. دیگر نمی‌توانست! واقعاً نمی‌توانست! شاید دیگر وقتش بود که...

شاید باید خودش تمامش می‌کرد... همه چیز را: دانش تمام این کتاب‌ها را در جمجمه‌ی خیس و آشفته‌اش، عجیب‌ترین حس دنیا را در قلب و جانش، بی‌دلیل‌ترین دردهای تمام نشدنی دنیا را در جسم خسته‌اش و تمام آهنگ‌های ساخته نشده را در این تار ساکتش... باید همه را تمام می‌کرد! آری... شاید... باید خودش، خودش را تمام می‌کرد!

☆ «بابایی»... «بابایی» نمی‌توانستم هیچ بگویم، فقط اشک می‌ریختم به هق‌هق افتاده‌بودم، بدنم می‌لرزید. چرا کسی نمی‌فهمید. من نمی‌توانم بدونِ... من نمی‌توانم... «جانِ بابا بس است، می‌دونی بابایی با گریه‌ی تو گریه می‌کنه، دریا هم گریه می‌کنه، مگه ما را دوست نداری بیا بغل بابا» اما مگر می‌شد گریه نکنی. هنوز هم به یادش ساعت‌ها اشک‌ریزان می‌شوم... به یاد خودِ کوچکِ آن روزهایم. آرام نمی‌شدم. «بابایی..تو هم... بیا با ما، می‌آیی؟» دروغ نمی‌گفت... هرگز، در هیچ شرایطی دروغ نمی‌گفت و نگفت... پس ساکت شد. در آغوشم کشید. بوی پیراهنش بوی دریا بود و هُرم گردن آفتاب‌سوخته‌اش بوی خورشید می‌داد. نمی‌خواستم بروم. نمی‌توانستم بروم. نمی‌توانستم از او جدا شوم. آخر من، بدون بابایی و دریا... اصلاً مگر می‌شود؟ «که گفته تو می‌روی؟ من و تو و دریا همیشه باهمیم... حالا خودت می‌فهمی، هر جا بروی، من و دریا با تو هستیم.»

- پس کجایی دریا؟ کجایی بابایی؟ کجایی دریا... دریاااا...

صدا بلند و بلندتر شد. بلندبلند فریاد می‌کشید و تارش را بر کتابخانه می‌کوبید. کتابخانه می‌لرزید... کتاب‌ها دانه‌دانه و گاه دسته‌دسته از کتابخانه به پایین می‌غلتیدند... جاری می‌شدند و در کف اتاق حیران در آغوش هم جای می‌گرفتند. تکه‌های خرد شده‌ی تار به این‌سو و آن‌سو پرتاب می‌شدند، «دریا... دریا... بابایی... بابایی»

سیاوش بهت‌زده و خیره در آستانه‌ی در ظاهر شد. اما جلو نرفت. دستش را جلوی در گذاشت تا مانع ورود ماه‌بانو و نارین شود.

- دریا...

نادر فریاد می‌کشید و گریه می‌کرد...

☆ دریا تو ماتم کن... دریا تو ماتم کن...

وسط اتاق نشست، دستش را جلوی صورتش گرفت و گریست...

☆ می‌دیدم خودم را که چگونه در آغوشش هق‌هق می‌گریستم. همان‌گونه که در آغوش بابایی گریسته بودم. چطور خودم را می‌دیدم!

☆ آه دریا... دریا خودت هستی؟! دریا تو اینجایی؟! تو اینجا بودی؟!

☆ چطور شناوریم! همه‌مان! حیران و مات نگاهمان کردم!

☆ هستیِ من، منم با تو دارم می‌بینم از اینجا...

☆ چطور خودم را می‌دیدم!!!!... و هستی‌ام را!!!!

☆ آه... آخر مگر می‌شود؟!؟! اینجا کجاست؟! پس... آن همه وقت من...

فصل هفتم

☆ ساکت... دارم می‌بینم!

☆ خاموشِ نظاره‌گر، همیشه برنده است... چرا که نظرِ خِردِ اکنون با اوست!

☆ دارم خوب می‌بینم: بی‌تاب شده‌ام و دست و پای عجیبی می‌زنم. مدام فکر می‌کنم و از این فکر به آن فکر می‌پرم که بتوانم بفهمم چرا به قول خودم «به این روز افتاده‌ام؟»

☆ از اینجا که نگاهم می‌کنم، همه‌ی اینها به نظر بیهوده و احمقانه می‌آید، حتی کمی هم خنده‌دار!

☆ چه به روز خودم آورده‌ام! چرا پشتم دولا شده‌است؟! باید راست‌تر بایستم. موهایم هم بلند و به‌هم‌ریخته شده‌است! باید به آرایشگاه بروم. چرا این‌قدر اخم می‌کنم؟ ابروهایم را باید باز کنم. چرا این‌قدر صورتم درهم و فشرده است؟ باید عادت کنم صورتم را رها و گشاده کنم. چرا لذت این اردیبهشت را نمی‌برم؟ شاید فکر می‌کنم آدمی که این‌قدر سردرگم و پریشان است، نباید از اردیبهشت لذت ببرد. تازه... او هم که هنوز برنگشته است، یعنی برای دکترسپندار که برنگشته است. پس حتماً باید هنوز غمگین و گیج و دربه‌در باشد، اصلاً الان نباید متوجه اردیبهشت بشود، باید فکر کند ببیند چه گِلی به سرش بگیرد. باید فکر کند ببیند آخر چه باید بکند...

☆ وَه... چطور می‌بینمم!! چطور می‌شنومم! ببین چه تلاش احمقانه و بی‌وقفه‌ای برای «نبودن» می‌کند این دکتر سپندار!

- بَه... چه عصر قشنگی... !

☆ می‌بینی مدام همین فکرها را می‌کنم... تو هم می‌بینی‌ام؟

☆ ببین... فواره‌های حوضِ نقش‌جهان را هم باز کرده‌اند... چقدر هم فشارش را زیاد کرده‌اند.

- سلام بچه‌ها... منم بازی...

- باشه. تو کدوم تیم می‌خوای باشی؟

- این‌طرف...

- باشه وایسا...

اردیبهشت اصفهان بود و هیچ طبیعتی را یارای رقابت با این‌همه زیبایی نبود! بهشت روی زمین بود و کسی را توانایی غمگین بودن نبود! دست خود انسان نیست، کسی نمی‌تواند در طبیعتِ اردیبهشت اصفهان باشد و غمگین باشد. نقش‌جهان، «نقشِ» «جهان»ی رویایی بود، و چهارباغ «چهار» «باغِ» بهشتی! بی‌بال‌وپر هم می‌شد پرواز را به تجربه بنشانی!

☆ وای... چه حس سبکی دارم. خودم در همه جایم رها شده‌ام. چه حس عجیبِ متفاوتی است! در همه جایم هستم، نه فقط در سَرَم!

☆ من تا به حال، حتی نمی‌دانستم که همیشه فقط در سرم زندگی کرده‌ام!! گویی تا به حال یک کله‌ی داغِ شلوغِ وز وزوی سنگین بودم. اما... حالا به طور عجیبی در همه‌جایم پخش شده‌ام... همه جای جسم و جانم. دست‌هایم جان دارند، دانه‌دانه انگشت‌هایم را حس می‌کنم. پاهایم وجود دارند، همه جایم!... وای... همه جایم مغز شده‌است... نه بهتر است بگویم همه جایم قلب دارد! در تمام وجودم پخش شده‌ام، طلایی شده‌ام، یک سیاهِ عجیبی شده‌ام که برقِ طلایی می‌زنم و... و روان شده‌ام! چقدر عجیب است! دارم می‌بینمم! شنا می‌کنم یا پرواز می‌کنم؟ نمی‌دانم! فقط می‌دانم سبک شده‌ام... هیچ باری بر دوشم سنگینی نمی‌کند! هیچ باری! واقعاً هیچ باری!

☆ چطور می‌شود آخر... منِ مشکل‌دار، پُر از پریشانی و سردرگمی... مگر نباید فکری به حال و روزِ...

☆ هاها... ببینم! می‌خواهم دوباره تفسیرم کنم... اما دیگر خریداری ندارد، این منطق‌ها و دلیل‌ها، این پرسش‌ها و چراها، این های‌ها و هوی‌ها مانند صدای مَحوِ دوری در صدای موج گم می‌شوند، حتی ثبات یک موج کامل را ندارند، چه رسد تا بخواهند خودشان را برسانند تا ایزد خرد!

☆ آه... چه قدر سبکم! می‌بینمم. می‌بینی‌ام؟

☆ دکتر سپندار را ببین، نگاهش کن، گیج شده‌است. شاید گیج شده‌ام که چرا این‌قدر خوشحالم و دلیلش چیست. حالا چطور می‌شود راضی‌ام کرد که دلیلی ندارد، من حتی طرفش هم نمی‌روم که راضی‌ام کنم وگرنه می‌گویم چرا... و چرا... و چرا... اما خریدار ندارد. هیچ‌کدام از این پرسش‌هایم، پرسش‌های مانع‌ساز، هیچ‌کدام نتوانستند در برابر فروافتادن در عمق سیاه-طلایی پرسش اصلی هستی دوام آورند... پرسشی که خودش پاسخ در دل داشت، خودِ پاسخ! چون گوهر در صدف!

☆ چه سیالیِ عمیقی را تجربه می‌کنم... چه شنا باشد، چه پرواز، هر چه باشد، به قول ماهی خوش است، خوش است!

☆ غوطه‌ور شدن در دل تو و پرواز کردن در درون مردمک چشم‌هایت چه خوش است!

☆ فروغلتیده‌ام... در خود تو! در خودِ خودت! در خودِ پاسخ!

☆ آه... در تو که باشی دیگر جایِ دیگری برای خیره شدن نمی‌ماند. فقط خود تو هستی... فقط خودت. این همان بود که می‌گفتی!؟!

روی سنگ‌های خاکستریِ نیمه‌بلند وسط میدان نقش‌جهان نشست...

در میانه‌ی تاریخ و تکرار، حماسه و نسیان، محراب و هنر...

در میانه‌ی عشق و عمارت، کاخ و خاک... خاکِ پر از حرف و خاطره و قصه...

در زیر نور، نورِ مقدس... نوری که حافظه‌اش زبانزد تاریخ بود.
در سکوتی که مال خودش بود و روان بود و...
و... هیچ صدایی جز بی‌صدایی محض نمی‌آمد. صدای بی‌صدا!!!
صدایِ بی‌صدایی که «بودن» داشت! پا داشت، دست داشت، فکر می‌کرد، راه می‌رفت، مثل ابر بهار اشک می‌ریخت و درعین‌حال لبخند بر لب داشت. صدایی که بی‌صداترین صدای دنیا بود!
مگر می‌شود!؟ گویی شده‌بود!! سکوتی پُرکردار، سکوتِ عمیقِ عجیبی که با هیچ زبانی به جز زبان خموشی سخن نمی‌گفت، صدایی که از مهراب می‌آمد، از آنجایی که مهر و آب به هم می‌پیوستند و در بی‌زبانیِ پُرنورِ عجیبی، زندگی می‌آفریدند.
باورکردنی نبود! اگر کسی به جز خودش بود هرگز باورش نمی‌کرد!

☆ اما حالا چیزی بود که بود. آخر، چیزی که جلوی همین دو چشمت آشکارا دارد اتفاق می‌افتد، را که نمی‌شود به شک درآورد. می‌شود؟

☆ نه... آخر داری بی‌واسطه تجربه‌اش می‌کنی! چطور می‌توانی درعین‌حال انکارش کنی؟

☆ یقین چه رنگ است؟ رنگ جوهر هستی؟ قطعاً یا دریایی است یا صدایی یا خورشیدی یا... یا مهرابی یا آسمانی... یا... رنگِ من! رنگ خودِ خودم... رنگ همین سکوت، رنگ خاص خودم. رنگی که نه قبل از من بوده، نه بعد از من خواهد آمد. یقینِ هر انسان رنگ خودش است. خود هر انسان فقط می‌تواند رنگ خودش باشد!

در امتداد دستانش محراب بود، صدا بود و مهراب. پس برخاست و راه افتاد تا در اینجا که جایی بود که باید می‌بود راه برود. با صدایی که بود، اما شنیده نمی‌شد، فقط انجام می‌شد، راه می‌رفت.
صدایی که فقط در پرواز و غوطه وری در اکنونِ محض بر جانت می‌نشیند... نوشیده می‌شود تا بنیوشی‌اش و بنوشدت!

صدایی که آمده‌است. خیلی وقت است آمده و آماده‌است.

صدایی که خیلی وقت است چشمش، به انتظارِ خموشی‌ات، بر افکارت سپید شده‌است.

صدایی که آماده‌است که بر تو ببارد، سالیان سال است فریاد خفته‌اش را در دل کهن نامدارانش برای تو به هدیه نشانده‌است. بر تو است تا بیابی‌اش، درکش کنی، حسش کنی، یکی شوی‌اش و به کردار در بیاوری‌اش...

- تفسیرشم می‌خواستم. می‌شه لطفاً کاغذ کادوی قشنگ براش بپیچین؟

- خودت کاغذشو انتخاب کن.

- اینو می‌خوام که شکل خورشید داره. پاپیون سفید دارین؟ لطفاً یه پاپیون سفید هم بزنین.

- بله... چشم، هدیه است؟

- بله... واسه عروس، دوماده.

- ای آقا... دیگه کی کتاب برا کادوی عروسی می‌بره... ماشالا به شما.

با یک گل بهار می‌شود!

همیشه با یک گل بهار می‌شود!

یک جایی هست نه چندان دور، بر نوک قله‌ی کوهی، که اگر فقط یک گل کوچک بنفش، از لابه‌لای برف‌ها سر بر زند همه‌ی آنهایی که باید بدانند، می‌دانند که بهار آمده‌است!

- ممنون...

ندانستیم. گناهکار بودیم... گناهکار هستیم. بسیار گناهکار بودیم... بسیار گناهکار هستیم.

گفته‌بودند... بلند هم گفته‌بودند. با فریادهای مکرر و متفاوت، با فرکانس‌های مکرر و متفاوت... جای به جایِ تاریخ آمدند و گفتند. نه یک‌بار، نه ده‌بار، صدها بار در پِی هم، چون کاروانِ خستگی ناپذیرِ چراغ به دست، صبورانه آمدند و گفتند. ما محکم گوش‌هایمان را گرفتیم و فریادزنان و تندتند دویدیم تا زودِ زود برسیم، به جایی که همه چیز باشد مگر خودمان!

ما کوتاهی کردیم... خیلی خیلی کوتاهی کردیم.

ما حتی قبول هم نمی‌کنیم که گناهکاریم!

ما شکوفه‌های زیبایِ همیشه بهاری‌مان را، این ارمغان‌های ایزد خرد را، این سروشانِ آسمانی را، نفهمیده و ندانسته، گذشتگان نامیدیم و از آنها گذشتیم...

گذشتیم رو به تاریکی مطلق، با حس دروغین بی‌نیازیِ مدرن، چهار نعل به سمت ناکجاآبادِ ویرانی تاختیم و نترسیدیم. آری... همین اینجایی که باید می‌ترسیدیم... نترسیدیم!

شاید نمی‌دانستیم که تاوان قدرنشناسی این‌قدر برایمان گران تمام می‌شود!

گناهکار بودیم و تاوانش را پرداختیم، به گزاف‌ترین قیمت ممکن پرداختیم... و داریم می‌پردازیم!

اما... اما هیچ‌وقت دیر نیست. هیچ‌وقت!

- همه چیز از یه جایی شروع می‌شه دیگه...

- آفرین به شما... برا جشن عروسیه؟!

- نه... برا منزل مبارکی‌شونه.

- از اقوامن؟

- خواهرم... و دوستم.

- به میمنت و مبارکی. بفرمایین...

- خیلی قشنگ شد... ممنون. شما خودتون این کتابا رو خوندین؟

پیرمرد فکر کرد اشتباهی می‌شنود، منتظر بود نادر از در بیرون رود و خودش را روی چهارپایه‌ی قدیمی‌اش رها کند.

- من؟ نه پسرم. اینو که نه... اما بچه بودیم گاهی زیر کرسی نیمه‌خواب، نیمه‌بیدار، یه قصه‌هایی برامون می‌گفتن، یه کتابی برامون می‌خوندن، بچه بودیم دوست داشتیم...

- بزرگ شدین دیگه نخوندین؟

- ای بابا این قصه‌ها برا کی آب و نون می‌شه.

- اگه از اول با دقت می‌خوندین و معنی‌هاشو درست می‌فهمیدین، هم آب می‌شد، هم نون...

- شماها جوونین، کله‌تون داغه...

- باور کنین پدر جان، اگه درست خونده بودین و فهمیده‌بودین جدای از خیلی چیزای دیگه که داشتین... الان یه مغازه‌ی بزرگ‌تر و بهتر و پردرآمدتر هم داشتین چون از خِرَدِ...

- ای بابا... پسر جان... بی‌تجربه‌ای... بزرگ می‌شی کم‌کم می‌فهمی روزگار با کسی شوخی نداره!

آری روزگار با کسی شوخی ندارد و دردها و بلاها تمام نمی‌شود مگر قبول کنیم خودمان گناهکار بودیم!

مگر بایستیم و بیندیشیم. مگر ندویم و بس کنیم. مگر خاموش باشیم و گوش دهیم. مگر باور کنیم یکی بود یکی نبودِ قصه، حقیقت داشت!!

- خدانگه‌دار.

- خدانگه‌دار جَوون... پیر شی... به آرزوهات برسی...

وقتی به آن آرزویی که سالیان سال است منتظرش هستی برسی، همه چیز فقط برای مدتی کوتاه عوض می‌شود، و تو دوباره در انتظار چیز دیگری فرومی‌روی. وقتی به هدفی که سالیان سال برایش زحمت کشیدی می‌رسی فقط برای مدتی حس خوبِ رسیدن را تجربه می‌کنی و بعد حیران از رضایت موقتی‌ات به دنبال هدف دیگری سرگردان می‌شوی. همه این را می‌دانند، همه خوانده‌اند، همه دیده‌اند و همه حتی تجربه کرده‌اند. پس چرا دوباره به این کار تن در می‌دهند؟ چرا؟

شاید... چون فکر می‌کنند این رسیدن با بقیه‌ی رسیدن‌ها فرق می‌کند، شاید چون فکر می‌کنند این رسیدن ارزش در انتظار فرورفتن را دارد. شاید هم فکر می‌کنند خوب این طبیعی است... یا خوب باید همین‌طور باشد!

به نظر می‌آید اگر جز این باشد، در ورطه‌ی بی‌هدفی و بی‌انتظاری و بیهودگی و سردرگمی فرومی‌افتی، دیگر زیستنت برایت بی‌معنا می‌شود و وجودت بی‌ارزش.

بی‌انتظارِ رسیدن، بی‌انتظارِ یک آرزویی، یک کسی، یک حسی که باید بیاید، زندگی را زندگی کردن، دانش اصیل عدم را می‌خواهد، شهامت می‌خواهد، ساده نیست!

همه منتظرند... هر ملتی، هر قومی، هر گروهی و جداجدا هر تک‌دانه آدمی... همه منتظرند. منتظر آن چیز، آن فرد یا آن حس... ولی هیچ‌کس حتی منتظر خودش هم نیست چه رسد به «نبودن در انتظار»!

تو... باید «او» باشی تا به شهامت «منتظر نبودن» برسی و تا دلِ اکنون بیایی و بی‌انتظار، خموش، فقط بمانی... تا کردار در خموشیِ اکنون را به تجربه بنشانی!

انتظار واژه‌ی شیرین لذت بخشِ خلسه‌آوری است که خش... خش، تو را همچون لاشه‌ای بی‌جان روی گنداب روزمرگی می‌کشاند و تو خوشحال، این صدایِ خش... خش لاشه‌ات را که دایره‌وار روی کثافات زندگی، به طرف انتظارِ جدیدِ کاذب، می‌چرخد، در تصوراتت صدای یورتمه‌ی اسب ابلقی می‌پنداری که بر آن سواری و چهارنعل رو به جلو می‌تازی... «جلو» ی روشن و پرامید!!

تق‌تق صدای در، در اتاق پیچید.

- سلام بابا جان، می‌تونم یه دقیقه بیام تو؟

- بله... بفرمایین.

- گفتم مزاحم نباشم.

- نه این چه حرفیه... بشینین... چه خبرا؟

- خوبی بابا؟

اما وقتی در آن چیزی که باید فروبیفتی، فرومی‌افتی، آن‌وقت خوب می‌شوی... خوبِ خوب! به معنای حقیقی خوب!

وقتی در آن چیزی که باید فروبیفتی، فرومی‌افتی... تمامیِ انتظارها و خواستن‌ها و هدف‌ها و دوست داشتن‌ها و بودن‌ها و شدن‌ها و قله‌ها معنیِ دیگری می‌دهد... چرا که...

چرا که تو در آن هستی. در آنی که باید باشی...

و معانی متحول می‌شوند. تحولی که تعهد می‌طلبد تا معنا را به کردار بنشاند. وگرنه... معناهای تقلیدیِ پوسیده برایت، بدون آنکه بدانی و بفهمی، به اجرا در می‌آیند، و تو چاره‌ای نداری به جز اینکه برای پوییِ کاذب زندگی‌ات دوباره و دوباره انتظاری یا آرزویی را از کنج ذهنت

برداری و گردگیری کنی و به طرفش بدوی... اگر ندوی که برای چه زندگی کنی؟ وگرنه که پیش خودت می‌شوی همان آدم معمولی ناامیدِ بی‌تلاش! پس دنبال همین حس کاذب می‌دوی... و دوباره... خش، خش... خش، خش... خش، خش...

- دلت پِی دریاست؟ می‌خوای برگردیم بابا؟

سیاوش موهای مجعد جو گندمی‌اش را صاف کرد. نادر می‌دید چیزی که دور سرِ پدرش می‌چرخد ابر مرطوب گذشته‌هاست... همان که همیشه چشمان پف‌دار ماهی و پیشانیِ سیا را را مرطوب می‌کرد.

سیاوش لب‌هایش را به هم فشرد... نگاهش را از نادر گرفت و به فرش کف اتاق خیره شد. نادر هم رد نگاه پدر را گرفت و خیره به اثر انگشتانِ خاطره‌های درون فرش چشم دوخت.

- وقتی آواره شدیم...

سیاوش آب دهانش را قورت داد... مکث کرد. نفس عمیقی کشید و ادامه داد.

- اول که، خودت یاد داری بابا... ما نمی‌خواستیم از دریا فاصله بگیریم. کناره‌ی دریا رو گرفتیم و... به اصطلاح دنبال جا گشتیم... اما بازم نشد. بعد گفتیم اگه بخوایم بیایم پایین حداقل جایی بریم که چه بدانم... شهر بزرگی باشه، جای پیشرفت داشته‌باشه. خودت شاید خیلی چیزا یادته. خلاصه رفتیم تهران... که... تهران زیادی بزرگ بود، سختمان بود... و بعد آمدیم اینجا... گذشته رو خودت خوب می‌دونی، گفتن نداره، به هر صورت خدا رو شکر اینجا پا گرفتیم، شهر بزرگ بود، جای پیشرفت داشت. همون‌طور که می‌خواستیم تو و نهال که برای خودتون کسی شدین، نارینم که هر کار بخواد می‌کند، راه بازه براش. حالا... مقصود اینکه... به‌هرحال بابا جان... حالا اومدم بگم می‌خوای بریم جایی که دریا باشه؟ من و مادرت با هم حرف زدیم. نهال که خدا رو شکر سروسامون گرفته. با نارینم حرف می‌زنیم، بزرگ شده دیگه، خواست با ما می‌آید، خواست اینجا پیش نهال می‌مونه. من و تو و مادرت می‌ریم جایی که دریا باشه. می‌خوای؟

☆ بغض بدی گلویم را می‌فشرد... برای هزاران چیز گریه داشتم. به چشم‌های منتظرش که خیره به دهانم مانده‌بود نگریستم، به گودیِ کدرِ پای چشمانش که جا پای خودم بود، جا پای سالم ماندنم، جا و مکان داشتنم و دانشگاه رفتنم بود.

- من و مادرتم دلتنگ دریاییم...

☆ می‌دیدمش، پدر بود، مرد خانواده بود... چقدر معصوم و مهربان بود، مردِ از دریا مانده و در دنیا فتاده. صورت استخوانی و لاغرش را، که حتی هنوز هم می‌شد نارین را در آن پیدا کرد، کج گرفته‌بود، نمی‌دانست می‌دانم که یکی از گوش‌هایش دیگر نمی‌شنود و می‌دانم که هر بار می‌پرسم دروغی مصلحتی می‌گوید.

- اصلاً من و مادرت خودمونم می‌خوایم برگردیم.

☆ باز هم دروغ مصلحتی می‌گفت. آمده‌بود تا از همه‌ی زندگی‌ای که در غربتش با این‌همه مشقت ساخته بود دست بکشد تا مرا باز به دریا برساند. چند بار، از چه چیزهایی، برای چه چیزهایی از خودش دست کشیده بود؟ اصلاً فرصت پیدا کرده‌بود بداند خودش کیست که دارد این‌گونه بی‌محابا در گذر زمان و پِی‌درپِی از او دست می‌کشد؟

☆ گریه‌ام می‌آمد... برای آن خودی که فرصتی برای پیدا کردنش نشده‌بود و نمی‌شد! همان خودی که شاید لابه‌لای نقاشی‌های روی صدف‌ها در زیرزمین داشت خاک می‌خورد. آه... حالا تکلیف من چه بود؟

☆ در غلیان عاطفه‌ها باید مراقب ترازوها باشم. باید مراقب قانون‌ها باشم و باید مراقب تعهدها باشم.

- نه پدر جان، قربونتون برم. نمی‌خوام.

- من ته بلارم[1]، ما هر کاری می‌کنیم برا...

---

[1]. زبان مازنی: قربانت بروم

☆ ما همه فرزندان دریاییم. دریا فرزندان خودش را رها نمی‌کند... هرگز. این ما هستیم که مدام با سماجت به خود تلقین می‌کنیم که ما از جنس دگری هستیم و باید خودمان را بپوشانیم!

- پدر جان... فرقی نداره کجا باشیم. دریا با ماست. من... من یه‌دفعه اون روز بهم ریخته‌بودم. ببخشید. الان خوبم... خیلی خوبم. پدر جان من قدر این‌همه محبتتونو می‌دونم. فقط ازتون خواهش می‌کنم از این به بعد بذارید من خودم برای زندگی خودم تصمیم بگیرم و... ناراحت نشین اگه تصمیمی که شما تأیید نمی‌کنینو می‌گیرم. باشه...

- چه کار می‌خوای بکنی بابا؟

- فعلاً نمی‌خوام برم مطب.

- چی؟! که چه بشه؟

- فعلاً... یعنی فقط برا مدتی. می‌خوام برم یه خونه‌ی کوچیک اجاره کنم. جدا زندگی کنم. شما به حد کافی زحمت کشیدین... و... می‌خوام فعلاً یه کارِ معمولی فقط برا درآمد داشته‌باشم... و تنها باشم، یه چیزایی هست که برا کارم باید بدونم. برا اینکه کارمو درست انجام بدم. احساس می‌کنم خیلی ضروریه که یه مدتی تنها باشم...

- اینجا هم که تنهایی، کسی با تو کاری نداره... آخه نمی‌شه که ول کنی... اعتبارت چی می‌شه؟ مطبت چی می‌شه بابا جون؟ آخه...

☆ چگونه می‌دیدم... دوست داشتن‌هایِ زیبایِ بی‌گناهِ ناآگاهانه را. چه تفاوتی می‌کنند دوست داشتن اشتباهی و ناآگاهانه یا نفرت و دشمنی آگاهانه؟ آیینه کار خود را می‌کند! ترازو دقیق‌تر از آن است که فکرش را می‌کنیم. این ما هستیم که مسئولیم.

- این‌بار فرق می‌کنه. یعنی... چطور بگم... خواهش می‌کنم اذیت نشین. من باید این کارو بکنم. نزدیک همین‌جاها خونه پیدا می‌کنم که هر وقت کارم داشتین، باشم. به خدا من قدر محبتاتونو می‌دونم. ولی...

☆ حس ملامت بود، حس گناه... خوب می‌دیدمش. آمده‌بود که دیو شک را با خود بیاورد با اولین ذره-موجِ حسش شناختمش!

☆ لبخند زدم، نمی‌دانست من دیگر اینجا بودم... من دیگر آنجا نبودم. از اینجا چقدر زود و راحت می‌شود مُچ هر حسِ واکنشی‌ای را گرفت. دیگر سراسر واکنش نبودم. دیگر رفتارم فقط واکنش‌هایم به کنش‌های گذشته و حال و آینده‌های پیش‌بینی شده نبود.

☆ چه خوب می‌توان از اینجا واکنش‌ها و رفتارها را از هم باز شناخت و تمییز داد! خوب می‌دیدمم لبخند زدم و ادامه دادم.

- چطور بگم... من باید این کارو بکنم پدر جان... و... دوست دارم شما و ماهی هم راضی باشین.

☆ آهای هستیِ من... می‌بینی؟ داری در من زندگی می‌کنی!

☆ دیگر گویی فاصله‌ای نیست که نگرانش باشم... در من حل شده‌ای. درتمامِ وجودم، در سراسر همین پیکرم موج می‌زنی... و هر روز تازه‌تر می‌شوم... از نو... و دوباره و دوباره.

☆ آهای هستیِ من... صدایم را می‌شنوی؟ دیگر در منی. می‌بینی چه خوب می‌شنوی! می‌بینی چگونه در منی! چه خوب است... چه آرام و چه زیباست.

☆ چه قدر زمان آرام می‌گذرد...

☆ دارد می‌گذرد و نمی‌فهمم چگونه شناورم... نه در زمان، نه در مکان، بلکه در عمقِ عجیبی که پر است از نور و سیاهی، تضادِ عجیبِ قابل قبولی که می‌تواند حتی عقلکم را راضی کند!!!

☆ باورت می‌شود دیگر نمی‌گردم! عجیب نیست!؟ من دیگر نمی‌گردم! حتی با جمله‌اش غریبی می‌کنم و به محض اینکه می‌گویم، می‌ترسم، تعجب می‌کنم... و دوباره آرام و خوشحال می‌شوم.

☆ دیگر در جستجوی هیچ‌چیز نیستم، حتی تو!!

☆ باورم نمی‌شود و به خودم اجازه نمی‌دهم تحلیلش کنم و رویش فکر کنم. دیگر نمی‌خواهم به هیچ زمان یا مکانِ خاصی برسم. حس عجیبی دارم... مرا چه می‌شود؟ این چه حسی است؟

☆ هر چه هست ایمان دارم، یک ایمان بی‌تردید، که حسِ گوهرباریست. می‌دانم چه گوهر ارزشمندی است، و می‌دانم باید خیلی مراقب باشم. همانند کسی که باید مراقب شعله‌ی شمعی باشد که در وزش باد قرار گرفته، یا کسی که باید مراقب قطره‌ای باشد که بر سر فنجان گیر کرده از یک طرف برود نابودیست اما از طرف دیگر برود یکی شدن است!

☆ مدام از صدایی که حال دیگر خوب می‌شناسمش تو را پنهان می‌کنم. تویی که با آنکه به نظر می‌آید نیستی اما با تمام وجود هست بودنت در هستی‌ام تجلی می‌کند. گویی خط باریکِ بین تو و خودم محوِ محو شده‌است. همان خط نامرئی زمان! چه حال غریبی دارم!!

- سلام. خسته نباشی. دیر برگشتی دکتر جون. کار و کاسبی چطوره؟

☆ همه کارها و همه‌ی آدم‌ها و همه‌ی مکان‌ها، همگی برایم بهترین کار و بهترین آدم و بهترین مکان دنیاست. هیچ‌کدامشان فرقی برایم نمی‌کند. آن هُرم عجیبِ تو، روی همه چیز ریخته شده‌است... آن هُرم عجیبِ مستی‌آورت را می‌گویم.

- سلام آقا داداش. خسته نباشین.

- سلام... ممنون... کِی اومدین؟ خبر می‌دادین. خیلی دم در وایسادین؟ بیایین تو.

- نه... نمی‌یاییم تو، ممنون. فقط اومدیم اینو برات بیاریم. مامان چکدرمه درست کرده‌بود. دیگه نیومدی اینو داد ما برات بیاریم.

- من که گفته‌بودم نمیام.

- آره... هیچ طوری نیست، حالا می‌خوری. مامان دوست داشت برات بده. بعد یه زنگ بهش بزن. همه چی خوبه؟

- ممنون... بد نیست.

- دکتر جون من و نهال صدبار گفتیم بازم می‌گیم. بیا پیش ما. ما یه اتاق اضافه داریم. خواستی بری رو تاکسی کار کنی، هیچیت نگفتیم، اما آخه این زیر زمین، سوراخ موش... آخه در شأن تو نیست. اول گفتیم زود میایی بیرون، بعد دیدیم نه... انگار خیال بیرون اومدن نداری...

- ممنون خواستم که میام تعارف ندارم. گفتم بهت که فعلاً بذار ببینم مطب جدیدم کجاست، نزدیک به مطبم باشم بهتره.

- آرش جان، داداشم که با ما تعارف ندارن، خواستن میان. اینجام که بد نیست، خُب زیر زمین باشه، تروتمیزه. داداش اینجا راحت‌ترن... حالا تا کاراشون راه بیفته، خودشون می‌دونن.
- بفرما... اینم از خواهر گلم. حالا تعارفاتو ول کنین. میایین تو یا نه؟ من دارم می‌میرم که این چکدرمه رو بخورم تا از دهن نیفتاده.

☆ تمام سلول‌های چشایی و بویایی‌ام دارند بوی غذا را با ولع تمام حس می‌کنند. چقدر زبانم، بدنم، و تمام سلول‌هایم را حس می‌کنم. صدای بدنم را می‌شنوم. صدای جسمم را می‌شنوم. احساس می‌کنم بدنم سبک و سالم شده‌است. این‌قدر صدای بدنم را خوب می‌فهمم که بعضی وقت‌ها که به دست‌هایم نگاه می‌کنم احساس می‌کنم دارند به من می‌خندند.

- برو آقا... خوبه این نهالو داری، قدرشو بدون، اگه نه تا حالا صدباره ماه‌بانو پاشنه درِ اینجا رو کنده‌بودن. برو غذاتو بخور.
- قدرشو می‌دونم. تو قدرشو بدون.
- ممنون، نگو این حرفا رو، برین تو داداش. خدانگهدار. مواظب خودتون باشین.

☆ همیشه از خود می‌پرسیدم قطره در لحظه‌ی حل شدن در دریا چه حالی دارد؟

☆ حس رسیدن... حال‌وهوای رسیدن حقیقتاً چگونه است؟

☆ هنوز هم نمی‌دانم، نمی‌خواهم بدانم...

☆ اما آیا رسیدن و نبودن به یک معناست؟

☆ ... یا... رسیدن و با تمام وجود بودن به یک معناست؟

☆ آیا با تمام وجود بودن با نبودن یکی است؟

☆ راستی چه بر سرِ قطره آمد بعد از این‌همه جستجو؟

☆ هنوز هست؟

☆ خودش هست؟

☆ یا نیست شد؟

☆ می‌تواند خودش را ببیند؟

☆ هیس... ! باید مراقب باشم... باید خیلی مراقب باشم!

☆ چلّه نشینی کردم یک فصل کامل، به اندازه‌ی یک عمر، در بین چهل بافته‌ی موهایت... و اکنون می‌خواهم دانه‌دانه بازشان کنم. دوست دارم گره‌به‌گره باز کنم هر چهل گیس را، دانه‌دانه، گل‌به‌گل، یاس‌ها را از گره بافته‌هایت بردارم، بو کنم و آرام بر روی دامانت بگذارم. خودم رشته‌به‌رشته، تاربه‌تار، خطبه‌خط و حرف‌به‌حرف، بافته‌ام و خودم هم می‌خواهم همان‌طور رشته‌به‌رشته، تاربه‌تار، خطبه‌خط و حرف‌به‌حرف، بازشان کنم!

☆ چرا؟ تو که همیشه دوست داشتی موهایم را ببافی.

☆ دوست داشتم ببافم، اما... حال می‌خواهم بازشان کنم... گره‌به‌گره، تاربه‌تار... و موبه‌مو.

☆ هنوز نمی‌شود، بوی یاس چشم‌هایت را پر آب می‌کند!

☆ می‌خواهم چشم‌هایم آب بیفتد، بگذار موهایت را باز کنم.

☆ نمی‌شود اگر چشم‌هایت آب بیفتد، آن‌وقت مرا تار می‌بینی!

☆ آن‌قدر گریه می‌کنم تا چشم‌هایم صافِ‌صاف شود و تو را شفاف ببینم، خوب است؟ حال بگذار موهایت را باز کنم.

☆ نمی‌شود، غرق می‌شوی، اگر غرق شوی دیگر مرا نمی‌بینی!

☆ بگذار غرق شوم، بعد از این‌همه تشنگی... بگذار سیرآب شوم. من غرق هم بشوم در گیسوان خودت هستم، آخر جایی ندارم که بروم، باز هم راهم را از گیسوانت تا چشمانت پیدا می‌کنم، بگذار بافته‌های موهایت را باز کنم.

☆ نمی‌شود، اگر پیدا نکردی چه؟ گم می‌شوی، اگر گم شوی دیگر مرا نمی‌بینی!

☆ اصلاً می‌خواهم گم شوم، کجا بهتر از اینجا که گم شوم، اگر در گیسوان و چشمانت گم شوم که دیگر فقط تو را خواهم دید، باشد؟ بگذار بافته‌های موهایت را باز کنم.

☆ نمی‌شود... نکند فکر می‌کنی من همین گیسو و چشم هستم؟

☆ من از راه، سخن می‌گویم... خودت می‌دانی چه می‌گویم...

☆ نه... نمی‌شود... گم می‌شوی و دیگر مرا نمی‌بینی!

☆ گم نمی‌شوم... اگر هم گم شوم تو را از سوی چشمان و گیسوانت میابم. باشد؟ خواهش می‌کنم بگذار گیسوانت را باز کنم. من بازشان می‌کنم... آه... چه ابریشمین است این گیسوانت!

- سلام.

- درود بر شما...

☆ جلویم ایستاده‌بودی!! و بر فرازِ پریشان گیسوانِ ابریشمینت، عمارت کهن چهل‌ستون قد برافراشته‌بود!

☆ تمامیِ موهایت، هر چهل بافته‌ی موهایت بازِ باز بودند... و در زیر شال حریر ارغوانی‌ات خیلی آرام، طوری که فقط خودم ببینم، موج می‌زدند...

☆ خودِ خودت بودی... باورت می‌شود؟!

خیره نگاهش کرد و چشم‌هایش تر شد. لب‌هایش لرزید و به ناگاه روی نیمکت نشست. لبخند زد و دستانش را جلوی صورتش گرفت... صدای آرام نفس‌هایش در دالان دو دستش پیچید. تارا آرام کنارش نشست. دستش را روی شانه‌ی بلوز سفیدش گذاشت. نادر نفس عمیقی کشید... دستانش را از جلوی صورتش برداشت. تندتند پلک زد و بغضش را قورت داد و دوباره نگاهش کرد...

- آخر... این‌همه وقت؟!

☆ به دنبال خودم که در اراده‌ی تو گیر افتاده‌بود، بودم. اختیار را به دست سپردم که ببینم، ببینم آیا می‌توانی... و دیدمت. تقصیر خودت بود، خودت طولش دادی... خیلی هم طولش دادی. خیلی منتظرت ماندم... خیلی... تا اینکه دیدمت...

☆ دیدمت که اینجایم.

- دنبال شما بودم.

- پیدایم کردید؟

– بله... وگرنه که اینجا نبودیم. شما چطور؟

– بله...

☆ می‌بینی‌مان؟

☆ من اینجا نشسته‌ام. تو کنارم... در دل هر چهل‌تایشان، نیمی در آب و نیمی در هرآنچه که غیر آب می‌پنداریم. نیمی برافراشته بر خاک که از آب است و نیمی غرقه در آب. هر دویمان هستیم. هر دو جا...

☆ می‌بینی‌مان؟

☆ ایستادی، با همه‌ی چهل بافته‌ی باز شده‌ی موهایت که حال، گویی موجِ واقعی می‌زدند. شال حریرت را مرتب کردی، لبخند ملیحی زدی. ایزدان آبِ دورتادور حوض را دیدم که در گرداگرد گیسوان موجی شده‌ات می‌چرخیدند و شعری را زمزمه می‌کردند که نمی‌دانم چه بود. نگاهم کردی. صورتِ مرطوب شده‌ام را، پاک کردم. لبخند زدم. برخاستم. آرام قدم زدی، هم قدمت شدم.

☆ می‌دانی در اختیارت یک فصل تمام، یک عمر به انتظار نشستم؟ می‌دانی؟

☆ تو؟ تو به انتظار نشستی؟ اگر تو به انتظار نشستی پس من چه بگویم؟ من در چیزی فراتر از انتظار به سر می‌بردم... تا به حال شده‌است چشم به راه کسی باشی، و ببینی دارد از دور می‌آید و نزدیک و نزدیک‌تر می‌شود... اما... هر چه بیشتر چشم در راهش می‌اندازی نمی‌رسد! تو می‌بینی‌اش، می‌دانی خودش است، می‌دانی دارد می‌آید، اما نمی‌رسد و تو حتی نمی‌توانی پلک بر هم بزنی، سر جایت میخکوب شده‌ای و فکر می‌کنی الان است که برسد! آه... تو چه می‌دانی این‌طور چشم‌به‌راهی یعنی چه!

– آن‌وقت‌ها نمی‌دانستم. آن‌وقت‌ها خیلی چیزها را نمی‌دانستم... ای کاش می‌دانستم.

– نباید می‌دانستی...

☆ باید نمی‌دانستی. بی‌تابی‌ات را می‌خواستم، وگرنه پیدایم نمی‌کردی.

☆ هیچ‌کس همانند من بی‌تابانه، یک فصل تمام چله‌نشینی نکرد، چه کردی با من!

☆ باید به آن حد می‌رسیدی، آن حدّت را می‌خواستم.

- نباید... نباید دوباره پیش بیاید. نباید.

تارا ایستاد. نگاه رمزآلودی به صورت نادر کرد. سرش را کج کرد.

- بستگی دارد!

☆ لبخند مهربانی زدی، نگاهم کردی، برایم ناز کردی. برای من، برای خودم، در همین‌جا، می‌بینی‌مان؟ قشنگ معلوم است دوستم داری... آه... چقدر جسور شده‌ام! این منم!؟ دوباره لبخند زدی، گویی بخواهی که بگویی می‌دانم این جسارتت از چیست. پس تکرار کردم... قشنگ معلوم است دوستم داری.

☆ مگر فکر می‌کردی به جز این است؟

☆ نمی‌دانم چه فکری می‌کردم... اما می‌دانم هرگز به جز آنچه تو می‌گویی نیست، و می‌دانم وقتی این‌گونه نگاهم می‌کنی فقط می‌خواهم نگاهت را برای دیدنم در آغوش کشم. بگذار نگاهت کنم. می‌نشینی؟

- بنشینیم؟

☆ مراقب باش، سرت را کج نکن... چشم‌هایت هم کج می‌شوند، مبادا بچکم. بنشینیم!

- نه... بریم تو.

☆ همیشه همان می‌شود که تو بگویی. وارد شدیم، هر دویمان، به صدها سال قبل... یا شاید صدها سال بعد. قبل و بعد زمان چقدر عجیب تکرار می‌شود. بدون تو همیشه یک سری حادثه‌های تکراری و نافرجام در پی هم می‌دوند تا قرنشان تمام شود و از اول تکرار شوند! ای کاش تاریخ‌دانان پرخرد و راستین از دوستان نزدیک سیاستمداران، از آشناهای صمیمیِ مذهبیون، از هم‌کافه‌ای‌های فلاسفه و از همسران نویسندگان بودند.

- چقدر باشکوه و زیباست! چقدر کشیدن تاریخ سخته.

☆ تو هم می‌بینی‌مان؟ کنار هم آرام داریم وارد می‌شویم... زمان بود خودش را کشید یا تاریخ؟ نمی‌دانم، هر چه بود گویی فضا گسترده‌تر شد، پنجره‌ها بازتر شدند...

☆ صدای نور با زمزمه‌ای مبهم از پنجره‌ها به موهایت می‌خورد و موجِ طلایی، نقره‌ای روی سیاهی‌شان می‌ریخت. می‌لغزیدند و می‌لغزاندندم. در میانه‌یِ کاخ چرخیدی و من در میانه‌ی گیسوانت... و به ناگاه ایستادی و خیره شدی و من هم همان‌طور خیره‌ات ماندم. خنده‌ی موهومِ پُرمعنایی کردی و بدون اینکه نگاهم کنی گفتی.

- دریای نور یعنی یه دریا، نور؟ و کوه نور یعنی یه کوه، نور؟ برای همین همه دنبالش بودند؟

نادر خنده‌ی شیطنت‌آمیزی کرد. بدون اینکه چشم از تارا بردارد گفت:

- باید همین‌طور بوده‌باشه... وگرنه که من دنبالش نبودم... و این‌همه برایش زحمت نمی‌کشیدم.

☆ کوه و دریایش فرقی نمی‌کند. نور، نور است. چه بدانند و چه ندانند همه دنبال نور هستند، دنبال نور بودند و دنبال نور خواهند بود... و می‌دَوند...

☆ با سرعت نور تاریخ می‌گذرد و این دوندگی ادامه دارد. چند صد سال دیگر یا چند صد سال قبل، همیشه همین تکرار تاریخ است. مگر اینکه...

☆ ... مگر اینکه دستت را به آنجایی که باید بگیری، بگیری... و خودت، خودت را بایستانی. چشم و کوه و گیسو و دریایش چه فرقی می‌کند؟ آیینه آیینه است... تو ذره-موجِ درونش افتاده را ببین و پیدا کن و دستت را بگیر به آن دست‌گیری که باید به آن چنگ بزنی...

☆ وقتی تو هستی همه چیز چونان الماس می‌درخشد... همه چیز! همه چیز پر از ذره-موج‌های درخشان است. وقتی تو باشی هستیِ من، کاه، کوه می‌شود و کوه،

نور؛ قطره، دریا... و دریا، چشم؛ ارزش چیزها با دست‌گیر بودنشان ارزیابی می‌شود و دست‌گیر بودن چیزها با ذره-موج درخشان حضورت!

☆ آن‌هنگام است که ارزش‌ها عوض می‌شوند. واژه‌ها عوض می‌شوند. همه‌ی اسامی معنای دیگری دارند. فرهنگ لغت از نو نوشته می‌شود... همیشه بمان!

☆ می‌دانی که ماندن‌ها همه در اختیار توست، فقط خودت!

☆ می‌دانم.

☆ مطمئنی؟

☆ اگرچه باورش هنوز سخت است، اما می‌دانم که در اختیار منست، اما... اما زمام اختیارم است که... گاهی از دستم می‌لغزد.

☆ اِا... ؟ باشد، پس... من هم می‌لغزم...

☆ ابروهایت بالا رفت... ماه بالا آمده‌بود... مَد شد! چرخیدی، صاف نگاهم کردی، اما نگذاشتی در آن فروافتم... سریع رویت را برگرداندی. هر دو طرفت پنجره‌ها سمفونیِ نور می‌نواختند و صدای سم اسب‌ها و شمشیرها از دیوارها به گوش می‌رسید...

☆ مگر فقط منم؟ سالیان سال است بشر مبارزه می‌کند، سالیان سال است بشر شکست می‌خورد، پیروز می‌شود و دوباره شکست می‌خورد، این سرنوشت بشر است. صدای سم اسب‌ها و شمشیرها بیشتر آمد، حتی بوی یال اسب‌ها و ترس فیل‌ها را هم حس می‌کردم.

☆ بله. این مبارزه با همه‌ی مبارزه‌ها فرق دارد. این یگانه بزرگ مبارزه‌ی انسان است، خود انسان! بشر، عام است. تو خاص هستی، تو فقط خودت هستی، تو فرصت گاه‌به‌گاه نداری. تو فرصت شکست خوردن، پیروز شدن و دوباره شکست خوردن نداری.

☆ اسب‌ها و شمشیرها دورمان می‌چرخیدند.

☆ تو فرصت گاه‌به‌گاه نداری!

☆ پوزخند زدی، دلم از اسب فروافتاد.

☆ فکر کردم مبارزه را یاد گرفته‌ای! هنوز شک در زمام اختیارت داری؟! پس... نکند اشتباهی اینجاییم؟!

- بریم؟

- کجا... ؟ الان؟!؟ هنوز که...

نادر بازوی تارا را محکم گرفت و به طرف خودش کشید. نگهبان دم در رویش را برگرداند و دو نفر که برای بازدید آمده‌بودند، سرجایشان میخکوب شدند و خیره به دست نادر نگاه کردند. نادر بازوی تارا را آرام رها کرد، دستش را در راستای بدنش جا داد. آب دهانش را قورت داد، رنگش ناگهان آنچنان پرید که تارا خنده‌اش گرفت.

- منظورم اینه بریم... اون قسمت.

☆ دستانت را بالا آوردی و اشاره کردی به آیینه‌ها، آستین روپوش ارغوانی‌ات پایین سُر خورد. دست شکوفه‌ای‌ات در هوا چرخید. ذره‌های غبار هوا که در رد نور می‌رقصیدند دور دستت چرخیدند. سرم نچرخید به هیچ سمتی، نه به سمتی که اشاره می‌کردی، نه به دیگران که خیره شده‌بودند. چشم از نگاهت بر نمی‌داشتم. سرت را زیر انداختی و لبخند زدی، راه افتادی، من هم...

☆ از چه می‌ترسی؟

☆ نمی‌ترسم.

☆ نمی‌روم.

☆ می‌دانم. رفتنی نیستی. نیامده‌ای که بروی. همیشگی هستی!

☆ پس چرا ترسیدی؟

☆ دوباره لبخند زدی.

☆ هنوز می‌ترسی.

☆ آخر می‌خواهم ببینم، باید ببینمم، من... من نمی‌توانم بدونِ ندیدنم بروم. خواهش می‌کنم.

☆ دیده‌ای!

☆ نه... کجا؟ کی؟

☆ خوب... بماند... از زمام اختیارت می‌گفتی! از لرزش تعهدات و ایمانت می‌گفتی... درست است؟

☆ نه!

☆ نه؟

☆ نه! فقط گفتم... شاید... گاهی.

☆ باشد، پس از گاه‌به‌گاهی شدنت می‌گفتی... بگو.

☆ نه!

☆ نه؟ پس من اشتباه شنیدم.

☆ نه... من اشتباه گفتم... ماهیچه‌های زبان را چه به دخالت در کار اندیشه‌ها و کردارها. داشتم از تعهدها و ایمان‌ها و اختیارها می‌گفتم.

☆ باشد تو راست می‌گویی.

☆ باور می‌کنی؟

☆ من باور نمی‌کنم... من می‌دانم!! اینجا هستی، درست است؟ پس... حتماً می‌دانسته‌ام!

☆ نفسم را آرام بیرون دادم... که تکان نخورم. چشم از چشمت بر نمی‌داشتم. چهره‌ات درخشید... چرخیدی، سرگونه‌هایت سرخیِ ارغوانیِ هستی را به همه جا می‌تاباند...

- چقدر زیباست می‌بینی؟ وای چقدر آیینه!

☆ معلوم است زیباست. انعکاس هستی من است در تمامشان. آیینه در آیینه برق می‌زدی. ارغوانی-نقره‌ای، ارغوانی-نقره‌ای-طلایی... و ذره‌ها در راستای نورت به رقص درآمده‌بودند و موج‌ها را در بر گرفته‌بودند... آیینه در آیینه.

- بله... خیلی زیباست.

☆ آیینه‌ها را می‌گویی یا مرا؟

☆ دوباره لبخند زدی و سرت را بالا گرفتی و به سقف خیره شدی...

☆ هر آن چه بازتاب تو باشد، نهایت زیبایی است. آیینه زیباست، ماه زیباست، دریا زیباست، ستاره‌ها زیبایند. همه آیینه‌هایی که در آنها می‌نگری زیبا هستند... همه‌شان، رودها، کوه‌ها، آسمان‌ها حتی دره‌ها و غارها، و هرآنچه آیینه در هستی هست، همگی زیبا هستند....

☆ چه چیز منعکسم نمی‌کند؟

☆ این‌طرف آن‌طرف را نگاه کردم، چیزی نیافتم... پس گفتم: «نمی‌دانم.»

☆ تو... خودت!

☆ من!؟ چرا؟ چرا من؟

- بریم تو باغ؟

- چرا؟

☆ آخر چرا؟ چرا من؟

☆ چون هیچ‌کس نمی‌تواند انعکاس خودش باشد، یا خودت هستی یا خودت نیستی.

- بریم تو باغ چون...

- ببخشید... بله بریم.

☆ یعنی... من انعکاس تو نیستم... چون...

☆ حواست باشد! داری به فکر در می‌آوری... بس است...

☆ دوباره دستت را بالا آوری و با لبخند اشاره کردی:

– بدویم؟ به انتهای باغ.

☆ اگر می‌گفتی بمیریم هم، در جا می‌مُردم! فکر نکردم... بدون اینکه بپرسم چرا، و بدون اینکه این‌طرف و آن‌طرف باغ را نگاه کنم، و ببینم آیا کسی می‌بینتمان یا نه، و بدانم آیا صحیح است آدم با این سن و سال بدود یا نه، بدون هیچ فکری فقط لبخند زدم و... دویدم... یا پریدم... یا سُر خوردم... یا شنا کردم...

☆ آه... می‌دویدی... و من توصیفت نمی‌کردم. می‌چشیدمت... فقط هم‌گامت می‌آمدم... و آن‌هنگام بود که چشیدم و فهمیدم که ارغوانی نیست... شرابی است! و مشکی نیست... تازگیِ شب طبیعت است! چشیدم!

☆ اینجاییم می‌بینی؟

☆ اینجا دست فکرِ عقل‌کمان به ما نمی‌رسد.

☆ آری... باید همیشه اینجا بمانیم، اینجا بهتر است.

☆ نگاهم کن. چه پرشورم. چه خوشحالم. هستی را در آغوش دارم... زنده‌ام... زنده‌ی زنده!!!

☆ لبخند زدی و من در نهایت آگاهی، به سادگی‌های زندگی دو انسان نگاه کردم... و گفتم:

– بشینیم؟

☆ هنوز آن لبخند ملیح روی لب‌هایت بود که گفتی: «ببین تو انعکاس من نیستی. هیچ‌کس که نمی‌تواند انعکاس خودش باشد!»

– باشه... بشینیم...

☆ چشم‌هایت شفاف‌تر از همیشه بود و آنچنان می‌درخشید که بدون اینکه بفهمم چه شد، آرام سُر خوردم، خیلی آرام...

☆ وسطش ایستادهبودم، گویی شکل دیگری شدهبود، هیچگاه اینقدر دقیق حس نکردهبودم که در میانهاش ایستادهام. همه چیز حس میشد... چیزهایی مانند رطوبت آب... نسیم کمی خنک جنگل و دریا... بوی ماسههای خیس و طبیعت خوشحال! چیزهایی که با تجربهای که از آنجا داشتم، شک داشتم خودشان آنجا باشند، اما حس میشدند!

☆ آنجا غروب بود یا واقعاً غروب بود؟ نمیدانم...

☆ یا... شاید هم طلوع بود! نمیدانم. جهت و زمان درست قابل تشخیص نبود. فقط میدانم همه چیز رنگ غروب یا طلوع بود. مرداب، که به نظر شکل دیگری میآمد، در سکوتی طلایی-نارنجی فرورفتهبود. همه چیز به شکل عجیبی ساکت بود... خیلی ساکت، خیلی شفاف!

☆ گویی واقعاً چند صد سال بعد، یا چند صد سال قبل بود. قدمت دستنخوردهی تاریخ یا نوینیِ عجیبِ آیندهای مبهم را داشت. مثل دنیای کشف نشدهای بود؛ یا مال صدها سال قبل بود و هنوز کشف نشدهبود، یا مال صدها سال آینده بود که هنوز پای کسی به آنجا باز نشدهبود. همه چیز هم واضح و پیدا بود... و زیبا! درختها پیداتر و شفافتر بودند، برگهایشان درخشندهتر بود، گویی بلندتر شدهبودند. مگر در یک فصل یک درخت چقدر میتواند رشد کند؟! اما درختها رشد کردهبودند، انبوهتر به نظر میآمدند گویی پُرشاخوبرگتر شدهبودند. کمکم صدای پرندههایی که نمیدیدم هم آمد و موج! اما... چه کسی تا کنون صدای موج از مرداب شنیدهاست؟ مگر مرداب موج میزند!! مگر میشود در دل مرداب موج بیفتد؟

☆ میشود.

☆ کجایی هستیِ من؟

☆ اینجایم.

- اینجا خوبه؟

- بله.

☆ پس بگذار خوب ببینمم. بگذار بفهمم چه بر سرم آمده‌است؟

☆ دیگر شک نداری؟

☆ نه شک ندارم، بگذار ببینمم.

☆ دیگر می‌توانی تمییز و تشخیص دهی؟

☆ می‌توانم تشخیص دهم، بگذار ببینمم.

☆ دیگر نمی‌شکنی عهدت را، تعهدت را؟ پیمانت را؟ ایمانت را؟

☆ نه نمی‌شکنم.

☆ زمام اختیارت از دستت رها نمی‌شود؟

☆ نه، رها نمی‌شود، می‌دانم خودت هم خوب می‌دانی نمی‌شکنم، رها نمی‌کنم... هرگز، بگذار ببینمم.

☆ از کجا بدانم؟

☆ از هر جا راضی می‌شوی، خودت بگو.

☆ ستاره‌هایت را خوانده‌ای؟

☆ اگر ستاره‌هایم را درست نخوانده بودم که راه اینجا را پیدا نمی‌کردم، حال در راه دیگری بودم.

☆ اگر بگویم تمام ستاره‌هایت را باید بدهی می‌دهی؟

☆ همه‌شان را؟ یعنی ستاره‌های همه‌ی فصل‌هایم را؟

☆ بله، همه‌ی همه‌ی ستاره‌هایت را.

☆ آخر... داستانم خراب می‌شود، شاید... شاید راه گم شود...

☆ چه گفتی؟

☆ هیچ.

☆ چه گفتی؟

☆ فقط حرکت ماهیچه‌های زبانم بود، من نبودم، هیچ‌چیز از دل نبود، بله می‌دهم.

☆ همه جایت باید به اختیارت باشد... حتی ماهیچه‌های زبانت.

☆ در اختیارم خواهد بود.

☆ پس هر جا، هر چه ستاره داری می‌دهی؟

☆ بله می‌دهم.

☆ می‌دانی تردید صدایت از چیست؟ از این است که نمی‌دانی چه در چشمت کاشته شده‌است. برای همین است هنوز ستاره رصد می‌کنی تا راه را پیدا کنی.

☆ سرم را زیر انداختم. چقدر زود زود شرمنده‌ی نگاهت می‌شدم. به مرداب نگاه کردم... آرامِ آرام نبود، گاهی موج آرامی می‌انداخت، شاید باد می‌آمد، شاید چشمانم تر و خشک می‌شد... نمی‌دانم. اما... آخر... مگر نباید ستاره‌ها را دنبال می‌کردم، نباید؟

☆ من از کرده‌ها نمی‌گویم، از هنوزها و حال‌ها می‌گویم. می‌گویم می‌دانی چه در چشم داری؟

☆ سکوت کردم... می‌دانستم و نمی‌دانستم...

☆ باید بدانی. من فرض می‌گیرم می‌دانی. حال که می‌دانی بگو... خودت بگو از کجا بدانم نمی‌شکنی، رها نمی‌کنی؟

☆ نمی‌دانم از کجا، به سادگی باورم کن. باور کن هرگز نمی‌شکنم، هرگز رها نمی‌کنم، تو خودت می‌دانی، برای همین پیدا شدی وگرنه که پیدا نمی‌شدی، مگر خودت نگفتی در اختیار من به انتظار نشسته بودی؟ پس... خودت خوب می‌دانی، تو حیران و مات شده را خوب تشخیص می‌دهی.

☆ زمام اختیارت را ببینم.

☆ چه را ببینی؟

☆ زمام اختیارت را که به مهارش شک داری.

☆ زمام اختیارم را؟ من گفتم شک داشتم... نگفتم که شک...

☆ شک داری.

☆ اصلاً مگر می‌شود زمام اختیار را نشان داد؟

☆ بله.

☆ چگونه زمام اختیارم را نشـ؟!

☆ راهی برایش پیدا کن. باید ببینم.

☆ یعنی زمامِ... ؟

☆ بله... باید ببینم، صدایم را نمی‌شنوی؟ زمان کوتاه است... در تکرار فروافتادن روا نیست. باید زمام اختیارت را ببینم، برای خودت می‌گویم، زمام اختیارت را نشانم بده.

☆ آخر... اما...

☆ آخر و اول و همه‌اش یکی است باید مطمئن باشی، مگر به همین شک نداشتی، مگر از همین نبود که می‌ترسیدی؟ زمام اختیارت را نشانم بده... وگرنه...

☆ دستت را محکم در دست گرفتم و همانند متهمی که در آخرین لحظه‌ی مرگ، تنها شاهدش را رو می‌کند، با شتاب بالا آوردم... و بعد آرام روی دامان روپوش شرابی‌ات قرار دادم... و بیشتر فشار دادم.

☆ حس عجیبی در دست‌هایم می‌کردم. نمی‌دانم دست من بود در دست تو، دست تو بود در دست من یا دست‌های خودم بود که بهم گره خورده‌بودند! درهم‌تنیدگی عجیبی بود. دست نرمی بود... خیلی نرم، از جنس شکوفه‌های بهاری، تمام بهار را در وجودم حس کردم، همه‌ی بهار را... یکجا! یک حس عجیب که تا به حال تجربه نکرده‌بودم... و... به ناگاه تمام بدنم تکان خفیفی خورد و موج-ذره‌های عدمِ سلول‌های دستانم را حس کردم که لرزیدند... و به رقص

درآمدند... این حس از دستانم شروع شد... و موج‌موج... ذره‌ذره... آرام‌آرام در تمام وجودم شروع به حرکت کرد... و کم‌کم تمام فضای عدمِ سلول‌های بدنم را حس کردم که به نوبت از دستانم تا به تمامیِ وجودم موج‌موج زندگی را به جریان درآوردند. من ندیدم، نشنیدم، نبوییدم، بلکه با دانه‌دانه مولکول‌های وجودم چشیدم، نوشیدم و با تمام وجود بلعیدمم. همه‌ی نود و نه درصد مینوی هستی‌ام را چشیدم!

☆ آه... نازنین علمم، آه... علم زیبایم کجایی؟ کجایی؟ می‌بینی؟ معلوم است که می‌بینی... معلوم است که می‌دانی. تو از اول هم می‌دانستی... شاید برای همین بود که با من درست راه نمی‌آمدی و هر چه دست و پا می‌زدم نمی‌توانستیم درست یکدیگر را دریابیم. شاید برای همین این‌قدر پر از پرسش، نقطه‌های نامعلوم، معما و جورچین‌های عجیب بودی برایم. شاید برای همین هر چه بیشتر می‌خواندمت آشفته‌تر می‌شدم که چرا درست کنار هم جور در نمی‌آیی. ای وای... مرا ببخش که در تمام این سال‌ها به کمتر از یک درصد از وجودم پرداختم و تمام نود و نه درصد وجودم را کمتر از یک درصد پنداشتم. مقصر بودم... گفته‌بودند و نشیدم. نوشته بودند و فقط دکلمه‌اش کردم. به نگارش درآورده‌بودند و رونویسی‌اش کردم. فریاد زده بودند... اما با جان دل ننیوشیدم. آه... گناهکارم.

- مرا ببخش!

☆ نمی‌دانم کِی پلک زده بودی و کِی بیرون افتاده‌بودم. اما گویی بیرون بودم! دیدم که همان‌جا در باغ نشسته بودم، کنار تو و دیدگان مهربانت و چهل گیسویِ باز شده‌ی موج‌موجت که افشان‌تر از قبل به نظر می‌آمد. حالت چشمانت لطیف شده‌بود، اما یک طور لطیفِ سرسخت. مهربانیِ بی‌باک و پُراراده‌ای در چشمانت بود که کمی هم می‌ترساندم، این‌گونه نگاه هم مانند بقیه‌ی کراماتت، فقط مختص چشمانِ تو بود. نمی‌توانستم از نگاهت بفهمم با این کارم جواب داده‌بودم؟ جسارت کرده‌بودم؟ یا توهین؟

☆ و... نمی‌توانستم دستت را رها کنم. نمی‌دانستم بیرونم انداخته بودی‌ام یا بیرون آمده‌بودم. یا اصلاً نکند همان‌جا بودم! خوب بود یا بد؟ نمی‌دانستم چه شده! فقط خیره نگاهم می‌کردی. دستت را از دستم بیرون نکشیدی. دستت را حتی تکان هم ندادی... من هم. یعنی اصلاً نمی‌توانستم تکان بخورم.

☆ باید رهایش کنی. رهایش کن.

☆ رهایش کنم؟ چه را؟ که را؟

☆ زیاد سؤال می‌کنی، دارد غروب می‌شود.

☆ پس اینجا واقعاً غروب است!

☆ صدای پرنده‌ها بیشتر به گوش می‌رسید... اما... اما صدای موج هم می‌آمد! صدای موج از کجاست؟! زنده‌رودم؟! دریا؟! مرداب؟! گیسوانت؟! دریای نورِ داخل کاخ؟! نکند کوه نور آتشفشان کرده و این صدای جریان خروشان گداخته‌های آتش است! اما مگر...

☆ آه... سعی کردم از تحلیل صداها و زمان‌ها و مکان‌ها دست بردارم، نمی‌دانستم کدام به کدام است! نفس عمیقی کشیدم و خودم را رها کردم... در دستش نرم شده‌بودم. اگر دستش را فشار می‌داد مطمئناً دستم کاملاً در هم فرومی‌رفت! آرام گفتم: «می‌خواهم ببینمم، هرگز رهایش نمی‌کنم، پایش می‌مانم.»

☆ پای آن پاهای تابه‌تای ورم‌کرده‌ی سیاه شده می‌مانی؟

☆ بله من پای خودم می‌مانم، می‌دانم گناهکارم، می‌دانم مقصرم و می‌خواهم کمکش کنم... باید کمکم کنم، مرا ببخش و کمکم کن تا کمکم کنم، مگر قرارمان همین نبود؟ قرارمان این بود؟ درست است؟

☆ قلبم تندتر می‌تپید و حس می‌کردم تپش محکم قلبم دارد بدن نرم شده‌ام را از فرم طبیعی خارج می‌کند. عجیب صدای وزش نسیم در برگ‌های انبوه درختان یا شاید صدای لغزش موهایش بر روی وجود سیالم می‌آمد.

☆ اما... اما... نکند صدای آن لحظه‌های آخری است که موج‌ها دارند با دریا یکی می‌شوند!؟ و... همه‌ی خرده‌سنگ‌ها، خرده‌ریزها... همگی... محو می‌شوند!؟آری همان است. شاید هم... آه... قرار بود مدام پردازش نکنم.

☆ چقدر دلم موج می‌خواست... یک بغل موجِ سفیدِ پف‌دار... می‌خواستم همه‌اش را یک‌دفعه ببلعم!

- ببخشید... آب دارید؟

☆ فکر نمی‌کنی وقتش است که خودت را بچشی و سیراب شوی؟ رهایش کن. تمامش کن!

☆ چشم‌هایم موجی شده‌بود. می‌شنیدمت اما نمی‌دانستمت!

☆ دوباره ایزدان آب را دیدم که دورت آرام می‌گشتند، یا شاید لابه‌لای گیسوانت زیر حریر شرابی شالت.

☆ فرشتگانِ روی شانه‌هایت دیگر نبودند!! هیچ‌کدامشان!! اما پس چرا من داشتم زیر لب پری‌خوانی می‌کردم!؟ یعنی فکر کنم داشتم پری‌خوانی می‌کردم... به هیچ‌چیز مطمئن نبودم. بدن سیال شده‌ام را حس می‌کردم و نمی‌کردم...

☆ آه... مرا چه می‌شود؟ غروب شده‌است؟ غروب که همیشه نارنجی بود، پس چرا... ؟ این شال حریر توست؟

☆ چرا فکر می‌کنی همه‌ی سوختن‌ها، همه‌ی محو شدن‌ها فقط نارنجی است؟ گاهی نارنجی است، گاهی آبی، گاهی زرد، گاهی شفقی، گاهی ارغوانی، گاهی هم شرابی، یا یاسی...

☆ راست می‌گفتی مزه‌ی شفق می‌آمد، مزه‌ی نورِ شرابی.

☆ رهایش کن! تمامش کن! بگذار آرام‌آرام بسوزد... بگذار کم‌کم محو شود... ناپدید شود... تمام شود.

☆ پس آخر این صدای سوختن است؟ یا صدای کم‌رنگ شدن است؟ یا صدای موج‌های تازه وارد شده به دریا؟ یا صدای ناپدیدیِ... !

☆ مگر فرقی می‌کند؟ ساکت... گوش کن، بعضی چیزها خوب بشو نیست، درست بشو نیست، آدم بشو نیست... چون نیست! این تو نیستی! این هرگز تو نبودی! تو نیستی! هرگز! خودش را جای تو جا زده‌است. دارد محو می‌شود.

☆ پس چرا نشانم دادی؟ آخر چرا؟ یعنی این من نبودم؟

☆ پس چرا هفت فصل تمام... یک عمر مرا نفس‌نفس زنان دنبال خودم کشاندی!؟

☆ پس آن چه بود من دیدم؟

☆ خودت نشانم دادی. همه‌اش را... زیر و رویِ وصله‌وصله‌ی متعفنش را، شکل و شمایل وحشت‌زده‌ی خوفناکش را، فکرهای پیاپی تمام‌نشدنی‌اش را، دردهایِ بی‌درمانش را، چشم‌های از حدقه درآمده‌یِ زل‌زده‌اش را، جمجمه‌ی بادکرده‌ی کپک‌زده‌اش را، دست‌های کوچکِ تابه‌تای افلیجش را، پاهای در لجن فرورفته‌اش را و زندگی‌اش را که به نکبت کشانده بود. همه را تو نشانم دادی بانویِ پُر ابهامِ ابر و آب و اکنون... تو رونمایی کردی از این دزد اندیشه‌هایم، از این منِ سرگیجه گرفته‌ی مشوش...

☆ حال که آمده‌ام که... که تکلیفم را مشخص کنم... حال می‌گویی رهایش کنم. حال می‌گویی این هرگز تو نبودی! آخر... آخر... این رسمش است؟ این قرارمان بود!؟

- خودت نداری؟ داری... من دارم می‌بینم.

☆ هیس... آرام باش! تو به درجه‌ی نظر نائل آمدی که ببینی آنچه که به جای تو دارد زندگی‌ات را زندگی می‌کند کیست، چیست، و بدانی تَوَهمی که سالیان سال برایت ساخته شده‌است تو نیستی. آرام باش... حال وقت آن است که بتوانی رهایش کنی. ساده‌تر از این نمی‌توانم بگویم، باور کن بیشتر از این به کلمه، به حرف

درنمی‌آید. چطور بگویم... باید آن‌قدر خوبِ خوب می‌دیدی که بدانی نیست، نه... تضاد نمی‌گویم. باید آن‌قدر خوب خیره می‌شدی تا همه‌اش را شناسایی کنی، خوب ببینی که او واقعی نیست. بهتر از این هم دیگر بلد نیستم به کلمات در بیاورم آنچه را که روی داد و... روی می‌دهد. اصلاً چرا این‌قدر از من می‌پرسی؟... خودت برو ببین... برو همه جا را بگرد.

- بگذار بگردم...

☆ برخاستم... یعنی فکر کنم برخاستم... یا شاید عمیق‌تر فروافتادم... یا غواصی کردم... یا پرواز کردم... نمی‌دانم... بهتر است بگویم روان شدم یا به حرکت درآمدم... اما نمی‌دانم چگونه... و گشتم!

☆ خواستم از مرداب شروع کنم که به چشمم نیامد!! پس از خال سیاهِ کوچک کنار دستبندت شروع کردم... سلول به سلول، موج به موج، ذره به ذره، مو به مو... همه جا را دیدم... در ژرفای عمیق آفرینش بر روی پروتئین‌های خستگی ناپذیرم، نشستم و بر روی زنده‌رودم موج‌سواری کردم... و... نبود! نبود؟ یا نمی‌دیدم؟ اکنون نبود یا کلاً نبود؟ ناپدید شده‌بود یا پنهان شده‌بود؟ مبادا اکنون به چشمم نمی‌آید... اما هست؟! کجا را باید دیگر می‌گشتم؟!

- صبر کن... بگذار باز هم بگردم.

☆ صبر نمی‌کنم. هفت فصل برایت صبر کردم... و یک عمر به بلندای یک تاریخ پشتش! دیگر صبر نمی‌کنم. باش و جواب بده... یا...

☆ چشمانم پر از اشک شد!

☆ فکر کنم نیست! نمی‌دانم نیست... یا... من نمی‌بینمش!

☆ آنچه را که حقیقت است می‌بینی! چون توانسته‌ای به اوج نظر برسی!

- ببین انگور سیاه هم داری!

☆ می‌دیدمت... خیره نگاهم می‌کردی با آن چشم‌های پف‌دار کجِ گوشه‌دارِ سیاهت که رگه‌های بسیار باریک سبزِ پررنگ عجیبی داشت، با ابروان مشکیِ

پیوسته‌ات، با آن موهای سیاهِ پرپشتِ براقت، چهره‌ی سپیدِ گل انداخته‌ات و... آن نگاهت! آن نگاهت که هرگز در من مثل هیچ‌کس ننگریست، و آن محبت عمیقت هم که مثل هیچ محبتی نبود و نمی‌شد نامِ خاصی بر آن بگذاری...

☆ و صدایت!... آه صدایت. صدایت که همه جا می‌آید و می‌خواندم. چه خوب مرا می‌خواند... می‌خواند آنچه را که باید بشنویم از دریا و آبی‌ها و سیاهی‌ها و طلایی‌ها و نقره‌ای‌ها و...

☆ هیچ فکر کرده‌ای هر وقت این چونان خیره در وجودم ژرف‌پیمایی می‌کنی، من در تو چه می‌بینم؟ نگاهم را می‌بینم که به دنبال خودم در من می‌کاود و...

☆ و... تو چه می‌دانی چندین سال به انتظارت نشسته‌ام و حسرت خورده‌ام. انتظار کشیدم که به اختیار، گوهر اختیار را می‌گویم که به عنوان هدیه برایت فرستادم، «مرا» به انتخاب بنشانی! تو می‌دانی چقدر منتظرت بودم؟

☆ سالیان سال است به انتظار انتخابِ اختیارت بین آمدن و نیامدن معلق مانده‌ام. می‌دانی چه تعلیق وحشتناکی است تعلیق ازل؟ می‌دانی از اولین لحظه‌ی نفس کشیدنت... به امید این لحظه مانده‌ام که انتخابت من باشم و فقط من باشم و بس!

☆ می‌دانی همه چیز چقدر برایم مهم بود؟ همه‌ی همه چیز! لحظه‌به‌لحظه‌ی نفس کشیدنت، اندوه خفته در نگاهت، بخیه‌های پهلویت، چشم‌های خشک شده‌ات، سردی سر انگشتان دستانت، شَکِ کشنده‌ات، تلاش بی‌وقفه‌ات برای گرفتن پر پروازت... و عشقت که به پهنای هستی است... خود هستی است. می‌دانی؟! راهِ تو بود تا من... باید می‌پیمودی‌اش، باید خودت می‌پیمودی‌اش... حال بگو...

- چه می‌بینی؟

☆ من می‌بینم... ماه را در چشمانت. می‌دانی ماه، گوی بلورین همه‌ی ستاره‌هایت است؟ چرا یادت می‌رود ماه در چشم داری... ماه!

- ما را...

☆ با هر دو دست، دستم را گرفته‌بودی... نگران بودی بگریزم؟ دستم در میانه‌ی دستانت گم شده‌بود. می‌دانی این همیشه تو بودی که می‌گریختی نه من؟ واقعاً می‌دانی؟ چرا همیشه فکر می‌کردی این تویی که در جستجوی من سرگردان می‌دوی؟ می‌دانی چقدر برایت پیک فرستادم؟ چقدر... ! آه... مرا به فکر، چه کار؟ بخوان... ! با تو هستم... بخوان! بلند بخوان!

- عاشقتم!

☆ می‌دانستم.

☆ چه کسی گفت؟

☆ مگر فرقی می‌کند صدای کدام‌مان است؟

☆ بلند گفت!؟!

☆ مگر فرقی می‌کند صدای بیرون یا صدای درون؟

☆ چشم‌هایم‌تر شد... بغض زیبایی داشتم... اشک‌هایت روی گونه‌هایم چکید! دست بردم اشکم را با سرانگشتانم پاک کردم، مبادا شرابیِ شال حریرت مزه‌ی شوری بگیرد. آه ببین همه‌ی ستاره‌هایم گرد چشمانت به نیایش درآمده‌اند. مال تو شده!

☆ گفتم که ستاره‌هایت همه‌شان در جام چشمانت ریخته شد... حل شد... تا ماه شد... می‌بینی؟

☆ بله... ماه است... ماه تمام! ماه کامل! و چه نزدیک است... و... گویی دارد می‌چکد! شب شده؟ یا از آن ماه‌های زود شکفته است؟ عصر است؟ غروب است؟ یا شب؟ درب چهل‌ستون را نبندند؟ دیر نشود؟

- دیر زمانی است می‌دانم.

☆ ترسیدم، سریع چشم‌هایم را باز کردم. اما زیاد فرقی نکرد! گویی اصلاً فرقی نکرد... ! چه بر سرم آمده؟ اصلاً... در واقع نمی‌دانستم چشم‌هایم باز بوده یا بسته... شاید هم باز بوده، نمی‌دانم اما... باید هوشیارتر می‌بودم. باید لحظه‌ام را پیدا می‌کردم. باید به عدمم می‌چسبیدم... به همان نود و نه درصد مینوی عزیزم!

☆ چسبیده‌ای... همیشه وقتی اینجا هستی با من هستی!

- از همان لحظه‌ی نخستین می‌دانستم. می‌دیدم...

☆ نفس عمیقی کشیدم. چشم‌هایم را آرام بستم. با نگاهی مات و مبهوت در روی نیمکتی در کنارت نشسته و دست راستت را با دو دست در دستانم سفت گرفته‌بودم. چشم‌هایم به هیچ‌جا نگاه نمی‌کرد و به همه جا نگاه می‌کرد! می‌بینی‌مان؟

☆ می‌بینم‌مان.

☆ تو هم می‌دانستی.

☆ می‌دانستم.

- چه می‌بینی؟ برایم بگو...

☆ همه‌ی برف‌های آب شده را، دریا را، موج را، یک نیمکت چوبی را و... طلوع یا شاید غروب را و خورشید و آب را و مهراب را... و من و تو را که آرام از مهراب می‌آییم... و... چه کسی باور می‌کرد مرداب با همه‌ی دردهایش در دل دریا غوطه‌ور باشد؟!

- فقط تو را می‌چشم! چقدر شیرینی!

- انگورهای خودت است.

☆ لبخند زدی، سرت را زیر انداختی. شال حریر روی موهایت بیشتر لغزید، از ته دل به باد التماس کردم تا بیشتر بوزد و شالت از سرت بلغزد و من یک دل سیر چهل گیس باز شده و موج‌موج موهایت را ببینم... شانه شَوَم و موج‌سواری کنم در زیر و بم صدای آن موج‌ها. هنوز هم آن صدا می‌آید... آن صدای موج یا برگ یا

باران یا آتشفشان یا باد یا شن‌ریزه‌هایی که در دل آب، آب می‌شوند... چه نزدیک است می‌شنوی؟

- صدای کداممان است؟

☆ چه فرقی می‌کند؟ مهم این است دستت در دستانم است، دست‌هایم در دستان شکوفه‌ای‌ات است... و ایزد خرد موج‌موج در وجودم به جریان در می‌آید. دست‌های شکوفه‌ای‌مان در نور غروب طلایی می‌زد. دستت را رها نمی‌کنم... نه... هرگز دستت را رها نمی‌کنم، و با اختیار کامل انتخابم را به مقام تعهد نشانده‌ام!

☆ وقتی دستان تو در دستانم است آب تطهیر بر پیکره‌ی تمامیِ واژگان ریخته می‌شود و همه‌شان در راه تو جان‌فشانی می‌کنند... و به من می‌آموزند آنچه را که باید بیاموزند و هیچ واژه‌ای، جسارت وصله پینه کردن آن بی‌وجودِ نیست را پیدا نخواهند کرد!

☆ وقتی دستان تو در دستان من است همه‌ی نگاشته‌شده‌ها، انگشتان اشاره‌ای «به سوی» تو می‌شوند، نه حتی گوشه چشمی از روی تو!

☆ وقتی دستان تو در دستان من است همه‌ی آدم‌ها، حتی جنایتکارترینشان، برایم پیامی را می‌آورند، پیامی که باید به گوش من برسد... و باید تو برایم بگویی... فقط تو!

☆ هرگز دستانت را رها نخواهم کرد. وقتی دستان تو در دستان من است... همه‌ی دوست داشتن‌ها و دوست‌داشتنی‌ها مرا به دانستن بیشتر خودم و تو رهنمون می‌شوند تا مبادا ناپدیدشده پدیدار گردد و محو شده، پررنگ شود!

☆ وقتی دستان تو در دستان من است نازنین علمم، دانش نازنینم قطره‌ای از شکوه دانش ایزدی می‌شود... و تمامیِ صددرصدش می‌تواند در دستان اختیارِ پُرتعهدمان قرار گیرد.

☆ وقتی دستان تو در دستانم است همه‌ی مکان‌ها، مهراب؛ همه‌ی زمان‌ها، لحظه‌ی پرتاب تیر آرش و همه‌ی کارها، عاشقی کردن حساب می‌شود.

☆ آری هرگز دستت را رها نمی‌کنم. دستت را می‌گیرم و به تمام روزمرگی‌ها می‌برم، به دانه‌دانه لحظه‌های زندگی، به اتفاقات و حادثه‌های ساده و پیچیده‌اش، به خنده‌ها و گریه‌هایش، به تلاش‌ها و شکست‌هایش، به سرافرازی‌ها و سرشکستگی‌هایش، شادی‌ها و دلتنگی‌هایش، به شکستن‌ها و ساختن‌هایش...

☆ آری... تو باید قدم در روزمرگی‌هامان بگذاری تا روزمرگی‌ها نجات پیدا کند. تو هرگز به روزمرگی آلوده نمی‌شوی، این روزمرگی است که با تو قداست می‌یابد، جاری می‌شود و زندگیِ حقیقی می‌شود. با من بیا!!

- صدای خودت است.

- همین صدا؟

- بله...

- چه شیرین است.

☆ با من به روزمرگی‌هایم بیا... می‌آیی؟

- با من می‌آیی؟

- می‌آیم.

- نمی‌پرسی کجا؟

- نه.

- برویم؟

- برویم.

- الو... سلام. چی شده یاسی؟ می‌دونی اینجا نصفِ شبه؟ خوبی؟

- وای پرگل... خاک بر سرمون شد! بدبخت شدیم! خَره، خون به پا می‌شه، تو هم نیستی جمع و جورش کنی...

- هیس... آروم باش، چی شده؟ کی چی کار کرده؟

- وای پرگل... تمومِ بدنم داره می‌لرزه اگه کوهیار بفهمه...

- چی شده؟ هر چی هست دیگه به اون ربطی نداره... بگو...

لیدا رادان

اردیبهشت ۱۳۹۹